Michael Peinkofer
Land der Mythen
Die Flamme der Sylfen

PIPER

Zu diesem Buch

Der finstere Herrscher Muortis lässt das Grundmeer der Welt gefrieren, und eine neue Eiszeit bricht über Allagáin herein. Der Druide Yvolar macht sich zusammen mit seinen tapferen Gefährten zum höchsten Berg auf, um das legendäre Sylfenhorn zu finden, das nach den letzten Kriegen gegen Muortis dort zurückblieb. Nur mit diesem Horn, das ein magisch begabter Sylfe an die Lippen setzen muss, kann das Unheil abgewendet werden …

Michael Peinkofer, 1969 geboren, studierte Germanistik, Geschichte und Kommunikationswissenschaften und arbeitete als Redakteur bei der Filmzeitschrift »Moviestar«. Mit seiner Serie um die »Orks« avancierte er zu einem der erfolgreichsten Fantasy-Autoren Deutschlands. Seine Romane um »Die Zauberer« wurden ebenso zu Bestsellern wie seine neue Trilogie um »Die Könige«.

Michael Peinkofer

Land der Mythen

Die Flamme der Sylfen

Piper München Berlin Zürich

Entdecke die Welt der Piper Fantasy:

Piper-Fantasy.de

Von Michael Peinkofer liegen bei Piper vor:
Die Zauberer
Die Zauberer. Die Erste Schlacht
Die Zauberer. Das dunkle Feuer
Zeichen. Splitterwelten 1
Die Rückkehr der Orks
Der Schwur der Orks
Das Gesetz der Orks
Die Herrschaft der Orks
Die Könige
Kampf der Könige
Land der Mythen. Unter dem Erlmond
Land der Mythen. Die Flamme der Sylfen

FSC www.fsc.org
MIX
Papier aus verantwortungsvollen Quellen
FSC® C083411

Ungekürzte Taschenbuchausgabe
Mai 2015

Umschlaggestaltung: Guter Punkt, München | www.guter-punkt.de
Umschlagabbildung: Markus Weber, Guter Punkt und shutterstock
Karte: Daniel Ernle
Satz: C. Schaber Datentechnik, Wels
Papier: Munken Print von Arctic Paper Munkedals AB, Schweden
Druck und Bindung: CPI books GmbH, Leck
Printed in Germany ISBN 978-3-492-28042-6

Handelnde Personen

Yvolar	ein alter Druide
Alphart	ein Wildfänger
Leffel Gilg	ein Bauer aus dem Unterland
Erwyn	ein Menschenjunge
Urys	ein Zwerg
Mux	ein Kobling
Walkar	ein Bärengänger
Rionna	Prinzessin von Iónador
Galfyn	Häuptling des Falkenclans
Herras	sein Waffenmeister
Alwys	König der Zwerge
Barand	Marschall von Iónador
Salmuz	Anführer der Wilden Männer
Fyrhack	der letzte Feuerdrache
Kaelor	ein Eisriese
Lorga	Anführer der Erle
Klaigon	Fürstregent von Iónador
Éolac	sein Seher
Muortis	Herrscher des Eises

Allagáin
Sümpfe
Wang
Westpassage
Seestadt
Turm Iarin
Seewald
Aradh Loin
Búrin Mar
Westpass nach Trol

Egg
Dunkelwald
Allair
Grünbach
Ried
Damasia
Leathar
Urberg
Leac
Schwarz
Moor
Kampo
Dunan
Turm Astar
Kean
D'Eagol
Bodenlose
Seen
Falkenstein
Bennan
Steidan
Königsstrasse
Ìonador
Bennan
Leach
Bennanderk
Meadon Lathan
Heimtal
Daicol
Nymphen
See
Ostpass
Obertal
Ruadh
Barran
Hintertal
Korin
Nifol
Wildgebirge
N
W
O
S
rgaskol

1

Er war allein.

Er war verzweifelt.

Und ein Gefühl drängender Unruhe erfüllte ihn, das Wissen um gefährliche Dinge, die im Land Allagáin vor sich gingen und die es aufzuhalten galt. Gelang dies nicht, würde die Welt in Eis und Finsternis versinken, und die Mächte des Bösen und des Chaos würden triumphieren.

Eilig setzte Yvolar der Druide einen Fuß vor den anderen. Von geheimnisvoller Kraft getragen, berührten seine Stiefel den schneebedeckten Boden kaum, sondern schienen darüber zu schweben, während der weite Umhang die hagere Gestalt des Alten umwehte. Aber obwohl sich Yvolar seiner magischen Fähigkeiten bediente, um möglichst rasch ins Tal des Allair zu gelangen, befürchtete er, dass er zu spät kommen würde.

Zu spät, um die Schlacht zu verhindern.

Zu spät, um zu verhindern, dass Bruder gegen Bruder kämpfte und ein ebenso schrecklicher wie sinnloser Krieg die Sterblichen schwächte und das Land dem Ansturm des Bösen preisgab.

Zu spät, um die Welt zu retten.

Eine neue Eiszeit stand bevor. Sie kündigte sich an, mit jedem Windstoß, der von den Bergen blies, und mit jeder Schneeflocke, die zu dieser frühen Jahreszeit zu Boden fiel.

Natürlich hatte es schon früher Anzeichen gegeben. Kreaturen, die nur aus den dunklen Pfründen Dorgaskols stammen konnten, waren entlang des Wildgebirges gesichtet worden. Enze, Bilwisschnitter und Trolle waren aus ihren finsteren Löchern gekrochen und im Reich der Sterblichen aufgetaucht – und natürlich die Erle, die Diener des Bösen von alters her, die zu Tausenden in den dunklen Pfründen von Düsterfels überdauert hatten. Hinter den Kreaturen Dorgaskols jedoch lauerte jene böse Macht, die vor langer Zeit schon einmal versucht hatte, die Welt mit Kälte und Dunkelheit zu überziehen und alles Leben zu vernichten: Muortis.

Wie alle anderen, die am Ersten Krieg gegen Muortis und sein Heer der Finsternis beteiligt gewesen waren, hatte auch Yvolar den Herrn des Eises besiegt gewähnt; aber dies hatte sich als verhängnisvoller Irrtum erwiesen. Das Wasser des Brunnens Aillagan hatte sich blutrot verfärbt und damit das Unheil angekündigt, und Yvolar hatte seine Zuflucht in den Ruinen von Damasia verlassen, um den Sterblichen beizustehen in diesem letzten, entscheidenden Kampf – von dem die meisten noch nicht einmal etwas ahnten.

Die Menschen waren träge und konzentrierten sich allein auf ihre Alltagsgeschäfte, ohne sich nur einen Deut um das Land zu scheren, auf dem sie lebten und das ihrer aller Heimat war. Und selbst jene, die erkannt hatten, dass die Welt im Umbruch war, wollten die wahre Ursache nicht erkennen. Sie ertränkten die Wahrheit in Krügen voller Bier, lenkten sich ab, indem sie sich die Wänste vollschlugen, und verschlossen ihre Augen vor der Wirklichkeit. Die Zeit der Mythen ging zu Ende, und es gab kaum noch Menschen, die bereit waren, sich ihnen anzuvertrauen.

Jedoch, es gab auch Ausnahmen.

Zwei wackere Gefährten hatte sich Yvolar angeschlossen und ihn auf seinem Weg durch das Wildgebirge und in die Festung der Zwerge begleitet: Zum einen Alphart, ein aufrechter Jägersmann, dessen Bruder von den Erlen ermordet worden war und der ihnen bittere Rache geschworen hatte. Nach außen hin gab er sich wortkarg und abweisend, aber der

Druide hatte in sein Inneres geblickt und das wahre Wesen des Wildfängers erkannt; nicht von ungefähr hatte er ihn zu seinem Stellvertreter ernannt, als er den Bund der Gefährten verlassen hatte. Zum anderen Leffel Furr, ein Bauer aus dem Unterland, der seines Ungeschicks und seiner groben Manieren wegen von allen nur der Gilg gerufen wurde; unter seiner Mütze, die er niemals abzunehmen pflegte, arbeitete ein einfacher Verstand – das Herz des Gilg war indes umso größer.

Gemeinsam waren sie nach Glondwarac gelangt, der Zwergenfeste, die nur wenige Menschen je zu Gesicht bekommen hatten. Ein Blick in den Zauberspiegel des Zwergenkönigs Alwys hatte Yvolar Gewissheit verschafft über das dunkle Wirken Muortis' und seiner Helfer. Ein Eisdrache hauste in den Höhlen Urgulroths und verpestete die Tiefen der Welt mit kaltem Atem. Das Grundmeer, die Quelle allen Lebens, war dabei zu erstarren, und die Ferner wuchsen von den Bergen herab und drohten die Täler zu ersticken. Nur der Odem eines Feuerdrachen vermochte dem Eis Einhalt zu gebieten, und so waren die Gefährten aufgebrochen, um die Hilfe des Drachen Fyrhack zu erbitten, des Letzten seiner Art, und den Kampf der Elemente zu entfesseln.

Weitere Gefährten hatten sich ihnen angeschlossen: Urys, ein beherzter Zwergenkämpfer, dessen Tapferkeit seine Körpergröße bei Weitem überragte; Mux, ein Kobling, der in Reimen zu sprechen pflegte und dessen Gespür für Gefahren die Gefährten mehr als einmal gewarnt hatte; Walkar, ein Bärengänger, der die Gestalt des Tiers anzunehmen vermochte, dessen Fell er trug; und schließlich Erwyn, der letzte Spross von Vanis' Stamm.

Vor langer Zeit hatte Yvolar den Jungen, dessen eigentlicher Name Dochandar lautete – »Träger der Hoffnung« –, nach Glondwarac gebracht. In der Abgeschiedenheit der Zwergenfeste, die der Zeit der Sterblichen entrückt war, war er herangewachsen, behütet von seinem Ziehvater Urys und kindlicher Unwissenheit. Von Herzen hätte Yvolar dem Jungen gegönnt, dass dieser Zustand weiter angehalten hätte, aber die Ereignisse hatten es notwendig gemacht, dass Dochandar von seiner wahren Herkunft erfuhr.

Und von seiner Bestimmung …

Als einzigem Nachkommen Danaóns, der noch auf Erden weilte, als letztem Abkömmling des einst so stolzen Sylfengeschlechts oblag es ihm, den Feuerdrachen aus seinem Schlaf zu wecken und zur letzten Attacke gegen Muortis und seine Eiskreatur zu führen. Widerstrebend und doch voller Mut hatte sich Erwyn dieser Aufgabe gestellt – und war brüsk abgewiesen worden.

Nicht nur, dass Fyrhack ihm seine Hilfe verweigert hatte, der Drache hatte auch die Echtheit des Erben angezweifelt, und so war Yvolar und Erwyn nichts anderes geblieben, als die Höhle des Drachen unverrichteter Dinge wieder zu verlassen. Verzagtheit war über die Gefährten gekommen und hatte ihren Bund zu sprengen gedroht, als in der Stunde der größten Verzweiflung von unerwarteter Seite Hilfe gekommen war: Eine Salige, ein Geistwesen aus grauer Vorzeit, war den Gefährten erschienen, und indem sie vom Horn des Sylfenkönigs erzählte, das die Macht des Eises zu brechen vermochte und in alter Zeit auf dem Gipfel des Korin Nifol zurückgeblieben war, gab sie den Gefährten wenigstens einen Teil ihrer Hoffnung zurück.

Von verzweifeltem Mut getrieben, waren sie aufgebrochen, um Danaóns Horn zu suchen. Aber an den Hängen des Korin Nifol war ihre Gemeinschaft dann doch zerbrochen. Eine Vision von Ereignissen an einem weit entfernten Ort hatte Yvolar klargemacht, dass er dort dringender gebraucht wurde. Eine Katastrophe würde sich ereignen, wenn er nicht eingriff!

In ihrer leichtfertigen Art beschworen die Menschen ihren Untergang herauf und ahnten es noch nicht einmal – und es war die größte Furcht des Druiden, dass er zu spät kommen würde, um dies noch zu verhindern. Im Tal des Allair waren sie aufmarschiert, das vereinte Heer des Waldvolks und die Streitmacht Iónadors, bereit, einander in blutiger Schlacht zu begegnen und das Morden fortzusetzen, das beide Völker schon einmal an den Rand der Vernichtung gebracht hatte.

Damals waren die Krieger des Waldvolks bis vor die Tore Iónadors gezogen, und nur Dóloan, dem ersten Fürstregenten, war es zu verdanken gewesen, dass die Goldene Stadt nicht gefallen war. Ein Waffenstillstand war geschlossen worden zwischen beiden Völkern, der über Generationen Bestand gehabt hatte – bis zu dem Zeitpunkt, da Muortis erneut seine frevlerische Hand nach dem Land Allagáin ausstreckte …

Nun, Yvolar konnte nur vermuten, dass der Herr des Eises hinter dem Krieg steckte, der im Tal des Allair zu entbrennen drohte. Verrat und Intrige, Lüge und Meuchelmord – die Mittel, derer sich Muortis bediente, waren vielfältig und die Menschen leichte Beute.

Nur so konnte der Druide sich erklären, dass der Waffenstillstand gebrochen worden war. Denn wenn die Sterblichen einander bekriegten und sich gegenseitig abschlachteten, hatte das Wilde Heer freies Feld.

Yvolar hatte die Spuren gesehen, die Muortis' Diener hinterlassen hatten. Sie waren unübersehbar, eine Schneise der Zerstörung, die sich von den Bergen bis nach Allagáin erstreckte. Erle, Trolle und Eisriesen, Geschöpfe aus den dunkelsten Pfründen Dorgaskols, trugen Tod und Verderben in die Welt, und wenn es dem Druiden nicht gelang, das sinnlose Morden unter den Menschen zu verhindern, so würde es schon bald niemanden mehr geben, der sich den Unholden entgegenstellen konnte.

Mit jedem Augenblick, der verstrich, mit jedem Schritt, den er tat und bei dem er die Präsenz des Bösen stärker fühlte, die diese Täler und Wälder vergiftete, wuchs Yvolars Verzweiflung – und das nicht nur, weil die Zeit gegen ihn arbeitete.

Der Druide spürte auch, dass ihm Verfolger auf den Fersen waren …

Seit er sich von seinen Gefährten getrennt hatte, waren sie hinter ihm her: Diener der Finsternis, die die Wälder durchstreiften auf der Suche nach Blut und Beute. Yvolars einziger Trost war, dass sie dadurch von Alphart und den anderen abgelenkt würden, und er hoffte, dass wenigstens seine Gefährten auf diese Weise unbehelligt blieben. Natürlich war es nur ein schwacher Trost, aber der Druide klammerte sich daran ebenso wie an seinen Stab aus Eschenholz, der mit Runenzeichen versehen war und dem uralte Kräfte innewohnten.

Hastig durchquerte er die schneebedeckte Talsohle. Dabei blickte er über die Schulter und hielt die Nase in den Wind wie ein Tier, das Witterung aufnahm.

Sie holten auf.

Schon bald würden sie ihn eingeholt haben …

2

Das Erste, was Alphart wahrnahm, war der grässliche Gestank von geronnenem Blut. Durch die Nase stach er in seinen Kopf und ließ ihn vollends erwachen – und mit dem Bewusstsein kehrte auch der Schmerz zurück. Seine Schulter tat weh, und sein Schädel dröhnte, als ob tausend wild gewordene Gnomen darin hämmerten.

Eine vertrocknete Kruste spannte über seiner linken Gesichtshälfte.

Getrocknetes Blut …

Alarmiert wollte sich Alphart aufrichten, aber jemand hielt ihn fest und drückte ihn sanft, aber bestimmt wieder zurück auf das Lager. »Sachte, mein Freund«, hörte er eine Stimme brummen, »nicht so schnell.«

Alphart blinzelte und schlug die Augen auf. Zuerst war alles verschwommen, und er konnte nichts erkennen. Dann jedoch schälten sich Gesichtszüge aus dem Nebel der Benommenheit: eine bärtige Miene, aus der ein sorgenvoll verkniffenes Augenpaar blickte.

Fast überrascht stellte Alphart fest, dass er das Gesicht kannte. Es gehörte Urys dem Zwerg – und mit der Erinnerung an den Gefährten kehrte auch jene an die Ereignisse zurück, die hinter ihnen lagen.

Die Begegnung mit der Wildfrau.

Ihr Entschluss, das Sylfenhorn zu suchen.

Die Trennung von Yvolar.

Der Hinterhalt, in den sie geraten waren …

»Wo …?«, presste Alphart mühsam hervor und erschrak über den heiseren, brüchigen Klang der eigenen Stimme.

Verwirrt blickte er sich um und stellte fest, dass sie sich in einer Höhle befanden. Eine niedere Felsendecke wölbte sich über ihnen, auf dem Boden lagen Knochen verstreut – genau wie in jener Kaverne, in der sie Tags zuvor übernachtet hatten, bevor sie in der Schlucht angegriffen und überwältigt worden waren, von einem Gegner, den Alphart noch nicht einmal zu Gesicht bekommen hatte.

»Frag lieber nicht, Mensch«, entgegnete Urys düster. »Glaub mir, von allen Orten auf dieser Welt ist es dieser, an dem du am allerwenigsten sein möchtest.«

Trotz Urys' Mahnung und der pochenden Schmerzen in seinem Schädel biss Alphart die Zähne zusammen und richtete sich zur Hälfte auf. Er saß auf dem Boden, auf einem kargen Lager aus altem Stroh. Und der Zwerg und er waren keineswegs allein in der Höhle. Auch die übrigen Gefährten waren da: Leffel Gilg, der junge Erwyn, der vorlaute Mux und der finstere Bärengänger Walkar. Ihre Mienen wirkten bleich und ausgezehrt, und im flackernden Feuerschein, der durch ein Eisengitter in die Höhle fiel, konnte man das Grauen erkennen, das sich in ihren Gesichtern spiegelte.

Einzig Mux der Kobling schien die Stimmung ein wenig aufheitern zu wollen. »Endlich bist du aufgewacht«, krähte er, »wir haben Sorgen uns ge… gemurmelt.«

»Ihr habt euch Sorgen *gemurmelt*?« Erstaunt wollte Alphart eine Braue hochziehen, was infolge des getrockneten Bluts in seinem Gesicht allerdings nicht gelang.

»Er kann nicht mehr reimen«, erklärte Leffel anstelle des Koblings, der traurig den Kopf sinken ließ.

»Wieso nicht?«

»Weil er Todesangst hat«, erwiderte der Gilg mit einem Unterton, der Alphart nicht gefallen mochte.

»Ich könnt mich selber dafür hassen«, jammerte Mux. »Kein Wort will mehr zum anderem p-p-poltern.« In einer hilflosen Geste breitete er die dünnen Ärmchen aus.

Den Wildjäger vermochte dies nicht mal ansatzweise zu erheitern. Immer noch roch er den Gestank von altem Blut. Er ließ den Blick über die Knochen am Boden schweifen, und wieder verlangte er zu wissen, entschlossener diesmal: »Wo sind wir hier?«

»Du hast ihn nicht gesehen, nicht wahr?«, fragte Erwyn, aus dessen bebender Stimme namenloses Entsetzen herauszuhören war.

»Von wem sprichst du?«

»Von unserem Kerkermeister«, gab Walkar zur Antwort.

»Wer soll das sein?«

»Der Blutbercht«, erwiderte der Bärengänger tonlos. »Er war es, der uns überfallen und gefangen hat. Wir hatten keine Möglichkeit, uns zur Wehr zu setzen.«

»Der Blutbercht?«, fragte Alphart zweifelnd.

Er hatte von dem Unhold gehört, der im Wildgebirge hauste, ihn aber für eine Erfindung gehalten, mit der man kleine Kinder erschrecken wollte. »Seid brav, oder der Blutbercht wird euch holen«, pflegte man ihnen zu sagen. »Er frisst Menschen und Tiere, und seine Mütze ist rot gefärbt mit dem Blut der Unglücklichen, die ihm in die Hände fallen …« Andererseits hatte der Wildfänger in den vergangenen Wochen manches leibhaftige Wesen erblickt, das er bis dahin für eine Sagengestalt gehalten hatte.

»Noch vor wenigen Stunden habe ich gedacht wie du«, versicherte Urys, der die Gedanken des Jägers zu erraten schien. »Aber der Blutbercht ist so wirklich wie du und ich. Und er hat Hunger und Durst. Hunger auf unser Fleisch und Durst nach unserem Blut.«

Alphart sah seine Gefährten zusammenzucken. Erwyns Augen blitzten feucht, Leffel und Mux schienen förmlich erstarrt vor Angst und Entsetzen. Walkar war der Einzige, der nicht zusammengesunken auf dem Boden kauerte, aber auch bei ihm war die Furcht unübersehbar. Wie ein gefangenes

Raubtier ging er vor der rostigen Gittertür auf und ab, die den Ausgang verschloss. Jenseits davon erstreckte sich eine weitere Höhle, in der ein Feuer brannte. Wachen waren nicht zu sehen.

»Warum verwandelst du dich nicht einfach?«, fragte der Wildfänger Walkar. »Wie furchterregend der Blutbercht auch sein mag – mit einem ausgewachsenen Bären kann er es sicher nicht aufnehmen.«

»Wie gern würde ich das«, entgegnete Walkar leise. »Aber der Bercht weiß um meine Fähigkeit und hat mir die Bärenhaut genommen. Ohne sie vermag ich meine Gestalt nicht zu ändern.«

»Verstehe«, knurrte Alphart, und er sagte sich einmal mehr, dass auf Zauberei und derlei übernatürliche Dinge eben doch kein Verlass war. »Was ist mit unseren Waffen?«

»Alle weg«, erklärte Urys zerknirscht. »Er hat sie uns abgenommen.«

»Verdammt, wie war das möglich?«, fragte Alphart aufgebracht. »Habt ihr euch nicht verteidigt?«

Statt etwas zu erwidern, blickte der Zwerg nur betreten zu Boden. Auch die übrigen Gefährten schienen Alphart nicht antworten zu wollen, und er fragte sich, woran das liegen mochte. Angestrengt versuchte er, auch noch den letzten Rest Benommenheit loszuwerden und sich an die letzten Augenblicke zu erinnern, ehe die Keule des Feindes ihn getroffen und ins Reich der Träume geschickt hatte – und plötzlich dämmerte ihm, wie der Unhold seine Gefährten hatte gefangen nehmen können, ohne dass sie sich dagegen gewehrt hatten …

»Es war meinetwegen, nicht wahr?«, fragte er leise. »Ich bin der Grund, dass ihr nicht gekämpft habt …«

»Er … er drohte, dich zu töten«, erklärte Erwyn etwas unsicher.

»Ihr verdammten Narren!«, polterte Alphart los. »War euch nicht klar, dass ihr euch damit selbst in Todesgefahr bringt?«

»Wir wollten dich nicht verlieren«, antwortete der Junge mit rührender Einfalt.

»Ein guter Freund ist lieb und teuer«, sagte Mux. »Man verfüttert ihn nicht an ein Unge... Unge... Ungetüm.«

»Und was ist mit unserer Mission?«, fragte Alphart aufgebracht. »Hat sie nicht Vorrang vor dem Leben eines Einzelnen? Wäre es nicht das, was der alte Mann euch sagen würde? Sollte Vanis' Spross nicht so entscheiden?«

Erwyn blickte verlegen zu Boden. Jener Tag, an dem die Versammlung der Zwerge verkündet hatte, dass er der Auserwählte sei, der letzte Spross des Sylfengeschlechts, schien Ewigkeiten zurückzuliegen. Fyrhacks Zurückweisung hatte ihn tief getroffen, Angst und Selbstzweifel nagten an ihm. »Und wenn«, sagte er leise. »Unsere Welt verdiente es nicht zu überleben, würde das Leben eines Freundes nicht mehr zählen.«

Darauf wusste der Wildfänger nichts zu erwidern. Sein Jähzorn lief ins Leere und verwandelte sich in Wut auf sich selbst.

Und auf den verdammten Druiden ...

Yvolar hätte ihm niemals die Führung der Gruppe anvertrauen dürfen. Er hätte wissen müssen, dass ein Einzelgänger wie er dazu nicht geeignet war und bei der erstbesten Gelegenheit versagen würde. Im Nachhinein verwünschte sich Alphart dafür, dass er nicht auf Mux' Warnung gehört und die Schlucht gemieden hatte. Hätte nur er für seinen Fehler bezahlen müssen, so hätte er es ohne Murren hingenommen. So jedoch waren alle betroffen ...

... und es war seine Schuld.

»Ich ... ich danke euch«, erklärte er ebenso leise wie widerstrebend. Es fiel ihm schwer, die Worte auszusprechen.

Wildfänger waren es nicht gewohnt, sich zu bedanken. Sie pflegten zu geben und nicht zu nehmen, und die Vorstellung, von Talbewohnern abhängig zu sein oder ihnen etwas zu schulden, war ihnen zutiefst verhasst. »Was ihr getan habt, war sehr tapfer«, fügte er mir rauer Stimme hinzu. »Tapfer und töricht zugleich. Wäre es nach mir gegangen, ihr hättet euch bis aufs Messer verteidigt.«

»Dann wärst du jetzt tot«, war Erwyn überzeugt.

»Wenn schon!«, hielt der finstere Walkar dagegen, der am Gitter stehen geblieben war. »Das sind wir bald alle. Ich höre seine Schritte. Er kommt.«

»Verdammt.«

»O nein!«

Alphart konnte das Entsetzen sehen, das die Ankündigung bei seinen Gefährten hervorrief. Erwyn, Mux und Leffel kauerten sich zu einem Haufen zusammen, und Urys nahm mit grimmiger Miene vor ihnen Aufstellung, um sie mit dem eigenen Leben zu schützen. Walkar wich vom Gitter zurück; was immer dort draußen war, schien selbst dem Bärengänger Angst zu machen.

»Bald wird unser Blut den Boden röten!«, krächzte Mux lauthals, um flüsternd hinzuzufügen: »Der Blutbercht kommt, um uns zu t-t-t…«

»Na, was?«, knurrte Alphart. »Spuck's schon aus!«

»Zu traktieren«, presste der Kobling jämmerlich hervor.

Alphart spürte, wie sich sein Innerstes verkrampfte. Inzwischen konnte auch er die Schritte hören, ein schleppender Gang über steinigen Boden. Der Blutgeruch nahm zu und wollte dem Wildfänger den Magen umdrehen. Wie seine Gefährten starrte auch er gebannt auf das Gitter, hinter dem im nächsten Moment ein drohender Schatten erschien. Vom flackernden Feuerschein dorthin geworfen, geisterte er über die Höhlenwand, gefolgt von seinem Besitzer. Jäh begriff Alphart, weshalb die Gesichter seiner Gefährten derart von

Entsetzen gezeichnet waren, und er fühlte, wie namenlose Furcht auch nach seinem Herzen griff.

Mit blutunterlaufenen Augen starrte eine entstellte Kreatur in das Kerkerloch, bleckte ihre schiefen gelben Zähne, und ein abgrundtiefes Lachen drang aus ihrer Kehle.

»Wer?«, fragte sie mit einer Stimme, die sich wie das Knirschen von rostigem Metall anhörte. »Wer will der Erste sein …?«

3

»Zum Angriff!«

Barands heiserer Befehl schmetterte durch das verschneite Tal. Wie eine Lawine breitete sich sein Ruf aus, als seine Stellvertreter und Unterführer ihn aufnahmen und weitergaben, ihn bis in die letzte Reihe des gewaltigen Heeres trugen, das Iónador aufgeboten hatte.

Es waren dreihundert schwer gepanzerte Reiter, die den ganzen Stolz und die besten Familien der Goldenen Stadt repräsentierten, dazu fünfhundert weitere, leicht bewaffnete Kämpfer und eintausend Ritter und Schwertkämpfer, die die Streitmacht der Grenzburgen darstellten, vom Seewald im Westen bis zu den Pfründen des Ostmoors. Des Weiteren hatte man zweitausend Mann Fußvolk aufgeboten – Bauern aus ganz Allagáin, die von ihren Gehöften geholt worden waren, um ihre Heimat gegen die Waldbarbaren zu verteidigen. Außerdem waren zahlreiche Pfeilgeschütze entlang der Hänge verteilt …

Schon einmal, vor Jahrhunderten, hatten die Barbaren ihr angestammtes Gebiet im Dunkelwald verlassen und waren in Allagáin eingefallen; plündernd und brandschatzend waren sie gen Süden gezogen bis vor die Mauern Iónadors. Mit Erbitterung war der Kampf um die Goldene Stadt geführt worden und hatte fast mit einer Niederlage Iónadors geendet – bis Fürst Dóloan das Heft des Handelns an sich gerissen hatte. Indem er den glücklosen König entthronte und sich selbst zum Regenten ausrief, brachte er auch den Oberbefehl über das Heer an sich. Seiner Tatkraft war es zu verdanken, dass die Barbaren zurückgeschlagen und in den Dunkelwald zurückgetrieben werden konnten, wo sie lange Zeit geblieben waren.

Bis vor wenigen Wochen …

Mit brennenden Gehöften entlang der Grenzc hatte es angefangen – Überfälle, die durch nichts provoziert worden und ohne jede Vorwarnung erfolgt waren –, und Klaigon, der Fürstregent von Iónador, hatte nicht lange gezögert, das größte Heer in Marsch zu setzen, das seit den Tagen Dóloans gesehen worden war. Innerhalb von nur wenigen Tagen hatte er Waffen für diese riesige Streitmacht stellen können, mit denen das »Tausendheer« ausgerüstet worden war. Woher all diese Waffen kamen, danach hatte Barand nicht gefragt.

Als Marschall und oberster Schwertführer von Iónador war es seine Aufgabe, dafür zu sorgen, dass sich nicht wiederholte, was damals beinahe zum Fall der Goldenen Stadt geführt hätte. Aus diesem Grund verfolgte Barand eine andere Strategie, als sie damals Anwendung gefunden hatte. Statt sich hinter den ehrwürdigen Mauern Iónadors zu verschanzen und abzuwarten, bis die Barbaren anrückten, war er ihnen entgegengezogen.

Im Tal des Allair war es dann zur Begegnung der beiden Streitmächte gekommen, und seitdem lagen sie einander gegenüber: das riesige Heer Iónadors auf der einen Seite des Flusses, die Horden der Waldbarbaren auf dem gegenüberliegenden Ufer.

In einem gewöhnlichen Spätsommer hätte das reißende Band des Allair die beiden verfeindeten Parteien voneinander getrennt – in diesem Jahr jedoch war das Tal bereits tief verschneit, und dickes Eis hatte den Fluss erstarren lassen, das sich schon bald rot färben würde vom Blut der Gefallenen …

Barands Wille, Iónador zu verteidigen und die Feinde der Goldenen Stadt zu vernichten, war ungebrochen – allerdings nagten tief in ihm auch Zweifel. Etwas, das sagten ihm die Instinkte des Kämpfers, stimmte nicht, und es lag nicht nur an dem strengen Winter, der früher als in jedem anderen Jahr über die Täler hereingebrochen war.

Vorhin erst war es zum Treffen der beiden verfeindeten Heerführer gekommen. Über die gefrorene Fläche des Allair hinweg hatten sie einander in die Augen geblickt und sich gegenseitig ihrer bittersten Entschlossenheit versichert. Es war nur eine kurze Begegnung gewesen, dennoch kam Barand nicht umhin, sich einzugestehen, dass er beeindruckt gewesen war.

Der Anführer des Waldheeres – ein gewisser Galfyn – war augenscheinlich alles andere als ein Barbar, sondern ein stolzer junger Krieger, der für seine Sache nicht weniger entschieden streiten würde als Barand für die seine. Weder hatte er den Eindruck eines hinterhältigen Räubers gemacht noch eines Primitiven, der in dunklen Wäldern hauste. Insofern hatte Barand einige der Vorstellungen, die er sich von den Bewohnern des Dunkelwaldes gemacht hatte, nachbessern müssen.

Allerdings änderte das nichts an seiner Mission.

Die Waldkrieger, Barbaren oder nicht, waren in Allagáin eingefallen, und dafür verdienten sie die denkbar härteste Bestrafung. Barand hatte einen Eid geschworen, und es stand ihm nicht zu, Entscheidungen des Fürstregenten infrage zu stellen. Der Sieg musste errungen werden, um die Bedrohung durch die Waldbewohner ein für alle Mal auszumerzen. Wenn ihm dies gelang, so würde man Barands Namen in einem Atemzug mit dem großen Dóloan nennen. Man würde ihm Standbilder errichten und Heldenlieder über ihn singen.

Aber noch war es nicht so weit. Vorher musste diese Schlacht geschlagen werden. Noch trennte ihn der bevorstehende Kampf vom Sieg und unsterblichen Ruhm …

Der Anführer der feindlichen Streitmacht hatte sich als Galfyn vom Falkenclan vorgestellt. Als Herr von Burg Seabon Leac trug auch Barand den Falken in Namen und Wappen, und er fragte sich unwillkürlich, ob sich hinter dieser simplen Tatsache mehr verbarg als bloßer Zufall. War es ein Wink des Schicksals oder ein Hinweis des Schöpfers? Aber wenn ja, worauf?

Barand verwarf den Gedanken rasch wieder und hätte auch keine Zeit mehr gehabt, ihn weiterzuverfolgen.

Denn die Schlacht begann.

Die Unterführer hatten den Angriffsbefehl weitergegeben. Trommeln wurden geschlagen, und der Klang der Kriegstrompeten, der sich in der Kälte schräg und blechern anhörte, scholl über den Fluss, während sich die Reiterei in Bewegung setzte.

Barands Strategie war einfach.

Die Panzerreiter sollten die Speerspitze des Angriffs bilden. Die Waldkrieger, so lautete seine Überlegung, hatten nicht zuletzt deshalb am Fluss Stellung bezogen, weil sie geglaubt hatten, dass Iónador seine Reiterei dort nicht zum Einsatz bringen konnte. Das Eis jedoch, das nahezu einen halben Klafter dick war, erlaubte es, den Fluss trockenen Hufes zu überqueren, was Barand einen großen Vorteil verschaffte. Sein Plan sah vor, mittels eines raschen Vorstoßes der Reiterei einen Keil in die Reihen der Barbaren zu treiben, die sich oberhalb der Uferböschung postiert hatten. Anschließend würde er sein Fußvolk aussenden, um das geteilte Heer der Waldkrieger zu vernichten.

Schon beschleunigten die Pferde ihren Hufschlag. Der Schnee, der die Eisdecke überzog, erschwerte das Vorankommen, aber die stolzen Tiere gaben ihr Bestes und trugen ihre Reiter über den gefrorenen Fluss, Schlacht und Sieg entgegen.

»Jetzt!«, rief Barand, hob den Arm und ließ ihn fallen. Erneut wurde sein Befehl weitergeleitet, und nicht nur die Bogenschützen entlang des Westufers ließen ihre Geschosse von den Sehnen schnellen, auch die Pfeilschleudern kamen zum Einsatz.

Steil stiegen Hunderte von Pfeilen in den grauen Himmel und überholten im Flug die angreifenden Reiter, um schließlich die Spitzen zu senken und mit tödlichem Zorn am gegenüberliegenden Ufer niederzugehen.

Mit grimmiger Genugtuung sah Barand, wie ein Waldkrieger getroffen wurde. Gekrümmt kippte der Mann nach vorn und stürzte die steile Böschung hinab, überschlug sich mehrmals, ehe er am Flussufer liegen blieb.

Allerdings brachte der Pfeilhagel kaum einem Dutzend Gegnern den Tod, da die Barbaren geschickt hinter Bäumen und ihren Schilden Zuflucht suchten.

»Bogenschützen wieder bereit machen!«, wies Barand dennoch an, denn sein Ziel war es, der Reiterei Deckung zu geben, während diese die ungeschützte Fläche des gefrorenen Flusses überwand.

Wie um seine Befürchtungen zu bestätigen, war im nächsten Moment jedoch ein hässliches Flirren zu hören, das vom anderen Ufer her an seine Ohren drang. Im nächsten Moment stürzte ein Schwarm von Pfeilen, so dicht, dass sich der Himmel aus dem milchigen Grau für einen Moment verfinsterte.

»Schilde!«, brüllte Barand, und einen Lidschlag später prasselte das Verderben hundertfach über das Heer Iónadors herein.

Der Marschall und seine Leibwächter, die sich rings um ihn postiert hatten, duckten sich in den Schutz ihrer großen mandelförmigen Schilde, die unter dem Einschlag der Pfeile erzitterten; gleich drei der gefiederten Geschosse bohrten sich in Barands Schild, und man konnte die heiseren Schreie Getroffener hören.

Noch einen Augenblick wartete Barand, dann ließ er seine Deckung sinken, um sich ein Bild von der Lage zu machen.

Auch die Streitmacht Iónadors hatte den Hagel feindlicher Geschosse gut überstanden; hier und dort gab es Verwundete, aber die Reihen des Heeres standen nach wie vor geordnet und bereit zum Sturm.

Die Reiterei hatte das jenseitige Ufer fast erreicht, als auch sie zum Ziel eines Angriffs wurde: Von Katapulten geschleuderte Felsbrocken stürzten aus dem grauen Himmel und schlugen mit vernichtender Wucht ein – das dicke Eis jedoch vermochten sie nicht zu durchbrechen. Hier wurde ein Kämpfer im vollen Ritt zerschmettert, dort scheute ein Pferd und warf seinen Reiter ab. Jedoch war die Anzahl der Brocken zu gering, als dass sie den Angriff hätte ins Stocken bringen können. Und indem sie ihre Tiere den steilen, verschneiten Hang hinauftrieben, gingen Iónadors Ritter zum Nahkampf über.

Barand wartete nicht erst ab, wie der Zusammenstoß ausgehen würde. Mit einer entschlossenen Geste klappte er sein Helmvisier nach unten und ritt den Hügel hinab, von dem aus er das Vorrücken der Reiterei überwacht hatte. Er setzte sich, begleitet von seinen Unterführern und Leibwachen, an die Spitze des Hauptheers.

Von Éolac, der ihn noch am Vorabend zu diesem Waffengang gedrängte hatte, war weit und breit nichts zu sehen. Klaigons Seher hatte es vorgezogen, den Ausgang der Schlacht an einem sicheren Ort abzuwarten, und obwohl ihn seine Leibwächter und Stellvertreter umgaben, fühlte sich Barand in diesem Augenblick so allein wie nie zuvor in seinem Leben. Ein Gefühl tiefer Einsamkeit erfüllte ihn, das wohl nur ein einziger Mann nachempfinden konnte. Derjenige nämlich, der ihm auf der anderen Seite des Flusses gegenüberstand und auf dessen Schultern ebenfalls die Last der Verantwortung ruhte.

Galfyn, der Anführer des Waldheeres.

Galfyn vom Falkenclan, dessen Stammestier Barand in seinem Wappen trug, der aber dennoch sein Feind war!

Seltsame Trauer ergriff für einen kurzen Augenblick von ihm Besitz, die Barand jedoch rasch vertrieb. »Für Iónador und den Fürstregenten!«, gab er mit lauter Stimme die Losung aus, die aus Tausenden rauer Kehlen beantwortet wurde.

Dann gab er seinem Tier die Sporen.

4

Alphart hatte dem Grauen ins Auge geblickt.

Noch immer schauderte ihn beim Gedanken an die grobschlächtige, nach fauligem Blut stinkende Kreatur, in deren Gewalt sie sich befanden. Wie jeder in Allagáin kannte er die Geschichten, die man über den Blutbercht erzählte. Niemals jedoch, nicht in seinen wildesten Albträumen, hätte er sich ausmalen können, welch grässliche Gestalt der Unhold tatsächlich war.

Nur kurz hatte der Bercht sie in ihrem Kerkerloch aufgesucht und auch nur, um ihnen eine ebenso knappe wie bestürzende Mitteilung zu machen: Er würde sie fressen!

Einen nach dem anderen.

Die Reihenfolge jedoch sollten sie selbst bestimmen …

Was Alphart und seine Gefährten derart bestürzte, war nicht sosehr die Aussicht zu sterben – schließlich hatten sie zu Beginn ihrer Mission gewusst, worauf sie sich einließen, und das Gesetz des Fressens und Gefressenwerdens galt in der Wildnis der Berge mehr als an jedem anderen Ort. Verstörend war jedoch gewesen, wie der Blutbercht gelacht hatte, als er ihnen diese Mitteilung machte, und zu welch grausamem Spiel er sie verurteilte. Seine Opfer leiden zu sehen, anstatt sie einfach nur zu töten, schien dem finsteren Gesellen große Freude zu bereiten. Unstillbarer Hunger brannte in ihm, angestachelt von Blutgier und Bosheit.

»Na schön«, knurrte der Wildfänger und brach damit das beklommene Schweigen, das sich in der Kerkerhöhle ausgebreitet hatte. »Dieses elende Scheusal will, dass wir selbst die Reihenfolge bestimmen, in der wir sterben.«

»Richtig«, bestätigte Erwyn tonlos, dessen Gesicht eine graue Blässe angenommen hatte, als wäre er bereits seit Tagen tot. Den Umhang, den Yvolar ihm gegeben hatte und der angeblich einst der des Helden Danaón gewesen war, hatte er eng um die Schultern gezogen, dennoch schien er erbärmlich zu frieren. In mancher Hinsicht, dachte Alphart, wirkte der unbedarfte Leffel sogar um vieles gefasster als Ventars Erbe.

»Sterben wir alle mal müssen«, versuchte Mux einen zaghaften Reim, »den Zeitpunkt jedoch wollt' ich nicht w-wahrhaben.«

»Geht mir genauso«, stimmte Leffel zu, der wie immer keine Probleme damit zu haben schien, den Kobling zu verstehen. »Ehrlich gesagt dachte ich immer, ich würde mal ziemlich alt werden. Und ich habe mir immer gewünscht«, fügte er ein wenig verlegen hinzu, »dass die gute Jolanda Burz und ich ein Paar werden und wir viele Kinder haben würden.«

Walkar blies höhnisch die Atemluft durch die Nase aus, Alphart verzog den Mund zu einem grimmigen Grinsen.

»Was ist daran so komisch?«, wollte Erwyn wissen.

»Nur ein Narr wünscht sich, was er nicht haben kann«, entgegnete Alphart schlicht. »Vielleicht hat der gute Gilg ja vergessen, dir zu erzählen, dass er aus seinem Heimatdorf vertrieben wurde.«

»Das ist nicht wahr!«, protestierte Leffel.

»Mehr oder weniger«, lenkte Alphart ein, konkretisierte dann aber: »Sie haben dir die dankbare Aufgabe übertragen, nach Iónador zu gehen und die hohen Herren dort in ihrem Namen um Hilfe zu bitten. Das ist so, als hätten sie dich davongejagt.«

Zu gern hätte Leffel widersprochen, aber wie so häufig fehlten ihm die passenden Worte. Zudem hatte der Wildfänger ja nicht ganz unrecht. Magistrat Grindl und all die anderen hatten ihn wohl tatsächlich nur in die Goldene Stadt geschickt, um ihn loszuwerden. Aber Leffel hatte beschlossen, das Beste aus seiner Lage zu machen. Als strahlender Held, der geholfen hatte, Allagáin von der Bedrohung durch die Erle zu befreien, hatte er nach Hause zurückkehren wollen. Daraus würde wohl nichts werden. Der Blutbercht würde ihn fressen, und zu Hause im Unterland würde man niemals wieder etwas von ihm hören …

»Ich hoffe nur«, knurrte Walkar, der am Gitter stand und die Eisenstäbe so fest umklammerte, dass die Knöchel seiner Hände weiß hervortraten, »diese elende Kreatur erstickt an unserem Fleisch.«

»Es muss einen Weg hier raus geben«, knurrte Urys. »Wir müssen eine Möglichkeit finden, zu fliehen und uns zu retten.«

»Die gab es, du törichter Kerl«, entgegnete Alphart verdrossen. »Hättet ihr nicht auf mich geachtet und in der Schlucht um euer Leben gekämpft, wärt ihr jetzt nicht hier.«

»Und du wärst tot«, konterte der Zwerg.

»Wo ist der Unterschied?«, fragte Alphart dagegen.

Der Gedanke, dass die anderen sterben mussten, weil sie sein Leben hatten retten wollen, war dem Wildfänger unerträglich. Und darum gab es nur eines, was er noch tun konnte …

»*Ich* werde gehen«, verkündete er entschlossen.

»Was soll das heißen?«, fragte Urys.

»Was wohl? Dass ich den Anfang machen werde. Schließlich seid ihr nur meinetwegen in diese Lage geraten. Da ist es nur recht und billig, wenn ich …«

»Nein«, widersprach Leffel entschieden.

»Was meinst du?«

»Das kommt nicht infrage«, ereiferte sich der Gilg. »Wir haben dich nicht gerettet, damit du dich freiwillig opferst.«

»Nun, es ist kein sehr großes Opfer«, erklärte der Jäger. »Der Bercht hat nicht vor, auch nur einen von uns am Leben zu lassen. Wir alle werden sterben, einer nach dem anderen.«

Doch der Gilg schüttelte entschieden den Kopf. »Weißt du nicht mehr, was Yvolar sagte? Jeder Augenblick birgt Hoffnung!«

»Potztausend!«, wetterte Alphart. »Der Druide hat uns verlassen. Die ganze Zeit über hat er uns etwas vorgemacht und uns mit falschen Versprechungen zu sinnlosen Abenteuern verleitet – und du hältst immer noch an ihm fest? Fürwahr, an schönen Worten hat er es nie fehlen lassen, aber weder werden sie Allagáin retten noch uns aus diesem elenden Loch befreien.«

»Worte voller Bitterkeit nützen uns ebenso wenig«, stellte Urys klar. »Glaubst du, wir wüssten nicht, weshalb du es mit dem Sterben so eilig hast? Weshalb du das Leben geringer achtest als jeder andere von uns?«

»Ach?«, fragte Alphart erstaunt. »Warum?«

»Der Tod deines Bruders erfüllt dein Herz mit Schmerz«, war der Zwerg überzeugt. »Du gibst dir die Schuld daran, dass die Erle ihn umgebracht haben, und du glaubst, mit deinem Opfertod diese Schuld wiedergutmachen zu können.«

»Unsinn!«, knurrte der Jäger. »Bannhart hat nichts damit zu tun.«

»Wirklich nicht?« Urys verengte die kleinen Äuglein noch mehr, und sein Blick wurde stechend. »Schau in deine Seele und erkenne dich selbst, Wildfänger. Die Lebenden brauchen dich mehr als die Toten. Alle, die wir hier stehen, sind wir ebenso deine Brüder, wie Bannhart es war, denn wir alle haben unser Leben gewagt, um das deine zu retten.«

»Ich habe euch aber nicht darum gebeten«, entgegnete Alphart unwirsch.

»Das ist wahr – so wie du Bannhart nie darum gebeten hast, dein Bruder zu sein. Das Schicksal hat euch zusammengeführt, ebenso wie es uns zusammenführte, und wenn du glaubst, Bannhart noch immer etwas schuldig zu sein, dann bist du auch uns etwas schuldig.«

»Das weiß ich wohl – und ich bin bereit, diese Schuld einzulösen.«

»Das kannst du aber nicht, indem du dein Leben wegwirfst, Wildfänger«, wehrte Urys ab. »Denn um dein Leben zu retten, haben wir alles gewagt. Aber es wäre umsonst gewesen, wenn du dich jetzt opferst. Geht das nicht in deinen Riesenschädel?«

Darauf gab Alphart keine Antwort, aber irgendwo tief in seinem Inneren dämmerte ihm die Erkenntnis, dass der Zwerg nicht unrecht hatte mit dem, was er sagte. Ja, Alpharts Herz war voller Schmerz, seit die Erle Bannhart ermordet hatten. Und ja, er gab sich die Schuld am Tod seines Bruders, weil er nicht schnell genug zur Stelle gewesen war. Und diese Selbstanklage und dieser Schmerz führten zu der ablehnenden Haltung, die er seinen Gefährten gegenüber einnahm.

Natürlich konnte keiner von ihnen Bannhart ersetzen, aber darum ging es auch nicht. Yvolar hatte Alphart zu ihrem Anführer bestimmt, sie wiederum hatten ihr Leben in die Waagschale geworfen, um das seine zu retten. Diese gegenseitige Verantwortung, die sie alle angenommen hatten, band ihre Schicksale aneinander und ließ sie in gewisser Weise tatsächlich zu Brüdern werden, ob es dem Wildfänger nun gefiel oder nicht …

»Was also schlagt ihr vor?«, brummte er schließlich.

»Lasst uns Strohhalme ziehen«, sagte Leffel, dem ein unerwarteter Geistesblitz gekommen war. »Wen immer das Schicksal dazu bestimmt, den kürzesten Halm zu ziehen, der soll sich dem Bercht opfern.«

Die Gefährten schauten einander an. Da niemand einen besseren Einfall hatte, wurde der Vorschlag des Gilg angenommen. Von dem Stroh, das auf dem Boden lag, nahmen sie fünf längere und einen kürzeren Halm, um die Alphart die Faust schloss, sodass nur noch die Enden oben hervorschauten und sie alle gleich lang aussahen.

»Wer ist besser dran?«, fragte er bitter. »Derjenige, der den Kürzeren zieht, oder die, die dazu verdammt sein werden, zurückzubleiben und zu warten?«

»Wer wartet, darf immer noch hoffen«, erwiderte Leffel, holte tief Luft und zog den ersten Halm.

Er war lang.

Als Nächstes kamen Erwyn und Mux an die Reihe (wobei nicht geklärt war, ob der Blutbercht den Kobling überhaupt als vollwertige Mahlzeit betrachtete oder ihn vielleicht nur als Vorspeise oder Nachtisch verschlingen würde). Die Strohhalme, die sie zogen, waren ebenfalls lang, sodass Erwyn verhalten aufatmete und Mux erleichtert murmelte: »Ach, lasst mich den Schöpfer preisen. Der Bercht wird mich nicht gleich ver-ver-verschlingen.«

Alphart schaute Urys und Walkar, die beiden verbliebenen Gefährten, herausfordernd an. »Nun, wer will der Nächste sein? Habe ich am Ende nur noch den kurzen Halm in der Hand, werdet ihr wohl nichts mehr dagegen einzuwenden haben, wenn mich der Bercht als Ersten frisst.«

»Dann, Wildfänger, war es das Schicksal, das dich zum Sterben bestimmte, nicht du selbst«, erwiderte Urys und griff kurzerhand nach einem der übrigen drei Halme.

Es war der kurze.

»Nein!«, rief Erwyn entsetzt, und es war, als würde ihn eine Enzfaust treffen; taumelnd wich er zurück, bis ihn die Höhlenwand in seinem Rücken stoppte.

Sein Ziehvater jedoch blieb gelassen.

»Es ist entschieden«, sagte Urys, dessen bärtige Züge eher Erleichterung denn Entsetzen zeigten. »Wenn der Bercht zurückkehrt, werde ich ihn begleiten.«

»N-n-nein …«, stammelte Erwyn. Er starrte seinen Ziehvater aus großen Augen an, das Gesicht eine Maske namenlosen Schreckens.

»Das musst du nicht«, sagte Alphart zu dem Zwerg.

»Willst du dich dem Schicksal widersetzen?«, fragte Urys und blickte ihm prüfend ins Gesicht. »Es mag eigenartig für dich klingen, Wildfänger – aber ich wusste, dass es von dieser Fahrt keine Rückkehr für mich geben würde. Ich habe es gefühlt, schon als wir Glondwarac verließen.«

»A-aber Vater«, rief Erwyn, »warum hast du uns dann dennoch begleitet?« Der Junge war außer sich vor Verzweiflung. Er stand da, den Rücken gegen die Höhlenwand gepresst, die Hände in den Fels gekrallt.

»Weil ich einst geschworen habe, mein Leben lang an deiner Seite zu stehen«, antwortete der Zwerg. »Und weil ich dabei sein wollte, wenn deine große Stunde schlägt.«

»Und ich … ich habe versagt …« Tränen glitzerten in Erwyns großen Augen.

»Das weißt du nicht.«

Erwyn schluchzte. Er löste sich von der Höhlenwand, trat zaghaft auf seinen Ziehvater zu. »Aber der Drache …«

»Noch ist nicht alles verloren«, sagte Urys voller Überzeugung und ergriff mit der Hand den linken Arm Erwyns. Der Junge stand vor ihm und zitterte und bebte vor innerer Erregung. »Das wäre es, was euch Yvolar jetzt sagen würde.«

»Yvolar«, echote Alphart spöttisch. »Der Druide hat uns so allerlei Versprechungen gemacht, aber dann ist er gegangen, ohne auch nur eines zu halten.«

»Das bedeutet nicht, dass er gelogen hat«, sagte Urys und wandte sein bärtiges Gesicht dem Wildfänger zu. »Yvolar ist dem Volk von Glondwarac immer ein verlässlicher Freund gewesen. Ich sehe keinen Anlass, an seinen Worten zu zweifeln.«

»Du siehst dazu keinen Anlass?«, rief Alphart. »Nicht einmal an einem Ort wie diesem? Nachdem du den kürzeren Strohhalm gezogen hast?«

»Du hast mich nicht verstanden, Wildfänger«, erwiderte der Zwerg, und plötzlich wirkte er tief bekümmert. »Ich glaube an Yvolars Worte, gerade *weil* ich den kürzeren Strohhalm zog. Täte ich es nämlich nicht, wäre alles vergebens, und das würde ich nicht ertragen.«

»Dann betrügst du dich selbst«, hörte sich Alphart murmeln – aber zu seinem eigenen Erstaunen empfand er nicht, was ihm über die Lippen kam. Im Gegenteil regte sich tief in seinem Inneren Widerstand gegen seine eigene Bitterkeit und Resignation.

Aber war es nicht zu spät dafür? Zu spät, um noch irgendetwas ändern zu können?

Er sah, wie Erwyn vor seinem Ziehvater in die Knie sackte und die Arme um ihn schloss. Dann begann der Junge leise zu weinen.

Unwillkürlich ballte Alphart die Hände zu Fäusten …

5

Als tief verschneite Senke erstreckte sich das Obertal vor Yvolar dem Druiden. Zu beiden Seiten war es gesäumt von Tannen, über die der frühe Winter ebenfalls seinen weißen Mantel gebreitet hatte; nur die schwarzen Stämme bildeten einen Kontrast in dem endlos scheinenden Weiß. Dahinter ragten die gezackten Grate der Berge auf, die in der Ferne mehr zu erahnen denn wirklich zu sehen waren. Der Ruadh Barran, der sich weit im Osten erhob, war kaum zu erkennen in den tief hängenden Wolken, die sich in immer neuen Schneefällen entluden.

Yvolar zweifelte längst nicht mehr daran, dass dies Muortis' Werk war; er bediente sich dafür des Eisdrachen, der in den Tiefen von Urgulroth sein zerstörerisches Werk verrichtete. Nicht mehr lange, und das Eis würde sich einem riesigen Ferner gleich über die Täler breiten und alles unter sich ersticken. Das Wilde Heer war auf dem Vormarsch, und die entfesselte Natur stand auf seiner Seite …

Von der schmalen Straße, die die Talsohle durchlief und die aus wenig mehr als festgestampftem Boden bestand, war nichts mehr zu sehen, denn auch sie war unter Schichten von Schnee versteckt. Die meisten der Allagáiner, die auf den Berghängen lebten, schien der frühe Winter von ihren Alpen vertrieben zu haben, denn nirgendwo war Kaminrauch über den Baumwipfeln zu entdecken. Der Druide hoffte nur, dass die Menschen das Obertal verlassen hatten, bevor Muortis' Heer es erreicht hatte.

Doch je weiter Yvolar nach Norden gelangte, desto weniger wurde der Schnee. Nur noch einige Handbreit bedeckten den Boden. Allerdings kamen dadurch seine Verfolger leichter und noch rascher voran. Stärker als zuvor nahm der Druide den fauligen Gestank wahr, den der eisige Wind herantrug, und immer wieder blickte er sich wachsam um.

Erle waren nicht für ihren Mut bekannt, sondern für ihre Verschlagenheit und Heimtücke. Wenn sie ihn überfielen, dann ganz sicher nicht auf offenem Feld, wo er sie schon von Weitem kommen sah …

Plötzlich ein Geräusch, das von einem der Berghänge drang und blechern und schaurig durch das Tal hallte.

Ein Erl-Kriegshorn.

Lange hatten Yvolars Ohren den grässlichen Ton nicht mehr vernommen; zuletzt, als sich die Heere von Licht und Finsternis auf dem Korin Nifol zur entscheidenden Schlacht begegnet waren. Doch obwohl seither Jahrhunderte, Jahrtausende verstrichen waren, jagte er dem Druiden noch immer kalte Schauer über den Rücken. Grausame Mordtaten pflegten jenem Klang zu folgen, damals wie in diesen Tagen …

Hastig wollte er weitergehen, als der schaurige Ton plötzlich beantwortet wurde – aus dem nahen Wald!

Erschrocken blickte Yvolar auf.

Eine weitere kreischende Antwort ließ die kalte Luft erzittern, diesmal von der anderen Seite der Talsohle – und dem Druiden kam die hässliche Erkenntnis, dass er in einen Hinterhalt geraten war: Seine Verfolger riefen ihre Artgenossen, um ihn einzukreisen. Ein gutes Stück voraus drängte der Wald von beiden Seiten nah an die Straße heran. Von dort konnten sie sich ihm nähern, ohne gesehen zu werden.

Dort würden sie angreifen …

Die Gesichtszüge des Druiden verhärteten sich, und seine Rechte schloss sich so fest um den Eschenstab, dass die Knöchel weiß hervortraten. Dann begann er zu laufen, schneller noch als zuvor, der Engstelle entgegen. Kehrtzumachen und zu fliehen hätte nichts genützt. Es gab nur diesen Weg, wenn er möglichst rasch nach Norden gelangen wollte. Entweder schaffte er es, die Reihen der Angreifer zu durchbrechen, oder das Schicksal Allagáins – und damit der ganzen Welt – war besiegelt!

Noch mehr der schaurigen Töne erklangen, von beiden Seiten plärrten sie herab. Yvolar begriff, dass es noch sehr viel mehr Erle sein mussten, als er zunächst vermutet hatte, nicht nur ein Spähtrupp oder eine Kriegshorde – der ganze Wald schien von ihnen *verseucht* zu sein …

Die Engstelle nahte, und für den Druiden hatte es den Anschein, als würden die Bäume des Waldes zum Leben erwachen. Allenthalben lösten sich aus dunklen Tannenschatten grausige, grobschlächtige Gestalten, die mit Fellen und derben Stofffetzen bekleidet waren und Rüstungen aus altem Leder und rostigem Eisen trugen. In ihren Klauen hielten sie mörderische Waffen: schartige Schwerter und klobige Äxte, geschmiedet in den dunkelsten Pfründen Dorgaskols. Ihre Häupter ähnelten denen von Schweinen: nach vorn gewölbte Schnauzen mit Hauern als Zähnen, darüber kleine, böse blickende Augen und abstehende, spitz zulaufende Ohren.

Wie es hieß, waren die Erle einst vom Herrscher des Eises in den Tiefen Urgulroths gezüchtet worden. Denn anders als der Schöpfergeist war Muortis nicht in der Lage, eigenes Leben zu erschaffen; er hatte mit dem vorliebnehmen müssen, was bereits da gewesen war, und indem er in verbotenen Experimenten verband, was niemals hätte verbunden werden dürfen, verhalf er den Erlen zu ihrer frevlerischen Existenz. »Erks« nannten sie sich selbst, was vom sylfischen Wort »erko« abgeleitet war und »Schwein« bedeutete – und das verriet alles, sowohl über ihre Herkunft als auch über ihre Gesinnung.

Die Erle schienen zu dem Schluss gekommen zu sein, dass man einen vereinzelten Wanderer gefahrlos angreifen konnte. Schnaubend und grunzend verließen sie den Wald und postierten sich auf der Straße, um Yvolar den Weg abzuschneiden. Der Druide jedoch hatte damit gerechnet. Ohne in seinem Lauf innezuhalten, fasste er den Stab mit beiden Händen, drehte ihn in der Luft, sodass das obere Ende in Richtung der Erle deutete – und indem er geheime Worte der alten Sprache murmelte und die Kraft seines Geistes in einem jähen Impuls in das alte Eschenholz fließen ließ, wurde der Druidenstab zur tödlichen Waffe.

Ein greller Blitz zuckte daraus hervor, der sich auf dem Weg zu den Erlen teilte und zwei der Feinde traf. Noch ehe Muortis' Diener auch nur begriffen, wie ihnen geschah, durchschlug das geballte Licht ihre Rüstungen. Der Blitz erlosch, und zwei schwelende Kadaver sanken leblos nieder.

Wenn Yvolar jedoch angenommen hatte, dass die übrigen Erle dadurch eingeschüchtert zurückweichen und den Weg freigeben würden, so irrte er sich. Es war kein Mut – denn mutig waren die Erle nicht –, aber zu sehen, wie ihre Artgenossen geröstet zu Boden sanken, stachelte die Wut der Kreaturen an. In ihrer hässlichen Sprache wüste Verwünschungen brüllend, schwenkten sie zornig die Waffen, und immer noch mehr von ihnen drängten aus dem Wald. Yvolar zählte acht, fünfzehn, dreißig – eine ganze Horde!

Was sollte er tun?

In Damasia, auf seinem angestammten Grund und Boden, wäre es ihm ein Leichtes gewesen, die Erle zu vertreiben – Illusionen von Flammenwänden und wilden Tieren hätten die Angreifer massenhaft in die Flucht geschlagen. In dieser Gegend jedoch, wo der Herr des Eises sein Unwesen trieb und der Boden durchsetzt war vom Bösen, verfügte Yvolar nicht über diese Macht. Daher gab es nur zwei Dinge, die er tun konnte.

Fliehen.

Oder kämpfen …

Die Wahl war längst getroffen, und die Erle stürmten ihm bereits entgegen, die Zähne gefletscht, die gelben Augen leuchtend vor Blutdurst. Abrupt blieb Yvolar stehen, den Stab hoch erhoben, und schleuderte ihnen eine weitere energetische Entladung entgegen, die sich aus Geisteskraft nährte und zwei weitere Angreifer ins Vergessen schickte.

Dann waren die Erle heran.

»Arais!«, schmetterte er ihnen entgegen, und das magische Wort aus der alten Sprache verfehlte seine Wirkung nicht. Als würden sie gegen eine unsichtbare Mauer laufen, wurde der Angriff der Erle jäh gestoppt, zurückgeschlagen vom Zauberbann, den der Druide um sich errichtete. Aber immer noch mehr Unholde stürmten aus den Tiefen des Waldes heran, und als Yvolar zurückblickte, sah er, dass auch seine Verfolger zu ihm aufgeschlossen hatten. In breiter Front stampften sie durch die Talsohle, Geifer lief aus ihren Mäulern – und der Druide erkannte, dass er sie nicht alle aufhalten konnte.

Für ein paar von ihnen mochten die mentalen Kräfte, die nötig waren, um eine Barriere zu errichten, ausreichen – nicht jedoch für solche Massen. Unter dem Ansturm der Feinde erbebend, begann die unsichtbare Mauer bereits zu wanken – und im nächsten Moment überwand der erste Angreifer das Hindernis.

Yvolars Stab fuhr mit Urgewalt herab und zerschmetterte Helm und Schädel des Erls, als dieser nahe genug heran war. Aber sofort setzten ein zweiter und ein dritter Angreifer nach, während die Verfolger den Druiden im Rücken attackierten.

Einen lauten Schrei ausstoßend, wirbelte der Druide um seine Achse. Dabei hielt er den Stab mit nur einer Hand, und wen von den Erlen er berührte, der sank verwundet nieder. Die nachdrängenden Erle jedoch setzten über die Verwundeten hinweg und griffen in ihrer Raserei an.

Eine Bewegung, die er aus dem Augenwinkel heraus wahrnahm, ließ Yvolar herumfahren. Blitzschnell riss er den Druidenstab hoch, parierte damit einen mörderischen Axthieb, der seinen Schädel gespalten hätte. Der Angriff war mit derartiger Wucht geführt, dass gewöhnliches Holz ihm niemals standgehalten hätte; der von magischer Kraft durchdrungene Stab jedoch blockte die Axt, um sie im nächsten Moment mit derselben Wucht wieder von sich zu schleudern. Der Erl, der davon völlig überrascht wurde, taumelte rückwärts, das Axtblatt wurde weit über seinen Kopf nach hinten geworfen – und erschlug den Unhold, der sich hinter dem Erl befand.

Eine rostige Speerspitze zuckte vor, der Yvolar mit blitzschnellem Reflex auswich; einem Schwertstreich, der seinen Beinen galt, entging er, indem er leichtfüßig in die Luft sprang. Und immer wieder ging der Eschenstab nieder, zerschmetterte Helme und brach Gliedmaßen. Die Last der langen Jahre, die er bereits auf Erden weilte, schien von dem Druiden abgefallen, so geschmeidig und kraftvoll waren seine Bewegungen – gegen die Unzahl von Gegnern, die unentwegt auf ihn einstürmte, würde jedoch auch er nicht lange bestehen können.

Mit wilden Kriegsschreien auf den wulstigen Lippen stürmten die Erle weiter heran, und egal, wie viele von ihnen er erschlug, es kamen immer noch mehr. Obwohl Yvolar mit der Macht des Zauberkundigen kämpfte, war ihm klar, dass er nicht gewinnen konnte.

Irgendwann würde eine schartige Klinge oder ein rostiges Axtblatt seine Deckung durchdringen und ihr Ziel finden.

Seine Mission war gescheitert.

6

Galfyn hatte sich zurückgezogen und stand auf jenem hohen Aussichtspunkt, den ihm seine Leute in der Krone einer alten Eiche errichtet hatten; der jähe Winter hatte den mächtigen Baum so unerwartet ereilt, dass er unter dem Mantel aus blendend weißem Schnee noch immer sein grünes Blätterkleid trug.

Ein wenig, dachte Galfyn, fühlte er sich wie dieser Baum – der plötzlichen Kälte ausgesetzt und seiner wahren Natur entrissen. Nicht aus freien Stücken war er zum Heerführer geworden, sondern weil die Notwendigkeit ihn dazu gedrängt hatte. Der feige Überfall auf sein Heimatdorf hatte den jungen Häuptling des Falkenclans bittere Rache schwören lassen, und nirgendwo anders als in Iónador vermutete er die Drahtzieher des hinterhältigen Angriffs, bei dem seine Familie so grauenvoll dahingeschlachtet worden war.

In Fynrads Heiligem Hort hatte er die Clans des Waldes versammelt, damit sie ihren Zwist untereinander begruben und sich wie einst zusammenschlossen, um gegen den Feind zu ziehen, der ihrer aller Existenz bedrohte. So überzeugend hatte er gesprochen, dass ihm die Stämme schließlich auf den Feldzug gegen Iónador gefolgt waren. Und nicht nur das: Sie hatten ihn zu ihrem Anführer gemacht.

Einzig Herras, sein treuer Oheim und Waffenmeister, hatte ihn zur Vorsicht gemahnt. Zwar hatte Galfyn alle Bedenken beiseitegewischt – nun jedoch, da er auf seinem hohen, einsamen Posten stand und einmal mehr die Last der Verantwortung auf seinen Schultern spürte, kehrten sie zurück.

Er dachte an seine Begegnung mit dem Anführer des feindlichen Heeres, als sie sich an den Ufern des Flusses gegenübergestanden hatten. Hoch zu Ross war er erschienen, und um nicht zu ihm aufblicken zu müssen, hatte sich Galfyn einer alten Tradition entsonnen und sich von seinen Begleitern auf einem Schild tragen lassen. Siegesgewiss hatte sich der feindliche Heerführer gegeben, aber nicht annähernd so hochmütig, wie Galfyn es von ihm erwartet hätte. Und er hatte einige Gemeinsamkeiten zwischen sich und dem Marschall von Iónador festgestellt: Beide hatten sich nicht nur überzeugt davon gegeben, den Sieg in dieser Schlacht davonzutragen; sie waren auch annähernd im gleichen Alter und ähnlich entschlossen, für ihre Sache einzustehen.

Herras hatte zudem noch eine weitere Übereinstimmung zur Sprache gebracht: »Der Herr von Falkenstein«, hatte er gesagt, »trägt unser Stammestier in seinem Wappen.«

Auch Galfyn war dies aufgefallen, aber er hatte dem keine besondere Bedeutung beigemessen. »Und?«, hatte er entgegnet. »Ich kann darin nicht mehr als einen Zufall sehen.«

»Meiner Erfahrung nach gibt es keine Zufälle in dieser Welt«, hatte sein Oheim und Waffenmeister daraufhin erwidert.

»Dann soll diese Schlacht als der Kampf der Falken in die Geschichte des Waldvolks eingehen«, hatte Galfyn unnachgiebig und voller Trotz geantwortet. »Als jene Schlacht, in welcher der wahre Falke aus den Wäldern dem falschen Falken aus der Goldenen Stadt die Flügel stutzte!«

Danach hatte er über diese seltsame Gemeinsamkeit nicht weiter nachgedacht. Und er hatte auch alle anderen Bedenken seines Oheims mürrisch als die übermäßige Sorge eines alten Mannes abgetan.

Aber nun plagte auf einmal auch ihn ein ungutes Gefühl, als wäre der Sieg, den er bereits zum Greifen vor sich gesehen hatte, auf einmal ungewiss. Zuerst glaubte Galfyn, dass es die

Zweifel seines alten Waffenmeisters wären, die sich allmählich auch auf ihn übertrugen, aber das stimmte nicht. Es waren seine eigenen Bedenken, die an ihm nagten und ihn nicht mehr loslassen wollten – auch wenn es längst kein Zurück mehr gab.

Denn die Schlacht hatte begonnen.

Einen ersten Schwarm von Pfeilen hatten die Bogenschützen des Waldheers bereits auf den Feind losgelassen, und soeben prasselte eine zweite Welle tödlicher Geschosse über die Reihen Iónadors hernieder – aber der Beschuss erwies sich als weitaus weniger vernichtend, als Galfyn es erhofft hatte. Selbst die Felsbrocken, die die Katapulte dem Feind entgegenschleuderten, richteten nur vergleichsweise geringen Schaden an; weder waren sie in der Lage, den Ansturm Iónadors zu stoppen, noch vermochten sie das Eis zu durchbrechen, geradeso als wäre es nicht natürlichen Ursprungs, sondern mit dunkler Magie erzeugt oder zumindest behaftet. Ungehindert hielten die feindlichen Krieger weiter auf das diesseitige Ufer zu.

Galfyn spürte Herras' Blick in seinem Nacken.

Sein alter Lehrer hatte vorausgesagt, dass der Plan, den Feind am Fluss zu stellen, infolge des Eises nicht aufgehen würde. Anstatt auf eine schmale Furt angewiesen zu sein, konnten die Iónadorer auf breiter Fläche angreifen und dabei ihre gefürchtete Reiterei zum Einsatz bringen. Schon hatten die ersten Feinde das Ufer erreicht und würden jeden Augenblick auf dem Kamm der Böschung auftauchen – und was passierte, wenn gepanzerte Reiter auf leicht bewaffnetes Fußvolk trafen, war Galfyn nur allzu klar.

Iónador unterdessen schien siegesgewiss. Schon kam die zweite Welle des Angriffs heran: Tausende von Fußkämpfern marschierten in breiter Front über den Fluss, folgten der Reiterei, die eine Schneise durch den Schnee gebahnt hatte. Der Klang der Trommeln war furchterregend, ebenso das

Schmettern der Fanfaren, dem die Kriegshörner der Waldkämpfer kaum etwas entgegenzusetzen hatten. In rechteckigen Formationen rückte der Feind vor, Schulter an Schulter und mit eiserner Disziplin. Die Waffen der Iónadorer glänzten im blassen Tageslicht, und ihre großen Schilde sorgten dafür, dass der Pfeilbeschuss kaum Wirkung zeigte.

Galfyn biss sich auf die Lippen.

Mit einem derart massiven Angriff hatte er nicht gerechnet. Zwar verfügte er über einige Erfahrung im Kampf, jedoch pflegten Waldkrieger anders zu fechten: Eine Schlachtordnung gab es nicht, die Tapferkeit des Einzelnen galt als die höchste Tugend – und ebendiese Tugend sollte die Streitmacht des falschen Falken doch noch um den Sieg bringen!

Ein grimmiges Lächeln huschte auf einmal über Galfyns Züge.

Sollten Iónadors Streiter ruhig glauben, dass sie ihn überrumpelt hatten mit der Wucht ihres Angriffs. Sie würden eine böse Überraschung erleben …

Dumpfer Hufschlag war plötzlich zu hören, und über dem Kamm der Uferböschung tauchte der Helm eines Ritters auf, der im fahlen Sonnenlicht glänzte. Im nächsten Moment hatte Iónadors Reiterei die Böschung überwunden und stürmte die Kuppe, wo die Waldkrieger bereitstanden – bereit jedoch nicht zum Kampf, sondern zur Flucht!

Galfyn wandte sich um und nickte Herras zu, der daraufhin die lange Stange schwenkte, die er in den sehnigen Händen hielt und an deren Ende ein roter Tuchfetzen befestigt war.

Dies war das verabredete Signal – und einen Augenblick, ehe Iónadors Reiter auf die vorderste Reihe der Waldkrieger trafen, sprangen diese auf und zogen sich zurück.

Freilich nicht ohne Gegenwehr.

Ein wahrer Hagel aus Pfeilen und Steinen brach über die Angreifer herein, der ihre Rüstungen zwar meist nicht durchdrang, ihren weniger gut gepanzerten Pferden aber zusetzte und ihre Reihen in Unordnung brachte. Hier und dort geriet der Angriff ins Stocken, wodurch den Verteidigern Zeit blieb zum Rückzug. So schnell sie nur konnten, eilten Galfyns Krieger dem nahen Wald entgegen. Dort, zwischen eng stehenden Tannen und auf unebenem Boden, wurden die Stärken der Reiter zu ihrem größten Schwachpunkt, während die Krieger der Clans mit ihrer leichten Bewaffnung und Panzerung im Vorteil waren. Dorthin wollte Galfyn die Angreifer locken – und *dieser* Plan schien aufzugehen …

Wütend darüber, dass sich der scheinbar wehrlose Feind dem Kampf entzog, nahmen Iónadors Ritter die Verfolgung auf. Mit wehenden Bannern jagten sie den fliehenden Waldkriegern hinterher, die manchen Verlust zu beklagen hatten, den Feind jedoch wie geplant zu den Bäumen führten, wo sich der größere Teil von Galfyns Streitmacht verborgen hielt: die in graue Felle gehüllten Wolfskrieger, die im Halbdunkel des Waldes kaum auszumachen waren; die Kämpfer des Biberstamms, deren Äxte furchtbare Wunden schlugen; die Schwertkämpfer der Füchse und Hirsche und schließlich die Bärenkrieger, von denen einige Berserker waren und die Rohheit der Wildnis in sich trugen.

Zusammen mit den Bogenschützen des Schlangenclans und den Speerwerfern des Eberstamms, die auf den Hügeln links und rechts des Walds postiert waren, bildeten sie die Hauptstreitmacht. Die Falkenkrieger indes hatten die wohl gefährlichste Aufgabe übernommen, nämlich den Feind in den Wald zu locken.

Galfyn zuckte zusammen, als einer seiner Leute unter dem Schwertstreich eines heranstürmenden Reiters fiel. Nicht mehr lange, redete er sich ein, dann würden die Kämpfer des falschen Falken am eigenen Leib erfahren, was es hieß, gejagt zu werden und unterlegen zu sein …

Erneut ließen die Bogenschützen einen Schwarm Pfeile auf die Angreifer los. Zu leicht durfte man es ihnen nicht machen, andernfalls würden sie merken, dass sie in eine Falle liefen. Einige Reiter wurden getroffen, der Großteil von ihnen jedoch stürmte ungehindert weiter. In zornigem Galopp setzten die Pferde durch den zertretenen und braun verfärbten Schnee, gefolgt vom Fußheer Iónadors, das inzwischen ebenfalls am diesseitigen Ufer angelangt war. Ihren Anführern hinterdrein stürmten die Kämpfer die Böschung empor, und die Bogenschützen der Waldkrieger bereiteten sich darauf vor, sie gebührend zu empfangen.

Bisher war alles nur Geplänkel gewesen. Wenn die Reiter den Wald erreichten und das Fußvolk auf der Anhöhe anlangte, würde die eigentliche Schlacht beginnen; Galfyn konnte nur hoffen, dass der Plan, den er sich zurechtgelegt hatte, diesmal auch aufgehen würde.

Wenn nicht, würde sein Name für immer in den Annalen des Waldvolks festgeschrieben sein.

Als derjenige, der Fynrads Erbe verraten und den Untergang der neun Stämme herbeigeführt hatte ...

7

Yvolar spürte brennenden Schmerz.

Er hatte den Schwertstreich vorausgeahnt, einen Augenblick, ehe er tatsächlich erfolgt war – dennoch reagierte er zu spät.

Der Erl, der ihm die Schulterwunde beibrachte, kam nicht dazu, darüber zu triumphieren, denn schon ereilte ihn der Stab des Druiden und schickte ihn mit zerschmettertem Schädel in den braunen Matsch, der den Boden der Talsohle bedeckte. Aber die Wunde war geschlagen. Sie blutete und brannte wie Feuer – und das Gift, mit dem die Erle ihre Waffen zu präparieren pflegten, war in Yvolars Körper eingedrungen.

Der Druide kämpfte dennoch weiter, getrieben von der Kraft der Verzweiflung. Sein Vorhaben, ins Tal des Allair vorzustoßen und die verfeindeten Parteien daran zu hindern, sich gegenseitig niederzumetzeln, war gescheitert. Das Böse war auf dem Vormarsch, nicht nur in Allagáin, sondern bald schon überall auf der Welt – und diesmal würde es triumphieren …

»Neeein!«

Mit einem heiseren Ausruf ließ er abermals den Stab kreisen, doch seine Bewegungen wurden langsam und vorhersehbar, sodass die Erle nur noch ein spöttisches Grunzen dafür übrig hatten. In ihren Augen leuchtete blanker Vernichtungswille, während ihr Gegner inzwischen kaum mehr war als ein alter Mann, dessen Gesicht und Gewand sowohl von seinem eigenen Blut besudelt waren als auch von dem erschlagener Feinde. Er bot einen jämmerlichen Anblick, wie er so dastand, halb gebückt, den Stab in beiden Händen und auf die nächste Attacke wartend.

Doch der letzte, tödliche Angriff erfolgte nicht.

Die Erle, die begriffen hatten, dass ihr Opfer am Ende seiner Kräfte war und sich in der Falle befand, ließen sich Zeit. Längst hatten sie ihn eingekreist und um ihn einen Kordon gebildet, den er unmöglich durchdringen konnte. Immer enger zog er sich um den Druiden zusammen, der sich gehetzt umblickte und sich von gefletschten Zähnen und hassverzerrten Mienen umgeben sah.

Da trat einer der Erle vor – ein besonders großes Exemplar, dessen Schädel kahl rasiert war bis auf einen einzelnen schwarzen Schopf. Er trug Fell und Kettenhemd und bot einen Furcht einflößenden Anblick, und das schartige Schwert in seinen Händen war so groß und breit, dass ein Mensch es wohl nicht zu führen vermocht hätte. Gebieterisch hob er die muskelstrotzenden Arme und stieß einen lauten Schrei aus, der so roh und barbarisch klang, dass seine Artgenossen sofort verstummten.

»Ich Lorga«, verkündete er und schlug sich mit der geballten Linken auf die Brust.

Yvolar, der sich vor Schmerz und Erschöpfung kaum noch auf den Beinen halten konnte und den Stab nicht mehr als Waffe, sondern als Stütze benützte, verzichtete darauf, sich dem Erl vorzustellen. Allerdings erkannte er, dass es sich bei seinem Gegenüber um eines der intelligenteren Exemplare seiner Gattung handeln musste, da es einige Worte der Menschensprache zu beherrschen schien. Aber das war wohl nicht der Grund, dass ihn die Erle zu ihrem Anführer gemacht hatten, sondern seine überlegene Körpergröße …

»Lorga dich töten«, kündigte der Unhold grinsend an. »Bringen deinen Kopf zu meinem Herrn.«

»Wer … wer ist dein Herr?«, fragte Yvolar stockend.

»Warum du wollen wissen? Du gleich tot.«

»Dann kannst du es mir ja sagen, oder nicht?«

Die fliehende Stirn des Erls legte sich in Falten, während er angestrengt nachzudenken schien. Doch offenbar leuchtete ihm das Argument des Druiden schließlich ein, denn er sagte: »Kaelor unser Herr und Meister. Er befehlen, wir folgen.«

»K-Kaelor?«, fragte Yvolar entsetzt und war einen Moment lang unaufmerksam – einen Moment, den Lorga nützte, um ihm mit der Breitseite des Schwerts einen Schlag auf den Kopf zu verpassen. Benommen ging der Druide nieder und landete im Morast. Vergeblich versuchte er, sich mithilfe des Stabs wieder auf die Beine zu stemmen – er sackte zurück und blieb zu Füßen seines grausamen Gegners liegen.

»Du kennen Kaelor?«, fragte Lorga, und seine Augen rollten dabei wild in den Höhlen.

»Aller… allerdings«, antwortete Yvolar schwer atmend.

Kaelor war ein *farmon daic* – ein Eisriese.

Die Eisriesen hatten sich einst mit den Erlen und Trollen verbündet und Muortis ewige Treue geschworen. Damals hatte es dreizehn von ihnen gegeben, aber sie wurden von Danaón und seinen Sylfenkriegern erschlagen – bis schließlich nur noch Kaelor am Leben gewesen war. Getrieben von Rachsucht und Zerstörungswut, war er zu Muortis' gefürchtetstem Diener geworden. Die Nachricht, dass auch er die Zeiten überdauert hatte und nun dem Heer der Erle vorstand, ließ Yvolars Verzweiflung noch größer werden.

Er erinnerte sich, dass ihn Fyrhack nach Kaelor gefragt hatte, als der junge Erwyn und er in der Drachenhöhle gewesen waren. Unendlich lange schien das her zu sein, und Yvolar überlegte, ob Fyrhacks Entscheidung anders ausgefallen wäre, hätte er von Kaelor gewusst …

Der Druide sah, wie Lorga das Schwert hob, um ihm das Haupt von den Schultern zu schlagen. Die Züge des Erls verzerrten sich dabei zu einem bösen Grinsen.

Yvolar wollte seinen Stab zur Abwehr einsetzen, aber er war zu schwach dazu; weder reichten seine mentalen Kräfte aus, um die Energie zu entfesseln, die dem Eschenholz innewohnte, noch die ihm verbliebene Körperkraft, den Stab auch nur zu heben. Lorga sah es und lachte. Seine Art kannte weder Mitleid noch Gnade.

»So also endet es«, flüsterte Yvolar.

Er senkte das Haupt, schloss die Augen und versuchte, seine letzten Momente auf dieser Welt nicht in Todesangst zu verbringen, sondern in innerem Frieden. Gleichwohl gelang es ihm nicht. Wie auch? Seine Aufgabe auf dieser Welt war unerfüllt. Es war ihm nicht gelungen, die Sterblichen gegen Muortis zu einen, geschweige denn eine Allianz unter dem Banner des letzten Sylfen herbeizuführen. Im Gegenteil hatte Fyrhack der Drache, auf den der Druide seine ganze Hoffnung gesetzt hatte, die Rechtmäßigkeit von Erwyns Anspruch nicht anerkannt, und in diesen Augenblicken, die die letzten seines Lebens sein sollten, fragte sich Yvolar, ob er sich die ganze Zeit über selbst betrogen hatte.

Verzweiflung erfasste ihn und drohte ihn zu verschlingen wie ein dunkler Abgrund, und in der Gewissheit, dass die Welt der Sterblichen in Kälte und Dunkelheit versinken würde, schloss der Druide vom Urberg mit dem Leben ab und wartete auf den tödlichen Streich …

… als plötzlich ein dunkler Schatten auf ihn fiel.

Gleichzeitig war ein dumpfes Brausen zu vernehmen, das die Luft erzittern ließ – und noch ehe Yvolar klar wurde, was geschah, fauchten heiße Flammen über ihn hinweg, so dicht, dass sie sein Haar versengten.

Einen Herzschlag später war Lorga verschwunden. Dort, wo der Anführer der Erle eben noch gestanden hatte, das Schwert erhoben, lag ein schwelender, zur Unkenntlichkeit verbrannter Kadaver.

Die anderen Erle verfielen in wüstes Geschrei. Einige ergriffen panisch die Flucht, andere blickten verschreckt zum grauen Himmel auf, von wo die Glut der Vernichtung über sie hereingebrochen war. In diesem Moment fiel der bedrohliche Schatten ein zweites Mal auf sie.

Yvolar presste sich tief in den Schlamm, und das keinen Augenblick zu früh. Schon brandete abermals sengende Hitze über ihn hinweg, um in die Reihen der Unholde zu fahren und sie zu rösten. Als lebende Fackeln rannten die Erle umher und stießen entsetzliche Schreie aus, die jedoch in dem infernalischen Rauschen untergingen, das plötzlich über ihnen lag. Ein Rauschen, das dem Druiden nur zu bekannt vorkam, obwohl er es seit Ewigkeiten nicht mehr vernommen hatte.

Der Flügelschlag eines Drachen …

In diesem Moment wischte etwas nur wenige Handbreit über den Köpfen der Erle hinweg – etwas, das riesig groß war, einen langen Schweif hatte und sich so schnell bewegte, dass das Auge ihm kaum folgen konnte.

Yvolar warf sich herum und wandte den Blick nach oben. So schnell, wie sie von dort herabgestoßen war, war die fliegende Kreatur wieder hinauf in den Himmel gejagt. Nun schwebte sie dort oben, den Naturgesetzen trotzend, und breitete die weiten Schwingen aus.

»Fyrhack!«

Seit Generationen hatte sich ein Anblick wie dieser nicht mehr über Allagáin geboten. Majestätisch und riesig verharrte der Drache unter den grauen Wolken. Dann stieß er ein wütendes Fauchen aus und legte die Flügel wieder an, um wie ein Raubvogel hinabzustoßen und einen weiteren Angriff auf die Erle zu führen.

Nicht wenige der Unholde hatten sich bereits abgewandt und suchten ihr Heil in der Flucht. Vergeblich versuchten die Hauptleute, sie daran zu hindern – doch die entfesselte Panik ihrer Untergebenen ließ sich nicht mehr bändigen. Entsetzte Schreie ausstoßend, liefen die Erle zum nahen Wald, wo sie dem Zorn des Drachen zu entgehen hofften.

Eine Hoffnung, die trügerisch war.

Denn der Lindwurm, der beinahe senkrecht aus dem Himmel herabstieß, hatte die Fliehenden längst ausgemacht, und er schien nicht vorzuhaben, auch nur einen von ihnen entkommen zu lassen. Erneut schoss ein Feuerstrahl aus seinem Rachen zur Erde und setzte den Waldrand in Brand. Von einem Augenblick zum anderen schnitt eine lodernde Feuerwand den Erlen den Weg ab. Entsetzt versuchten die Vorderen, in ihrem Lauf innezuhalten, doch ihre nachdrängenden Kumpane waren blind vor Panik und stießen sie in die Flammen.

Fauchend zog der Drache über sie hinweg, um noch einmal hoch in die Lüfte aufzusteigen. Diesmal beschrieb er eine enge Kurve und kehrte schon nach Augenblicken wieder zurück. Die vier Gliedmaßen mit den mörderischen Krallen ausgebreitet, landete er inmitten der verwirrten Unholde. Nur wenige von ihnen brachten den Mut und die Geistesgegenwart auf, ihre Waffen gegen ihn zu richten, und es bekam ihnen schlecht. Manch einer wurde geröstet, andere von Drachenklauen zerfetzt, wieder andere vom Schweif erschlagen, der wie eine Keule niederging und gegen dessen Stacheln aus Horn kein Helm und keine Panzerung Schutz bot.

Mit Urgewalt wütete die Kreatur aus einer anderen Zeit unter den Erlen und spie Flammen – bis sich ringsum kaum noch etwas regte. Wer es von Muortis' Dienern nicht geschafft hatte, beizeiten zu fliehen, der lag tot oder schwer verwundet am Boden. Schnaubend stand der Drache inmitten des Felds aus schwarzer Erde und verkohlten Kadavern, das er selbst bestellt hatte, und als sich der Rauch legte, wurde seine eindrucksvolle Gestalt vollends sichtbar: ein mächtiger, mit grünen und braunen Hornplatten besetzter Körper, der auf säulendicken Beinen ruhte und in einen langen Schwanz auslief; riesige Flügel, die mit ledriger Haut bespannt waren, durch die geheimnisvoll das blasse Sonnenlicht schimmerte; ein Zackenkamm, der über den breiten Rücken und den langen Hals bis hinauf zum riesigen Haupt verlief. Das Maul des Drachen war weit aufgerissen, sodass die mörderischen Zähne zu sehen waren; Dampf wölkte aus seinen Nüstern, und seine orangefarbenen Augen leuchteten in düsterer Glut, während er sich wachsam umblickte.

Erst als er sicher war, dass sich kein Feind mehr regte, wandte er sich ab und verließ den Todesacker, gesellte sich zu dem Druiden, der am Waldrand kauerte, der endgültigen Erschöpfung nahe und aus seiner Schulterwunde blutend.

»Du bist verwundet.«

Trotz der Schmerzen, die ihn quälten, und des Erlgifts, das durch seine Adern strömte, musste Yvolar grinsen. Drachen waren noch nie bekannt dafür gewesen, große Redner zu sein …

»In der Tat«, sagte er. »Und wärst du nicht gekommen, so säße mein Haupt längst nicht mehr auf meinen Schultern. Ich danke dir, alter Freund.«

Die Erwiderung des Drachen bestand lediglich aus einem lauten Schnauben.

»Du bist genau zur rechten Zeit gekommen, weder einen Herzschlag zu früh noch zu spät«, stellte Yvolar fest. »Du hast dich nicht verändert, Fyrhack.«

»Ebenso wenig wie du«, konterte der Drache. »Noch immer riskierst du dein Leben für die Sterblichen, du törichter alter Mann.«

»Du nennst mich einen Toren? Und dennoch bist du gekommen, mich zu retten?«

»Ein Freund brauchte Hilfe«, erwiderte Fyrhack, als würde das alles erklären.

»Warum?«, fragte Yvolar.

»Warum was?«

»Warum bist du gekommen? Sagtest du nicht, dass der Kampf gegen Muortis vergebens wäre? Dass die Sterblichen ohnehin ihren Untergang heraufbeschwören würden? Dass die Zeit der Mythen unwiderruflich vorüber ist?«

»Das sagte ich«, bestätigte der Drache, »und das glaube ich noch immer.«

»So bist du gekommen, weil du die Rechtmäßigkeit von Dochandars Anspruch anerkannt hast«, vermutete der Druide. »Du willst das Bündnis erneuern, das vor langer Zeit geschlossen wurde.«

»Auch das nicht.« Fyrhack schüttelte das riesige Haupt. »Als ich sagte, dass ich die Gegenwart des Jungen nicht spüren kann, war das die Wahrheit.«

»Warum bist du dann hier?«

»Weil ich nicht zulassen kann, dass all die Opfer, die meine Art gebracht hat, umsonst gewesen sind. Wenn Muortis letztendlich doch triumphiert, wäre der Untergang der Drachen völlig sinnlos gewesen. Das will ich nicht zulassen.«

»Ich … verstehe«, erwiderte Yvolar mit einem unterdrückten Stöhnen. Die Wunde schmerzte höllisch, und das Gift war weiter auf dem Vormarsch. Schon konnte der Druide die Kälte fühlen, die nach seinem Herzen griff, und er wandte seine letzte verbliebene Geisteskraft dazu auf, sie einzudämmen.

»Du bist verwundet«, wiederholte der Drache seine anfängliche Feststellung. »Ich werde dich in meine Höhle bringen. Dort kann ich dich heilen.«

»Nein«, widersprach Yvolar, »dazu ist keine Zeit. Ich muss ins Tal des Allair, so rasch wie möglich.«

»Aber …«

»Alter Freund, ich bitte dich.« Indem der Druide den letzten Rest verbliebener Körperkraft zusammennahm, gelang es ihm, sich an seinem Stab auf die Beine zu ziehen. »Grässliche

Dinge geschehen im Tal des Allair. Gelingt es uns nicht, dem so schnell wie möglich ein Ende zu setzen, hat Muortis gewonnen.«

»Nun gut.« Obwohl es Fyrhack anzumerken war, dass er die Ansicht des Druiden nicht teilte, nickte er. Dann ließ er sich auf seine Vorderläufe nieder und senkte das Haupt, sodass Yvolar in seinen Nacken steigen konnte. Als der Drache erkannte, dass der Druide kaum mehr die Kraft dazu hatte, half er ein wenig nach, indem er ihn sanft mit der Schnauze bugsierte. »Wirst du dich festhalten können?«, fragte er.

»Sorge dich nicht um mich, alter Freund. Wieder auf deinem Rücken zu sitzen wie einst erfüllt mich mit neuer Kraft.«

»Wird sie ausreichen, um dem Gift zu widerstehen?«

»Das weiß allein der Schöpfergeist. In seinen Händen liegt unser Schicksal. Nicht nur das meine und das deine, Fyrhack – sondern das der ganzen Welt ...«

8

Als der Blutbercht zurückkehrte, geschah es ohne Vorwarnung.

Die schleppenden, geräuschvollen Schritte des Unholds waren diesmal nicht zu hören gewesen. Und offenbar hatte Mux der Kobling nicht nur seine Fähigkeit, lustige Reime zu sprechen, verloren, sondern auch die, Gefahren zu erahnen …

Plötzlich und unvermittelt tauchte der Blutbercht vor der Kerkerzelle auf.

»Da bin ich wieder!«

Die Gefährten schreckten auf. Voller Entsetzen starrten sie auf das entstellte, von Narben und Warzen übersäte Gesicht des Riesen. Das eine Auge war pupillenlos und trübe, das andere starrte dafür umso hasserfüllter auf die wehrlosen Gefangenen. Eine riesige Hakennase ragte über den großen Mund mit den wulstigen Lippen, zwischen denen schiefe gelbe Zähne zu sehen waren. Der faulige Atem des Bercht war noch widerlicher als der Blutgeruch, den er verbreitete.

Bekleidet war er mit schmutzigen Fetzen, die grob zusammengenäht waren und mit Stricken an seinem Körper gehalten wurden: Stücke von ungegerbtem Tierfell, aber auch die ledrige Haut von Erlen fanden sich darunter. Rostige Ketten waren um seinen breiten Oberkörper geschlungen, an denen die Knochen und das Kopfhaar erschlagener Feinde und verspeister Opfer hingen. Auf dem unförmigen Haupt des Blutbercht saß die braune Wollmütze, der er seinen Namen verdankte und die er mit dem Lebenssaft seiner bedauernswerten Opfer immer wieder rot zu färben versuchte; von all dem geronnenen Blut war sie hart geworden wie ein Helm.

Seine Bewaffnung bestand aus einer Keule, die beinahe so groß war wie ein ausgewachsener Mann und mit rostigen Stacheln versehen. Die Körpergröße des Unholds betrug an die zwei Mannslängen, was bedeutete, dass er sich bücken musste, um in das Kerkerloch zu schauen. Die einen erzählten sich, dass der Blutbercht ein ferner Nachkomme jener Enze wäre, die in längst vergangener Zeit die Berge Allagáins bevölkert hatten; andere behaupteten, er wäre ein gewöhnlicher Sterblicher, der irgendwann Menschenfleisch gegessen hätte und durch diesen Frevel zum Ungeheuer geworden wäre. Den Gefährten konnte es freilich einerlei sein, ob er ein zu kurz geratener Riese war oder ein zum Riesen entarteter Mensch – im Kessel des Unholds machte dies keinen Unterschied …

»Nun?«, fragte der Blutbercht mit seiner Stimme, die an das Knirschen rostiger Nägel erinnerte. »Habt ihr euch entschieden? Wenn ihr wüsstet, wie sehr ich mich darauf freue, endlich einmal etwas anderes zwischen die Zähne zu bekommen als das faulige Fleisch der widerlichen Erle.«

Erwyn, Leffel und Mux hatten sich in den hintersten Winkel der Kerkerzelle verkrochen, obwohl es auch dort keinen Schutz vor der blutrünstigen Kreatur gab. Walkar hatte sich auf alle viere niedergelassen und fletschte die Zähne wie ein Raubtier in Bedrängnis – seine Instinkte schienen ihn dazu zu zwingen, auch wenn ihm die Möglichkeit zur Verwandlung genommen war. Alphart war aufgesprungen und starrte auf die grässliche Erscheinung. Doch im Vergleich zu der ersten Begegnung mit dem Blutbercht hatte sein Entsetzen ein wenig nachgelassen. Er ballte die Hände in hilflosem Zorn, blieb aber stehen und rührte sich nicht mehr.

Anders Urys.

Gefasst und mit bewundernswerter Ruhe trat der Zwerg auf die Gitterstäbe zu. »Ja, wir haben uns entschieden, Unhold«, entgegnete er mit fester Stimme, »und die Wahl ist auf mich gefallen.«

»Ein Zwerg?« Ein wenig enttäuscht hob der Bercht die Braue über dem trüben Auge.

»Na und?«

»Mir recht«, knirschte es zurück. »Fresse ich dich eben als Vorspeise.« Von seinem Gürtel löste der Blutbercht einen Schlüssel und steckte ihn in das rostige Schloss. Es rasselte und knirschte, dann sprang es mit metallischem Klicken auf, und das Gitter öffnete sich quietschend. »Heraus mit dir, Zwerg. Raus aus der Höhle und rein in meinen Magen.« Der Bercht lachte röhrend.

Ohne Zögern trat Urys vor. Nachdem er seine Gefährten mit einem letzten Blick bedachte, der auf Erwyn ein wenig länger verweilte als auf den anderen, wollte er das Kerkerloch verlassen. Alphart jedoch hielt ihn zurück.

»Warte!«, raunte der Wildfänger ihm zu. »Bist du sicher, dass du das wirklich tun willst?«

»Ich hatte den kürzeren Strohhalm, oder nicht?«, fragte Urys.

Alphart nickte und ließ ihn weitergehen. Der Zwerg passierte die offene Gittertür und verließ damit die Zelle – auf der anderen Seite erwartete ihn bereits die Pranke des Unholds, die so groß war, dass sie seinen Kopf mühelos hätte zerquetschen können. Der Blutbercht lachte und wollte nach der Beute greifen, die sich ihm so bereitwillig darbot – als plötzlich Leben in den eben noch so lethargisch wirkenden Urys kam!

Völlig unerwartet warf er sich nach vorn, und mit einer Behändigkeit, die sein Häscher ihm bestimmt nicht zugetraut hatte – sein Kettenhemd hatte er eigens abgelegt und in der Zelle zurückgelassen –, schlitterte er bäuchlings zwischen den Beinen des Riesen hindurch. Die Pranke des Unholds griff ins Leere.

Schnaubend fuhr er herum, um nachzugreifen, und bekam den Zwerg zu fassen. Dabei ließ er jedoch die offene Zellentür aus den Augen.

»Jetzt!«, brüllte Alphart – und sie alle handelten. Waffen, mit denen sie sich zur Wehr setzen konnten, hatten sie nicht, wohl aber den Mut der Verzweiflung.

Mit einem Gebrüll, das einem ausgewachsenen Bären zur Ehre gereicht hätte, setzte Walkar durch den offenen Ausgang und sprang den Bercht an wie ein Raubtier. Schon war er auf seinem Rücken und umklammerte von hinten seinen Hals, um ihn zu würgen. Alphart griff nach einem der losen Kettenenden, die vom Oberkörper des Unholds baumelten. Mit aller Kraft zog und zerrte er daran, um den Riesen zu Fall zu bringen – und bekam dabei Hilfe: Erwyn und Leffel eilten hinzu, ebenso Mux, dessen Federgewicht allerdings kaum etwas bewirkt hätte. Stattdessen verlegte sich der Kobling darauf, mit atemberaubender Geschwindigkeit an dem Unhold emporzuklettern und ihm im wahrsten Sinn des Wortes auf der Nase herumzutanzen.

»Nun wirst du sehen, was es setzt, wenn man Muxens Freund verl… verlacht!«, rief er grimmig.

Der Blutbercht verfiel in fürchterliches Geschrei. Wie von Sinnen sprang er von einem Bein auf das andere und schlug dabei wahllos um sich, in der einen Pranke die Keule, in der anderen den armen Urys.

»Verdammt!«, brüllte Alphart, als die Keule heranzuckte und sowohl ihn als auch Erwyn und Leffel nur um Haaresbreite verfehlte; sie konnten den kalten Luftzug spüren und rochen den Gestank von Blut und Tod, der auch der Waffe anhaftete.

Noch einen Augenblick lang tobte und zeterte der Unhold, dann schien er sich trotz seiner Raserei für einen Moment zu besinnen. Anstatt weiter blindlings um sich zu dreschen, ließ er sowohl seine Keule als auch den bedauernswerten Urys fallen, der bewusstlos und mit einer blutenden Stirnwunde liegen blieb.

»Vater!«, rief Erwyn und ließ die Ketten los, um zu ihm zu eilen und ihn außer Reichweite der stampfenden Füße des Unholds zu ziehen. Dadurch war auch Leffel für einen Moment unaufmerksam, und ein Prankenhieb des Berchts erwischte ihn.

In hohem Bogen flog der Gilg davon, prallte rücklings gegen die Höhlenwand und rutschte benommen daran herab. Alphart hatte keine Zeit, sich um ihn oder den Jungen zu kümmern. Mit beiden Händen klammerte er sich an der rostigen Kette, von der ihm das geschrumpfte Haupt eines Erls entgegengrinste, und sein ganzes Körpergewicht einsetzend, versuchte er, den Blutbercht aus dem Gleichgewicht zu bringen, während sowohl Mux als auch Walkar das Ihre taten, um dem Unhold zuzusetzen.

Vergebens.

Mit einer flüchtigen Handbewegung, so als wollte er ein lästiges Insekt verscheuchen, schlug der Riese nach dem Kobling, wischte ihn beiseite, und Mux wurde quer durch die Höhle geschleudert.

Plötzlich stolperte der Blutbercht einige Schritte zurück. Schon glaubte Alphart, seine Bemühungen wären von Erfolg gekrönt, als ihm aufging, dass der Unhold mit voller Absicht rückwärtswankte. Er wollte sich gegen die Felswand werfen, um so den Bärengänger, der ihm immer noch im Nacken hing, zu zerquetschen.

»Spring ab!«, schrie Alphart gegen das Wutgebrüll des Riesen an – aber entweder hörte ihn Walkar nicht oder er wollte einfach nicht aufgeben. Mit zusammengebissenen Zähnen umklammerte er den pfeilerdicken Hals des Riesen.

Fest entschlossen, seinen Peiniger zu zermalmen, stampfte der Blutbercht rückwärtsgehend auf die Höhlenwand zu. Dadurch jedoch geriet er ins Stolpern – und indem Alphart mit aller Kraft an der Kette zog, gelang es ihm, den Unhold zu Fall zu bringen.

Walkar, der darauf nicht gefasst gewesen war, wurde abgeschüttelt, schlug hart auf den steinernen Boden. Doch anstatt ihn erwischte der Blutbercht Alphart!

Der Wildfänger versuchte noch, sich vor der fallenden Leibesmasse des Unholds in Sicherheit zu bringen, doch da landete der Blutbercht bereits mit dem ganzen Gewicht seines unförmigen Körpers auf ihm!

Der Wildfänger hörte seine Rippen knacken, heftiger Schmerz durchfuhr seinen Leib und machte ihn bewegungsunfähig. Sterne tanzten vor seinen Augen, und wie schon einmal an diesem Tag – oder war es gestern gewesen? – drohte ihn der dunkle Abgrund einer Ohnmacht zu verschlingen.

Doch Alphart zwang sich, bei Bewusstsein zu bleiben. Blinzelnd versuchte er sich zu orientieren, während ihn das Gewicht des Unholds weiterhin niederdrückte. Dann, unvermittelt, war es verschwunden. Durch die Schleier der Benommenheit nahm Alphart ein lang gezogenes Keuchen wahr, dann fiel ein dunkler Schatten über ihn.

Der Wildfänger riss die Augen auf – und blickte seinem Ende entgegen. Der Blutbercht stand über ihm, die mörderische Keule zum Schlag erhoben; die Zähne hatte der Unhold gefletscht, Geifer troff ihm von der wulstigen Unterlippe, und aus dem klaren Auge stach so tödlicher Hass, dass es Alphart den Atem raubte.

Vergeblich versuchte der Jäger, sich aufzuraffen, doch ein Schmerz raste durch seine rechte Körperseite, so stark, dass er es nicht schaffte, sich zu erheben. Rücklings über den Boden kriechend, suchte er dem Zorn des Riesen zu entkommen, aber schon im nächsten Augenblick stieß er gegen die Höhlenwand, die seiner Flucht ein jähes Ende setzte.

Der Blutbercht lachte grollend.

»Komm schon«, knurrte Alphart, der nicht gewillt war, vor der grässlichen Kreatur Furcht zu zeigen, auch wenn sein Innerstes erschauderte. »Worauf wartest du? Bring es endlich hinter dich, du hässlicher Dingeler!«

Der Unhold wollte sich dies offenbar nicht zweimal sagen lassen. Mit der fleischigen rosafarbenen Zunge fuhr er sich über die spitzen gelben Zähne, die er selbst zurechtgeschleift hatte, dann sah Alphart, wie sich die Muskeln des Riesen spannten, um die Keule herabfahren zu lassen …

Aber sie taten es nicht!

Aus einem unerfindlichen Grund hielt der Blutbercht in seiner Bewegung inne.

Wie angewurzelt stand er da, die fürchterliche Waffe noch immer erhoben. Sein Lachen ging in ein heiseres Keuchen über. Gleichzeitig hatte Alphart den Eindruck, dass auch das andere Auge des Unholds trüb und milchig wurde.

Der Blutbercht zuckte.

Einen Lidschlag später durchstieß etwas seine Brust und brach mit Urgewalt hervor. Mit ungläubig geweiteten Augen sah Alphart, dass es eine Speerspitze war.

Nicht aus Eisen war sie gefertigt, sondern aus Stein. Der scharfkantige Keil hatte sich mit derartiger Wucht in den Rücken des Unholds gebohrt, dass er durch die Brust wieder ausgetreten war.

Der Blutbercht blickte an sich herab, und während er noch zu begreifen versuchte, was geschehen war, trat eine zweite Speerspitze aus seiner mächtigen Brust, kantig und blutbesudelt.

Alphart begriff, dass er unverhofft Hilfe erhalten hatte.

Während der Blutbercht seine Keule sinken ließ und auf seinen dicken Beinen zu wanken begann, durchdrangen gellende Schreie die Höhle, und aus den Schatten jenseits des Feuers sprangen gedrungene wilde Gestalten, wie der Wildfänger sie noch nie gesehen hatte. Er sah zottige Felle und langes Haar, hörte Laute, wie menschliche Kehlen sie unmöglich hervorbringen konnten, und musste an die Erle denken. Entsetzt wollte er sich aufrichten, aber sein geschundener Körper gehorchte ihm nicht mehr.

Der Schmerz in seiner Seite wurde so heftig, dass er den Jäger endgültig in den dunklen Schlund der Ohnmacht riss.

Alpharts letzter Gedanke, ehe er erneut das Bewusstsein verlor, galt seinen Gefährten.

Seinen Freunden.

Seinen *Brüdern* …

9

Die Entscheidungsschlacht um die Zukunft von Allagáin tobte.

Oder?

Als Barand von Falkenstein sein Pferd über die Böschung lenkte, erwartete er, ein Schlachtfeld vor sich zu sehen. Mit brachialer Gewalt hatten seine Ritter einen Keil in die Reihen der Waldkrieger treiben sollen – doch wie er feststellen musste, war dies nicht geschehen. Zwar lagen auf dem hügeligen Gelände die Leichen einzelner Gefallener, vom gegnerischen Heer, auf das zu treffen Barand erwartet hatte, sah er jedoch nichts. Der Feind hatte sich unerwartet zurückgezogen, und die Reiterei hatte die Verfolgung aufgenommen – und jäh begriff der Marschall von Iónador, dass dies eine Falle sein musste!

Welchen Grund sollten die Barbaren sonst wohl haben, sich zunächst bis an den Rand der Böschung vorzuwagen und sich dann kampflos zurückzuziehen? Sie wollten die Reiterei in die nahen Wälder locken und so den Vorteil, den eine schwere Panzerung auf freiem Felde bot, zum Nachteil machen. Denn inmitten eng stehender Bäume und dichten Unterholzes waren die Ritter dem weniger gerüsteten und deshalb wendigeren Feind hoffnungslos unterlegen …

Ein guter Trick, den sich der Falke der Waldbarbaren da ausgedacht hatte, das musste Barand von Falkenstein ihm zugestehen.

Meinrad von Kean d'Eagol, der die Reiterei anführte, ahnte von der Falle nichts. Mutig preschte er seinen Leuten voraus, als wollte er den Sieg gegen das Waldvolk im Alleingang erringen. Schon hatte er die Bäume fast erreicht – und Barand tat, was ihm das einzig Richtige erschien.

Er ließ zum Rückzug blasen …

»Weiter so! Nur immer weiter!«

Von seinem Hochstand aus beobachtete Galfyn den Hergang der Schlacht und verfiel in triumphierendes Geschrei, als sich Iónadors Ritter dem Waldrand näherten. Sein Plan schien aufzugehen, die gepanzerten Kämpen schienen geradewegs in ihr Verderben zu reiten.

»Nun, alter Mann?«, fragte er Herras. »Habe ich dir nicht gesagt, dass es ganz einfach werden wird?«

In diesem Moment war aus den Reihen des nachrückenden Fußvolks ein Trompetensignal zu vernehmen.

»Das hast du, Junge«, entgegnete der alte Krieger düster, »und ich wünschte, ich hätte dir nicht geglaubt.«

»Weshalb? Was …?«

Einen Augenblick war Galfyn verwirrt und begriff nicht, was sein Lehrer meinte – als die Kämpfer Iónadors jedoch ihren Ritt verlangsamten und die Pferde zügelten, wurde es auch ihm klar.

»Sie … sie blasen zum Rückzug!«, rief der junge Anführer außer sich. »Das … das kann nicht sein!«

»Offenbar doch«, sagte Herras ebenso trocken wie streng, während die Ritter ihre Pferde wendeten. Einige der Tiere scheuten und stellten sich auf die Hinterbeine, aber nicht eines von ihnen bewegte sich mehr auf den Waldrand zu, wo Galfyns Krieger lauerten.

»Der Kriegsherr aus der Goldenen Stadt, der unser Stammestier im Wappen trägt, hat erkannt, dass es sich um eine Falle handelt«, stellte der Waffenmeister fest. »Offenbar hat er den Blick des Falken.«

»Aber das … kann nicht sein!«

»Warum nicht? Weil du es nicht vorausgeplant hast?« Der beißende Spott in Herras' Stimme war unüberhörbar. »Was nun, Häuptling? Ein guter Anführer pflegt stets einen zweiten Plan zu haben für den Fall, das der erste nicht funktioniert.«

Galfyn presste die Lippen aufeinander.

Die Reiter Iónadors in den Wald zu locken *war* sein zweiter Plan gewesen – ursprünglich hatte er vorgehabt, den feindlichen Kämpfern an der Furt zu begegnen. Das Eis hatte diesen ersten Plan zunichtegemacht, die Schläue seines Feindes oder dessen Misstrauen den zweiten.

Oder steckte mehr dahinter?

Hatte Verrat sein Vorhaben vereitelt?

Jähzorn schoss in Galfyn hoch und blockierte jeden weiteren Gedanken. »Du willst wissen, ob ich einen weiteren Plan habe, alter Mann?«, fuhr er Herras an. »Den habe ich in der Tat: Wir werden kämpfen – Mann gegen Mann, bis zum letzten Blutstropfen!«

»Ein kluger Plan, fürwahr«, sagte der alte Krieger, ohne dass Galfyn zu sagen vermochte, ob die Worte ernst gemeint waren.

»Wirst du mir folgen?«, fragte er nur.

»Mein Junge«, knurrte Herras, »du warst stets wie ein Sohn für mich. Ich habe dich erzogen und dich im Kampf unterwiesen, dir alles beigebracht, was ich für nötig erachtete. Ich werde dir überallhin folgen – auch in den Tod!«

»So sei es«, entgegnete Galfyn grimmig, sprang von der Plattform und glitt am Kletterseil in die Tiefe, umweht von seinem grünen Umhang. Sein Waffenmeister folgte ihm ohne Zögern – obwohl er davon überzeugt war, dass dies die letzte Schlacht war, die er in seinem Leben schlagen würde.

Sie langten gerade in dem Augenblick unten an, als die zurückkehrende Reiterei mit dem nachrückenden Fußvolk zusammentraf. An der Spitze des sich vereinenden Heeres gewahrte Galfyn Wappen und Banner des Falken – *seines* Stammestieres! Galfyn kam es vor wie blanker Hohn, fast schon wie eine Schändung. Sein Ziel stand fest. Er wollte den Kopf des falschen Falken, wollte das gegnerische Heer seines Führers berauben …

»Mir nach!«, brüllte er aus Leibeskräften, und zusammen mit den Falkenkriegern, die die alte Eiche bewacht hatten, stürmte er los, Barand und seinen Rittern entgegen. Auch Herras folgte ihm, und im Laufen stieß der Waffenmeister in sein Horn.

Dutzendfach, hundertfach wurde der Ruf aus dem Wald mit Geschrei beantwortet, und im nächsten Moment brachen die Waldkrieger, die sich dort verborgen gehalten hatten, aus dem verschneiten Unterholz hervor: Bärenkrieger mit wehenden Mähnen, Hirschkämpfer mit furchterregenden Geweihen auf den Helmen, Biber und Wölfe, die ihre Äxte und Schwerter schwangen.

Die Laute jener Tiere ausstoßend, die ihren Stämmen den Namen gaben, stürmten sie dem Feind entgegen – nicht wohlgeordnet und in regelmäßigen Reihen, sondern als wilde Horde. Galfyn und seine Falken, die sich die Gesichter nach altem Brauch blau bemalt hatten, um den Gegner zu erschrecken, setzten sich an die Spitze, und so stürzten sie auf die Streitmacht Iónadors zu, die sich eben erst wieder formierte.

Keinem der beiden Heerführer war es gelungen, seine Strategie umzusetzen. Jeder von ihnen hatte geglaubt, den Feind zu überlisten und den Sieg auf leichte Weise davontragen zu können. Aber dies hatte sich als Trugschluss erwiesen. Nun würde geschehen, was keiner der beiden gewollt hatte: Rohe Gewalt würde den Ausschlag zu Sieg oder Niederlage geben.

Blut würde mit Blut vergolten werden.

Hass mit immer neuem Hass.

Tod mit nur noch mehr Tod …

Nur noch zwanzig Schritte trennten die Kontrahenten – ein Feld, das mit jedem Schritt kleiner wurde und dessen vereister Boden in wenigen Augenblicken von rotem Lebenssaft getränkt werden würde.

Galfyn und Herras stießen den Schrei ihres Stammestiers aus, bereit, sich auf ihre Gegner zu stürzen – als etwas Unerwartetes geschah.

Schlagartig verfinsterte sich die Sonne, und etwas, das dunkel und bedrohlich war und riesig groß, stieß aus dem grauen Himmel.

Instinktiv verlangsamte Galfyn seinen Sturmlauf und blieb schließlich stehen – was ihm das Leben rettete. Denn dort, wohin der zornige junge Häuptling hatte rennen wollen, loderte plötzlich eine grelle Flammenwand empor!

Entsetzt wichen die Waldkrieger zurück und hoben die Schilde, um ihre Gesichter vor der sengenden Hitze zu schützen. Der gefrorene Boden unter ihren Füßen verwandelte sich innerhalb weniger Herzschläge zu zähem Morast.

»Dort am Himmel!«, schrie plötzlich jemand. »Schaut doch nur …!«

Galfyn blickte hinauf – und ihm stockte der Atem. Denn was er sah, war so unglaublich, dass er darüber seinen Racheschwur, den bevorstehenden Kampf und selbst die lodernde Flammenwand vergaß: eine riesige geflügelte Kreatur, die sich auf mächtigen Fledermausschwingen durch die Luft katapultierte!

Panzerplatten aus Horn übersäten ihren Körper; auf ihrem Rücken, der in einen langen, spitz zulaufenden Schwanz überging, ragten gefährlich aussehende Zacken auf. Nicht weniger furchterregend waren die Klauen des Untiers und seine mörderischen Fänge – und der Rachen, der Rauch und Feuer spie …

Ein Drache!

Weder Galfyn noch einer seiner Krieger hatte jemals zuvor eine solche Bestie erblickt. Man kannte sie aus den Erzählungen der Alten, aus den Liedern, die abends am Feuer gesungen wurden, aber keiner von ihnen hätte je geglaubt, eine solche Kreatur leibhaftig zu Gesicht zu bekommen.

Für einen Augenblick zweifelte Galfyn an seinem Verstand. Vielleicht, so sagte er sich, hatten ihn die Last der Verantwortung und die Erregung vor der bevorstehenden Schlacht in den Wahnsinn getrieben. Aber nicht nur er sah den Drachen, sondern auch seine Leute, und das bedeutete, dass das Untier *wirklich* sein musste – so wirklich wie jeder Einzelne von ihnen.

So wirklich, wie der Krieg, der ihnen bevorstand …

»Fynrads Zorn!«, brüllte der alte Herras außer sich. »Das ist Fynrads Zorn …!«

Einen grässlichen Schrei ausstoßend, beschrieb die Bestie in der Luft eine Kehre, um dann erneut herabzustoßen und flammendes Verderben aus ihrem Schlund zu speien. Natürlich fürchtete Galfyn, dass der Drache auf der Seite Iónadors stehen könnte, dass er eine geheime Waffe war, die der listenreiche Feind erst jetzt zum Einsatz brachte – aber trotz der Feuerwand zwischen den beiden Streitmächten konnte er sehen, dass die Krieger auf der anderen Seite des Flammenmeers nicht weniger entsetzt waren als seine eigenen Leute; auch sie schienen nicht mit dem Auftauchen eines Drachen gerechnet zu haben.

Erneut schoss die Bestie heran, doch diesmal verzichtete sie auf einen erneuten Feuerstoß. In nur wenigen Klaftern Höhe zog sie über den Köpfen der verfeindeten Krieger dahin, sodass das Rauschen ihrer Schwingen die Luft erfüllte – und plötzlich sah Galfyn, dass jemand im Nacken des Ungetüms hockte – eine menschliche Gestalt in einem flatternden Gewand!

Zu seiner Verblüffung erkannte Galfyn, dass es sich um einen alten Mann handelte. Ein weiter Umhang umwehte ihn, schmutzig und blutbesudelt, in seiner Rechten hielt er einen langen Holzstab, den er wie einen Speer in die Luft stieß. Dazu formten seine Lippen Worte, die zunächst nicht zu verstehen waren, im nächsten Moment aber so laut und vernehmlich erklangen, dass sie selbst das Rauschen der Drachenflügel und das Heulen des Windes übertönten.

»Haltet ein, ihr Toren!«, rief der alte Mann den Kriegern beider Seiten zu. »Haltet ein …!«

10

Alphart war ohne Schmerz, zum ersten Mal seit langer Zeit.

Keine Schmerzen. Keine Trauer. Kein Zorn.

War er überhaupt noch? Oder hatte ihn die Ewigkeit schon aufgenommen und war er eins mit dem Schöpfergeist geworden? Der Wildfänger neigte dazu, Letzteres anzunehmen. Doch noch während ein Teil von ihm aufatmete, weil er sein sterbliches Dasein hinter sich gelassen und die Bürde abgeschüttelt hatte, die ihm von der irdischen Welt aufgelastet worden war, empfand ein anderer Teil von ihm tiefes Bedauern. Bedauern darüber, dass er nicht zu Ende hatte bringen können, wozu er bestimmt gewesen war, dass er nicht Gelegenheit gehabt hatte, sich als besserer Freund, als besserer *Bruder* zu erweisen …

»Du gibst dir noch immer die Schuld, nicht wahr?«

Alpharts Innerstes zuckte zusammen, als er die Stimme vernahm, denn sie klang zugleich fremd und vertraut, und sein Verstand sagte ihm, dass er sie eigentlich nicht hören durfte. Blinzelnd schlug er die Augen auf und fand sich auf ein weiches Lager gebettet. Ringsum herrschte blendende Helligkeit, gegen die sich – Alphart konnte es kaum glauben – die Gestalt seines Bruders – seines *leiblichen Bruders* – abzeichnete!

Bannhart …

Seit ihrer letzten Begegnung hatte er sich kaum verändert. Doch sein Haar, das ein wenig heller war als Alpharts, war frisch zurechtgestutzt, ebenso der Bart, und die dunklen Augen blickten in Gelassenheit und innerem Frieden, nicht wie zuletzt in Schmerz und Todesqual. Bannhart trug seine grüne

Jagdkluft, darüber den Gürtel mit dem Hirschfänger und den Riemen mit dem Horn, so wie Alphart ihn in Erinnerung hatte …

»Bruder«, entfuhr es ihm wenig geistreich, worauf Bannhart milde lächelte.

»Es freut mich, dass du dich an mich entsinnst.«

»Na-natürlich erinnere ich mich. Wo … wo bin ich?«

»An einem Ort, von dem die Sterblichen nichts wissen und der zwischen den Welten liegt.«

»Dann … bin ich tot?«

»Nein, Bruder.« Bannharts Lächeln wurde zu einem verwegenen Grinsen. »Noch nicht.«

»Aber du …«

»Ich bin hier, weil du mich mit dir genommen hast, wohin auch immer du gegangen bist. Aber es ist an der Zeit, mich loszulassen, kleiner Bruder. Lass mich ziehen.«

»Nein«, protestierte Alphart, »das werde ich ganz bestimmt nicht tun. Ich habe dich gerade erst wiedergefunden, und da werde ich nicht …«

Bannhart fiel ihm ins Wort. »Hast du mich denn gesucht?«, fragte er streng. »Das solltest du nicht. Dein Augenmerk sollte den Lebenden gelten, nicht den Toten. Ist es nicht das gewesen, worum ich dich mit meinen letzten Worten auf Erden gebeten hatte?«

»Ich habe getan, was du mir aufgetragen hast. Ich bin zur Goldenen Stadt gezogen und habe die Herren dort vor der drohenden Gefahr gewarnt. Aber sie wollten nicht auf mich hören.«

»Ich weiß, was seither geschehen ist«, versicherte Bannhart. »Ich weiß, was dir widerfahren ist, und ich weiß von den Wesen, denen du begegnet bist. Treue Gefährten hast du gefunden, die dir vertrauen und denen auch du vertrauen solltest.«

»Pah!«, machte Alphart abfällig. »Keiner von ihnen ist wie du.«

»Kein Wesen ist wie das andere, so wie kein Stein dem anderen gleicht und kein Baum. Dennoch bauen wir aus ihnen Häuser, und eines wie das andere gewährt uns ein schützendes Dach.«

»Was willst du damit sagen?«

»Dass es nicht auf den Einzelnen ankommt, schon längst nicht mehr. Was draußen in der Welt vor sich geht, droht alles zu verändern, Alphart. Die Welt, wie wir sie kannten, wird vergehen, und nur wenige gibt es, die den Mut und die Fähigkeiten haben, etwas dagegen zu unternehmen. Du, kleiner Bruder, bist einer von ihnen.«

»Aber ich will keiner von ihnen sein. Ich will, dass wir beide in den Bergen auf die Jagd gehen wie früher und dass es zwischen Himmel und Tal nichts gibt, das uns trennt.«

»Folge dem Pfad, der dir bestimmt ist«, riet ihm Bannhart. »Vielleicht wird es dann irgendwann wieder so sein.«

»Du wirst nicht zurückkehren, oder?«, fragte Alphart.

»Nein.« Bannhart schüttelte den Kopf. »Meine Zeit auf Erden ist abgelaufen. Aber der Schöpfergeist hat andere geschickt, die dir statt meiner zur Seite stehen. In jedem von ihnen kannst du einen Teil von mir entdecken – aber im Grunde hast du das längst. Denn wenn du ehrlich zu dir selbst bist, wirst du dir eingestehen, dass du sie bereits in dein Herz geschlossen hast: den sanftmütigen Leffel Gilg, der dich ebenso bewundert, wie ich es einst getan habe; den vorlauten Mux, der dich gern neckt, genau wie ich; den wackeren Urys, der dir nicht weniger treu ergeben ist, als ich es gewesen bin; den wilden Walkar, der dir Schutz bietet auf eine Weise, wie nur ein älterer Bruder es kann; und schließlich der junge Erwyn, der in dir das sieht, was ich für dich gewesen bin.«

»Aber keiner von ihnen kann dich ersetzen«, wandte Alphart hilflos ein.

»Allein nicht«, gab Bannhart zu. »Aber die Gemeinschaft vieler kann eine Lücke füllen – auch in deinem Leben, Bruder.«

»Nein.« Beharrlich schüttelte Alphart den Kopf. »Ich kann nicht mehr. Ich habe alles versucht, aber ich bin mit meiner Kraft am Ende ...«

»Deine Kraft wozu? Mich zu rächen?« Bannhart lachte wehmütig. »Dein Rachedurst ist nur ein Vorwand, kleiner Bruder. Andere magst du damit täuschen, vielleicht sogar dich selbst – aber nicht mich. In Wahrheit hast du dein Leben längst einem anderen, höheren Ziel geweiht.«

»Ach ja? Und was für ein Ziel sollte das sein?«

»Der Kampf gegen das Böse«, antwortete Bannhart unverwandt, »der Kampf gegen die Kälte, die deine Welt erstickt. Diese Kälte zurückzudrängen und das Böse zu besiegen sind deine eigentlichen Ziele, und die Kraft dazu fließt dir von Orten zu, von deren Existenz du bisher noch nicht einmal etwas ahnst.«

»Für einen Wildfänger redest du ziemlich geschwollen daher«, stellte Alphart fest und schaute seinen Bruder zweifelnd an. »Fast erinnerst du mich an jemand anderen ...«

»Tatsächlich?«, fragte Bannhart mit stillem Lächeln – als sich seine Erscheinung auf einmal verwandelte.

Das Haar wurde schütter, bis es ganz verschwand, der Bart färbte sich silbergrau, und auch das Gesicht veränderte sich. Die Güte darin blieb bestehen, aber innerhalb von Augenblicken alterten Bannharts Züge um Jahrzehnte. Auch seine Kleidung wechselte Aussehen und Farbe, wurde zur weiten Robe eines Druiden – und schließlich sah sich Alphart dem Druiden Yvolar gegenüber.

»Potztausend!«, entfuhr es ihm voller Verblüffung. »Ist all dies nur Blendwerk und billiger Zauber?«

»Nein«, erwiderte der Druide mit Bannharts tiefem Organ. »Das Schicksal spricht in mancherlei Gestalt zu dir, Bruder, aber stets mit einer Stimme. Und diese Stimme sagt, dass es einen Auftrag gibt, den du zu erfüllen hast, eine Mission.«

»U-und wenn ich nicht mehr will?«, fragte Alphart, noch immer verwirrt.

»Du wirst auf Erden gebraucht«, lautete die Antwort. »Du musst kämpfen, hörst du? Kehre zurück in die Welt der Lebenden und tue das, wozu dich das Schicksal auserkoren hat …«

Die Worte hallten im Bewusstsein des Jägers nach, bis sie zu einem dumpfen Gemurmel wurden. Und auf einmal war es auch nicht mehr die Stimme von Bannhart oder Yvolar, die er hörte, sondern die eines Fremden, der sich noch dazu einer anderen, ihm unverständlichen Sprache bediente.

Der strenge Geruch von angesengtem Haar stieg ihm in die Nase und riss ihn jäh aus jener Zwischenwelt und zurück in die raue, kalte Wirklichkeit. Brennender Schmerz peinigte wieder seinen Körper, und obwohl er die Augen fest zusammenkniff, nahm er durch die geschlossenen Lider das Flackern von Feuer wahr.

»Nein«, hauchte er und warf den Kopf hin und her, auf dessen Stirn der Schweiß perlte. »Nein, ich kann nicht … Bannhart, sag ihnen, dass ich nicht kann …«

Aber sein Bruder schwieg.

Alphart erhielt keine andere Antwort als das dumpfe Gemurmel in der fremden Sprache, und er hörte es auch noch, als sein Geist erneut hinwegdämmerte. Die Stimme begleitete ihn. Bald war sie ganz nah bei ihm, dann wieder weit entfernt, sodass er sie kaum noch hören konnte. Aber niemals verstummte sie ganz, blieb bei ihm wie ein Leuchtfeuer, das ihn in dunkler Nacht geleitete und ihn sicher nach Hause führte, zurück an den heimischen Herd.

Wie lange Alpharts Wanderschaft dauerte, wie viel Zeit er damit verbrachte, das Nirgendwo zwischen Leben und Tod zu durchstreifen, vermochte er später nicht mehr zu sagen. Eine, so schien es, unendlich lange Zeit wälzte er sich auf seinem Lager hin und her, von Fieberkrämpfen geschüttelt und die Namen seiner Gefährten rufend. Wie aus dichtem Nebel tauchten ihre Gesichter vor ihm auf, und sie ermahnten ihn ständig, den Kampf nicht aufzugeben und zurückzukehren in ihre Welt.

Irgendwann verblassten sie gänzlich, dafür befand sich die fremde Stimme auf einmal unmittelbar über ihm. Jäh schlug er die Augen auf – und blickte in ein Gesicht, das unendlich alt zu sein schien. Tief in den Höhlen liegende Augen blickten ihn aus einer von tiefen Falten zerfurchten Miene an. Langes weißes Haar umrahmte das Antlitz, das irgendwie menschlich wirkte und doch wieder nicht. Der zahnlose Mund war der Ursprung des monotonen Gemurmels, das eine Art Gesang in einer fremden Sprache sein musste.

Alphart wollte erschrocken zurückweichen, doch noch bevor sein Gehirn diesen Reflex auslösen konnte, ergriff die Ohnmacht wieder von ihm Besitz. Erneut hatte er das Gefühl, in einen tiefen Schacht zu stürzen, auf dessen Grund er diesmal jedoch nicht Schmerz und Fieber fand, sondern den erholsamen Schlaf der Genesung.

11

Noch immer standen die beiden Heere einander gegenüber. Die Trommelschläge und der Klang der Kriegshörner waren jedoch verstummt, die Pfeile lagen nicht mehr schussbereit auf den gespannten Sehnen, und die Klingen hatten zurück in die Scheiden gefunden. Das Tal des Allair, das den Aufmarsch der größten Heere seit Menschengedenken erlebt hatte, war nicht zum Schlachtfeld geworden.

Noch nicht …

Eine archaische Kreatur, die unvermittelt am Himmel aufgetaucht war, geritten von einem alten Mann mit wehendem Mantel, hatte die Aufmerksamkeit der Kämpfer auf sich gezogen, und eine Flammenwand hatte die verfeindeten Heere voneinander getrennt.

Yvolar dankte dem Schöpfer, dass er noch rechtzeitig eingetroffen war. Zwar hatte es hier und dort schon Berührungen zwischen den feindlichen Streitern gegeben, aber die Zahl derer, die in diesem sinnlosen Waffengang gefallen oder verwundet worden waren, hielt sich in Grenzen; das beispiellose Gemetzel, in dem sich die Völker Allagáins gegenseitig hatten vernichten sollen, war ausgeblieben.

Vorerst jedenfalls.

Dem Druiden war klar, dass der Waffenstillstand brüchig war und es nur der geringsten Provokation bedurfte, um die Aggressionen wieder aufflammen zu lassen. Beide Seiten, sowohl das Waldvolk als auch die Allagáiner aus der Stadt Iónador, waren so überzeugt davon, für eine gerechte Sache zu streiten, dass sie gar nicht auf den Gedanken kamen, eine andere, dritte Partei könnte sie gegeneinander ausgespielt haben. Dass sie dennoch von ihrer Raserei abgelassen hatten, war nur dem Auftauchen des Drachen zu verdanken, der bei beiden Völkern als Symbol der Weisheit, aber auch des namenlosen Schreckens galt.

Jahrhundertelang war kein Lindwurm mehr am Himmel über Allagáin gesichtet worden, sodass sie zur Legende geworden waren. Die Hitze der Flammen dieses Lindwurms hatte den Kriegswillen der Streitsüchtigen nun jedoch verdampfen lassen wie Eis in feuriger Glut, und ihre Kampfeswut war großer Unsicherheit gewichen. Was, so fragten sich die Krieger, hatte das Auftauchen eines solchen Wesens zu bedeuten?

Und was wollte der Druide von ihnen?

Wie ein weiser Mann erschien er beiden Parteien nicht, wie er so dastand, über und über mit teils gefrorenem Schlamm und Blut bedeckt, schon eher wie ein Unhold aus archaischer Zeit. Nur die Milde in seinen Zügen und sein sanftmütiger Blick widersprachen diesem Eindruck.

Yvolar wusste, dass die Lage jederzeit zu seinen Ungunsten kippen konnte. Er musste möglichst rasch Antworten liefern – und das nicht nur, weil die Zeit drängte, sondern auch, weil sich das Gift in seinem Körper immer mehr bemerkbar machte.

Auf neutralem Boden, in der Mitte des gefrorenen Flusses, kamen sie zusammen: der weise Yvolar, der gekommen war, Frieden zu stiften, Galfyn, der Anführer der Waldkrieger, und Barand von Falkenstein, der Marschall Iónadors. Da Fyrhack mit Nachdruck darauf bestanden hatte, waren beider Leibwachen am Ufer zurückgeblieben, lediglich einen Berater brachte jeder der beiden mit. Auf Galfyns Seite war dies Herras, ein hartgesottener Kämpfer, dessen Blick dennoch Weisheit und Besonnenheit verriet; Barands Berater war ein gewisser Éolac, ein Seher aus Iónador, der in Klaigons Diensten stand und Yvolar schon ungleich weniger gefallen wollte …

»Nun«, sprach Galfyn, ein noch junger Mann, dessen Auftreten allerdings weit jenseits seiner Jahre lag und in dessen Zügen der Druide großen Schmerz zu erkennen glaubte, »Ihr habt das Schicksal vorerst aufgehalten, alter Mann. Nun sprecht und erklärt Euch. Sagt, wer Ihr seid und was all dies zu bedeuten …«

»Schweig, Galfyn!«, fiel ihm Herras ins Wort. »Bist du so verblendet von deiner Rachsucht, dass du einen Freund nicht vom Feind unterscheiden kannst? Weißt du nicht, wer das ist?«

»Seinen Namen hat er genannt«, sagte Galfyn unwillig, »aber er steht zwischen mir und meiner Bestimmung.«

»Es kommt darauf an, worin du deine Bestimmung zu finden hoffst, junger Freund«, erwiderte Yvolar ungerührt. »Bist du darauf aus, einen sinnlosen Tod zu sterben und dein ganzes Volk ins Verderben zu führen? Oder willst du in einem Kampf fechten, der jeden einzelnen Blutstropfen wert ist und in dem der Sieg nicht nur das Überleben des Waldvolks, sondern das aller Sterblichen bedeutet?«

»Was redest du da?«, blaffte der Gescholtene. »Willst du uns das Recht absprechen, gegen die Feinde unseres Volkes zu Felde zu ziehen? Nachdem wir grundlos und ohne Warnung angegriffen wurden? Tritt zur Seite, alter Mann, damit sich mein Racheschwur erfüllen kann.«

Schon hatte Galfyn die Hand am Schwert und wollte es ziehen, um auf Barand loszugehen. Yvolar jedoch, der genau zwischen den beiden stand, rührte sich nicht vom Fleck.

»Lass ihn nur, Druide«, tönte Barand und griff ebenfalls nach seiner Klinge. »Er soll bekommen, wonach er so begierig verlangt. Mit blankem Stahl will ich ihm seine Rachsucht austreiben.«

»Warum nur«, fragte Yvolar seufzend, »ist die Jugend stets darauf aus, in den Krieg zu ziehen?«

»Weil ihr die Weitsicht des Alters fehlt«, gab Herras zur Antwort.

»Oder das Zaudern eines zu langen Lebens«, hielt Barand schroff dagegen.

Yvolar fuhr herum. Der Blick, mit dem er den Marschall von Iónador bedachte, war wie ein mit großer Wucht abgeschossener Pfeil, der sich tief ins Fleisch bohrte. »Willst du behaupten, du hättest nicht gezaudert, Barand von Falkenstein? Dass du keinen Augenblick gezögert hättest, Klaigons Befehl zu folgen und Tausende von braven Soldaten und kriegsunerfahrenen Bauern in eine Schlacht zu führen, an deren Sinn du zweifelst und deren Ausgang ungewiss ist?«

»Es steht mir nicht zu, die Befehle des Fürstregenten infrage zu stellen, Druide«, erwiderte Barand großtuerisch. »Als Marschall von Iónador habe ich das Schwert zu führen, das unser Reich gegen die Waldbarbaren verteidigt.«

»Es stimmt also«, ereiferte sich Galfyn. »Nichtswürdige Barbaren sind wir für euch. Aber nicht wir sind es gewesen, die Alte, Frauen und Kinder überfallen haben, die Wehrlose niedermetzelten und ein ganzes Dorf auslöschten, während die Krieger, die es hätten verteidigen können, auf der Jagd waren!«

»Wiederhol das!«, verlangte Barand und zog nun tatsächlich sein Schwert. »Hab die Stirn, mir diese bodenlose Anschuldigung ins Gesicht zu sagen, Barbar, und ich schwöre, dass du hier und jetzt dein Leben aushauchst!«

»Nur zu!«, verlangte Galfyn und riss gleichfalls das Schwert aus der Scheide. »Ich kann es kaum erwarten, meine Klinge in dein verräterisches Herz zu senken und …«

Diesmal gelang es Yvolar nicht, die beiden mörderischen Streithähne voneinander zu trennen. Der Druide hob zwar den Stab und wollte einen Bann aussprechen, aber er war zu geschwächt, um den Zauber zu wirken. Das Gift fraß sich weiter durch seinen Körper und würde sein Herz schon bald erreichen. Wenn es ihm bis dahin nicht gelungen war, die verfeindeten Parteien zum Einlenken zu bewegen, war alle Hoffnung dahin …

»Genug damit!«

Kurz bevor der Stahl von Iónador und die Klinge des Waldkriegers aufeinanderprallen konnten, ertönte der grollende Ruf, so ohrenbetäubend und derart markerschütternd, dass beide Kämpfer zusammenzuckten und jeder von ihnen drei, vier Schritte zurücktaumelte. Lautes Schnauben ertönte, fauchender Glutatem verwandelte die klirrend kalte Luft in nahezu unerträglich heißes Flirren, und eine Tatze mit Krallen, so lang wie Unterarme und so scharf, dass sie durch Gestein schneiden konnten, setzte sich zwischen die verfeindeten Heerführer.

»Ich bin es leid!«, fuhr Fyrhack sie an, der sich drohend über ihnen aufgebaut hatte. »Leid, mir den ewigen Zwist der Menschen anzusehen und mir ihr Geschrei und ihr Lamentieren anzuhören. Werdet ihr sterblichen Kreaturen denn niemals klug aus all dem Schaden, den ihr anrichtet? Ich rate euch gut, hört euch an, was der Druide zu sagen hat. Und wenn ihr ihm nicht glauben wollt, dann glaubt dem Feuer, mit dem ich seine Worte nötigenfalls in eure kleingeistigen Schädel brennen werde. Habt ihr das begriffen?«

Die beiden Krieger sahen den Drachen aus vor Schreck geweiteten Augen an, dann tauschten sie verblüffte Blicke. Schließlich nickten sie – nicht sosehr aus Einsicht, sondern vielmehr aus Furcht vor dem, was der Zorn des Drachen ihnen zufügen mochte.

»Schön, dass wir uns einig sind«, meinte Yvolar, über dessen Züge trotz der Qualen, die seinen alten Körper plagten, ein spitzbübisches Lächeln huschte. »Dann sollten wir jetzt der Wahrheit auf den Grund gehen.«

»Welcher Wahrheit, Druide?«, fragte Galfyn. »Darf sich ein Volk, das angegriffen wird, nicht verteidigen? Haben wir nicht das Recht, unsere Familien zu schützen? Dürfen wir uns nicht wehren, wenn sie ohne Vorwarnung überfallen und ruchlos dahingemetzelt werden?«

»Dem will ich nicht widersprechen, mein ungestümer Freund«, sagte Yvolar der Druide, »doch solltet ihr euch fragen, ob es wirklich jene waren« – er deutete auf die Streitmacht Iónadors –, »die euch das angetan haben.«

»Wer sollte es sonst gewesen sein?«

»Eine gute Frage, in der Tat. Kennt Barand darauf eine Antwort?«

»Nein, Druide.« Der Marschall von Iónador schüttelte den Kopf. »Wie sollte ich? Nichts von dem, was der Barbar behauptet, ist wahr. Seine Strauchdiebe verließen grundlos die Wälder und griffen die Grenzgehöfte an.«

»Häuser haben gebrannt, das ist wahr«, bestätigte Yvolar, noch ehe Galfyn etwas auf die Anschuldigung erwidern konnte, »jedoch auf *beiden* Seiten jener Grenze, die das Unterland vom Dunkelwald trennt. Und nun verratet mir, ihr beiden glorreichen Heerführer, wie das sein kann.«

»Woher soll ich das wissen?«, knurrte Galfyn.

»Sagt Ihr es uns!«, verlangte Barand barsch.

»Das werde ich«, entgegnete Yvolar, »obschon ich glaube, dass Ihr, Barand von Falkenstein, meiner Erklärung nicht bedürft. Oder wart ihr etwa nicht zugegen, als der Bauer Leffel Furr, genannt der Gilg, in der Audienzhalle des Fürstregenten von unheimlichen Vorzeichen berichtete, von seltsamen und eigenartigen Wesen, die entlang des Wildgebirges gesichtet wurden?«

»Woher wisst Ihr davon?«, fragte Barand – aber dann fiel ihm ein, dass der Fürstregent ja den Gilg und den unverschämten Wildfänger, der unerlaubt in die Fürstenhalle eingedrungen war, losgeschickt hatte, um den Druiden Yvolar aufzusuchen und ihn in die Goldene Stadt zu bringen. Ganz offenbar hatten sie den »Weisen von Damasia« gefunden und ihm berichtet, was in Allagáin vor sich ging. Aber sie hatten ihren Auftrag nicht zu Ende geführt und den Druiden nicht nach Iónador gebracht. Waren sie zu Verrätern geworden, dass sie den Befehl Klaigons nicht bis zum Schluss ausgeführt hatten?

Barands Meinung nach sah das beiden ähnlich, denn der Wildfänger war ein grober, ungeschlachter Kerl ohne Manieren und Anstand und der Gilg ein tumber Bauerntölpel ohne einen Funken Ehrgefühl im Leib. Möglicherweise aber war ihnen auch etwas zugestoßen, nachdem sie Yvolar getroffen hatten. Aber warum war der »Weise von Damasia« dann hier? Warum hatte er sich nicht nach Iónador zum Fürstregenten begeben? Verweigerte er sich dem Hilfegesuch Klaigons? Stand er nicht auf Iónadors Seite? War er ein Verräter und hatte sich auf die Seite der Waldbarbaren gestellt?

Noch während Barand diese Gedanken durch den Kopf schwirrten, fuhr der Druide fort: »Wollt Ihr fernerhin bestreiten, Barand von Falkenstein, dass jener Leffel Gilg im Namen seines Heimatdorfs den Fürstregenten um Schutz gebeten hat? Und dass er Klaigon einen unwiderlegbaren Beweis dafür lieferte, dass tatsächlich unheimliche Wesen in Allagáin ihr Unwesen treiben?«

»Was für einen Beweis?«, fragte Galfyn alarmiert.

»Das Haupt eines Erls«, antwortete Yvolar mit fester Stimme, während Barand noch immer zu verwirrt war, um ein Wort zu äußern.

»Eines Erls?«, fragte der Häuptling des Falkenclans, allerdings nicht mehr erstaunt, sondern mit deutlich spöttischem Ton in der Stimme. »Willst du dich über uns lustig machen, Druide? Hast du uns deswegen an diesem Ort zusammengebracht – um uns mit alten Märchen zu narren?«

»Es sind keine Märchen«, versicherte Yvolar unwillig. Nicht nur die Zeit zerrann ihm unter den Händen, er verlor allmählich auch die Geduld. Hatte der Drache am Ende recht? Waren die Menschen zu dumm und zu einfältig, um zu begreifen, was in ihrer Welt vor sich ging? Verdienten sie es überhaupt, gerettet zu werden?

»Aber es gibt keine Erle!«, begehrte Galfyn auf. »Sie sind nichts als Spukgestalten, die sich unsere Feinde ausgedacht haben, damit wir den Wald nicht verlassen.«

»Was du nicht sagst, Menschlein«, ließ sich erneut Fyrhack vernehmen und schnaubte laut, dass grauer Qualm aus seinen Nüstern quoll. »Hast du nicht auch gedacht, dass es Drachen nur in Sagen und Legenden gibt? Dass sie in der Wirklichkeit gar nicht existieren? Ihr Sterblichen seid so furchtbar unwissend!«

Es war Galfyn anzusehen, dass er gern widersprochen hätte, aber ihm fehlten die Argumente. Dass es Drachen tatsächlich gab, war in Fyrhacks Beisein kaum zu bestreiten, und wenn die eine Sagengestalt real war, dann konnte dies durchaus auch auf die andere zutreffen. Fragend, fast Hilfe suchend, schaute er Barand an, doch der war noch immer zu verwirrt, um sich zu äußern.

»Fürst Barands Schweigen sagt wohl, dass er sich erinnert«, behauptete Yvolar, »denn er war dabei, als der Wildfänger Alphart den Erlschädel hervorholte und ihn auf Fürstregent Klaigons Tafel warf – als Beweis dafür, dass ein gemeinsamer Feind das Land Allagáin bedroht – und mit ihm die gesamte sterbliche Welt!«

»Welcher Feind?«

»Jener Feind, der die Welt schon einmal bedrohte, als sie noch jung war und das Menschengeschlecht noch nicht reif, sich dieser Bedrohung zu stellen. Andere Völker, deren Namen heute nur noch in den Liedern der Sänger Erwähnung finden, haben die Welt damals von der Kälte befreit, in die Muortis, der Herr der Nebel und des Eises, sie gestürzt hatte: die Zwerge, die ihre Bergfestung Glondwarac verließen, um dem Bösen die Stirn zu bieten; teils die große Nation der Drachen« – Yvolar deutete dabei auf Fyrhack –, »die jedoch vom Nebelherrn getäuscht und gespalten wurde; und schließlich das stolze Sylfengeschlecht, das unter Danaóns Führung das Gebirge überwand, um für die Welt zu kämpfen.«

»Wir kennen die alten Geschichten«, erklärte Herras, der lange Zeit geschwiegen und nur zugehört hatte.

Yvolar schaute ihn aus funkelnden Augen an. »Es sind keine Geschichten, sondern *Geschichte*, von der die Sänger berichten. All jene Dinge sind wirklich geschehen!«

»Und Ihr wollt behaupten, dass jener alte Feind …?«

»… zurückgekehrt ist und all dies bewirkt«, vollendete Yvolar den Satz für Herras und machte eine weit ausholende Armbewegung, die das gesamte verschneite Tal mit einschloss. Dann ließ er seinen stechenden Blick wieder zwischen jenen vier Sterblichen hin und her pendeln, die sich an dieser Stelle zusammengefunden hatten. »Ein Eisdrache steht in Muortis' Diensten und lässt das Grundmeer erstarren und damit die Flüsse und Seen, während die Armee der Erle bereits durch Allagáin zieht, um alles Leben zu vernichten.«

»Das – das …«, stammelte Galfyn hilflos, »kann ich nicht glauben …«

»Warum nicht, junger Häuptling? Hindert dich deine Rachsucht daran, die Wahrheit zu erkennen?«, fragte Yvolar mit beißendem Spott. »Nicht Krieger Iónadors waren es, die dein Dorf überfallen und die Alten und Frauen niedergemetzelt haben, sondern Muortis' elendes Gezücht!«

»Aber wir haben Beweise …«

»Natürlich habt ihr die!«, fiel der Druide ihm ins Wort. »Beweise, die Muortis' Kreaturen am Ort ihrer schändlichen Tat zurückließen – denn es ist der Wille ihres grausamen Herrn, dass ihr euch gegenseitig vernichtet. Das spart ihm eine Menge Arbeit.«

»Ja, aber …« Mehr brachte Galfyn nicht mehr hervor.

Dafür ergriff Barand von Falkenstein endlich wieder das Wort. »Schön, wir wissen jetzt also, dass es keine Krieger

Iónadors waren, die im Wald gemordet haben – aber was ist mit den Barbaren?« Anklagend richtete er die Spitze seines Schwerts gegen Galfyn, während er Yvolar anschaute. »Wollt Ihr behaupten, auch sie wären unschuldig, Druide?«

»Allerdings.«

Sichtlich verwirrt starrte Barand den Druiden an, dann ließ er das Schwert wieder sinken. »Aber … Ihr müsst im Irrtum sein«, brachte er mit unsicherer Stimme hervor.

»Tatsächlich? Und was, wenn es erlaubt ist zu fragen, bringt Euch zu dieser Auffassung?«

»Ich war tatsächlich zugegen, als jener Wildfänger die Unverfrorenheit hatte, unangemeldet in Klaigons Audienzhalle einzudringen und die Tafel des Fürstregenten zu beleidigen. Seitdem weiß Klaigon von der Existenz der Erle, und er sandte auch den Wildfänger und den Gilg zu Euch, damit Ihr Euch nach Iónador begebt.«

»Das ist richtig«, bestätigte der Druide.

»Dennoch schickte Klaigon sein Heer nach Norden«, erklärte Barand von Falkenstein, »damit es sich der Invasion des Waldvolks entgegenstellt. Glaubt Ihr, das hätte er getan, wenn Iónador keine Gefahr drohe durch die Barbaren aus den Wäldern? Glaubt Ihr, er hätte sein gesamtes Heer und jeden wehrfähigen Mann hierher geschickt, wäre die Bedrohung durch das Waldvolk nicht größer als die durch die Erle?« Er verengte die Augen zu schmalen Schlitzen, während er Yvolar musterte. »Haltet Ihr Klaigon für einen Narren?«

»Für einen Narren halte ich ihn schon«, gestand Yvolar, »jedoch hat Klaigon beizeiten für Klaigon gesorgt.«

»Was soll das heißen?«

»Dass Klaigon, der Fürstregent von Iónador, unter Muortis' Bann steht«, antwortete Yvolar mit fester Stimme. »Den raschen Vorteil suchend, hat er sich mit dem Feind verbündet und sich dem Bösen verschrieben wie schon so viele vor ihm.«

»Das – das ist nicht wahr!«, begehrte Barand auf, und Empörung schwang in seiner Stimme. Eine Empörung, in die sich allerdings auch Unsicherheit mischte.

Hatte er nicht schon etwas in diese Richtung geahnt, den Gedanken aber sofort wieder verworfen?

»Es *ist* wahr«, beharrte Yvolar, »und Ihr wisst es genau. Blickt in Euer Innerstes, Barand, und befragt Euer Herz. Auch Ihr hattet Zweifel, nicht wahr? Oder habt Ihr Euch nie gefragt, woher all die Waffen stammen, mit denen Klaigon ein Heer ausrüsten konnte, wie es seit den Tagen der Könige nicht mehr aufgeboten wurde? Ich will es Euch sagen, mein Freund: Klaigon wusste schon lange, dass dieser Krieg ausbrechen würde, und hat entsprechend Waffen und Ausrüstung besorgt. In den dunklen Pfründen Dorgaskols wurden sie geschmiedet, und keineswegs von Menschenhand. Nur aus einem Grund hat der Herr des Eises sie an Iónador geliefert – damit die Goldene Stadt in den Krieg gegen das Waldvolk zieht und die Heere der Sterblichen sich gegenseitig vernichten.«

»So etwas würde Klaigon niemals tun!«, behauptete Barand, aber seine Stimme klang nicht mehr empört und aufgebracht, sondern zweifelnd, und unausgesprochene Furcht war darin zu hören.

»Könnt Ihr Euch da wirklich sicher sein? Muortis kennt viele Wege, die Sterblichen zu täuschen. Vielleicht denkt der Fürstregent tatsächlich, dass er all das zum Wohle Iónadors tut – aber es ändert nichts daran, dass sich Klaigon für die falsche Seite entschieden hat und mit seinem Handeln sein Volk zum Untergang verdammt. Er wurde geblendet, hat sich in die Irre führen lassen von Muortis' Verlockungen. Auf ihn ist kein Verlass mehr.« Der Druide unterbrach sich, und seine Stimme war ein Flüstern, als er eine kurze Weile später fortfuhr: »Wir alle, die wir hier stehen, erleben eine Wende der Zeiten. Das Alte hat keinen Bestand mehr, die Ära der Mythen geht zu

Ende. Bald schon werden sie nur noch Erinnerung sein und für viele nicht einmal mehr das. Aber noch ist es nicht so weit, meine Freunde. Noch leben sie, noch sind ihr Zauber und ihre Magie gegenwärtig, und wenn es uns gelingt, noch einmal ein Bündnis zu schließen zwischen ...«

»Nein!«

Es war die Stimme Éolacs des Sehers, die scharf wie ein Messer durch die klirrende Kälte schnitt.

»Du hast etwas zu sagen?«, fragte Yvolar lauernd.

»Das will ich meinen. Lange genug habe ich deinen Ausführungen gelauscht, ohne zu widersprechen, aber nun kann und will ich nicht länger schweigen. Ich glaube nicht, was du da sagst, Druide – und Ihr tätet ebenfalls gut daran, ihm nicht zu glauben, Barand. Oder muss ich Euch erst an den Eid erinnern, den Ihr Klaigon geschworen habt? Und an seine Nichte, die holde Prinzessin Rionna, deren Herz Ihr zu erringen hofft?«

»Schweig, Scharlatan!«, fuhr Yvolar ihn an, der sehen konnte, wie Unsicherheit und Verwirrung in Barands edlen, aber auch ein wenig schlichten Zügen zurückkehrten. »Wurde nicht schon genug Gift verspritzt?«

»Allerdings, das wurde es!«, ereiferte sich der Seher und gestikulierte effektheischend mit den langen, dürren Armen. Der Umhang aus Krähenfedern umtanzte seine hagere, bucklige Gestalt, und sein dünnes graues Haar flatterte im Wind, als würde es sich vor Empörung sträuben. »Schon viel zu lange habe ich deinen Hetzreden zugehört, Druide, die das Herz dieses trefflichen jungen Mannes verderben sollen. Nichts als Lügen hast du bisher vorgebracht!«

»Du nennst mich einen Lügner?«, fragte Yvolar.

»Aber Éolac«, wandte Barand ein, bevor der Seher weitersprechen konnte, »warst du es nicht, der uns geraten hat, Boten zum Urberg zu schicken? Der wollte, dass Klaigon den Herrn von Damasia um Rat und Hilfe bittet?«

»Das war«, antwortete Éolac und machte eine abfällige Handbewegung, »bevor ich erfuhr, dass der Prophet vom Urberg zu einem Träumer und Verräter geworden ist. Ein Träumer, der Märchen und Wirklichkeit nicht voneinander zu unterscheiden weiß. Ein Verräter, der sich gegen Iónador und auf die Seite der Waldbarbaren gestellt hat!«

Fyrhack ließ ein dumpfes Grollen vernehmen, reckte das mächtige Haupt vor, als wollte er dem großmäuligen Seher den Kopf von den Schultern beißen. Yvolar jedoch hielt ihn zurück.

»Deine Worte, Éolac«, sprach er, »sind nur allzu leicht zu durchschauen. Sie zielen darauf ab, meinen Zorn zu erregen und mich dazu zu bringen, Dinge zu tun und zu sagen, die Barand zurück in deine Fänge treiben. Denn du, Seher, bist nichts als ein Betrüger, ein rückhaltloser Lakai in Klaigons Diensten. Was ich sage, beruht auf Wahrheit und Vernunft, und beides fürchtest du.«

»Schön gesprochen, Druide«, konterte der Seher, »aber selbst die Sprache eines Dichters kann nicht verhehlen, worum es hier in Wirklichkeit geht – nämlich um schändlichen Verrat! Verrat am Fürstregenten von Iónador«, keifte er, »Verrat an unserem Volk und Land!« Er wandte sich um zu dem jungen Schwertführer und Marschall. »Ist es das, was du willst, Barand von Falkenstein? Als Verräter in die Annalen der Goldenen Stadt eingehen?«

»Nein!«, beeilte sich Barand zu versichern.

»So verschließe deine Ohren vor der Unwahrheit, mit der dieser Druide dein Herz vergiften will. Kehre zurück zu deinem Heer und tue, was Klaigon dir befohlen hat. Die Waldbarbaren haben ihr Land verlassen und sind in Allagáin eingefallen – *Ihnen* gilt es Einhalt zu gebieten, nicht irgendeinem Feind, der wohl nur in der Einbildung dieses Greises existiert. Sieh ihn dir an, Barand! Alt ist er und schwach! Willst du dich seinetwegen wirklich gegen Klaigon wenden, der stets wie ein Vater zu dir war? Dem du alles verdankst, was du bist, und der dir selbst die Hand seiner holden Nichte …«

»Genug geredet!«

Yvolar hatte die Worte mit aller Schärfe gerufen. Er würde nicht weiter zulassen, dass Lüge um Lüge über die dünnen Lippen des Sehers schwappte und den jungen Marshall erneut in Verwirrung stürzte. Eigentlich hatte er nichts mehr sagen, nicht weiter auf Barand einwirken wollen, weil dieser selbst die Entscheidung treffen sollte. Doch er sah, wie Barand von Falkenstein durch die Worte Éolacs erneut schwer ins Wanken geriet, und spürte, wie sich gerade das hässliche Wort »Verrat« tief in seine Seele brannte. Denn Treue war eine Tugend, die einem Soldaten wie Barand von Falkenstein viel bedeutete, und er hatte nun mal Klaigon den Treueid geschworen. Diesen Eid zu brechen kam Barand wie schändlichster Verrat vor, und er wollte lieber als Feigling oder Schwächling dastehen denn als ein Verräter. Als Éolac nun auch noch die Nichte des Fürstregenten ins Spiel brachte und damit direkt auf Barands Herz abzielte, sah sich Yvolar gezwungen einzugreifen, denn es stand viel zu viel auf dem Spiel.

Außerdem hatte sich das Erlgift weiter in seinem Körper ausgebreitet und schwächte ihn zusehends. Der Druide spürte Kälte, wie kein Winter sie bewirken konnte. Mit eisiger Klaue griff sie nach seinem Herzen und wollte es zum Stillstand bringen. Die Zeit, die ihm auf Erden blieb, war nur mehr eng begrenzt, wenn er nicht bald ein Gegengift erhielt. Aber noch war es nicht so weit. Erst musste er diesen Kampf austragen, der über das Leben Tausender entscheiden würde …

Yvolar hatte nicht als der wohlwollende alte Mann gesprochen, als der er die sterbliche Welt bereiste, sondern mit der Kraft des Zauberkundigen und dem Wissen von Jahrtausenden. Die Schärfe eines Richters lag in seiner Stimme und die

Autorität eines Königs, und jeder der Anwesenden glaubte, sie nicht nur mit den Ohren zu hören, sondern auch auf geistiger Ebene. So war es auch gewesen, als der Druide und sein Drache plötzlich aufgetaucht waren, zu Beginn dieser Schlacht, die einerseits so völlig sinnlos war und andererseits der Anfang vom Untergang der sterblichen Welt.

»Ich werde mir deinen Unsinn nicht länger anhören, Scharlatan«, fuhr Yvolar an Éolac gewandt fort, »denn dazu fehlt mir die Zeit. Einst magst du richtig gefühlt und gehandelt haben, aber um dem Fürstregenten zu gefallen, hast du dein Herz verschlossen, handelst wider alle Vernunft und bist wie Klaigon ein Werkzeug Muortis' geworden. Deine Anwesenheit hier ist nicht länger erwünscht. Also gehe dorthin zurück, wo du hergekommen bist. Verkrieche dich in den Tiefen der Goldenen Stadt und hoffe darauf, dass sich keiner deines Verrats erinnern wird, den du an Iónador begehen wolltest!«

Niemand, nicht einmal Éolac, konnte sich der Wirkung entziehen, die Yvolars Stimme seinen Worten verlieh. Wie ein Sturmwind brach sie über die Anwesenden herein, raubte ihnen Sicht und Atem – und der Seher, dessen größte Furcht eben noch Klaigon und seinen dunklen Verbündeten gegolten hatte, begriff, dass ihm auch von dem alten Druiden Gefahr drohte.

Noch einen Augenblick stand er unbewegt, während seine Blicke vergeblich nach Unterstützung heischten; aber in den Augen der Waldkrieger fand er sie nicht, und aus denen des Druiden schlug ihm nur blanke Ablehnung entgegen. Und auch Barand von Falkenstein, der stets Wachs in den Händen des Sehers gewesen war, verweigerte sich ihm auf einmal.

Éolac Krähenfeder war kein Narr. Er hatte es nicht so weit gebracht, weil er unvorsichtig gewesen wäre, sondern weil er es im Gegenteil immer verstanden hatte, genau das zu sagen und zu tun, was ihn selbst weitergebracht hatte. Und bisher war dies stets das gewesen, was Klaigon von ihm erwartet hatte. In einem kurzen Moment der Schwäche hatte er diesen Grundsatz aus den Augen verloren, damals, als er den Erlschädel erblickt und im ersten Schrecken dazu geraten hatte, einen Boten nach Damasia zu entsenden, um den Druiden vom Urberg um Hilfe zu ersuchen.

Ein Fehler, wie sich im Nachhinein herausgestellt hatte – allerdings einer, den Éolac zu berichtigen gedachte. Denn tat er es nicht, würden Klaigons neue Helfer dafür sorgen, dass er diesen Fehler tausendmal bereute.

Unter Folterqualen …

Der Seher ließ ein tiefes Seufzen vernehmen. Die Schultern, um die der Federumhang lag, sanken herab, und seine hagere Gestalt schien ein Stück kleiner zu werden. Mit einem Ausdruck der Resignation in seinen bleichen, faltigen Zügen wandte er sich ab und wog die übrigen Anwesenden in trügerischer Sicherheit …

… um unbemerkt unter den Umhang zu greifen und den Dolch zu zücken, den er dort verborgen hielt.

Im nächsten Moment überstürzten sich die Ereignisse.

Unerwartet fuhr der Seher herum, die Klinge in der Hand, um sie in Barands ungeschützten Rücken zu stoßen. So plötzlich tat er es, dass weder der Drache noch der durch das Gift geschwächte Druide rechtzeitig reagieren konnten.

Nur einer schien damit gerechnet zu haben.

Herras.

Mochten es die durch das Leben im Wald geschulten Instinkte sein oder eine Ahnung, die ihn derart schnell handeln ließen – jedenfalls sprang er mit einem gewaltigen Satz vor. Ihm blieb nicht die Zeit, die eigene Waffe zu ziehen und den Übeltäter niederzustrecken, wohl aber, denjenigen beiseitezustoßen, dem der hinterhältige Anschlag galt.

Barand von Falkenstein wusste nicht, wie ihm geschah, als er plötzlich so hart zur Seite gerammt wurde, dass er zu Boden stürzte. Die tödliche Klinge jedoch war bereits auf dem

Weg – statt sich jedoch in den Rücken des Marschalls von Iónador zu bohren, grub sie sich in Herras' Herz.

»Nein!«

Entsetzt starrte der Seher auf den Dolch, der bis zum Heft in der Brust des Waldkriegers steckte. Herras stand unbewegt, den Blick starr und anklagend auf Éolac gerichtet, während ein dünner Blutfaden aus seinem linken Mundwinkel lief. Dann brach der Bann, unter dem alle Anwesenden für Augenblicke gestanden hatten.

»Elender!«, rief Yvolar, und der Stab des Druiden fuhr herab und ereilte den Verräter.

In einer Wolke schwarzer Federn, die sich wie ein Leichentuch über ihn breiteten, ging der Verräter nieder, und sein Blut besudelte den Schnee. Ein Ruck ging durch die Reihen der Krieger Iónadors, die aus der Ferne mitbekamen, dass etwas geschehen war, und schon losstürmen wollten, um ihrem Anführer zu Hilfe zu eilen. Indem er die Arme in die Höhe riss, bedeutete Barand ihnen zurückzubleiben, wissend, dass dies das Ende der Verhandlungen gewesen wäre und der Beginn des blutigen Schlachtens.

Éolac lag am Boden, den Schädel halb zertrümmert, das Gesicht eine blutverschmierte Fratze. Aber noch lebte der Verräter, hob und senkte sich sein Brustkorb in krampfhaften Atemzügen.

Herras, der sich bislang noch tapfer auf den Beinen gehalten hatte, brach in die Knie. Sofort war Galfyn bei ihm, stützte ihn, sodass er nicht umkippte, und voller Entsetzen drang der Name seines Onkels und Beraters über seine zitternden Lippen: »Herras …«

Alle waren ergriffen, standen wie unter Schock. Sogar der Drache rührte sich einen Moment lang nicht.

»Ihr … Narren …«, hörten sie auf einmal die schwache und gurgelnde Stimme Éolacs. »Ihr … wisst nicht … mit wem ihr euch … anlegt …«

»Wir wissen es«, versicherte Yvolar gefasst.

»Ich habe … in das Auge des Eisriesen geblickt … und die Kälte darin gesehen … Kaelor wird euch … vernichten, hört ihr? Er … er wird euch vernichten …«

Noch einmal war ein Gurgeln zu hören, dann tat Éolac der Seher seinen letzten Atemzug.

Galfyn ließ Herras' erschlaffenden Körper niedersinken und bettete dessen Kopf in seinem Schoß. »Oheim!«, brachte er erschüttert hervor. »Bitte tu mir das nicht an …«

»Ga-Galfyn …« Suchend tastete die Rechte des alten Waldkriegers umher, bis sie die des jungen Häuptlings fand, und daraufhin entspannten sich seine Züge ein wenig. »Hör mir zu, Junge …«

»Was hast du nur getan, Herras? Du … du …«

»Ich werde sterben«, sagte Herras gefasst und ohne Bedauern, »heimgehen zu Fynrad und unseren Ahnen …«

»Nein.« Trotzig schüttelte Galfyn den Kopf, während immer noch mehr Blut aus den Mundwinkeln seines geliebten Lehrers rann. »Das darfst du nicht …«

Herras verzog das Gesicht; es sollte wohl ein Lächeln sein. Im nächsten Moment jedoch durchlief eine Schmerzwelle seinen Körper, und ein erstickter Schrei entfuhr seiner Kehle. Als er wieder sprach, klang seine Stimme brüchig und kraftlos. »Du … du warst … in mancher Hinsicht … wie ein Sohn für mich … bin immer stolz auf dich gewesen … aber darfst … nicht …«

»Was?«, fragte Galfyn flüsternd. »Was darf ich nicht?«

»Darfst dein Handeln … nicht von Hass bestimmen lassen … Ein guter Häuptling … lässt sein Handeln nicht vom … vom Hass bestimmen … Höre auf den Druiden … vereine die Stämme … schließe Frieden mit dem Bergvolk … und deine Taten werden … noch größer als die Fynrads … Hörst du?«

»J-ja, Oheim«, antwortete Galfyn beklommen.

»Schwöre es!«, verlangte Herras. Sein Blick schien sich für einen Moment zu klären und richtete sich auf das Gesicht seines Neffen. »Schwöre, dass du Frieden schließen wirst und …«

»Ich schwöre es«, flüsterte Galfyn.

Noch einmal bäumte sich der alte Herras auf vor Schmerz, dann erlahmte die Kraft seiner Finger, er ließ Galfyns Hand los, sein Blick brach, und sein Körper entkrampfte sich.

Es herrschte Schweigen.

Galfyn schloss die Augen, als würde er ein Gebet zu seinen Ahnen schicken – dabei versuchte er nur krampfhaft, die Tränen zu unterdrücken. Heiß brannten sie unter seinen Lidern, während der junge Anführer des Waldvolkes im Stillen erneut Rache schwor.

Nur dass sein Zorn diesmal nicht mehr dem Bergvolk galt, sondern jenen Kräften, die in Wahrheit hinter allem steckten, die den Überfall auf das Falkendorf ebenso zu verantworten hatten wie Herras' Tod …

Als Galfyn die Augen wieder öffnete, sah er, dass die seines Oheims geschlossen waren. Barand von Falkenstein, der sich neben Herras und Galfyn niedergelasssen hatte, hatte sie ihm sanft zugedrückt.

»Ich kann es nicht glauben«, murmelte Barand fassungslos. »Éolacs Klinge galt mir …«

»In der Tat«, bestätigte Yvolar bitter. »Der Scharlatan wusste, dass deine Leute angreifen würden, sähen sie ihren Anführer blutend niedersinken, und er dachte sich, dass im allgemeinen Chaos niemand mehr danach fragen würde, wer den tödlichen Streich geführt hätte. Er hatte wohl gehofft, in den Wirren der Schlacht zu entkommen.«

»Dieser elende Narr, dieser verdammte Verräter!«, ereiferte sich Barand. Dann schaute er zu dem Druiden auf und sagte: »Aber das erklärt nicht, weshalb ein Waldkrieger mein Leben als so wertvoll erachtet, dass er seines dafür opfert.«

»Vielleicht«, antwortete Yvolar, »hat Herras in seiner Weisheit erkannt, wie töricht die Zwietracht zwischen dem Waldvolk und den Bewohnern Allagáins ist und dass eine neue Bedrohung neue Bündnisse erfordert. Bündnisse, die von solcher Wichtigkeit sind, dass sie mit Blut besiegelt werden müssen.«

»Und genau so soll es geschehen«, sagte Galfyn mit fester Stimme. »Herras war mein Oheim, und er war auch mein Waffenmeister und Lehrer. Er hat mir mehr beigebracht als jeder andere, denn selten ließen die Pflichten meines Vaters ihm genug Zeit, nach mir zu sehen. Herras zog mich auf. Von ihm habe ich gelernt, was es bedeutet, Häuptling zu sein und Verantwortung zu tragen. Leider«, fügte er hinzu und blickte schuldbewusst in das bleiche Gesicht des Toten, »habe ich in letzter Zeit nur noch selten auf ihn gehört. Die Schreie des Zorns und der Ruf nach Rache waren lauter als die Stimme meines treuen Lehrers. Aber … damit ist es nun vorbei.«

Er schaute auf, und auf einmal kümmerte es ihn nicht mehr, dass seine Augen in Tränen schwammen, als er den Blick Barands von Falkenstein suchte. Es dauerte noch einen Moment, bevor er wieder sprechen konnte, dann sagte er: »Mit seinem letzten Atemzug forderte mich mein Oheim auf, Frieden zu schließen mit Allagáin. Wohlan …« Und über den erkaltenden Körper seines getreuen Waffenmeisters streckte er Barand die Hand zur Versöhnung entgegen. »Ich werde tun, was noch kein Anführer des Waldvolks vor mir tat, und biete euch ein Bündnis an. Wenn es wahr ist, was der Druide sagt, so seid nicht ihr es gewesen, die mein Heimatdorf überfielen und die wehrlosen Menschen dort abschlachteten, sodass euch weder unser Zorn noch meine Rache gilt. Im Gegenteil sollten wir zusammenstehen, um jenem neuen alten Feind zu begegnen, der unsere Welt schon einmal bedrohte.«

Überrascht starrte Barand auf Galfyns Hand. Ein Teil von ihm schien sie sogleich ergreifen und das Bündnis besiegeln zu wollen; ein anderer, vorsichtigerer Teil jedoch hielt sich noch zurück.

»Barand?«, fragte Yvolar, dem die Schwäche, die das Gift verursachte, zunehmend anzumerken war.

»Wer sagt mir, dass Ihr es ehrlich meint?«, wollte Barand von Falkenstein wissen. »Dass dies keine Falle ist, in die Ihr mich zu locken versucht?«

»Herras' Blut sagt dir dies«, entgegnete Galfyn. »Er gab sein Leben, um das deine zu retten – wie kann dies eine Falle sein?« Beide knieten sie vor Herras' Leiche, und beide schwiegen sie einen Moment lang, bis Galfyn wieder das Wort ergriff. »Mein Oheim machte mich auf deinen Titel aufmerksam, Barand von Falkenstein. Du trägst in deinem Wappen jenes Tier, das meinem Stamm den Namen gab, den Falken. Er hielt dies für ein Zeichen, worauf ich entgegnete, dass die bevorstehende Schlacht als der Kampf der Falken in die Geschichte der Clans eingehen würde. Doch ich habe mich geirrt. Der Falke ist nicht des Falken Feind, sondern sein Bruder.«

Es war dem Schwertführer Iónadors anzusehen, dass Galfyns Worte ihn zutiefst berührten. Der Mann, der eben noch sein Todfeind gewesen war, nannte ihn auf einmal »Bruder«. Dennoch entgegnete er: »Wenn du mein Bruder bist, was ist dann mit den anderen Stämmen? Sie sind dir in den Krieg gefolgt – werden sie dir auch in dieses Bündnis folgen?«

»Das Waldvolk hat viele Stimmen, das ist wahr, und in diesem Augenblick kann ich nur mit der des Falkenclans sprechen«, sagte Galfyn. »Aber ich versichere dir, dass ich alles daransetzen werde, dass auch die anderen Stämme diesem Bündnis beitreten.«

»Selbst wenn – können wir diesen Krieg überhaupt gewinnen?«

»Gegen den Herrn des Eises gibt es nur Sieg oder Vernichtung«, antwortete Yvolar an Galfyns Stelle. »Es geht nicht darum, den eigenen Machtbereich zu erweitern, Ländereien zu erobern, und auch nicht um Ehre und Ruhm – dieser Kampf gilt allein dem Überleben. Insofern stellt sich deine Frage nicht, Barand von Falkenstein, denn unabhängig davon, wie gut oder schlecht die Zeichen stehen, dieser letzten, alles entscheidenden Schlacht kann sich niemand entziehen.«

Barand legte die Stirn in Falten. Noch immer im Schnee kniend, blickte er über die Schulter zu seinen Leuten, die am Westufer zur Schlacht bereitstanden. Nur ein Wink von ihm, dann würden sie angreifen, und das blutige Schicksal, das Klaigon ihnen zugedacht hatte, würde sich im Tal des Allair erfüllen. Zahllose Krieger und unerfahrene Bauern würden dabei den Tod finden und möglicherweise auch er selbst – aber es war der Befehl und der Wille des Fürstregenten. Und war er als oberster Schwertführer Iónadors nicht diesem Willen verpflichtet?

»Klaigons Befehle haben nicht länger Gültigkeit«, erklärte Yvolar, der Barands Gedanken zu erraten schien, »denn er hat sich auf die Seite des Feindes geschlagen und ist damit zum Gegner geworden. Statt dir über ihn den Kopf zu zerbrechen, frage dich lieber, was dir dein Gewissen sagt, Barand von Falkenstein – denn wenn wir diesen letzten Kampf gewinnen, werden es deine Schultern sein, auf denen künftig das Schicksal der Goldenen Stadt ruht.«

»Ich verstehe«, sagte Barand leise.

Noch einen winzigen Augenblick zögerte der Marschall von Iónador – dann ergriff er die Hand Galfyns, die dieser ihm entgegenhielt. »So geschehe es«, sprach er. »Was ich tue, tue ich nicht um meinetwillen, sondern zum Wohle Iónadors und Allagáins. Möge der Schöpfergeist es fügen, dass diese Entscheidung die richtige ist. Für Allagáin und die Berge, Falkenbruder.«

»Für Fynrad und die Wälder, Falkenbruder«, bestätigte Galfyn.

Eine endlose Weile lang schien der Handschlag zu währen, und als die Blicke der beiden Männer einander diesmal begegneten, waren sie nicht mehr Feinde, sondern Verbündete.

»Wohl gesprochen, meine Freunde«, erwiderte Yvolar, dessen faltigem Gesicht die Erleichterung anzumerken war. »Wie auch immer dieser Konflikt ausgehen wird, den keiner von uns wollte und in den wir gegen unseren Willen gedrängt wurden – dieser Tag wird in Erinnerung bleiben als … als …«

Der Druide stockte plötzlich in seiner Rede. Seine Züge, von Schlamm und dem Blut der erschlagenen Erle verschmiert, verzerrten sich, während seine Rechte in Richtung seines Herzens zuckte. Ein keuchender Laut entrang sich seiner Kehle, während er bereits zu wanken begann. Indem er sich an seinen Eschenstab klammerte, den er einmal mehr als Stütze benützte, gelang es ihm, sich noch einen Moment aufrecht zu halten.

Dann brach er zusammen.

»Meister Yvolar!« Barand sprang auf und eilte zu ihm, gefolgt von Galfyn. »Was ist mit ihm?«

Fyrhack senkte das Haupt über den daliegenden Druiden. Er schnupperte, und seine geschuppten Züge verrieten Besorgnis. »Erlgift«, knurrte er. »Hätte ich ihn sofort in meine Höhle gebracht, so hätte ich ihn retten können – nun ist es vielleicht zu spät.«

»Was können wir tun?«, fragte Galfyn. »Wie können wir helfen?«

»Ladet den Zauberer auf meinen Rücken«, befahl der Drache und beugte Vorderläufe und Nacken. »Ich will so schnell fliegen, wie ich kann. Der Druide muss das Gegengift erhalten, das nur aus Drachenblut gewonnen werden kann. Kann es seine heilenden Kräfte noch entfalten, so wirkt es schnell – erwartet uns in zwei Tagen zurück.«

»Und wenn nicht?«, fragte Barand leise. Soeben hatte er sich gegen seinen Landesherrn gestellt und sich mit dem erklärten Feind Iónadors verbündet, wofür es kein anderes Wort als Hochverrat gab. Wenn der Druide starb, wäre es umsonst gewesen.

»Betet zum Schöpfergeist«, erwiderte Fyrhack nur – und mit einem Satz, der so kraftvoll war, dass die verschneite Ebene erbebte, stieß er sich ab, schoss hinauf in den grauen Himmel und breitete die fächerartigen weiten Schwingen aus. Noch für einen kurzen Moment war seine eindrucksvolle Silhouette zu sehen, dann wurde sie von den grauen Wolkenbänken verschluckt.

Zurück blieben Furcht und Verunsicherung.

Und ein wenig Hoffnung.

Denn zwei Falken waren zu Brüdern geworden, um sich dem Ende der Welt zu stellen …

12

Alphart hätte nicht zu sagen vermocht, wann die Stimme verstummt war, aber als der Wildfänger erneut zu sich kam, hörte er sie nicht mehr. Der strenge Geruch umgab ihn noch immer, aber er hatte nachgelassen, ebenso wie der brennende Schmerz in seiner Seite. Dafür fühlte der Jäger bleierne Müdigkeit, und es kostete ihn alle Überwindung, die Augen zu öffnen. Nur mit Mühe gelang es ihm – und er erlebte eine Überraschung.

Schummriges Halbdunkel umgab ihn, das nur vom Flackern eines Feuers erhellt wurde. Tote Augen blickten auf ihn herab: Ein Adler, ein Wolf und ein Luchs starrten ihn an, obwohl das Leben längst aus ihnen gewichen war. Benommen fuhr Alphart hoch und sah zu seinem Erstaunen seine Gefährten neben sich liegen.

Leffel.

Erwyn.

Urys.

Walkar.

Sie lagen in tiefer Bewusstlosigkeit und schienen nichts zu wissen von den wilden Tieren, die über ihnen lauerten. Alphart wollte sie wecken, um sie vor den Bestien zu warnen, aber nicht mehr als ein heiseres Krächzen kam ihm über die Lippen.

Dann fühlte der Jäger, wie er von hinten gepackt und zurück auf sein Lager gezogen wurde. Er wollte schreien, aber kaum hatte er den Mund geöffnet, schüttete man ihm etwas in den Schlund. Das Zeug schmeckte gallebitter, und Alphart würgte daran. Dennoch flößte man ihm das Gebräu weiter ein, sodass er den Widerstand aufgeben musste, wollte er nicht ersticken. Also schluckte er die Flüssigkeit, von der er nicht wusste, ob sie Gift war oder Arznei. Mit einiger Bestürzung stellte er fest, dass es ihm im Grunde gleichgültig war – und schon im nächsten Augenblick hatte er wieder das Bewusstsein verloren.

Als er das nächste Mal erwachte, fühlte er sich ungleich besser. Die Schmerzen in seinen Rippen hatten deutlich nachgelassen, der bittere Geschmack war von seiner Zunge gewichen. Wie viel Zeit war seit seinem letzten Erwachen vergangen?

Eine Stunde?

Ein Tag?

Eine Woche?

Alphart hatte jedes Zeitgefühl verloren.

Jäh entsann er sich seiner Gefährten. Er stemmte sich auf den Ellbogen nach oben, schaute sich nach ihnen um – nur um festzustellen, dass sie verschwunden waren!

Die Wolfsfelle neben ihm waren leer.

Aber waren seine Gefährten jemals wirklich hier gewesen? Oder hatte Alphart es sich in seinem Fieberwahn nur eingebildet?

Jäh erinnerte er sich an die blicklosen Augen und schaute alarmiert nach oben. Im nächsten Moment schalt er sich einen Narren, denn die ach so gefährlichen Tiere stellten sich als Jagdtrophäen heraus. Ein ausgestopfter Adler und ein Luchs sowie ein Wolfsfell samt Schädel zierten die Höhlenwand. Das Feuer war heruntergebrannt, das spärliche Licht drang vom Eingang her, der von einem Fell nur unzureichend bedeckt war.

Argwöhnisch blickte Alphart an sich herab, aber da waren keine Fesseln, die ihn hielten, lediglich eine Decke aus Bärenfell, die über seinen nackten Körper gebreitet war.

Sein Verlangen, herauszufinden, wohin es ihn verschlagen hatte, wurde plötzlich übermächtig. Schwerfällig richtete er sich auf, und indem er die Zähne zusammenbiss und das Hämmern in seinem Schädel ignorierte, gelang es ihm, sich auf die Beine zu raffen. Wankend stand er da, zum ersten Mal nach wie langer Zeit? Seine Knie waren weich und seine Oberschenkel zitterten, aber mit eisernem Willen zwang er sich, in Richtung Ausgang zu stapfen. Er hatte noch keine zwei Schritte getan, da verließen ihn seine Kräfte bereits wieder. Alphart wankte dennoch weiter, legte das letzte Stück mehr im Fallen als aufrecht gehend zurück. Er erreichte den Fellvorhang und wollte sich daran festhalten, aber die Befestigung gab nach. Bäuchlings fiel der Wildfänger zu Boden – dass er sich nicht das Gesicht blutig schlug, lag an dem Fell, das seinen Sturz milderte.

Gleißend helles Tageslicht umgab ihn plötzlich und schmerzte in seinen Augen. Er zwang sich dennoch, sie offen zu halten, und eine Lawine an Eindrücken brach über ihn herein, die er weder einordnen noch deuten konnte.

Die Eingänge von Höhlen.

Brennende Lagerfeuer.

Darum versammelt gedrungene Gestalten mit großen Schädeln.

Und eine unförmige, fellbesetzte Kreatur, von der er annahm, dass er sie schon einmal gesehen hatte, ohne sich jedoch genau daran zu erinnern.

Der Wildfänger hörte noch, wie jemand seinen Namen rief.

Dann verschlang ihn wieder die Dunkelheit.

13

Steinern und riesig wie ein Denkmal erhob sich die gewaltige Säule des Túrin Mar aus dem Häusermeer Iónadors.

Einst, so hieß es, hätte der Enz Celebar den Großen Turm mit bloßen Händen aus dem Fels des Giáthin Bennan gehauen; seither stützte der Túrin Mar den mächtigen Überhang, der sich wie ein riesiger Schild über der Goldenen Stadt wölbte und nach Süden hin mit dem Rest des Berges verwachsen war. Auf diese Weise schirmte der Schildberg Iónador ab vor Wind und Wetter und vor allen Feinden, die sich von Süden nähern wollten; nach Norden hingegen bildeten die eisigen Fluten des Spiegelsees eine natürliche Grenze. Nur eine einzige Brücke führte über den See, die während des Krieges gegen das Waldvolk hart umkämpft gewesen war; seither hatte nie wieder ein Feind seinen Fuß auf die Brücke gesetzt.

Bis zu diesem Tag …

Vom obersten Balkon des Túrin Mar aus blickte Klaigon auf das in Dunkelheit versinkende Land. Den ganzen Tag über war die Sonne mehr zu erahnen denn wirklich zu sehen gewesen, und noch immer verbarg sie sich hinter dichten Wolken. Ihr letztes Licht sorgte im Westen für blassen Schein, der die Hügelkuppen rötlich färbte, und Klaigon dachte daran, dass sie, wenn sie anderntags wieder aufging, auf eine veränderte Welt blicken würde.

Noch immer war keine Kunde vom Schlachtfeld eingetroffen, aber selten zuvor in seinem Leben hatte der Fürstregent von Iónador einer Nachricht mit größerem Gleichmut entgegengeblickt.

Anders als sein Bruder Karrol, der vor ihm Iónador regiert hatte, war Klaigon nicht gerade dafür bekannt, ein Mann von großer Duldsamkeit zu sein. Seine Wutausbrüche waren berüchtigt, und er hatte auch schon begriffsstutzige Untergebene oder aufrührerische Bauern kurzerhand öffentlich auspeitschen lassen. Dennoch empfand Klaigon keine Ungeduld, was den Ausgang der Schlacht betraf, die im Tal des Allair geschlagen worden war; denn unabhängig davon, welche der beiden Parteien den Waffengang für sich entschieden hatte, der Sieger würde in jedem Fall er selbst sein.

Klaigons Stärke hatte von jeher darin bestanden, die Zeichen der Zeit zu erkennen und entsprechend zu handeln; er hatte Bündnisse geschlossen, wann immer es seinen Zielen dienlich gewesen war, und sie wieder gekündigt, sobald sie ihren Zweck erfüllt hatten. Auch Blutsbande bildeten von dieser Regel keine Ausnahme, wie der Fall seines Bruders gezeigt hatte.

Ein böses Grinsen huschte über Klaigons Züge, wenn er an seinen Vorgänger im Amt des Fürstregenten dachte. Der arme Karrol hatte nie begriffen, dass Klaigon ihm das Blutsbündnis gekündigt hatte. Karrol war ein Narr gewesen, ein Idealist, der bis zuletzt an das Gute im Menschen geglaubt hatte – selbst dann noch, als ihn auf der Jagd ein angeblich verirrter Pfeil ereilt hatte, um sowohl seiner Regentschaft als auch seinen hehren Idealen ein jähes Ende zu setzen.

Erst ganz zuletzt, als seine Züge bereits vom nahen Tod gezeichnet gewesen waren, hatte Karrol die Wahrheit erkannt – den Ausdruck im Gesicht seines Bruders würde Klaigon nie vergessen. Kein Vorwurf hatte darin gelegen, sondern eine Mischung aus Unglauben und grenzenlosem Erstaunen – die gleiche naive Mischung, die Klaigon auch in den Zügen seiner Nichte Rionna gesehen hatte, als er ihr die Wahrheit über den Tod ihres Vaters enthüllte.

Rionna …

Der Gedanke an seine Nichte ließ Klaigon missbilligend mit der Zunge schnalzen.

Karrols Tochter war ihrem Vater in vielfacher Hinsicht sehr ähnlich. Der gleiche Starrsinn, der gleiche törichte Hang zum Idealismus, die gleiche Blindheit für die Schliche des Bösen. Nur aus dem einen Grund hatte Klaigon sie zunächst unbehelligt gelassen: weil sie seinen Plänen lebend zuträglicher gewesen war als tot. Ein weiteres Bündnis, das Klaigon auf Zeit geschlossen hatte. Er hatte vorgehabt, Rionna mit Barand von Falkenstein zu verheiraten, dem tüchtigen, aber nicht eben klugen Oberbefehlshaber seiner Armee; auf diese Weise hätte sich Klaigon der immerwährenden Loyalität der Soldaten Iónadors versichert, die wie ein Mann hinter Barand standen.

Diese Taktik hatte sich jedoch als Fehlschlag erwiesen. Den Starrsinn und die Einfalt hatte Rionna von ihrem Vater geerbt, jedoch nicht dessen sanftmütiges Wesen. Nicht nur, dass sie sich Klaigon offen widersetzt und sich geweigert hatte, Barand zu heiraten; sie hatte ihren Onkel auch hintergangen, und das gleich zweimal binnen kürzester Zeit.

Das erste Mal, als sie sich heimlich davongeschlichen und auf den Weg nach Damasia gemacht hatte, um den Druiden und die beiden Einfaltspinsel vor dem Meuchelmörder zu warnen, den Klaigon ihnen nachgesandt hatte. Das zweite Mal, als sie ihre Zofe Calma damit beauftragt hatte, Barand von Falkenstein über die jüngsten Vorgänge in Iónador in Kenntnis zu setzen.

Darüber, was geschehen wäre, hätte Barand den verräterischen Brief erhalten, konnte Klaigon nur spekulieren. Wahrscheinlich, so vermutete er, hätte Barand das Schreiben gelesen und es anschließend sofort ins Feuer geworfen, da ihm sein Treueschwur gegenüber seinem Lehnsherrn mehr galt als alle Warnungen. Vielleicht aber – und dieser Gedanke beunruhigte den Fürstregenten – hätte Barand den Feldzug auch für beendet erklärt und wäre nach Iónador zurückgekehrt, und was dies bedeutet hätte, darüber wollte Klaigon lieber gar nicht nachdenken.

Brauchte er auch nicht.

Er hatte das verräterische Komplott aufgedeckt, noch ehe irgendein Schaden entstanden war, und die verräterische Zofe ihrer gerechten Strafe zugeführt. Ihren Kopf aber hatte er seiner Nichte geschickt, um ihr klarzumachen, dass ihr verantwortungsloses Handeln verheerende Folgen hatte. Und weil es ihm Freude bereitet hatte, das Entsetzen und die Furcht in Rionnas rebellischen Zügen zu sehen, hatte er ihr auch erzählt, wer in Wahrheit für den Tod ihres Vaters verantwortlich war.

Klaigon war erleichtert darüber.

Er hatte es sattgehabt, nach außen stets eine Maske tragen und seine wahren Ziele und Beweggründe verbergen zu müssen. Nun jedoch, da Karrols Tochter im tiefsten Verlies Iónadors gefangen saß und die Mächtigen des Reiches das Tal des Allair mit ihrem Blut tränkten, gab es niemanden mehr, der ihm gefährlich werden, geschweige denn ihn aufhalten konnte. Endlich konnte Klaigon das tun, was ihm beliebte und wozu sein berechnender Verstand ihm riet – jener Verstand, der ihn an die Macht gebracht hatte und ihm dabei helfen würde, sie auch in Zukunft zu behalten …

Einmal mehr hob der Fürstregent sein kahles Haupt und ließ den Blick über die dunkelnden Hügel schweifen, über die sich endlos scheinende Kolonnen wälzten. Von Osten und Westen strömten sie heran, um sich schließlich an der Brücke zu vereinen. Die ehrwürdige Konstruktion erbebte unter den Tritten der mit Klauen bewehrten Füße, während sie zu Hunderten, zu Tausenden darüber hinweg – und in die Stadt strömten.

Erle.

In der zunehmenden Dunkelheit konnte Klaigon keine Einzelheiten erkennen. Weder sah er die grässlichen Schweinsfratzen noch die schmutzigen, zottigen Felle oder die rostigen Kettenhemden, mit denen die Unholde bekleidet waren. Von seinem hohen Beobachtungsposten aus stellte sich Muortis' Heer als dunkle, namenlose Masse dar – nur das Grunzen der Erle, das Klirren ihrer Rüstungen und das kratzende Stampfen ihrer Klauenfüße waren deutlich zu hören.

Die Posten, die normalerweise an den Brückenpfeilern Wache hielten, waren abgezogen worden, die Einwohner Iónadors hatten sich in ihre Häuser geflüchtet und Türen und Läden geschlossen. Niemand in der Stadt wusste genau, was in dieser Nacht vor sich ging, aber sie alle fühlten das Grauen, das durch die Straßen und Gassen der Goldenen Stadt schlich und nach dem Blut Unschuldiger dürstete.

Nach Jahrtausenden, in denen es keinem Fremden gelungen war, seinen Fuß in die Stadt zu setzen, hatte Iónador freiwillig seine Tore geöffnet; jedoch kamen die Erle nicht etwa als Feinde, sondern als Verbündete, als Garanten eines neuen Bündnisses, das Klaigon eingegangen war.

In dem Konflikt, der heraufzog, gab es keine Neutralität. Man konnte für oder gegen den Winter sein – frieren würde man trotzdem, wenn die Kälte über das Land hereinbrach. Und so hatte sich Klaigon entschieden, das zu tun, was ihm als günstig sowohl für Iónador als auch für die Wahrung seiner Macht erschienen war: einen Bund mit jener Seite zu schließen, die ohne jeden Zweifel als Sieger aus dem bevorstehenden Konflikt hervorgehen würde, und sich dadurch einen guten Anteil an der Beute zu sichern.

Unter Einbeziehung aller Handlungsmöglichkeiten hatte Klaigon seine Möglichkeiten abgewogen, und je länger er darüber nachgedacht hatte, desto mehr war er zu der Überzeugung gelangt, dass ein Krieg gegen einen solchen Feind nicht lohnte. Sollte Iónador fallen, nachdem es jahrtausendelang die Herrin über ganz Allagáin gewesen war? Sollte ausgerechnet er, Klaigon, derjenige sein, der das Erbe der Fürstregenten verriet und die Goldene Stadt der Vernichtung preisgab? Sicher nicht – lieber übergab er sie freiwillig dem Feind und blieb dabei selbst an der Macht.

Aber warum widerstrebte es ihm dann zu sehen, wie die Erle in die Stadt einmarschierten? Warum schauderte ihn, wenn er sah, wie sie durch die Straßen und Gassen der Stadt strömten, einer Flutwelle gleich, die sich nicht mehr eindämmen ließ? Warum empörte er sich insgeheim über den Unrat, den die Unholde überall hinterließen und dessen Gestank bereits bis zum Turm hinaufstieg?

»Reue?«, fragte eine dunkle, drohende Stimme hinter ihm.

Klaigon zuckte zusammen. Er würde sich wohl nie daran gewöhnen, dass sein neuer Bündnispartner in der Lage war, sich ungesehen und lautlos fortzubewegen, indem er buchstäblich mit der Umgebung verschmolz. Der Fürstregent fühlte sich dadurch ständig beobachtet, ein Gefangener in den eigenen Wänden.

»Natürlich nicht, Kaelor«, versicherte er beflissen. Er wandte sich um und bedachte die hünenhafte, weißhäutige Gestalt, die nur ein Auge hatte und auf deren Stirn sich ein gefährlich aussehendes Horn erhob, mit einem vorsichtigen Blick. »Wie könnte ich die klügste Entscheidung bereuen, die ich in meinem ganzen Leben getroffen habe?«

»Dann ist es ja gut«, kam es zurück, mit einer Stimme, die vor Bosheit triefte. »Es wäre bedauerlich, wenn ich meine Erle anweisen müsste, die Goldene Stadt zu vernichten – da doch unser aller Gebieter so große Pläne mit Iónador hat. Wie in alter Zeit werden Könige in diesem Turm regieren, und du, Klaigon, wirst der erste von ihnen sein, ein stolzer Herrscher über ein vereintes Reich.«

»Ein stolzer Herrscher«, echote Klaigon mit verklärtem Blick und wischte all seine Bedenken fort – während sich in den fauligen Geruch, der sich mit den Erlen über Iónador gebreitet hatte, ein anderer, noch ungleich grässlicherer Odem mischte, der aus den Wohnvierteln der Stadt heraufdrang.

Der Gestank von geröstetem Menschenfleisch …

14

An jenem großen Stein, den einst der Urferner von den Gipfeln der Berge zu Tal getragen hatte und der sowohl den Kriegern des Waldvolks als auch den Bauern von Allagáin als besondere Stätte galt, kamen sie zusammen: Auf der einen Seite Barand von Falkenstein, der oberste Marschall Iónadors, der unter dem Banner der Goldenen Stadt ritt, gefolgt von seinen Unterführern und Rittern, deren Fahnen die unterschiedlichen Gaie Allagáins repräsentierten; auf der anderen Galfyn, der Häuptling des Falkenclans, in Begleitung der übrigen Stammesführer, die es sich nicht nehmen ließen, dem historischen Ereignis beizuwohnen.

Jeder Clan hatte seine besten Krieger mitgebracht, und wie die Kämpen Iónadors trugen auch sie die Zeichen ihrer Zugehörigkeit voran, Bildnisse jener Tiere, die ihren Stämmen die Namen gaben und die sie verehrten: den Falken, den Bären, den Wolf, den Eber und den Hirsch; ferner den Fuchs, die Krähe und den Biber. Sogar das Zeichen der argwöhnischen Schlangenkrieger wurde am Fuß des riesigen moosüberwucherten Findlings gesichtet.

Es war nicht einfach gewesen, die Häuptlinge von der Notwendigkeit des neuen Bündnisses zu überzeugen, und dies hatte Galfyn vor allem sich selbst zuzuschreiben. Kein anderer als er war es gewesen, der in seinem Rachedurst Hetzreden gegen Iónador geführt und den Zorn der Stämme entfacht hatte; den Sturm wieder zu glätten, den er so unbedarft entfesselt hatte, war eine der schwierigsten Aufgaben seines noch jungen Lebens gewesen, und er hätte sich gewünscht, Herras zur Seite zu haben, dessen Erfahrung und Weisheit von unschätzbarem Wert gewesen wären. Die Erinnerung an seinen alten Lehrer und seine letzten Worte auf Erden hatte Galfyn jedoch mit nie gekannter Kraft erfüllt.

Mit Nachdruck und Geduld hatte er einen Clanchef nach dem anderen davon überzeugt, dass der wahre Feind nicht in Iónador lauerte, sondern weit jenseits davon im Lande Dorgaskol, und dass nicht der Krieg gegen die Allagáiner, sondern nur das Bündnis mit ihnen den Fortbestand des Waldvolks sichern konnte.

Wenn überhaupt …

Galfyn war ehrlich gewesen. Er hatte kein Hehl aus seinen Ängsten gemacht und aus seinen Zweifeln, und vielleicht war es ihm gerade dadurch gelungen, die Stämme für sich zu gewinnen. Der Erste, der dem Bündnis mit dem Bergvolk zugestimmt hatte, war Baras von den Bären gewesen, gefolgt von Valar dem Wolfskämpfer und Kolman von den Krähen; nach und nach hatten auch die anderen Stammesführer eingewilligt, nur Geltar, der Häuptling der Schlangen, hatte sich bis zuletzt geweigert, wenn wohl auch nur, um seinem Erzrivalen Galfyn zu schaden. Doch unter der Bedingung, Galfyns Stellvertreter in der Hierarchie des Heeres zu werden, hatte schließlich auch er eingewilligt, sodass die neun Stämme vollzählig erschienen waren, einig wie zu Fynrads ruhmreicher Zeit.

Barand von Falkenstein hatte es ungleich leichter gehabt, seine Ritter zum Einlenken zu bewegen; als seine Unterführer waren sie ihm treu ergeben und hätten jederzeit ihr Leben für ihn gegeben. Ihre Loyalität galt ihm und nicht Klaigon, was dieser stets gewusst hatte – nicht von ungefähr hatte er versucht, sich Barands Treue zu sichern, indem er ihm seine Nichte Rionna zur Frau versprach, um ihn so faktisch zu seinem Nachfolger zu machen.

Aufgrund des widerspenstigen Wesens der Prinzessin war es dazu jedoch nicht gekommen, und insgeheim war er Rionna dankbar dafür, denn so konnte sein Gewissen frei und zum

Wohle Iónadors entscheiden. Die Ritterschaft wusste er dabei geschlossen hinter sich und mit ihr auch alle Vasallen.

Dennoch merkte Barand, wie seine Knie zitterten, als er vortrat und sich der Mitte des Kreises näherte, den die Ritter und Häuptlinge am Fuß des Findlings gebildet hatten. Noch am Vortag hatten die beiden Heerführer einander zugerufen, gehört zu haben, wie der Tod am Fels seine Sense schärfte, um die Reihen des jeweiligen Gegners zu dünnen – nun sollte jener »Dengelstein« zum Fundament des neuen Bündnisses zwischen Berg und Wald werden.

Galfyn trat ebenfalls vor, das Schwert an der Seite und in eine schlichte Lederrüstung gekleidet. Barands Brünne und Kettenhemd blitzten im fahlen Sonnenlicht, das durch die verschneiten Bäume sickerte. Auch er trug sein Schwert bei sich – nicht um zu kämpfen, sondern um den neuen Bund zu beschwören.

Unter den aufmerksamen Blicken ihrer Unterführer suchten die beiden Männer die Mitte des Kreises auf, wo sie dicht voreinander stehen blieben und sich in die Augen schauten.

»Für die Stämme des Waldreichs erkläre ich, Galfyn von den Falken, den Krieg gegen Iónador für beendet«, verkündete Galfyn mit lauter Stimme. »Unsere Trauer gilt jenen unserer Brüder, für die das Geschenk des Friedens zu spät kam und die gefallen sind in einem Kampf, den wir nicht wollten; unser Mitgefühl und unsere Hilfsbereitschaft denen, die sie zurücklassen.«

»Und für das Reich von Iónador und Allagáin erkläre ich, Barand von Falkenstein, Marschall der Goldenen Stadt, jede Feindseligkeit gegen das Waldvolk für erloschen«, erwiderte Barand nicht weniger entschlossen. »Auch wir haben Verluste zu beklagen, Krieger, die gefallen sind, weil wir arglistig getäuscht und hinters Licht geführt wurden. Aber sie sind nicht vergebens gestorben, denn wir wollen aus den Fehlern der Vergangenheit lernen.«

Die Kämpfer beider Seiten bestärkten die Worte ihrer Anführer, indem sie mit den Fäusten auf ihre Schilde schlugen – eine Geste, die in beiden Lagern sowohl Respekt als auch Zustimmung bedeutete. Als beide Heerführer ihre Schwerter zogen, kehrte augenblicklich wieder Stille ein.

»Kurz bevor er starb, gebot mir mein weiser Lehrer Herras, ein Bündnis mit Iónador zu schließen«, erklärte Galfyn. »Mit meinem eigenen Blut will ich dieses Bündnis nun besiegeln und dafür einstehen, dass es niemals wieder gebrochen wird.«

Entschlossen entblößte er seinen rechten Unterarm und fuhr damit über die Klinge seines Schwertes. Augenblicklich trat roter Lebenssaft hervor, der an der Klinge herabrann und den Schnee benetzte. Barand entledigte sich seines rechten Handschuhs und der gepanzerten Stulpe. Das wattierte Untergewand, das er unter dem Kettenhemd trug, krempelte er bis zum Ellbogen auf.

»Auch ich, Barand, will nach altem Brauch mit meinem Blut dafür bürgen, dass dieses Bündnis in offener Gesinnung und mit aufrichtigem Herzen geschlossen wird.« Ungerührt brachte auch er sich eine Wunde am Unterarm bei. »Von nun an wie Brüder«, sprach er dazu, »durch Blut verbunden bis in den Tod.«

»Von nun an wie Brüder«, erwiderte Galfyn, »durch Blut verbunden bis in den Tod.«

Damit ergriffen sie einander an den Unterarmen, pressten die Wunden zusammen, um ihr Blut zu einen, und vollzogen damit das Bündnis, was diesmal ringsum nicht nur von Beifall, sondern von lautstarkem Jubel beantwortet wurde. Die Heere, die in einiger Entfernung lagerten, hörten das Freudengeschrei ihrer Anführer und stimmten mit ein. Für einen kurzen Moment vergaß Galfyn seinen Schmerz und seinen brennenden Durst nach Rache, und auch auf den grimmigen Zügen Barands von Falkenstein zeigte sich der Anflug eines Lächelns. Nach verheerenden Kriegen, die beide Völker an den Rand der Vernichtung gebracht hatten, und Jahrzehnten gegenseitiger Gleichgültigkeit hatte man endlich zueinandergefunden und Frieden geschlossen – wenn auch unter dem Eindruck einer noch sehr viel gefährlicheren und grässlicheren Bedrohung ...

Der Freudentaumel legte sich rasch, denn jäh wurde den Kämpfern beider Seiten bewusst, dass der vorübergehende Friede nur der Auftakt war für einen Waffengang, der noch ungleich größere und schrecklichere Opfer fordern würde. Ernüchterung kehrte ein, nicht nur in den Lagern, sondern auch am Fuß des Dengelsteins.

»Was nun?«, fragte Barand seinen Blutsbruder. »Wir wissen nun, wer *nicht* unser Feind ist – aber wer ist es? Und wo finden wir ihn?«

»Wir sollten Spähtrupps formieren und nach ihm Ausschau halten«, regte Galfyn an. »Was den Druiden betrifft, so sollten wir warten, bis wir von ihm Nachricht erhalten. Entweder wir hören binnen zweier Tagen von ihm oder aber ...«

»Warum solange warten?«

Es war nicht Barand gewesen, der dies gefragt hatte; die Stimme war von oben gekommen, von der Kuppe des Findlings, obwohl dessen senkrecht aufragenden, von Moos und Eis überzogenen Seiten es nicht gestatteten, ihn zu besteigen.

»W-wer ist da?«, fragte Galfyn und schaute verblüfft hinauf, um einen Ausruf der Erleichterung von sich zu geben, als er die vertraute, weiß gewandete Gestalt Yvolars erblickte.

»Wen habt ihr denn erwartet?«, fragte der Druide. Die Totenblässe war aus seinem Gesicht gewichen, ein spitzbübisches Grinsen spielte um seine bärtigen Züge. Ein riesiger dunkelgrüner Schatten tauchte hinter ihm auf, der stolz seine riesigen Flügel entfächerte. Fyrhack ...

»Ihr seid zurück!«, stellte Barand wenig geistreich fest.

»Wie du siehst, mein Freund«, stimmte Yvolar zu. »Als Fyrhack mich in seine Höhle brachte, war mein Zustand ernst, in der Tat. Das Destillat aus seinem Blut, das er mir einflößte, drängte jedoch das Gift zurück, und der Schöpfer hat wohl auch noch das Seine dazu beigetragen. So rasch ich es vermochte, bin ich hierher geeilt, um euch zu helfen – aber wie ich mich überzeugen konnte, braucht ihr meine Hilfe nicht länger. Weise habt ihr gehandelt und getan, wozu eure Vorfahren nicht willens oder nicht in der Lage waren – und damit den Sterblichen einen Funken Hoffnung gegeben.«

»Wir danken dir, Druide«, sagte Barand. »Aber wir brauchen deine Hilfe sehr wohl. Unseren Zwist haben wir beendet und ein Bündnis geschlossen, aber wie geht es nun weiter? Sollen wir bleiben und abwarten, bis das Heer des Feindes sich nähert?«

»Nein«, widersprach Yvolar, »denn während ihr auf den Kampf wartet, würden Kälte und Hunger eure Männer zermürben. Nichts wäre gewonnen, und Klaigon hätte sein Ziel – wenn auch auf Umwegen – doch noch erreicht.«

»Was also sollen wir tun?«, wollte nun auch Galfyn wissen.

»In diesem Augenblick, während wir uns unterhalten, tobt im Süden bereits der Krieg um Allagáin«, antwortete der Druide, in Richtung der Berge deutend. »Die Invasion der Erle hat begonnen, und seinen ersten bedeutenden Sieg hat Muortis errungen, ohne auch nur einen einzigen Kämpfer dabei zu verlieren.«

»Was für einen Sieg?«

»Iónador«, eröffnete Yvolar gepresst.

»Was sagst du da?«, rief Barand unwirsch, während sich Unruhe unter seinen Rittern und Hauptleuten ausbreitete. »Das kann nicht sein!«

»Es ist die Wahrheit, mein Freund, glaube mir. Vom Rücken des Drachen aus sah ich die Kolonnen der Erle nach Nordwesten streben, der Goldenen Stadt entgegen.«

»Dann werden sie vor den Toren Iónadors ihr Schicksal finden«, war Barand überzeugt. »Die Mauern der Goldenen

Stadt sind alt und mächtig und haben schon mehr Angriffen getrotzt als …«

»Mein Freund, du hast nicht richtig zugehört«, unterbrach Yvolar ihn sanft, aber bestimmt. »Ich habe nicht gesagt, dass der Feind *vor* den Toren Iónadors steht. Er hält die Goldene Stadt bereits besetzt.«

»Da-das ist nicht möglich!« Barand rang um Fassung. »Die Stadtwache und die Bürgerwehr …«

»Wie ich schon sagte: Es hat keinen Kampf gegeben. Iónador hat seinen Feinden bereitwillig die Pforten geöffnet und ihnen Zutritt gewährt. Das«, fügte Yvolar bitter hinzu, »war wohl ein weiterer Grund dafür, dass Klaigon dich und deine Ritter von Iónador fortschickte. Ihm war klar, dass ihr die Stadt niemals kampflos übergeben würdet.«

»Das ist wahr«, erwiderte Barand zähneknirschend. Sein Antlitz färbte sich purpurrot, während er die Fäuste so fest ballte, dass die Knöchel weiß hervortraten.

»Wenn es noch eines endgültigen Beweises dafür bedurfte, wem die Loyalität des Fürstregenten gehört, so haben wir ihn nun«, fuhr der Druide fort, »und es dürfte außer Frage stehen, wohin wir unsere Schritte als Nächstes lenken werden …«

»Nach Iónador«, knurrte Barand entschlossen. »Die Goldene Stadt muss den Klauen der Unholde entrissen werden.«

»Dann kommen wir mit euch«, verkündete Galfyn. »Das Waldvolk weiß aus leidvoller Erfahrung, wie schwer die Mauern der Goldenen Stadt zu bezwingen sind. Nur gemeinsam können wir erreichen, was meinen Ahnen verwehrt blieb.«

»I-ihr wollt uns helfen, Iónador zu befreien?«, fragte Barand voller Staunen.

»Iónador oder ein anderer Ort – darum geht es nicht mehr. Die Erle sind es, denen unsere Feindschaft gilt. Wo auch immer wir sie bekämpfen, ob mit unseren Klingen, unseren Pfeilen oder unseren Katapulten, soll es mir recht sein.«

»Mir auch«, stimmte Baras vom Bärenclan zu, und die übrigen Häuptlinge bekundeten lautstark ihre Unterstützung.

»Also ist es beschlossen.« Yvolar nickte. »Das vereinte Heer der Menschen lenkt seine Schritte nach Iónador. Vor den Toren der Goldenen Stadt wird sich unser aller Schicksal entscheiden.«

»Und nicht nur das unsere«, versprach Barand. »Mit diesem Verrat hat Klaigon sich selbst gerichtet. Er hat das Erbe von Jahrtausenden der Vernichtung preisgegeben.«

»Nicht er allein«, gab Fyrhack zu bedenken.

»Was meinst du damit?«

»Kaelor«, sagte der Drache nur, und seine Stimme bebte dabei vor mühsam zurückgehaltener Wut.

»Der Anführer der Erle erwähnte seinen Namen«, bestätigte Yvolar, »und inzwischen ist es Gewissheit: Dein alter Erzfeind ist noch am Leben. Im Flug über Iónador habe ich seine Präsenz deutlich gespürt.«

»So war meine Entscheidung, meine Höhle zu verlassen, also richtig«, schnaubte Fyrhack. »Mein Flehen wurde endlich erhört. Es ist mir vergönnt, jenem gegenüberzutreten, der so viele meines Volkes ruchlos gemordet hat. Nach so langer Zeit werde ich endlich meine Rache bekommen.«

»So wie ich die meine, Drache«, erwiderte Galfyn und hob sein Schwert, sodass sich das frühe Tageslicht darin brach. »Für das Leben und die Freiheit.«

»Für das Leben und die Freiheit«, bestätigte Barand und reckte ebenfalls die Klinge empor, und viele seiner Ritter und Gefolgsleute folgten seinem Beispiel.

Auch Yvolar hob seinen Stab, und Fyrhack, der Letzte der Feuerdrachen, spie eine gelbe Feuersäule zum Himmel, die als weithin sichtbares Zeichen von dem Bündnis kündete, das am Dengelstein geschlossen worden war.

15

In Allagáin wurden sie die »Wilden Männer« genannt.

Kaum jemand, nicht einmal jene, die wie Alphart in den Bergen hausten, wusste wirklich etwas über sie, denn die Wilden Männer mieden die Menschen und lebten vor ihnen verborgen, sodass viele ihre Existenz sogar anzweifelten und sie für eine Legende hielten. In diesen bewegten Tagen jedoch kam offenbar vieles zutage, was jahrhunderte-, wenn nicht jahrtausendelang verborgen gewesen war.

Druiden und Drachen.

Enze und Erle.

Und nun auch noch die Wilden Männer.

Obschon der Wildfänger von Natur aus ein gesundes Misstrauen gegen alles Außergewöhnliche oder gar Übernatürliche hatte, konnte er nicht anders, als ihnen dankbar zu sein, denn sie hatten ihn und seine Gefährten aus der Gewalt des Blutberchts befreit. Aus welchem Grund die Wilden Männer ihnen geholfen hatten, wusste Alphart nicht, und es war ihm auch gleichgültig; aber je mehr er sich von seinen Verletzungen erholte und wieder zu Kräften kam, desto größer wurde seine Sorge um seine Gefährten.

Was war mit ihnen geschehen?

Wohin waren sie gebracht worden?

Waren sie den Klauen des Unholds entkommen, nur um einem anderen blutrünstigen Feind ausgesetzt zu sein?

Alphart nahm es nicht an. Irgendetwas hatten die Wilden Männer an sich, das ihn auf seltsame Weise beruhigte – etwas Ursprüngliches, Unverdorbenes, das einem Naturburschen wie ihm sehr imponierte. Inzwischen wusste er auch, wer der dunkle Schatten war, den er wiederholt im Fiebertraum wahrgenommen hatte: ein alter Schamane, der auf den Namen Urchar hörte.

Viel mehr als seinen Namen hatte Alphart von dem Alten allerdings nicht erfahren; wann immer er ihn etwas fragte, zuckte der Schamane nur mit den knochigen Schultern und schüttelte das eigenartige Haupt, dessen Kieferpartie weit vorstand und über dessen fliehender Stirn langes, schlohweißes Haar wuchs. Um den dicken Hals des Alten hingen allerlei wundersame Gegenstände, von Vogelkrallen und -federn über seltsam geformte Steine bis hin zu kleinen Schnitzereien aus Knochen. Bekleidet war seine gebückte, gedrungene Gestalt mit einem zottigen grauen Fell, das einen strengen Geruch verströmte und von einem Tier stammte, dem Alphart noch nie begegnet war – dabei hatte der Wildfänger gedacht, alle Tiere der Berge genau zu kennen. Es musste von einer jener riesigen, fellbesetzten Kreaturen stammen, die Alphart für einen kurzen Moment gesehen hatte, ehe die Ohnmacht ihn wieder packte.

Wann immer der Schamane bei ihm war, murmelte er leise und monoton vor sich hin – Worte in einer dem Wildfänger unbekannten Sprache. Dabei hantierte der Alte mit allerhand Gerätschaften, die höchst wundersam aussahen, jedoch keinem erkennbaren Zweck dienten. Dann kam der Tag, an dem Alphart am Morgen die Augen aufschlug und sich ungleich besser fühlte. Ob es die Heilkraft des Schamenen war, der er dies zu verdanken hatte, oder der eigenen zähen Konstitution, wusste der Wildfänger nicht zu sagen. Tatsache war, dass ihn kaum noch Schmerzen plagten und seine alte Kraft allmählich zurückkehrte.

Anders als an den Tagen zuvor besuchte Urchar ihn an diesem Morgen nicht; als das dicke Fell, das den Höhleneingang verschloss, beiseitegeschlagen wurde, sah Alphart stattdessen ihm wohlbekannte Gesichter, die ihn fröhlich angrinsten.

»Ist es erlaubt, einzutreten und einen Krankenbesuch abzustatten?«, erkundigte sich Leffel Gilg höflich.

»Einen Krankenbesuch? Ich reiß dir gleich die Mütze von deinem Dummkopf und zieh dir die Ohren lang, dann sollst du sehen, wer hier krank ist«, polterte Alphart, um gleich darauf erleichtert zu lachen. »Kommt herein«, forderte er seine Gefährten auf, heilfroh darüber, sie lebend und gesund wiederzusehen.

Alle waren sie gekommen: der Gilg und der Kobling, Erwyn und sein Ziehvater Urys und sogar der hünenhafte Walkar, der an diesem Morgen weniger finster dreinzublicken schien als sonst. »Da sind wir wieder, froh und munter! So leicht kriegt man uns nicht unter!«, krähte Mux, der seine Fähigkeit zu reimen offenbar wiedererlangt hatte.

»Nein«, bestätigte Alphart grinsend. »So leicht lassen wir uns tatsächlich nicht unterkriegen.«

»Du wirst nicht böse, wenn ich dichte? Ich dachte, du magst keine reimenden Wichte?«

»Ich fange allmählich an, mich an deinesgleichen zu gewöhnen«, knurrte der Wildfänger. »Außerdem …«

»Ja?«, fragte Leffel.

Alphart biss sich auf die Lippen. Noch immer war er kein Mann großer Worte, aber was er gesehen und erlebt hatte, hatte ihn verändert. Trotz allem, was geschehen war, war er noch immer am Leben, und er dankte dem Schöpfer dafür. Und er erinnerte sich an das, was Bannhart zu ihm gesagt hatte …

War es wirklich sein Bruder gewesen, der zu ihm gesprochen hatte, als er im Fiebertraum an der Grenze zwischen Tod und Leben gewandelt war? Alphart wusste es nicht und würde es vermutlich auch nie erfahren. Aber eines war ihm klar geworden …

»Ich bin ein verdammter Narr gewesen«, gestand er den Gefährten, die sich rings um sein Lager versammelt hatten.

»Ach ja?«, fragte Urys spitz, dessen Wunden so gut verheilt waren, dass sie kaum noch zu sehen waren. »Erzähl uns etwas, das wir noch nicht wissen.«

»Ich bin Wildfänger von Beruf«, erklärte Alphart zu seiner Verteidigung, »frei geboren und niemandem Rechenschaft schuldig. Als mein Bruder starb, glaubte ich deshalb, ganz auf mich gestellt zu sein und allein die Verantwortung zu tragen für … für das, was geschehen war.«

»Und jetzt?«, fragte Erwyn.

»Habe ich erkannt, dass es nicht so ist«, erwiderte der Jäger, und es war ihm anzusehen, wie schwer es ihm fiel, die richtigen Worte zu finden. »Meinen Bruder mag ich verloren haben, aber ich habe neue treue Gefährten gewonnen, die ihr Leben wagten, um das meine zu retten – und ich habe es ihnen schlecht gedankt. Dafür bitte ich euch … ich meine …«

»Was?«, verlangte Walkar zu wissen.

»Ich bitte euch um Verzeihung«, flüsterte der Wildfänger die Worte, die ihm so widerwillig über die Lippen wollten – um dabei aber festzustellen, dass es gar nicht so schwer war, sie auszusprechen.

»Bist auch wirklich du gesundet«, erkundigte sich Mux zweifelnd, »oder liegst du noch verwundet?«

»Keine Sorge, es geht mir gut«, versicherte Alphart, »und ich weiß auch, was ich sage – auch wenn mir dieser verdammte Blutknecht ein paar ordentliche Dinger verpasst hat.«

»Mir auch«, sagte Urys. »Wären Salmuz und sein Stamm nicht gewesen …«

»Wer?«, wollte Alphart wissen.

»Salmuz«, wiederholte Erwyn. »Er ist der Anführer des Stammes, dessen Krieger uns aus der Höhle des Blutberchts befreit haben.«

»Was sind das für Leute?«

»Wir wissen es nicht«, antwortete Leffel, »aber sie sind anders als wir. Sie sehen anders aus und sprechen anders. Nur Salmuz und Urchar, sein Schamane, beherrschen unsere Sprache, aber leider nur ein paar Brocken davon.«

»Wo sind wir hier?«, fragte Alphart.

»In ihrem Dorf in den Bergen«, erklärte Urys. »Es gibt in Glondwarac Aufzeichnungen über einen frühen Stamm der Menschen, der im Schatten des Nebelbergs die Zeiten überdauert haben soll, aber ich hätte nicht gedacht, dass es ihn tatsächlich gibt.«

»Und sie sind uns freundlich gesinnt?«

»Das will ich meinen – schließlich haben sie uns nicht nur gerettet, sondern uns auch gesund gepflegt.« Der Zwerg grinste. »Ich für meinen Teil jedenfalls habe mich lange nicht mehr so gut gefühlt.«

»Ich auch nicht«, versicherte Erwyn. »Was für ein Glück, dass wir ihnen begegnet sind. Salmuz sagt auch, sie hätten Fortbewegungsmittel, die uns höher an den Gipfel heranbringen können.«

»Ihr … ihr habt ihm von unserer Mission erzählt?«, fragte Alphart fassungslos.

»Nicht direkt«, sagte der Junge ausweichend. »Jemand anderes hat das an unserer Stelle getan. Jemand, der kurz nach uns hier eingetroffen ist.«

»Wer?«, wollte Alphart wissen, dessen Züge verkanteten. War ihnen schon wieder ein neuer Feind auf den Fersen? Einer, der so verschlagen war, dass seine Gefährten ihn nicht durchschauten?

»Er wartet draußen vor der Höhle«, antwortete Urys grinsend. »Sollen wir ihn hereinbitten?«

»Von mir aus«, brummte Alphart.

Das Eingangsfell wurde erneut beiseitegeschlagen, und grelles Licht flutete in die Kammer, das noch ein wenig heller schien als der Tag, der draußen angebrochen war. Und aus dem blendenden Schein trat kein anderer als Yvolar der Druide.

»Du?«, stieß der Jäger überrascht hervor.

»Wie du siehst«, erwiderte Yvolar lächelnd.

»Aber ich dachte, du wolltest nach Norden …«

»Dort war ich auch«, sagte der Druide grimmig, »und es war keine leichte Reise, das darfst du mir glauben. Erle haben mir aufgelauert, und meine letzte Stunde hätte geschlagen, hätte ich nicht von unerwarteter Seite Hilfe erhalten.«

»Hilfe? Von wem?«

»Sei versichert, dass ich dir all das ausführlich berichten werde, lieber Freund«, versicherte der Druide, während erneut jenes altbekannte milde Lächeln um seine Züge spielte. »Es gibt viel, das du erfahren musst. Der Krieg um Allagáin hat begonnen, Muortis' Horden halten Iónador besetzt.«

»Iónador? Aber wie …?«

»Alles zu seiner Zeit. Aber du sollst schon jetzt wissen, dass wir auch neue Verbündete gewonnen haben. Freunde, die uns bei unserem Kampf unterstützen.«

»Was für Freunde? Wer …?«

»Langsam, mein wackerer Jägersmann. Du hast viel ertragen und gelitten und musst dich noch erholen. Ein trügerischer Moment der Ruhe ist in diesem Konflikt eingetreten, ein stiller Augenblick vor dem Sturm. Nütze ihn, um vollends zu gesunden und wieder zu Kräften zu kommen. Du wirst auf Erden noch gebraucht, mein Freund.«

»Einen Augenblick!«, rief Alphart energisch, als sich sowohl der Druide als auch die anderen Gefährten zum Gehen wandten.

»Was gibt es denn noch?«, erkundigte sich Yvolar gelassen.

»Deine Worte … sie kommen mir ziemlich bekannt vor«, stellte der Wildfänger fest, der sich dumpf an jenen Fiebertraum erinnerte, in dem ihm zunächst sein Bruder Bannhart und dann Yvolar erschienen war. War es tatsächlich nur ein Traum gewesen?

Oder weit mehr als das …?

»Was du nicht sagst«, erwiderte der Druide – und erneut huschte ein Lächeln über die Züge des alten Fuchses, undurchschaubar und rätselhaft.

16

Noch am Nachmittag desselben Tages erhob sich Alphart endgültig von seinem Lager, und zu seinem eigenen Erstaunen hatte er keine Probleme mehr, sich auf den Beinen zu halten. Im Gegenteil spürte er deutlich, dass die alte Kraft Schritt für Schritt in seinen Leib zurückkehrte.

Sein erster Weg führte ihn zu Yvolar, der im Dorf der Wilden Männer offenbar kein Unbekannter war; in einer geräumigen Höhle hatten sie ihm eine Unterkunft bereitet und begegneten ihm mit größten Respekt, sodass Alphart sich fragte, ob es überhaupt einen Ort in Allagáin gab, an dem der Druide noch nicht gewesen war.

Wie er es versprochen hatte, berichtete Yvolar ausführlich von den Dingen, die sich im Norden zugetragen hatten: von der Schlacht, die im Tal des Allair beinahe stattgefunden hatte, weil beide Seiten gegeneinander aufgehetzt worden waren; von dem Bündnis, das am Fuße des Dengelsteins geschmiedet worden war; und von dem Verrat Klaigons, der zur Besetzung Iónadors durch die Erle geführt hatte.

Alphart hörte mit wachsendem Entsetzen zu, während sie durch das Dorf spazierten, das zu beiden Seiten von hoch aufragenden Felswänden begrenzt wurde; in ihnen klafften die Eingänge zahlreicher Höhlen. Aufgrund der Enge der Schlucht und weil Bäume ihren Rand bewuchsen, drang kaum Schnee bis auf den Grund. Einige Lagerfeuer knisterten, von denen dichter Rauch aufstieg – Signale, die weithin gesehen werden konnten.

Mehrmals unterbrach der Jäger den Druiden, um Fragen zu stellen, denn er konnte kaum glauben, was er zu hören bekam. Aber zum einen passte das, was Yvolar sagte, zu gut zusammen, als dass Zweifel angebracht gewesen wären. Zum anderen hatte er selbst Klaigon kennengelernt; er hatte dem Fürstregenten in die Augen geblickt und die Verschlagenheit darin gesehen. Wenn es seinen Zwecken diente, war Klaigon sicher auch dazu fähig, sein eigenes Reich zu verraten.

»Iónador«, erklärte Yvolar weiter, »befindet sich in Aufruhr. Klaigon hat sich zum Alleinherrscher ausgerufen und die Stadt den Feinden geöffnet.«

»Dieser Mistkerl!«, ereiferte sich Alphart.

»Er hat getan, was in seinen Möglichkeiten lag«, sagte der Druide mehrdeutig. »Nun endlich klären sich die Fronten, und die Handschrift des Bösen ist deutlich zu erkennen.«

»Wenigstens hat das Versteckspiel ein Ende«, meinte der Jäger verdrossen, »und es wird mit offenem Visier gekämpft.«

»Ja, unsere Gegner kennen wir nun, das ist wahr. Aber gleichzeitig hat der Feind auch seine wahre Stärke offenbart, und die bereitet mir Sorge. Muortis hat seinen Feldzug sorgfältig vorbereitet. Tausende von Erlen drängen in die Stadt – sie ihnen wieder zu entreißen wird alles andere als einfach sein.«

»Was ist mit den Einwohnern?«, fragte Alphart.

»Wer konnte, ist geflohen. Geblieben sind nur die Alten und Schwachen, und die sind ein gefundenes Fressen für die Erle – und das meine ich im wörtlichen Sinn. Rohe Barbarei hat in Iónador Einzug gehalten, wie man sie sich grässlicher kaum vorstellen kann.«

»Und was«, erkundigte sich der Jäger leise, »ist mit *ihr*?«

»Von Prinzessin Rionna habe ich keine Nachricht. Wir wissen nicht, ob sie noch unter den Lebenden weilt oder ...«

»Ich hätte ihr folgen sollen, als ich die Gelegenheit dazu hatte. Ich hätte sie retten können.«

»Du hattest einen Auftrag auszuführen, der wichtiger war als alles andere«, brachte der Druide in Erinnerung, »dringlicher als das Schicksal eines einzelnen Mannes oder einer einzelnen Frau.«

»Ich weiß.« Alphart nickte. »Dennoch …«

»Du liebst sie, nicht wahr?«

Der Wildfänger blickte auf. Seinesgleichen pflegte nicht über derlei Dinge nachzudenken, geschweige denn, sich mit jemandem offen darüber zu unterhalten.

»Es war offensichtlich, vom ersten Moment an«, erklärte Yvolar ungerührt.

»Machst du Witze, alter Mann?« Alphart lachte freudlos auf. »Wir haben uns die ganze Zeit über nur in den Haaren gelegen.«

»Menschen pflegen oftmals das eine zu empfinden und etwas völlig anderes zu tun. Bisweilen kann derlei Verhalten auch ein Zeichen von Zuneigung sein.«

»Nicht in diesem Fall.«

»Wenn du meinst.« Erneut zeigte der Druide dieses wissende Lächeln, das stets dafür sorgte, dass sich Alphart bis ins Mark durchschaut vorkam.

Um rasch das Thema zu wechseln, wandte er sich ab und schaute zu den Dorfbewohnern, die sich um eines der Feuer versammelt hatten und schmale Fleischstreifen darüber brieten. Ähnlich wie Urchar der Schamane hatten auch sie gedrungene, behaarte Körper und seltsam geformte Gesichter. Männer und Frauen waren kaum voneinander zu unterscheiden, und die Kinder, die ausgelassen durch das Lager tollten, erinnerten den Jäger in mancher Hinsicht mehr an junge Tiere denn an kleine Menschen.

»Wer sind sie?«, wollte er von Yvolar wissen. »Sind sie wirklich die ›Wilden Männer‹?«

»Damit würdest du den Frauen unter ihnen wohl unrecht tun«, sagte der Druide grinsend. »Aber du hast recht, mein Freund, wenngleich der Name irreführend ist. In der alten Sprache wurden sie *diochuin* genannt, was ›Die Vergessenen‹

bedeutet, und genau das sind sie auch: ein Volk, das von der Natur und der Zeit vergessen wurde. Unten in den Tälern mag das Leben sich weiterentwickelt haben, hier jedoch, in der Abgeschiedenheit dieser einsamen Bergschlucht, ist es stehen geblieben. Die Vergessenen sind Relikte aus einer Zeit, die längst vergangen ist. Es ist ihnen verwehrt geblieben, Menschen wie wir zu werden, aber sie sind auch längst keine Tiere mehr. Der Wille und die Fähigkeit zum Guten unterscheiden sie von ihnen – ebenso wie von Muortis' finsteren Kreaturen.«

Eine der Gestalten am Lagerfeuer erhob sich, schaute zu ihnen herüber und winkte. Yvolar erwiderte den Gruß, und der Mann erhob sich und kam zu ihnen. Seine Erscheinung unterschied sich in nichts von der der übrigen Höhlenmenschen, vielleicht mit der Ausnahme, dass seine Kleidung – eine knielange Tunika aus geflecktem Fell und ein weiter Umhang – ein wenig gepflegter wirkte als die der anderen. Sein ergrautes Haar reichte ihm bis zu den Schultern, um seinen Hals hing ein ledernes Band, an dem allerlei Kleinodien befestigt waren, denen offenbar kultische Bedeutung zukam.

»Dies«, stellte Yvolar den Vergessenen vor, »ist Salmuz, der Anführer des Stamms.«

Alphart begrüßte den Mann, von dem er schon gehört, den er jedoch noch nie zu Gesicht bekommen hatte; er verbeugte sich, um sich für die Pflege und die gute Behandlung zu bedanken, die man ihm hatte angedeihen lassen.

»Du wieder gesund?«, erkundigte sich Salmuz, wobei sich seine Augen unter den vorspringenden Stirnknochen weiteten. Von seinen Gefährten wusste Alphart, dass das Oberhaupt der Wilden Männer die Menschensprache leidlich beherrschte, daher war er nicht überrascht, von ihm angesprochen zu werden.

»In der Tat«, erwiderte er, »und das verdanke ich euch. Wärt ihr nicht gewesen ...«

»Blutriese alter Feind von Volk. Oft überfallen, viele tapfere Jäger töten. Volk lange Versteck gesucht. Jetzt tot«, fügte der Häuptling hinzu, worauf sich ein breites Grinsen von einem Ohr zum anderen zog. »Volk nicht mehr angreifen. Nie mehr.«

»Das ist gut«, meinte Alphart und verbeugte sich abermals, woraufhin sich Salmuz abwandte und zurück ans Feuer ging.

»Volk?«, wandte sich Alphart fragend an Yvolar.

»So nennen sie sich selbst«, erklärte der Druide, während sie ihren Spaziergang fortsetzten. »Lange Zeit waren die Vergessenen der Ansicht, sie wären die einzigen Menschen auf dieser Welt.«

»Ein Irrtum«, meinte Alphart.

»Allerdings einer, der schon vielen widerfahren ist. Auch deinesgleichen glaubt, allein auf dieser Welt zu sein – dabei gibt es so viel mehr, als ihr geringer Verstand zu begreifen in der Lage wäre und ihre beschränkten Sinne erfassen können.«

»Ich weiß, was du meinst.« Der Jäger nickte – auch er hatte feststellen müssen, dass es Wesen und auch Orte gab, die er nicht im Traum für möglich gehalten hätte. »Eines allerdings frage ich mich.«

»Nämlich?«

»Wenn der Blutbercht Salmuz und seinen Leuten tatsächlich schon früher zugesetzt hat und sie sein Versteck lange Zeit erfolglos gesucht haben – wieso haben sie es dann just in dem Moment gefunden, als der Unhold uns töten wollte?«

»Eine interessante Frage.« Yvolar nickte. »Was meinst du?«

»Es könnte natürlich nur ein glücklicher Zufall gewesen sein«, überlegte Alphart. »Aber irgendetwas sagt mir, dass es mehr als das war …«

»Ist das dein Ernst?« Yvolar spielte den Erstaunten. »War es nicht ein uns beiden nur allzu bekannter Jägersmann, der sagte, dass nicht die Bestimmung, sondern bloßer Zufall das Leben der Menschen regiert? Der behauptete, dass ein starkes Herz und eine gut geschärfte Axt die einzigen Dinge wären, auf die sich ein Mann verlassen könnte?«

»Das sagte ich«, gab der Jäger widerstrebend zu. »Aber ich habe meine Meinung geändert ...«

»... und damit die Augen geöffnet für eine größere Welt«, fügte der Druide hinzu. »Und du hast recht, mein Freund. Salmuz erzählte mir, ein helles Licht, das dem nahen Wildbach entsprungen sei, habe seine Krieger und ihn zum Versteck des Unholds geführt.«

»Ein Licht aus dem Wildbach?« Alphart hob die Brauen. »Du meinst die Salige?« Er erinnerte sich lebhaft an die Begegnung mit dem geheimnisvollen Wasserwesen, das ihnen vom Horn des Sylfenkönigs berichtet und ihnen damit die Hoffnung zurückgegeben hatte.

»Wer weiß«, sagte Yvolar. »Die Saligen haben schon früher in die Geschicke der Menschen eingegriffen. Und vergessen wir nicht, dass auch ihre Welt von Muortis bedroht wird.«

Sie hatten das andere Ende des Dorfes erreicht, wo unter einem Überhang aus Fels und Schnee Fyrhack sein Lager bezogen hatte. Alphart konnte sich nicht recht an den Anblick des Drachen gewöhnen – anders als die Wilden Männer, die seine Existenz mit bewundernswertem Gleichmut hinnahmen; entweder hatten sie schon früher Drachen gesehen oder sie waren mit dem, was Yvolar die »Anderswelt« zu nennen pflegte, einfach noch tiefer und inniger verbunden als ihre Nachfahren.

»Sieh an«, knurrte der Drache, als sie sich ihm näherten. Rauch wölkte dabei aus seinen Nüstern, und seine Augen verengten sich zu Schlitzen. »Du bist also der, den sie Alphart nennen.«

»Und du bist der, den sie Fyrhack nennen«, konterte der Wildfänger, um Fassung ringend.

»Ich habe viel von dir gehört.«
»So wie ich von dir.«
Ein Schnauben entrang sich dem Rachen des Untiers, das sich fast wie kehliges Gelächter anhörte. »Allmählich verstehe ich, was der Druide an dir findet. Auf den Mund gefallen bist du jedenfalls nicht, das muss man dir lassen.«
»Du ebenfalls nicht«, erwiderte Alphart. »Schön, dass du es dir anders überlegt hast.«
»Nicht, um dir oder irgendeinem deiner nichtswürdigen Freunde einen Gefallen zu tun, habe ich meine Höhle verlassen – sondern weil ich Rache will. Rache für meine Brüder, die von Muortis' Dienern dahingeschlachtet wurden im letzten Krieg.«
»Somit haben wir etwas gemeinsam«, meinte Alphart.
»Keineswegs«, widersprach der Drache. »Du, Mensch, hast nur um einen Einzelnen zu trauern, ich hingegen um ein ganzes Volk. Kaelor wird bezahlen für das, was er mir und den Meinen angetan hat.«
»Kaelor?«, fragte Alphart.
»Ein Eisriese, der in Muortis' Diensten steht, jetzt wie vor tausend Jahren«, erklärte Yvolar. »Wir nehmen an, dass er es ist, der Klaigon wie eine Puppe tanzen lässt, und dass er den Oberbefehl über die Erle innehat, die Iónador besetzen.«
»Dann sollten wir nach Iónador gehen, oder nicht?«
»Für die Goldene Stadt wurde bereits gesorgt«, versicherte der Druide. »Das vereinte Heer der Menschen zieht gen Süden, um Iónador zurückzuerobern. Wenn die Erle die Stadt besetzt halten, kontrollieren sie damit die Hauptstraße und die Grenzburgen – und damit das ganze Land. Das darf nicht geschehen.«
»Was redest du?«, schnaubte Fyrhack. »Es ist bereits geschehen.«
»Fürwahr«, bestätigte Yvolar düster, »verschenkt wurde an die Schergen des Bösen, was bis zuletzt hätte verteidigt

werden müssen. Die Goldene Stadt ist gefallen, ohne dass der Feind auch nur einen einzigen Verlust zu beklagen hätte. Aber dies wird sich ändern. Schon bald werden Waldkrieger und Ritter Iónadors gemeinsam gegen die jahrhundertealten Mauern anrennen ...«

»... und sich dabei blutige Köpfe holen«, war Alphart überzeugt. »Ich verstehe nicht viel von solchen Dingen, aber heißt es nicht, die Goldene Stadt sei uneinnehmbar? Dass der Schildberg über sie wache und dafür sorge, dass sich kein Feind nähern kann?«

»Das ist wahr«, räumte Yvolar ein. »Dennoch haben die Menschen keine andere Wahl – selbst wenn sie vor den Toren Iónadors scheitern.«

»Was meinst du damit?«

»Das Ziel ihres Angriffs ist es, die Goldene Stadt zurückzuerobern und sie den Klauen des Feindes zu entreißen. Doch selbst, wenn dies nicht gelingt, wird der Blutzoll, der vor den Mauern Iónadors entrichtet wird, nicht vergeblich sein. Denn durch den Kampf um die Goldene Stadt wird der Herr des Eises von unserem eigentlichen Vorhaben abgelenkt.«

»Von unserem eigentlichen Vorhaben? Wovon sprichst du?«

»Das Sylfenhorn«, brachte der Druide in Erinnerung. »Es vom Gipfel des Korin Nifol zu bergen ist unsere Aufgabe und unser Ziel. Hast du das etwa vergessen?«

»Nein«, erwiderte Alphart einigermaßen verwundert. »Ich dachte nur, die Suche nach dem Horn hätte sich erledigt, nachdem sich der Drache nun doch entschieden hat ...«

»Lass dich von meiner Anwesenheit hier nicht täuschen, Mensch«, unterbrach ihn Fyrhack. »Weder glaube ich an euren sinnlosen Kampf noch daran, dass der junge Spund ein Erbe Ventars ist. Selbst wenn er den Mut aufbrächte, auf meinen Rücken zu steigen und sich von mir durch die Lüfte tragen zu lassen, verfügte er nicht über die Kraft, das Sylfenfeuer zu entfesseln.«

»Das Sylfenfeuer?« Alphart blickte Yvolar fragend an.

»In den alten Tagen«, erläuterte der Druide, »als Danaóns Kämpen auf Drachen durch die Lüfte flogen, pflegten sie mit diesen Tieren auf eine Art und Weise zu verschmelzen, die Sterblichen stets ein Rätsel bleiben wird. Ihre Kräfte und Fähigkeiten vereinigten sich, um dem Schlund des Drachen etwas zu entlocken, das wir ›Sylfenfeuer‹ nennen – eine reine, ungebändigte Kraft, so heiß wie tausend Flammen und so hell wie die Sonne.«

Alphart nickte nachdenklich. »Deshalb warst du so überzeugt davon, dass ein Drache, geritten von Ventars Erbe, das Eis besiegen könnte ...«

»In der Tat. Aber Fyrhack behauptet, bei Erwyn nichts davon zu spüren, was ich mir nicht erklären kann. Er ist Dochandar, der letzte Spross aus Danaóns Stamm ...«

»Ich *kann* etwas fühlen«, versicherte der Drache und hob das Haupt wie ein Raubtier, das etwas wittert. »Es ist hier in diesem Lager – aber der Junge hat nicht genug davon, als dass ich mit ihm das *koshángal* eingehen könnte, wie die Verbindung unserer Arten in alter Zeit genannt wurde. Ich fürchte, mein Freund, du hast dich all die Jahre über selbst betrogen.«

»Möglicherweise«, meinte Yvolar und schüttelte sein kahles Haupt. Der Druide setzte alles daran, ruhig und beherrscht zu klingen, aber Alphart ahnte, wie sehr ihn all dies erschüttern musste. Der Wildfänger wusste, wie es sich anfühlte, von einem Tag auf den anderen vor den Trümmern seines Lebens zu stehen ...

»Es liegt wohl daran, dass nur zur Hälfte Sylfenblut in den Adern des Jungen fließt«, überlegte Yvolar laut. »Hoffen wir, dass seine Kräfte ausreichen, um in Danaóns Horn zu stoßen.«

»Und wenn nicht?«, fragte Alphart.

»Diese Frage stellt sich nicht.« Abermals schüttelte der Druide den Kopf. »Wenn die Salige recht hatte – und wir haben keinen Grund, daran zu zweifeln –, bleibt uns nur diese eine Hoffnung, das Eis des Nebelherrn zu brechen.«

»Wir werden die Reise zum Gipfel also fortsetzen?«

»Allerdings – und wenn du erlaubst, werde ich wieder die Führung übernehmen.«

»Nichts lieber als das.« Alphart hatte das Gefühl, dass ein ganzer Steinschlag der Erleichterung von seinem Herzen polterte. »Aber warum lassen wir uns nicht vom Drachen hinauf zum Gipfel tragen? Die Hänge des Korin Nifol sind steil und wegen des Schnees nahezu unpassierbar. Auf Fyrhacks Rücken …«

»Fyrhack könnte uns niemals alle auf einmal tragen«, wandte Yvolar ein, »zudem würden wir Gefahr laufen, von den Spähern der Erle entdeckt zu werden, und Muortis würde möglicherweise durchschauen, was wir vorhaben. Außerdem wird Fyrhacks feuriger Atem im Kampf um Iónador ungleich mehr gebraucht als hier in den Bergen.«

»Ich werde tödliches Feuer auf dieses Erlgesindel spucken«, prophezeite der Drache grimmig, und seine Augen leuchteten in orangeroter Glut, als er leise hinzufügte: »Und ich werde mir Kaelor schnappen, den Mörder meines Volkes. Das ist meine Bestimmung.«

»Gut gesprochen«, sagte Alphart, der das Anliegen des Drachen nur zu gut verstehen konnte. Dann wandte er sich wieder dem Druiden zu. »Aber wie gelangen wir dann hinauf auf den Gipfel? Die Begegnung mit dem Blutbercht hat uns wertvolle Zeit gekostet.«

»Die Vergessenen haben uns ihre Hilfe angeboten, und ich denke, wir werden sie annehmen.«

»Was für Hilfe? Kann uns der Schamane auf den Gipfel zaubern?«

»Das wohl nicht«, verneinte Yvolar lächelnd, »aber wenn ich ihn recht verstanden habe, gibt es eine Art *Gefährt*, das uns zumindest einen Teil des Weges hinaufbringen kann. Zudem werden die Spione des Feindes uns für Wilde Männer halten, wenn sie uns sehen, was uns einen weiteren Vorteil verschafft.«

»Ein Gefährt?« Alphart erinnerte sich daran, dass bereits Erwyn an seinem Krankenlager von einem »Fortbewegungsmittel« gesprochen hatte – oder sogar von mehreren davon, die Salmuz ihnen zur Verfügung stellen wollte. Wohl war ihm bei dem Gedanken nicht – die halsbrecherische Reise durch die Bergwerkstollen der Zwerge war sowohl ihm als auch seinem Magen noch in unangenehmer Erinnerung. »Was für ein Gefährt denn?«

»Ich weiß es nicht«, gab der Druide zu, »wir werden uns wohl überraschen lassen. Je unauffälliger wir uns fortbewegen, desto besser ist es für uns. Soll Muortis ruhig glauben, dass wir die Entscheidung vor den Mauern Iónadors suchen. Wenn unsere Mission erfolgreich ist, wird er eine Überraschung erleben.«

»Und wenn nicht?«, fragte Alphart.

»Dann, Mensch«, erwiderte Fyrhack düster, »wird es für dich und deinesgleichen das Ende sein. Die Schergen des Nebelherrn kennen keine Gnade – niemand weiß das so gut wie ich …«

17

Die steinernen Gewölbe, die sich tief unter dem Túrin Mar erstreckten, waren das Vermächtnis einer anderen Zeit. Die Könige der Goldenen Stadt, die das Land mit despotischer Hand regierten, hatten dort einst Kerkerzellen in den Fels schlagen und Folterkammern einrichten lassen, in denen all jene verschwunden waren, die es gewagt hatten, dem Oberhaupt des Reichs ein Widerwort zu geben. Nach dem Krieg gegen das Waldvolk, der mit der Absetzung des letzten Königs geendet hatte, waren die düsteren Kammern in Vergessenheit geraten – Klaigons neue Verbündete hatten sie dem Fürstregenten jedoch wieder in Erinnerung gebracht und dazu geraten, die überaus nützlichen Einrichtungen der Vergangenheit zu nützen und sich zweier Werkzeuge zu bedienen, die selbst die rebellischsten Gegner verstummen ließen.

Schmerz.

Und Furcht.

Der in den Fels gehauene Stollen, der von blakenden Fackeln in unstetes Dämmerlicht getaucht wurde, hallte wider von heiseren Schreien, die kaum etwas Menschliches an sich hatten, obwohl sie aus sterblichen Kehlen stammten. Ein Grinsen der Zufriedenheit huschte über die fleischigen Züge des Fürstregenten, als er sie hörte. Erst ganz allmählich begriff Klaigon, was das Bündnis mit Kaelor und seinem finsteren Herrn ihm eingetragen hatte: Macht.

Grenzenlose, durch nichts zu erschütternde Macht …

Es war empfindlich kalt im Stollen. Gelbe Rinnsale krochen an den Felswänden herab und sammelten sich am Boden zu schmutzigen Pfützen, in denen sich der Fackelschein spiegelte. Der Geruch von Fäulnis tränkte die feuchte Luft, Ratten spähten mit funkelnden Augen aus schmalen Spalten und dunklen Löchern.

In der Tat gab es angenehmere Orte, an denen man die Zeit verbringen konnte, aber wen es hierher verschlagen hatte, der verdiente es nicht besser. Wer immer in diesen Kerkern hockte, hatte sich dem Willen des Fürstregenten widersetzt und sich gegen ihn verschworen – so wie sein eigen Fleisch und Blut …

Vor einer Zelle, deren Eingang so niedrig war, dass man in die Knie gehen musste, um einen Blick durch das Gitter zu werfen, blieb Klaigon stehen. Seine Augen brauchten einen Moment, um sich an das schummrige Dunkel zu gewöhnen, das im Kerkerloch herrschte; dann jedoch konnte er die kahlen, feuchten Felswände ausmachen und die einsame, elend wirkende Gestalt, die darangekettet war.

»Wie geht es dir, Nichte?«

Karrols Tochter bot einen jämmerlichen Anblick. Das lange Haar hatte man ihr abgeschnitten und sie ihrer fürstlichen Kleider beraubt. Stattdessen war sie in ein Büßergewand aus Rupfen gesteckt worden, das, wie Klaigon fand, jedoch gut zu ihren blassen, ausgemergelten Zügen passte.

Sie schien geschlafen zu haben. An der Höhlenwand kauernd, die Handgelenke in eisernen Spangen, hatte sie die Augen geschlossen und blinzelte erst, als Klaigon sie ein zweites Mal ansprach. Endlich schlug sie die Augen auf. Einen Moment lang schien sie nicht zu wissen, wo sie sich befand, und Klaigon genoss es, das Entsetzen im Gesicht seiner Nichte zu sehen, als es ihr jäh wieder einfiel.

»Wenn der gute Barand dich jetzt sehen könnte«, sagte er grinsend. »Ein paar Tage Kerker, und schon wird aus einer Raubkatze ein frommes Lamm.«

»Was willst du, Onkel?«, fragte sie mit brüchiger Stimme. »Bist du gekommen, um dich an meinem Unglück zu weiden?«

»Sprich mir nicht von Unglück. Was geschehen ist, hast du ganz allein dir selbst zuzuschreiben.«

»Du gibst mir die Schuld?«, fragte sie leise. »Nachdem du meinen Vater ermordet hast? Obwohl du gemeinsame Sache mit dem finsteren Feind machst?«

»Schweig!«, zischte er. »Dummes Gör, was weißt du schon?«

»Genug, um zu erkennen, dass du mich all die Jahre getäuscht hast. Du bist ein Scheusal, Onkel. Leider habe ich dein wahres Gesicht zu spät erkannt.«

»Tröste dich, Nichte, du bist nicht die Einzige.« Klaigon lachte. »So mancher, der zusammen mit dir diesen ungastlichen Ort bewohnt, hat mich ebenfalls unterschätzt.«

»Unterschätzt? Du hältst dich selbst für klug und weise, Onkel? Du denkst, dass du deine Feinde überlistet hättest? In Wahrheit bist du es selbst, der betrogen wurde.«

»Schweig!«, gebot er ihr abermals.

Aber Rionna war nicht gewillt zu gehorchen. »Du irrst dich, wenn du glaubst, dass du am Ende als Sieger dastehen wirst. Die Mächte, mit denen du dich eingelassen hast, sind sehr viel gerissener als du. In ihren Händen bist du nichts weiter als ein Werkzeug, eine willenlose Puppe, die sie nach ihren Wünschen tanzen lassen.«

»Schweig endlich, oder …«

»Oder was?« Sie blickte ihn herausfordernd an. »Glaubst du denn, der Tod könnte mich noch schrecken, nach allem, was du mir angetan hast? Nach allem, was du mir genommen hast?«

»Täusche dich nicht, Mädchen«, knurrte Klaigon. »Es gibt Dinge, die dir widerfahren können, die noch ungleich schlimmer sind als der Tod. Glaube mir …«

Wie um seine Worte zu bestätigen, hallte erneut der Schrei einer gequälten Kreatur durch die unterirdischen Gänge, so laut und durchdringend, dass es Rionna durch Mark und Bein fuhr. Es folgten Laute, wie menschliche Kehlen sie unmöglich zustande bringen können, ein Kreischen und Grunzen voller Hohn und Spott.

»Onkel«, flüsterte sie schaudernd, »was war das?«

»Das«, erwiderte er grinsend, »sind die schrecklichen Dinge, von denen ich sprach.«

»Dann ist es also wahr, was Calma vermutet hat? Du hast Unholden Zutritt zur Stadt gewährt?«

»Sie kamen als Freunde«, wandte Klaigon ein.

»Erle als Freunde?« Rionna lachte bitter auf. »Du solltest dich selbst reden hören. Verraten hast du alles, wofür deine Vorgänger im Amt des Fürstregenten gebürgt und dem sie ihr Leben gewidmet haben. Aber damit wirst du nicht durchkommen. Die Ratsmitglieder werden dir niemals erlauben …«

»Da sei ganz unbesorgt, Nichte«, unterbrach er sie. »Vom Fürstenrat ist kein Widerspruch mehr zu erwarten.«

»Wa-warum nicht?«, fragte sie erstaunt.

»Sehr einfach – weil ein guter Teil der Ratsmitglieder an diesem für Iónador so ruhmreichen Tag sein Leben im Kampf gegen die Waldbarbaren gelassen haben dürfte. Und was den Rest dieser großmäuligen Idioten betrifft …« Er verstummte mit einem breiten Grinsen.

»Was ist mit ihnen?«, wollte Rionna wissen.

»Muss ich das wirklich erklären?« Klaigon schüttelte den Kopf. »Ich habe es dir bereits gesagt: Wer nicht für mich ist, der ist gegen mich, und mit dem wird entsprechend verfahren.«

»Du … du hast die Ratsmitglieder umgebracht?«

»Nicht doch, wofür hältst du mich? Ich bin schließlich kein Unmensch. Außerdem könnten sich diese Narren noch als überaus nützlich erweisen. Ich habe daher beschlossen, sie meine Gastfreundschaft genießen zu lassen, tief unter der Erde, wo ihr Geschrei niemanden stört. Und damit ihnen nicht langweilig wird, habe ich mir erlaubt, für ein wenig Zeitvertreib zu sorgen.«

Erncut erklang ein entsetzter Ausruf, voller Schmerz und Agonie.

»Eines muss man den Erlen lassen«, kommentierte Klaigon trocken: »Sie haben ein ausgeprägtes Talent dafür, anderen Kreaturen Schmerz zuzufügen. Fast scheint es ihnen ein Bedürfnis zu sein.«

»Und mit diesem Abschaum hast du dich verbündet?«

»Da es meinen Zwecken dient ...«

»Du Scheusal!« In einem Ausbruch verzweifelter Wut sprang Rionna auf und zerrte an ihren Ketten. Das einzige Ergebnis war jedoch, dass die Spangen um ihre Handgelenke noch tiefer in ihr Fleisch schnitten und das Blut hervortrat.

»Sieh an«, sagte Klaigon anerkennend. »Zu einer solchen Temperamentsbekundung ist dein Vater sein Lebtag lang nicht fähig gewesen. Vielleicht hast du doch weniger mit ihm gemein, als ich ...«

»Löse diese Fesseln, und ich werde dir zeigen, was ich mit ihm gemein habe«, rief die Prinzessin aufgebracht und blitzte ihn wütend an. »Ich werde dafür sorgen, dass du deine Untaten bitter bereust.«

»Wirst du das?« Die fleischigen Züge des Fürstregenten dehnten sich erneut zu einem höhnischen Grinsen. »Das bezweifle ich sehr, mein Kind. Gegen Muortis' Macht zu rebellieren hat keinen Sinn. Auch du wirst das früher oder später erkennen, und dann wirst du auch begreifen, dass ich keine Wahl hatte und so entscheiden musste, wie ich entschieden habe. Wenn es schon bald wieder Frieden geben soll in Allagáin ...«

»Mit dem Herrscher des Bösen kann es keinen Frieden geben«, belehrte ihn Rionna. »Du bist ein Narr, wenn du das glaubst.«

»So wie du eine Närrin bist, wenn du denkst, dich dem Gebieter widersetzen zu können. Schon jetzt ist er überall und beobachtet uns. Du weißt nicht, wie groß seine Macht tatsächlich ist, Nichte.«

»Ich beginne, es zu erahnen ...«

»Dann ergreife die Gelegenheit, die ich dir biete, und komm.«

»Wohin?«

»Spielt das denn eine Rolle? Jeder Ort auf der Welt ist besser als dieses Rattenloch, aus dem es kein Entkommen gibt. Oder willst du enden wie diese armen Teufel in den Folterkammern dieses Verlieses, die längst den Verstand verloren haben und nur noch zusammenhanglose Worte stammeln? Tu das nicht, Rionna! Ja, in mancher Hinsicht unterscheidest du dich tatsächlich von deinem Vater, also lass deinen Starrsinn dich nicht das Leben kosten, wie es bei ihm der Fall gewesen ist. Ich biete dir meine Freundschaft an. Herrsche über das vereinte Reich Allagáin – zusammen mit mir!«

»Du ... du willst mich an deiner Seite?«

»So ist es – als meine Königin.«

»Aber ich bin dein Mündel, deine leibliche Nichte!«

Klaigon schüttelte den Kopf. »Hat Muortis den Krieg erst gewonnen und flattert sein Banner über dem Großen Turm, wird es auf derlei Kleinigkeiten nicht mehr ankommen. Dann zählt nur noch unser Wille – und du tust gut daran, dich meinem Willen zu fügen.«

»Wehe, wenn du es wagst, mich anzurühren!«, entgegnete Rionna, deren Gefühle zwischen Abscheu und Entsetzen schwankten. »Glaubst du, ich wüsste nicht, worum es dir geht?«

»Wovon sprichst du?«

»Du bist leicht zu durchschauen. Alles hast du getan, um an die Macht zu kommen, selbst vor feigem Mord bist du nicht zurückgeschreckt, und natürlich bist du nun auch bereit, alles zu tun, um diese Macht zu behalten. Aber inzwischen beginnst du zu zweifeln. Je mehr von Muortis' niederen Dienern nach Iónador kommen und die Stadt deiner Väter in einen Schweinestall verwandeln, desto mehr fragst du dich, ob deine Entscheidung richtig war, und nun suchst du nach einem Weg, deine Herrschaft zu legitimieren.«

»Was für ein Unsinn!«, rief Klaigon aus. »Ich …«

»Du willst meinen Zuspruch, Onkel!« Rionna schüttelte entschieden den Kopf. »Du wirst ihn nicht bekommen, ganz gleich, was du tust. Und wenn du es wagen solltest, deine Hand an mich zu legen, so wird sich mein toter Vater aus dem Grab erheben und diesen Frevel blutig rächen.«

»Ha!«, rief der Despot, aber es klang bei Weitem nicht so überlegen, wie er es beabsichtigt hatte. »Ist das dein letztes Wort?«

»Allerdings – und du wirst mich nicht dazu bringen, meine Meinung zu ändern, selbst wenn du mich hier unten langsam verrotten lässt.«

»Das könnte das Schicksal sein, das dir blüht«, orakelte Klaigon düster, und ohne die Reaktion seiner Gefangenen abzuwarten, machte er auf dem Absatz kehrt und trat von der Zellentür zurück. Der Fürstregent verspürte das dringende Bedürfnis nach frischer Luft und hatte nur den einen Wunsch: den Kerker möglichst rasch zu verlassen.

Mit hektischen Schritten eilte er durch den Stollen, vorbei an den Zellen, in denen politische Gegner schmorten, und den Folterkammern, wo Kaelors Schergen ihrer Lieblingsbeschäftigung nachgingen. Es waren nicht viele Ratsmitglieder gewesen, die sich Klaigons Entschluss, mit Muortis zu paktieren, offen widersetzt hatten, aber jeder Einzelne von ihnen hatte es inzwischen schon tausendmal bereut …

Im Laufschritt stürmte er die in den Fels gehauenen Stufen hinauf, die sich zurück zur Oberfläche wanden. Wenn Klaigon jedoch gehofft hatte, einen frischen Atemzug kühler Nachtluft schöpfen zu können, der ihn beruhigen und seinen inneren Aufruhr dämpfen würde, so wurde er bitter enttäuscht. Die Luft über der Stadt war von fauligem Geruch und dem Gestank von Exkrementen durchsetzt, und der weite Platz vor dem Túrin Mar war kaum mehr wiederzuerkennen.

Erle hatten dort ihr Kriegslager aufgeschlagen; mehrere Feuer flackerten, deren Brennholz aus Stühlen und Tischen bestand, die die Unholde aus den umliegenden Häusern zusammengetragen und in Trümmer geschlagen hatten. Sie selbst hockten um diese Feuer auf dem Boden, um sich zu besaufen, oder tanzten in wilden Verrenkungen um die Flammen, die riesige bizarre Schatten auf die Fassaden der umliegenden Häuser warfen.

Menschen waren weit und breit nicht mehr zu sehen.

Die meisten Einwohner Iónadors hatten die Stadt verlassen, andere sich in ihren Häusern verbarrikadiert. Und wieder andere, so vermutete Klaigon, waren in den Mägen der grausigen Besatzer geendet …

Der Gedanke erschütterte selbst den skrupellosen Fürstregenten und baldigen König von Allagáin, und auf einmal fragte er sich, ob seine Nichte nicht vielleicht recht hatte mit ihren Einwänden. Hatte er, um seine Macht zu behaupten, tatsächlich alles verraten, was er eigentlich hätte erhalten sollen? Hatte der dunkle Herrscher ihn getäuscht? War in Wahrheit er der Betrogene?

»Nein!«

Anstatt es nur zu denken, sprach Klaigon das Wort aus – so laut, dass einige der Erle die hässlichen Schädel wandten und zu ihm herüberblickten. Da die meisten von ihnen die Sprache der Menschen jedoch nicht verstanden, lachten sie nur grunzend.

Blanker Zorn schoss in Klaigons Adern.

In einem jähen Wutausbruch trat er auf den erstbesten Unhold zu, der es wagte, ihm, seinem zukünftigen Gebieter, frech ins Gesicht zu grinsen, und stellte ihn zur Rede.

»Du!«, fuhr er ihn an. »Hör auf damit, oder ich schwöre, bei Dóloans Hammer, dass ich dir das Grinsen aus deinem hässlichen Gesicht schneiden werde. Hast du verstanden?«

Der Erl, der nicht wusste, was die Worte zu bedeuten hatten, bleckte die gelben Zähne, was Klaigon nur noch mehr in Rage brachte. Wer war er, dass er sich diese Frechheit gefallen lassen musste? Dass er tatenlos zuschauen sollte, wie die Erle seine Stadt in einen – wie hatte Rionna es gleich ausgedrückt? – Schweinestall verwandelten? Seine Hand glitt zum Gürtel und zum mit Edelsteinen verzierten Griff des Dolchs, den er dort trug, und in der Absicht, den Erlen und allen Zweiflern ein für alle Mal klarzumachen, wer in Iónador das Sagen hatte, zückte er die Klinge.

Das Grinsen verschwand augenblicklich aus den Zügen des Erls. Endlich schien die tumbe Kreatur zu begreifen.

Als die anderen Unholde sahen, dass sich ein Kampf anbahnte, strömten sie neugierig herbei, und im Nu sahen Klaigon und sein Gegner sich von einem Kordon geifernder Mäuler und vor Blutdurst flackernder Augen umringt. Der Erl griff ebenfalls nach seiner Waffe – einer Axt, die so schwer und riesig war, dass Klaigon sie vermutlich nicht einmal hätte heben können. Den kurzen Dolch in der Hand, begriff der Fürstregent, wie lächerlich sein Gebaren wirken musste und wie es um seine Macht tatsächlich bestellt war.

Der Unhold ließ seinerseits einige Worte vernehmen, die nicht eben freundlich klangen. Klaigon wusste nicht, was er erwidern sollte. Verzweifelt suchte der Herrscher von Allagáin nach einem Weg, sich aus dieser misslichen Lage zu winden, aber er fand keinen. Sein Gegner wartete darauf, dass er ihn attackierte, und die Meute ringsum dürstete nach Blut.

»Schwierigkeiten?«, fragte eine eisig kalte, tonlose Stimme, und erstmals war Klaigon erleichtert darüber, sie zu vernehmen.

Überraschend war Kaelor aufgetaucht, Klaigons dunkler Verbündeter. Respektvoll wichen die Unholde zurück, um der einschüchternden Gestalt ihres Anführers Platz zu machen. Die Furcht in ihren Schweinsgesichtern war unübersehbar.

Schwerfällig baute sich der Eisriese, unter dessen bleicher, von blauen Adern durchzogener Haut sich stählerne Muskeln abzeichneten, neben Klaigon auf. Dann ließ er den Blick seines einen Auges drohend über die versammelte Horde schweifen, ehe er ihn auf Klaigon richtete. »Was ist geschehen?«, fragte er, auf den Unhold mit der Axt deutend. »Hat es dieser da gewagt, dich zu beleidigen?«

»Nun, ich … ich weiß nicht …«

»Ja oder nein?«, verlangte Kaelor zu wissen.

Klaigon zögerte noch einen Moment, ehe ihm klar wurde, dass sich das Blatt zu seinen Gunsten gewendet hatte. »Allerdings«, bestätigte er, heftig nickend.

»Warum ist er dann noch am Leben?«

Die Frage war so einfach wie direkt, mit Blick auf die Axt, die der Unhold in den Klauen hielt, allerdings auch ziemlich einfach zu beantworten.

»Nun, ich …« Ein wenig verlegen blickte Klaigon auf den Dolch in seiner Hand und kam sich vor wie eine Mücke, die einen Keiler erlegen wollte.

»Du musst dir Respekt verschaffen«, beschied ihm Kaelor schnaubend. Und noch ehe Klaigon recht begriff, was geschah, hatte die Pranke des Eisriesen den Erl schon erfasst und ihm die Axt entwunden. Die Fratze des Unholds nahm einen entsetzten Ausdruck an, und er begann zu winseln wie eine Ratte kurz vor dem Ertrinken. Kaelor packte ihn im Genick und zwang ihn unbarmherzig auf die Knie.

»U-und jetzt?«, fragte Klaigon.

»Leben oder Tod«, sagte der Eisriese nur. »Es ist deine Entscheidung.«

»Meine Entscheidung«, echote der Fürstregent, und plötzlich kam ihm der Dolch in seiner Hand nicht mehr wie der Stachel einer Mücke vor, sondern wie eine wirkliche Waffe. Er sah die Furcht in den gelben Augen des Erls, und das alte Gefühl der Überlegenheit, das er in den letzten Stunden so schmerzlich vermisst hatte, kehrte schlagartig zurück.

Sollte er dem Unhold das Leben schenken? Sich als großmütig erweisen und sich damit seiner Dankbarkeit versichern?

Nein.

Wenn Klaigon eines gelernt hatte, dann dass Furcht ein ungleich nützlicherer Verbündeter war, wenn man der Masse zu gebieten gedachte. Außerdem ging er kein Risiko ein. Der Dolch lag in seiner Hand, sein Gegner war wehrlos. Er brauchte es also nur zu tun.

»Den Tod«, stieß der Fürstregent zwischen seinen wulstigen Lippen hervor – und rammte dem Unhold die Klinge bis ans Heft in die Brust.

Ein Schwall von schwarzem Blut schoss hervor, als er den Dolch wieder herauszog, zur sichtlichen Freude der übrigen Erle. Sie warteten, bis ihr Artgenosse verendet und der letzte Funke Leben aus ihm gewichen war, dann wandten sie sich ab.

»Nun?«, erkundigte sich Kaelor, den Kadaver keines Blickes würdigend. »Wie fühlst du dich?«

»Gut«, versicherte Klaigon, der auf die blutige Klinge starrte.

»Hast du nun begriffen, was Macht bedeutet und wozu sie dienen kann?«

Klaigon schaute auf – und konnte sich plötzlich nicht mehr erklären, woher die Zweifel gekommen waren, die ihn eben noch geplagt hatten. »Ja«, versicherte er mit einer Stimme, die vor leisem Wahnsinn bebte, »das habe ich …«

18

Die Fortbewegungsmittel, von denen Yvolar gesprochen hatte, stellten sich als Schlitten heraus – große, grob zusammengezimmerte Gefährte, deren Kufen aus halbierten, von der Rinde befreiten Fichtenstämmen geformt waren. Tiersehnen hielten die Schlitten zusammen, von denen jeder groß genug war, um vier oder fünf Passagiere zu befördern. Gezogen wurden sie nicht etwa von Ochsen oder Pferden wie die Schlitten der Bergbauern, sondern von jenen riesigen fellbesetzten Tieren, auf die Alphart schon einmal einen kurzen Blick erheischt hatte. Da ihn damals noch das Wundfieber plagte, hatte er angenommen, sich die unförmigen Viecher nur eingebildet zu haben – ein Irrtum, wie er inzwischen hatte feststellen müssen. Außerdem erinnerte sich der Wildfänger, zumindest eines der Tiere bereits in Glondwarac gesehen zu haben, in einer der Höhlen, die sie auf ihrer Fahrt durch das Zwergenreich passiert hatten …

»Fellhörner«, stellte Urys mit einem Tonfall fest, als wären die riesigen Kreaturen das Selbstverständlichste der Welt.

Alphart hingegen starrte fassungslos auf die Tiere, deren Schulterhöhe an die anderthalb Mannslängen betragen mochte und deren zottiges graubraunes Fell fast bis zum Boden hing. Die Beine waren dick wie Pfeiler, die klobigen Schädel mit winzig kleinen Äuglein versehen und mit einem großen gebogenen Horn vorn auf der Schnauze, dem die Tiere ihren Namen verdankten. Noch nie hatte der Wildfänger mehr rohe, geballte Kraft auf vier Beinen gesehen. Daran änderte auch das Zaumzeug nichts, das man den Fellhörnern angelegt hatte. Und unwillkürlich fragte er sich, wie viele Rationen Fleisch ein ausgewachsenes Exemplar wohl ergeben würde.

Die Vergessenen, wie Yvolar die Wilden Männer nannte, standen in enger Beziehung zu den Tieren; sie aßen ihr Fleisch und machten aus ihren Fellen und Knochen Kleidung und Werkzeuge. Alphart konnte sich vorstellen, wie gefährlich es war, so ein Fellhorn zu jagen, wenn die einzige Bewaffnung aus primitiven Speeren bestand, und er kam nicht umhin, Salmuz und seine Leute für ihren Wagemut zu bewundern.

Schon am Morgen des nächsten Tages setzten die Gefährten ihre Reise zum Gipfel fort. Sie beluden die Schlitten mit wärmenden Fellen und Proviant aus den Vorratskammern der Höhlenmenschen. Ihre Waffen, die die Vergessenen aus dem Versteck des Blutbercht mitgenommen hatten, hatten sie zurückbekommen, zudem gab ihnen Salmuz oval geformte, gewölbte und mit Fellhorn-Haut bespannte Schilde mit, die sich zum Tragen auf Rucksack oder Rücken schnallen ließen und die trotz ihres geringen Gewichts angeblich kein Erlpfeil zu durchdringen vermochte.

Urchar der Schamane murmelte zum Abschied eine unverständliche Beschwörungsformel.

»Was sagt er?«, erkundigte sich Leffel flüsternd bei Yvolar.

»Es ist schwer zu deuten«, erwiderte der Druide. »Ihre Sprache ist ebenso vergessen wie sie selbst. Selbst ich vermag nicht alle ihre Geheimnisse zu ergründen. Aber ich denke, dass es sich um eine Art Segen oder ein Gebet handelt.«

»Zu wem beten die Vergessenen? Zum Schöpfergeist?«

»Das wohl kaum«, bezweifelte Yvolar. »Ihre Sicht der Welt ist noch zu eingeschränkt, und ihr Verstehen reicht nicht aus, um das wahre Wesen der Welt zu erkennen. Aber gleich, zu welchen Göttern sie beten – sie glauben daran, dass es etwas Höheres gibt als sie selbst und dass sie nicht der Maßstab aller Dinge sind. Das macht sie uns ähnlich und zu Feinden von Muortis.«

»Warum sind sie dann noch unbehelligt geblieben?«, fragte Alphart. »Obwohl es in den Tälern inzwischen vor Erlen wimmelt, scheinen die Wilden Männer nichts von dem mitbekommen zu haben, was in Allagáin vor sich geht.«

»Hättest du davon erfahren, wenn die Erle nicht deinen Bruder getötet hätten?«, fragte Yvolar dagegen. »Die Einsamkeit der Berge pflegt dem Weltgeschehen zu entrücken. Davon abgesehen, dürfte Muortis die Vergessenen kaum als Bedrohung betrachten. Sein Blick ist nach Norden gerichtet, auf Allagáin und die Menschen – und diese Tatsache birgt zugleich Gefahr und Hoffnung.«

Urchar hatte sein Gebet, oder was immer es gewesen war, beendet. Indem er jedem der Gefährten eine Adlerfeder schenkte – Alphart befestigte seine an der Kapuze seines Mantels –, verabschiedete er sich von ihnen. Dann bestiegen sie die Schlitten, die von je einem Fellhorn gezogen wurden. Zwei Höhlenmenschen führten die Tiere am Zügel. Einer dieser Führer war Salmuz selbst, der darauf bestand, die Besucher persönlich zu begleiten.

Eine große Verabschiedung wie in Seestadt oder in Glondwarac gab es nicht; nur wenige Vergessene hatten sich eingefunden, um dem Aufbruch der Gefährten beizuwohnen, und das auch nur aus reiner Neugier. Beim Blick in die stillen, fremdartigen Gesichter fragte sich Alphart, ob sie überhaupt begriffen, was vor sich ging. Andererseits hatten sie ihn und seine Freunde aus den Klauen des Blutbercht befreit und die Jahrtausende überdauert – und das wiederum musste bedeuten, dass sie mehr vom Überleben verstanden, als man ihnen zutrauen mochte.

Die Fellhörner marschierten los. Mit aller Kraft stemmten sich die mächtigen fellbewachsenen Tiere in das Geschirr, und die Schlitten setzten sich in Bewegung. Mit leisem Rauschen glitten die Kufen durch den Schnee, und schon kurz darauf hatten die Gefährten das Tal der Höhlenbewohner verlassen.

Alphart, der befürchtet hatte, die Schlittenfahrt könnte ihm ähnlich auf die Verdauung schlagen wie die halsbrecherische Reise durch die Stollen Glondwaracs, konnte aufatmen. Der tiefe Schnee, in dem die Fellhörner bis über die Bäuche versanken, hinderte die Tiere daran, in Trab zu verfallen. So ging es langsam, aber stetig bergauf, und das Frühstück, das aus gekochten Kräutern und Wurzeln bestanden hatte, blieb, wo es war.

Der Wildfänger war froh darüber, dass sie ortskundige Führer hatten. Noch vor ein paar Tagen hätte er wohl einiges dagegen gehabt, sein Schicksal und das seiner Gefährten in die Hände von Höhlenbewohnern zu legen, die auf den ersten Blick einen derart primitiven Eindruck machten. Aber Alphart hatte alle Bedenken ihnen gegenüber fallen gelassen, denn er musste an seinen Fiebertraum denken und an das, was Bannhart (oder wer immer es auch gewesen war) zu ihm gesagt hatte: dass der Schöpfergeist ihm neue Gefährten anstelle seines Bruders geschickt hatte und er lernen sollte, diesen Gefährten zu vertrauen.

Von dem Schlitten aus, auf dem er zusammen mit Yvolar und dem jungen Erwyn hockte, blickte er zu Leffel, Mux, Walkar und Urys hinüber, die das zweite Gefährt besetzten. Hätte man ihm noch vor wenigen Monden gesagt, dass er einen Druiden, einen Zwerg und einen Kobling zu seinen Begleitern zählen würde, so hätte er nur darüber gelacht. Inzwischen nannte er sie nicht nur seine Begleiter, sondern seine Freunde, während er sich von Wesen, die die Zeit vergessen hatte, auf den Gipfel des Korin Nifol führen ließ.

Im dichten Schneefall, der im Lauf des Vormittags erneut einsetzte und die Welt ringsum hinter einem milchig weißen Vorhang verschwinden ließ, war kaum zu erkennen, wohin die Reise ging. Nachdem die Fellhörner sie zunächst in nordöstliche Richtung gezogen hatten, änderten sie schon bald ihren Kurs, um dann in endlos scheinenden Serpentinen den

Berg emporzustapfen, vorbei an vereisten Felsen und tief verschneiten Bäumen. Die schneidende Kälte machte den Gefährten zu schaffen, und der Wind, der ihnen entgegenblies, schien ihnen das Fleisch von den Gesichtern beißen zu wollen. Wie Nadelstiche prasselten die Schneeflocken auf die wenigen freien Hautstellen und nahmen ihnen die Sicht. Salmuz und sein Gefolgsmann jedoch führten die Fellhörner unbeirrt weiter durch den grimmen Winter, der hier oben bereits zur Gänze hereingebrochen war.

Immer wieder musste Alphart an das denken, was er im Zauberspiegel des Zwergenkönigs gesehen hatte: an die grässliche Kreatur, die in den Tiefen der Berge ein verborgenes Dasein fristete und die Welt mit Kälte vergiftete. Fast glaubte der Wildfänger, den tödlichen Atem des Eisdrachen in seinem Nacken zu spüren, und er hatte das Gefühl, dass unsichtbare Augen aus dem sie umgebenden Schneevorhang starrten – ein Eindruck, der sich schon allzu bald bewahrheiten sollte.

Je stärker der Schneefall wurde, der aus dem grauen Himmel stürzte, und je unwegsamer das Gelände, desto schwerer kamen selbst die Fellhörner voran. Nachdem sie die Schlitten einen halben Tag lang gezogen und damit mehr geleistet hatten, als jedes Pferd und jeder Ochse jemals gekonnt hätten, hielten die Tiere schließlich vor einer Schneewehe an, die sich mannshoch zwischen zwei Felsen türmte. Auf der anderen Seite des Hindernisses waren keine Bäume mehr zu sehen; nackter Fels und starres Eis zeichneten sich drohend im Nebel ab, der jenseits der Baumgrenze noch um vieles dichter und feindseliger zu sein schien.

»Muortis' Werk«, war Yvolar überzeugt. »Dies ist die Schwelle zum Nebelreich. Vor langen Jahren begann hier die entscheidende Schlacht zwischen den Mächten des Lichts und der Finsternis, und es gibt manche, die behaupten, dass die Schlachtrufe der Kämpfenden und die Schreie der Verwundeten noch immer nicht verklungen wären.«

Eine Windbö heulte, und tatsächlich hatte Alphart den Eindruck, darin für einen kurzen Moment einen heiseren Schrei zu vernehmen. Wahrscheinlich war es nur eine Täuschung. Er sollte nicht jedes Wort glauben, das dem Druiden über die geschwätzigen Lippen kam.

Salmuz kam herbei und gab gestenreich zu verstehen, dass die Reise mit den Fellhörnern zu Ende war. Weiter würden die Tiere auf keinen Fall gehen, und Alphart hatte das Gefühl, dass dies nicht nur an der hohen Schneewehe lag; sowohl der Häuptling der Vergessenen als auch die Tiere schienen plötzlich von einer unbestimmten Furcht erfüllt.

Auch Alphart spürte diese Furcht, die lähmende Angst vor dem Unbekannten, das jenseits des Nebels lauern mochte, und wenn er in die Gesichter der anderen blickte, erkannte er, dass sie ähnlich fühlten. Aber anders als die Vergessenen, die den Tieren näher waren und deren Instinkte letztlich stärker waren als jeder gute Wille, wollten sie die Barriere überwinden, um zu Ende zu bringen, was vor so langer Zeit begonnen wurde. Ob dies die klügere Entscheidung war, bezweifelte Alphart. Vielleicht, sagte er sich, sollten sie alle dem inneren Drang gehorchen, der ihnen zur Umkehr riet.

Doch sie stiegen von den Schlitten, schnallten sich die großen, länglichen Schilde, die ihnen die Vergessenen mitgegeben hatten, auf die Rücken und behängten sich mit Proviantsäcken. Alphart und Urys steckten sich ihre Äxte in die Gürtel, und Alphart machte auch den Köcher mit den Pfeilen dort fest, während er den Bogen schulterte. Dann setzten sie ihren Weg zu Fuß fort. Im einen Augenblick konnten sie die Umrisse der beiden Höhlenmenschen und ihrer riesigen Lasttiere noch im dichten Schneetreiben erkennen, dann waren sie auch schon verschwunden, als ob es sie nie gegeben hätte.

»Ob wir sie jemals wiedersehen?«, fragte Leffel leise.

»Wer weiß«, erwiderte Yvolar gegen das grimmige Heulen des Windes. »Niemand vermag mit Bestimmtheit zu sagen, welche Rolle die Geschichte den Vergessenen zugedacht hat.«

Das Vorankommen war mühsam. Beim Versuch, die Schneewehe zu überwinden, sanken die Gefährten bis zu den Hüften ein, und es bedurfte einer gemeinsamen Anstrengung, das Hindernis zu bewältigen. Während Yvolar ein kurzes Stück vorausging, um das Gelände zu erkunden, übernahmen es Alphart und Walkar, ihre an Körperkraft oder Größe unterlegenen Gefährten durch den hohen Schnee zu bugsieren, indem sie sie teils schleppten, teils trugen.

Jenseits der Schneewehe schien die Luft noch eisiger zu sein. Düsternis senkte sich in die Herzen der Gefährten. Alphart und der Bärengänger starrten finster vor sich hin, während Erwyn furchtsam in Richtung seines Ziehvaters Urys blickte. Selbst das sonst so unbekümmerte Gemüt des Koblings schien betroffen.

»Kein Blick durch dichten Nebel dringt; niemand weiß, was er uns bringt«, reimte Mux mürrisch. »Doch wenn misslingt, was vor uns liegt, dann ist die ganze Welt besiegt.«

»Wenn der Kampf gegen Muortis verloren geht«, bestätigte Yvolar grimmig, »so teilen alle Sterblichen ein und dasselbe Schicksal. Denn für die Schergen des Bösen ist es ohne Belang, welcher Rasse und welchem Stamm man angehört. Das Leben an sich ist ihr Feind, und niemand wird ihnen dann noch entrinnen.«

Der Gilg ließ daraufhin ein Wimmern vernehmen, und der junge Erwyn blickte so verschreckt drein, dass Alphart nicht länger schweigen wollte. »Potztausend, Druide!«, polterte er los und machte damit seiner eigenen Frustation ein wenig Luft. »Hast du denn keine ermutigenden Worte für deine Gefährten?«

»Das *waren* ermutigende Worte«, erwiderte Yvolar mit freudlosem Lächeln, und so leise, dass nur der Wildfänger ihn verstehen konnte, fügte er hinzu: »Würde ich euch etwas über die wirkliche Natur Muortis' und seiner Diener erzählen, so würde blankes Grauen euch packen und daran hindern, auch nur einen einzigen weiteren Schritt zu machen.«

»Verdammt«, knurrte Alphart, »ich wusste, dass du so etwas sagen würdest.« Er wandte sich ab, um sich wieder um die anderen zu kümmern.

Yvolar führte die Gruppe an. Obgleich Schnee und Nebel auch ihm die Sicht raubten und den Gipfel des Berges seinem Blick entzogen, wusste er dennoch, wohin er seine Schritte zu setzen hatte. Der Druide erinnerte sich genau an den Ort, an dem vor Urzeiten die letzte Schlacht geschlagen worden war; die Schleier der Zeit waren leichter zu lüften als jene, die der finstere Nebelherr gesandt hatte, und so war Yvolars inneres Auge in die Vergangenheit gerichtet, während er sich im Hier und Jetzt bewegte.

Dennoch war es ein gefährliches Unterfangen.

Der schneebedeckte Boden war trügerisch. Jederzeit konnte sich der hart gefrorene Firn lösen oder sich eine unerwartete Kluft auftun, und der dichte Nebel sorgte dafür, dass sich die Gefährten an unsichtbaren Abgründen entlangbewegten, die sie zwar nicht sehen konnten, von deren Existenz Yvolar aber wusste und vor denen die Instinkte des Wildfängers und des Bärengängers warnten; sie konnten den eisigen Odem der Tiefe spüren und fühlten das Grauen, das ihnen aus unergründlichen Pfründen entgegenschlug. Je weiter sich der Tag dem Ende neigte und je dunkler es wurde, desto lauter schienen auch wieder die Schreie zu werden, die der heulende Wind herantrug.

Als sich zu Nebel und Schnee auch noch der graue Schatten der Dämmerung gesellte, entschied Yvolar, ein Nachtlager aufzuschlagen. Indem die Gefährten die länglichen und gewölbten Schilde, die Salmuz ihnen mitgegeben hatte, so um eine im Schnee ausgehobene Grube postierten, dass sie gegeneinanderlehnten, entstand ein schützender, halbkugelförmger Bau, der den Reisenden zwar wenig Platz, dafür aber Schutz vor Nacht und Kälte bot. Eng aneinandergepfercht hockten sie in der behelfsmäßigen Hütte und stärkten sich mit kaltem Wasser und gedörrtem Fleisch, während der Wind eisig über ihre Behausung strich. Dazu waren plötzlich noch andere, unheimliche Laute zu hören, ein Knacken und Bersten, das – so schien es – den ganzen Berg erbeben ließ.

»W-was ist das?«, fragte Erwyn.

»Das Eis aus der Tiefe«, antwortete Yvolar. »Vom Atem des Drachen gemehrt, dringt es immer weiter vor. Es lässt die Gebirgsbäche erstarren und nährt die Ferner, bis sie den Fels sprengen und alles Land bedecken.«

Erneut hatte der Druide in jenem unheilvollen Ton gesprochen, der jedes Nachfragen verbot. Nicht einmal Alphart wagte es, sich zu erkundigen, was genau Yvolars düstere Worte bedeuteten. War es möglich, dass sie das Wirken des Eisdrachen tatsächlich noch auf den Hängen des Berges spürten? Hatte es nicht geheißen, der Dragan Daic treibe tief unter der Erde im Reiche Urgulroth sein Unwesen?

Die Gefährten blickten apathisch vor sich hin. Keinem war zum Reden zumute, nur das Notwendigste wurde gesprochen. Yvolar teilte die Wachen ein und übernahm selbst die erste Schicht. Dabei fiel Alphart auf, dass sich der Druide verändert hatte. Sein trotz der ungeheuren Bedrohung stets so unbekümmert wirkendes jugendliches Wesen war in den Hintergrund getreten, und ähnlich wie nach dem erfolglosen Besuch in der Drachenhöhle hatte der Wildfänger den Eindruck, in der Enge der Hütte einem alten Greis gegenüberzusitzen. Entweder, sagte er sich missmutig, glaubte der Druide selbst nicht mehr an den Erfolg ihrer Mission oder das Gift der Erle hatte ihm mehr zugesetzt, als er zugeben wollte. Oder aber – und das erschien Alphart am wahrscheinlichsten – der alte Mann fühlte mehr als sie alle die Gegenwart des Bösen.

Womöglich, dachte der Wildfänger beklommen, war nicht nur der Eisdrache nicht mehr weit entfernt, sondern auch sein düsterer Herrscher …

Der Gedanke erschreckte ihn, und er beschloss, nicht weiter darüber zu grübeln, sondern sich stattdessen ein wenig Schlaf zu gönnen. So gut es ging, bettete er sich in seinen Fellmantel.

Kurz bevor er die Augen schloss und die Erschöpfung ihn ins Reich der Träume taumeln ließ, traf ihn der Blick des Druiden. Unausgesprochene Zustimmung lag darin.

Alpharts Vermutung war also richtig.

Muortis war nicht fern.

19

Der nächste Tag sah die Gefährten bereits früh beim Aufstieg. Über einen schmalen Grat, der in südwestlicher Richtung verlief und über den erbarmungslos der eisige Wind strich, strebten sie dem Gipfel entgegen. Früher hätte sich von dort aus ein weiter Blick auf die Majestät der umliegenden Berge geboten, nun jedoch lagen sie erstickt und tot hinter trüben Schleiern – gerade so, als wäre der Gipfel des Korin Nifol der letzte Flecken der sterblichen Welt, der noch nicht vom grauen Nichts verzehrt war, und als wären Yvolar und die Seinen die letzten Lebewesen überhaupt. Und vielleicht, dachte der Druide düster, entsprach dieser Eindruck mehr der Wirklichkeit, als ihnen allen recht sein konnte.

Je weiter es hinaufging, desto unwegsamer wurde das Gelände und desto schwerer das Vorankommen: Die Kälte nagte an den Wanderern, tiefer Schnee verschluckte jeden ihrer Schritte. Blindlings stapften sie durch den Nebel, der so dicht war, dass sie jeweils nur den Vordermann sehen konnten, und auch diesen nur als vagen Umriss; und einzig die Erinnerung des Druiden sorgte dafür, dass sie nicht vom Weg abkamen und haltlos ins Verderben stürzten.

So weit der Blick von Yvolars innerem Auge jedoch zurückreichte – es gab Stellen, an denen Wind und Wetter im Lauf von Jahrtausenden genagt hatten.

Dem Tritt des Druiden hielt das brüchige Eis, das den Fels überzog, noch stand. Der Nächste, der seinen Fuß daraufsetzte, war der junge Erwyn – und ein heller Klang wie das Klirren von Glas kündete vom bevorstehenden Verhängnis.

»Dochandar!«

Durch das Geräusch aufgeschreckt, wirbelte Yvolar herum – doch die knochige Hand des Druiden griff bereits ins Leere. Jäh hatte der Boden unter Erwyns Füßen nachgegeben, und der Junge kippte zur Seite, dem bodenlosen Abgrund entgegen. Einen entsetzten Schrei auf den Lippen, warf er die Arme hoch, aber in dickes Fell gehüllt und schwer beladen, wie er war, vermochte er sich weder abzufangen noch das Gleichgewicht zurückzugewinnen.

Er kippte einfach weiter, und einen quälenden Augenblick lang schien es, als wollte die bodenlose Tiefe den Knaben verschlingen. Dass es nicht dazu kam, war der gedrungenen Gestalt zu verdanken, die in der Kolonne hinter Erwyn marschierte und sich jäh nach vorn warf.

Im Fallen gelang es Urys, seinem Ziehsohn einen Stoß zu versetzen und ihn so zurück auf den schmalen Grat zu bugsieren.

Der Zwerg selbst jedoch war schon im nächsten Moment in Nebel und Schneetreiben verschwunden …

»Neeeiiin!«, brüllte Erwyn, der noch gar nicht recht begriffen hatte, was Urys für ihn getan hatte, sondern nur mit vor Schreck weit aufgerissenen Augen auf die Stelle starrte, wo sein Ziehvater eben noch gestanden hatte.

»Neeein …!«

Benommen taumelte der Junge auf den Abgrund zu und wäre Urys wohl gefolgt, wäre Alpharts Rechte nicht vorgeschnellt und hätte ihn eisern zurückgehalten.

»Lass mich!«, fuhr Erwyn den Wildfänger an. »Ich muss ihn retten!«

»Das kannst du nicht«, beschied ihm der Jäger hart. »Da ist nichts mehr zu retten.« Um seine Behauptung zu belegen, trat er mit dem Fuß einen vereisten Felsbrocken los und beförderte ihn über den Rand des schmalen Pfades.

Ein Aufschlag war nicht zu hören.

Erwyn riss sich los. »Urys, wo bist du?«, schrie er gegen die undurchdringliche Nebelwand. »Vater! Vater …?«

»Lass gut sein, Junge, es hat keinen Sinn«, redete Alphart ihm zu, aber inzwischen hatten auch die übrigen Gefährten mitbekommen, was geschehen war, und stimmten in Erwyns Rufe ein.

»Urys!«, brüllte Leffel und legte seine Hände zum Trichter geformt an den Mund, um seine Stimme noch zu verstärken. »Melde dich! Gib uns ein Lebenszeichen, alter Freund!«

»Schluss jetzt!«, schnitt eine Stimme messerscharf durch die kalte Luft, und anders, als man hätte vermuten sollen, gehörte sie nicht etwa Alphart, sondern Yvolar. Der Druide hatte sich umgewandt und war wieder aus dem Nebel aufgetaucht, finster und drohend wie ein fleischgewordener Nachtmahr. »Habt ihr den Verstand verloren, so laut herumzubrüllen? Der Zwerg hatte Herz genug, ohne einen Schrei auf den Lippen zu sterben – wollt ihr sein Erbe mit Füßen treten?«

»A-aber …«

»Der Jäger hat recht«, fuhr der Druide unwirsch fort. »Was geschehen ist, ist geschehen. Es steht weder in meiner noch in eurer Macht, es zu ändern.«

»Aber Meister Yvolar«, wandte Leffel ein, auf den vor Entsetzen noch immer wie erstarrten Erwyn deutend. »Der arme Junge hat soeben seinen Vater verloren!«

»Urys' Tod ist für uns alle ein schwerer Verlust«, beteuerte der Druide. »Aber wir können uns damit trösten, dass er nicht sinnlos gestorben ist, sondern sein Leben für etwas geopfert hat, woran er geglaubt und das ihm wichtig gewesen ist.«

»F-für mich«, hauchte Erwyn tonlos. »Er hat sich geopfert, um mein Leben zu retten …«

»Dein Leben«, stimmte Yvolar zu, »und mit dir auch die Hoffnung.«

»Die Hoffnung?« Erwyn wirkte elend, seine Augen schwammen in Tränen. »Bleibt uns denn noch Hoffnung, Meister Yvolar, wenn nicht einmal der Drache an mich glaubt?«

»Urys hat an dich geglaubt«, betonte der Druide, »so sehr, dass er bereit war, für dich zu sterben.«

»Und wenn er sich geirrt hat?«

»Selbst dann hätte er keinen Augenblick gezögert. Urys hat dich geliebt wie einen leiblichen Sohn, dessen sei versichert. Warum wohl glaubst du, wollte er dich auf dieser Reise begleiten? Doch nur, um dich zu beschützen und vor Schaden zu bewahren. Dies und nichts anderes hat er getan, und wir ehren sein Opfer am besten, wenn wir unseren Marsch jetzt fortsetzen.«

»In der Tat«, stimmte Alphart grimmig zu.

»Aber ... wie könnt ihr nur so herzlos sein?«, fragte Leffel und schickte seinen Gefährten, von denen er im Nebel nur die Umrisse, aber nicht die Gesichter sehen konnten, vernichtende Blicke. »Ist Urys uns nicht allen ein treuer Gefährte gewesen? Verdient er es nicht, dass wir für einen Augenblick innehalten und seiner gedenken? Sind wir schon so roh und grausam geworden wie der Feind, gegen den wir kämpfen?«

»Du weißt nicht, was du sagst, Leffel Gilg«, drang Yvolars Antwort dumpf aus dem Nebel, »deshalb will ich dir deine unbedachten Worte verzeihen. Sei getrost, dass wir unseres Freundes gedenken werden, aber erst zu gegebener Zeit. Nun lasst uns unseren Weg fortsetzen. Vergesst nicht, wo wir uns befinden. Eure Schreie könnten gehört worden sein, und vielleicht suchen die Schergen des Eises bereits nach uns.«

Der Druide unterbrach sich, legte den Kopf in den Nacken und schnupperte in die eisig kalte Luft.

»Folgt mir«, sagte er dann, »und nehmt dies zugleich als Trost und Warnung: Wenn Muortis' Ungeheuer uns einholen, werden wir schon bald wieder mit dem tapferen Urys vereint sein ...«

20

Der Marsch dauerte an.

Stetig ging es den Grat hinauf, bis sie schließlich einen flachen Bergsattel erreichten, der nach Nordosten hin von verschneiten Hängen und eisüberzogenen Felsen begrenzt wurde. Wo genau sie sich befanden, wussten die Gefährten nicht zu sagen – zu undurchdringlich war der Nebel, zu groß die Strapaze. Doch Yvolar, der unbeirrt vorausging, schien den Weg zum Gipfel genau zu kennen.

»Wie weit ist es noch, alter Mann?«, erkundigte sich Alphart. Der Wildfänger merkte, wie der Aufstieg an seinen eben erst zurückgewonnenen Kräften zehrte, und er wollte sich gar nicht ausmalen, wie es Erwyn und dem Gilg gehen mochte.

»Warum fragst du, Wildfänger?«, erkundigte sich Walkar brummend, dem der Marsch als Einzigem kaum zuzusetzen schien. Der Bärengänger hatte die Nachhut der Kolonne übernommen, und wenn Alphart im dichten Nebel überhaupt einmal einen Blick auf ihn erheischte, so war seine hünenhafte Gestalt kaum von den umliegenden Felsen zu unterscheiden. »Bist du etwa schon müde? Einen Berg zu erklimmen ist wohl schwieriger, als einem unschuldigen Tier das Leben zu nehmen.«

»Es geht nicht um mich«, erklärte Alphart unwirsch, »sondern um den Jungen. Wie geht es dir, Kleiner?«

Erwyn antwortete nicht.

Seit sein Ziehvater Urys von der nebligen Kluft verschlungen worden und in den Tod gestürzt war, hatte der Junge kaum ein Wort gesprochen. Alphart konnte sich gut vorstellen, was in ihm vorging. Er wusste, wie es war, einen geliebten Menschen zu verlieren, und er wusste auch, wie es sich anfühlte, seiner Trauer nicht freien Lauf lassen zu dürfen. Man hielt sich für schuldig, war ohnmächtig und zugleich von rasender Wut erfüllt, die zu finsteren Racheschwüren wurde.

Zu gern hätte der Wildfänger dem Jungen gesagt, dass er mit ihm litt, dass er wusste, wie er empfand – aber weder war dies der rechte Augenblick dafür noch wollte er, dass die anderen dies hörten. Der Gilg hatte es übernommen, Erwyn zu trösten und ihm ein wenig Mut zuzusprechen, allerdings nur mit mäßigem Erfolg.

Urys' Tod hatte sie alle schwer getroffen. Eben noch war er an ihrer Seite marschiert, um dann so plötzlich und unvermittelt von einem unseligen Schicksal dahingerafft zu werden, als hätte es ihn nie gegeben. Was blieb, war die Erinnerung an einen Gefährten, der voller Mut und Tatkraft gewesen war und der im Tod wahre Größe bewiesen hatte, seinen geringen Körpermaßen zum Trotz. Alphart bedauerte, dass er den Zwerg nicht besser kennengelernt hatte und dass er nun auch keine Gelegenheit mehr dazu erhalten würde. Urys war nicht mehr. Mit ihm war auch der einzige Abgesandte Glondwaracs gefallen, und der Wildfänger dachte daran, dass ein Volk nach dem anderen der Zerstörungswut Muortis' und seiner dunklen Horden zum Opfer fallen würde, wenn sie versagten. Einsamkeit würde das Land Allagáin befallen, eine Ödnis und Verzweiflung, wie sie schwer vorstellbar …

»Vorsicht!«

Unerwartet war Yvolar stehen geblieben, und die nachrückenden Gefährten prallten gegen ihren jeweiligen Vordermann.

»Was ist?«, erkundigte sich Leffel tonlos.

»Ich weiß nicht recht …«

Erneut sah es so aus, als würde der Druide den Kopf in den Nacken legen, um Witterung aufzunehmen wie ein Tier. Walkar tat es ihm gleich, schnaubte dann und sagte: »Ich kann in dieser beißenden Kälte nichts riechen.«

»Dafür merk ich ein Ziehen im Bauch, das vorhin noch nicht da war«, flüsterte Mux halblaut, »und dieses Ziehen, das lass dir sagen, weissagt uns Gefahr ...«

Die Worte genügten, um Alphart zum Bogen greifen zu lassen. Einmal war er so töricht gewesen, die Warnung des Koblings in den Wind zu schlagen, und es war ihnen allen schlecht bekommen. Ein zweites Mal würde ihm das nicht passieren.

»Druide?«, fragte er, sich misstrauisch im Nebel umblickend.

»Ich bin mir nicht sicher«, flüsterte Yvolar. »Einen Augenblick lang glaubte ich, etwas wahrzunehmen.«

»Eine Täuschung?«

»Möglicherweise. Andererseits bewegen sich die Kreaturen der Finsternis mit großem Geschick, wenn sie sich an arglose Opfer heranpirschen, und inmitten des Bösen, das uns umgibt ...«

»So arglos sind wir nicht, Druide«, versicherte Alphart und legte einen Pfeil auf die Sehne. »Ganz und gar nicht ...«

Die übrigen Gefährten machten sich ebenfalls kampfbereit: Erwyn und Leffel zückten ihre Klingen, der Bärengänger griff nach seiner Keule.

Ein endlos scheinender Augenblick verstrich, in dem nur das Pfeifen des Windes zu hören war.

Dann geschah es.

Scheußliches Gebrüll war plötzlich zu vernehmen. Im nächsten Moment war es, als würde der Vorhang aus wirbelnden Schneeflocken und dichten Nebelschleiern beiseitegezogen – und beleuchtet vom fahlen, grauen Tageslicht, das auf dem Bergsattel herrschte, brach in Gestalt von schwarzem Fell und mörderischen Pranken das blanke Grauen über die Gefährten herein.

Wie ein Ungewitter fuhr das riesige Etwas, das selbst den Bärengänger an Körpergröße weit überragte, zwischen sie. Mit einer Verwünschung auf den Lippen sprang Alphart zurück, und der junge Erwyn entging nur um Haaresbreite der fellbesetzten Klauenhand, die nach ihm griff.

Es war ein Bergtroll, ohne Zweifel, aber anders als jenes Exemplar, mit dem der Wildfänger und seine Gefährten es an den Hängen des Aradh Loin zu tun gehabt hatten, war dieses nicht gezähmt; weder trug es ein Geschirr noch wurde es von Ketten gehalten. In seinem hässlichen, steinern anmutenden Gesicht prangten Reihen mörderischer Zähne, die schwarz wie Schiefer waren.

»Zurück! Zurück, garstige Kreatur!«, rief Yvolar mit lauter Stimme und baute sich furchtlos vor dem Troll auf, den Druidenstab beidhändig erhoben. Aber der Unhold wusste nicht um die vernichtende Kraft des Stabes. Blanker Zorn schlug dem Druiden aus den winzig kleinen Augen des Trolls entgegen, und im nächsten Augenblick schwang die fellbesetzte Kreatur die langen Arme, um den scheinbar wehrlosen alten Mann zu zerschmettern.

Im selben Augenblick ließ Alphart den Pfeil von der Sehne schnellen. Blitzartig durchschnitt das Geschoss die kalte Luft und bohrte sich in die Brust des Trolls, dort, wo der Jäger das Herz des Unholds vermutete. Doch der Treffer blieb ohne Wirkung und vermochte der riesigen Kreatur kaum mehr als ein wütendes Schnauben zu entlocken. Unbeeindruckt ließ sie ihre geballten Fäuste herabsausen, auf den Druiden zu – als dieser seinen Stab zum Einsatz brachte.

Als wäre das Holz von einem eigenen Willen beseelt, wirbelte es in Yvolars Händen herum und war plötzlich von einem unirdischen Leuchten erfüllt. Als die Pranken des Trolls damit in Berührung kamen, schnitt der leuchtende

Stab scheinbar mühelos durch Fleisch und Knochen, und im nächsten Moment waren dort, wo sich eben noch mörderische Pranken befunden hatten, zwei blutige Stümpfe.

Der Schrei, den der Troll ausstieß, klang fast wie eine Frage – ein Laut der Verwunderung, der deutlich machte, dass die tumbe Kreatur nicht begreifen konnte, was geschehen war. Erst als sein Blick auf seine am Boden liegenden Klauen fiel, die noch immer zu Fäusten geballt waren, dämmerte dem Troll, was die Stunde geschlagen hatte, und er verfiel in wüstes Gebrüll, während er mit den Stümpfen um sich schlug, aus denen unaufhörlich schwarzes Blut pulste. Vergeblich versuchten Erwyn und Leffel, ihn mit ihren Klingen zu erreichen, und ein zweiter Pfeil, den Alphart auf den Weg brachte, richtete ebenso wenig aus wie der erste. Dafür setzte plötzlich ein weiterer, nicht weniger eindrucksvoller Schemen heran, der den Troll wie ein Raubtier ansprang und ihn mit der Wucht seiner Körpermasse zu Fall brachte.

Es war Walkar, der die Gestalt des Bären angenommen hatte, um sich und seine Gefährten zu verteidigen. Wie eine entfesselte Naturgewalt fiel er über den Unhold her, dessen rohe Körperkräfte trotz der Verstümmelung noch immer eine Bedrohung darstellten. Ein um das andere Mal rauschten die Bärentatzen heran und brachten dem Troll klaffende Wunden bei, während die Kiefer des Unholds auf- und zuschnappten im Versuch, den Schädel des Bären zu packen und zu zermalmen. Walkar jedoch ließ es nicht dazu kommen. Mit seiner Körpermasse drückte er den Koloss zu Boden. Als der Troll alles daransetzte, ihn von sich abzuschütteln, um wieder auf die Beine zu kommen, war der Kampf entschieden. Denn indem der Unhold seine Kräfte sammelte und sich straffte, bot er für einen winzigen Augenblick seine ungeschützte Kehle dar – ein Augenblick, den der Bärengänger nützte, um ein letztes Mal erbarmungslos zuzuschlagen.

Mit vernichtender Wucht fegte seine Pranke herab und zerfetzte die Kehle des Trolls. Das Wutgebrüll der Kreatur verstummte jäh. Noch einmal bäumte sie sich auf in einem letzten Ausbruch unbändiger Wut, dann blieb sie reglos liegen.

»Trolle«, sprach Leffel in die plötzlich einsetzende Stille. »Ich hasse diese Viecher!«

»Wohl gesprochen, mein Freund«, meinte Yvolar, dessen Stab trotz des blutigen Handwerks, das er verrichtet hatte, völlig unbefleckt war. »Diese Kreaturen sind nicht nur gefährlich, sie haben auch die hässliche Eigenschaft, selten allein aufzutauchen.«

Als wären die Worte des Druiden eine Aufforderung gewesen, war über das Heulen des Windes hinweg plötzlich noch mehr garstiges Gebrüll zu vernehmen, das ohne Frage aus Trollkehlen stammte.

»Ich weiß, was du meinst, alter Mann«, bemerkte Alphart trocken. »Ich weiß, was du meinst …«

»Rasch weiter!«, forderte Yvolar die übrigen Gefährten auf – als sich vor ihm bereits eine große, unförmige Gestalt im Nebel abzuzeichnen begann. Leffel, der sie zuerst bemerkte, prallte erschrocken zurück – nur um mit Mux zusammenzustoßen, der seinerseits vor einem riesigen Schemen zurückwich, der unvermittelt hinter ihm aufgetaucht war.

»Verdammt!«, knurrte Alphart, als sich immer noch mehr der drohenden Schatten aus den Nebelschleiern schälten. »Diese verkommenen Kreaturen nehmen uns in die Zange!«

Von beiden Seiten schienen aus dem Nebel wahre Berge emporzuwachsen, die sich bedrohlich näherten und mit jedem Augenblick mehr an Kontur gewannen: zottiges Fell, mörderische Pranken, an Felsgestein erinnernde Gesichter, aus denen blutlüsterne Augen starrten. Hohngelächter drang aus den scheußlichen Mäulern, und nicht nur Alphart beschlich in diesem Moment das tumbe Gefühl, dass dies das Ende war.

Schritt für Schritt wichen die Gefährten zurück, bis sie Rücken an Rücken standen. Auf engstem Raum zusammengedrängt, verharrten sie, während sich die Trolle zu beiden Seiten näherten. Um die zehn mochten es sein, und sie kamen unaufhaltsam heran.

Alphart zog alle Pfeile aus dem Köcher und steckte sie vor sich in den Schnee, damit er sie in rascher Folge abschießen konnte; Leffel, Erwyn und Mux drängten sich Schutz suchend aneinander, ihre Klingen abwehrbereit erhoben; Walkar, noch immer in Gestalt des Bären, kauerte an ihrer Seite, am ganzen Körper bebend vor mühsam beherrschter Wut und bereit zum Sprung.

Yvolar hingegen schien ihre Möglichkeiten abzuwägen – mit ernüchterndem Ergebnis …

»Drei oder vier von ihnen kann ich erledigen, ehe sie uns erreichen«, stieß er halblaut hervor.

»Schön für dich, alter Mann«, erwiderte Alphart trocken. »Ich kann allenfalls einen zur Strecke bringen – und das auch nur, wenn ich ihn ins Auge treffe.«

Mit einem wüstem Brummen gab Walkar zu verstehen, dass er sich um einen weiteren Angreifer kümmern würde – blieben noch fünf, die sich auf sie stürzen würden, ohne auf nennenswerten Widerstand zu treffen; sowohl Alphart als auch Yvolar waren sicher, dass der junge Erwyn und der Gilg alles geben und sich bis zum letzten Atemzug verteidigen würden, aber es würde nicht ausreichen, der Wut der Trolle Einhalt zu gebieten.

Dennoch war es kein anderer als Leffel, der rief: »Für Allagáin und das Leben!«

»Für Allagáin und das Leben!«, wiederholte Alphart laut und ließ wieder einen Pfeil von der Sehne schnellen.

Er verschwand vor der dunklen Gestalt eines Trolls und zerbarst in dessen Gesicht, ohne nennenswerten Schaden anzurichten. In ihrer Mordlust nur noch mehr beflügelt, sprang die riesenhafte Kreatur vor, um sich auf den Wildfänger zu stürzen – dass sie nicht allzu weit kam, lag an dem Blitz, der aus dem Ende von Yvolars Stab zuckte, die Brust des Trolls durchbohrte und ihn bei lebendigem Leib röstete. Der beißende Geruch von verbranntem Fleisch und versengtem Fell tränkte die eisige Luft, während der Unhold leblos zu Boden ging – für seine Kumpane schien dies das Signal zum Angriff zu sein.

Unter wüstem Gebrüll, die unförmigen Gliedmaßen schwenkend, setzten sie vor. Dass Alphart einen weiteren Pfeil auf Reisen schickte, der diesmal sogar sein Ziel fand, und ein Troll brüllend vor Schmerz und Wut niedersank; dass sich der Bärengänger unter heiserem Gebrüll auf einen der Angreifer stürzte und ihn zu Fall brachte; selbst dass ein neuerlicher Lichtblitz aus dem Eschenstab des Druiden zuckte und wieder einen der Unholde ins Jenseits beförderte – all das fiel nicht mehr ins Gewicht angesichts der schieren Übermacht, mit der die Trolle über die Gefährten herfielen.

Schon waren sie heran, durchbrachen die Schlachtordnung Yvolars und seiner Freunde mit der Wucht eines Steinschlags, und im nächsten Moment war jeder der Gefährten auf sich gestellt und musste für sich allein kämpfen.

»Nimm das!«, rief Leffel beherzt und stach zu, als die Pranke eines Unholds nach ihm greifen wollte. Die von Zwergenschmieden gefertigte Klinge durchdrang mühelos Fell und Haut, brachte dem Troll jedoch kaum mehr als einen Kratzer bei. Schon fühlte der Gilg, wie er von unwiderstehlicher Kraft gepackt und in die Höhe gerissen wurde, und in hohem Bogen flog er davon. Mux erging es kaum besser. Todesmutig wollte er sich einem der Kolosse in den Weg stellen – der Troll jedoch bemerkte ihn nicht einmal. Der klobige Fuß des Unholds trat den Kobling in den Schnee, ohne dass dieser auch nur einen Funken Widerstand leisten konnte.

Alphart hingegen kämpfte, wie man es von einem Wildfänger erwarten konnte. Erbittert setzte er sich zur Wehr und ließ noch einen Pfeil von der Sehne schnellen, ehe er zu seiner Axt griff. Mit wuchtigen Schlägen ließ er die Waffe kreisen, um sich die Trolle vom Leib zu halten, und brachte einem der Angreifer eine tiefe Wunde bei; bis zum Stiel drang das Blatt in das Bein eines der Unholde, woraufhin dieser einen heiseren Schrei von sich gab und einknickte. Sofort war Alphart über ihm, um ihm mit einem zweiten, tödlichen Hieb den Rest zu geben. Noch während er jedoch ausholte, zuckte von irgendwo die Pranke eines anderen Trolls heran und riss ihn von den Füßen.

Der Hieb traf allerdings den länglichen Schild der Vergessenen, den Alphart auf dem Rücken trug, und so wurde ihm ein Großteil seiner Wucht genommen. Der Wildfänger überschlug sich dennoch. Die Axt entglitt seinem Griff. Bäuchlings landete er im Schnee, wo er benommen liegen blieb. Mit verschwimmenden Blicken sah er Yvolar, der sich noch immer erfolgreich verteidigte.

Der Druide hatte einen Kreis aus Feuer um sich gezogen, nicht unähnlich dem, der Alphart und seine Gefährten vor den Wölfen des Dunkelwalds gerettet hatte, damals, vor langer Zeit.

Die Trolle standen dicht vor der Flammenwand, die keine Nahrung brauchte und von der auch keine Hitze ausging, und für einen Augenblick schien die Zeit stillzustehen. Reglos stand der Druide, den Stab erhoben, und taxierte seine Gegner aus zu schmalen Schlitzen verkniffenen Augen durch das zuckende Feuer hindurch. Dann aber siegte der Blutdurst der Kreaturen über ihre Vorsicht. Unter wüstem Gebrüll setzte der erste Troll durch das Feuer, das nur Blendwerk war und keinen wirklichen Schaden anrichten konnte – anders als der Lichtblitz, der dem Unhold entgegenzuckte und ihn in einer knisternden Entladung gleißender Energie vergehen ließ. Damit jedoch schienen auch Yvolars Kräfte erschöpft – den übrigen Trollen, die gleichzeitig angriffen, hatte er nichts mehr entgegenzusetzen. Schon hatte der erste den Druiden erreicht, packte ihn und riss ihn in die Höhe – und Alphart wusste, dass dies das Ende war.

In einem letzten Aufbäumen seines Willens und verzweifelter Kraft versuchte sich der Wildfänger auf die Beine zu raffen, um dem Druiden zu Hilfe zu kommen, aber es gelang ihm nicht. Im Gegenteil – kaum, dass er sich regte, zuckte abermals eine mörderische Faust heran und schmetterte ihn zu Boden, dass er jeden einzelnen Knochen in seinem Körper knacken hörte. Wie aus weiter Ferne vernahm er das Gebrüll des Bärengängers und die verzweifelten Flüche, mit denen Yvolar die Unholde bedachte.

Beides aber wurde plötzlich von einem schrecklichen Laut übertönt, von einem Stöhnen, das aus dunklen Tiefen rührte und aus jedem Spalt und jeder Ritze im Fels zu dringen schien.

Der jahrtausendealte Berg erbebte, als würde er sich unter unerträglichen Schmerzen winden, und das Stöhnen ging über in ein fürchterliches Kreischen, wie die Natur es unmöglich hervorbringen konnte. So laut und durchdringend war es, dass Alphart die Hände auf die Ohren presste, und selbst dann noch hatte er den Eindruck, dass der grässliche Laut in seinem Kopf war. Schon begann der Jäger an seinem Verstand zu zweifeln und sich zu fragen, ob all dies tatsächlich geschah oder nur ein Fiebertraum war und er in Wahrheit noch immer in der Höhle des Schamanen lag.

Dann – plötzlich – verstummte der grässliche Laut so unvermittelt, wie er erklungen war.

Stöhnend wälzte sich Alphart im Schnee und wartete darauf, dass die mörderische Pranke abermals zuschlagen und ihn ins Jenseits schicken würde – aber der tödliche Hieb blieb aus. Ungläubig blinzelnd schaute der Wildfänger auf und stellte verblüfft fest, dass die grässlichen Schemen allesamt verschwunden waren. Fast hätte man glauben können, der Angriff der Trolle hätte nie stattgefunden, wären da nicht Alpharts schmerzende Knochen gewesen und die Platzwunde an seiner Stirn, aus der ihm Blut übers Gesicht lief.

Schwerfällig raffte sich der Wildfänger auf und schaute sich um. Von den Trollen fehlte tatsächlich jede Spur, dafür konnte er sehen, wie sich hier und dort im Nebel etwas regte.

Nach und nach erhoben sich auch seine Gefährten. Stöhnend schleppte sich Leffel auf Alphart zu, und auch Mux, der wie durch ein Wunder unversehrt geblieben war, krabbelte aus dem Schnee, in den der Troll ihn gestampft hatte. Walkar hatte die Gestalt des Bären abgelegt und wieder die des Menschen angenommen, aber er wirkte angeschlagen und erschöpft, und unzählige Blessuren übersäten seinen Körper.

Auch die hagere Gestalt Yvolars tauchte auf, und der Druide humpelte, auf seinen Stab gestützt, zu seinen Gefährten, die Gesichtszüge von Entsetzen gezeichnet.

»S-sie sind fort«, stellte Leffel mit zitternder Stimme fest. »Die Trolle sind fort!«

»Sieht ganz so aus«, bestätigte Alphart grimmig.

»Wir haben sie in die Flucht geschlagen!«, rief der Gilg und reckte triumphierend die Zwergenklinge empor. »Wir haben gesiegt!«

»Kaum war der blut'ge Kampf begonnen, hatten wir ihn schon gewonnen«, reimte Mux dazu.

»Schmarren«, knurrte Alphart. »Die Bestien hatten uns bereits überwältigt. Der Schöpfer allein weiß, warum sie sich plötzlich zurückgezogen haben.«

»Es hat etwas mit diesem grässlichen Laut zu tun«, war Walkar überzeugt. »Als hätte irgendwas sie zurückgerufen ...«

»Nicht irgendwas.« Yvolar schüttelte das kahle Haupt. »Sondern irgendjemand. Kein anderer als Muortis war es, der seine Büttel gerufen hat.«

»Was?«, rief Alphart. »Bist du sicher?«

»Wer diesen Laut einmal gehört hat, der vergisst ihn nie.« Der Druide blickte in betroffene Gesichter. Der Gedanke, dass es die Stimme ihres Erzfeindes gewesen war, die sie gehört und die sie sogar gerettet hatte, ließ alle erschaudern.

»Aber warum nur?«, rief Leffel verwundert. »Was könnte den Nebelherrn dazu getrieben haben, die Trolle zurückzurufen?«

»Das frage ich mich auch«, pflichtete Yvolar ihm bei. »Es liegt nicht in Muortis' Wesen, Schonung zu gewähren. Es sei denn, er verspricht sich dadurch einen Vorteil und weiß, dass ...«

»Ja?«, hakte Alphart nach, als der Druide mitten im Satz verstummte.

Yvolar jedoch gab keine Antwort, sondern blickte sich panisch um. »Dochandar!«, stieß er hervor. »Wo ist Dochandar?«

Die Gefährten wechselten rasche Blicke. Erwyn befand sich weder unter ihnen noch war er sonst irgendwo zu sehen. Sofort schwärmten sie aus, um den Jungen zu suchen. Sie fanden ihn jedoch nicht. Laut riefen sie seinen Namen, der im Nebel verhallte. Eine Antwort blieb aus, und schon kurz darauf war es bittere Gewissheit.

Erwyn war spurlos verschwunden.

Die Trolle hatten ihn entführt.

Der Erbe Danaóns befand sich in Muortis' Gewalt.

21

Das vereinte Heer der Menschen war auf dem Weg nach Süden.

Niemals wieder seit den glorreichen Zeiten Danaóns hatte man in Allagáin eine Streitmacht wie diese erblickt: Recken in schimmernden Rüstungen, die Seite an Seite mit den blaugesichtigen Kriegern des Waldes marschierten, die Soldaten Iónadors in Rüstung und Helm und die Waldkämpfer in ledernen Harnischen; an Standarten flatterten die bunten Banner der Freiherren, daneben wurden die Feldzeichen der Clans getragen; Lanze und Bogen, Schwert und Axt hatten zusammengefunden, um gemeinsam jenem Feind die Stirn zu bieten, der ihrer aller Existenz bedrohte. Der Falke des Waldes und jener der Berge riefen nunmehr mit einer Stimme.

Der Streitmacht voraus eilte die Vorhut, die unter dem gemeinsamen Kommando Meinrads von Kean d'Eagol und Geltars, des Anführers des Schlangenclans, stand und sich aus Kriegern beider Seiten rekrutierte; an der Spitze des Hauptheers jedoch ritten jene, deren Begegnung im Tal des Allair das sinnlose Töten verhindert und die Zusammenlegung der beiden Armeen überhaupt erst möglich gemacht hatte: Barand und Galfyn.

Dass beide den Falken in Wappen und Banner trugen, war ihnen als ein Omen erschienen, als ein günstiges Vorzeichen und als Beweis dafür, dass der Druide Yvolar die Wahrheit sprach. Beide hatten geheime Zweifel an der Richtigkeit ihrer Mission gehegt, doch erst die Weisheit des Druiden und die Macht des Drachen hatten sie davon abgehalten zu tun, was ihre Herren ihnen aufgetragen hatten. In Barands Fall war dies Klaigon gewesen, der verräterische Fürstregent von Iónador; über Galfyns Handeln hatte ein anderer, doch nicht weniger gestrenger Herr bestimmt: der Zorn der Rache.

Dennoch hatten beide eingesehen, dass ihre Bestimmung nicht darin bestand, im Tal des Allair einen sinnlosen Tod zu sterben, sondern dass es einen gemeinsamen Feind zu bekämpfen galt – und diesem Feind wollten sie begegnen.

Iónador, die Goldene Stadt, war durch Verrat in Feindeshand gefallen – das allein war schon schlimm genug. Die Nachrichten jedoch, die Fyrhack der Drache herantrug, gaben immer noch mehr Anlass zur Sorge. Die Grenzburgen wurden angegriffen; Falkenstein und Kean d'Eagol hielten sich noch, aber es war nur eine Frage der Zeit, bis ihre Tore und Mauern dem Ansturm der Feinde nachgeben würden. Die Türme auf dem Bálan Bennian, jenem hohen Grenzwall, der Allagáin über Generationen hinweg vor den Kreaturen Dorgaskols beschützt hatte, waren bereits niedergerissen.

Es hatte Barand seine ganze Überzeugungskraft gekostet, seine Ritter davon abzuhalten, in ihre Ländereien zurückzukehren, um diese gegen die Erle zu verteidigen; auch er selbst wäre am liebsten nach Seabon Leac geritten, um seinen Leuten und seiner Familie bei der Verteidigung der Burg beizustehen oder notfalls mit ihnen zu sterben. Aber ihm war klar, dass dies ein Fehler gewesen wäre, noch dazu einer, der dem Feind in die Hände spielte. Denn nur ein vereintes Heer, das seine Stärke bündelte, konnte Iónador zurückerobern – und selbst diese Aussicht war verschwindend gering.

Barand gab sich keinen Illusionen hin. Er kannte die Mauern der Goldenen Stadt, hatte selbst dabei geholfen, die Verteidigungsanlagen auszubauen, sodass sie schier unüberwindlich waren. Es war der erste Auftrag gewesen, den Klaigon ihm nach seiner Ernennung zum Marschall und Obersten Heeresführer erteilt hatte. Wie hätte Barand ahnen sollen, dass der Fürstregent zu diesem Zeitpunkt bereits dunkle, verräterische Pläne geschmiedet hatte?

Iónador musste den Klauen der Erle entrissen werden, davon hing alles ab. Nicht nur, weil die Goldene Stadt ein Symbol war, weit über die Grenzen Allagáins hinaus bekannt, das für Frieden, Wohlstand und Freiheit stand, sondern auch aus strategischen Gründen. Wenn das feindliche Heer über den Bálan Bennian gekommen war, so bedeutete dies, dass sich der Feind in Iónador sammelte. Die Erle hatten die Goldene Stadt zu ihrem Hauptquartier gemacht, und von dort aus führten sie weitere Angriffe, die Troch, Íaron Bennan und Búron Dunán gelten würden sowie den anderen Burgen des Hinterlandes. Dies musste verhindert werden, um jeden Preis.

Das Schicksal Allagáins würde sich einmal mehr in Iónador entscheiden …

Búron Dunán war eine Wasserfeste, die sich westlich des Allair befand, auf einer Halbinsel inmitten eines länglichen Sees – und damit auf der Marschroute des vereinten Heers. Der Burgherr befand sich unter Barands Rittern, und freilich wäre auch er am liebsten heimgekehrt, um den Ansturm des Feindes in Gesellschaft der Seinen zu erwarten. Er hielt Barand jedoch nicht nur die Treue, sondern tat noch ungleich mehr als dies.

Um ein gutes Beispiel zu geben, ritt er mit zwei Getreuen der Streitmacht voraus und erteilte seinem Gesinde den Befehl, die Kornkammern seiner Burg zu räumen und alles Vieh zu schlachten, das sich in den Stallungen befand, auf dass das Heer versorgt werde und die hungrigen Mäuler der Soldaten gestopft. Auf die Frage, warum er dies tat und seiner Sippe damit jede Möglichkeit nahm, den grimmen Winter zu überstehen, entgegnete der Herr von Búron Dunán: »Wenn unsere Soldaten nicht gestärkt in den Kampf ziehen, wird kein Mensch jemals wieder das Frühjahr erleben.«

Nachdem das Heer an den Ufern des von Eis bedeckten Sees die Nacht verbracht hatte, setzte es seinen Marsch fort und folgte weiter dem Lauf des Allair. Bitterkalter Wind strich durch die Senken und nagte an der Entschlossenheit der Männer, und der Marsch durch den zerstampften Schnee war eine Qual. Nur schleppend kam die Steitmacht voran, selbst die Reiter bewegten sich nur langsam vorwärts. Oder war es mehr als die ungünstige Beschaffenheit des Bodens, die das Vorankommen des Heeres hemmte? Rannten die Waldkrieger und die Soldaten Iónadors bereits gegen ein Hindernis an, das der Feind errichtet hatte?

Besorgt schauten Barand und Galfyn in die Mienen ihrer Männer und sahen Furcht und Verzweiflung darin. Je weiter es nach Süden ging, desto langsamer schleppte sich das Heer dahin. Wo war die Entschlossenheit der Männer geblieben, wo ihr Wille, sich der feindlichen Streitmacht zu stellen?

Schon gab es unter den Clanführern manche, die den Rückzug forderten, die nicht einsehen wollten, weshalb ein Waldkrieger sein Leben im Kampf für Iónador wagen sollte, wo man doch kurz zuvor noch in den Krieg gegeneinander gezogen war. Noch konnte Galfyn sie beschwichtigen, aber es war fraglich, wie lange noch. Auch Barands Ritter wurden, je weiter es nach Süden ging, von immer mehr Zweifeln befallen; Búron Dunán hatte sie besänftigt und ihre Mägen gefüllt, aber würden sie durchhalten? Würde es noch ein schlagkräftiges Heer sein, das Barand und Galfyn vor die Mauern Iónadors führten, oder nur noch ein versprengter Haufen, der dem Untergang geweiht war?

Die Zweifel wuchsen mit den Schatten, als die Sonne dem Horizont entgegensank. Nur vereinzelt vermochten ihre Strahlen die dichte Wolkendecke zu durchdringen, fahle Funken Hoffnung, die auf die Erde fielen, um sogleich in Schnee und Eis zu verlöschen.

Das Böse hielt Einzug in Allagáin.

22

Die Kälte, die tief unter der gewaltigen Bergmasse herrschte, unterschied sich von jener an der Oberfläche. Gegen diese Kälte half keine Kleidung und kein wärmendes Feuer; sie war unbarmherziger als der Eiswind über den Hügeln, schneidender als der Frost, der Flüsse und Seen erstarren ließ, tödlicher als die längste Winternacht.

Die Kälte war von solcher Bitterkeit, dass sie nicht nur alles Leben, sondern auch den Geist gefrieren ließ. Wer dieses unterirdische Reich betrat, dem ließ sie das Blut in den Adern gefrieren. Zischend, heulend strich sie durch Höhlen und Grotten, getrieben vom Atem des Untiers, das ihr Urheber war. Überall breitete sie sich aus, drang auch in den letzten Winkel Urgulroths, um von dort emporzusteigen in die Welt. Der eisige Tod, der Allagáin erstickte, nahm hier seinen Anfang.

Als Erwyn die Augen öffnete, konnte er zunächst nicht sehen.

Seine Hände und Füße spürte er kaum noch vor Kälte, die ihre nadelspitzen Zähne nicht nur in seine Haut und seine Knochen senkte, sondern auch in sein Herz. Furcht ergriff von ihm Besitz, die ihn nur noch mehr zittern ließ, und er vermochte nicht festzustellen, wo die Kälte endete und die Angst begann. Dunkelheit umgab ihn, die durchsetzt war mit unheimlichen Geräuschen.

Das Pfeifen kalter Luft.

Das Klirren von Eis.

Unheimliche Schreie.

Und schließlich das Schnauben einer Kreatur, die älter und gefährlicher sein musste als alles, was Erwyn kannte. Mit jedem Atemzug, den sie tat, nahm die Kälte zu, auch wenn das kaum noch möglich zu sein schien.

Der Eisdrache …

Erwyn entsann sich der finsteren Kreatur, von der Yvolar ihm berichtet hatte, und mit der Erinnerung an den Druiden kehrte auch jene an die jüngsten Ereignisse zurück, obschon sie dunkel und verschwommen waren. Der Junge entsann sich, dass plötzlich riesenhafte Gestalten aus dem Nebel aufgetaucht waren. Die Schreie seiner Gefährten und das Gebrüll der Ungeheuer klang ihm noch in den Ohren.

Etwas hatte ihn gepackt und hinfortgerissen, mit derartiger Wucht, dass er das Bewusstsein verloren hatte. Was seither geschehen oder wie viel Zeit verstrichen war, wusste er nicht. Und wären da nicht das grässliche, alles durchdringende Schnauben gewesen und die tödliche Kälte, so hätte der Junge wohl auch keine Ahnung gehabt, wo er sich befand. So jedoch stand ihm die schreckliche Erkenntnis nur zu deutlich vor Augen.

Er war in Urgulroth.

In Muortis' finsterem Reich.

Panik bemächtigte sich seiner. Er wollte sich bewegen, wollte aufspringen und fliehen, aber er konnte nicht. Nicht etwa, weil Fesseln oder Ketten ihn hielten, sondern weil die furchtbare Kälte dafür sorgte, dass seine Glieder ihm den Dienst verweigerten. Arme und Beine gehorchten ihm nicht, er spürte sie kaum; wirkungsvoller als jede Fessel hinderte ihn die Kälte an der Flucht.

Der Boden, auf dem er lag, war knochenhart und so kalt, dass es Erwyn fast den Atem nahm. Ob es sich um Stein handelte oder ob er tatsächlich auf purem Eis lag, hätte der Junge nicht zu sagen gewusst – in seiner elenden Lage spielte es auch keine Rolle. Er war verschleppt worden und gefangen, und der Schöpfer allein wusste, was man mit ihm vorhatte. Er hörte das Klappern seiner eigenen Zähne, die vor Kälte und

Furcht aufeinanderschlugen. Um sich mit dem Klang seiner Stimme ein wenig Mut zu machen, zwang er sich dazu, ein Wort zu sprechen – das tonlose Krächzen, das aus seiner Kehle drang, erschreckte ihn jedoch mehr, als dass es ihn tröstete.

»Yvolar …«

Es war ein leiser, zaghafter Hilferuf. Weder nahm der Junge an, dass er darauf Antwort erhalten, noch dass er überhaupt von jemandem gehört würde – umso überraschter war er, darauf ein leises, scheußliches Lachen zu vernehmen, von solcher Eiseskälte, dass selbst der Firn davon erbebte und in winzigen Splittern auf Erwyn herabrieselte. Splitter, in denen sich ein mattgrünes Leuchten brach …

»W-wer ist da?«, fragte der Junge erschrocken. Noch immer hörte sich seine Stimme an wie die eines Fremden. Ihr Widerhall geisterte unheimlich umher, schien bald näher, dann wieder weit entfernt zu sein. »Y-Yvolar …?«

Die Stimme lachte erneut. Dann sprach sie, und ihr Klang, dunkler als jede Nacht und kälter als jeder Winter, gab Erwyn das Gefühl, sein Innerstes würde zu Eis erstarren.

»Was«, fragte sie, »versprichst du dir davon, diesen Namen an diesem Ort auszusprechen? Glaubst du denn, der alte Narr könnte dir noch helfen?«

Erwyn bebte am ganzen Körper. Gehetzt warf er den Kopf hin und her und versuchte herauszufinden, wo in der Dunkelheit, die sich allmählich lichtete, sich der Urheber der Stimme befand, die zum Entsetzen des Jungen kein Echo hatte. Im Gegenteil – ganz nah schien sie zu sein, in seinem Ohr, in seinem Bewusstsein.

Eine weitere schreckliche Erkenntnis durchzuckte den armen Erwyn:

Die Stimme ist in mir …

Zu gern hätte er der Stimme widersprochen, hätte ihr gesagt, dass der weise Yvolar keineswegs ein Narr sei, und sie gefragt, wo er selbst sich befand und aus welchem Grund.

Aber er konnte es nicht.

Sein Lebtag lang hatte Erwyn nichts anderes getan, als in den schützenden Wänden Glondwaracs zu sitzen und Lieder von großen Abenteuern zu singen. Wie sehr hatte er davon geträumt, sie selbst zu erleben, den Staub der dunklen Bergwerksstollen von seinen Füßen zu schütteln und hinauszuziehen in die große Welt.

Was für ein Narr er gewesen war!

»Sylfensohn«, ließ sich die Stimme erneut vernehmen, ätzend vor Spott, »kleiner Erbe Ventars ... Was weißt du schon von meiner Macht? Was vom wahren Wesen der Dinge? Überhaupt nichts! Einem alten Narren bist du gefolgt, blindlings und ohne zu wissen, worauf du dich einlässt. Hast dich in die Welt begeben, ohne auch nur zu ahnen, was dich erwartet. Hast dich Hals über Kopf ins Abenteuer gestürzt, ohne einen Schimmer, mit wem du es zu tun bekommst.«

Schritte waren zu hören.

Der unheimliche Sprecher trat vor, und im grünlichen Schimmern, das stetig zunahm – oder gewöhnten sich Erwyns Augen nur allmählich an den spärlichen Schein? –, gewahrte er eine Gestalt. Noch waren ihre Konturen undeutlich und verschwommen, aber selbst im trügerischen Halbdunkel konnte der Junge erkennen, dass sie von hünenhafter Größe war. Das schwarze Gewand, das sie trug und das alles Licht ringsum zu schlucken schien, reichte bis zum Boden, eine weite Kapuze verhüllte ihr Antlitz.

»B-bitte«, hauchte der Junge atemlos. »K-kommt nicht näher ...«

»Weshalb nicht? Fürchtest du dich etwa, Sylfensohn?« Erneut erklang jenes Gelächter, das kälter war als Eis. »Das solltest du, denn du befindest dich in meinem Reich und in meiner Gewalt. Grund genug für dich, zu verzweifeln!«

»W-wer seid Ihr?«

»Kannst du dir das nicht bereits denken? Hat dein vor Angst schon halb rasender Verstand es dir nicht längst gesagt? Sieh mich an und zittere, elende Kreatur – denn ich bin Muortis, der Herrscher der Finsternis, Gebieter über Nebel und Eis.«

Die schwarze Gestalt breitete die Arme aus, sodass Erwyn das Gefühl hatte, von der Dunkelheit eingehüllt zu werden. Es war, als würde er in einen gähnenden Abgrund starren. Die grässliche Präsenz des Bösen umlauerte ihn wie eine Natter, schien nur auf den Augenblick zu warten, in dem sich sein Verstand eine Blöße gab, um unvermittelt zuzubeißen und ihn zu vergiften, ihn hinabzureißen in die kalte Kluft des Wahnsinns.

»N-nein – nein …«, presste er stockend hervor, was sein finsteres Gegenüber nur noch mehr zu amüsieren schien.

»Da liegst du nun vor mir, kleines Sylfensöhnchen, und zitterst um dein Leben. Wenn der alte Narr dich jetzt nur sehen könnte, dieser törichte Greis, den du als Yvolar kennst. Schon viel zu lange weilt er auf Erden und verpestet die Gedanken der Sterblichen mit dem, was er für die Wahrheit hält. Dabei ist er nichts als ein Scharlatan.«

»Y-Yvolar«, wiederholte Erwyn ängstlich den Namen des Druiden. »Ist er …?«

»Keine Sorge, mein kleiner Freund. Der alte Narr ist wohlauf, ebenso wie die Sterblichen, die so töricht sind, ihm auf seiner sinnlosen Mission zu folgen. Ich sehe keinen Nutzen darin, sie zu vernichten, denn sie können mir nicht mehr gefährlich werden.« Wieder lachte Muortis. »Glaubst du denn, mir bliebe etwas verborgen? Denkst du im Ernst, ich hätte all die Jahrtausende schlafend verbracht? Der Druide mag dir das erzählt haben – eine Lüge wie alles, was er von sich gibt. Ich habe mich zurückgezogen und meine Kräfte gesammelt, das ist wohl wahr. Aber während ich dies tat, habe ich die Welt beobachtet. Ich habe Spione ausgesandt, und du darfst mir glauben, dass es unter den Sterblichen mehr als genug gab, die willens und bereit waren, mir zu dienen.«

»Ich weiß«, entgegnete Erwyn in einem Anflug von Trotz. Wie der Finstere über seinen Mentor Yvolar sprach, erregte seinen Widerwillen. »Meister Yvolar hat mir gesagt, dass Ihr die Menschen mit falschen Versprechungen lockt.«

»Ich gebe ihnen das, was sie sich ersehnen«, bestätigte der Herr des Eises. »Was ist falsch daran? Der eine wünscht sich ein großes Haus mit festen Wänden, ein anderer des Nachbarn Weib, der Nächste so viel Wein und Fleisch, wie sein feister Wanst nur fassen kann. Gier, mein unbedarfter junger Freund, ist eine starke Antriebsfeder – solltest du das noch nie erfahren haben?«

»Noch nie«, behauptete Erwyn. »Und ich will es auch nicht.«

»Sei unbesorgt, dazu wird es nicht kommen. Denn während deine Gefährten nichts sind als wertlose kleine Maden, die ich jederzeit zertreten kann, stellst du eine Gefahr dar, die ich nicht unterschätzen darf. Nur ein Erbe Ventars, ein Nachkomme des ach so heldenhaften Danaón, kann mir Einhalt gebieten – du, mein unbedarfter Freund!«

Erwyn war nicht in der Lage, etwas zu erwidern. Schon zuvor hatte der Nebelherr angedeutet, seine Identität zu kennen, aber in diesem Moment erst wurde dem Jungen klar, was dies tatsächlich bedeutete: *Muortis wusste, was Yvolar vorhatte! Er kannte den Plan des Druiden – und war dabei, ihn zu vereiteln!*

»Ja«, stimmte der Finstere zu, für den Erwyns Gedanken offenbar ein offenes Buch waren, »damit hast du nicht gerechnet, nicht wahr? Weder du noch einer deiner einfältigen Freunde – und schon gar nicht der alte Tor, der euch anführt. Wie sollte er auch? Sein Leben lang war er damit beschäftigt, das Wesen der Welt zu erforschen und Dinge zu ordnen, die nicht zu ordnen sind. Schon einmal musste er diese Erfahrung machen, doch statt aus seinen Fehlern zu lernen, wiederholt er sie. Die Menschen wollen keine Ordnung und keinen Frieden. Chaos und Zerstörung sind es, wonach ihre Gesinnung verlangt. Ich gebe ihnen, was sie wollen.«

»Aber I-Ihr zerstört *alles*. Die Welt, in der wir leben …«

»Die Welt hat es nicht besser verdient. Glaubst du denn, meine Armeen könnten die Sterblichen bezwingen, wenn diese nicht längst aufgehört hätten, an sich und ihre Welt zu glauben? Selbstvergessen und maßlos, wie sie sind, haben sie sich selbst dem Untergang geweiht. Weder auf das Morgen noch auf das Gestern ist ihr Blick gerichtet, sondern einzig auf das Hier und Jetzt. Mit einer Ausnahme: Du, mein Freund, bist die Verbindung zur Vergangenheit, zu einer Zeit, in der mir die Menschen noch die Stirn bieten konnten – zu einer Zeit, an die sie heute jedoch nicht mehr glauben. Selbst Danaón konnte mich nicht ganz bezwingen, aber durch sein angeblich so heldenhaftes Opfer wurde ich in die Tiefen Urgulroths gebannt, von wo ich erst zurückkehren konnte, nachdem ich neue Kräfte gesammelt hatte und die meisten von Ventars Erben die sterbliche Welt verlassen hatten. Du bist der Letzte von ihnen. Yvolar hat stets gewusst, dass alle Hoffnung der Menschen auf dir ruhen würde, sollte ich jemals zurückkehren – und ich wusste es ebenfalls.«

»D-das ergibt keinen Sinn«, widersprach Erwyn, der sich wieder ein wenig gefangen hatte. »Wenn Ihr die ganze Zeit über von meiner Existenz wusstet, wieso habt Ihr mich dann nicht längst töten lassen?«

»Weil es einfacher für mich war zu warten.«

»Zu warten? Worauf?«

»Törichter Knabe – darauf, dass dich der alte Narr direkt zu mir führte!«

Muortis' Worte verfehlten ihre Wirkung nicht. Erwyn war wie vom Donner gerührt.

Sollte das die Wahrheit sein?

Hatte der Herrscher des Eises tatsächlich von Yvolars Plänen gewusst? Hatte er die ganze Zeit über nur darauf gelauert, dass der Druide den Erben Ventars zu ihm führte? Hatte er Yvolar ohne dessen Wissen zu seinem Werkzeug gemacht?

»Nur alle sieben Jahre«, fuhr Muortis zu Erwyns wachsendem Entsetzen fort, »erscheint die Zwergenzwing in der Welt der Sterblichen, und selbst dann ist es nicht leicht, sie zu betreten. Lange Zeit waren meine Kräfte zu schwach, und ich hatte nicht die Möglichkeit, eine Armee aufzustellen, die groß und schlagkräftig genug gewesen wäre, Alwys und seine elende Gnomenbrut zu besiegen. Also wartete ich ab, bis die Zeit reif war. Reif, um zurückzukehren. Reif, um meine Feinde zu bezwingen. Verstehst du, was ich meine, *Dochandar*?«

»Ich verstehe ...«, murmelte Erwyn niedergeschlagen. Muortis kannte also sogar seinen Sylfennamen, was bedeutete, dass er tatsächlich *alles* wusste. Damit war jedwede Hoffnung dahin; Yvolars Pläne waren kläglich gescheitert. Mehr noch: Während der Druide geglaubt hatte, zum Besten der Menschen zu handeln, hatte er dem Herrscher des Bösen in Wahrheit noch in die Hand gearbeitet.

Wie eine dunkle, mondlose Nacht senkte sich Verzweiflung über den Jungen. Tränen traten ihm in die Augen und wurden auf seinen Wangen sofort zu Eis.

»Ein Jammer, nicht wahr?«, spottete Muortis. »Und dabei hattest du gedacht, zu Höherem geboren zu sein. Törichter kleiner Junge! Hast du das wirklich geglaubt? Dass du mir, dem Herrscher der Nebel und des Eises, gefährlich werden könntest? Aber tröste dich, der alte Mann hat sich ebenso täuschen lassen wie du. Nur aus einem Grund habe ich ihn am Leben gelassen: Ich will sein Gesicht sehen, wenn die Welt in Kälte erstarrt und er erkennen muss, dass all sein Streben vergeblich war; wenn er als Letzter der Alten gezwungen ist, mitanzusehen, welches Schicksal die Sterblichen erleiden, die zu schützen er einst feierlich geschworen hat. Ich spreche von Rache, Dochandar. Und von Bestimmung und Erfüllung. In der kalten Glut von eisigem Feuer wird dein unnützes kleines Leben verlöschen – und damit alle Hoffnung, die der Druide in dich setzte.«

Maßloses Entsetzen packte Erwyn. Der Nebelherr jedoch warf den Kopf in den Nacken, und dröhnendes Gelächter drang unter der Kapuze hervor, um das Eis in der Höhle erzittern zu lassen.

23

Die Gefährten waren nur noch ein kurzes Stück weitermarschiert. Unterhalb eines Felsens, der ein wenig Schutz versprach, hielten sie inne. Die Stimmung war gedrückt, niemand sprach ein Wort. Nachdem sie mit Urys bereits ein Kamerad verlassen hatte, hatten sie nun auch noch Erwyn verloren – und mit ihm alle Hoffnung, ihre Welt zu retten.

Yvolar brach als Erster das Schweigen. »Meine Freunde«, begann er, »offenbar ist eingetreten, wovor ich mich insgeheim die ganze Zeit gefürchtet habe und was ich mit aller Macht zu verhindern versuchte: Muortis, unser aller Feind, hat Kenntnis bekommen von Erwyns wahrer Identität.«

»Wie kann das sein?«, fragte Leffel einfältig. »Wir alle waren stets darauf bedacht, das Geheimnis niemandem zu verraten.«

»Auf diese Frage gibt es nur eine Antwort«, knurrte Walkar und ließ den Blick in die Runde schweifen. »Verrat!«

»Was schaust du mich dabei an?«, begehrte Alphart auf.

»Wer wehrlose Tiere tötet, dem ist alles zuzutrauen.«

»Du willst ernstlich behaupten, ich hätte dem Feind das Geheimnis zugetragen? Dass ich den Jungen absichtlich ans Messer geliefert hätte?« Die Hand des Wildfängers glitt unwillkürlich zum Griff seines Dolchs.

»Zumindest hast du nichts unternommen, um seine Entführung zu verhindern«, behauptete der Bärengänger angriffslustig.

Aber noch ehe die beiden Streithähne weiter aneinanderrasselten, lenkte Yvolar schlichtend ein. »Ihr tragt keine Schuld an dem, was geschehen ist«, verkündete er. »Stets ist es Urys gewesen, der sich um das Wohl des Jungen gekümmert und ihn beschützt hat. Sein Tod hat eine Lücke hinterlassen, die wir nicht rechtzeitig geschlossen haben. So war es den Trollen ein Leichtes, sich Erwyns zu bemächtigen.«

»Hm«, stimmte Alphart grimmig zu. »Der Zwerg hätte den Unholden seine Axt zu schmecken gegeben, daran besteht kein Zweifel. So jedoch war der Junge für sie ein leichtes Opfer. Aber wie konnten sie wissen, dass ausgerechnet er …«

»Verrat war dazu nicht nötig«, versicherte der Druide. »Dies ist Muortis' Gebiet. Innerhalb seiner Grenzen vermag der Nebelherr die Gedanken eines schlichten Gemüts zu durchschauen.«

»Eines schlichten Gemüts«, wiederholte Leffel leise und senkte schuldbewusst das Haupt. Obwohl es niemand aussprach oder ihn auch nur mit einem argwöhnischen Blick bedachte, bezog er die Worte sofort auf sich.

»Auch Mux nicht hält, was er verspricht«, fügte der Kobling niedergeschlagen hinzu. »Gewarnt hat er euch leider nicht.«

»Weil du nicht spüren *konntest*, was geschehen würde«, erklärte Yvolar ruhig. »Nicht an diesem Ort, der vom Bösen durchdrungen ist. Grämt euch nicht, meine Freunde. Ihr alle habt getan, was ihr konntet. Wenn jemand verantwortlich ist für das, was dem jungen Erwyn widerfahren ist, dann bin das ich. Ich hätte es vorausahnen, hätte die Gefahr erkennen müssen.«

»Vielleicht konntest du das nicht«, wandte Alphart ein, und seine Stimme klang ungewohnt sanft und versöhnlich. »Trotz all der erstaunlichen Dinge, die du vollbringst, bist du dennoch nur ein Mensch, alter Mann.«

»Damit magst du recht haben. Doch die Kraft der Anderswelt und die vielen Jahre, die ich auf Erden weile, sollten mich weiser und klüger gemacht haben als gewöhnliche

Sterbliche. Und was bin ich stattdessen? Ein törichter Greis, dem grausam die letzte Hoffnung genommen wurde.«

»Bedeutet das, dass jetzt alles aus ist, Meister Yvolar?«, erkundigte sich Leffel bang. »Dass wir keine Möglichkeit mehr haben, Allagáin vor Muortis zu retten?«

»Dochandar war die letzte Hoffnung«, entgegnete der Druide bedrückt, den die Verzweiflung in diesem Augenblick zu überwältigen drohte, sodass er auf die Knie sank, seinen Stab einmal mehr als Stütze gebrauchend. »Die Salige hat es gesagt: Nur ein wahrer Erbe von Danaóns Stamm ist in der Lage, dem Sylfenhorn auch nur einen einzigen Ton zu entlocken. Ohne ihn wird die Welt in Finsternis und Kälte versinken, und das Leben, wie wir es kennen, wird enden.«

»Dann hat der Drache also recht gehabt«, folgerte Alphart bitter. »Wir kämpfen auf verlorenem Posten.«

Yvolar antwortete nichts, und es war schwer zu sagen, was niederschmetternder war: die Entführung Erwyns – oder den Druiden so erschüttert und ratlos zu sehen. Schon nach Fyrhacks Ablehnung hatte Yvolar entkräftet und niedergeschlagen gewirkt, die Weissagung der Saligen jedoch hatte ihn neue Hoffnung schöpfen lassen.

Vergeblich ...

»Wir hätten nicht auf dich hören sollen, alter Mann«, knurrte Alphart. »Wir hätten zurückkehren sollen nach Allagáin, um Erle zu erschlagen!«

Noch während er dies sagte, erkannte der Wildfänger, dass seine Worte so grob ausfielen, weil er nicht wahrhaben wollte, dass alles vergeblich gewesen sein sollte, und er den Widerspruch des Druiden herausfordern wollte. Yvolar jedoch schwieg, und das war weit schlimmer, als hätte er Alphart in Gegenwart der übrigen Gefährten laut gescholten und gemaßregelt. Denn es bedeutete nicht mehr und nicht weniger, als dass auch der Druide am Ende seiner Weisheit war.

Verzweiflung hatte von ihm Besitz ergriffen, und ohne, dass er etwas dagegen tun konnte, merkte auch Alphart, wie er davon gepackt wurde. Eine Traurigkeit, wie er sie nie zuvor verspürt hatte, nicht einmal über den Tod seines eigenen Bruders, bemächtigte sich seiner und legte sich so schwer und drückend um seine Brust, dass ihm das Atmen schwerfiel. Es war mehr als die Sorge um die Zukunft des Landes, mehr als die Furcht um das eigene Leben – es war die Trauer um das ganze Menschengeschlecht, die der Wildfänger in diesem Augenblick empfand.

Und damit war er nicht allein.

Auch die übrigen Gefährten konnten sich dem Gefühl tiefer Bedrückung nicht entziehen.

Alles war vergeblich gewesen.

Die Strapazen der langen Reise.

Die überstandenen Kämpfe.

Selbst Urys' Tod.

Muortis hatte sich als gerissener Gegner erwiesen, der ihre Pläne durchschaut und vereitelt hatte. Wofür hatten sie all dies ertragen, wenn ihr Weg nun an einem einsamen Berghang endete? Wofür hatten sie so erbittert gefochten, wofür so viel Mühsal auf sich genommen?

War ihr elendes Dasein überhaupt zu etwas nütze?

Ein verzweifelter Gedanke nahm in Alpharts Kopf Gestalt an. Wenn es ihnen tatsächlich verwehrt war, den Feind besiegen zu können, wenn Allagáin erstarren sollte und alles Leben vergehen, warum all dies auch noch bis zum bitteren Schluss ertragen?

Warum es nicht selbst beenden?

Ein kleiner Schritt über die Abbruchkante, und es war vorbei. Keine Trauer, kein Schmerz, keine Bedrohung würde ihnen dann noch etwas anhaben können, und sie würden jene wiedersehen, die ihnen auf diesem Weg vorausgegangen waren.

Bannhart.

Urys.

Rionna …

Der Gedanke an die Prinzessin von Iónador, die er wider besseres Wissen in die Goldene Stadt hatte zurückkehren lassen, wo sie ein düsteres Schicksal erwartete, ließ Alpharts Verzweiflung noch größer werden. Fraglos war auch sie inzwischen tot, und plötzlich sah der Wildfänger nicht auch nur mehr einen einzigen Grund, warum dann er selbst am Leben bleiben sollte.

»Vorbei … tiefe Nacht … es zu Ende bringen …«

Zusammenhanglose Worte murmelnd, verließ er den Felsüberhang, unter dem er mit seinen Begleitern Schutz gesucht hatte, und stapfte durch den Schnee auf den Abgrund zu.

»Nicht mehr weit … zum Abbruch … in die Tiefe … ewiges Schweigen …«

Das Schicksal seiner Gefährten war ihm gleichgültig geworden; er dachte nicht einmal mehr an sie. Selbstvergessen, wie er war, hätte es ihn wohl kaum gekümmert, dass auch sie nur noch das eigene Ende im Sinn hatten, dass das Herz des Bärengängers ebenso von Verzweiflung erfüllt war wie das seine, dass der Kobling jede Freude am Leben und an lustigen Reimen verloren hatte und dass selbst der Druide in seinem Jahrtausende währenden Dasein keinen Sinn mehr sah.

In diesem Augenblick jedoch, in dieser verzagten Stunde, als die Flamme der Hoffnung bereits erloschen schien, erwachte das wieder, was undenklich lange Zeit geschlafen hatte, und ausgerechnet jener, der es am wenigsten von sich selbst erwartet hätte, spürte die Kraft neuer Zuversicht in sich.

»Halt!«, rief Leffel Gilg heiser. »Komm zurück!«

Alphart wandte sich zu ihm um.

»Komm zurück!«, verlangte Leffel noch einmal.

Zuerst wollte Alphart den Freund nicht hören, dessen Stimme sich vor Aufregung fast überschlug. Aber es lag etwas in ihr, das der Wildfänger noch nie zuvor darin wahrgenommen hatte, eine Kraft und Stärke, die nicht recht zu dem Gilg zu passen schien. Dennoch war sie da, und weder der Wildfänger noch seine ebenfalls lebensmüden Gefährten konnten sich ihrer Wirkung entziehen.

»Komm zurück! Komm zurück ...!«

Und der Wildfänger konnte nicht anders, als umzukehren.

Yvolar, Walkar und Mux standen bei Leffel. Alphart erschrak, als er in ihre Gesichter blickte und die Gleichgültigkeit darin sah, aber es lag nicht in seiner Macht, etwas dagegen zu unternehmen. Im Gegenteil – er war sicher, dass auch er eine so unbewegte, zu Eis gefrorene Maske zur Schau trug: den Ausdruck eines Mannes, der sich mit dem Tod abgefunden hatte. Lediglich in Leffels Miene war nichts davon zu bemerken, was den Wildfänger spontan erboste.

»Verdammt, Gilg!«, fuhr er ihn an. »Was soll das Geschrei?«

»Du darfst nicht weglaufen!«, beschied ihm Leffel, und der Blick seiner wässrigen Augen war so flehend und aufrichtig, dass Alpharts Wut darunter verpuffte. »Nicht jetzt!«

»So?«, fragte Walkar. »Und warum nicht? Ist denn nicht alles verloren?«

»Der Kampf ist erst verloren, wenn wir ihn verloren geben«, konterte der Gilg. »Das war es, was Meister Yvolar uns klarmachen wollte, nicht wahr?«

Die Frage galt dem Druiden, der ebenfalls beschlossen hatte, seinem Leben lieber ein Ende zu setzen, als den Untergang der Welt mit eigenen Augen ansehen zu müssen.

Yvolar antwortete nicht. Von ihm war keine Unterstützung zu erwarten.

»Wir dürfen nicht aufgeben«, beharrte Leffel. »Mein Leben lang bin ich ein Außenseiter gewesen, von anderen verspottet. Man hat mich gemieden, mich aus der Dorfgemeinschaft ausgeschlossen, hat mit dem Finger auf mich gezeigt und über mich gelacht. Aber das ist vorbei. Ich bin nicht mehr allein, habe Freunde gefunden, die mir vertrauen und denen ich vertraue – Gefährten, die mit mir durch dick und dünn gegangen sind. Und ich weiß jetzt, dass es mehr war als eine Laune des Schicksals, die mich hierher geführt hat. Es war meine Bestimmung.«

»Was faselst du da?« Alphart schüttelte den Kopf. »Nicht die Bestimmung hat dich nach Iónador geschickt, sondern die Leute aus deinem Dorf. Sie wollten dich loshaben, das ist alles.«

»Vielleicht. Aber auch ein kleiner Stein, der ins Wasser geworfen wird, zieht Kreise. Wie wir hierhergekommen sind, ist nicht mehr wichtig. Alles, was zählt, sind *wir*. Die fünf Gefährten, die noch geblieben sind.«

»Und? Was nützt es?«

»Statt um das zu trauern, was wir verloren haben, sollten wir uns auf das besinnen, was uns geblieben ist: unsere Freundschaft, die Sorge, die wir füreinander hegen. Sie ist es, die uns von Muortis' Kreaturen unterscheidet, und deshalb werden wir nicht aufgeben, sondern weiter den Pfad beschreiten, den uns die Bestimmung gewiesen hat.«

Alphart bedachte den Gilg mit einem zweifelnden Blick. Wie die meisten Allagáiner war auch Leffel nicht gerade zum Redner geboren. Wie kam es, dass er sich auf einmal so gewählt und treffend auszudrücken vermochte? Und wieso ertappte sich der Wildfänger dabei, dass Leffels Worte ihn tief berührten? Sonst hatte er das Geschwätz des Gilg einfach schulterzuckend abgetan.

Leffel jedoch war noch längst nicht am Ende seiner Ansprache. Mit einem energischen Handgriff rückte er die Wollmütze zurecht, die er nie abzunehmen pflegte und die ihm bis weit über die Ohren reichte, dann fuhr er entschlossen fort: »In eurer Gesellschaft habe ich gefunden, wonach ich mich mein Leben lang gesehnt habe: eine unverbrüchliche Gemeinschaft, Freunde, die alles für mich tun würden, selbst wenn es ihren eigenen Tod bedeutet.«

»Täusch dich bloß nicht«, brummte Walkar, aber der Gilg überhörte es geflissentlich.

»Ihr alle seid noch bis vor Kurzem Einzelgänger gewesen, genau wie ich. Du, Walkar, hast die Wildnis durchstreift, einsam und allein; Alphart hat, wie wir alle wissen, erst kürzlich seinen Bruder verloren; unser Druide lebte noch vor wenigen Wochen in der Abgeschiedenheit der Feste Damasia. Wollt ihr mir erzählen, ihr möchtet zurück? Dass ihr die Einsamkeit eintauschen würdet gegen die Gesellschaft der Gefährten, mit denen zusammen ihr so viel durchgemacht habt?«

Die anderen tauschten müde Blicke, doch niemand widersprach.

»Zwischen uns ist etwas entstanden, das der Herr des Eises niemals begreifen wird: Freundschaft, Liebe, Aufopferungsbereitschaft – nennt es, wie ihr wollt. Aber indem Urys sein Leben für die Gemeinschaft opferte und für das Ziel, das wir alle verfolgen, hat er bewiesen, dass es etwas gibt, was stärker ist als die Verzweiflung, stärker selbst als Muortis' finstere Macht. Und aus diesem Grund dürfen wir jetzt nicht aufgeben. Die Trolle haben Erwyn entführt, aber das bedeutet nicht, dass er tot ist – und solange der Erbe Danaóns lebt, besteht auch noch Hoffnung.«

»Du willst ihn befreien?«, erkundigte sich Alphart ungläubig.

»Was sonst?«

»Die Kälte muss dir dein letztes bisschen Hirn eingefroren haben, Gilg«, knurrte Walkar.

»In der Tat«, stimmte Alphart zu. »Erwyn ist verloren, sieh es ein.«

»Da seid ihr plötzlich einer Meinung«, beschwerte sich Leffel. »Dabei solltet ihr euch lieber darüber einig sein, einem Freund in Not beizustehen.«

»Man kann dem Jungen nicht mehr helfen«, widersprach Alphart. »Wäre es möglich, wäre ich der Erste, der es versuchen würde. Aber du hast ja gehört, was der Druide gesagt hat. Die Trolle haben ihn nach Urgulroth verschleppt, geradewegs in Muortis' Reich. Niemand kann ihn von dort zurückholen.«

»Wenn man es nicht versucht, ganz sicher nicht«, gab Leffel zu.

»Würdest du es tun? Dich in die Höhle der Bestie wagen?«

»Das werde ich«, erwiderte der Gilg so offen und voller Überzeugung, dass kein Zweifel an der Aufrichtigkeit seiner Worte bestand.

Alpharts einzige Reaktion bestand aus einem verächtlichen Schnauben.

»Nur zu, verspotte mich«, sagte Leffel verärgert. »Ich bin es gewohnt, dass sich die Leute über mich lustig machen. Aber das ändert nichts daran, dass ich mich auf den Weg machen und versuchen werde, Erwyn zu befreien.«

»Mux der Kobling ist dabei«, ließ sich der kleine Gnom vernehmen, der dem Wortwechsel bislang schweigend beigewohnt hatte, »dann sind wir immerhin schon zwei.«

»Drei«, verbesserte Yvolar. Der Druide wirkte noch immer müde und erschöpft, und sein Gewand und der Umhang hingen durchnässt und schmutzig an ihm herab, aber seine Züge strahlten wieder die alte Würde aus.

»Du?« Alphart machte große Augen. »Sagtest du nicht selbst, alle Hoffnung wäre dahin?«

»Die Worte unseres jungen Freundes ...« – er streifte Leffel mit einem dankbaren Blick –, »... haben mich eines Besseren belehrt. Die Hoffnung ist erst dann verloren, wenn wir sie endgültig fahren lassen – und noch ist es bei mir nicht so weit.«

»Nein? Was muss denn noch geschehen, damit du einsiehst, wie sinnlos all das hier ist?«

»Wappne deinen Geist, Wildfänger. Die Verzweiflung, die aus dir spricht, ist Muortis' Werk. Um ein Haar hätte sein Nebel des Todes unser Ende bedeutet, hätte nicht unser treuer Gefährte hier ...« – diesmal schenkte er Leffel ein anerkennendes Lächeln –, »... die Flamme der Hoffnung neu ins uns entfacht.«

»In dir vielleicht, alter Mann – in mir nicht.«

»Denke an jene, die ihr Leben gegeben haben, um das deine zu bewahren, Wildfänger, und an die Freundschaft deiner Gefährten. Und dann komm zu dir und erkenne, dass dunkle Magie deine Gedanken verwirrt und getrübt hat.«

Zuletzt hatte die Stimme des Druiden einen beschwörenden Tonfall angenommen, der sie bis in den letzten Winkel von Alpharts Bewusstsein dringen ließ. Und plötzlich hatten sowohl der Wildfänger als auch der finstere Walkar das Gefühl, aus tiefem, traumdurchjagtem Schlaf zu erwachen, obwohl sie die Augen nie geschlossen hatten.

»Potztausend!«, stieß Alphart verblüfft hervor. »Der Gilg hat recht! Noch ist nichts verloren. Wir müssen versuchen, den Jungen zu befreien. Wir müssen den Spuren der Trolle folgen, solange sie im Schnee noch zu sehen sind!«

»Muortis ist uns einen Schritt voraus gewesen«, stimmte Yvolar zu. »Er wusste von Dochandars Existenz, deshalb hat er uns nicht als ernsthafte Bedrohung erachtet. Nun jedoch werden wir etwas tun, was er nicht erwartet.«

»Nämlich?«

»Wir werden in unserer Mission fortfahren!«

»Wie denn ohne den Sylfenbengel?«

»Indem wir uns aufteilen«, gab der Druide zur Antwort. »Ein Teil von uns wird das magische Horn suchen, der Rest wird sich um die Befreiung Dochandars kümmern.«

»Weisheit spricht aus deinen Worten«, erwiderte Mux prompt, »so sind zugleich wir an zwei Orten. Also lass, ich bitt dich schön, den Gilg und mich zum Gipfel gehn.«

»Nichts anderes hatte ich vor«, erwiderte Yvolar. »Walkar wird euch begleiten, während der Jägersmann und ich uns in Muortis' dunkles Reich begeben.«

»Du willst, dass ich mit dir komme?«, fragte Alphart.

»Fürchtest du dich?«

»Niemals.« Der Wildfänger schüttelte den Kopf.

»Also ist es beschlossen.«

»Verzeih, Meister Yvolar«, meldete sich Leffel zu Wort. »Aber es ist meine Idee gewesen, Erwyn zu befreien. Müsste *ich* da nicht mit euch kommen?«

»Aufrichtigkeit spricht aus deinen Worten, Leffel, und ein großes Herz. Dennoch ist meine Entscheidung bereits gefallen. Alphart wird mich begleiten.«

»Und du denkst, dass wir wirklich eine Chance haben?«, erkundigte sich der Wildfänger skeptisch.

»Immerhin haben wir die Überraschung auf unserer Seite. Muortis denkt, sein Plan wäre gelungen und wir alle hätten uns längst in den Tod gestürzt. Er rechnet nicht damit, dass wir einen Befreiungsversuch unternehmen werden, und diese Tatsache müssen wir zu unseren Gunsten nützen.«

»Und anschließend treffen wir uns auf dem Gipfel?«, fragte Leffel hoffnungsvoll.

»So sei es. Der Bund der Gefährten wird sich auflösen, um sich zu einem späteren Zeitpunkt wieder zu vereinen.« Die Züge des Druiden nahmen einen seltsamen Ausdruck an, während er diese Worte sprach, sodass sich Alphart unwillkürlich fragte, was das nun wieder bedeuten mochte.

»Alles in Ordnung, alter Mann?«, erkundigte er sich.

Ein wehmütiges Lächeln glitt über die faltige, von der Kälte gerötete Miene des Druiden. »Einst«, sagte er dann, »wird eine Zeit kommen, in der man behaupten wird, nichts von dem hier wäre wirklich geschehen. Die Menschen werden aufhören, an ihre Mythen zu glauben. Aber das ist nicht von Belang, meine Freunde. Wir haben unsere Entscheidung getroffen und kämpfen für das Licht, und nur darauf kommt es an. Das solltet ihr nie vergessen.«

»I-ist gut, Meister Yvolar«, entgegnete Leffel eingeschüchtert, und auch die übrigen Gefährten nickten.

Zwar wusste keiner von ihnen so recht, was die Worte des Druiden bedeuten sollten, aber zum einen waren sie zu erschöpft und angespannt, um näher darüber nachzudenken, zum anderen kannten sie Yvolar gut genug, um zu wissen, dass er ihre Fragen zumeist nur mit immer neuen Rätseln beantwortete.

Also sagten sie nichts und packten ihre Sachen, und indem Alphart und Walkar die Führung übernahmen, folgten sie den Spuren der Trolle, die über verschneite Hänge nach Osten führten.

24

Folgten sie dem rechten Weg?

Hatten sie die richtige Entscheidung getroffen?

War es weise, in einen Krieg zu ziehen, der mit ihrer aller Vernichtung enden konnte?

Solche Fragen beschäftigten Barand und Galfyn, die beide den Falken im Namen führten; reichte diese Gemeinsamkeit aus, um füreinander in den Tod zu gehen? Hatte dabei tatsächlich die Vorsehung ihre Hand im Spiel gehabt, oder war alles nichts als purer Zufall? Waren sie dabei, ihr Leben und das ihrer Leute sinnlos zu opfern?

Zu Beginn des langen Marsches hatten die beiden Heerführer solche Zweifel nur in den Gesichtern ihrer Untergebenen gesehen; mittlerweile jedoch waren sie selbst davon befallen, und es war unmöglich zu sagen, ob die Kälte oder der bevorstehende Kampf daran schuld waren oder vielleicht auch etwas, das sich nicht in Worte fassen ließ und das dennoch spürbar war. Ein Gefühl von Bedrohung, eine Ahnung von Untergang …

Mit mächtigem Flügelschlag kreiste Fyrhack der Drache über dem vereinten Menschenheer, und seinem scharfen Auge entging nicht, dass sich das Marschtempo beständig verlangsamte. Die sonst so geordneten Reihen der Soldaten Iónadors gerieten durcheinander, die Horden des Waldvolks zerstreuten sich mehr und mehr. Die Streitmacht der Menschen war in Auflösung begriffen, das war dem Drachen klar. Wenn nichts geschah, so würde Muortis den Krieg gewonnen haben, ohne dass auch nur ein Stein gegen Iónadors Mauern geschleudert worden war.

Indem er noch einmal steil aufstieg und dann die Flügel eng anlegte, stieß der Drache fast senkrecht hinab. In rasendem Sturzflug hielt er auf die Spitze des Heeres zu, wo Barand und Galfyn ritten. Auch Letzterer hatte, entgegen seiner Gewohnheit, ein Pferd bestiegen, aber er saß nicht aufrecht im Sattel, sondern zusammengesunken und müde. Die Entschlossenheit, mit der er aufgebrochen war, schien verschwunden.

»Heda!«, rief der Drache herab, während er die Schwingen ausbreitete und seinen Sturz abfing. »Was ist mit euch? Glaubt ihr, die Erle warten?«

»Wir haben Zweifel«, entgegnete Galfyn ohne Ausflüchte.

»Zweifel? Woran?«

»An unserer Taktik«, antwortete Barand. »Wieso sollen wir dem Feind entgegenziehen, anstatt darauf zu warten, dass er …«

»Dass er eure Burgen angreift? Eure Felder verwüstet? Eure Kinder frisst und aus eurem Land einen Saustall macht?«, dröhnte der Drache unbarmherzig. »Es ist Muortis' Geist, der aus euch spricht. Gleichgültigkeit und Trägheit sorgen dafür, dass das Böse leichtes Spiel hat. So ist es immer gewesen.«

»Aber weshalb …?«

»Fragt nicht«, blaffte der Drache, und dunkler Rauch quoll dabei aus seinen Nüstern. »Kämpft um euer Leben, solange ihr es noch habt. Oder glaubt ihr, die Schergen des Bösen werden ansonsten auch nur einen von euch am Leben lassen?«

»Möglicherweise können wir verhandeln«, wandte Barand ein.

»Verhandeln? Mit den Erlen?« Fyrhack lachte auf, was wie Donnergrollen klang. »Kann man einen Felsen überreden, beiseitezutreten? Oder das Eis, dass es schmilzt? Ihr seid Narren, wenn ihr das denkt – und seid es nicht wert, dass ich euch auch nur einen Augenblick länger begleite. Kehrt heim zu euren Frauen und flennt euch an ihrer Schulter aus, klagt über das Schlechte in der Welt, bis es kommt, um euch zu holen.« Unwillig schüttelte der Drache das eindrucksvolle Haupt. »Wie schwach die Sterblichen doch sind. Niemals, niemals hätte ich meine Höhle verlassen dürfen. Sie sind es nicht wert, kein Einziger von …«

»Hohe Herren!«, erklang plötzlich der Ruf eines Reiters, der auf einem schnaubenden Pferd heransprengte. Es war ein Bote der Vorhut, den Meinrad offenbar zurückgeschickt hatte. Sichtlich aufgebracht zügelte er sein Pferd vor den beiden Heerführern.

»Was gibt es?«, wollte Galfyn wissen.

»Seht nur – dort!« Der Späher deutete nach Südwesten. »Die Menschen!«

Verblüfft schauten die Heerführer in die Richtung, die der Mann ihnen bedeutete, erblickten jedoch nichts als einen schmalen Hügel, dessen Kuppe der Wind kahl gefegt hatte. Schon wollte Barand fragen, was es dort zu sehen geben sollte, als sich plötzlich eine gebeugte Gestalt auf dem Hügel zeigte. Dann noch eine und eine weitere – und plötzlich wurden es so viele, dass Barand sie nicht mehr zählen konnte. Humpelnd und keuchend schleppten sie sich den Hügel hinauf, augenscheinlich mit letzter Kraft. Einen Moment hielten sie inne, als sie das vereinte Heer erblickten, und einige von ihnen ergriffen gar die Flucht. Die meisten jedoch schienen sich zu besinnen und kamen den Hügel herab. Müde und abgeschlagen kämpften sie sich durch den Schnee – elende, in Fetzen gehüllte Gestalten, viele davon halb erfroren. Grenzenlose Verzweiflung sprach aus ihren verhärmten, geröteten Mienen, und mit Entsetzen erkannte Barand, dass es Menschen aus Iónador waren. Flüchtlinge, denen es gelungen war, aus der Goldenen Stadt zu entkommen, und die wenig mehr als ihr nacktes Leben gerettet hatten.

Die meisten von ihnen waren Frauen und Kinder, aber auch einige Alte und Krüppel befanden sich darunter. Wie sie es geschafft hatten, sich durch Schnee und Eis das Tal des Allair hinaufzukämpfen, darüber konnte Barand nur spekulieren, und er fragte sich, wie viele unterwegs zurückgeblieben sein mochten, die der Kälte und den Strapazen des Marsches erlegen waren.

»Helft ihnen«, wies er seine Leibwächter an, und auch Galfyn erteilte seinen Falkenkriegern den Befehl, den Flüchtlingen entgegenzueilen und sich ihrer anzunehmen. Betroffen schauten die Kämpfer beider Heere zu, wie Frauen, Kinder und Alte in die Arme ihrer Retter sanken, die sie in ihre Umhänge hüllten und ihnen Brot zu essen und Wasser zu trinken gaben, hörten ihr Wehklagen und sahen die bitteren Tränen auf ihren Wangen. Obwohl sich unter den Flüchtlingen sowohl Adelige als auch Freie, sowohl Bürger als auch Bauern befinden mochten, war kein Unterschied festzustellen; auch bestand keine Trennung mehr zwischen vornehmen Iónadorern und gemeinen Allagáinern – die Schrecken, die so unvermittelt über die Goldene Stadt hereingebrochen waren, hatten sie einander gleichgemacht, und angesichts des Entsetzens, das in ihren Mienen zu lesen stand, mussten es grässliche, namenlose Schrecken gewesen sein.

»Wo seid Ihr gewesen?«, rief plötzlich eine alte Frau herüber, die Barand noch nie zuvor gesehen hatte – sie schien jedoch genau zu wissen, wer *er* war. »Wo wart Ihr mit Eurem Heer, stolzer Marschall von Iónador, als die Unholde in die Stadt einfielen und alles verwüsteten?«

Barand errötete. Was sollte er der Frau entgegnen? Dass er in Klaigons Auftrag seine Männer zur Schlachtbank hatte führen sollen? Dass er gegen den Befehl seines Landesfürsten gehandelt hatte? Dass er mit den Waldleuten gemeinsame Sache machte? Keine Antwort schien angemessen angesichts der Verzweiflung, die ihm entgegenschlug.

»Feige versteckt habt Ihr Euch, als sie kamen!«, kreischte die Frau. »Ihr hättet sie sehen sollen: schweinsköpfige Kreaturen, die die Häuser der Stadt in Brand steckten und die Kinder aus ihren Wiegen raubten! Zu Tausenden sind sie über Iónador hergefallen. Wer nicht vor ihnen floh, der wurde getötet oder …«

»Oder was?«, wollte Galfyn wissen, als die Alte plötzlich stockte.

»Menschenfleisch!«, keifte sie, und ihre Augen leuchteten dabei in fiebrigem Glanz. »Die Bestien fressen Menschenfleisch! Wer nicht vor ihnen flüchtet, wird gefangen und – gefressen! Dieser Rauch in der Luft, dieser Gestank … Dieser elende Gestank …!«

»Wie viele konnten entkommen, Weib?«, erkundigte sich Barand erschüttert.

»Was interessiert es Euch? Habt Ihr die Stadt nicht verlassen, um sie den Unholden zu übergeben?«

»Wie viele?«, beharrte Barand.

»Diese hier«, erwiderte die Alte und deutete hinter sich. Noch war der Menschenstrom nicht abgerissen, und immer noch mehr elende Gestalten kamen über den Hügel. »Dazu jene, die in Iónador geblieben sind, um sich dort zu verstecken, in Häusern und Türmen, in Brunnen und Löchern. Diese Narren werden alle sterben.«

»Nein, werden sie nicht«, erwiderte Barand. Als würden unsichtbare Bande von ihm abfallen, spürte der Marschall von Iónador plötzlich wieder die alte Entschlossenheit, und er zog sein Schwert, das fahl im Licht der Dämmerung glänzte. »Verrat hat dafür gesorgt, dass wir nicht zur Stelle waren, um unsere Pflicht zu tun und die Goldene Stadt gegen den Ansturm des Bösen zu verteidigen. Aber wir werden dorthin zurückkehren, und ich schwöre Euch, Weib, dass ich bis zum letzten Atemzug kämpfen werde, um Iónador den Klauen des Feindes zu entreißen!«

»Ich ebenso!«, fügte Galfyn hinzu, und hundert-, wenn nicht tausendfach wurde der Schwur der beiden wiederholt. Aus unzähligen Kehlen drang er und verband sich zu einem wütenden, ohrenbetäubenden Schrei nach Rache, der alle Trägheit und alles Zaudern beendete.

Selbst Fyrhack, der sich in seinem Zorn und seiner Enttäuschung hoch in die Luft geschwungen hatte, hörte ihn, und aus dem Schlund des Drachen stach eine Flamme, deren loderndes Signal weit über das Tal des Allair hinaus zu sehen war.

25

Über verschneite Hänge und an gewaltigen Graten vorüber, die im Nebel nur als dräuende Schatten zu erahnen waren, stiegen die Gefährten weiter bergan. Obwohl es wieder schneite und der Neuschnee die Spuren bedeckte, fiel es dem Wildfänger und dem Bärengänger nicht schwer, der Fährte der Trolle und ihres Gefangenen zu folgen.

Während Alphart und Walkar der Gruppe also vorausgingen, hielt sich Yvolar auffällig im Hintergrund – ein wenig so, als hätte sich der Druide damit abgefunden, dass die Menschen die Führung übernommen hatten, und würde sich deshalb mehr und mehr zurückziehen.

Leffel war seit seiner flammenden Rede, mit der er seine Kameraden aus ihrer Trauer und Verzweiflung gerissen hatte, kaum mehr wiederzuerkennen. Kräftig schritt er aus und ließ keinen Laut der Klage vernehmen, übernahm es hin und wieder sogar, den kleinen Mux auf seinen Schultern zu tragen.

Schließlich wurde der Anstieg so steil, dass sie erneut Seile benutzen mussten. Über vereisten Fels hing es hinauf, auf dem selbst Alphart und Walkar die Spur der Trolle zeitweilig verloren. Kaum stießen die Gefährten jedoch wieder auf einen schneeverwehten Hang, fanden sie die Fährte der Unholde wieder.

Irgendwann erreichten sie ein gewaltiges Felsmassiv, an dem der Wind so erbarmungslos herabstrich, dass kaum Schnee liegen blieb; dafür war der Boden von einer Kruste grauen Eises überzogen, das von tiefen Spalten durchzogen war.

»Dies, meine Freunde«, rief Yvolar gegen das Heulen des Windes, »sind die letzten Reste des Mardaic, des Großen Eises, das einst das Land überzog, als Muortis es mit grausamer Hand beherrschte. Nur auf den höchsten Gipfeln der Berge, wo der Winter das ganze Jahr dauert, hat es sich erhalten, und von dort schickt es sich an, wieder hinab in die Täler zu wandern, um sie wie einst mit Kälte und Tod zu überziehen.«

»Das ist mir gleichgültig, alter Mann«, gab Alphart grimmig zur Antwort, der in die Knie gegangen war, um den Boden nach Spuren abzusuchen. »Mich interessiert nur die Fährte der Trolle – und wie es aussieht, haben wir sie verloren.«

»Was?«, fragte Leffel entsetzt.

»Zuletzt war sie dort drüben im Schnee zu sehen«, sagte Walkar und wies hinter sich, »und wenn wir davon ausgehen, dass die Unholde die Richtung nicht geändert haben, sind sie geradewegs zu diesem Riss im Eis gegangen.« Mit diesen Worten richtete er den Arm in Richtung einer nahen Gletscherspalte.

Vorsichtig trat Leffel an deren Rand. Schon nach wenigen Schritten verbreiterte sie sich auf eine halbe Mannslänge. Leffel spähte in die unergründliche Kluft und sagte bang: »Hoffentlich sind die Trolle nicht hineingefallen und haben Erwyn mit in den Tod gerissen.«

»Kaum«, entgegnete Yvolar gelassen.

»Woher willst du das wissen?«, fragte Alphart.

»Weil Muortis' Reich nicht auf den Gipfeln dieser Welt liegt, sondern in den Tiefen darunter«, gab der Druide zur Antwort. »Die Trolle sind nicht in diese Spalte gefallen, sie sind hineingestiegen. Dies, meine Gefährten, ist der Eingang nach Urgulroth.«

»Bist du sicher?«, fragte Alphart erstaunt.

»Allerdings. Wenn es mir mein Verstand nicht sagen würde, dann meine Instinkte. Ich fühle das Böse, das aus der Kluft empordringt.« Er wandte sich zu den anderen um und schaute sie an. »Der Augenblick des Abschieds ist gekommen. Die Gefährten müssen von nun an getrennte Wege gehen.«

Alphart und Leffel wechselten einen Blick, und es war beiden anzusehen, dass ihnen nicht wohl bei der Sache war. Dennoch reichte der Wildfänger dem Gilg die Hand zum Abschied, worauf dieser ihn jedoch umarmte und herzlich an sich drückte. Sogar dem Bärengänger wünschte er alles Glück, und Mux reimte ergriffen: »Verkneifen will ich mir die Tränen und mannhaft tapfer Abschied nehmen.«

Aphalt wandte sich an Yvolar: »Willst du dich nicht auch von ihnen verabschieden, Druide?«

»Wozu?« Einmal mehr huschte über seine Züge jenes hintergründige Lächeln, das sie schon so oft gesehen hatten. »Ich werde sie niemals vergessen, ebenso wenig, wie sie mich vergessen werden.« Damit wandte er sich ab, sodass sich sein wallender Mantel hinter ihm bauschte. Es war das letzte Mal, dass die Gefährten ihn auf diese Weise lächeln sahen.

Während Walkar, Leffel und Mux ihren Weg Richtung Gipfel fortsetzten, der sie um das Felsmassiv herum und dann stetig bergauf führen würde, folgten Alphart und der Druide dem Verlauf der Eisspalte. Schon nach wenigen Schritten waren ihre Gefährten im dichten Nebel verschwunden, und auch das Knirschen, das ihre Schritte auf dem gefrorenen Grund verursachten, war kurz darauf verstummt. Zeit, sich um die jeweils anderen Gedanken zu machen, blieb ihnen nicht; jeder von ihnen hatte sich auf die Aufgabe zu konzentrieren, die vor ihnen lag.

»Dort!« Yvolar deutete in die Spalte. »Siehst du, Jägersmann? Ich hatte recht.«

»Bei allen Gipfeln!«, entfuhr es Alphart. »Da sind Stiegen ins Eis geschlagen!«

»Das Werk grober Klauen«, bestätigte der Druide. »Bist du sicher, dass du mir dorthinein folgen willst?«

»Nein«, antwortete Alphart trocken. »Aber der Junge ist irgendwo dort unten und braucht unsere Hilfe. Also lass uns gehen.«

Yvolar nickte, dann setzte er seinen Fuß auf die oberste Stufe und stieg hinab in das ungewisse Dunkel. Alphart folgte ihm, den Bogen in den Händen und einen Pfeil auf der Sehne – und schon kurz darauf hatte die dunkle Kluft des Ferners sie verschluckt.

26

Der Kältebann, der wirkungsvoller als jede Fessel dafür gesorgt hatte, dass sich Erwyn nicht hatte bewegen können, war von ihm genommen worden. Dennoch hatte der Junge nicht das Gefühl, sich selbst durch die düsteren, von Eis überzogenen Gänge zu bewegen; stattdessen kam es ihm vor, als ob er von unsichtbaren Kräften geschoben und gestoßen wurde. Und das, obwohl sich alles in ihm dagegen sträubte, der großen, schattenhaften Gestalt zu folgen, die ihm vorausging.

Noch immer hatte Erwyn den Herrn von Urgulroth nicht wirklich zu sehen bekommen. Alles, was er im unheimlich grünen Licht erkennen konnte, war eine schemenhafte, von einem schwarzen Mantel umflossene Gestalt, deren Gesicht sich im unergründlichen Dunkel einer weiten Kapuze verbarg. Schaudernd versuchte der Junge, sich das Antlitz des Nebelherrn auszumalen, aber er bezweifelte, dass sein Vorstellungsvermögen dazu ausreichte.

Zwei Trollwachen begleiteten ihn – fellbesetzte, massige Kreaturen mit Gesichtern wie aus Stein. Die riesigen Äxte in ihren Klauen waren schartig vom häufigen Gebrauch, die Ketten um ihre ungeschlachten Leiber klirrten bei jedem Schritt. Ihr heiseres Schnauben lag Erwyn in den Ohren, während er dem Herrscher des Eises folgte – gegen seinen Willen und doch außerstande, etwas dagegen zu tun.

»Wo-wohin bringt Ihr mich?«, erkundigte er sich zaghaft, obwohl er annahm, dass Muortis die Frage längst vorausgeahnt hatte; der Nebelherr schien tatsächlich über die beunruhigende Fähigkeit zu verfügen, die Gedanken Sterblicher lesen zu können.

»Ich möchte dir etwas zeigen«, lautete die ebenso knappe wie nichtssagende Antwort, sodass sich Erwyn fragte, was für neue schreckliche Enthüllungen seiner noch harren mochten. Das kehlige Lachen, das Muortis daraufhin vernehmen ließ, bestätigte ihn einmal mehr in seinem Verdacht, was die Fähigkeiten des Finsteren betraf.

Als Erwyn zu einer weiteren Frage ansetzte, ließ einer der Trolle ein wütendes Fauchen vernehmen, worauf der Junge sogleich verstummte. Der Seitenblick, mit dem die Kreatur ihn streifte, enthielt eine deutliche Warnung. Erwyn blieb nichts anderes übrig, als abzuwarten, wohin die Reise ging, die immer weiter in das unergründliche Labyrinth von Urgulroth führte.

Schon nach kurzer Zeit hatte der Junge die Orientierung verloren und wusste nicht einmal mehr zu sagen, ob er sich oberhalb oder unterhalb jener Höhle befand, in der er erwacht war; zu groß war die Anzahl der Stufen, über die sie bald hinauf- und dann wieder hinabgestiegen waren, zu verwirrend die Anordnung der Gänge, die sich beliebig zu verzweigen schienen. Mit der von Ordnung gekennzeichneten Architektur Glondwaracs hatte dieser Ort nichts gemein; Chaos schien in diesen unterirdischen Stollen und Kammern zu regieren.

Irgendwann – der Junge vermochte nicht einmal zu bestimmen, wie lange sie unterwegs gewesen waren – endete ihr Marsch vor einem senkrecht verlaufenden Schacht. Eis überzog den schroffen Fels, der sich in pechschwarzer Dunkelheit verlor, und eisiger Wind blies aus der Tiefe.

Am meisten jedoch erschreckte Erwyn das, was über dem Schacht schwebte, zum Greifen nahe, von unsichtbarer Hand gehalten und von verderblich grünem Schein umflort.

Der Form nach war es ein Horn – allerdings eines, das nie auf der Stirn eines Tieres gesessen hatte. Aus purem Gold war es gefertigt und reflektierte das grüne Licht, und silberne

Verzierungen waren darauf zu erkennen, die Zeichen einer alten, von den Sterblichen vergessenen Sprache.

»Weißt du, was diese Runen bedeuten?«, fragte Muortis voller Genugtuung.

Erwyn war nicht fähig zu antworten. Unverwandt starrte er auf das kostbare Artefakt.

»In die Sprache der Menschen übersetzt bedeuten sie: ›Dies ist das Horn von Danaón, Prinz und Erbe von Ventars Thron.‹«

»Das Sylfenhorn«, entfuhr es Erwyn, der sich bis zuletzt an die schwache Hoffnung geklammert hatte, dass es sich um ein anderes Horn handeln könnte.

»In der Tat«, bestätigte Muortis. »Jenes Horn, in das Danaón am Tag der letzten Schlacht stieß und mit dem er das Eis zum Bersten brachte. Eine mächtige Waffe zweifellos – allerdings nur in der Hand des einen, der in der Lage ist, ihm einen Ton zu entlocken. Und das bist du, mein kleiner Freund.«

»Ihr habt es!«, hauchte Erwyn voller Entsetzen, der nicht einmal richtig zugehört hatte. »Das Horn ist in Eurem Besitz …«

»Wundert dich das?« Wieder ließ der Herrscher der Tiefe sein höhnisches Gelächter vernehmen.

»Aber wie …? Woher …?«

»Die Saligen sind törichte Geschöpfe. Sie sind leicht zu täuschen und noch leichter zu hintergehen. Es war nicht schwer, ihnen ihr Geheimnis zu entlocken. Schon bald wird ihre Art vergehen. Wenn das Grundmeer erstarrt, werden auch sie jämmerlich erfrieren, und mit ihnen wird alles verschwinden, was noch an sie erinnert.«

»Nein«, rief Erwyn trotzig, »dazu wird es nicht kommen!«

Und noch ehe der Junge selbst recht begriff, was er tat, streckte er beide Hände nach dem Horn aus, das nur eine gute Armlänge von ihm entfernt über der dunklen Kluft schwebte.

Es bekam ihm schlecht.

Als wäre es ein lebendes, atmendes Wesen, erweiterte sich das grüne Leuchten, das das Horn umgab, hüllte ihn ebenfalls ein, und namenloser Schmerz durchzuckte den Jungen und schmetterte ihn zu Boden, zur Erheiterung seines finsteren Peinigers.

»Nur zu«, ermunterte ihn Muortis voller Hohn. »Versuch es noch einmal, Sylfensöhnchen!«

Die Zähne zusammengebissen, damit ihm kein Klagelaut entfuhr, wälzte sich Erwyn am Boden. Seine Glieder schmerzten, der Geruch von verbrannter Haut tränkte die eisige Luft. Welcher finstere Zauber auch immer das Horn bewachte, er war überaus wirkungsvoll.

Allmählich verebbte der Schmerz, und Erwyn raffte sich wieder auf. »Meine Gefährten ...«, stieß er stockend hervor.

»Was ist mit ihnen?«

»Sie werden einen Weg finden, das Horn an sich zu nehmen, und dann ...«

»Kaum«, fiel Muortis ihm ins Wort. »Selbst wenn sie noch leben und ihnen das Unmögliche gelingen sollte, es wird niemand mehr da sein, um in das Horn zu blasen. Denn du, mein junger Dochandar, wirst dann schon Geschichte sein ...«

Für einen Augenblick hatte Erwyn den Eindruck, dass im unergründlichen Dunkel der Kapuze ein glühendes Augenpaar aufglomm, und er zuckte voller Schrecken zusammen. Schon einen Lidschlag später war der Eindruck jedoch verflogen, und der Herr des Eises wandte sich seinen Untergebenen zu.

»Bringt ihn in die Drachenhöhle«, wies er die beiden Trolle an.

»Wohin?«, fragte Erwyn schaudernd.

»Dorthin, wo alles seinen Anfang nahm«, entgegnete Muortis rätselhaft, »und wo es auch enden wird.«

27

»Absteigen!«

Meinrad von Kean d'Eagol hatte es sich nicht nehmen lassen, selbst den Spähtrupp anzuführen, der einen ersten Blick auf die Feste des Feindes werfen sollte, die noch vor Kurzem der Stolz und die Zier von ganz Allagáin gewesen war.

Iónador …

Die Vorhut des Heeres hatte die Hügel erreicht, die sich nördlich der Goldenen Stadt erstreckten, und nur in Begleitung seiner beiden besten Späher hatte Meinrad den Fluss überquert und sich ihr genähert. Unterwegs hatte er sich auszumalen versucht, was in Iónador los sein mochte, erst recht nach den Berichten der Flüchtlinge, die die Zustände dort in den grässlichsten Farben geschildert hatten. Was Meinrad und seine Begleiter jedoch zu sehen bekamen, übertraf ihre ärgsten Befürchtungen.

Ihre Pferde hatten sie zurückgelassen, ebenso alle schwere Bewaffnung und Rüstung. Nur mit leichten Bogen und Schwertern bewehrt und mit Umhängen aus Schafsfell auf den Rücken, die sie im Schnee tarnen sollten, hatte die drei Männer den Hügelkamm überwunden und sich im Schutz einiger verschneiter Bäume an das Ufer des Spiegelsees herangepirscht. Eine Schneeverwehung diente als Deckung, von der aus sie alles beobachten konnten.

Auf den ersten Blick wirkte Iónador so wie in früheren Wintern: Der Spiegelsee war zugefroren, Schnee bedeckte die Türme und Zinnen. Aber selbst die weißen Massen konnten das Grauen nicht überdecken, das von Iónador Besitz ergriffen hatte und das schon der zweite Blick offenbarte.

Die Banner der Stadt waren eingeholt worden; statt Blau und Gold, den traditionellen Farben Iónadors, flatterten grässliche Fahnen im Wind, blutbesudelte Fetzen, die mit grausigen Symbolen beschmiert waren. Und sie waren nicht die einzigen Zeugen des Schreckens: Zwischen den Zinnen und auf den Türmen ragten blutige Lanzen empor, auf denen die Köpfe von Menschen steckten – Einwohnern Iónadors, die unter den Klauen der Unholde ein furchtbares Ende gefunden hatten. Und schließlich war da der dunkle Rauch, der von unzähligen Feuern aufstieg und sich über der Stadt zu einer schwarzen Wolke ballte. Der Gestank, der über den gefrorenen See herüberdrang, war ebenso beißend wie ekelerregend.

Obwohl die Erle die Stadt kampflos in Besitz genommen hatten, standen Häuser in Flammen, was darauf schließen ließ, wie schlimm die Unholde in Iónador wüteten. Die einstmals weißen Mauern waren von Blut und Schmutz besudelt, und auf den Wehrgängen und Türmen balgten sich grölende Unholde, bei deren Anblick Meinrad von Entsetzen ergriffen wurde. Er hatte Geschichten über die Erle gehört, Lieder aus alter Zeit, in denen sie als grausame, furchterregende Gegner beschrieben worden waren. Niemals hätte er jedoch geglaubt, dass sie tatsächlich existierten, noch dass er je einen von ihnen zu Gesicht bekommen würde.

Hin und wieder kippte einer der Erle über die Brüstung und stürzte schreiend in die Tiefe, zur Erheiterung seiner Kumpane. Doch statt darüber erfreut zu sein, dass die Unholde einander gegenseitig dezimierten, wurde Meinrad nur noch verzweifelter. Die Schergen des Bösen waren in solch großer Anzahl in Iónador einmarschiert, dass es ihnen auf ein paar mehr oder weniger nicht ankam. Die Stadt schien förmlich überzuquellen vor finsteren Kreaturen, deren einziger Daseinszweck es war, zu plündern und zu morden. Und wenn sie schon das Leben von ihresgleichen so gering achteten, konnte sich Meinrad von Kean d'Eagol ausmalen, wie wenig erst ein Menschenleben für sie zählte …

Unbewegt, fast gleichgültig, erhob sich der Túrin Mar aus dem Meer von Chaos und Zerstörung, über dem sich wiederum die schützende Decke des Schildberges wölbte. Der Gedanke an den jahrtausendealten Fels, der auf eine solch wechselvolle Geschichte blicken konnte, hatte etwas Tröstendes. Allerdings …

»Seht, Herr!«, flüsterte einer seiner Begleiter.

Meinrad schaute in die Richtung, in die sein Gefolgsmann deutete. Die Erle dort schienen in besonderer Aufregung zu sein; Tumult herrschte auf den Türmen und Wehrgängen zu beiden Seiten des großen Tors.

»Was geht da vor sich, Herr?«, fragte der Späher furchtsam. »Glaubt Ihr, sie haben uns entdeckt?«

»Nein«, widersprach Meinrad mit fester Stimme, obgleich schon der Gedanke genügte, um ihm eisige Schauer über den Rücken zu jagen. »Aber irgendetwas scheint dort drüben vorzugehen, und ich frage mich, was bei allen Gipfeln sie …«

Er unterbrach sich, denn in diesem Augenblick wurde klar, was die Erle so in Aufregung versetzte. Elende, abgerissene Gestalten tauchten zwischen den Mauerzinnen auf.

Gefangene Menschen …

Selbst auf die Entfernung war deutlich zu sehen, dass sie grauenvoll misshandelt worden waren. Meinrad erschrak, als er den in Fetzen hängenden Seidenstoff ihrer Gewänder erblickte, denn dies musste bedeuten, dass es sich bei den Gefangenen um Adelige handelte. Ein halblauter Schrei entfuhr ihm, als er seinen Verdacht bestätigt sah, denn einer der Misshandelten war kein anderer als Sumag von Zell, wie an seiner Leibesfülle deutlich zu erkennen war – ein Angehöriger des Fürstenrates, der sich entschlossen hatte, nicht am Feldzug gegen das Waldvolk teilzunehmen, und sich unter allerlei Vorwänden beim Fürstregenten hatte entschuldigen lassen.

Seine Feigheit kam ihn teuer zu stehen.

Während andere Gefangene von der Mauer gestoßen wurden und zu Tode stürzten und auf diese Weise ein zwar grausames, aber rasches Ende fanden, schienen es die Erle auf den Herrn von Zell besonders abgesehen zu haben. Bei den Festessen, die an Klaigons Hof an der Tagesordnung gewesen waren und mit denen der Fürstregent seine Räte bei Laune gehalten hatte, war Sumag stets einer von denen gewesen, die besonders beherzt zugelangt hatten; sein mächtiger Wanst schien selbst den menschenfressenden Unholden zu fett zu sein. Entsetzt beobachten Meinrad und seine Leute, wie sie den Unglücklichen an den Armen fesselten und an ein langes Seil banden, um ihn dann ebenfalls von der Mauerbrüstung zu stürzen.

Als das Seil seinen Sturz abrupt abfing, riss es ihm die Arme aus den Gelenken, und er schlug gegen die Mauer, so hart, dass er sich mehrere Knochen brach. Sein Schmerzensschrei gellte über den See, was die Erle mit derbem Gelächter quittierten, worauf sie ihn wieder heraufzogen, um ihn anschließend noch einmal hinabzustürzen. Dann noch einmal.

Und noch einmal.

Solange, bis das Kreischen des Herrn von Zell verstummt und nur noch ein schauriges Geräusch zu hören war, wie wenn Dutzende zerschmetterter Knochen in einem Sack gegeneinanderschlugen.

Von Grauen geschüttelt, wandte sich Meinrad von Kean d'Eagol ab. Er hatte genug gesehen.

Genug, um zu wissen, mit welcher Sorte Gegner sie es zu tun hatten. Genug, um zu wissen, dass dieser Feind keine Gnade verdiente – und sie auch nicht gewähren würde …

Lautlos bedeutete er seinen Männern, sich zurückzuziehen, damit sie den Heeresführern Bericht erstatten konnten. Die Lage war noch ungleich schlimmer, als sie es erwartet hatten.

Aus Iónador war eine Blutfeste geworden.

28

Es war eine unwirkliche Welt, durch die sich der Wildfänger und der Druide bewegten.

Über den Abstieg waren sie in einen Stollen gelangt, der in das jahrtausendealte Eis geschlagen war. Nachdem sich ihre Augen an die Dunkelheit gewöhnt hatten, erkannten sie, dass es nicht völlig finster war; Sonnenlicht drang durch die Eisschichten und ließ sie in matten Grau- und Violetttönen schimmern. Je weiter es jedoch in die Tiefe ging, desto spärlicher wurde das Licht, sodass Yvolar schließlich seinen Stab benutzen musste, dessen oberes Ende aufglühte. In seinem fahlen Schein bewegten sie sich durch einen an die acht Ellen breiten und ebenso hohen Gang, der durch das Eis getrieben worden war. Mit den Stollen und Hallen Glondwaracs ließ er sich freilich nicht vergleichen, vielmehr sah es so aus, als hätten Muortis' Diener die Bergbaukunst der Zwerge nachzuäffen versucht und wären dabei kläglich gescheitert. Nicht handwerkliches Können und kräftiger Hände Arbeit hatten dem Berg die Passage abgetrotzt, sondern brachiale Gewalt.

Dort, wo die unterste Schicht des Ferners den Fels bedeckte und das Tageslicht nur noch eine schwache, grau schimmernde Erinnerung war, ging der Stollen in einen fast senkrecht abfallenden Schacht über. Ungleichmäßige Stufen, die zueinander in schiefen Winkeln standen, wanden sich in bodenlose Tiefe, in der ewige Nacht herrschte.

»Dort hinunter müssen wir«, verkündete Yvolar grimmig, auch wenn es eines solchen Hinweises nicht bedurft hätte. Alphart kam es vielmehr so vor, als sei der Prophet vom Urberg am Ende seiner Weisheit angelangt. Je näher sie Muortis' Reich gekommen waren, desto mehr war Yvolars Macht geschrumpft. Zu Beginn ihrer Reise, im fernen Damasia, war sie Alphart noch unheimlich und beinahe grenzenlos erschienen – inzwischen hatte er fast den Eindruck, als wäre der alte Mann kein zauberkundiger Druide mehr, sondern ein gewöhnlicher Greis, ein Sterblicher wie jeder andere Mensch. Vielleicht war das auch der Grund dafür, dass er sich ihm in diesem Augenblick näher fühlte als an jedem anderen Punkt des langen und gefahrvollen Weges, den sie hinter sich gebracht hatten …

Yvolar stieg in die Tiefe, den Stab in der Hand, von dem ein zaghaftes Leuchten ausging – gerade stark genug, dass die beiden Wanderer auf den schiefen Stufen nicht stolperten, aber wiederum zu schwach, um aus größerer Entfernung wahrgenommen zu werden; schon nach wenigen Armlängen wurde der spärliche Schein von der zähen Dunkelheit verschluckt, die immer noch zuzunehmen schien, je weiter sie hinabgelangten.

Eiseskälte herrschte, und Alphart konnte seinen Atem sehen, der Mund und Nase als weißer Dampf entwich. Er hatte das Gefühl, als krieche die Kälte geradewegs unter seine Kleider. Weder sein Jagdrock noch der Mantel der Zwerge, noch das Fell, das die Vergessenen ihm gegeben hatten, konnten ihn davor schützen. Er merkte, wie der mörderische Frost seine Bewegungen hemmte, und hatte das Gefühl, dass Tausende von Nadeln von allen Seiten auf ihn einstachen. Der bitterste Winter war nichts im Vergleich zu den Temperaturen, die an diesem Ort herrschten.

Das Gesicht des Jägers war zur starren Maske gefroren, jedes Empfinden aus seinen Fingern gewichen, sodass er den Pfeil zurück in den Köcher an seinem Gürtel steckte und den Bogen wieder über die Schulter schwang, direkt neben dem mächtigen Schild der Vergessenen. Selbst seine Gedanken schienen allmählich zu gefrieren, so wie ein Wasserfall, der allmählich erstarrte. Noch schlimmer jedoch war die Angst, die zusammen mit der Kälte seinen Rücken emporkroch und sich in seinem Nacken festsetzte. Gestaltlose, mörderische Angst, die alles übertraf, was Alphart je zuvor in seinem Leben empfunden hatte.

»Das ist Muortis«, presste Yvolar flüsternd hervor, was ihn unendliche Mühe zu kosten schien. »Seine Gegenwart lässt alles Leben und jeden Gedanken erstarren. Du musst dich dagegen abschirmen, Wildfänger. Hörst du? Du musst dich dagegen abschirmen …«

»Wie, Druide? Ich habe damit zu tun, nicht zu erfrieren.«

»Du musst … deine Gedanken schirmen … denke an etwas, das deine Seele mit Wärme erfüllt … mit Freude …«

Mit Wärme und Freude?

Der Druide hatte leicht reden.

Wie, bei allen Wettern des Wildgebirges, sollte einem an einem Ort wie diesem auch nur ein einziger tröstender Gedanke kommen?

Die Antwort kam von ganz allein, als Alphart an den Beginn der Reise dachte. An Leffel, dem er in Iónador so unvermittelt begegnet und bis vor einer Stunde nicht mehr von der Seite gewichen war; an Rionna, die Prinzessin der Goldenen Stadt, die Gefühle in ihm geweckt hatte, die er noch nie zuvor empfunden hatte; an Yvolar, dem er zunächst so misstrauisch und abweisend begegnet war und der sich als väterlicher Freund erwiesen hatte; an Erwyn, der stets an sich selbst zweifelte und einen großen Bruder in ihm sah; an den wackeren Urys, der sein Leben für den Jungen geopfert hatte; an den ewig plappernden Kobling Mux und den wortkargen Walkar.

Wie hatte Bannhart doch gleich gesagt? *Die Gemeinschaft vieler kann helfen, eine Lücke zu füllen.* War nicht genau das bereits geschehen? Hatte Leffel nicht recht, wenn er von einer neuen Familie sprach, die sie alle gefunden hatten?

Der Gedanke an seine Freunde schenkte dem Wildfänger ein wenig Zuversicht. Sie reichte nicht aus, um Furcht und

Frost ganz zu vertreiben, aber beides fühlte sich nicht mehr ganz so endgültig an. Und Alphart begriff, was der Druide gemeint hatte: Die Kälte in Muortis' Reich war keineswegs nur körperlicher Natur ...

Scheinbar endlos wand sich der Schacht in die Tiefe, und immer mussten die beiden Eindringlinge sich vorsehen, im spärlichen Licht und auf den ungleichmäßigen, eisverkrusteten Stufen nicht auszugleiten. Wie lange sie so durch die Dunkelheit wanderten, hätte Alphart später nicht mehr zu sagen gewusst; jedes Gefühl für Zeit war ihm verloren gegangen. Irgendwann jedoch blieb Yvolar stehen.

»Was ist?«, erkundigte sich Alphart mit tonloser, frostbeschlagener Stimme.

»Hörst du das nicht?«

Die Sinne des Wildfängers waren dumpf und taub vor Kälte. Angestrengt lauschte er, und es kostete ihn einige Mühe herauszufinden, dass das Rauschen, das er vernahm, nicht von seinem eigenen gefrierenden Blut stammte ...

»Was ist das?«, wollte er wissen.

»Weißt du noch, was ich dir über das Grundmeer erzählt habe? Über das große Wasser unterhalb unserer Welt, von dem alle Seen Allagáins nur die Augen sind?«

»Ja«, bestätigte Alphart. »Und?«

Statt zu antworten, ging Yvolar weiter. Neugier schien die Schritte des alten Mannes zu beflügeln, sodass der von der Kälte und dem langen Marsch geschwächte Jäger Mühe hatte, mit ihm mitzuhalten. Endlich – Alphart mochte es kaum glauben – erreichten sie den Grund des Schachts. Die Stufen endeten in einer Höhle, deren wahre Ausmaße sie im spärlichen Licht des Druidenstabs nur erahnen konnten; alles, was sie sahen, waren gefrorene Wände und die Enden riesiger Eiszapfen, die drohenden Zähnen gleich von einer in der Dunkelheit unsichtbaren Decke hingen.

»Potztausend!«, murmelte Alphart.

Yvolar schwieg.

Sich wachsam umblickend und halb darauf wartend, dass sich zottige Eistrolle unter wüstem Gebrüll auf sie stürzten, durchquerten sie die Höhle. Das Rauschen war immer stärker geworden, und Alphart war inzwischen sicher, dass es von einem reißenden Fluss oder einem Katarakt stammte. Aber wie war das möglich, so tief unter der Erde?

Wie sich herausstellte, lag der Jäger richtig – mit beiden Vermutungen. Die Höhle vergrößerte sich, sodass weder von den vereisten Wänden noch den mörderischen Zähnen mehr etwas zu sehen war; dafür standen Alphart und Yvolar einen Augenblick später vor einem Fluss, der tosend durch die Dunkelheit schoss.

Aus ungeahnter Höhe stürzte ein Wasserfall herab in das Bett, dass er im Lauf von Zeitaltern gegraben hatte; woher das Wasser kam, war in der unergründlichen Schwärze nicht zu erkennen, aber schäumende Gischt und weißer Nebel markierten die Stelle, wo es zum reißenden Fluss wurde, der an den Wanderern vorbeiströmte und sich wiederum in abgrundtiefer Finsternis verlor. Das Ufer, an dem Alphart und Yvolar standen, bestand aus Eis, das unter ihren Füßen bebte, was darauf schließen ließ, dass es von Wildwasser unterspült war. Offenbar würde sich das beständig erweiternde Eis irgendwann auch über dem Fluss schließen.

Ohnehin grenzte es an ein Wunder, dass er noch nicht erstarrt war. Naturgesetze konnten es unmöglich sein, denen dies zu verdanken war, schon vielmehr ein Zauber, den sich Alphart aber nicht erklären konnte. Doch die Kraft dieses Zaubers schien nachzulassen und das Eis den Fluss mehr und mehr zu bedrängen, sodass es nur eine Frage der Zeit war, bis das frostige Schicksal, das der oberen Welt drohte, auch ihn ereilen würde …

»Dieses Wasser entspringt dem Grundmeer«, sprach Yvolar aus, was der Jäger bereits vermutet hatte. »In schmalen

Rinnen steigt es empor und nährt die Bergquellen und Wildbäche. Nur der Geist der Saligen hält es noch im Fluss, aber angesichts des Bösen droht auch ihre Kraft zu versiegen.«

Alphart nickte. Er erinnerte sich genau an das, was die Wildfrau gesagt hatte – dass auch ihre Welt sterben würde, wenn Muortis triumphierte.

»Aber noch ist es nicht so weit«, sagte Yvolar in einem Anflug von Trotz, und noch ehe Alphart etwas dagegen unternehmen konnte, rammte der Druide seinen leuchtenden Stab in das Eis.

»Was, bei allen Gipfeln …?«

Ein Lichtblitz ging von dem alten Holz aus, eine energetische Entladung, die durch das Eis zuckte. Einen Augenblick lang blieb alles ruhig. Dann – plötzlich – erklang ein lautes Knacken, das selbst das Rauschen des Wasserfalls übertönte, und im Ufereis bildeten sich Risse. Instinktiv wollte Alphart davoneilen und sich in Sicherheit bringen, aber die Hand des Druiden schnellte vor und hielt ihn fest.

»Was soll …?«, konnte Alphart gerade noch fragen, dann schnitt ihm ein lautes, berstendes Geräusch das Wort ab – und das Eis brach.

Auf einer Breite von einem Klafter und einer Länge von vielleicht zehn sackte das Ufer plötzlich ab und fiel lotrecht in die Tiefe, um schon einen Herzschlag später im reißenden Wasser des Flusses aufzuschlagen …

… und es schwamm!

Die Scholle, auf der Alphart und der Druide standen, mochte an die zehn Ellen Durchmesser haben. Sie schwankte heftig in der schäumenden Flut, aber sie trug die Last, und plötzlich begriff der Wildfänger, was Yvolar soeben getan hatte.

Er hatte ihnen ein Fortbewegungsmittel besorgt …

Inmitten von gut einem Dutzend abgebrochener Eisschollen trieb ihr behelfsmäßiges Floß den Fluss hinab. Von der

Strömung erfasst, nahm es Fahrt auf, und mit atemberaubender Geschwindigkeit ging es hinein in das ungewisse Dunkel.

Was genau sie umgab und durch welche unterirdischen Reiche sie sich fortbewegten, vermochte Alphart nicht zu sagen. Breitbeinig, um nicht das Gleichgewicht zu verlieren, standen Yvolar und er auf der schwankenden Scholle, während das schwache Licht des Druidenstabs schaurige Ansichten aus der nebligen Dunkelheit riss.

Eiszapfen, mörderischen Zähnen gleich.

Höhleneingänge, dunkel wie der Rachen eines Untiers.

Felsen, so glatt und bleich wie Knochen.

Und waren da nicht hin und wieder scheußliche Fratzen, die in Eis und Fels gehauen waren und die Eindringlinge zornig anstarrten? Oder waren es nur Täuschungen, die der flüchtige Schein aus Nebel und Schatten formte?

So gefesselt waren Yvolar und Alphart davon, dass sie nicht ein einziges Mal zurückblickten. Das riesige dunkle Wesen, das sie im Wasser verfolgte, sahen sie nicht.

29

Getrieben von Hoffnung und von der Kraft des Versprechens, das sie ihren Gefährten gegeben hatten, setzten Leffel, Walkar und Mux den langen Marsch zum Gipfel fort.

Der Schnee, der ihnen entgegenpeitschte, brannte wie Feuer in ihren Gesichtern unter den wollenen Kapuzen und Umhängen aus Fell. Immer weiter stiegen die drei Wanderer dem fernen Gipfel entgegen, der in undurchdringlichen Nebel gehüllt war. Langsam, aber stetig kamen sie voran.

Leffel kam nicht umhin, sich über sich selbst zu wundern. Er dachte daran, dass noch vor nicht allzu langer Zeit seine Lieblingsbeschäftigung darin bestanden hatte, auf dem großen Stein bei der alten Mühle zu sitzen und zu angeln, und dass ihm süßes Nichtstun ungleich mehr Freude bereitet hatte, als bei harter Feldarbeit zu schwitzen. Doch sein Leben hatte sich grundlegend verändert – und es machte ihm nichts aus! Sein Heimatdorf schien nur noch eine schwache Erinnerung zu sein, die im blendend weißen Schnee verblasste, und zum ersten Mal hatte Leffel das Gefühl, dass sein Dasein einen Sinn ergab.

Von frühester Kindheit an hatten die Menschen ihn gemieden, hatten ihn wegen seiner Mütze, die er nicht einmal zum Schlafen abnahm, gehänselt und dreiste Lügen über ihn erzählt. Daran hatte sich in all den Jahren nichts geändert – nicht einmal, nachdem seine Eltern zum Schöpfer gegangen waren. In alter Tradition hatte Leffel das kleine Haus geerbt, das sie ihr Eigen genannt hatten, und war damit zum vollwertigen Mitglied des Dorfes aufgestiegen.

Eigentlich …

Die Wirklichkeit freilich hatte anders ausgesehen. Weder hatte man ihn zu den Versammlungen im Haus des Magistrats eingeladen, noch hatte er dabei sein dürfen, wenn die resolute Witwe Burz und ihre rosige Nichte Jolanda das alljährliche Gartenfest ausgerichtet hatten. Aus der Ferne hatte Leffel die bunten Lampions brennen sehen und die Trinklieder gehört, hatte mit den Tränen gerungen, während im Dorf gelacht und gefeiert wurde.

Nur wenn es Arbeit gab, war man immer gern zur Stelle gewesen. »Gilg, tu dies – Gilg, tu das«, hatte es geheißen. Allerhand niedere Aufgaben hatte man ihm angetragen, die er stets bereitwillig und ohne Murren erledigt hatte. Doch wenn es ans Zahlen gegangen war, hatte es stets Beschwerden gehagelt und geheißen, dass Leffel ein ungeschickter Tölpel wäre und zu nichts zu gebrauchen; dass er die Axt des Bauern Segges stumpf gemacht hätte und daran schuld wäre, dass die Kuh das Bauern Stank zu früh gekalbt hätte; dass er das Vieh schände und nicht wüsste, wie man einen Krug Dunkelbier einschenke.

Nein, leicht hatte es Leffel in seinem Heimatdorf wirklich nicht gehabt. Dennoch waren ihm die Menschen dort irgendwie ans Herz gewachsen: der rechthaberische Magistrat Grindl, der hitzköpfige Stank, der dicke Segges und der Gegg vom Klauberhof – und natürlich die liebreizende Nichte der Witwe Burz. Ein anerkanntes Mitglied der Dorfgemeinschaft zu sein und vielleicht eines fernen Tages das Wohlgefallen Jolandas zu erwecken, danach hatte sich Leffel mehr als nach allem anderen gesehnt, und das war auch der Grund dafür gewesen, dass er nach Iónador gegangen war und dem Fürstregenten die Nachricht vom frühen Wintereinbruch und der Sichtung garstiger Wesen überbracht hatte.

Hätte er allerdings geahnt, worauf er sich damit einließ, hätte er sich vermutlich in seinem Bett verkrochen und wäre nie wieder herausgekommen, Dorf hin, Jolanda her. So jedoch war sein Wunsch, endlich dazuzugehören und respektiert zu werden, größer gewesen als seine Furcht vor dem, was ihn erwarten mochte, und er hatte das Moos verlassen.

Zum Glück …

Denn trotz allem, was ihnen widerfahren war, trotz der Verluste und Niederlagen, die sie erlitten hatten, trotz der Strapazen und der Todesgefahr, die sie auf Schritt und Tritt begleitete, trotz der Kälte, die an Haut und Knochen fraß und dafür sorgte, dass er seine Beine kaum noch spürte … Trotz alledem hatte Leffel seinen Entschluss, sich Yvolar anzuschließen und ihm nach Glondwarac zu folgen, niemals wirklich bereut.

Gewiss, er hatte Entbehrungen hinnehmen müssen, und vielleicht würde er die vertrauten Häuser seines Dorfes niemals wiedersehen. Aber in den vergangenen Wochen hatte er sich in mancher Hinsicht lebendiger gefühlt als in all der Zeit davor. Nicht nur, dass er nicht mehr allein war und Freunde gefunden hatte, die ihm vertrauten und für ihn einstanden – er war auch nicht mehr der, als der er das Unterland verlassen hatte. Yvolar hatte ihm beigebracht, dass jeder Mensch von unschätzbarem Wert war, weil jeder auf seine Weise etwas zur Welt beitragen konnte.

Die Zeit, die er in Gesellschaft des Druiden und seiner Gefährten verbracht hatte, hatte den Gilg gelehrt, dass auch er etwas wert war und zu etwas nütze – und mit jedem Schritt, den er durch den hüfthohen Schnee stakste, mit jeder Handbreit, die er dem Gipfel näher kam, wuchs dieses Gefühl des Selbstvertrauens und der inneren Zuversicht. Hätte es nicht eigentlich andersherum sein müssen? Hätten die Kälte und der Sturm und der ewige Nebel ihn nicht verzweifelt stimmen, ihm nicht auch noch den letzten Funken Hoffnung rauben müssen?

Nein.

Leffel konnte es sich nicht erklären, aber ihm war, als ob eine Flamme in seinem Innersten brannte, die immer noch heller loderte, je unbarmherziger ihnen der Wind entgegenblies – was allerdings nicht bedeutete, dass seine Körperkräfte ebenso stark waren.

Am Fuß eines steilen Hanges, der sich in kühnen Verwerfungen dem Gipfel entgegenwand, kam der Marsch der drei ungleichen Gefährten zu einem jähen Halt. Mit derart fürchterlichem Zorn blies der grimme Wind herab, dass der Schnee eine Wand aufzutürmen schien, gegen die es kein Weiterkommen gab.

Die Luft war von Eissplittern durchsetzt. Winzigen Pfeilen gleich hagelten sie den Wanderern entgegen, sodass diese ihre Augen mit den Händen bedecken mussten. An eine Fortsetzung des Aufstiegs war nicht mehr zu denken – die Gefährten hatten genug damit zu tun, sich an Ort und Stelle zu behaupten, und hätte Leffel nicht blitzschnell reagiert und den verzweifelt schreienden Mux am Kragen seines Umhangs gepackt, hätte eine Bö den Kobling einfach davongeweht.

»Das ist Muortis!«, brüllte Leffel gegen das Brausen des Windes. »Er versucht, uns am Erreichen des Gipfels zu hindern!«

»Was Mux betrifft, so klappt es schon«, jammerte der Kobling, der in Leffels festem Griff wie ein Fähnchen im Wind flatterte. »Lässt du mich los, flieg ich davon.«

»Du vielleicht«, knurrte Walkar trotzig, »aber um einen Bärengänger den Berg hinabzuwehen, braucht's schon etwas mehr als ein bisschen Wind und faulen Zauber. Los, macht mich wütend.«

»W-wir sollen dich wütend machen?«, fragte Leffel verwirrt. »Wieso?«

»Ganz einfach: Weil ich es sage!«, erwiderte der Bärengänger und schien bereits ein wenig aufgebracht. »Los doch, macht mich wütend! Je wütender, desto besser!«

»Aber …«

»Mach endlich!«, scholl es barsch zurück – und Leffel hörte in Walkars Stimme bereits ein wenig von dem Tier mitschwingen, das tief in seinem Inneren schlummerte, und er verstand. Von Beginn an hatte er sich gefragt, was es war, das den Bärengänger in sein tierisches Selbst verwandelte. Gewiss lag es an der verwunschenen Bärenhaut, die der Hüne trug, aber weshalb konnte Walkar mitunter tagelang in menschlicher Gestalt verweilen, um sich dann im Handumdrehen in eine zähnestarrende Bestie zu verwandeln?

Die Antwort lag auf der Hand.

Es war Zorn, nichts anderes als blanke, ungezügelte Wut, die dazu führte, dass aus dem raubeinigen, im Grunde aber gutmütigen Waldmenschen ein gefürchtetes Raubtier wurde!

»Wütend willst du werden?«, schrie der Gilg postwendend gegen den Wind. »Dann denk an die Erle, die zu Tausenden durch die Wälder marschieren. Wie sie die Tiere aus ihren Verstecken treiben und sie aus purem Vergnügen töten! Wie sie junge, gesunde Bäume fällen, um Holz für ihre Freudenfeuer zu haben, und wie sie Insekten und Kleingetier unter ihren großen Füßen zerstampfen! Wie sie ...«

»Genug!«

Der Ausruf des Bärengängers war kaum noch zu verstehen, denn seine Kehle war schon zu sehr die eines Tieres geworden, als dass sie noch zu deutlicher Aussprache fähig gewesen wäre. Walkars nächster Schrei war bereits nur noch ein heiseres Gebrüll. Die Wut, die Leffels Worte bei ihm hervorgerufen hatten, sorgte dafür, dass er sich verwandelte.

Das Fell, nur lose über Schulter und Rücken geworfen, breitete sich aus und umhüllte seinen Körper, während sich seine ganze Statur darunter veränderte. Sein Haupt vergrößerte sich, die Kinnpartie wölbte sich vor und bildete die Schnauze eines Bären, während mörderische Fangzähne aus seinem Mund wuchsen. Zuletzt verwandelten sich die Hände des Bärengängers und wurden zu mächtigen, krallenbewehrten Tatzen, auf die er vornüber in den Schnee fiel, eine Kreatur roher, ungezähmter Kraft. Den Rachen weit aufgerissen, brüllte er gegen den tosenden Wind an, so als wollte er dessen Urheber zu verstehen geben, dass er sich weder vor ihm fürchtete noch von ihm aufhalten ließ.

Mit vor Staunen offenen Mündern hatten Leffel und Mux die Verwandlung verfolgt. Obwohl sie schon zuvor beobachtet hatten, wie aus dem Menschen Walkar der Bär geworden war, überwältigte sie der Anblick erneut. Als er sich ihnen zuwandte, zuckten sie unwillkürlich zusammen – bis sie den klaren, milden Blick Walkars in den Augen des Raubtiers erkannten.

Der Bär beugte seine Vorderläufe, um die beiden auf seinen Rücken steigen zu lassen.

Leffel zögerte nicht einen Augenblick. Sich an dem zottigen Fell des Bären festklammernd, zog er sich hinauf und nahm auf dem breiten Rücken Platz. Mux hüpfte schließlich vor ihm auf den Bären, und Leffel schlang den linken Arm um ihn, während sich seine Rechte weiterhin in dem braunen Fell verkrallte, um sich festzuhalten. Dicht über den warmen Körper gebeugt, setzten die beiden die Reise fort – als Reiter auf einem Bären, der noch vor wenigen Augenblicken ein Mensch gewesen war.

Und Walkar behielt recht.

Menschen und Koblinge vermochten Wind und Stürme aufzuhalten, aber keinen ausgewachsenen Bären. Den Kopf gesenkt, kämpfte sich das Tier Stück für Stück voran. Unter seinem dichten Fell arbeiteten stahlharte Muskeln, und indem er sich durch den tiefen Schnee wühlte, gelang es ihm tatsächlich, die unsichtbare Mauer zu überwinden. Der Aufstieg zum Gipfel ging weiter – dorthin, wo vor Urzeiten schon einmal über das Schicksal der Welt entschieden worden war.

30

Je näher sie jenem Ort kamen, den Muortis als aller Dinge Ende bezeichnet hatte, desto kälter wurde es, auch wenn dies inmitten der eisigen Kavernen von Urgulroth kaum noch möglich erschien. Auch das Schnauben, das Erwyn hörte, seit er in Urgulroth zu sich gekommen war, das heisere Stampfen und das grässliche Pfeifen wurden intensiver, bis das Eis in den Gängen davon klirrte. Bang fragte sich Erwyn, welche Schrecken ihn am Ende des Weges erwarten mochten …

Knurrend ihre fürchterlichen Äxte schwenkend, trieben die Trolle ihn vorwärts, durch niedere Stollen und enge Schächte, die immer weiter in die Tiefe führten. Die Schicht aus Firn, die den Fels überzog, wurde beständig dicker, bis das Gestein darunter nicht mehr zu sehen war; dafür sah Erwyn im unwirklichen Licht Schneeflocken glitzern.

Wie, in aller Welt, war das möglich?

Der Junge hielt es für ein weiteres Zeichen von Muortis' unüberwindlicher Macht, und er fragte sich, wie er jemals hatte glauben können, dem Herrscher von Urgulroth auch nur den kleinsten Funken Widerstand entgegensetzen zu können. Scherte es ein Fellhorn, wenn eine Mücke es stach?

Wie einfältig und verblendet er gewesen war – und er kam nicht umhin, Yvolar zum Teil die Schuld daran zu geben. Was hatte der Druide ihm nicht alles versprochen, welche Hoffnungen hatte er ihm gemacht. Dabei hatte Muortis seine Pläne von Beginn an durchschaut. Resignierend musste Erwyn erkennen, dass Alpharts Misstrauen dem Druiden gegenüber berechtigt gewesen war, ebenso wie das des Drachen, der sich geweigert hatte, dem alten Druiden zu folgen.

Hätte doch auch ich mich geweigert, sagte sich der Junge immer wieder. *Wäre ich doch nur zu Hause in Glondwarac geblieben, statt mich auf ein Abenteuer einzulassen, dessen Scheitern von Anfang an feststand. Dann wäre ich jetzt nicht an diesem grässlichen Ort …*

Und sein über alles geliebter Vater wäre noch am Leben.

Der Gedanke versetzte ihm einen Stich.

Sie gelangten schließlich in eine Höhle, deren Decke von Eiszapfen übersät war. Tödlichen Speerspitzen gleich schwebten sie über ihnen, beleuchtet von blassgrünem Schimmern. Je niedriger das Felsengewölbe wurde, desto tiefer hingen sie herab, bis sie schließlich mit dem Eis am Boden verschmolzen. Wie ein undurchdringlicher Wald erstreckte sich das Labyrinth der Eissäulen vor Erwyn, doch seine Bewacher hatten offenbar keinerlei Mühe, ihren Weg zu finden. Vielleicht, argwöhnte er, gingen sie auch nur den Geräuschen nach, die immer noch lauter und bedrohlicher wurden.

Erwyn glaubte auch festzustellen, dass die Trolle nervöser wurden, je weiter es in die Tiefe ging. Wenn Muortis' Diener sich schon vor dem fürchteten, was dort unten lauerte – wie würde er dann erst reagieren, wenn er es zu Gesicht bekam? Wie sollte er nicht den Verstand verlieren angesichts der Schrecken, die dort auf ihn lauerten?

Schwerfällig stampften die Trolle durch den Irrgarten der Eissäulen, dampfenden Atem vor den Nüstern, den Blick starr geradeaus gerichtet. Für einen Augenblick erwog Erwyn zu fliehen, aber zum einen hätte er sich im Wald der Eissäulen nicht zurechtgefunden, zum anderen war die Furcht vor seinen Bewachern einfach zu groß. Einmal mehr musste der Junge erkennen, dass er nicht zum Helden geboren war, was ihn nur noch verzweifelter werden ließ. Nicht nur Yvolars Plan war gescheitert, auch er selbst konnte die hohen Erwartungen, die man in ihn gesetzt hatte, bei Weitem nicht erfüllen. Warum also mit dem Schicksal hadern? Er hatte nichts als den Tod verdient.

Allmählich lichtete sich der Wald, und Erwyn konnte vereinzelte Blicke auf das erheischen, was sich jenseits der Säulen befand. Von Grauen geschüttelt, sah er dolchartige Klauen.

Mörderisch gefletschte Fänge, Eiszapfen gleich.

Einen breiten, stachelbewehrten Rücken.

Bleiche Schuppenhaut.

Und ein rot glühendes Augenpaar, das durch das Labyrinth des Eises geradewegs auf ihn zu starren schien.

Obwohl Yvolar ihm die Bestie beschrieben hatte, die in den Tiefen Urgulroths hauste, war Erwyn wie vom Donner gerührt. Dies war der Eisdrache, jene aus grauer Vorzeit verbliebene Kreatur, deren Pestatem die Welt langsam erstarren ließ …

Der Wald aus Eis lichtete sich, und sie betraten den Drachenhort. Erwyn erstarrte, nicht nur vor Kälte, sondern auch aus Furcht, denn eine grässlichere Bestie war ihm nie begegnet.

Das Ungeheuer ruhte auf einem Lager aus schimmernden Kristallen und sah wie ein Zerrbild Fyrhacks aus. Feist und fett fläzte es in seiner Höhle, umgeben von Eis, und mit jedem Schnauben, das es von sich gab, mit jedem grollenden Atemzug spie es bitterkalte Luft aus seinem Rachen, die sich zu einer Wolke ballte, die wiederum zur hohen, trichterförmigen Decke aufstieg und durch dunkle Löcher weiter nach oben verschwand. Erwyn nahm an, dass die Kälte auf diese Weise überall hingelangte, von den Tiefen des Grundmeers bis hinauf zu den höchsten Gipfeln, um so für den tödlichen Frost zu sorgen.

Der Brustkorb, der sich blähte wie ein Blasebalg und dieses eisige Schnauben erzeugte, war mächtig und mit milchig weißen Hornplatten versehen. Die Flügel der Kreatur lagen eng an ihrem Körper, ihr Schwanz peitschte hin und her und sorgte dabei für jenes scheußliche Heulen, das die Gänge Urgulroths durchdrang. Das Haupt der Bestie bot einen nicht weniger grässlichen Anblick: Bleiche Haut spannte sich über einem dreieckigen Schädel, in dem ein rotes Augenpaar glomm. Dass sie viel damit zu sehen vermochte, bezweifelte Erwyn – es schienen mehr die Gerüche der Eindringlinge zu sein, die die Aufmerksamkeit des Drachen erregten, sodass er in seinem Zerstörungswerk innehielt.

Die Trolle schienen keinen Augenblick länger als nötig in Gesellschaft des Drachen verbringen zu wollen. Sie packten Erwyn und schleppten ihn rasch bis an den Fuß des Kristallhaufens, auf dem das Ungetüm thronte. Von dort aus betrachtet wirkte der Drache noch um vieles größer und Furcht einflößender, und Erwyns Verstand begann zu flackern wie eine Kerze im Wind.

»Nein! Nein!«, schrie er aus Leibeskräften, während seine Bewacher ihn zu einer eichendicken Eissäule schleppten, die vom Boden bis zur Decke reichte und aus der Ketten mit eisernen Schellen hingen. Kurzerhand wurden sie dem Jungen angelegt, mit hässlichem Klicken schlossen sie sich um seine Handgelenke. Nur am Rande nahm Erwyn wahr, dass sie ihm ein wenig zu groß und für Gefangene gedacht waren, die älter und stärker waren als er. Unwillkürlich fragte er sich, wie viele Elende vor ihm schon an diese Eissäule gekettet worden waren und ein grausames Ende gefunden hatten.

»Bitte nicht! Habt Erbarmen«, flehte er entgegen aller guten Vorsätze, die zunichtegemacht wurden von der Kälte und der Verzweiflung, die wie hungrige Raubtiere wieder und wieder ihre Zähne in sein erschöpftes Fleisch und seine gepeinigte Seele gruben. Die Trolle knurrten nur und zerrten an den rostigen Ketten, um sich ihrer Festigkeit zu vergewissern. Dann zogen sie sich zurück, und Erwyn war allein mit der Bestie.

Von oben starrte der Eisdrache auf ihn herab, und der Blick seiner Augen schien den Jungen zu durchbohren. Die Kreatur stieß ein grollendes, böswilliges Lachen aus – und Erwyn zweifelte nicht, dass dies sein Ende war.

Das Haupt des Drachen, groß und mächtig wie ein Fuhrwerk, bog sich an seinem langen, gepanzerten Hals zurück, und sein von spitzen Zähnen gesäumter Schlund öffnete sich, als wollte er alles Verderben auf den wehrlosen Jungen speien.

Panik überkam Erwyn.

Er wollte nicht sterben. Nicht so – und nicht jetzt!

Obwohl er es zuvor nur am Rande registriert hatte, erinnerte er sich daran, dass die eisernen Schellen um seine Handgelenke ein wenig zu groß für ihn waren. Vielleicht, mit etwas Glück, wenn er mit aller Kraft zerrte und die Zähne zusammenbiss …

Geräuschvoll atmete der Drache ein, und während er eisige Luft in seine immensen Lungen saugte, riss Erwyn mit Gewalt an seinen Fesseln und versuchte, seine Hände durch die rostigen Schellen zu zwängen.

Es gelang ihm nicht. Obwohl die Eisen locker um seine Handgelenke saßen, waren die Öffnungen nicht groß genug, als dass er seine Hände hindurchbekommen hätte.

Erwyn versuchte es dennoch weiter. Mit aller Kraft riss er an den klirrenden Ketten. Tief schnitten die Spangen in seine Handrücken, sodass Blut hervortrat und zu Boden troff, wo es augenblicklich gefror. Der Junge achtete nicht darauf, ebenso wenig wie auf den Schmerz. Tränen der Verzweiflung in den Augen, versuchte er weiter, sich zu befreien, kämpfte um sein Leben, das in dieser grässlichen Unterwelt so wenig zu bedeuten schien – und hatte plötzlich die rechte Hand frei!

Jähe Hoffnung schöpfend, wollte er auch die andere Hand aus ihrer Schelle ziehen. Vom puren Überlebenswillen getrieben, so wie ein Tier, das sich aus der Falle eines Jägers zu befreien versucht, zog er mit aller Kraft daran. Durch das Blut, das hervortrat, wurde seine Hand glitschig, und für einen kurzen Moment glaubte Erwyn, er könnte es tatsächlich schaffen.

Dieser Moment war jedoch vorüber, als er über sich einen hässlich zischenden Laut vernahm.

Der Junge schaute nach oben, sah über sich die gegabelte Zunge des Drachen und blickte in dessen weit geöffneten Schlund. Dann schnellte der Kopf des Untiers herab. Ein scheußliches Fauchen war zu vernehmen, und der kalte Pesthauch des Drachen schlug Erwyn entgegen, der in diesem Moment begriff, dass seine Bemühungen vergeblich gewesen waren.

Mit vor Entsetzen geweiteten Augen starrte er in den Rachen der Bestie, aus dem ihm vernichtendes Feuer entgegenschlug. Aber es war nicht glühend rot und heiß, sondern weiß und klar wie Glas – und von unfassbarer Kälte.

Das Eisfeuer erfasste den Jungen und hüllte ihn ein, gab ihm das Gefühl, unter Frostmassen begraben zu werden, die kälter waren als alles, was er je gefühlt hatte.

Kälter als Eis.

Kälter als Muortis' Gegenwart.

Kälter selbst als der Tod.

Nur einen Augenblick lang, der ihm allerdings wie eine Ewigkeit erschien, hielt das Bewusstsein des Jungen der Urgewalt stand. Dann erstarrten Erwyns Gedanken und mit ihnen auch seine Gefühle, seine Furcht und sein hilfloser Zorn.

Dann … kam das Vergessen.

31

»Hier, meine Hand!«

Die heisere Stimme Yvolars kämpfte gegen das Rauschen des Flusses an, und Alphart war erleichtert, sie zu hören. Unvermittelt hatte etwas der Scholle einen Stoß versetzt, und der Wildfänger, der darauf nicht gefasst gewesen war, hatte das Gleichgewicht verloren, war gestürzt und quer über das behelfsmäßige Floß geschlittert.

Vergeblich versuchte Alphart, sich irgendwo festzuhalten. Schon waren seine Beine im Wasser, das noch kälter war als Eis; so kam es ihm jedenfalls vor. Von einem Augenblick zum anderen war er nicht mehr in der Lage, sich überhaupt zu bewegen, und konnte sich darum auch nicht aus eigener Kraft wieder auf die Eisscholle ziehen. Panisch krallte er sich ins Eis, so fest, dass seine Fingerspitzen bluteten – und er war dankbar, als der Druide ihm die Hand reichte und ihn wieder auf das behelfsmäßige Floß zog.

»Was, verdammt noch mal, war das?«, fragte Alphart erschrocken. Dass er sich nicht für die Rettung bedankte, nahm Yvolar ihm nicht übel. Er wusste, der Wildfänger würde jederzeit sein Leben riskieren, um das seinige zu retten.

»Vielleicht eine andere Eisscholle«, antwortete er grimmig. »Vielleicht ein Fels am Grund des Flusses. Vielleicht aber auch etwas anderes.«

»So? Und was?«

Der Blick, mit dem Yvolar ihn bedachte, war so düster und unheilvoll, dass Alphart nicht weiterfragte. Stattdessen nahm er seine Klinge, rammte sie bis zum Heft ins Eis und benützte sie als Griff, um sich daran festzuhalten. Ähnlich verfuhr

Yvolar mit dem Druidenstab. Und sie taten beide gut daran. Denn schon kurz darauf verbreiterte sich der Fluss, und ihr Eisfloß legte an Fahrt noch einmal kräftig zu.

Immer noch mehr Wasser aus verborgenen Quellen und Katarakten nährten den unterirdischen Strom, sodass er weiter anschwoll und das Floß mit atemberaubender Geschwindigkeit durch die Dunkelheit schoss. Der Schein des Eschenstabes reichte nicht einmal mehr aus, um die eisigen Ufer des Flusses zu erreichen, und der Druide und der Jäger hatten keine Ahnung, wohin ihre Fahrt ging – bis aus der finsteren Ferne vor ihnen erneut ein Donnern und Tosen zu vernehmen war, das selbst das Rauschen des mächtigen Flusses noch übertönte.

Ein weiterer Wasserfall – und die Eisscholle jagte geradewegs darauf zu!

»Druide!«, schrie Alphart gegen den brausenden Lärm. »Hast du dir eigentlich schon Gedanken gemacht, wie wir von diesem Ding wieder heil herunterkommen?«

»Auf diese Frage habe ich gewartet, lieber Freund«, entgegnete Yvolar mit freudlosem Lächeln. »Offen gestanden – nein.«

»Verdammter alter ...«

Der Rest von Alpharts Beschimpfung ging in dem wütenden Tosen unter, auf das die Eisscholle zuschoss. Einen Augenblick erwog der Jäger, von Bord zu springen, aber das mörderisch kalte Wasser versprach keine Rettung, und im nächsten Moment war es ohnehin zu spät dafür.

Umgeben von Dunkelheit, eisigem Nebel und donnerndem Getöse kippte ihr improvisiertes Gefährt und sauste in die Tiefe.

Der Wildfänger stieß einen entsetzten Schrei aus, weil es ihm vorkam, als würde er in eine unergründliche Kluft stürzen, aber der freie Fall währte nur einen Lidschlag lang.

Im nächsten Moment traf das Eisfloß inmitten schäumender Gischt im Wasser auf. Alphart klammerte sich an seiner im Eis steckenden Klinge fest, und mit einem raschen Blick überzeugte er sich davon, dass auch der Druide nicht über Bord gegangen war. Da dessen Stab, an dem sich Yvolar festhielt, noch immer glühte, konnte ihn Alphart gut erkennen. Es war, als wäre der Druide selbst von einem hellen Leuchten umgeben, umrahmt von tiefster Dunkelheit.

Von sanfter Strömung erfasst, trieb das Eisfloß weg von dem Katarakt, der in der Dunkelheit zurückfiel.

Alphart konnte sein Glück kaum fassen. »D-das war unglaublich«, stammelte er, seiner sonst so gleichmütigen Natur zum Trotz. »Ich dachte, wir würden sterben.«

»Das dachte ich auch«, entgegnete Yvolar, und es war nicht festzustellen, ob der Druide es ernst meinte oder nicht.

Gehetzt blickte sich Alphart um. Obwohl er nichts sah, glaubte er, dass der Fluss in einen unterirdischen See mündete, der ein Teil des Grundmeers sein mochte. Bald lag die Wasserfläche spiegelglatt vor ihnen. Doch die Ausmaße des unterirdischen Sees waren nicht einmal zu erahnen.

Die beiden Gefährten hatten noch nicht ganz aufgeatmet, als die Scholle plötzlich gegen ein Hindernis stieß und zu einem jähen Halt kam.

Eis …

»Wahrscheinlich bedeckt es bereits einen Großteil des Sees«, vermutete Yvolar und stocherte mit dem Stab herum, um die Tragfähigkeit des eisigen Ufers zu prüfen. »Ich denke, hier endet unsere Fahrt.«

»Das denke ich auch«, murrte Alphart, zog seine Klinge aus dem Eis und steckte sie wieder ein, dann griff er zu Pfeil und Bogen auf seinem Rücken, auf dem er auch seine Streitaxt geschnallt trug. Zwar bezweifelte er, dass eiserne Pfeilspitzen die rechte Bewaffnung waren, um es mit dem Herrn des Eises aufzunehmen, aber den Bogen in der Hand und den Zug der Sehne zu spüren gab ihm dennoch ein Gefühl von Sicherheit, auch wenn dies trügerisch sein mochte.

Sie verließen die Scholle und betraten das Eisufer, das unter ihren Füßen leise knirschte, sie jedoch ohne Weiteres trug.

»Wohin?«, wollte Alphart wissen.

Der Druide schloss für einen kurzen Moment die Augen und schien sich zu konzentrieren. »Dorthin«, entschied er dann und deutete in eine Richtung, die dem Wildfänger so gut oder schlecht gewählt schien wie jede andere. Was genau es war, das den alten Mann zu seiner Entscheidung veranlasste, konnte er nicht erkennen.

Ohne das Floß noch eines weiteren Blickes zu würdigen, folgte er dem Leuchten von Yvolars Stab – das plötzlich merklich zu flackern begann. Der Wildfänger wollte gerade fragen, was es damit auf sich hatte, als der Boden unter ihren Füßen erneut von einem schweren Stoß erschüttert wurde.

Zwar konnten sie nicht mehr von einer Scholle fallen, aber Alphart hatte Mühe, auf den Beinen zu bleiben. Mit Pfeil und Bogen fuchtelnd, wankte er hin und her, während er zu seinem Entsetzen sah, wie sich ein Netz von dünnen Rissen über das Eis ausbreitete. Ein markiges Bersten und ein entsetzliches Kreischen – und das Eis über dem See platzte auseinander.

Alphart sah riesige Brocken, die mit furchtbarer Gewalt in die Luft geschleudert wurden. Die Risse im Eis verbreiterten sich, und der Boden unter ihren Füßen begann sich zu bewegen.

»Lauf!«, brüllte Yvolar aus Leibeskräften. »Lauf, so schnell du kannst ...!«

Der Wildfänger fuhr herum und rannte, so rasch ihn seine Beine über den schwankenden, unsicheren Grund trugen. Mit hässlichem Knirschen tat sich vor ihm eine Spalte auf, über die er mit einem weiten Sprung setzte. Bei der Landung glitt er auf dem Eis aus und schlug zu Boden. Sofort war Yvolar bei ihm und half ihm auf die Beine.

»Fort!«, hörte er den Druiden ächzen. »Nur weiter fort!« Und zu seiner Bestürzung glaubte der Jäger, in der Stimme des alten Mannes einen Hauch von Furcht zu vernehmen

Er raffte sich auf und setzte wieder hinter dem Druiden drein, den Bogen noch in der Hand, während rings um sie Eisbrocken zu Boden prasselten, jeder davon groß genug, um tödlich zu sein. Hier und dort durchschlugen sie die gefrorene Schicht, woraufhin Wasser emporspritzte. Alphart warf einen gehetzten Blick über die Schulter. Das Eis war in Bewegung und barst immer noch mehr – und im nächsten Augenblick erkannte der Wildfänger den Grund dafür.

Irgendetwas folgte ihnen!

Etwas, das sich im Wasser bewegte, jedoch mit derartiger Urgewalt, dass es die Eisschicht darüber zerbrach. Ein riesiger dunkler Buckel hatte sich an die Fersen der beiden Wanderer geheftet und kam ihnen näher und näher, obwohl sie so schnell liefen, wie ihre Füße sie trugen.

»Weiter! Weiter!«, ächzte Yvolar, der den Grund für das Beben offenbar kannte – doch schon wenige Herzschläge später hatte der unheimliche Verfolger die beiden Menschen eingeholt.

Wieder spürte Alphart, wie das Eis unter seinen Füßen sich bewegte und aufbrach. Gezackte Eisschollen bäumten sich auf. Der Wildfänger ruderte mit den Armen, in einer Hand den Bogen, konnte jedoch nicht verhindern, dass er das Gleichgewicht verlor. Mit einem heiseren Schrei auf den Lippen stürzte er und schlitterte auf dem länglichen Schild, der auf seinen Rücken geschnallt war, ein paar Meter weiter – und das rettete ihm das Leben, denn dort, wo er eben noch gestanden hatte, schien ein Berg aus dem Eis zu wachsen.

Der Buckel, der die beiden verfolgt und schließlich eingeholt hatte, vergrößerte sich, dehnte sich aus, und im nächsten Augenblick sprengte etwas das Eis von unten her. Wieder fegten Brocken nach allen Seiten und schlugen ringsum ein, und ein Nebel aus winzig kleinen Eiskristallen wölkte auf, die in die Gesichter der beiden Menschen wie Nadeln stachen. Entsetzt erkannte Alphart, was es gewesen war, das ihnen gefolgt war und die Eisdecke durchstoßen hatte.

Blankes Grauen wuchs aus der kalten Tiefe empor – in Gestalt eines riesigen, hässlichen Schädels, dessen mörderisches Maul weit aufgerissen war.

Es war jenes Monstrum, das die Bewohner von Seestadt in Angst und Schrecken versetzt und dafür gesorgt hatte, dass sich die Fischgründe weit nach Westen verlagert hatten. Das Ungeheuer aus den Tiefen der Welt, das ihnen auf dem Búrin Mar aufgelauert und sie schon einmal fast in den Tod gerissen hatte. Es gab keinen Zweifel, denn Alphart hatte dem Untier drei Pfeile in eines seiner glotzenden Fischaugen geschossen; dort eiterte nun eine entzündete Wunde, aus der gelblicher Schleim sickerte.

Damals hatte Yvolar das Monster vertrieben – besiegt hatte er es jedoch nicht. Alphart entsann sich, dass der Druide gesagt hatte, dass Jahrhunderte, wenn nicht Jahrtausende vergehen würden, bis die Kreatur an die Oberfläche zurückkehren würde. Das mochte stimmen – aber hier, tief unter der Erde, waren sie wieder auf das Ungetüm gestoßen. Sie waren in das Reich des Ungeheuers eingedrungen und sollten nun dafür bezahlen!

Einen endlos scheinenden Moment schwebte der riesige, hässliche Schädel der Kreatur über Alphart, während sich ihre Kiemen blähten und ihr verbliebenes kaltes Auge auf ihn herabglotzte. Unwillkürlich fragte sich der Wildfänger, ob die Kreatur sich an ihn erinnerte. Der Kopf pendelte auf dem ebenso langen wie dünnen Hals hin und her, während der Rest des riesigen, walzenförmigen Körpers unter dem Eis verborgen blieb.

Dann griff die Bestie an …

32

»Nein!«

Mit einem erstickten Schrei schreckte Leffel aus dem unruhigen Schlaf, in den er vor Erschöpfung gefallen war.

So dicht hatten sich Nebel und Wolken inzwischen um den Korin Nifol geballt, dass das fahle Sonnenlicht sie kaum noch zu durchdringen vermochte, und so war die Dunkelheit bereits früh hereingebrochen. Den Weg zum Gipfel weiter fortzusetzen war zu gefährlich, sodass die Gefährten nicht umhingekommen waren, sich ein Quartier für die Nacht zu suchen.

Unterhalb eines schneebeladenen Überhangs, der ein natürliches Dach formte, hatten sie sich in den hart gefrorenen Firn gewühlt und sich auf diese Weise ein Nachtlager geschaffen, gerade groß genug, sie alle drei aufzunehmen: zuvorderst Walkar, dessen Zorn auf Muortis und seine zerstörerischen Kräfte ausreichte, um ihn die Gestalt des Bären beibehalten zu lassen, dann Mux und Leffel. Indem sie sich eng an das Fell des Raubtiers schmiegten, hatten die beiden es behaglich und warm, und obwohl Leffel es in Anbetracht der Lage nicht für möglich gehalten hätte, war er tatsächlich eingeschlafen.

Verwirrt schaute er sich in ihrer behelfsmäßigen Behausung um. Sein Atem ging in heftigen Stößen, und trotz der eisigen Kälte stand ihm Schweiß auf der Stirn. Erst ganz allmählich begriff er, wo er sich befand. Er spürte die beruhigende Masse des Bären in seinem Rücken, dessen Fell sich unter gleichmäßigen Atemzügen hob und senkte, und seine Aufregung legte sich ein wenig.

»Sag, lieber Freund: Was hat dich geweckt, was dich aus dem Schlaf geschreckt?«, erkundigte sich Mux. Leffel erinnerte sich, dass der kleine Kerl, der Gefahren im Vorfeld erspüren konnte, die erste Wachschicht übernommen hatte, damit seine Gefährten ein wenig ruhen konnten.

Auch das Mondlicht vermochte die dichte Wolkendecke nicht zu durchdringen, sodass der Gilg die verkniffenen Züge des Koblings nur erahnen konnte. Dennoch glaubte er, ehrliche Besorgnis darin zu erkennen.

»N-nichts«, behauptete er mit noch immer bebender Stimme. »Ist schon in Ordnung.«

»Geträumt hast du, bestreit es nicht. Der Schrecken steht dir im Gesicht.«

Leffel war kaum fähig zu antworten. Mehr als ein krampfhaftes Nicken brachte er nicht zustande. Zu grässlich war das, was er im Schlaf gesehen hatte.

»Willst du es mir denn nicht sagen? Besser wär's, als zu verzagen. Denn heit'res Reimen dann und wann, die Finsternis vertreiben kann.«

»Das ist wahr«, stimmte Leffel zu, und die Fürsorge seines kleinen Freundes zauberte ein Lächeln auf sein Gesicht. »Also schön, ich werde es dir sagen – ich habe von dem Ungeheuer aus dem See geträumt. Von dieser grässlichen Kreatur, die uns angegriffen hat, als wir den Búrin Mar überquerten, und der wir um ein Haar zum Opfer gefallen wären.«

»Gehört ich hab von diesem Tier – ein böses Biest, das sag ich dir. In seiner Gier wollt es euch fressen, das kannst du freilich nicht vergessen. Drum siehst du es vor dir im Schlafe, so wie andre weiße Schafe. Zähl einfach seine Beißerlein, dann schläfst du sicher wieder ein.«

»Gar keine schlechte Idee.« Die Worte des Koblings hatten Leffel ein wenig aufgeheitert. »Das Seltsame daran ist«, fuhr er dann aber nachdenklich fort, »dass ich diesen Traum schon einmal hatte – und zwar lange bevor ich das Ungeheuer aus dem See tatsächlich gesehen habe. Das war, als ich mit Alphart den Dunkelwald durchquerte, auf dem Weg nach Damasia. Aber das ist ja auch kein Wunder – damals wie heute war die Umgebung einfach zum Fürchten …«

»Das Land ist düster, ohne Frage, und dunkler als am hellen Tage«, stimmte Mux zu. »Doch können Furcht und Schnee allein nicht Grund derart'ger Träume sein. Eine solcher Traum nichts anderes ist, als ein Spiegel dessen, was in dir nagt und frisst.«

»D-du meinst, dieses Monstrum … ist in mir?«, fragte Leffel einfältig und blickte betroffen auf seinen trotz der Entbehrungen der letzten Tage noch immer rundlichen Bauch. »In mir drin?«

Mux gestattete sich ein leises Kichern. »Ganz so hab ich's nicht gemeint, auch wenn es dir nun so erscheint. Geheimes Wissen aus dir spricht, daran ein Kobling zweifelt nicht.«

»Was für geheimes Wissen?«

»Mehr darf ich leider dir nicht künden, die Wahrheit musst du selber finden.«

»Was für geheimes Wissen?«, wiederholte Leffel verwirrt. »Und welche Wahrheit?«

In der Dunkelheit glaubte er zu erkennen, wie sich der Gesichtsausdruck des Koblings veränderte und er ihm einen vielsagenden Blick zuwarf – eine Antwort blieb Mux jedoch schuldig.

Und es war unmöglich zu sagen, ob er nicht mehr verraten wollte oder angesichts der Gefahr, in der sie alle schwebten, nur einfach nicht die richtigen Reime fand.

33

Oberhalb eines Höhenzuges, der nach Südwesten steil abfiel und von dessen Grat aus man bereits den Schildberg erblicken konnte, und im Schutz eines dichten Waldes, der von alters her das »Lange Holz« genannt wurde, hatte das vereinte Heer der Menschen Lager bezogen.

Den beiden Anführern und ihren Gefolgsleuten war klar, dass sie nicht lange würden ausruhen können. Noch mochten die neuen Herren von Iónador ahnungslos sein, sobald sie jedoch erfuhren, dass sich eine feindliche Streitmacht näherte, würden sie die Wachen auf den Mauern und Türmen verstärken, und die Menschen würden auch ihren letzten Vorteil einbüßen, nämlich den der Überraschung. Deshalb war keine Zeit zu verlieren. Nur eine Nacht blieb den Männern, um sich von den Strapazen des Marsches zu erholen; im Morgengrauen würde das Signal zum Angriff erfolgen, und es oblag Barand und Galfyn, bis dahin einen Schlachtplan zu entwickeln.

Mit grüblerischer Miene und sorgenzerfurchter Stirn standen die beiden im Feldherrenzelt, gebeugt über eine Karte, die Iónador und das umliegende Bergland zeigte. Schaudernd hatten sie dem Bericht der Späher gelauscht und erfahren, was Fürst Sumag zugestoßen war. Nicht dass Barand für den feisten Drückeberger, der es stets verstanden hatte, sich mit falschen Versprechungen und Lobhudeleien Klaigons Gunst zu erschleichen, je etwas übrig gehabt hätte; aber kein Mensch, und war er noch so durchtrieben, hatte es verdient, auf solch grässliche Weise zu sterben.

»Nun?«, erkundigte sich eine tiefe Stimme, die keinem anderen als Fyrhack gehörte. Das große Zelt war nach einer

Seite offen, sodass der Drache an der Beratung teilnehmen konnte; sein riesiges Haupt ragte herein, während sein gezackter Rücken und der lange Schwanz draußen blieben. Ein kleines Feuer, das sein flammender Atem entzündet hatte, kämpfte züngelnd gegen die eindringende Kälte an. »Habt ihr schon entschieden, wo ihr zuerst angreifen werdet?«

»Nein.« Barand schüttelte den Kopf. »Noch nicht.«

»Haben eure Späher das Gelände nicht erkundet?«

»Das haben sie«, versicherte Barand. »Demnach gibt es keine nennenswerten Hindernisse von hier bis Iónador. Weder lassen die Erle die Hügel nördlich der Stadt bewachen noch haben sie irgendwelche Vorposten oder Hindernisse errichtet.«

»Warum sollten sie auch?«, meinte der Drache. »Schließlich rechnen sie nicht mit einem Angriff. Klaigon hat ihnen gegenüber behauptet, dass Iónadors Streitmacht längst vernichtet wäre, und die wenigen Soldaten, die sich noch innerhalb der Stadtmauern aufgehalten haben, sind vermutlich längst tot. Wahrscheinlich«, fügte der Drache düster hinzu, »haben sie ihr Ende in den Mägen der Besatzer gefunden.«

»Also werden wir die Goldene Stadt frontal angreifen«, folgerte Galfyn ungerührt, »in einem raschen, entschlossenen Vorstoß.«

»Du sagst das, als ob es ein Vorteil wäre«, wandte Barand ein, »dabei solltest du es besser wissen. Schließlich haben deine Vorfahren einen blutigen Preis für einen solchen Angriff bezahlt.«

»Meine Vorfahren hatten weder Katapulte noch Pfeilgeschütze. Und ihre Streitmacht war nicht annähernd so groß wie unsere.«

»Dafür sind es zehnmal so viele Verteidiger«, schränkte Barand ein. »Außerdem vermögen Katapulte kaum etwas auszurichten gegen Iónadors Mauern.«

»Was schlägst du stattdessen vor?«

Barand biss sich auf die Lippen. »Um ehrlich zu sein«, gestand er schließlich, »ich weiß es nicht. Nicht von ungefähr wurden die Mauern Iónadors noch von keinem Feind bezwungen, weder von deinen Ahnen noch von irgendjemandem sonst. Die Goldene Stadt gilt als uneinnehmbar: Nach Süden hin schmiegt sie sich an die Felsenwand des Giáthin Bennan, zu den übrigen Seiten ist sie von Wasser umgeben.«

»Das ja«, murmelte Galfyn, »aber infolge des frühen Winters ist der Spiegelsee gefroren. Das verschafft uns einen Vorteil, so wie es im Tal des Allair deiner Reiterei einen Vorteil verschafft hat.«

»Im Tal des Allair«, ließ sich Fyrhack schnaubend vernehmen, »haben Sterbliche gegen Sterbliche gekämpft. Muortis jedoch ist der Herrscher über Kälte und Eis. Begebt ihr euch mit euren Kriegern auf den gefrorenen See, so wird Muortis durch seinen obersten Helfer Kaelor das Eis zum Schmelzen bringen, und ihr werdet jämmerlich ersaufen, ohne auch nur einen einzigen Erl getötet zu haben.«

Barand, der etwas Ähnliches befürchtete, seufzte sorgenvoll, während Galfyn wütend die Fäuste ballte. »Bleibt also nur die Brücke«, folgerte er.

»In der Tat.« Barand nickte. »Jene Brücke, auf der unsere Völker einander einst zum Kampf begegneten und die um ein Haar den Untergang deines Volkes bedeutet hätte, und das aus gutem Grund. Denn selbst wenn man zehnmal zehntausend Krieger zur Verfügung hätte, können stets nur so viele nebeneinander kämpfen, wie in einer Frontreihe auf die Brücke passen, und das sind nur eine Handvoll. Auf diese Weise können wenige Verteidiger Iónador eine lange, sehr lange Zeit halten.«

»Hm«, machte Fyrhack düster, »es sei denn, man öffnet dem Feind alle Tore, wie Klaigon es tat.«

Barand nickte, und diesmal war er es, der in hilfloser Wut die Hände zu Fäusten ballte und damit resignierend auf den

Tisch hieb. Allein der Gedanke, dass sich die Goldene Stadt den Erlen ergeben hatte, ohne dass auch nur ein Tropfen Blut geflossen oder ein Pfeil geflogen war, war ihm unerträglich, und er schämte sich für diese Schande, auch wenn er nichts dafür konnte.

»Was ist mit der Luft?«, schlug Galfyn mit Blick auf den Drachen vor. »Vergessen wir nicht, dass wir einen Verbündeten haben, dessen Element die hohen Lüfte sind.«

»Und du solltest nicht vergessen, Mensch«, erwiderte Fyrhack, »dass Iónador zu Zeiten errichtet wurde, in denen Magie noch greifbar war und es noch mehr gab von meiner Art. Weshalb, glaubst du, wurde Iónador am Fuß des Enzbergs erbaut, unter einem gewaltigen Überhang aus Fels, der sich schützend wie ein Schild über die Stadt wölbt?« Er lachte freudlos auf. »Nur aus einem einzigen Grund, mein junger, unbedarfter Freund: um Wesen wie mich daran zu hindern, die Stadt von oben zu attackieren. Wer immer es versucht, ist gezwungen, tief zu fliegen, und setzt sich damit den Pfeilen der Bogenschützen aus.«

»Ich … ich verstehe«, sagte Galfyn zögernd. »Bedeutet dies alles, dass … dass es keinen Weg hinein gibt?«

»Keinen anderen als das Haupttor jenseits der Brücke«, bestätigte Barand beklommen. »Doch selbst wenn es gelänge, die Brücke zu überwinden, was an sich schon unmöglich ist, würde ein Angriff spätestens am großen Tor scheitern. Es ist vielfach verstärkt und mit Pechnasen und Schießscharten versehen. Ich selbst habe die Verteidigungsanlagen jüngst noch verstärken lassen.«

»Gut gemacht«, lobte ihn Galfyn mit vor Sarkasmus triefender Stimme. »Das bedeutet also, dass ein Angriff von vornherein zum Scheitern verurteilt ist, was immer wir auch unternehmen.«

»Genau das bedeutet es«, bekräftigte Fyrhack grimmig, »es sei denn, man kennt das Geheimnis Iónadors.«

»Das Geheimnis Iónadors?«

Der Drache nickte bedächtig.

»Iónador hat kein Geheimnis«, widersprach Barand von Falkenstein irritiert. »Als Marschall der Goldenen Stadt wüsste ich davon, wenn es eines gäbe.«

»Ihr Menschen ...!« Fyrhack sagte es voller Hohn. »Stets seid ihr so überzeugt davon, alles zu wissen. Dabei seid ihr noch so jung und unerfahren. Gerade erst von den Bäumen geklettert, und schon willst du alle Geheimnisse kennen?«

»Sicher nicht alle«, räumte Barand kleinlaut ein. »Aber wenn es um Iónador geht ...«

»Wusstest du von den Waffenkammern unter dem Túrin Mar? Von den Schwertern und Rüstungen, die dort verborgen wurden? Oder von den Kerkern und geheimen Gängen, die tief ins Innere des Berges führen?«

»Kerker? Geheime Gänge?«

»Die Goldene Stadt wurde nicht von Menschenhand errichtet«, eröffnete Fyrhack mit lauter Stimme, und Rauch quoll aus seinen Nüstern. »Zwerge waren es, die die Stollen anlegten und die Treppen und Gemächer des Túrin Mar aus dem Fels schlugen, und es waren sylfische Herren, die ihre Paläste rings um den Turm errichteten. Auch die Mauern mit ihren Türmen und Zinnen wurden nicht von Sterblichen erbaut, sondern von den Erben Ventars. Wie also kannst du dir anmaßen, alles wissen zu wollen, was die Goldene Stadt betrifft? Sie ist älter als alles, was du kennst. Älter als der Tisch, auf den du dich stützt. Älter als die Klinge, die du trägst. Älter als der Gaul, den du reitest. Und auch älter als du selbst!«

»Schon gut!« Barand hob abwehrend die Hände. »Ich habe verstanden. Sag uns, Drache, welches Geheimnis du hütest, von dem ich – ich gesteh's ein – nichts weiß. Lass uns teilhaben an deinem Wissen und an deiner Weisheit.«

Fyrhacks Augen verengten sich zu schmalen Schlitzen, während er zu ergründen versuchte, ob der junge Marschall im Zorn gesprochen hatte, oder ob er es ehrlich meinte. Jedoch konnte der Drache in Barands Blick keine Arglist erkennen. »Nun gut«, sprach er deshalb, »ich werde es euch verraten: Vor langer Zeit, nachdem die Schlacht am Korin Nifol siegreich geschlagen und das Land vom Eis befreit worden war, fiel ich beim König in Ungnade.«

»Du? In Ungnade?« Barand hob die Brauen. »Aber Yvolar sagte, du wärst im Krieg ein Held gewesen ...«

»Heldentum?« Der Drache schnaubte. »Wer ist denn wirklich ein Held? Der das Glück hat, den Krieg zu überleben und die Früchte des Sieges zu ernten, oder der, dessen selbstmörderisches Opfer den Sieg erst möglich macht? – Damals«, fuhr er fort, »gab es nur noch wenige meiner Art. Die meisten von uns hatten ihr Leben gelassen im Kampf gegen die Eisdrachen, die Muortis in seinen finsteren Höhlen gezüchtet hatte. Vielleicht war das der Grund dafür, dass ich leichtfertig wurde und mich an giftigen Dämpfen berauschte – Dämpfen, die für Sterbliche den Tod bedeuten, uns Drachen jedoch Tage der Entrückung und süßen Vergessens bescheren. In solchem Zustand geriet ich in Streit mit dem Herrscher, und man ließ mich in den Kerker des Túrin Mar werfen.«

»In den Kerker?« Galfyn machte große Augen.

»Allerdings – aber ich blieb nicht lange dort. Durch das Zutun eines Druiden, den ihr beide kennen dürftet, gelang mir die Flucht.«

»Yvolar?«, fragte Barand.

»Der Druide«, bestätigte Fyrhack nickend, »ist der wahre Grund dafür, dass ich mich entschlossen habe, wider meinen Vorsatz unter die Sterblichen zurückzukehren und ihnen im Kampf gegen Muortis beizustehen. Nur ihm zuliebe habe ich es getan – und nicht etwa um euretwillen.«

Barand tauschte mit Galfyn einen verwunderten Blick. »Und wie, wenn es erlaubt ist zu fragen, bist du damals aus Iónador entkommen?«

»Durch einen unterirdischen Stollen.«

Barand glaubte, nicht recht zu hören. »Einen … *Stollen*?«

»Durch einen geheimen Gang, der von einer alten Zisterne aus ins nahe Gebirge führt, geradewegs unter den Stadtmauern hindurch.«

»Wie groß ist dieser Stollen?«, wollte Galfyn wissen, während Barand einen Augenblick lang sprachlos war vor Staunen.

»Groß genug, dass jemand von meiner Art hindurchschlüpfen kann – also ist er auch groß genug für dich und deinesgleichen, Mensch.«

Erneut wechselten der junge Häuptling des Falkenclans und der Marschall von Iónador einen Blick. Sollte dies die Lösung sein? Die Antwort, nach der sie vergeblich gesucht hatten?

»Würdest du den Eingang zu dem Stollen wiederfinden?«, erkundigte sich Barand.

»Sonst hätte ich euch wohl kaum davon erzählt.«

»Dann sei es. Ich werde mit meinen Leuten in den geheimen Gang eindringen und Iónador von innen her zurückerobern.«

»Und wie das?«, fragte Galfyn. »Ob geheimer Stollen oder Brücke – das Problem bleibt gleich. Wir bekommen nicht genug Leute in die Stadt, um gegen die Erle bestehen zu können.«

»Wenn es uns gelingt, das Haupttor unter Kontrolle zu bringen und es zu öffnen«, erklärte Barand, »kann das Hauptheer nachrücken. Als Erstes werden Iónadors Lanzenreiter über die Brücke stürmen und eine Bresche in die Reihen der Verteidiger schlagen. Dann wird das Fußvolk nachrücken, Waldkrieger wie Allagáiner, und für die Unholde wird es ein böses Erwachen geben.«

»Ich bin einverstanden«, erklärte Galfyn, nachdem er den Plan kurz rekapituliert hatte, »mit einer Ausnahme: Vom Angriff deiner Ritter hängt alles ab, deshalb solltest du und kein anderer sie anführen, wenn sie über die Brücke stürmen – lass den Drachen und mich den Geheimgang übernehmen.«

Barand zögerte einen Moment. Auf ein kaum merkliches Nicken Fyrhacks hin erklärte er sich jedoch einverstanden. »Also gut«, sagte er, »so soll es sein. Aber wir müssen rasch handeln, noch heute Nacht …«

34

Darüber, wie das Ungeheuer aus dem Großen See an diesen Ort gelangt war und dass seine Anwesenheit in diesen Kavernen ein Beweis dafür war, dass tatsächlich alle Gewässer Allagáins durch das Grundmeer verbunden waren, darüber dachte Alphart nicht nach. Ein weitaus tiefer verankertes Verlangen als das nach Erkenntnis hatte von dem Wildfänger Besitz ergriffen.

Nämlich das zu überleben …

Noch auf dem brüchigen, schwankenden Eis liegend, hob er den Bogen und ließ den Pfeil von der Sehne schnellen. Der Schuss war nicht sehr sorgfältig gezielt, und so jagte er auch am Haupt des Ungeheuers vorbei.

Der Brustteil des ungeheuren Körpers, aus dessen Seiten riesige Flossen ragten, schoss aus dem Wasser, dann warf sich das Monster aufs Eis, um den Jäger unter sich zu zermalmen. Alphart aber stieß sich mit den Stiefelhacken ab und schlitterte auf dem länglichen Schild, den er auf den Rücken geschnallt hatte, über die gefrorene Fläche davon. Sein Bogen ging dabei zwar verloren, aber der Wildfänger schaffte es auf diese Weise, sich gerade noch rechtzeitig in Sicherheit zu bringen.

Sehen konnte er kaum noch etwas. Yvolar hatte er inmitten schwankender Eisschollen und herabstürzender Bruchstücke längst aus den Augen verloren, nur das flackernde Glimmen des Stabes zeugte noch von der Gegenwart des Druiden. Während das helle Grau des Eises das schwache Leuchten reflektierte, schien der dunkle Leib des Ungeheuers es geradewegs zu verschlingen – ebenso wie alles andere, das in Reichweite des mörderischen Mauls geriet.

Alphart hörte die Zähne schnappen, was sich so anhörte, als würden Hunderte von Messern gewetzt. Ohne genau zu wissen, wohin er sich wenden wollte, sprang der Wildfänger auf und begann zu laufen, sprang über Risse und schwankende Schollen. Schon nach wenigen Schritten jedoch war seine Flucht zu Ende – denn inmitten splitternden Eises und spritzenden Wassers, das sich in glitzernden Firn verwandelte, brach der riesige Schweif der Kreatur aus der Tiefe hervor. Alphart wankte zurück und stürzte abermals. Erschrocken blickte er an dem ebenso langen wie schlanken Ende des Ungeheuers empor, das ruhelos hin und her peitschte – und einen Lidschlag später auf ihn niederging.

Obwohl er wusste, dass es sinnlos war, riss der Wildfänger die Arme empor, um damit Kopf und Gesicht zu schützen – für mehr blieb keine Zeit. Im selben Augenblick jedoch verblasste das Leuchten des Druidenstabes irgendwo in seiner Nähe, und einer jener grellen Blitze durchzuckte die Dunkelheit, die nur Yvolar zu formen vermochte.

Wie damals auf dem See traf die energetische Entladung das Monster, und sofort roch es nach verschmortem Fleisch. Für einen kurzen Moment war die Kaverne hell erleuchtet, und Alphart konnte hoch über sich die von Tausenden von Tropfsteinen und Eiszapfen übersäte Höhlendecke sehen, unter der das hässliche Haupt der Bestie schwebte. Eine Rauchwolke kräuselte aus ihrer Seite, orangerote Glut schwelte in der offenen Wunde. Erneut verfiel die Kreatur in wütendes Schnauben, wieder zuckte das Schwanzende heran – aber diesmal war Alphart vorbereitet.

Längst hatte der Wildfänger seine Axt aus dem Gürtel gerissen und schwang sie in einem weiten Kreis. Mit einem kräftigen Ruck fuhr das geschärfte Blatt durch Schuppen und Fleisch. Es drang so tief ein, dass Alphart es nicht mehr herausbekam, doch da er nicht gewillt war, auch noch seine zweite Waffe zu verlieren, umklammerte er den Stiel mit aller

Kraft – auch dann noch, als der lädierte Schweif der Kreatur wieder in die Höhe zuckte.

Der Jäger wurde von den Beinen gerissen. Mit beiden Händen den Griff umklammernd, wurde er hin und her geschleudert, während abermals ein greller Blitz die Höhle beleuchtete. Schlagartig ging es wieder hinab – der Aufprall erfolgte mit derartiger Wucht, dass sich Alphart mehrmals überschlug. Die Axt jedoch, die durch den heftigen Aufschlag freigekommen war, hielt er in der Hand, und als das schlanke Ende des Untiers ein weiteres Mal heranzuckte, vollendete der Wildfänger sein blutiges Handwerk.

Blitzschnell duckte er sich unter dem Schweif hindurch, von dem dunkles Blut troff und sowohl den Jäger als auch das Eis besudelte. Alphart biss die Zähne zusammen und wartete noch einen Augenblick – um seine Axt noch einmal an genau derselben Stelle im Leib des Monstrums zu versenken.

Diesmal drang das Blatt noch tiefer ein, und als die Bestie erneut versuchte, sich von ihrem Peiniger loszureißen, büßte sie dabei das Schweifende ein. Sich ringelnd und zuckend, blieb die baumdicke Schwanzspitze zurück, um schon im nächsten Moment in einer Kluft zu verschwinden, die sich unvermittelt zwischen zwei Eisschollen auftat.

Ein grimmiges Grinsen im Gesicht und die blutige Axt in der Hand, fuhr Alphart herum, um sich erneut zum Kampf zu stellen – als eine schlanke Gestalt heranwischte, ihn an der Schulter packte und mitriss. »Fort, Jägersmann! Nur fort …!«

Es war Yvolar, und es kam nicht von ungefähr, dass er zur Eile drängte. Die eitrige Höhle des bereits zerstörten Auges, das abgehackte Schwanzende und die beiden schwärenden Wunden, die der Druidenstab ihr beigebracht hatte – all das ließ die Bestie rasen vor Zorn und Schmerz. Doch sie zu vernichten und endgültig zu besiegen, dazu reichten die Kräfte der beiden Gefährten nicht aus.

»Dort, zum Tor!«, rief Yvolar gegen das Bersten des Eises und das Wutschnauben der verwundeten Kreatur an – und tatsächlich sah Alphart, dass sie der Kampf gegen das Ungeheuer aus dem See ihrem Ziel ein gutes Stück näher gebracht hatte.

Die hintere Höhlenwand war plötzlich zu sehen, in der sich ein Durchgang abzeichnete. Der allerdings wirkte wenig einladend. Die Formen eines riesigen Schädels waren in den Stein gehauen, von denselben rohen Kräften, die auch die Stollen gegraben hatten. Der Mund war weit geöffnet und bildete das eigentliche Tor, und Nebel wallte aus dem dunklen Schlund, der sich dahinter befand.

Dies musste er sein.

Der Zugang zu Muortis' Reich.

Das Tor von Urgulroth.

Alphart kam es so vor, als würden sie lediglich einen gefräßigen Rachen gegen einen anderen tauschen. Doch ihnen blieb keine Wahl, und so schnell ihre durch den langen Abstieg und den Kampf geschwächten Kräfte es zuließen, rannten der Druide und der Jäger über das Eis, das an dieser Stelle so dick war, dass das Untier es nicht zu durchbrechen vermochte. Wahrscheinlich, vermutete Alphart, war das Wasser bis auf den Grund gefroren. Zwar versuchte die Kreatur in ihrer Raserei, sich bäuchlings und mit den Brustflossen rudernd über das Eis zu schieben und so ihre bereits sicher geglaubten Opfer doch noch einzuholen, jedoch gelang es ihr nicht, und infolge der schneidenden Kälte und der Wunden, die sie davongetragen hatte, sank die Bestie wieder ins Wasser zurück, wo sie schäumend und gurgelnd versank.

Zu gern hätte Alphart aufgeatmet, aber ihm war klar, dass es dazu keinen Anlass gab. Düster und drohend erhob sich vor ihnen das Tor, dessen Schädelfratze mit Eis überkrustet war und dadurch knochenbleich schimmerte. Aus dem geöffneten Schlund wallte dichter Nebel, der keinen Zweifel daran ließ, wer der Herr dieser Pforte war.

»Dorgas Gatha«, murmelte Yvolar leise, »das Dunkle Tor. Nur wenige Sterbliche haben es je durchschritten, und keiner von ihnen ist wieder herausgekommen.«

»Du machst mir Mut, alter Mann«, murrte Alphart verdrossen, die Axt in den schweißnassen Händen. »Wenn dies die Pforte nach Urgulroth ist, wieso steht sie dann sperrangelweit offen? Wieso gibt es kein Gitter und keine Torflügel?«

»Mein Freund«, erwiderte Yvolar, »die Herausforderung besteht nicht darin, nach Urgulroth *hinein*zugelangen. Die Pfade des Bösen zu beschreiten ist leicht – wieder umzukehren jedoch schon sehr viel schwieriger. Die Tore von Muortis' Reich pflegen sich erst dann zu schließen, wenn man es betreten hat, und wie es heißt, sind die Gänge gesäumt von den Gerippen verhungerter Frevler, die Muortis' Verlockungen erlagen und nie mehr aus seinem Reich hinausgefunden haben.«

»Großartig«, knurrte Alphart spöttisch und umklammerte seine Axt noch fester.

Vorsichtig passierten sie die Pforte, Schritt für Schritt. Kaum hatten sie den schaurigen, von steinernen Zähnen gesäumten Torbogen hinter sich gelassen, fiel aus der Dunkelheit über ihnen ein eisernes Gitter herab, dessen Stäbe so dick waren wie Alpharts Oberarme. Der Jäger kehrte um und rüttelte daran, aber natürlich ließ sich das Eisen nicht bewegen. Das Tor von Urgulroth war verschlossen, der Weg zurück zur Oberfläche abgeschnitten.

Und nicht nur damit hatte der Druide recht gehabt: In dem breiten Stollen, der sich an das Tor anschloss, fanden die beiden Eindringlinge tatsächlich die sterblichen Überreste derer, die vergeblich versucht hatten, aus Muortis' unterirdischer Festung zu entkommen. Was immer sie angelockt hatte, ob es die bloße Neugier gewesen war oder die Aussicht auf unermessliche Reichtümer – es war ihnen zum Verhängnis geworden.

Aufgrund der Kälte, die in Urgulroth noch vernichtender schien, säumten keineswegs nur bleiche Gebeine den Wegesrand: Das Eis sorgte dafür, dass der Verfall nur langsam voranschritt, und so war noch in einigen der leblosen Mienen das Entsetzen zu erkennen, das diese Männer empfunden hatten, und die Reue über die eigene Waghalsigkeit. Während Alphart das Grausen schüttelte, ging Yvolar an den Toten vorbei, als bemerkte er sie gar nicht. Entweder, dachte der Jäger, waren sie ihm gleichgültig oder er war darauf konzentriert, seinen Geist gegen das Böse abzuschirmen, das an diesem Ort allgegenwärtig war.

Auch Alphart konnte es fühlen.

Kalt wie das Eis fuhr es in seine Eingeweide und rührte darin herum. Das Gefühl einer schlimmen Vorahnung, die Furcht vor dem, was im Halbdunkel lauern mochte …

Der Druidenstab war erloschen. Die Wanderer brauchten sein Licht nicht mehr, um sich zurechtzufinden, denn in unregelmäßigen Abständen waren Fackeln an den Wänden angebracht – Fackeln freilich, die nicht in gelbem Feuer loderten, sondern in unirdischem grünlichem Schein, der weder Rauch noch Wärme verbreitete.

Alpharts Nackenhaare sträubten sich angesichts solchen Zaubers …

35

Als Erwyn diesmal die Augen aufschlug, tat er es in der festen Überzeugung, nicht mehr am Leben zu sein. Seine Umgebung jedoch, die sich dunkel und verschwommen aus den Nebeln der Benommenheit schälte, belehrte ihn rasch eines Besseren.

Wände aus Eis, von unheimlichem Glanz beleuchtet.

Ein Stampfen und Heulen aus den Tiefen.

Und die erbarmungslose Kälte.

All dies ließ nur einen Schluss zu: Er hatte – aus welchem Grund auch immer – das Feuer des Eisdrachen überlebt und befand sich weiterhin in Muortis' Reich. Wäre es anders gewesen, wäre er im Garten des Schöpfers erwacht, wo Urys bereits auf ihn wartete.

Stöhnend versuchte er sich aufzurichten, und zu seiner Verblüffung gelang es ihm diesmal. Zwar schmerzte jeder einzelne Knochen in seinem Leib, und seine Haut war gerötet und wies hier und dort Frostbeulen auf. Aber er war am Leben. Das Pochen in seinem Schädel und das Rauschen seines Blutes machten es ihm unmissverständlich klar, und das war seltsam genug.

Verwirrt schaute sich der Junge um. Er befand sich in einer Art Kerkerzelle; ringsum war er von eisverkrusteten Wänden umgeben, die weder Fenster noch eine Tür aufwiesen. Den einzigen Ausgang aus der Kammer, deren Grundfläche gerade so groß war, dass Erwyn ausgestreckt liegen konnte, bildete eine kreisrunde Öffnung in der gewölbten Decke – und die war vergittert.

Als Erwyn hinaufblickte, sah er eine dunkle Gestalt, die oberhalb des Gitters stand und auf ihn herabstarrte. Es war der Herr des Nebels und des Eises, und diesmal sah Erwyn ganz deutlich ein glühendes Augenpaar im Dunkel der Kapuze …

»Nun?«, erkundigte sich Muortis. »Wie fühlst du dich?«

Erwyn wusste darauf nichts zu sagen. Was scherte es diese Kreatur, wie er sich fühlte? Hatte Muortis ihn nicht töten wollen? In seiner abgrundtiefen Stimme schwang nicht mehr jener beißende Spott mit; viel eher klang sie resignierend und ein wenig enttäuscht …

Erwyn überlegte kurz, was dies bedeuten mochte – und triumphierte innerlich. Wenn es Muortis nicht gelungen war, ihn zu töten, dann doch nur deshalb, weil sich das Vermächtnis seiner Ahnen endlich bemerkbar gemacht, weil Danaóns Erbe bei ihm gewirkt und ihn vor dem kalten Feuer des Eisdrachen geschützt hatte!

Instinktiv wollte der Junge nach seinem Umhang greifen, den einst der Sylfenkönig selbst getragen und den Alwys, der König der Zwerge, ihm überreicht hatte. Sein Griff ging jedoch ins Leere, denn die Unholde, die am Eingang von Urgulroth Wache hielten, hatten ihm den grünen Mantel mit den goldenen Runen abgenommen. Aber wenn es jemals eines Beweises dafür bedurft hatte, dass Erwyn der rechtmäßige Träger des Umhangs war, so war es der, dass er noch am Leben war.

»Du lächelst«, stellte Muortis fest, und es war unmöglich festzustellen, ob sich der Herrscher des Nebels und des Eises darüber amüsierte oder ob es ihn erzürnte.

»Warum nicht?«, konterte Erwyn, dessen Selbstbewusstsein schlagartig gewachsen war. »Das Feuer des Eisdrachen konnte mir nichts anhaben, oder?«

»Nein«, räumte der Finstere ein, »das konnte es nicht.«

»Das bedeutet, dass Eure Macht gebrochen ist, Muortis«, behauptete der Junge. Er raffte sich auf und starrte trotzig zur Gitteröffnung hinauf. »Das Drachenfeuer konnte mir kein Leid zufügen, weil ich der Nachkomme Danaóns bin, der letzte Abkömmling der Sylfen auf dieser Welt.«

»Glaubst du das wirklich?«

»In der Tat – und auch Ihr werdet es nicht mehr anzweifeln, denn die Macht des Sylfen wird euch vernichten, und von eurem Reich aus Kälte wird nichts übrig bleiben als …«

Er unterbrach sich, als Muortis das verhüllte Haupt in den Nacken warf und sich in schallendem Gelächter erging. Trotz der Euphorie, in die Erwyn verfallen war, ging ihm auf, dass dies nicht das Verhalten von jemandem war, der einen herben Rückschlag erlitten hatte oder sich gar am Rand einer Niederlage wähnte. Jäh kam ihm der üble Verdacht, dass er sich geirrt haben und etwas anderes als Sylfenmagie dafür verantwortlich sein könnte, dass er noch lebte. Etwas, das ihm ungleich weniger gefiel …

Schlagartig kehrte die alte Furcht zu ihm zurück. Und mit ihr die Unsicherheit. Wankend machte er ein paar Schritte rückwärts, bis er mit dem Rücken an die Kerkerwand stieß, und er griff einmal mehr nach dem fehlenden Umhang. »W-warum lacht Ihr?«, fragte er vorsichtig hinauf.

»Warum ich lache?«, höhnte Muortis. »Das werde ich dir sagen, du Made: Weil deine Worte in meinen Ohren wie das Gebell eines zahnlosen Hundes klingen! Du willst mir drohen? Mir, dem Gebieter über Eis und Nebel? Der ich die Sylfen überlebt habe und nach all der Zeit zurückgekehrt bin?«

»I-ich …« Erwyns Stimme versagte.

»Du wunderst dich, weshalb du noch am Leben bist, nicht wahr? Weshalb du das Eisfeuer überstanden hast und noch immer auf dieser Welt weilst, habe ich recht?«

»Nun, ich …«

»Einfältiger, törichter Junge! Du bist noch am Leben, weil du nicht das bist, wofür du selbst und andere dich gehalten haben. Ein Sylfe wäre vom Feuer des Eisdrachen verzehrt worden und der ewigen Verdammnis anheimgefallen. Dir jedoch konnte es nichts anhaben, und das kann nur eines bedeuten …«

»Nein«, flüsterte Erwyn, der ahnte, was nun folgen würde.

»Es bedeutet, dass du kein Sylfensohn bist«, sprach Muortis die hässliche Wahrheit aus, »sondern nur ein gewöhnlicher Mensch, nicht mehr!«

»Nein, bitte … nicht …«

»Was beschwerst du dich?« Erneut lachte der finstere Herrscher. »Wäre es dir lieber, du wärst von sylfischem Geblüt? Dann, mein unbedarfter junger Freund, wärst du jetzt nicht hier, und deine Seele wäre den Schrecken der Verdammnis ausgesetzt. Willst du mir erzählen, das wäre dir lieber?«

»I-ich weiß nicht …« Verunsichert senkte Erwyn den Blick und starrte betreten zu Boden. Einsam und verlassen von jedweder Hoffnung stand er da und wusste nicht, wie es weitergehen sollte.

Einerseits war er natürlich froh, noch am Leben und nicht im Feuer des Eisdrachen vergangen zu sein. Doch sollte alles – einfach *alles* – völlig umsonst gewesen sein? Der beschwerliche Weg zur Drachenhöhle, um Fyrhack um Unterstützung zu bitten? Der Aufstieg zum Korin Nifol, die Gefangenschaft in der Gewalt des Blutbercht, der heldenhafte Opfertod seines Ziehvaters Urys? War all das nicht mehr gewesen als ein schlechter Scherz?

Der Junge hatte das Gefühl, als würde ihm der Boden unter den Füßen weggezogen. Noch vor wenigen Tagen hatte er sich gewünscht, dass das Schicksal nicht ausgerechnet ihn dazu ausersehen hätte, der Erbe Danaóns zu sein und eine solch schwere Bürde zu tragen; nun war dieser Wunsch in Erfüllung gegangen, aber Erwyn konnte sich nicht darüber freuen. Im Gegenteil – zumindest ein Teil von ihm hätte es vorgezogen, im Feuer des Eisdrachen zu sterben.

Er kam sich völlig nutzlos vor – wertlos!

Alles umsonst, weil er ein *Nichts* war …

Alles …

Jäh wurde ihm klar, weshalb keine Genugtuung in Muortis' Worten mitschwang. Der Herr des Eises betrachtete ihn nicht länger als Bedrohung, entsprechend war der Sieg über ihn kein Triumph mehr. Statt ihn direkt zu töten, hatte man ihn in dieses eisige Loch gesteckt, wo man ihn langsam verrotten lassen und er dem Vergessen anheimfallen würde – das Schicksal von allen Dingen, die bedeutungslos waren …

Natürlich hätte sich Erwyn gegen diese Einsicht auflehnen, sich mit aller verbliebenen Kraft dagegen wehren können – doch tief in seinem Inneren wusste er, dass Muortis recht hatte.

Im Grunde, sagte er sich, hatte er es immer gewusst, von Anfang an. Was Yvolar ihm über Dochandar erzählt hatte und über das Vermächtnis der Sylfen, war ihm von Beginn an fremd erschienen. Hätte es nicht anders sein müssen, wenn er tatsächlich der Nachkomme Danaóns wäre? Hätte der Erbe des Helden der Gefahr nicht todesmutig ins Auge blicken und das Schicksal seiner Welt in die Hand nehmen müssen?

»Yvolar«, flüsterte er mit gebrochener Stimme, während Muortis einmal mehr höhnisch lachte, »ehrwürdiger Druide – wie hast du dich nur so in mir täuschen können …?«

36

Der Einstieg in den geheimen Gang, von dem Fyrhack berichtet hatte, befand sich auf der dem See abgewandten Seite Iónadors, in einer Schlucht, die durch den tief verschneiten Bergwald schnitt. Getarnt wurde der Einstieg durch einen Wasserfall, der zwischen den moosüberwucherten Felsen herabfiel und zu Eis erstarrt war. Drachenfeuer musste ihn schmelzen, um den Zugang freizulegen. Dann ging es hinein in den dunklen Stollen.

Vierzig Waldkrieger, von denen die meisten dem Falkenclan angehörten, folgten Galfyn, aber es waren auch Krieger von anderen Stämmen dabei, unter ihnen ein hünenhafter Bärenkämpfer sowie zwei Schlangenkrieger, die als die besten Bogenschützen ihrer Sippe galten. Die Führung der Gruppe übernahm Fyrhack, der seine Flügel eng anlegen und sein massiges Haupt senken musste, um überhaupt in den Felsengang zu passen; an einigen Stellen musste er sich gar zwischen eng stehenden Steinwänden und unter herabhängenden Tropfsteinen hindurchzwängen, die bedenklich knirschten, wenn seine Schuppenhaut daran entlangschabte.

»Bist du sicher, dass dies hier der richtige Stollen ist?«, fragte Galfyn, als es den Anschein hatte, als würde Fyrhack zwischen den steinernen Wänden stecken bleiben und nicht mehr vor noch zurück können; Galfyn ging unmittelbar hinter dem Drachen, eine Fackel in den Händen. »Oder bist du im Lauf der Jahre fetter geworden?«

»Mensch«, kam es dumpf und grollend zurück, »ich bin diesen Weg schon gegangen, als du noch nicht einmal ein Gedanke warst. Also wage es niemals wieder, zu zweifeln –

weder an meinem Gedächtnis noch hinsichtlich meiner Körpermaße ...«

Mit einem zornigen Schnauben schob sich der Drache ein Stück weiter und überwand die Engstelle, während Gestein von Wänden und Decke rieselte. Dann konnte der Marsch durch das flackernde Halbdunkel weitergehen.

Zunächst führte der Stollen eine Weile bergab. An seinem tiefsten Punkt führte er nach links, ehe es dann bergauf ging, teils so steil, dass Stufen in den Fels geschlagen waren. Dafür wurde der Gang breiter, sodass Fyrhack ein wenig mehr Bewegungsfreiheit bekam, und die Wände wurden immer glatter und waren sorgfältiger behauen, je weiter sie sich Iónador näherten.

»Wer hat diesen Stollen einst angelegt?«, erkundigte sich Galfyn staunend.

»Was stellst du immerzu dumme Fragen, Mensch?«, blaffte der Drache, um dann ein wenig versöhnlicher hinzuzufügen: »Als die Zwerge Iónador im Auftrag der Sylfen erbauten, haben sie an alles gedacht – sogar an einen geheimen Fluchtweg für den Herrscher, falls dieser einmal in Bedrängnis geraten sollte. Über die Jahrtausende geriet der Stollen jedoch nahezu in Vergessenheit, und nur noch wenige erinnern sich an ihn.«

»Unter ihnen Yvolar«, sagte Galfyn.

»Mensch«, knurrte Fyrhack, »wenn du ohnehin schon alles weißt, weshalb stellst du dann überflüssige Fragen?«

Damit war für den Drachen die Unterhaltung beendet. Er ging weiter voraus, und der Häuptling und seine Leute folgten ihm.

Je näher sie der Oberfläche kamen, desto strenger wurde der Geruch, der im Stollen herrschte. Mit jedem Schritt schien er sich zu intensivieren, bis er schließlich zu einem bestialischen Gestank wurde, der den Männern fast die Sinne raubte.

»Verdammt, was ist das?«, fragte Galfyn stöhnend.

»Was soll es wohl sein?« Fyrhack schnaubte verächtlich. »Der abscheuliche Odem der Verwesung. Wie ein Schatten folgt er den Erlen, denn wo Unholde sind, ist der Tod nicht weit ...«

Der Drache sollte recht behalten.

Kaum hatten sie das Ende des Stollens erreicht, das sich als große runde Öffnung vor ihnen abzeichnete, sahen sie auch schon die Zeugnisse der Barbarei, der Iónador anheimgefallen war. Der Grund der alten Zisterne, in die der Gang mündete und die schon seit langer Zeit nicht mehr benützt wurde, war von blutigen Knochen übersät, an denen teils noch Fleischfetzen hingen.

»Bei Fynrads Hain«, murmelte einer der Schlangenkrieger, die das Kommando begleiteten. »Was mag diesen Armen wohl widerfahren sein?«

»Bete, Mensch«, knurrte der Drache, »dass du es niemals herausfinden wirst.«

Spärliches Licht fiel in den Zisternenschacht, das geisterhafte Schatten auf das steinerne Rund der Wände warf. Noch grässlicher jedoch waren die Laute, die zu hören waren – ein Grunzen und Knurren, Grölen und Kreischen, wie alle Tiere des Waldes zusammen es nicht zustande brachten, begleitet von unruhigem Trommelschlag; und dazwischen waren immer wieder die gellenden Schreie entsetzter Menschen zu vernehmen, die den Männern das Blut in den Adern gefrieren ließen.

Galfyn sah die wachsende Furcht in den Gesichtern seiner Krieger und wusste, dass er etwas dagegen unternehmen musste. »Wir ahnten, worauf wir uns einlassen, als wir diese Aufgabe übernahmen«, sagte er und gab sich Mühe, dabei möglichst entschlossen zu klingen. »Zeigen wir den Allagáinern, dass auf Fynrads Söhne Verlass ist. Und beweisen wir diesen elenden Kreaturen dort oben, dass wir uns nicht vor ihnen fürchten.« Damit zückte er seine Klinge, und die übrigen Krieger folgten seinem Beispiel – auch wenn einigen von ihnen noch immer anzusehen war, dass sie am liebsten umgekehrt wären.

»Gut gesprochen«, stichelte Fyrhack mit kehligem Gelächter. »Fragt sich nur, ob du noch immer so hehre Worte sprechen wirst, wenn dich die Erle fressen.«

»Lass das überflüssige Gerede, Drache!«, entgegnete Galfyn barsch. »Sorge lieber dafür, dass wir hier rauskommen!«

»Bitte sehr – wenn es euch mit dem Sterben so sehr eilt …«

Indem der Drache sein mächtiges Haupt neigte und es als Ramme benutzte, sprengte er das schwere Eisengitter, das den Ausgang des Stollens verschloss, sodass der Trupp in die Zisterne gelangen konnte. Irgendwann nach Fyrhacks Flucht war das Gitter angebracht worden – vielleicht sogar von Yvolar selbst. Für Menschen hätten die armdicken Streben ein schier unüberwindliches Hindernis dargestellt, die Urgewalt eines Drachen jedoch vermochten sie nicht aufzuhalten. Der Lärm, der von oben in die Zisterne drang, übertönte das Geräusch des herausbrechenden Gitters.

»Der Weg ist frei«, erklärte Fyrhack überflüssigerweise und schlüpfte hinaus, dicht gefolgt von Galfyn und seinen Leuten, die nun keine Zeit mehr verloren. Wurfeisen, an denen Seile befestigt waren, wurden zu dem kreisrunden Ausschnitt dunklen Nachthimmels hinaufgeworfen, der hoch über ihnen zu sehen war. Die ersten Würfe gingen fehl, aber dann gelang es Galfyn, sein Eisen so zu schleudern, dass es sich am Brunnenrand festhakte.

Der Häuptling ließ es sich nicht nehmen, als Erster hinaufzuklettern. Bis zur Decke der Zisterne mochten es an die vier Mannslängen sein, von dort etwa noch einmal so viel durch den Brunnenschacht. Mit Muskeln, die mächtig anschwollen, zog sich Galfyn am Seil empor.

Er hatte sich einmal mehr das Gesicht und die nackten Arme bemalt – nicht sosehr, weil er die Erle damit zu erschrecken hoffte, sondern weil die dunkelblaue Farbe auch vor Entdeckung schützte. Er erreichte das obere Ende des Schachts, und seine Hände griffen den Brunnenrand. Vorsichtig zog sich Galfyn das letzte Stück empor, um einen vorsichtigen Blick zu wagen.

Der Anblick war gespenstisch.

Erle, wohin das Auge reichte.

In wilder Raserei sprangen sie um lodernde Feuer, führten bizarre Tänze auf und kreischten und schrien dabei. Andere fraßen und soffen um die Wette oder balgten sich um die Beute, die sie gemacht hatten. Ringsum formten die vom Feuerschein beleuchteten Fassaden von Häusern einen weiten Hof, und dahinter war die Stadtmauer auszumachen.

Galfyn nickte entschlossen.

Dorthin musste er seine Leute führen, dann an der Mauer entlang zum großen Tor und …

Er rief sich selbst zur Ruhe. Herras hatte ihn stets ermahnt, dass überstürztes Handeln leicht ins Verderben führen konnte, und er wollte dessen Ratschläge befolgen.

Mit einem Handzeichen befahl er seinen Leuten nachzukommen. Als Nächstes kletterten die beiden Schlangenkrieger am Seil empor. Lautlos stiegen sie aus dem Brunnen und nahmen hinter einem Haufen Unrat Deckung, von wo aus sie den Hof gut überblicken konnten. Falls einer der Erle die eindringenden Menschen entdeckte, würde er einen Pfeil in die Kehle bekommen, bevor er Alarm schlagen konnte. Wenn allerdings mehrere Unholde gleichzeitig Verdacht schöpften oder die Eindringlinge bemerkten, würde Galfyns Mission zu Ende sein, noch ehe sie richtig begonnen hatte …

Die Erle jedoch waren abgelenkt. Johlend tanzten sie um ihre Feuer, von denen das nächste nur einen Steinwurf entfernt war. Keiner von ihnen schaute in Richtung des Brunnens, dazu waren die grässlichen Kreaturen viel zu sehr damit beschäftigt, ihren Sieg zu feiern, zu saufen und sich zu balgen. Wachen waren nicht aufgestellt worden – wozu auch, wenn man den Feind bereits geschlagen wähnte?

Ein grimmiges Grinsen huschte über Galfyns blau bemaltes Gesicht, als er lautlos aus dem Brunnen kletterte, die Klinge zwischen den Zähnen. Auch er huschte in Deckung und wartete, während immer mehr von seinen Kriegern dem Zisternenschacht entstiegen.

Endlich waren sie vollzählig – vierzig Mann, zum Äußersten entschlossen.

Nur Fyrhack war noch in der Zisterne verblieben. Dort würde er ausharren, bis er entweder das Signal zum Angriff erhielt – oder unverrichteter Dinge wieder den Rückzug antreten würde, nämlich dann, wenn der Versuch, das Haupttor zu nehmen, gescheitert war.

In kleinen Gruppen zu je fünf oder sechs Mann schlichen die Eindringlinge weg vom Brunnen. Sie bewegten sich ebenso lautlos wie schnell, und die huschenden Schatten, die über die Fassaden der umliegenden Häuser geisterten, gaben ihnen eine zusätzliche Tarnung. Schon hatte der erste Trupp die schmale Gasse erreicht, die zur Stadtmauer führte, und bezog dort Stellung, um den Weg der Kameraden zu sichern. Trupp für Trupp langte auf diese Weise auf der anderen Seite des Innenhofs an, ohne dass die Erle Verdacht schöpften – oder?

Der Gedanke, die Arglosigkeit der Unholde könnte nur gespielt sein und es sich in Wirklichkeit um eine Falle handeln, überkam Galfyn, aber er verdrängte sein Misstrauen sofort wieder. Die Erle waren einfältige Kreaturen. Zudem verließen sie sich darauf, dass Klaigons Verrat funktioniert hatte und das Heer der Menschen vernichtet war.

Nun – sie würden eine Überraschung erleben …

Endlich waren alle Krieger in der Gasse angelangt, und Galfyn gab das Zeichen zum Weitermarsch. Sich zu beiden Seiten des Weges in den Schutz der Hausmauer duckend, bewegten sie sich vorwärts – und erhielten plötzlich ungebetene Gesellschaft. Aus dem Eingang eines Gebäudes, das wie die meisten Häuser der Außenbezirke schon bessere Zeiten gesehen hatte, trat – oder besser torkelte – ein Erl.

Es war das größte Exemplar, das Galfyn bislang zu sehen bekommen hatte, und dabei so feist und vollgefressen, dass es den Anschein erweckte, jeden Augenblick platzen zu müssen.

Der Unhold stockte, als er die Eindringlinge erblickte. In seinen Schweinsaugen flackerte es, und seine spitzen Ohren zuckten, während sich sein Rüssel in unverhohlener Abscheu kräuselte. Dann erst schien seinem vom Saufen benebelten Verstand zu dämmern, was er da sah. Seine Pranke griff nach dem rostigen Schwert an seinem Gürtel, er öffnete das Maul zu einem gellenden Schrei – aber er blieb stumm.

Der große Erl wankte.

Ungläubig starrte er auf den Pfeil, den einer der Schattenkrieger abgeschossen hatte und dessen Schaft aus seiner Brust ragte. Der Erl bleckte die Hauer und verzog das Maul, was wohl ein spöttisches Grinsen sein sollte.

Dann brach er zusammen.

Galfyns Männer waren erleichtert; man konnte sehen, wie die Furcht aus ihren Gesichtern schwand. Zu kämpfen und dabei vielleicht das Leben zu lassen war es nicht, was die Waldkrieger schreckte. Was ihnen zu schaffen gemacht hatte, war die angeborene Furcht vor allem Übernatürlichen. Die Erkenntnis jedoch, dass die Erle trotz ihres grässlichen Aussehens keine Dämonen waren, keine Abkömmlinge einer anderen Welt, sondern Wesen aus Fleisch und Blut, die man mit normalen Waffen töten konnte, beruhigte die Männer und gab ihnen Zuversicht für den bevorstehenden Kampf.

»Vorwärts!«, zischte Galfyn und eilte weiter. Den getöteten Erl ließen sie zurück – falls er gefunden wurde, würde man annehmen, dass er mit einem anderen Unhold Streit gehabt und den Kürzeren gezogen hatte.

Sie erreichten das Ende der Gasse.

Vor ihnen, nur noch zwanzig, dreißig Schritte entfernt, erhob sich der Mauerring, der Iónador zu den Talseiten hin schützte. Galfyn kam der Gedanke, dass sie seit Menschengedenken die ersten Waldkrieger waren, die sich im Inneren der Goldenen Stadt aufhielten, und dass es seine einstigen Todfeinde waren, die draußen zum Angriff bereitstanden und sich darauf verließen, dass er seinen Auftrag ausführte, und die Worte des Druiden kamen ihm in den Sinn.

Wir alle, die wir hier stehen, hatte Yvolar gesagt, *erleben eine Wende der Zeiten.*

Wie recht hatte der Alte gehabt …

Schon wollte Galfyn losstürmen, auf die hölzerne Treppe zu, die zum Wehrgang hinaufführte. Einer seiner Falkenkrieger hielt ihn jedoch zurück.

»Was ist?«

»Dort«, sagte der Clansmann und deutete zu dem Turm hinauf, der sich über der Mauer erhob – tatsächlich war dort der Schatten eines Erls zu sehen.

Vermutlich haderte der Unhold mit seinem Schicksal, zum Wachdienst verdonnert worden zu sein, denn sein Blick war keineswegs nach außen gerichtet, sondern auf das Häusermeer der Stadt, wo seine Kumpane nach Herzenslust saufen und fressen konnten. Wenn Galfyn einfach drauflosgestürmt wäre, hätte der Erl ihn mit Sicherheit entdeckt und Alarm gegeben.

»Danke, Freund.« Der Häuptling nickte dem Krieger zu und wandte sich dann an die Bogenschützen. Die Schlangenmänner zielten, aber der Erl stand so ungünstig, dass die Zinnen seinen Körper deckten und nur sein Kopf zu sehen war.

»Geben wir ihm etwas, worüber er sich ärgern kann«, meinte Galfyn und las einen Stein vom Boden auf, den er kurzerhand zur Turmplattform hinaufwarf.

Der Erl zuckte zusammen, als es neben ihm klickerte. Ein mürrisches Grunzen von sich gebend, das sich wie eine Verwünschung anhörte, beugte er sich über die Brüstung, um zu sehen, was los war.

Kaum verließ er jedoch den Schutz der Zinnen, steckte bereits ein Pfeil in seiner Brust.

Er wollte schreien, aber ein zweites Geschoss durchbohrte im nächsten Moment seinen Hals, sodass es bei einem heiseren Stöhnen blieb.

Sich an die durchlöcherte Kehle greifend, verlor der Erl das Gleichgewicht und kippte vornüber vom Turm. Mit einem hässlichen Geräusch schlug er unten auf und blieb reglos liegen.

Galfyn verharrte noch einen Moment, um sich zu vergewissern, dass keiner der anderen Unholde etwas von dem Geschehen bemerkt hatte. Aber außer dem geistlosen Grölen der betrunkenen Erle und dem dumpfen Schlag der Trommeln war nichts zu hören.

»Weiter!«, zischte der Häuptling schließlich und stürmte seinen Männern voran auf die hölzerne Treppe zu. Sie folgten ihm in kleinen Gruppen, die Stufen hinauf und in Richtung Haupttor.

Der Wehrgang war so breit, dass zwei Fuhrwerke nebeneinander darauf hätten fahren können, und die Zinnen, die die Mauer krönten und von fern betrachtet so filigran aussahen, waren jede so breit und hoch wie ein Mann. Galfyn wunderte es nicht mehr, dass seine Vorfahren gescheitert waren bei dem Versuch, Iónador einzunehmen – und im Nachhinein schalt er sich einen Narren, dass er geglaubt hatte, die Goldene Stadt in die Knie zwingen zu können.

Herras hatte recht gehabt.

Auch was seine Rache betraf …

Die Männer bewegten sich so lautlos, wie sie es in den dichten Gehölzen des Dunkelwaldes gelernt hatten. In Windeseile huschten sie an der Brustwehr entlang, jenseits derer sich die gefrorene Fläche des Spiegelsees erstreckte, die im Mondlicht stumpf zu schimmern schien. Dahinter, im fahlen Schein nur noch schemenhaft zu erkennen, lagen die Hügel, hinter denen sich die vereinte Streitmacht der Menschen verbarg, zuvorderst die Reiterei Iónadors, die darauf wartete, auf stampfenden Hufen in die Stadt ihrer Väter zurückzukehren.

Als Galfyn in die andere Richtung blickte, sah er im Schein der Feuer, die überall in der Stadt brannten, geplünderte Häuser und mutwillig zerstörte Bauwerke. Unrat lag allerorts herum, und die Unholde johlten und grunzten, während sie ihren leichten Sieg feierten.

Obwohl Iónador nicht seine Heimat war und obwohl Galfyn dazu erzogen worden war, die Goldene Stadt zu hassen, erfüllte ihn der Anblick mit Entsetzen.

Wie alle primitiven Kreaturen dachten die Erle nicht an das, was der nächste Tag bringen würde – und diese Sorglosigkeit würde sich bitter rächen …

Die Waldkrieger huschten lautlos über den Wehrgang.

Ein Erl, der auf der Mauer Wache hielt, verlor seinen Kopf, ehe er auch nur einen Laut von sich geben konnte, und ein weiterer Unhold wurde mit Pfeilen gespickt. Endlich kam das große Tor in Sicht. Bewacht wurde es nur nachlässig – Galfyn zählte vier Posten auf dem Wehrgang und weitere vier am Boden. Aber unmittelbar hinter dem großen Torhaus, das zu beiden Seiten von mächtigen Türmen gesäumt wurde, hatte eine Horde Erle inmitten der Hauptstraße einen Scheiterhaufen errichtet und in Brand gesetzt, um den sie kreischend tanzten. Sobald um das Tor gekämpft wurde, würden die Unholde es mitbekommen, und dann würden die

Waldkrieger es nicht mehr mit acht, sondern mit dreißig, vierzig Feinden zu tun bekommen, die allesamt rasend waren vor Trunkenheit und Blutdurst. Dennoch – einen anderen Weg gab es nicht.

»Also los!«, knurrte Galfyn verwegen und hob seine Klinge. »Zeigen wir diesen missratenen Bastarden, wie Fynrads Söhne zu kämpfen verstehen!«

Dann gab er das Zeichen zum Angriff.

37

Beim ersten Zeichen des neuen Tages, als von Osten her ein schwaches Leuchten durch den Nebel drang und sich anschickte, die Nacht zu vertreiben, setzten die Gefährten ihren Aufstieg fort.

Ihr Frühstück bestand aus einer Ration Dörrfleisch, die jedoch so gering ausfiel, dass Leffel und Mux einen Gutteil ihrer Mahlzeit an Walkar abtraten – schließlich hatte der Bärengänger sie auf seinem Rücken den Berg heraufgetragen, und wie es aussah, würden sie sich auch weiterhin auf ihn verlassen müssen.

Das Wetter hatte sich nicht verändert. Im Gegenteil, der Wind schien noch grimmiger zu wehen als tags zuvor, und so waren Leffel und Mux einmal mehr auf ihren starken Begleiter angewiesen.

Gleichmütig trug sie der Bär den steilen Hang hinauf, stemmte sich mit urwüchsiger Kraft gegen Wind und Schnee. Je weiter es hinaufging und je steiler es wurde, desto langsamer kam er voran, aber er gab nicht auf und kämpfte sich weiter vorwärts, Stück für Stück. Der Tritt seiner Tatzen knirschte im Firn, und immer wieder gab es im Eis gefährliche Spalten, vor denen seine Instinkte ihn jedoch warnten. Mit katzenhafter Gewandtheit pflegte er über sie hinwegzusetzen – nicht ohne seine beiden Reiter vorher zu ermahnen, sich festzuhalten. So ging es immer weiter empor, dem Gipfel entgegen, der im Schneegestöber und Nebel niemals wirklich zu sehen war, sodass sich Leffel bereits fragte, ob er wirklich existierte.

Überhaupt war dem Gilg eigenartig zumute an diesem Morgen.

Nicht nur, weil sie sich auf feindlichem Territorium befanden und der ständigen Gefahr ausgesetzt waren, zu erfrieren oder abzustürzen; nicht nur, weil sie von ihren übrigen Gefährten getrennt waren und er sich um den entführten Erwyn sorgte; nicht nur, weil er wusste, wie viel von ihrer Mission, das Horn zu finden, abhing.

Der Traum von vergangener Nacht ließ Leffel keine Ruhe.

Immer wieder sah er das Haupt des Ungeheuers vor seinem inneren Auge auftauchen und starrte in dessen grässlichen Schlund. Der Traum war so echt, so lebhaft gewesen, dass Leffel sogar den Gestank von fauligem Fisch hatte riechen können, der das Monstrum begleitete. Aber was hatte der Traum zu bedeuten? Und was hatte Mux gemeint, als er von geheimem Wissen gesprochen hatte?

Natürlich hatte Leffel versucht, den Kobling zur Rede zu stellen, aber Mux hatte so getan, als wüsste er keine Antwort. Zudem schien seine Lust zu reimen abzunehmen, je näher sie dem Ziel ihrer Reise kamen, was wohl an der Vergangenheit dieses Ortes lag und an der Aura, die ihn noch immer umgab. Leffel schauderte bei dem Gedanken, dass genau an diesen Hängen vor Unzeiten jene Schlacht geschlagen worden war, die in den alten Liedern besungen wurde und von der er in den Ruinen Damasias ein Bild gesehen hatte: jene dramatische Auseinandersetzung, bei der die Streiter des Lichts und der Finsternis aufeinandergetroffen waren und über das Schicksal der Welt entschieden worden war – endgültig, wie man angenommen hatte.

Vorläufig, wie sich später herausgestellt hatte.

Tausende von Jahren später stieg eine kleine Schar von Gefährten zum Gipfel empor, um das Erbe derer anzutreten, die einst dort gefochten und ihr Leben gelassen hatten und deren gefrorenes Blut noch immer im Eis und Boden steckte.

Unwillkürlich blickte der Gilg von seinem schwankenden Sitz hinab. Schon viel weiter unten waren sie auf Reste des

Mardaic gestoßen, des großen Ferners, den Muortis einst zu Tal getrieben hatte; in dieser Höhe jedoch war noch ungleich mehr davon zu sehen. Das zu Eis erstarrte Vermächtnis einer Zeit, an die die Menschen längst nicht mehr glaubten – was ein verhängnisvoller Fehler war, wie sich herausgestellt hatte. Denn wie ein Baum seine Wurzeln nicht leugnen konnte, waren auch die Sterblichen nicht in der Lage, ihre Herkunft zu …

Plötzlich zuckte Leffel zusammen, und ein entsetzter Schrei drängte sich aus seiner Kehle.

Abrupt blieb der Bär stehen und hob alarmiert den Kopf. Der Kobling schickte Leffel einen erschrockenen Blick.

»I-ich habe etwas gesehen«, stammelte dieser zu seiner Verteidigung und ließ sich vom Rücken seines mächtigen Reittiers gleiten. Die breite Rinne nützend, die der Bär durch den Schnee gebahnt hatte, ging der Gilg einige Schritte zurück. Suchend blickte er sich um – und verharrte erneut in namenlosem Schrecken.

»Was gibt's? Was ist los mit dir?«, rief Mux durch das Schneetreiben. »Ist's erneut ein Ungetier?«

»Diesmal nicht«, verneinte Leffel, während er weiter unverwandt auf seinen Fund starrte, sichtlich erschüttert.

Die Verzögerung mit einem unwilligen Brummen tadelnd, machte der Bär auf dem schmalen Pfad kehrt und trottete das Stück zurück, Mux im Nacken. Dann sahen die beiden, was den armen Gilg so erschreckt hatte. Auch sie prallten im ersten Moment entsetzt zurück – denn aus dem ewigen Eis des Mardaic blickte ihnen ein lebloses Augenpaar entgegen. Mit einer Tatze wischte der Bär den Schnee beiseite, und der Mardaic gab sein grausiges Geheimnis preis.

Der Blick des Toten war trüb und leblos. Blasse, an einigen Stellen sogar violette Haut überspannte das schmale Gesicht mit den edlen, hochwangigen Zügen. Die Augen waren leicht mandelförmig, der schmale Mund zu einem lautlosen Schrei geöffnet. In seiner Brust klaffte eine grässliche Wunde, vor der ihn auch sein prächtiger, mit goldfarbenen Schuppen besetzter Panzer nicht hatte bewahren können.

Vier, fünf Handbreit Eis mochten zwischen dem Leichnam und seinen Betrachtern liegen, aber er war so deutlich zu sehen, als läge er unter einer dünnen Glasplatte. Und es war kein Mensch, der festgefroren im Eis die Zeit überdauert hatte.

»Das … muss ein Sylfenkrieger sein«, stellte Leffel mit einer Mischung aus Schaudern und unendlicher Bewunderung fest, denn es war das erste Mal, dass er einen dieser legendären Streiter leibhaftig zu Gesicht bekam. »Ein Krieger aus Danaóns Reihen.«

»Recht du hast, mein Freund, fürwahr«, bestätigte Mux, »ein *Gaisachon* dies einmal war.«

»Ein Gaisachon?«

»So pflegte man in alten Tagen zu Ventars Recken wohl zu sagen«, erklärte der Kobling. »Aufs Wörtchen *gaisas* es verweist, was ›tapfer‹, ›kühn‹ und ›mutig‹ heißt.«

»Ich verstehe.« Leffel schluckte sichtbar, während er weiterhin unverwandt auf den Leichnam starrte und jedes noch so kleine Detail in sich aufnahm. Die fein ziselierte goldene Gürtelschnalle in Form eines Adlers; den glatten, schimmernden Helm, der weder Nähte noch Nieten aufwies; und schließlich die Ohren des Sylfen, die anders als die eines normalen Menschen leicht zugespitzt waren …

»He!« Jemand stieß ihn hart an und riss ihn unsanft aus seinen Betrachtungen – es war Walkar, der sich zurückverwandelt und wieder menschliche Gestalt angenommen hatte. »Komm gefälligst wieder zu dir, wir haben keine Zeit zum Träumen!«

»D-du hast recht«, stammelte Leffel, der einen Moment brauchte, um sich zu sammeln. Der grausige Fund bedeutete, dass sie den Ort erreicht hatten, an dem einst die Entscheidungsschlacht geschlagen worden war – und dies wiederum legte nahe, dass das Sylfenhorn ganz in der Nähe sein musste …

Beklommen entdeckten der Gilg und seine Gefährten noch mehr gefallene Gaisachon, die im Eis eingeschlossen waren – zweifellos das Werk eines Eisdrachen, der frostiges Verderben auf die Kämpfer des Lichts gespien hatte. Seit Tausenden von Jahren lagen sie an diesem Ort, leblos und auf ewig gefangen – ein Gedanke, der Leffel schaudern ließ. Aber nicht nur Ventars tapfere Streiter fanden sich unter den Gefallenen, sondern auch Zwergenkrieger, die mit ihren langen Bärten, den wuchtigen Äxten und den reich verzierten Harnischen selbst im Tod noch grimmig wirkten, und einige Koblinge, was Mux eine bittere Träne entlockte.

Außerdem schienen auch einige Trolle und Erle vom eisigen Tod überrascht worden zu sein. In diesem letzten Kampf hatte Muortis offenbar keinen Unterschied gemacht zwischen Freund und Feind. Vernichtung war sein einziges Ziel gewesen.

»Und nun?«, knurrte Walkar. »Den Ort der letzten Schlacht hätten wir gefunden. Aber wo ist nun das Nebelhorn?«

Leffel musste sich zwingen, den Blick von den leblosen Körpern zu wenden, die die Zeit überdauert hatten, umhüllt von magischem Eis. Im selben Moment jedoch, als er sich von dem schaurigen Anblick losriss und einmal mehr an der steilen Nordwand des Korin Nifol emporspähte, rissen das Schneetreiben und das triste Grau der Wolken auf, und der schroffe Gipfel war zu sehen. Und er befand sich näher, als die Gefährten es zu hoffen gewagt hatten.

»Die Spitze des Berges!«, rief Leffel gegen den heulenden Wind. »Erinnert ihr euch, was die Salige sagte? Dass das Horn des Sylfenkönigs auf dem Gipfel des Korin Nifol zurückblieb, dort, wo Danaón und viele andere Helden der alten Zeit ihr Leben ließen.«

»Worauf warten wir dann?«, knurrte Walkar. »Bringen wir auch noch den Rest des Weges hinter uns ...«

Erneut setzten sie ihren Weg fort, diesmal nicht mehr frierend und entmutigt, sondern voller Zuversicht, das Ziel endlich zu erreichen. Längst hatten Schnee und Nebel ihren Vorhang wieder fallen lassen, sodass der Gipfel nur noch eine lockende Erinnerung war. Die Gefährten wussten jedoch nun, wohin sie ihre Schritte zu lenken hatten, zumal die Körper im Eis ihnen den Weg zum Gipfel wiesen.

Sie verließen das Eis und kletterten am Fels empor, der kahl gefegt war vom rauen Wind. Sich gegenseitig mit einem Seil sichernd, wie Alphart es ihnen beigebracht hatte, arbeiteten sich die Gefährten nach oben. Walkar, der von den dreien der geschickteste Kletterer war, krallte sich immer wieder mit einer Hand fest, während er mit der anderen Leffel nachzog oder den kleinen Kobling auf den nächsten Vorsprung hob. So kamen sie langsam, aber stetig voran, während der unbarmherzige Wind an ihnen zerrte und gähnende Leere unter ihnen klaffte.

Wirbelnde Nebel und Schnee verhinderten, dass sie in die Tiefe blicken konnten, wofür Leffel dankbar war. Die Zähne zusammenbeißend, rief er sich alle Tugenden ins Gedächtnis, die Yvolar und Alphart, seine Lehrer auf dieser Reise, ihm beigebracht hatten: Ausdauer und Tapferkeit, Treue gegenüber sich selbst und anderen. Und natürlich den unerschütterlichen Glauben an die Macht des Guten ...

Ob es Letzterer war oder die kräftige Hand des Bärengängers, die ihn packte und über die Abbruchkante schob, oder ob sich das eine aus dem anderen ergab, war schwer zu sagen – im nächsten Moment jedenfalls fand sich Leffel bäuchlings auf einem schmalen, schräg abfallenden Schneefeld wieder. Die dem Tal zugewandte Seite verlor sich in undurchdringlichem Grau, die Bergseite wurde von schroffem Fels gekrönt. Der Gipfel des Korin Nifol ...

Endlich hatten sie ihn erreicht!

Gefangen von der Magie des Augenblicks, raffte sich Leffel auf die zitternden Beine und schaute sich um.

Hier also war es gewesen.

Hier hatte der Höhepunkt der grausamen Schlacht getobt, die der Sage nach ein ganzes Jahr lang gedauert und um ein Haar mit der Vernichtung von Sylfen, Zwergen und Feuerdrachen geendet hätte. Doch als die Niederlage schon greifbar gewesen war, hatte sich das Schlachtenglück jäh gewendet; das Eis war gewichen, und Muortis und seine dunklen Horden waren zurückgetrieben worden in die düsteren Pfründe, denen sie entstiegen waren. Das Sylfenhorn hatte dies bewirkt, jenes magische Instrument, das der Herrscher von Vanis seinem Sohn Danaón anvertraut hatte und dessen Klang Muortis' Eis hatte bersten lassen. Und ebendieses Horn zu finden und ihm ein zweites Mal jenen Ton zu entlocken, der die Welt vor dem kalten Tod bewahrte, war Ziel ihrer tollkühnen Mission.

»Seltsam«, brummte Walkar neben ihm. »Kein Lufthauch regt sich.«

Erst da fiel es auch Leffel auf. Nicht nur, dass der Schneefall abrupt ausgesetzt hatte, auch der Wind hatte sich gelegt. Mehr noch, auf dem Gipfel des Berges schien sich tatsächlich kein Lüftchen zu regen. Das allgegenwärtige Heulen des Windes war verstummt, eine eigenartige Ruhe herrschte, und zum ersten Mal seit Langem konnten die Gefährten wieder weiter sehen als nur einige Schritte.

Die Stelle zu finden, wo Danaón gefallen war, war nicht schwer: Unterhalb der Gipfelfelsen erhob sich ein steinernes Monument. Es war aus dem Granit des Berges gehauen, in den uralte Runenzeichen gemeißelt waren.

»Das Grab Danaóns«, entfuhr es Leffel mit andächtigem Flüstern, und seinen Gefährten voraus stieg er das Schneefeld hinauf, dem einsamen Denkmal entgegen.

Der Gilg vermutete, dass ein geheimnisvoller Zauber das Grabmal des Helden aus dem Berg gearbeitet hatte. Wie es hieß, hatten die Sylfen den Tod ihres Anführers und größten Helden viele Tage lang betrauert. Sie hatten den Berg nach dem Instrument genannt, das ihnen den Sieg und den Sterblichen die Rettung gebracht hatte: *korin nifol* – Nebelhorn. Dann aber waren sie vom Berg hinabgestiegen und niemals wieder zurückgekehrt. Über den Boden zu wandeln, den einst Sylfenfüße berührt hatten, jagte Leffel wohlige Schauer über den Rücken und beflügelte ihn nur noch mehr.

Als würden sich die Seelen all derer, die damals gefallen waren, auf dem Gipfel versammeln und ihm und seinen Gefährten laut zujubeln, fühlte er plötzlich eine innere Kraft, wie er sie nie zuvor verspürt hatte. Auf eine Weise, die er selbst nicht genau zu beschreiben vermochte, kamen ihm das Grabmal und seine Inschrift vertraut vor, und ein wenig fühlte es sich an, als würde er nach langer Abwesenheit wieder nach Hause zurückkehren. Natürlich war das Unsinn, aber zum allerersten Mal in seinem Leben hatte der Gilg tatsächlich das Gefühl, zur rechten Zeit am rechten Ort zu sein.

Je näher sie kamen, desto deutlicher war zu erkennen, dass das steinerne Monument einen Zugang hatte. Er lag auf der dem Tal zugewandten Seite. Natürlich nahmen Leffel und seine Begleiter an, dass dieser Eingang verschlossen wäre – umso größer war ihre Überraschung, dass es weder eine Tür gab noch sonst ein anderes Hindernis, das den Zutritt verwehrte.

»Das ist seltsam«, meinte Walkar misstrauisch.

»So seltsam nun auch wieder nicht«, konterte Mux, »es dir an Wissen nur gebricht. Kein Schloss, kein Riegel braucht der Hort. Der Sylfen Zauber schützt den Ort.«

»Bist du sicher?« Der Bärengänger schnaubte, als trüge er noch immer die Gestalt des Tieres. »Immerhin ist dies Muortis' Land.«

Zögernd traten sie auf das riesige Grabmal zu. Eine Reihe von Stufen führte hinab ins Innere des Bauwerks, wo unergründliche Schwärze nistete. Mit vor Aufregung zitternden Händen holte der Gilg eine Fackel und Zunderzeug aus einem seiner Vorratsbeutel. Die lodernde Flamme in der Hand, stieg er die Treppe hinab.

Vorsichtig einen Fuß vor den anderen setzend, erwartete er halb, dass ihn etwas aufhalten, dass er auf eine unsichtbare Wand treffen oder eine rätselhafte Kraft ihn zurückstoßen würde – aber nichts dergleichen geschah.

Unbehelligt trat der Gilg durch die schmale Pforte, gefolgt von seinen ungleichen Begleitern. Der Gedanke, dass sie die Ersten waren, die seit Urzeiten diesen denkwürdigen Ort betraten, ließ sie erschaudern. Wenige Schritte später, die sie durch einen schmalen, lichtlosen Felsengang führten, betraten sie die Grabkammer des Helden …

… und sogen vor Entsetzen scharf die Luft ein!

Denn es war auf schmerzliche Weise offensichtlich, dass sie in Wirklichkeit nicht die Ersten waren, die das Monument nach all den Jahrhunderten betraten. Jemand war ihnen zuvorgekommen – und hatte schrecklich gewütet.

Die Deckplatte des steinernen Sarkophags, der die Mitte des Raums einnahm, war zertrümmert worden, und die Bruchstücke lagen überall umher.

Der Drang, an das offene Grab zu treten und einen Blick hineinzuwerfen, war so stark, dass Leffel ihm nicht widerstehen konnte. Die Fackel in der Hand, die das Bild der Zerstörung flackernd beleuchtete, näherte er sich der ewigen Ruhestätte und schaute hinein. Was er sah, erschütterte ihn zutiefst.

Es waren sie sterblichen Überreste Danaóns – oder vielmehr das, was die Grabräuber davon übrig gelassen hatten. Nur ein Schädel und ein paar wenige bleiche Knochen lagen in der Grube.

Der Kopf war ebenmäßig geformt und länglich, die Stirnpartie stark ausgeprägt. Leffel fand, dass die knochigen Züge des Sylfenfürsten selbst im Tode noch Autorität und Würde ausstrahlten, doch aus den leeren Augenhöhlen schien auch Bedauern zu sprechen.

Trauer überkam den Gilg, als wäre der große Danaón nicht schon vor Tausenden von Jahren gestorben, sondern eben erst von ihnen gegangen. »Wer hat das nur getan?«, fragte er leise. »Wer hat diesen Ort so grässlich entehrt?«

»Die Frage dürfte sich erübrigen«, erwiderte Walkar grimmig und hob etwas auf, das zwischen Unrat und Trümmern auf dem Boden gelegen hatte. Es war das Blatt einer Axt, deren Schaft offenbar zerbrochen war, als damit auf den Sarkophag eingeschlagen worden war, und deren Besitzer sie daraufhin achtlos weggeworfen hatte. Die Schneide war schartig, das Blatt von Rost überzogen und mit frevlerischen Symbolen verziert.

Es war nur allzu klar, wer das Grabmal des Helden geschändet hatte.

Erle!

Muortis' grausame Diener waren vor ihnen in diesem Grabmal gewesen, hatten den Sarkophag aufgebrochen und das Grab geplündert. Aber wieso? In all der Zeit, die seit der Schlacht auf dem Korin Nifol verstrichen war, war das Grabmal auf dem Gipfel unberührt geblieben. Warum hatten es die Schergen des Bösen nicht schon viel früher geschändet? Musste es ihnen nicht ein Dorn in den blutunterlaufenen Augen gewesen sein?

Leffel gab sich die Antwort selbst, denn sie lag auf der Hand. In all den Jahren, die seit Muortis' Niederlage und dem Ende der letzten Eiszeit verstrichen waren, hatten die Kreaturen der Dunkelheit fern von hier ihr elendes Dasein gefristet, in den Höhlen und Klüften von Düsterfels. Erst das Wiedererwachen ihres Herrschers hatte sie aus den dunklen Löchern gerufen, in die sie sich einst geflüchtet hatten, und nur unter dem Schutz Urgulroths, dessen Macht wieder erstarkt war, hatten sie es gewagt, ihre frevlerische Hand gegen …

»Gilg! Sieh dir das an!«

Walkars Ruf unterbrach Leffels Gedanken und ließ ihn herumfahren. Gleichzeitig stieß Mux einen spitzen Schrei aus.

Oberhalb des Eingangs, durch den die drei Gefährten in die Grabkammer gelangt waren, war eine Nische in den Fels eingelassen, die ursprünglich von einer dünnen Steinplatte bedeckt gewesen war – eine Nische mit der asymmetrischen Form eines Horns.

Es gehörte nicht viel dazu, sich auszumalen, wozu das Versteck gedient hatte und was darin aufbewahrt worden war. Doch die Nische war leer! Das Artefakt, das offenbar bis vor Kurzem darin verborgen war, war verschwunden!

»D-das Horn!«, stieß Leffel entsetzt hervor. »E-es ist … fort! Was hat das zu bedeuten?«

»Was wohl?«, knurrte Walkar.

»V-vielleicht ha-hat sich die Salige geirrt«, stotterte der Gilg hilflos. »Vielleicht befand sich das Horn ja doch nicht hier auf dem Gipfel des Nebelberges, und …«

»Unsinn!«, fiel ihm der Bärengänger unbarmherzig ins Wort. »Natürlich war es hier! Jemand ist hier eingedrungen, hat das Sylfengrab geschändet und das Horn gestohlen. Offenbar«, fügte er mit einem Seitenblick auf Mux hinzu, »war der Zauber, der diesen Ort beschützen sollte, doch nicht so stark.«

Der Kobling widersprach nicht, und auch Leffel sagte nichts mehr. Zu einleuchtend waren Walkars Worte, zu bestürzend die Folgerung, die sich daraus ergab.

Das Sylfenhorn, auf dem ihre letzten Hoffnungen geruht hatten, befand sich in Muortis' Besitz …

38

Einsam und verlassen saß Erwyn in seinem Kerkerloch, auf dem Boden kauernd, die Arme um die herangezogenen Knie geschlungen. Seine Augen waren von Tränen gerötet, und er schlotterte in seiner klammen Kleidung. Aber es war nicht nur die mörderische Kälte, die den Jungen zittern ließ, sondern auch Angst und Verzweiflung.

Seit Muortis' letztem Besuch war Erwyn allein. Weder war der Finstere zurückgekehrt, noch hatte sich einer seiner Diener blicken lassen – und das war fast schlimmer, als hätten die Erle ihn aus seiner Zelle gezerrt und grausam gefoltert.

Seit sich herausgestellt hatte, dass er nicht der Auserwählte war, dass in seinen Adern keineswegs edles Sylfenblut floss, sondern nur das eines gewöhnlichen Menschen, beachteten sie ihn nicht einmal mehr. Erwyn war zu unbedeutend, zu belanglos geworden, als dass sich die Schergen des Bösen auch nur noch einen Deut um ihn geschert hätten.

Wie hatte Yvolar sich nur so in ihm irren können?, grübelte der Junge zum ungezählten Mal Und während er sich die Frage wieder und wieder stellte, ohne eine Antwort darauf zu finden, wuchs insgeheim sein Groll auf den Druiden.

Hatten nicht sowohl er selbst als auch viele andere Yvolar immer wieder gesagt, dass er nicht der Erbe Danaóns war? Hatte nicht der Jäger Alphart wiederholt seine Zweifel daran geäußert, dass ein halbwüchsiger Knabe, der noch dazu unter Zwergen aufgewachsen war, der Retter Allagáins sein sollte? Und hatte Fyrhack nicht überdeutlich gesagt, dass er die leuchtende Präsenz eines Sylfen nicht in Erwyns Gegenwart spürte? Yvolar hätte auf den Jäger und den Drachen hören sollen, statt Hirngespinsten nachzujagen und sich von trügerischen Hoffnungen leiten zu lassen. Denn am Ende hatten die Zweifler recht behalten.

Er, Erwyn, war nichts weiter als ein gewöhnliches Menschenkind, das weder mit besonderer Stärke noch mit besonderem Mut gesegnet war; wann immer er dem Feind getrotzt, ihm die Stirn geboten hatte, war es nur deshalb geschehen, weil er den Erwartungen anderer hatte gerecht werden wollen oder weil ihn eine vorübergehende Hochstimmung dazu verleitet hatte. Davon, ein wirklicher Held zu sein, war er so weit entfernt wie ein Kobling von einem Enz. Und das, so bitter es sein mochte, war die Wahrheit.

Was dies in letzter Konsequenz bedeutete, das wurde Erwyn erst ganz allmählich bewusst: Mit dem Scheitern von Yvolars Plan waren auch alle Hoffnungen für ganz Allagáin dahin. Niemand würde den Feuerdrachen in den Kampf gegen seinen frostigen Artgenossen führen, niemand in das Sylfenhorn stoßen, um das Eis zu brechen. Dass sich das legendäre Instrument aus dem Besitz Danaóns längst im Besitz des dunklen Herrschers befand, minderte die Schuldgefühle des Jungen keineswegs, sondern stachelte sie nur noch mehr an, ebenso wie seinen Grant auf den Druiden.

Wofür waren all die Opfer gebracht worden, wofür hatte der tapfere Urys sein Leben gegeben, wenn sich nun alles als Trugschluss erwies, als bloße Narretei? In Wahrheit hatte es nie eine Hoffnung gegeben. Alles war nur das geistlose Geschwätz eines alten Mannes gewesen!

Enttäuschung, Trauer, Schuldgefühle und unendliche Wut beherrschten den Jungen in seiner Einsamkeit, und da es niemanden gab, an dem er sie auslassen konnte, richteten sie sich gegen ihn selbst. Stumpfen Blickes starrte er zur Gitteröffnung hinauf, und die Erkenntnis dämmerte ihm, dass er diese Zelle niemals wieder verlassen würde.

Nachdem seine wahre Identität enthüllt war, würden Muortis und seine Diener ihn einfach vergessen, und er würde entweder erfrieren oder verhungern. In jedem Fall war es sein Schicksal, elend zugrunde zu gehen. Der Junge fand, dass dies die gerechte Strafe für jemanden war, der sich angemaßt hatte, den Retter der sterblichen Welt zu spielen …

39

Der Marsch durch die Dunkelheit dauerte an.

Müde und abgeschlagen setzten der Druide und der Wildfänger einen Fuß vor den anderen, erschöpft nicht nur vom langen Weg, sondern auch von der Gegenwart des Bösen, die wie eine schwere Bürde auf ihnen lastete. Zudem hatten sie lange nicht mehr ausgeruht. An der Oberfläche waren ein Tag und eine Nacht verstrichen, ohne dass in der Tiefe etwas davon zu bemerken gewesen wäre, denn in Urgulroth war es ohne Belang, ob draußen die Sonne oder der Mond am Himmel stand. Die Schergen Muortis' ruhten nicht, an Rast war nicht zu denken.

Alpharts Gedanken, während er dem Druiden folgte, gehörten den Gefährten. Ob sie den Gipfel schon erreicht hatten?

Ohne Frage würde der Weg dorthin nicht leicht sein, doch obwohl der Jäger dem Bärengänger anfangs nicht getraut hatte, war er überzeugt davon, dass Walkar es schaffen konnte. Vorausgesetzt, der Gilg und der Kobling behinderten ihn nicht allzu sehr …

Schweigend marschierten die beiden dahin. Zahllose Gewölbe zweigten von dem von blassgrünem Schein beleuchteten Stollen ab, dessen Decke und Wände eisverkrustet waren. Firn bedeckte den Boden, aus dem hier und dort die leblosen Gesichter derer starrten, denen die Tiefen Urgulroths zum Verhängnis geworden waren. Es war ein Ort des Grauens, in dem gespenstische Stille herrschte.

Bis zu dem Augenblick, da der Druide und der Wildfänger plötzlich Stimmen hörten.

Abrupt blieben sie stehen, dann flüchteten sie sich in den Schutz der Wand. Indem er den Zeigefinger an die vor Kälte blau verfärbten Lippen legte, gebot Yvolar seinem Begleiter zu schweigen und keine Fragen zu stellen.

Der Feind war ganz nah …

Zwar konnte Alphart nicht verstehen, was gesprochen wurde (in seinen Ohren klang es mehr wie das Grunzen von Schweinen), aber es war unüberhörbar, dass die Stimmen sich näherten. Und tatsächlich waren schon im nächsten Augenblick lange, bizarre Schatten an der grünlich schimmernden Stollenwand auszumachen.

»Komm«, zischte Yvolar ihm leise zu, und sie zogen sich ein Stück weit den Gang hinab zurück, bis zu jener Stelle, wo eine dunkle Höhle in den Stollen mündete. Dort hinein flüchteten sie sich.

Sich zu beiden Seiten des Höhleneingangs eng an die Wand pressend, warteten sie ab.

Die Schatten näherten sich, die Stimmen wurden lauter. Einen Herzschlag später konnte Alphart nicht nur das Klirren von Kettenhemden und Rüstungen hören, sondern hatte auch den ekelerregenden Odem von Fäulnis und Verwesung in der Nase, der Muortis' Diener stets umgab.

Es waren Erle.

Je näher sie kamen, desto beißender wurde der Gestank.

Alpharts sehnige Gestalt straffte sich, sein Griff um den Stiel der Axt wurde so fest, dass die Knöchel weiß hervortraten. Er war entschlossen, seine Haut teuer zu verkaufen, sollten sie entdeckt werden.

Und, bei allen Gipfeln der Berge, sie sollten ihn nicht lebendig bekommen …

Ein Blick zu Yvolar.

Der Druide hatte die Augen geschlossen.

Wie konnte der elende Stocker in diesem Moment nur schlafen? Oder war er schon wieder dabei, irgendeinen vergessenen Zauber zu wirken? Womöglich ein Ablenkungsmanöver, damit die Erle nicht nach ihnen suchten …

In diesem Augenblick erreichten die Unholde den Höhleneingang.

Alphart hielt den Atem an.

Er konnte ihre Schatten sehen, die Silhouetten grobschlächtiger Gestalten, die sich schleppend fortbewegten und offenbar bis an die Hauer bewaffnet waren. Alphart sah die Umrisse ihrer Schweinsgesichter und ihrer spitzen Ohren, hörte ihre grunzende Sprache, die nichts als Gemeinheiten zu kennen schien. Doch ob es nun einem glücklichen Zufall zu verdanken war oder Yvolars Eingreifen – die Erle marschierten weiter und passierten die Höhle, ohne Verdacht zu schöpfen. Schon kurz darauf waren sie um eine Biegung des Stollens verschwunden. Ihre Schritte und ihr Gegrunze verhallten, und der Wildfänger atmete auf.

»Weiter!«, trieb Yvolar ihn an, und so verließen sie ihr Versteck und huschten erneut den breiten Stollen entlang, in die Richtung, aus der die Unholde gekommen waren.

Wie zu erwarten, dauerte es nicht lange, bis sie erneut auf Erle stießen. Diesmal kamen sie ihnen jedoch nicht entgegen, sondern saßen in einer Höhle, in der eine Art Wachlokal untergebracht war. Es gab primitive Lager aus Stroh, auf denen einige Unholde lagen und lauthals schnarchten, aber auch einen steinernen Tisch mit abgeflachten Felsbrocken darum, die als Sitzgelegenheit dienten. Darauf hockte ein halbes Dutzend Erle, in ein Spiel vertieft und sich dabei offensichtlich bestens amüsierend. Auf dem Boden lagen allenthalben abgenagte Knochen, an denen noch Reste verwesenden Fleisches hingen.

Alpharts Magen rebellierte gegen den erbärmlichen Gestank, sodass er schleunigst am Eingang der Wachhöhle vorbeischleichen wollte. Yvolar jedoch hielt ihn zurück.

»Was?«, fragte der Jäger unwirsch.

Statt zu antworten, deutete Yvolar nur auf den Tisch, um den die Erle saßen und sich bei ihrem Spiel vergnügten, bei dem mit Knochenstücken gewürfelt wurde. Als Becher diente der Schädel eines Menschen, der geschüttelt und auf den Tisch geschmettert wurde, und die Unholde brachen jedes Mal in derbes grunzendes Gelächter aus, wenn sein Inhalt preisgegeben wurde.

Zunächst verstand Alphart nicht, was Yvolar meinte. Dann jedoch fiel sein Blick auf einige Gegenstände, die einer der Erle neben sich auf dem Boden liegen hatte; er hatte sie offenbar beim Spiel gewonnen.

Ein sauber gearbeitetes Kurzschwert, das fraglos aus einer Zwergenschmiede stammte. Ein waldgrüner Mantel, fein gewoben, dessen Saum mit goldenen Runen bestickt war. Und eine kleine hölzerne Pfeife, unfertig und von nicht eben geschickter Hand geschnitzt …

Die Erkenntnis traf den Wildfänger wie ein Hammerschlag: Dies waren Erwyns Sachen!

Nur der längliche Schild der Vergessenen, wie auch Alphart einen auf dem Rücken trug, befand sich nicht darunter.

Sogleich packte den Wildfänger unbändiger Zorn, der alle Vorsicht und Furcht überwog. Diese Mistfresser hatten Erwyn getötet und seinen Besitz geraubt, und nun würfelten sie darum.

Dafür sollten sie büßen …

In Gedanken wog Alphart bereits ab, wie vielen der Unholde er den Schädel spalten konnte, ehe er selbst sterben würde.

Yvolar schien seine Gedanken zu erraten.

»Nein«, flüsterte und schüttelte entschieden den Kopf.

»Aber das Zeug gehört Erwyn.«

»Ich weiß.«

»Verstehst du nicht, was das bedeutet? Sie haben ihn ermordet und …«

»Nein«, widersprach der Druide flüsternd. »Es bedeutet nur, dass wir auf der richtigen Spur sind.«

»Du denkst, der Junge ist noch am Leben?«

»Ich hoffe es.«

»Und wenn nicht?«

»Wirst du noch immer genug Gelegenheit für deine Rache erhalten«, sagte Yvolar düster.

Der Wildfänger atmete tief ein und zwang sich zur Ruhe, was an diesem Ort nicht leichtfiel, denn es war, als würden die Bosheit und die Aggressivität, die in diesem Stollen herrschten, auf jedes Lebewesen übergreifen, das sich darin aufhielt.

»Wie sollen wir Erwyn finden?«, fragte er schnaubend. »Hast du eine Ahnung?«

»Nein«, gestand Yvolar. »Der Weg wird es weisen.«

»Das wird er allerdings«, knurrte Alphart grimmig, als sich der Erl vom Tisch erhob, der Erwyns Sachen gewonnen hatte. Knurrend lachend raffte er sie zusammen und schickte sich an, das Wachlokal zu verlassen. An seinem schwankenden Gang war zu erkennen, dass er berauscht war von zu viel Alkohol oder Blut, vielleicht auch von beidem.

»Was hast du vor?«, flüsterte Yvolar.

»Was wohl? Nach dem Weg fragen.«

»Du meinst …?«

Der Druide kam nicht dazu, Einwände vorzubringen. Denn in diesem Moment trat der betrunkene Erl aus dem Durchgang, und noch ehe er auch nur begriff, wie ihm geschah, hatte Alphart ihn von hinten gepackt und presste ihm seine Jagdklinge an die Kehle.

»Kein Wort«, zischte er in der Hoffnung, dass allein der Klang der Worte klarmachte, was er meinte, auch wenn der Unhold ihn nicht verstand.

Der Erl gab ein überraschtes Keuchen von sich, und Alphart schleppte ihn rücklings in einen Nebenstollen, in den weitere Stollen und Höhlen mündeten. Yvolar raffte Erwyns Mantel, das Kurzschwert und die Pfeife zusammen, die der Erl hatte fallen lassen, und folgte Alphart, sich dabei wachsam umblickend.

»Der Mantel und die anderen Sachen«, flüsterte Alphart, nachdem er den Unhold niedergerungen und sich so auf dessen Brust gekniet hatte, dass sich der Erl kaum noch rühren konnte. Die Klinge presste er weiterhin gegen den wulstigen Hals der Kreatur. »Woher habt ihr sie?«

Der Erl keuchte und schnaubte, und mit vor Entsetzen geweiteten Augen starrte er seinen Häscher an, denn er hatte begriffen, dass mit diesem nicht zu spaßen war. Mühsam brachte er eine Folge kehliger Laute hervor, die für den Wildfänger nach wenig mehr als einem Würgen klangen.

»Er sagt, die Sachen stammen von einem Gefangenen«, übersetzte Yvolar.

»Wo ist der Gefangene?«, zischte Alphart. »Spuck's aus, Schweinsgesicht, oder ich schwöre bei meinem toten Bruder, dass ich dir die Gedärme aus dem …«

Diesmal kam ein ganzer Schwall erbärmlich klingender Laute über die wulstigen Lippen des Erls. Die Boshaftigkeit von Muortis' Dienern schien grenzenlos zu sein – ihr Mut hingegen ließ arg zu wünschen übrig. Yvolar prägte sich die Wegbeschreibung ein, die der Erl ihnen gab – Alphart allerdings war noch nicht zufrieden.

»Ist das auch die Wahrheit, Mistfresser? Oder versuchst du, uns in eine Falle zu locken?«

»Das kann er nicht«, versicherte Yvolar leise.

»Was soll das heißen?«

»Diese Kreaturen sind das, was Muortis aus ihnen gemacht hat: Sie sind nicht in der Lage, selbstständig zu denken oder eigene Pläne zu verfolgen.«

»Ich … verstehe«, murmelte Alphart. Auf einmal überkam ihn jähes Mitleid mit dieser erbärmlichen Kreatur. Einen Augenblick lang erwog er, den Unhold freizulassen und ihm sein unwürdiges Leben zu schenken, aber ihm war klar, dass der Erl dann zurück zu seinen Kumpanen laufen würde, um die beiden Menschen zu verraten.

Er tat, was in seinen Augen getan werden musste.

Mit der Routine des geübten Jägers führte er die Klinge quer über die Kehle des Erls. Ein Sturzbach dunklen Blutes ergoss sich aus der Schnittwunde, der den Unhold am Schreien hinderte, als Alphart seine Klinge in sein Herz versenkte. Dann zerrte er den Kadaver des Erls in eine der angrenzenden Höhlen.

»Was ist?«, fragte Alphart, als er Yvolars entsetzten Blick bemerkte. »Diese Kreaturen machen mir nicht den Eindruck, als ob sie sich umeinander kümmern würden. Vermutlich werden sie nicht einmal bemerken, dass einer von ihnen fehlt.«

»Das ist es nicht.« Yvolar schüttelte den Kopf. »Wir müssen nur möglichst rasch fort von hier, das ist alles.«

»Etwas anderes habe ich auch nicht vor, Druide«, versicherte Alphart, während er dem getöteten Erl den rostigen Harnisch abnahm und ihm den Helm vom kahlen Schädel riss. »Und die Habe dieser elenden Kreatur wird uns dabei behilflich sein.«

»Wie das?«

»Indem ich mich als Erl verkleide und du meinen Gefangenen spielst.«

»Damit werden wir nicht durchkommen.«

»Nein«, räumte Alphart mit wölfischem Grinsen ein, »aber wir werden nahe genug an sie *heran*kommen, um ihnen die hässlichen Hälse zu stutzen.«

»Also schön.« Der Druide nickte und half dem Jäger dabei, den Harnisch anzulegen, auch wenn ihm dabei sichtlich unwohl zumute war. »Bisweilen«, knurrte er, »kann es für das Schaf hilfreich sein, einen Wolfspelz anzulegen. Es sollte nur darauf achten, nicht selbst zum Wolf zu werden …«

»Überlass das mir, alter Mann«, entgegnete Alphart barsch, der sich den Schild der Vergessenen wieder auf den Rücken schnallte. Dann klappte er das rostige Helmvisier nach unten, sodass sein Gesicht kaum noch zu sehen war, und packte Erwyns Sachen in einen seiner Beutel – mit dem festen Vorsatz, sie ihrem rechtmäßigen Besitzer zurückzugeben.

Am Wachlokal vorbeizukommen stellte keine Schwierigkeit dar – die Wächter waren viel zu sehr in ihr Spiel vertieft, als dass sie auf ihre Umgebung geachtet hätten. Doch vor ihren Kumpanen, die in den Stollen patrouillierten, mussten sich Yvolar und Alphart ungleich mehr vorsehen. Wie sie jedoch zu ihrer Verblüffung feststellten, gab es davon nicht allzu viele …

»Sehr gut scheint Muortis' Festung nicht bewacht zu sein«, murmelte Alphart, nachdem sie eine ganze Weile auf keine Unholde mehr getroffen waren.

»Nein«, gab Yvolar zu, »auch wenn ich nicht weiß, ob ich mich darüber freuen soll. Die Erle und Trolle haben Urgulroth verlassen, um sich Muortis' Armee anzuschließen. Das Nachtheer ist gen Norden marschiert, Wildfänger. Der Kampf um die Welt hat endgültig begonnen.«

Beklommen musste Alphart für einen Augenblick an zu Hause denken, an die Wälder und Fluren Allagáins und an den schrecklichen Krieg, der dort inzwischen tobte. Wie viele mochten ihm bereits zum Opfer gefallen sein – und wie viele würden noch sterben, wenn es ihnen nicht gelang, ihre Mission erfolgreich zu Ende zu führen?

»Weiter!«, knurrte er entschlossen. »Wohin müssen wir?«

Yvolar überlegte und rief sich die Wegbeschreibung des Erls ins Gedächtnis zurück.

»Dort entlang«, sagte er und deutete einen abzweigenden Stollen hinab. »Dies ist der Weg zum Kerker …«

40

Ein neuer Morgen dämmerte im Osten herauf und ließ den gezackten Grat des Stéidan blutrot leuchten. Noch lag Dunkelheit über dem Hügelland westlich des Allair, aber sobald die Sonne höherstieg, würde ihr fahles Licht in die Täler fluten und sichtbar machen, was bislang noch die Schatten der Nacht verbargen.

Das Pferd Barand von Falkensteins schien die Unruhe seines Herrn zu spüren. Das Tier, dessen Hals und Stirn von eisernen Brünnen geschützt wurden, scharrte schnaubend mit den Hufen und tänzelte hin und her, sodass die Knappen Mühe hatten, es zu halten. Barand blickte unterdessen unverwandt nach Süden, wo sich jenseits des Steigs die Mauern und Türme Iónadors erhoben.

Was, so fragte sich der Marschall immerzu, mochte dort vor sich gehen? Hatten Galfyn und der Drache den Geheimgang gefunden, und war es ihnen gelungen, in die Stadt einzudringen? Und wenn ja, was war dann geschehen? Wenn sie es tatsächlich geschafft hatten, das Tor unter ihre Kontrolle zu bringen, hätten sie längst das Zeichen geben müssen.

Zum ungezählten Mal blickte Barand gen Himmel.

Im Schutz der Dunkelheit hatte er die vereinten Streitkräfte Allagáins und des Waldvolks so nahe an Iónador herangeführt, wie er es nur wagen konnte: zuvorderst die gepanzerten Lanzenreiter, die die Speerspitze des Angriffs bilden würden, gefolgt von den Fußkämpfern. Zu Dutzenden hatte es im Lauf der vergangenen Nacht Verbrüderungen zwischen Waldkriegern und Allagáinern gegeben, sodass man nicht mehr im eigentlichen Sinn von zwei getrennten Heeren sprechen konnte. Unter dem Eindruck der drohenden Gefahr, die ihrer aller Ende bedeuten konnte, war der kleinliche Streit um die Grenzen rasch in Vergessenheit geraten, und man war bereit, vereint einem weitaus gefährlicheren und schrecklicheren Gegner entgegenzutreten.

Nur noch ein schmaler Hügelzug trennte das Heer vom Ufer des Sees, auf dessen anderer Seite die Stadtfeste lag. Erst spät am Abend waren die schier endlosen Kolonnen, in denen die Erle nach Iónador geströmt waren, endlich abgerissen, sodass sich nun schätzungsweise an die zehntausend Unholde innerhalb der Stadtmauern aufhielten – fast doppelt so viele Kämpfer, wie Barand und Galfyn zusammen aufbieten konnten. Dennoch waren sie wild entschlossen, dem Feind alles entgegenzusetzen, was sie hatten, und bis zum letzten Atemzug zu kämpfen.

Bogenschützen hatten auf dem Rücken des Hügels Position bezogen, und auch die Pfeilgeschütze und Katapulte waren im Schutz der Dunkelheit in Stellung gebracht worden. Sobald es allerdings hell wurde, würden sie von den Stadtmauern aus zu sehen sein. Das Überraschungsmoment wäre verloren – und mit ihm jede Hoffnung auf den Sieg …

»Soll ich die Trommeln schlagen lassen?«

Barand spürte den bohrenden Blick Meinrads, aber er tat so, als hätte er die Frage überhört. Schon bei der Befehlsausgabe im Feldherrenzelt hatte der Herr von Kean d'Eagol die Ansicht vertreten, dass es im Zweifelsfall besser wäre, nicht abzuwarten, bis das Zeichen gegeben wurde, sondern gleich anzugreifen, ehe auch noch der letzte Vorteil vergeben war.

Aber noch wollte Barand warten. Ein Gefühl sagte ihm, dass er Galfyn noch ein wenig mehr Zeit geben musste, auch wenn er merkte, wie seine Leute mit jedem Augenblick nervöser wurden.

»Es wird immer heller«, ließ sich Meinrad erneut vernehmen. »Nicht mehr lange, und die Unholde werden die Katapulte auf dem Hügelgrat sehen.«

»Wir warten«, entgegnete Barand nur.

»Wenn wir sofort angreifen, könnten wir das Haupttor erreichen, ohne nennenswerte Verluste erleiden zu müssen.«

»Und was dann?« Barand wandte sich im Sattel um und bedachte seinen Unterführer mit einem warnenden Blick. »Die Mauern Iónadors haben nicht erst seit gestern Bestand. Mancher Feind ist an ihnen schon gescheitert.«

»Aber nicht wir! Wir kennen die Verteidigungsanlagen und wissen, was zu tun ist. Und unser Heer ist größer als jede andere Streitmacht, die zuvor …«

»Wir warten«, wiederholte Barand mit demonstrativer Ruhe.

»Aber …«

»Wir warten«, sagte er noch einmal, und diesmal betonte er die Worte so, dass sie keinen Widerspruch mehr zuließen.

Meinrad von Kean d'Eagol verstummte, und auch die anderen Unterführer schwiegen. Die Waldkrieger vertrauten ihrem Anführer offenbar bedingungslos – was seine eigenen Leute betraf, so musste Barand seine ganze Autorität aufbringen. Und das, obwohl auch seine eigenen Zweifel immer größer wurden.

Tief in seinem Inneren war Barand nur zu bewusst, dass Meinrad recht hatte und dass sie verloren waren, wenn der Feind sie entdeckte. Aber der Herr von Falkenstein rief sich immer wieder die Worte des Druiden Yvolar ins Gedächtnis, der ein ums andere Mal erklärt hatte, dass dieser Kampf, dieses letzte Gefecht um das Schicksal der Welt, nur dann siegreich entschieden werden konnte, wenn die Völker Allagáins gemeinsam handelten, Hand in Hand – und dazu gehörte, dass sie sich aufeinander verlassen konnten.

Natürlich fiel es auch Barand schwer, sowohl sein Schicksal als auch das seiner Leute in die Hände eines Mannes zu legen, der noch vor Kurzem ihr Todfeind gewesen war. Aber immer dann, wenn seine Zweifel zu obsiegen drohten, erinnerte er sich, dass Galfyn und er das gleiche Wappentier trugen. Vielleicht war dieser scheinbare Zufall tatsächlich eine Art Omen, eine Ermahnung, einander zu vertrauen.

Nichts anderes hatte Barand vor.

Er würde warten.

Bis zum bitteren Ende ...

Wie schon so viele Male griff er sich an den Waffengurt und überprüfte den Sitz seines Schwerts. Dann richtete er sich im Sattel auf, um seinen Leuten zu zeigen, dass er, Barand, nicht im Geringsten zweifelte und das Zeichen zum Angriff jeden Augenblick erwartete und ...

Und im nächsten Augenblick erfolgte es tatsächlich!

Ein brennender Pfeil stieg fast senkrecht in den nachtgrauen Himmel, um einen steilen Bogen zu beschreiben und dann wieder nach unten zu stoßen. Dieser Pfeil war das erlösende Signal. Ein Ruck ging durch die Reihen der Streiter.

»Zum Angriff!«, rief Barand, der spürte, wie heiße Kampfeslust in seine Adern schoss. Er klappte das Helmvisier nach unten, riss das Schwert aus der Scheide und stieß es lotrecht in die Höhe. Gleichzeitig ließen die Knappen das Pferd los, und der stolze Rappe preschte voran.

»Für das Leben und die Freiheit!«, brüllte Barand aus Leibeskräften, während sein Tier den verschneiten Hang hinaufstürmte, gefolgt von Meinrad und den anderen Rittern des Reiches, deren Banner an den Lanzen flatterten. Sein Schlachtruf wurde aus Tausenden von Kehlen beantwortet, wobei jeder der Waldclans seine eigene Losung hatte, mit der sich seine Angehörigen Mut machten für den bevorstehenden Kampf. Barand war es einerlei. Was sie in dieser Nacht vereinte, waren nicht Parolen, sondern die bittere Notwendigkeit ...

Schnaubend galoppierte der Rappe die Anhöhe hinauf und erklomm die Hügelkuppe, und zum ersten Mal hatte Barand freien Blick auf die Stadt, die zu beschützen er feierlich geschworen hatte und die anzugreifen er im Begriff war. Die weißen Mauern waren von Fackeln gekrönt, das Torhaus stand in Flammen. Der Marschall von Iónador konnte es kaum erwarten, Galfyn und den Seinen zu Hilfe zu eilen, und seine Ungeduld übertrug sich auf sein Reittier. Wiehernd bäumte sich der Rappe auf und preschte dann weiter.

Die anderen Reiter, die die Streitmacht anführten, mussten noch gegen den Schnee ankämpfen, in dem ihre Tiere bis zum Rumpf versanken. Doch ihr Wille trieb die Pferde weiter an, und mit jedem Kämpfer, der den Hügelzug überwand, wurde das Gelände leichter passierbar. Ungefährlich war der Ritt dennoch nicht. Immer wieder glitt ein Tier aus und brach unter seinem Reiter zusammen. Dann rutschte es unter entsetztem Wiehern den Hang hinab und riss nicht selten noch zwei oder drei seiner Artgenossen mit.

Barand hörte den Lärm und die Schreie und blickte dennoch nicht zurück. Niemand durfte zurückschauen in dieser Nacht, denn weder konnten sie umkehren noch jenen helfen, die zurückblieben.

Auf donnernden Hufen jagten die Ritter den Hang hinab und ließen die gefrorene Erde erzittern. Wie eine Lawine, die, einmal entfesselt, nicht mehr aufgehalten werden konnte, rollte der Angriff auf Iónadors Mauern zu. Die Entscheidung würde fallen …

41

Durch ein wahres Labyrinth aus Stollen, von deren Decken spitze Eiszapfen hingen, gelangten die beiden Eindringlinge immer tiefer nach Urgulroth. Ihre innere Anspannung nahm immer noch zu – ebenso wie die Kälte in ihren Knochen und die Furcht, die beide nur noch mühsam zu bändigen vermochten.

Während der Druide seine Magie nützte, um sich gegen den Einfluss des Bösen zu schützen, das von allen Seiten auf sie eindrang, dachte Alphart daran, was ihm die Schergen der Finsternis angetan hatten; die Wut auf Muortis und seine Diener war seiner Meinung nach das einzige Mittel gegen die Angst, die versuchte, die Kontrolle über ihn zu erlangen.

»Verdammt, Druide«, knurrte der Wildfänger irgendwann, wobei sich seine Stimme seltsam dumpf anhörte unter dem rostigen Visier. »Wann sind wir endlich am Ziel?«

Endlos schien sich der Marsch durch die Festung des Feindes dahinzuziehen, durch vereiste Gänge und düstere Höhlen. Auf Erle waren sie jedoch nur vereinzelt gestoßen. Yvolar hatte wohl richtig vermutet; die meisten von Muortis' Kreaturen hatten Urgulroth verlassen und waren nach Norden gezogen, um Krieg und Verwüstung nach Allagáin zu bringen.

Jedes Mal, wenn er daran dachte, wäre Alphart am liebsten sofort umgekehrt, um die Heimat gegen die Unholde zu verteidigen. Immer wieder musste er sich in Erinnerung rufen, dass er eine andere, dringlichere Aufgabe zu erfüllen hatte. Eine Mission, von der der Ausgang des Kampfes abhängen konnte …

Ein heller Klang war plötzlich zu hören, wie wenn Metall auf Metall traf. »Horch!«, zischte Alphart und hob die Axt. »Da wird irgendwo gekämpft!«

Einen Augenblick lang blieb Yvolar stehen und lauschte. »Das ist nicht das Geräusch eines Kampfes«, meinte er dann, »sondern das von Hammer und Amboss. Wir müssen uns in der Nähe der Waffenschmieden befinden.«

Alphart hörte genauer hin und musste dem Druiden recht geben. Die Schläge waren zu gleichmäßig, als dass sie von einem Gefecht hätten herrühren können. Sie wurden auch mit jedem Augenblick lauter. Aber wie, so fragte sich der Wildfänger, konnten bei dieser Kälte Esse und Glut Bestand haben?

Die Antwort bekam er schon kurz darauf, als vor ihnen eine große Höhle auftauchte. Der Gang, den sie nahmen, setzte sich auf einer Galerie in einer Höhe von zwei Mannslängen fort, und der Wildfänger und der Druide duckten sich hinter einer Art natürlicher Brüstung, damit sie von unten nicht gesehen werden konnten, während sie lautlos weiterschlichen.

Hin und wieder riskierte Alphart jedoch einen Blick über den Rand – was er sah, war keine Waffenschmiede im herkömmlichen Sinne, schon vielmehr das Zerrbild einer solchen. In den Öfen und Essen brannte jenes kalte grüne Feuer, das auch die Gänge erhellte, und dunkler Zauber schien dafür zu sorgen, dass das Metall die Glut aufnahm und weich und formbar wurde. An den riesigen Ambossen, von denen der Wildfänger mehr als zwei Dutzend zählte, standen Trolle. Unter dem schwarzgrauen Fell der Kreaturen zeichneten sich Berge von Muskeln ab, die die Hämmer mit urwüchsiger Kraft herabfallen ließen und Waffen formten, wie sterbliche Schmiede sie wohl kaum zustande gebracht hätten: Alphart sah unförmige Klingen und Äxte, dazu Glaiven, die mit mörderischen Widerhaken versehen waren. Allein der Gedanke, was man mit Mordwerkzeugen wie diesen anrichten konnte, jagte dem Wildfänger Schauer über den Rücken.

Waren die Waffen fertig geschmiedet, stieß man die Klingen in große metallene Wannen, und Alphart war sich sicher, dass sich Gift darin befand. Weder zischte es, noch stieg Dampf von den Zubern auf, doch wenn die Klingen wieder zum Vorschein kamen, schien das Metall gehärtet, und weitere Trolle kamen mit zweirädrigen Karren heran und transportierten die Waffen ab, während Erle sie peitschenschwingend zur Eile antrieben. Das Heer des Bösen schien immer noch neue Waffen zu brauchen, und nicht zum ersten Mal fragte sich Alphart, wie die Kraft Sterblicher solch grausamer Urgewalt standhalten sollte.

Von Grauen geschüttelt, wandte er sich ab, schloss zu dem Druiden auf, der bereits ein Stück voraus war. Gemeinsam gelangten sie zu einer Treppe, die in die Tiefe führte. Leise stiegen sie hinab und hörten plötzlich schnatternde Stimmen, die durch den Treppenschacht hallten.

Sich eng an der Wand haltend, schlichen Yvolar und Alphart weiter und erheischten schließlich einen Blick auf die Gestalten, die am Fuß der Treppe standen – schlanke, grauhäutige Wesen mit triefäugigem Blick, die mit Bogen und Pfeilen bewaffnet waren.

»Bilwisschnitter«, sagte Yvolar flüsternd. »Sie stammen aus dem Osten, von jenseits des Moores. Das Gift ihrer Pfeile verursacht Siechtum und Tod.«

»Ich werde ihnen Siechtum geben«, prophezeite der Wildfänger düster und hob kampfbereit die Axt. »Nämlich hiermit.«

»Nein.« Yvolar schüttelte den Kopf. »Wenn dich einer ihrer Pfeile auch nur streift, bist du verloren.«

»Was schlägst du stattdessen vor, Druide? Irgendwie müssen wir an ihnen vorbei, oder nicht?«

»Wohl wahr«, gestand Yvolar und überlegte. Plötzlich fiel sein Blick auf die Adlerfeder, die noch immer an der Kapuze von Alpharts Umhang steckte.

»Darf ich?«, fragte er, während er bereits danach griff und sie herauszog.

Ein wenig irritiert hörte der Wildfänger den Druiden leise murmeln, Worte einer längst vergessenen Sprache, wobei er seine Handflächen übereinanderwölbte und die Feder zwischen ihnen verbarg.

Als er die Handflächen wieder auseinandernahm, kauerte – Alphart traute seinen Augen kaum – ein Adlerjunges darin.

»Was …? Wie …?«

Yvolar antwortete nicht. Stattdessen warf er das Adlerjunge in die Luft, doch statt zu Boden zu fallen, wuchs es blitzschnell zu einem ausgewachsenen Vogel, breitete die Schwingen aus und flatterte kreischend die Treppe hinab und über die Köpfe der Bilwisschützen hinweg. Deren Geschnatter wurde noch aufgeregter, und Bogensehnen sirrten, aber keiner der Pfeile traf sein Ziel. Der Adler flog weiter, geradewegs den Stollen hinab, gefolgt von den Unholden, die wütend keiften und schrien.

Der Weg war frei.

»In der Tat, alter Mann«, brachte Alphart voller Bewunderung hervor, »deine Wunder sind schwer zu begreifen.«

»Nur Blendwerk«, versicherte Yvolar und sandte ihm ein Augenzwinkern.

Sie beeilten sich, die Treppe hinter sich zu bringen, ehe die Bilwisschnitter möglicherweise zurückkehrten, und der Wegbeschreibung des getöteten Erls folgend, bogen sie in einen schmalen Seitengang ein. Der Kerker war nicht mehr weit entfernt. Die beiden verfielen in einen raschen Laufschritt und eilten an dunklen Nischen und Höhleneingängen vorbei.

Plötzlich jedoch blieb Yvolar stehen, das Gesicht schmerzhaft verzerrt.

»Was ist?«, fragte Alphart besorgt. »Alles in Ordnung?«

»N-nein.« Stöhnend schüttelte der Druide das Haupt. »Er ist hier, ganz in der Nähe …«

»Wer?«

»Der Herr des Nebels und des Eises«, stieß Yvolar mühsam hervor. »Muortis …«

»Bist du sicher?«

»Allerdings. Ich kann seine Präsenz … deutlich spüren.«

»Dann lass uns zu ihm gehen und es zu Ende bringen«, sagte Alphart entschlossen, die Axt in den Händen. »Dieser ganze dunkle Zauber wird vorüber sein, wenn sein Kopf nicht mehr auf seinen Schultern sitzt.«

»Du glaubst, es wäre so einfach?« Trotz der körperlichen Schmerzen, die ihn zu quälen schienen, lachte Yvolar auf. »Gewöhnlicher Stahl ist wirkungslos gegen Muortis' dunkle Macht – nicht aber das Holz eines Druidenstabes.«

»Das Holz eines Druiden …?« Alphart blickte auf den Eschenstab in Yvolars knochiger Hand.

»Ich muss zu ihm«, sagte der Druide.

»Aber ich dachte, wir suchen den Jungen und befreien ihn?«

»Dies ist *dein* Weg, mein Freund«, entgegnete Yvolar und bedachte ihn dabei mit einem eindringlichen Blick. »Mir war von Beginn an ein anderer Pfad bestimmt.«

»Von Beginn an?«, fragte Alphart fassungslos. »Soll … soll das heißen, du hast das … die ganze Zeit über geplant?«

»Geplant? Du fragst mich, ob ich das *geplant* habe?« Der Druide schüttelte den Kopf. »Du würdest diese Frage nicht stellen, hättest du wie ich dem Grauen schon einmal ins Auge geblickt. Ich bin Muortis bereits begegnet und wäre fast daran zerbrochen.«

»Warum willst du dann zu ihm?«

»Weil es kein Zufall ist, dass ich hier bin, ebenso wenig, wie es Zufall ist, dass du dich hier befindest, mein Freund. Oder solltest du daran noch immer Zweifel haben? Ich muss mich Muortis noch einmal stellen. Meine Bestimmung will es so.«

»Deine *Bestimmung*?« Alphart starrte den Druiden missbilligend an. »Alter Mann, du redest wirres Zeug. Schluss jetzt mit dem Gefasel! Ich werde dich begleiten und …«

»Du wirst *deiner* Bestimmung folgen, so wie ich der meinen folgen werde«, fiel der Druide ihm ins Wort, mit so viel Entschiedenheit, dass Alphart nicht mehr zu widersprechen wagte. »Ich weiß, dass wir nicht immer einer Meinung waren, mein rebellischer Freund«, fügte Yolar ein wenig sanfter hinzu, »aber diesmal tu, worum ich dich bitte: Befrei Dochandar und bring ihn zurück an die Oberfläche, auf dass sich auch seine Bestimmung erfüllt. Unsere Schicksale sind enger miteinander verknüpft, als du es ahnst.«

»Aber … wenn du dich dem Feind stellst und ihn besiegst – wozu brauchen wir dann noch das Sylfenhorn?«

Yvolars Blick machte ihm klar, dass der Druide einen Sieg in dem bevorstehenden Duell nicht für sehr wahrscheinlich hielt. »Selbst wenn es mir gelänge, Muortis zu bezwingen«, sagte er dennoch, »wäre da noch immer das Eis, das aus den Tiefen dringt und die Welt vergiftet. Seine Magie muss gebrochen werden, verstehst du? Um jeden Preis!«

»Ich verstehe«, erwiderte der Jäger, und schlagartig wurde ihm klar, weshalb Yvolar ein solch seltsames Gesicht gemacht hatte, als er sich von den anderen verabschiedete.

Der Druide hatte geahnt, niemals wieder an die Oberfläche zurückzukehren. Ihm war klar gewesen, dass er Walkar, Leffel und Mux nicht wiedersehen würde.

Dennoch war er gegangen.

Ohne Zögern.

Ohne Klage.

»Leb wohl, mein Freund«, sagte Yvolar und reichte Alphart die Hand. »Es war mir eine Freude, deinen störrischen Geist ein wenig zähmen zu dürfen.«

»A-aber … ich meine …«

»Ich weiß, was du sagen willst. Doch unser gemeinsamer Weg ist hier zu Ende, mein Freund. Folg diesem Gang und tu, weswegen du hergekommen bist. Bestell Erwyn meine Grüße und richte ihm aus, dass ich trotz allem, was gewesen ist, an ihn glaube und darauf vertraue, dass er tun wird, was er kann.«

»Und du?«

»Ich werde tun, was *ich* kann. Zürnt mir nicht, sollten sich meine Kräfte als zu schwach erweisen.«

»D-das werden wir nicht«, versicherte Alphart, dessen Stimme plötzlich zu versagen drohte. »E-es … es war mir eine … eine Ehre«, flüsterte er, entgegen seiner sonst so rauen Art.

»Genau wie mir«, erwiderte der Druide.

Noch einmal drückte er herzlich Alpharts Hand, und ihre Blicke begegneten sich für einen Augenblick, in dem sich die vergangenen Tage und Wochen zu sammeln schienen; all die Gefahren, die Mühen und die Ängste, die sie gemeinsam durchlitten hatten.

Ihr Treffen im fernen Damasia.

Die Reise über die Berge.

Der Aufenthalt in Seestadt und die Fahrt über den Búrin Mar.

Die Zeit in der Zwergenfeste Glondwarac.

Die Suche nach der Drachenhöhle.

Und schließlich der Marsch zum Korin Nifol, wo sich ihrer aller Schicksal zu erfüllen schien.

»Leb wohl, Alphart«, sagte Yvolar noch einmal – dann wandte er sich ab, und indem sich sein Umhang bauschte, um dann einem riesigen dunklen Vorhang gleich herabzufallen, verschwand der Druide in einem Nebenstollen.

Alphart stand unbewegt.

Er brauchte eine Weile, um die Trauer niederzukämpfen, die ihn so jäh überkommen hatte. Dann erinnerte er sich an Yvolars letzte Worte und an den Auftrag, den er zu erfüllen hatte – und weiter ging sein Marsch durch das Labyrinth des Bösen.

42

Der Marschall und seine Getreuen hatten das diesseitige Ende der Brücke erreicht. Die weite Fläche des Spiegelsees war stumpf und grau und machte ihrem Namen keine Ehre; Frost und Schnee bedeckten sie, und groß war die Versuchung, das Eis wie im Tal des Allair zu überqueren, um in breiter Front anzugreifen. Barand widerstand ihr dennoch, denn das Eis war trügerisch und die Tiefen des Spiegelsees waren bodenlos, wie es hieß, und er wollte seine Streitmacht nicht darin versinken sehen.

Die Hufe des Rappen klapperten über den Stein der Brücke, und Barands Ritter preschten dem von zwei mächtigen Türmen gesäumten Torhaus entgegen. Doch sie hatten die Brücke noch nicht einmal zur Hälfte überwunden, als ihnen von den Türmen und Mauern, die sich zu beiden Seiten des Torhauses erstreckten, Pfeile entgegensirrten, die eisernen Spitzen mit Gift getränkt.

Mit derartiger Wucht waren sie abgeschossen worden, dass sie einen Harnisch oder ein Kettenhemd mühelos durchschlugen – und so fielen nicht wenige von Barands Rittern, noch ehe sie den Feind überhaupt zu sehen bekommen hatten.

»Vorwärts! Immer weiter!«, schrie Barand. Das Schwert wieder in die Höhe gereckt, beugte er sich eng über den gepanzerten Hals seines Reittiers und hoffte, dass keines der todbringenden Geschosse ihn traf. Die heiseren Schreie der Männer, die zumeist tödlich getroffen von ihren Pferden kippten, rissen nicht ab – bis plötzlich ganz andere Laute zu hören waren.

Mit Erleichterung vernahm Barand das Schnellen Hunderter Pfeilsehnen und das markige Klopfen der Pfeilschleudern und Katapulte. Er schaute zum Himmel und sah den Teppich lodernder Geschosse, der die Reiter auf der Brücke überholte und über den Wehrgängen Iónadors niederging. Kurz darauf schlugen die Felsbrocken ein, die die Katapulte geschleudert hatten. Wo sie auf die jahrtausendealten Mauern der Goldenen Stadt trafen, richteten sie zwar kaum Schaden an, doch Zinnen und hölzerne Wehrgänge hatten ihnen nichts entgegenzusetzen, und auch so mancher Verteidiger wurde von ihnen erschlagen. Sofort nahm der Beschuss durch die feindlichen Bogenschützen ab, und die Ritter konnten ihren wagemutigen Angriff fortsetzen. Ein grimmiges Grinsen huschte über Barands Züge – wer hätte geglaubt, dass er sich einmal darüber freuen würde, dass Iónador unter Beschuss lag?

»Weiter!«, brüllte er aus Leibeskräften. »Weiter aufs Tor zu!«

Das Torhaus wuchs vor ihnen in die Höhe. Flammen leckten aus den Schießscharten, der hölzerne Dachstuhl brannte lichterloh – und plötzlich sah Barand etwas, das ihn zutiefst erschreckte.

Das Tor war verschlossen!

»Seht!«, rief in diesem Moment auch der getreue Meinrad, der an seiner Seite ritt. »Die Pforte ist noch zu!«

»Verdammt, wie …?«

Barands Gedanken überschlugen sich.

Hatte nicht Galfyn das verabredete Signal gegeben? Hatte er im blinden Vertrauen auf seinen Blutsbruder seine Ritter ins Verderben geführt?

Nach Meinung des Marschalls konnte es nur drei Gründe geben, warum die Pforte noch immer geschlossen war. Entweder der Pfeil war versehentlich abgeschossen worden, oder aber das Kampfesglück hatte sich inzwischen gewendet, und das Tor befand sich wieder in der Hand des Feindes. Doch die dritte Möglichkeit entsetzte Barand am meisten: Die Erle hatten das Signal gegeben, um ihn und seine Leute in eine Falle zu locken …

Welche von diesen Möglichkeiten auch zutreffen mochte – es gab kein Zurück mehr. Alles, was ihnen blieb, waren die Hoffnung und das Vertrauen in ihre neuen Verbündeten – auch wenn es in diesem Augenblick einer harten Prüfung unterzogen wurde.

Denn kaum brach der Hagel aus Pfeilen und Steinen ab, der über den Mauern niedergegangen war, tauchten die Verteidiger wieder aus ihren Deckungen auf und nahmen die Angreifer erneut unter Beschuss. So gut es ging, schützten sich die Ritter mit ihren Schilden, die schon einen Herzschlag später mit Dutzenden von Erlpfeilen gespickt waren. Doch viele von Barands Mannen wurden getroffen und kippten tödlich verwundet aus den Sätteln.

Barand konnte nur hoffen, dass sich das Tor bald öffnen würde – andernfalls würde von seiner einstmals stolzen Reiterei nicht mehr viel übrig sein …

Jäh setzte der feindliche Beschuss wieder aus, und erneut brach loderndes Verderben über die Verteidiger herein, das Barand und seinen Leuten wiederum ein wenig Luft verschaffte. Die Ritter, die rund ein Dritttteil ihrer Gefährten im Pfeilhagel verloren hatten, setzten ihren todesmutigen Sturm fort, der jedoch im nächsten Moment vor der geschlossenen Pforte endete.

»Was nun?«, rief Meinrad, während Barand Mühe hatte, sein scheuendes Pferd zu beruhigen.

Gehetzt blickte Barand am brennenden Torhaus empor. Schreie waren von dort zu hören und das Klirren von Waffen, was darauf schließen ließ, dass noch immer heftig gekämpft wurde. Ausgeschlossen zu sein und denen, die drinnen fochten, nicht beistehen zu können machte den jungen Marschall rasend vor Wut und Sorge. Doch er zwang sich unter Kontrolle, hielt seine aufgewühlten Gefühle im Zaum.

»Wir warten!«, rief er trotzig. »Galfyn braucht noch Zeit.«

»Aber wir haben keine Zeit mehr«, wandte Meinrad ein. »Wenn die Erle uns das nächste Mal unter Beschuss nehmen …«

Natürlich hatte er recht. Auf ihren galoppierenden Pferden waren Iónadors Ritter zumindest noch bewegliche Ziele und als solche schwer zu treffen gewesen – vor dem Tor stehend und auf Einlass wartend, waren sie kaum zu verfehlen.

»Absitzen!«, befahl Barand deshalb und glitt selbst aus dem Sattel. »Nehmt die Tiere in die Mitte und bildet einen Kreis. Schützt euch mit den Schilden, so gut es geht!«

Augenblicklich kamen die Ritter seiner Anordnung nach – schon deshalb, weil es ihnen das Naheliegendste zu sein schien. Auch auf diese Weise würden sicherlich einige von ihnen sterben, niedergestreckt mit durchbohrtem Harnisch, aber es würden sehr viel weniger sein, als wenn sie ohne Deckung blieben.

So rasch ihre schwere Panzerung es zuließ, stiegen die Reiter ab und bildeten einen Kordon um die Pferde. Die teils mandelförmigen, teils runden Schilde reihten sich aneinander und bildeten so eine schützende Mauer für Mensch und Tier – über die schon im nächsten Moment ein wahres Inferno hereinbrach.

In Erwiderung des feurigen Verderbens, das nun schon zweimal über sie gekommen war, schickten auch die Erle Brandpfeile von den Zinnen herab, die verheerende Wirkung hatten: Rasch standen einige der hölzernen und mit Leder bespannten Schilde in Flammen, sodass sich ihre Träger von ihnen trennen mussten und leichte Beute für die feindlichen Geschosse wurden. Entsetzt sah Barand seine Männer fallen, musste miterleben, wie ein stolzer Recke nach dem anderen einen grausamen Tod starb. Gleich, ob es sich um Stadtfürsten handelte oder um die wackeren Herren der Grenzburgen – die todbringenden Pfeile machten keinen Unterschied. Ein grausames Sterben setzte vor dem Torhaus ein und raffte mehr als die Hälfte der Ritter dahin.

So, dachte der Marschall beklommen, musste es einst den Waldkriegern ergangen sein, als sie versucht hatten, die Goldene Stadt zu erobern – und plötzlich sah er Dóloan, den ersten Fürstregenten der Geschichte, mit anderen Augen, nicht mehr als glorreichen Helden, sondern als blutrünstigen Schlächter …

»Was sollen wir nur tun?«, rief einer seiner Ritter verdrossen.

»Wir sind verloren!«, brüllte ein anderer.

Verzweiflung überkam Barand, während er sich fragte, ob dies das Ende war. Er erinnerte sich, dass eine alte Allagáinerin ihm einst erzählt hatte, der Schöpfergeist werde die Berge zum Richtertisch machen, wenn das Weltgericht gekommen sei, und die Bewohner Allagáins würden die Ersten sein, die sein Urteil träfe. War es nun so weit? Waren die Pfeile der Erle in Wahrheit die Strafe dafür, dass die Sterblichen die Schöpfung missachteten und sich gegenseitig nach dem Leben trachteten?

Der Gedanke erschreckte ihn, und er ertappte sich dabei, dass er zum Schöpfer betete, während ringsum die Pfeile des Feindes tapfere Ritter niederstreckten – und im nächsten Augenblick schien es, als werde sein Flehen erhört.

Denn jenseits der steil aufragenden Mauern Iónadors, weit hinter dem brennenden Torhaus, dessen Flammen in den grauenden Himmel züngelten, schoss eine riesenhafte Gestalt empor, weit hinauf bis zur Felsendecke, die sich wie ein gewaltiger Schild über Iónador neigte. Dort verharrte die Gestalt für einen Augenblick und breitete ihre Flügel aus. Dann stieß sie herab, ein grauer Schemen im noch spärlichen

Licht des Tages, und von ihren breiten Schwingen getragen, hielt sie auf die Stadtmauer zu.

Ihr Rachen öffnete sich, und eine grelle Flammensäule stach aus ihrem Schlund, die im nächsten Moment unter die Unholde fuhr, die auf den Wehrgängen kauerten und die Angreifer unter Beschuss genommen hatten.

Feuer speiend zog der Drache über die Mauern der Stadt hinweg und hinterließ ein tosendes Inferno. Barand hörte die gellenden Schreie der Verteidiger und sah mehrere von ihnen lebenden Fackeln gleich von den Zinnen stürzen. Sofort setzte der Beschuss durch die Erle aus, denn wer von den Unholden nicht beim ersten Angriff des Drachen verbrannt war, richtete seinen Bogen auf den Lindwurm, der so unvermittelt über sie gekommen war und zu einer weiteren zornigen Attacke ausholte.

Erneut spie Fyrhack flammendes Verderben über die Verteidiger, die schreiend und teils brennend die Flucht ergriffen – und in diesem Moment öffnete sich das Tor!

Die mächtige Pforte, die schon so vielen Angreifern getrotzt hatte, bewegte sich auf einmal und schwang nach innen, und im Spalt der beiden mächtigen Torhälften erschien kein anderer als Galfyn.

Der Häuptling des Falkenclans wirkte abgekämpft. Sein langes Haar hing in schweißnassen Strähnen, seine Klinge und die Lederrüstung waren mit Erlblut besudelt. Er hatte eine Stirnwunde davongetragen, aus der Blut rann und sich mit den blauen Streifen in seinem Gesicht vermischte, sodass er einen furchterregenden Anblick bot. In seinen Zügen jedoch lag ein triumphierendes Grinsen, während er zusammen mit einigen seiner Krieger das Tor weiter aufstieß. Das Fallgitter war bereits oben – die Waldkämpfer schienen tatsächlich schon dabei gewesen zu sein, das Tor zu öffnen, als der Angriff der Erle sie überrascht hatte. Das Eingreifen Fyrhacks jedoch hatte das Schlachtenglück erneut gewendet.

»Zum Angriff!«, brüllte Barand so laut, dass sich seine Stimme fast überschlug, und er preschte seinen Rittern voraus durch das Tor.

Die Kämpen Iónadors folgten ihm, teils mit, teils ohne Pferd, wenn sie ihr Reittier im Pfeilhagel verloren hatten, während das Fußheer unter wildem Kriegsgebrüll den Hang herabrannte, auf die Brücke zu.

Der Weg nach Iónador stand offen …

43

Alphart spürte die Einsamkeit schwer auf sich lasten, so als würde sie auf seinen Schultern sitzen, ihn niederdrücken und jeden seiner Schritte hemmen. Der Wildfänger versuchte, möglichst nicht daran zu denken, dass er allein war und auf sich gestellt – und dass der einzige Freund, den er inmitten dieser feindseligen Unterwelt hatte, auf dem Weg war, dem finsteren Herrscher gegenüberzutreten. Seine ganze Aufmerksamkeit hatte der Aufgabe zu gelten, die man ihm übertragen hatte: den jungen Erwyn zu finden und ihn zu befreien.

Hätte man ihm noch vor einigen Wochen gesagt, dass er sich für einen hergelaufenen Knaben an den finstersten aller Orte begeben und Leib und Leben riskieren würde, um ihn zu retten, hätte er darüber nur gelacht und den Kopf geschüttelt. Aber die Zeiten hatten sich geändert. Die Welt war nicht mehr, was sie gewesen war, und auch ein gewisser Jägersmann, der, nach Rache dürstend, ins Tal gestiegen war, hatte seine Haltung in mancher Hinsicht überdacht.

Wer hätte geglaubt, dass ein Druide und ein Bauer aus dem Unterland seine besten Freunde werden könnten? Dass er Trauer und Wehmut über den Tod eines Zwergs empfinden würde? Und dass ein halbwüchsiger Knabe zur Hoffnung für ganz Allagáin werden sollte?

Noch vor nicht allzu langer Zeit waren all dies für Alphart, der nur für seine Rache gelebt hatte, befremdliche Gedanken gewesen. Inzwischen wusste er, dass Kameradschaft und wahre Freundschaft nicht nur unter Wildfängern existierten. Mit den Gefährten, mit denen zusammen er von Glondwarac aufgebrochen war, war er zu einer verschworenen Gemeinschaft geworden, und er konnte es nicht hinnehmen, dass auch nur einer von ihnen in der Gewalt des Feindes zurückblieb.

Er pirschte sich durch eisverkrustete Stollen, die Wegbeschreibung Yvolars leise vor sich hin murmelnd. Ab und an zuckte er zusammen und hob die Axt, wenn er aus dem Augenwinkel eine Bewegung wahrnahm. Aber stets waren es nur Spiegelbilder seiner selbst auf dem schimmernden Eis. Seltsamerweise waren die Gänge nicht bewacht, was Alphart misstrauisch machte. Wenn der Weg, den der gefangene Erl ihnen beschrieben hatte, tatsächlich zum jungen Erwyn führte, weshalb gab es dann keine Wachen? Hüteten die Schergen des Bösen ihre wertvolle Geisel nicht?

Die Sache gefiel dem Wildfänger nicht, aber er sah keine andere Möglichkeit, als weiterzugehen. Wich er von dem Pfad ab, den Yvolar ihm beschrieben hatte, würde er sich binnen kürzester Zeit rettungslos verlaufen, und dann wäre alle Aussicht, den Jungen zu finden, vertan. Auch wenn es Alphart nicht behagte, er musste weiter den Weg beschreiten, den er eingeschlagen hatte, auch wenn er vielleicht in eine Falle führte.

Den Schaft der Axt mit beiden Händen umklammernd, ging er immer weiter, durch niedere, schmale Gewölbe, von deren Decke eigenartig geformte Eiszapfen wuchsen. Erst bei näherem Hinsehen wurde Alphart bewusst, dass es keineswegs nur gefrorenes Wasser war, das dort von der Höhlendecke hing; die bizarren Skulpturen hatten zum Teil die Form menschlicher Wesen, und hier und dort starrten bleiche, in ewigem Entsetzen erstarrte Mienen durch das milchige Weiß. Was diesen Elenden widerfahren war, darüber konnte der Wildfänger nur rätseln. Er hoffte, dass er noch rechtzeitig kommen würde, um Erwyn ein solch grausames Schicksal zu ersparen.

Eine Treppe vereister Stufen führte noch tiefer in das unterirdische Labyrinth hinab. An deren Fuß gewahrte Alphart –

ebenso zu seiner Erleichterung wie zu seinem Entsetzen – zwei gedrungene Gestalten. Erle, die offenbar zur Bewachung abgestellt waren. Als Bewaffnung hielten sie kurze Speere in ihren Pranken, ihr Gestank war unbeschreiblich.

Alphart verharrte reglos, überlegte, wie er die beiden Unholde ausschalten konnte, ohne dass sie Alarm schlugen – da rutschte er plötzlich mit der linken Stiefelsohle auf den eisigen Stufen aus. Eine lautlose Verwünschung auf den Lippen, ruderte der Wildfänger mit der Axt, um das Gleichgewicht zu halten.

Vergebens …

Es war, als würden ihm beide Beine unter dem Körper weggetreten, und er krachte rücklings auf die Stufen – hätte er nicht den Schild auf dem Rücken getragen, der den Aufprall abfing, hätte er sich vermutlich das Rückgrat gebrochen. Mit den Beinen voraus rutschte Alphart die Treppe hinab – und krachte im nächsten Moment gegen einen der beiden Erle. Die schweinsgesichtige Kreatur gab ein überraschtes Grunzen von sich und kam ebenfalls zu Fall, während ihr Kumpan herumfuhr. Dessen Augen weiteten sich, als er den Eindringling gewahrte, dann stieß die Speerspitze erbarmungslos zu.

Alphart jedoch war schneller. Noch auf dem Boden liegend, warf sich der Wildfänger herum, und die Speerspitze bohrte sich in den Schild auf seinem Rücken. Dann hieb Alpahrt mit der Axt nach den Beinen des Unholds, die mit Fell umwickelt, ansonsten aber ungeschützt waren.

Es knackte hässlich, als das scharfe Blatt durch Fleisch und Knochen schnitt. Der Unhold kippte wie ein gefällter Baum, woraufhin der Jäger ein zweites Mal zuschlug und die Axt bis zum Schaft in seinem Rücken vergrub.

Dieser Erl rührte sich nicht mehr, wohl aber der andere, der sich schnaubend wieder auf die kurzen Beine gerafft hatte und dann angriff. Den Speer gesenkt, stürmte er heran.

Alphart, der noch neben dem erschlagenen Unhold auf dem Boden kauerte, riss an der Axt und versuchte, sie wieder freizubekommen, was ihm jedoch nicht gelang. Schon war die giftige Speerspitze heran, doch der Wildfänger warf sich im letzten Moment herum.

Zwar verfehlte ihn das Mordinstrument um Haaresbreite, was dem Erl ein wütendes Schnauben entlockte, jedoch war Alphart nun eine ganze Armlänge von seiner Axt entfernt, und das Messer an seinem Gürtel reichte kaum aus, um einen vor Wut rasenden Unhold aufzuhalten. Schon griff der Erl erneut an, den Speer beidhändig umklammernd – Alphart blieb nicht einmal Zeit, auf die Beine zu kommen. Auf den Knien kauernd, wollte er erneut ausweichen, als sein Blick auf den Speer des anderen Wächters fiel, der herrenlos neben ihm am Boden lag. Zum Werfen war die Distanz zu kurz, aber Alphart griff blitzschnell nach der Waffe und richtete sie auf – gerade in dem Moment, als der Angreifer ihn erreichte.

Der Erl, dessen ganze Konzentration darauf gerichtet war, den Eindringling zu vernichten, sah die Gefahr nicht kommen. Er bemerkte die Speerspitze erst, als sie sich mit der ganzen Wucht seines ungestümen Angriffs in seine Eingeweide bohrte und seiner Raserei ein jähes Ende setzte.

»So«, knurrte Alphart, »nun lasst uns sehen, ob das Gift, das ihr mischt, auch für euresgleichen tödlich ist.«

Der Unhold war in Reglosigkeit erstarrt.

Mit ungläubig geweiteten Augen starrte er Alphart an, während er unbeholfene Versuche unternahm, den Speer in seiner Hand doch noch in den Leib seines Gegners zu stoßen. Der Wildfänger sprang auf – gerade in dem Moment, als der Erl vornüberkippte und sich den Speer dadurch nur noch tiefer in den Wanst rammte. Blutbesudelt trat die Spitze in seinem Rücken wieder aus. Der Erl ließ noch ein heiseres Schnauben vernehmen, dann blieb er reglos liegen.

Alphart wandte sich ab und griff nach der Axt, die sich widerspenstig und schmatzend aus dem Fleisch des anderen Unholds löste.

Dann eilte er weiter den Eisstollen hinab und gelangte schließlich in eine Höhle, in deren Boden und Wände vergitterte Öffnungen eingelassen waren. Der Wildfänger hatte sein Ziel erreicht.

Dies mussten die Kerker von Urgulroth sein.

Ein unheimliches Stöhnen schwang in der bitterkalten Luft. Alphart konnte seiner Neugier nicht widerstehen und eilte zur erstbesten Gitteröffnung, die wenig mehr war als ein rundes, in den Boden geschlagenes Loch. Er spähte hinab, um sich sogleich wieder abzuwenden – denn was er dort im unheimlichen grünen Licht gewahrte, war durch Kälte und Folter so entstellt, dass es kaum noch Ähnlichkeit mit einem menschlichen Wesen aufwies.

»Hilfe …«, drang es tonlos herauf, und eine Hand streckte sich ihm entgegen, die schwarz war vom grimmen Frost. »Hilf mir …«

Von Grauen geschüttelt, eilte der Wildfänger weiter, während ihn gleichzeitig die Furcht befiel, Muortis' Folterknechte könnten den jungen Erwyn ebenso zugerichtet haben.

Wenn er überhaupt noch am Leben war …

Da es offenbar keine weiteren Posten gab, die den Kerker bewachten, rief der Jäger den Namen des Jungen – zaghaft und leise zunächst, dann jedoch, als er keine Antwort erhielt, immer lauter.

»Erwyn? Kannst du mich hören? Wo bist du, Junge …?«

Er hastete zwischen den Gitteröffnungen hin und her, von denen sich die meisten in Boden oder Wänden, einige jedoch auch in der Decke der Höhle befanden, als ob die Naturgesetze in Muortis' Reich keine Gültigkeit hätten. Ihre Zahl war unüberschaubar und entsprechend planlos Alpharts Suche. Bald eilte er hierhin, bald dorthin, Erwyns Namen rufend und begleitet vom Stöhnen der elenden Kreaturen, die schon wer weiß wie lange in den Zellen gefangen waren, längst nicht mehr am Leben, aber auch noch nicht tot, vergessen von der Welt und – wie es aussah – sogar von ihrem finsteren Peiniger.

Was, in aller Welt, hatte der Erbe Ventars an einem Ort wie diesem verloren?

Alphart hatte erwartet, es mit Horden blutrünstiger, zum Äußersten entschlossener Wächter aufnehmen zu müssen, und daher hatte er seine Aussichten, den Jungen heil aus Urgulroth herauszubekommen, als mehr als gering eingeschätzt. Von den beiden Erlen, die er erledigt hatte, einmal abgesehen, war der Kerker jedoch unbewacht – vielleicht tatsächlich aus dem Grund, dass der Nebelherr nahezu alle seine Diener nach Norden entsandt hatte, um den Krieg nach Allagáin zu tragen …

Wie auch immer – Alphart verstand zu wenig von Dingen wie diesen, als dass er deshalb besorgt gewesen wäre. Er war kein Denker wie Yvolar, sondern ein Mann der Tat, also grübelte er nicht über diesen Umstand, sondern verwendete seine ganze Konzentration darauf, den Jungen zu finden.

»Erwyn? Verdammt, du elender Bengel, wo steckst du? Gib Antwort, wenn du mich hören kannst!«

Je weiter er in die Höhle vordrang, desto tiefer und dunkler schienen die Kerkerlöcher zu werden.

»Erwyn!« In seiner Sorge um den Jungen schrie Alphart immer lauter, alle Vorsicht in den Wind schlagend. »Bist du hier irgendwo, Junge? Dann melde dich!«

»A-Alphart?«

Die Stimme klang zaghaft und brüchig, mehr wie ein Echo, das durch die Höhle wisperte. Abrupt blieb Alphart stehen und schaute sich um. Es war unmöglich zu sagen, aus welcher Richtung die Stimme gekommen war – oder hatte er sie sich in seiner wachsenden Panik nur eingebildet?

»Erwyn, bist du das? Sag etwas, Junge!«

»Alphart! Dem Schöpfer sei Dank!«

»Erwyn!«

Plötzlich glaubte Alphart mit ziemlicher Sicherheit zu wissen, aus welchem der unzähligen Kerkerlöcher die zaghaften Rufe drangen. Rasch eilte er hin und fiel davor auf die Knie, spähte hinab – und sah tatsächlich keinen anderen als Erwyn auf dem eisigen Grund der Zelle kauern, frierend und verzweifelt, aber immerhin lebend und am Stück.

»Erwyn!«, rief Alphart in seiner Erleichterung aus. »Du elender Taugenichts! Habe ich dich endlich gefunden!«

»A-Alphart …?«

Erwyns leichenblasse, vor Kälte blau angelaufenen Züge verzerrten sich furchtsam. Der Jäger brauchte einen Augenblick, um zu begreifen, dass es an dem Erlhelm lag, den er noch immer trug und dessen Visier geschlossen war. Rasch nahm er das unförmige Ding ab und schleuderte es von sich, sodass es laut schepperte. »Ich bin's, Junge«, gab er sich zu erkennen, in der Erwartung, dass Erwyn in Jubel ausbrechen oder zumindest einen Ausdruck der Erleichterung zeigen würde.

»Alphart, mein Freund«, stöhnte der Knabe jedoch nur – er schien zu mehr nicht in der Lage zu sein.

»Warte, ich werde dich befreien«, versprach der Wildfänger und setzte seine Axt als Werkzeug ein, um den rostigen Splint zu entfernen, mit dem das Gitter verschlossen war. Ein gezielter Schlag genügte, dann konnte Alphart das Gitter aufstemmen. Mit hässlichem Quietschen hob sich das Eisen. Alphart öffnete es vollends und ließ es zur Seite fallen, was abermals für ohrenbetäubenden Lärm in der Höhle sorgte; der Jäger scherte sich nicht darum.

Alphart führte ein aufgerolltes Seil mit sich. Er löste es von seinem Gürtel, und mit vor Kälte klammen Fingern knüpfte er eine Schlinge und warf sie Erwyn hinab. »Hier!«, rief er. »Kannst du klettern?«

»I-ich glaube nicht. Meine Glieder sind ganz steif gefroren.«

»Schön, dann schlüpf einfach in die Schlinge«, knurrte der Jäger. »Den Rest werde ich erledigen.«

Der Junge tat, wie ihm geheißen, und das andere Ende des Seils um seine Hände geschlungen, versuchte der Wildfänger, ihn zu sich heraufzuziehen. Es gelang nicht sofort, denn auf dem eisigen Boden rutschte Alphart immer wieder ab. Erst als er das Seil um einen von Eis überzogenen Felsen laufen ließ, bekam er genügend Zug, um den Jungen aus dem Kerkerloch zu hieven.

Als Erwyns Gesicht über dem Rand der Öffnung erschien, war seine Miene schwer zu deuten. Erleichterung war darin zu lesen und die Freude, einen alten Freund wiederzusehen, aber auch Betrübnis und Niedergeschlagenheit. Die Augen des Jungen verrieten, dass sie Dinge gesehen hatten, die jenseits menschlicher Vorstellungskraft lagen, und die Strapazen und Ängste, denen er ausgesetzt gewesen war, hatten deutliche Spuren hinterlassen. Dennoch war Alphart ebenso verwundert wie erfreut, Erwyn so vergleichsweise wohlbehalten zu sehen. Offenbar hatten ihn Muortis' Diener nicht mal gefoltert, was eigenartig war, aber der Wildfänger würde sich gewiss nicht darüber beschweren.

»Hier, greif zu!«, presste er hervor, während er Erwyn seine Rechte entgegenstreckte und das Seil nur noch mit einer Hand hielt. Der Junge, der vor Kälte tatsächlich ganz steif war, hatte Mühe, den Arm so zu heben, dass er Alpharts Hand zu fassen bekam. Der Wildfänger packte zu und zog ihn aus dem Loch und über den Rand der Öffnung. Erschöpft blieben beide liegen und sogen keuchend die frostige Luft in ihre Lungen.

»Danke«, stieß Erwyn hervor, als er wieder zu Atem gekommen war.

Entgegen seines sonst so verschlossenen Wesens zog Alphart den Jungen an sich und umarmte ihn herzlich. Erwyn jedoch erwiderte die Umarmung nicht.

»Alles in Ordnung?«, wollte Alphart wissen.

»Du hättest nicht kommen sollen«, beschied ihm der Junge.

Alphart war verblüfft. »Was hast du gesagt?«

»Du hättest die Gefahr nicht auf dich nehmen sollen«, sagte Erwyn niedergeschlagen. »Nicht meinetwegen.«

»Was soll das denn heißen? Wir sind eine Gemeinschaft, erinnerst du dich? Einer steht für den anderen ein.«

»Einer für den anderen«, murmelte der Junge und sah Alphart mit tränenroten Augen an, die in bodenlose Abgründe geblickt zu haben schienen.

»Ganz genau. Und jetzt komm, verdammt noch mal, auf die Beine, damit wir diesen finsteren Ort rasch verlassen können! Die anderen warten schon sehnsüchtig auf dich.«

»Die anderen?«

»Leffel und Mux – und wahrscheinlich auch dieser verdammte Bärengänger, auch wenn er es nie zugeben würde.«

»Ich … verstehe …« Erwyn nickte.

Alphart wunderte sich. Was war nur mit Erwyn los? Irgendetwas schien den Jungen, der ohnehin zur Grübelei neigte, derart niederzudrücken, dass er sich nicht einmal über seine Befreiung freuen mochte. Was hatten Muortis und seine finstere Brut ihm nur angetan? Vielleicht hatte der flüchtige Eindruck ja getrogen, und der Junge hatte doch größeren Schaden davongetragen, als auf den ersten Blick zu erkennen war, Wunden nicht sosehr am Körper, als vielmehr an seiner Seele …

»Bist du auch wirklich in Ordnung, Junge?«, brummte er – der Blick, mit dem Erwyn ihm antwortete, war unmöglich zu deuten.

»D-da ist etwas, das ich dir sagen muss, Alphart«, begann er zögernd.

»Später«, knurrte der Jäger, während er sich bereits aufraffte. »Dies ist weder der rechte Ort noch der rechte Augenblick für eine Unterhaltung.«

Rasch rollte er das Seil auf und machte es wieder an seinem Gürtel fest – möglicherweise würden sie es noch brauchen. Dafür zog er Danaóns Umhang aus dem Rucksack und reichte ihn Erwyn. »Das wird dich wärmen …«

»Nein, bitte nicht«, wehrte Erwyn ab. »Ich bin seiner nicht würdig …«

Alphart schüttelte den Kopf. »Dass du nach all der Zeit in Kälte und Gefangenschaft noch immer so geschwollen daherreden kannst!« Dann legte er dem Jungen den Mantel kurzerhand um die schmalen Schultern und schloss die Fibel über seiner Brust. »Hier«, brummte er, »und hör gefälligst auf, dich zu beschweren, sonst überlege ich es mir anders und werfe dich wieder ins Loch, verstanden?«

Wortlos nahm Erwyn die Zwergenklinge entgegen, die Alphart ihm ebenfalls zurückgab. Die hölzerne Pfeife, die der Jäger ihm grinsend zusteckte, entlockte ihm den Anflug eines Lächelns, das allerdings schon im nächsten Augenblick wieder verschwunden war. Sogar Alphart, der nicht eben feinfühlig war, konnte erkennen, dass etwas den Jungen schwer belastete. Was immer es jedoch war, es würde warten müssen, bis sie die Kavernen Urgulroths hinter sich gelassen hatten …

»Komm jetzt«, drängte er, nachdem er seine Axt wieder vom Boden aufgelesen hatte. »Je eher wir von diesem Ort des Grauens verschwinden, desto besser.«

»Du hättest nicht herkommen sollen«, sagte Erwyn leise. »Es gibt kein Entkommen von diesem Ort.«

»Woher willst du das wissen, Grünschnabel? Du hast es ja noch nicht einmal versucht.«

»Ich habe ihn gesehen, Alphart«, hauchte Erwyn bedeutungsschwanger.

»Ihn gesehen? Wen, verdammt noch mal?«

»Muortis«, sagte der Junge mit einer Stimme, die den Wildfänger schaudern ließ.

»Wenn schon!« Alphart gab sich unbeeindruckt. »Wir müssen weg von hier. Oder willst du lieber wieder in dein Kerkerloch zurück?«

Zum Entsetzen des Jägers schien Erwyn tatsächlich darüber nachzudenken. Doch ehe der Junge etwas entgegnen konnte, das Alphart nicht hören wollte, versetzte ihm der Wildfänger einen herzhaften Stoß in Richtung Ausgang. »Nichts da, Bürschchen!«, knurrte er, um seine Bestürzung zu vertuschen. »Das könnte dir so passen, dich wieder in dein Loch zu verkriechen, während deine Kameraden und der Rest der Welt ums Überleben kämpfen. Los, vorwärts, ehe ich mich vergesse und dir den Hintern versohle!«

Erwyn widersprach nicht mehr und setzte sich in Bewegung, wenn auch fast widerwillig. Alphart, dem das viel zu langsam ging, packte ihn und schleppte ihn mit sich, an den anderen Kerkerlöchern vorbei, aus denen entsetzliche Laute drangen.

Sie gelangten zur Treppe, wo die erschlagenen Erle lagen.

»Ist das alles?«, fragte Erwyn, als er die beiden Kadaver erblickte. »Nur zwei Wachen?«

»Allerdings«, schnaubte Alphart. »Wir können von Glück sagen, dass Muortis' Unholde an der Oberfläche dringender benötigt werden als hier.«

»Dringender?« Der Junge lachte freudlos auf, und mit einem Tonfall, der Alphart ganz und gar nicht gefallen wollte, fügte er hinzu: »Du hast keine Ahnung, wovon du sprichst …«

44

Je tiefer Yvolar in das Reich des schrecklichen Feindes eindrang, desto unbarmherziger wurde die Kälte, und auch das Licht wurde immer spärlicher; der unheimliche grüne Schein, der die Gänge und Stollen dieser Unterwelt erfüllte, nahm ab, je näher der Druide jenem finsteren Ort kam, an dem der Herr der Nebel und des Eises Hof hielt – dem Thronsaal von Urgulroth ...

Dorthin hatte sich Muortis nach seiner Niederlage gegen die Sylfen zurückgezogen, dort hatte er seine Wunden geleckt und die Zeiten überdauert. Solange bis aus der Geschichte von einst Mythen geworden waren und diese Mythen in Vergessenheit gerieten, sodass es kaum noch jemanden gab, der sich seiner erinnerte. So, dachte der Druide voller Bitterkeit, begann es stets – mit dem Vergessen. Und auf das Vergessen der Vergangenheit folgte der Tod.

Nur gut, dass nicht alle Sterblichen mit Blindheit geschlagen waren. Zumindest ein paar von ihnen waren rechtzeitig aus ihrer Lethargie erwacht und hatten die Augen geöffnet für eine größere und bedeutendere Welt. Yvolar konnte nicht anders, als leisen Stolz zu empfinden für die Freunde, die er gewonnen und die ihn auf seiner Reise zum Kern der Finsternis begleitet hatten. Sie alle würden auf ewig einen Platz in seinem Herzen haben – ob sich ihre Opfer allerdings lohnen oder vergeblich sein würden, wusste der Druide noch nicht. Das Schicksal der Welt balancierte in diesen Tagen auf einem schmalen Grat ...

Anders als zu jenen Zeiten, da die Sylfen in den Kampf eingegriffen und die ganze Macht Ventars in die Waagschale geworfen hatten, standen die Menschen diesmal allein. Damals hatte ihre noch junge und unerfahrene Rasse nicht einmal richtig mitbekommen, was geschehen war – diesmal waren sie es, die die Hauptlast des Krieges zu tragen hatten.

Muortis hatte den Zeitpunkt seiner Rückkehr gut gewählt: Das Zeitalter der Mythen ging zu Ende, und eine neue Ära dämmerte herauf, in der die Wesen der Anderswelt verschwinden und Wissenschaft und Technik das Leben der Menschen bestimmen würden. Am Vorabend dieser neuen Zeit jedoch hatten sich die alten Mächte noch einmal zurückgemeldet, schrecklicher und vernichtender als je zuvor, und es würde sich entscheiden, wer das Angesicht der Welt in Zukunft prägen würde: die schwachen Menschen mit ihrer Fähigkeit zum Guten und ihrem Streben nach Gerechtigkeit – oder die Mächte des Chaos und der Zerstörung, die Muortis dienten. Und wie schon einmal waren die Berge der Schauplatz dieses letzten Kampfes – jener Ort der Welt, wo Erde und Fels, Wasser und Luft, Feuer und Eis zusammentrafen.

Beklommen musste der Druide an Fyrhacks Worte denken und daran, dass sie ihren eigenen Untergang nur beschleunigten, wenn sie den Menschen halfen. Das ließ sich nicht leugnen, denn in der neuen, vernunftbestimmten Welt würde kein Platz mehr für wundersame Wesen sein, wie sie es waren. Dennoch hatte die Entscheidung nicht anders ausfallen können – nicht, wenn man die Gesetze der Natur und des Schöpfers respektierte, denen auch sie unterworfen waren. Sich selbst zum Maßstab aller Dinge zu erheben war es, was Muortis von den übrigen Wesen der Anderswelt unterschied. Deshalb hatten sie ihn vor undenklich langer Zeit aus ihrem Kreis ausgestoßen, und deshalb gab es keine andere Möglichkeit als den Kampf bis zum Tod.

Immer deutlicher konnte Yvolar die Präsenz des Nebelherrn spüren – und mit ihr auch seine eigene Furcht. Ja, er verspürte Angst. Nicht sosehr um sein eigenes Leben als vielmehr um das Schicksal der Welt. Denn der Druide wusste, zu was der Nebelherr in der Lage war, und alles in ihm sträubte sich dagegen, die Welt ein zweites Mal in eisiger Kälte versinken zu sehen. Also würde er kämpfen.

Allein …

Er gestand es sich nicht gern ein, aber die Gesellschaft seiner sterblichen Freunde fehlte ihm. Er hatte sich daran gewöhnt, dass Alphart allem und jedem gegenüber misstrauisch war, dass Leffel unentwegt Fragen stellte und der kleine Kobling Mux fröhlich vor sich hin reimte. Und wie sie hatte auch er sich im Lauf der langen Reise und der dramatischen Ereignisse, die hinter ihnen lagen, verändert. Nicht länger war er der einsame Prophet vom Berge Nor. Dass er eine derart lange Zeitspanne seines Lebens allein verbracht hatte, war ihm mittlerweile unverständlich. Er hatte jene Jahre, die er in der Einsamkeit Damasias verbracht hatte, der Ruhe und der Kontemplation gewidmet, dem Studium alter Schriften. Inzwischen fragte er sich, ob die Gegenwart treuer Freunde ihn nicht besser als jede Gelehrtenschrift auf das hätte vorbereiten können, was vor ihm lag …

Leises Grauen erfüllte den Druiden. Er hatte schon einmal in den gähnenden Abgrund geblickt und verspürte kein Verlangen danach, es ein zweites Mal zu tun. Nur hatte er keine Wahl. Den Druidenstab in den Händen, dessen schwaches Leuchten die Dunkelheit kaum zu vertreiben vermochte, schritt Yvolar weiter voran – und hörte plötzlich eine Stimme.

»Komm!«, sagte sie und klang so klirrend wie das Eis selbst. »Komm zu mir …«

45

Einen Keil bildend, an dessen Spitze Barand von Falkenstein ritt, jagten die Lanzenreiter die Hauptstraße hinab. Sowohl Barand als auch Galfyn, die durch den geschlossenen Blutsbund wie ein Mann zu denken und zu handeln schienen, achteten darauf, dass die Verbindung zum Hauptheer nicht abriss, und das nachrückende Fußvolk setzte unter wüstem Kriegsgeschrei in die Bresche, die die Reiter in die Reihen der Erle schlugen.

Wie ein Sturmwind kehrten die Ritter Iónadors in die Goldene Stadt zurück und brandeten über die Unholde hinweg, ließen Berge erschlagener Erle zu beiden Seiten der Straße zurück. Eine mit Widerhaken versehene Speerspitze zuckte auf Barand zu, die der Marschall jedoch mit dem Schild abwehrte. Wirkungslos glitt die mörderische Waffe ab, und Barands Schwert fuhr herab und spaltete dem Urheber des Angriffs den Schädel. Blutüberströmt sank der Erl nieder, kippte seinen Kumpanen entgegen, die in immer größerer Anzahl die Straße herabdrängten. Vom Rücken des Pferdes aus konnte Barand weit die Straße hinabblicken – und er sah nichts als rostige Schwerter, schartige Äxte und in wildem Blutdurst verzerrte Fratzen. Die Erle hatten die Überraschung verwunden und waren zum Gegenangriff bereit.

Derart massig ballten sich die kreischenden, grunzenden Horden in den Straßen, dass es schon bald kein Durchkommen mehr gab, und für jeden Unhold, der unter den Schwertstreichen der Ritter fiel, schienen zehn weitere nachzurücken. Die Hauptstraße, an deren Ende sich in unerreichbarer Ferne der Túrin Mar abzeichnete, war ein einziges wogendes Meer.

Barand schätzte, dass es an die fünftausend Erle waren, die sich dort drängten, und es waren noch längst nicht alle.

Frenetisches Brausen lag in der Luft, als Fyrhack im Tiefflug heranschoss und abermals loderndes Verderben auf die Unholde spie. Die Erle schrien und kreischten, während die Flammen sie fraßen, und der entsetzliche Gestank von verbranntem Fleisch erfüllte die Straße. Aber selbst Drachenfeuer reichte nicht aus gegen die ungeheure Menge der Unholde. Zudem war Fyrhack nicht unverwundbar. Schon steckten zwei Erlpfeile in seiner Brust; zwar konnte ihr Gift dem Drachen nichts anhaben, jedoch war es nur eine Frage der Zeit, bis eines der zahlreichen Geschosse, die die Erle auf ihn schleuderten, eine empfindlichere Körperstelle treffen würde. So blieb dem Drachen nichts, als sich auf kurze, überraschende Angriffe zu beschränken, um dann sofort wieder aufzusteigen und sich außer Reichweite der Erle zu bringen, bevor er dann jedes Mal erneut herabstieß und feurigen Tod über sie entließ.

Doch nicht nur um die Hauptstraße wurde gekämpft, auch auf den Wehrgängen Iónadors tobten blutige Gefechte – dort taten sich die Bärenkrieger durch besonderen Mut und Opferbereitschaft hervor. Um sicherzustellen, dass das Torhaus nicht wieder dem Feind in die Hände fiel und dadurch die Verbindung zum nachrückenden Heer abgeschnitten wurde, griffen die Clansmänner die Erle an, die sich zu beiden Seiten des Tores verschanzt hatten. Schon stand einer der beiden Wachtürme in Flammen, und von den Zinnen stürzten Erle lebenden Fackeln gleich in die Tiefe.

Auch um den anderen Turm wurde erbittert gefochten; einer Kriegshorde unter der Führung von Baras, dem Häuptling des Bärenclans, war es gelungen, in den Turm einzudringen. Stockwerk für Stockwerk arbeitete sie sich nach oben, wobei die Erle ihnen heftigen Widerstand entgegenbrachten. Giftpfeile zuckten die steilen Stufen hinab und kosteten mehr als einem der tapferen Waldkrieger das Leben. Aber unaufhaltsam rückten die Bärenkämpfer vor, gerade so, als gäbe es weder Schmerz noch Tod. Immer wieder kam es zu Zusammenstößen mit den Erlen, die sich auf den Treppenabsätzen verschanzten. Einzelne Glieder abgehackt und mit zerschmetterten Schädeln, krachten die Leiber der Unholde durchs Geländer und stürzten in die Tiefe, während die Wildheit der Angreifer mit jedem Kampf nur noch zuzunehmen schien.

Mit ihrer blauen Kriegsbemalung im Gesicht boten die Bärenkrieger einen derart schrecklichen Anblick, dass selbst die Erle davor in Panik gerieten. Wie von Sinnen schreiend und die Keulen und Äxte schwingend, stürmten die Bärenkrieger die Treppe hinauf und eroberten die Turmplattform. Sie wüteten wie Berserker unter den Unholden, deren Blut die Bodenplanken schon bald schwarz färbte. Auf der Hauptstraße hingegen war der Angriff inzwischen zum Erliegen gekommen, hatte sich in der Masse der Erle festgefressen, und ein zähes Ringen um jeden Schritt Boden setzte ein.

46

Mit ausgreifenden Schritten, so schnell sein zaudernder Schützling es zuließ, hastete Alphart durch die Stollen von Muortis' Reich. Zwar sträubte sich Erwyn nicht gegen seine Rettung, schien jedoch auch nicht gewillt, sich mehr als unbedingt nötig daran zu beteiligen. Der Junge wirkte seltsam entrückt und apathisch.

Alphart nahm an, dass der lange Aufenthalt in Urgulroth daran schuld war. Und wer konnte sagen, was im Kopf eines Menschen vor sich ging, der dem schrecklichen Nebelherrn ins Auge geblickt hatte?

Der Jäger vermochte es sich nicht im Ansatz auszumalen. Und das war auch besser so, denn weit sinnvoller war es, alle Kraft darauf zu verwenden, aus diesen düsteren Katakomben zu entkommen.

Yvolars Wegbeschreibung in umgekehrter Reihenfolge vor sich hin murmelnd, fand er sich in dem unterirdischen Labyrinth zurecht. Erwyn war ihm keine Hilfe. Bei jedem Schnauben, das zu hören war, bei jedem grellen Pfeifen, das durch die Stollen hallte, zuckte der Junge zusammen, murmelte zusammenhanglose Worte von Dingen, die für Alphart keinen Sinn ergaben. Der Jäger hoffte nur, dass die Schrecken, die Erwyn erblickt hatte, für seinen noch jungen und arglosen Verstand nicht zu viel gewesen waren.

Über eine Treppe ging es steil hinauf in einen von Eissäulen gesäumten Stollen – und urplötzlich waren die beiden nicht mehr allein! Eine Patrouille von fünf, sechs Erlen tauchte unvermittelt aus einem Nebengang auf, und trotz Rüstung und Helm erkannten sie in Alphart den Feind.

Ihrem Anführer bekam die Erkenntnis schlecht – kaum war er auf den Wildfänger zugestürmt, klaffte auch schon eine von einer Kampfaxt geschlagene Wunde in seiner Brust. Seine Untergebenen gingen vorsichtiger zu Werke, und im Nu sahen sich Alphart und Erwyn einer Phalanx vergifteter Speere, rostiger Klingen und geifernder Hauer gegenüber …

»Wir sind verloren«, flüsterte Erwyn, während sie langsam vor den Erlen zurückwichen.

»Vielleicht«, knurrte Alphart, der die Zähne wie ein Raubtier fletschte. »Aber ganz so leicht werden wir es ihnen nicht machen. Zieh dein Schwert, kleiner Sylfe, und kämpfe um dein Leben.«

»Kleiner Sylfe«, echote Erwyn verdrießlich – dann griffen die Unholde auch schon an.

»Vorwärts!«, rief Alphart, während er die Axt in einem weiten Boden schwang. »Wir müssen versuchen durchzubrechen!«

Der Hieb zerschmetterte den Speer eines Unholds, und bevor der Erl das rostige Schwert aus der zerfledderten Lederscheide an seiner Seite ziehen konnte, hatte die Axt des Jägers schon ein zweites Mal zugeschlagen. Blutüberströmt taumelte der Erl zurück und seinen Kumpanen entgegen, deren wütender Ansturm dadurch ins Stocken geriet. Sofort setzte Alphart nach, und plötzlich waren es nicht mehr die Erle, die auf dem Vormarsch waren, sondern der Wildfänger und sein junger Schützling.

»Nimm das, du hässliche Ausgeburt!«, rief Alphart, während er einem weiteren Unhold das Axtblatt in den Leib hieb.

Indem er seine Axt in wilden, kraftvollen Schwüngen führte, gelang es ihm, die Erle auf Distanz zu halten. Nachdem schon drei ihrer Kumpane dem rasenden Jägersmann zum Opfer gefallen waren, hatten die Unholde Respekt vor seiner mörderischen Waffe und wichen zurück – Erwyn jedoch zögerte noch immer.

»Worauf wartest du, Junge? Zieh dein Schwert und kämpfe! Los doch, verdammt noch mal!«

Erst der neuerlichen Aufforderung des Freundes leistete Erwyn Folge, wenn auch nur zaghaft. Mutlos zog er das Schwert aus der Scheide, in dessen blitzender Klinge sich der blaugrüne Schein des Eises brach. Dann jedoch dämmerte dem Jungen, dass ihm der Zwergenstahl die Möglichkeit gab, sich an seinen Peinigern zu rächen, und all die Trauer, die Enttäuschung und die Furcht, die er empfand, entluden sich in einem erbitterten Schrei, der nicht nur die Erle, sondern auch Alphart zusammenfahren ließ.

»Was zum …?«

Aus dem Augenwinkel sah der Jäger, wie sein junger Schützling ihm folgte, die Klinge zum Streich erhoben, und damit geradewegs auf einen der Erle losging. Der Unhold wusste nicht, wie ihm geschah. Nachlässig wehrte er den ersten Hieb ab, weil er einen halbwüchsigen Menschenjungen, der ihm kaum bis zur Brust reichte, nicht als Bedrohung ansah – ein Irrtum, wie sich zeigte. Denn im nächsten Augenblick fuhr Erwyns Klinge ins dunkle Herz der Kreatur; der Stahl aus Glondwarac drang mühelos durch Fleisch und Sehnen.

Gurgelnd ging der Unhold zu Boden. Ein zweiter war sofort zur Stelle, um Erwyn zu erschlagen, der sein Schwert wieder freizubekommen suchte – Alphart empfing den Erl mit einem vernichtenden Schlag, der den Unhold in der Mitte seines Körpers erwischte und ihn beinahe in zwei Hälften teilte.

Nur noch ein Erl war übrig.

Mit vor Staunen und wohl auch Furcht weit aufgerissenen Augen starrte er auf die beiden Menschen, deren lodernde Blicke ihm verrieten, dass er keine Gnade zu erwarten hatte. Einen Moment lang wog er die wuchtige Klinge in seiner Hand, deren Griff mit Sehnen und Fell umwickelt war –

dann warf er sie kurzerhand von sich und wandte sich zur Flucht.

»Hiergeblieben, Mistfresser!«, knurrte Alphart, dem klar war, dass der Erl sofort Alarm schlagen würde, wenn er ihnen entkam, und warf seine Axt in der Art, wie er es früher oft getan hatte – mit dem Unterschied, dass Bannhart und er damals auf ein leeres Fass gezielt hatten, und das auch nur zum Zeitvertreib. Die Axt auf ein lebendes, atmendes Wesen zu werfen war etwas anderes, aber die Waffe ging dennoch nicht fehl. Sie überschlug sich einmal, dann grub sich das Blatt mit entsetzlicher Wucht in den Rücken des flüchtenden Unholds.

Mit einem Aufschrei kam der Erl zu Fall und landete auf dem gefrorenen Boden, über den sich sein dunkles Blut ausbreitete.

Während Alphart sich damit begnügte, in grimmiger Genugtuung zu nicken, schien Erwyn noch nicht genug zu haben. Mit einem weiteren wilden Kampfschrei stürmte er vor, das Kurzschwert erhoben, und rammte es in den Rücken des sterbenden Erls.

Noch einmal.

Und noch einmal.

Als er erneut zustoßen wollte, hielt ihn Alpharts kräftige Linke zurück. »Lass gut sein, Junge«, brummte er. »Der hat genug.«

»Ich will aber nicht, dass er genug hat! Ich will ihn töten, verstehst du? Ich will sie alle töten …!«

Erwyn versuchte sich loszureißen, aber Alphart hielt ihn unnachgiebig fest. Der zornige Blick, den ihm der Junge daraufhin schickte, ließ den Jäger erschaudern. Nie zuvor hatte er solchen Hass in den Augen eines so jungen Menschen gesehen.

»Du willst kämpfen?«, fragte er rau. »Dann nur zu, lass dich von mir nicht aufhalten. Aber statt auf einen Kadaver einzustechen, bis noch mehr Erle kommen, solltest du deinen

Verstand gebrauchen. Wir müssen von hier verschwinden, hast du verstanden?«

Es dauerte einen Moment, bis die Bedeutung von Alpharts Worten in Erwyns aufgebrachtes Bewusstsein sickerte. Dann jedoch schien sich der Junge ein wenig zu beruhigen, und auch das Lodern in seinem Blick ließ nach. »Gut«, sagte er, wenn auch widerstrebend. »Du hast recht.«

»Dann komm, Junge.« Der Jäger zog ihn mit sich, den von schimmernden Säulen gesäumten Stollen entlang und über weitere steile Treppen hinauf in Richtung Oberfläche.

Das Gemetzel, das sie unter den Erlwachen angerichtet hatten, blieb nicht lange unbemerkt. Ein durchdringender Schrei, der sich anhörte, als würde eine zur Schlachtreife gemästete Sau abgestochen, hallte durch die vereisten Korridore. Trampelnde, stampfende Schritte von Dutzenden Kreaturen folgten, die sich an die Fersen der beiden Flüchtlinge hefteten.

»Kannst du noch?«, fragte Alphart, während sie im Laufschritt durch die Gänge hetzten – er selbst spürte bleierne Müdigkeit in seinen Gliedern, und seine Knochen schmerzten von der klirrenden Kälte. Erwyn nickte nur; weder kam ein Laut der Klage über seine blau angelaufenen Lippen, noch schien er sich mehr zu fürchten. Eine Veränderung war mit dem Jungen vorgegangen, das konnte Alphart deutlich erkennen. Jener Erwyn, den er aus Urgulroths Kerker befreit hatte, war nicht mehr der, den die Trolle dorthin entführt hatten …

Sie gelangten in eine Höhle, in die mehrere Seitengänge mündeten. Der Wildfänger glaubte sich zu erinnern, dass sie den zweiten Stollen auf der linken Seite nehmen mussten, um zurück zum Wachlokal und von dort zur Oberfläche zu gelangen. Kaum hatten sie sich jedoch in die entsprechende Richtung gewandt, als ihnen aus ebendiesem Stollen eine Horde Erle entgegenstürzte. Offenbar waren die Wachen durch das Geschrei ihrer Kumpane alarmiert worden …

»Halt!«, schrie einer von ihnen, ein besonders großes und hässliches Exemplar, das offenbar eines seiner spitzen Ohren bei einem Streit mit einem Artgenossen eingebüßt hatte. Ein Wort der Menschensprache aus der Kehle eines Unholds zu hören war doppelt entsetzlich, sodass Alphart und Erwyn wie angewurzelt stehen blieben.

»Bockmist!«, wetterte Alphart herzhaft.

»Was jetzt?«, fragte Erwyn, die Erle taxierend, die nacheinander aus dem Stollen traten, mit blanken Waffen und böswilligem Grinsen in den Fratzen.

»Dämliche Frage – zurück!«, entgegnete der Jäger und wandte sich um – nur um zu sehen, dass ihnen der Fluchtweg versperrt war. Ihre Verfolger hatten sie eingeholt.

Zwanzig, dreißig blutrünstige Unholde warteten nur darauf, sie zu zerfleischen …

»Schön, Junge«, sagte Alphart gefasst, als er erkennen musste, dass ihnen jede Möglichkeit zur Flucht genommen war. »Du wolltest kämpfen? Nun ist es so weit!«

Erwyn schwieg, aber ein flüchtiger Blick in Richtung seines Schützlings zeigte Alphart, dass das alte Lodern in Erwyns Augen zurückgekehrt war. Was auch immer den Jungen beseelte, es schien stärker zu sein als alle Furcht und alles Grauen. Selbst Alpharts Entschlossenheit wankte beim Anblick der hässlichen Schweinsgesichter, die ihnen entgegenstarrten – Erwyn hingegen schien darauf zu brennen, mit den Unholden zu kämpfen, obwohl bereits feststand, wie diese Schlacht ausgehen würde …

»Junge?«, fragte Alphart.

»Was ist?«

»Erinnerst du dich an die Pfeife, die du mir geschenkt hast?«

»Was soll damit sein?«

Für einen kurzen Moment begegneten sich ihre Blicke, und Alphart versuchte ein Lächeln. »Tut mir leid, dass wir nun nicht mehr dazu kommen werden, sie zu rauchen.«

Erwyn nickte nur, und in seinen geröteten Augen, aus denen dem Feind unbändiger Hass entgegenschlug, blitzte es feucht. Myriaden widersprüchlicher Gefühle schienen in seiner Brust zu toben – was genau es war, das ihn bewegte, würde Alphart jedoch nicht erfahren.

Jedenfalls nicht in dieser Welt …

Unter entsetzlichem Gebrüll stürmten die Unholde heran, nicht nur von einer Seite, sondern von beiden gleichzeitig. Der Wildfänger und sein junger Gefährte stellten sich Rücken an Rücken, ihre ungleichen Waffen beidhändig umklammernd. Auch wenn ein Kurzschwert nicht das geeignete Mittel war, um einen wütenden Erl auf Distanz zu halten, und obgleich Erwyn das Kriegshandwerk nie wirklich erlernt hatte, wusste er die Klinge wirkungsvoll einzusetzen.

Indem er die Zähne zusammenbiss und seine ganze verbliebene Kraft in die Arme legte, blockte er den Schwerthieb des ersten Unholds. Die Zwergenklinge, so hart und scharf wie an dem Tag, da sie geschmiedet und im ewigen Schnee des Wildgebirges gehärtet worden war, traf auf das rostige Eisen der schartigen Erlwaffe, worauf diese mit dumpfem Klirren zersprang. Der Unhold gab einen überraschten Laut von sich – ob dieser seinem zerbrochenen Schwert galt oder der Tatsache, dass sich Erwyns Klinge einen Lidschlag später in seinen feisten Wanst bohrte, war schwer zu sagen. Keuchend ging das Schweinsgesicht nieder, und hinter ihm tauchten weitere, furchterregende Fratzen auf, deren Träger achtlos über den Kadaver ihres Artgenossen hinwegstiegen.

Erwyn empfing sie mit grimmigem Gesicht und scharfer Klinge – nicht anders als Alphart, der hinter ihm stand und die Axt schwang. Schon zwei der Angreifer hatte er damit gefällt, aber immer noch mehr von ihnen drängten heran. Die Lage war aussichtslos, aber der Wildfänger und sein junger Schützling kämpften mit dem Mut der Verzweiflung, beseelt von dem Gedanken, möglichst viele der finsteren Kreaturen mit ins Verderben zu reißen. Jeder Erl, den sie vernichteten, war einer weniger, der seinen frevlerischen Fuß auf die Erde Allagáins setzen würde …

»Für Allagáin und die Menschen!«, brüllte Alphart, während sein Blut in wilder Kampfeslust wallte.

»Für Glondwarac und die Zwerge!«, rief Erwyn verbissen – dass er nicht bei Ventar und den Sylfen schwor, fiel Alphart im Eifer des Gefechts nicht auf.

Schon war ein neuer Gegner heran, dessen gifttriefende Speerspitze nach dem Jäger stocherte. Mit dem einen Arm wischte Alphart die Waffe beiseite, während der andere die Axt niedergehen ließ. Mit vernichtender Wucht fiel das Blatt auf die linke Schulter des Unholds, durchdrang den rostigen Kettenkragen und drang tief ein. Stöhnend und in einem Schwall von Blut kippte der Erl nach vorn, das Haupt gesenkt wie ein wütender Stier. Und wie auf der Stirn eines solchen erhoben sich auch auf der des Erls zwei spitze Hörner, die von einem rostigen Helm aufragten. Vergeblich suchte der Wildfänger, ihnen auszuweichen – das eine Horn erwischte ihn am rechten Unterarm und schlitzte ihn auf einer Länge von einer Handbreit auf.

Das rote Blut des Wildfängers vermischte sich auf dem Boden mit dem schwarzen Lebenssaft des Erls – ein Anblick, der die Mordlust von Muortis' Kreaturen nur noch mehr entfachte. Mit allem, was sie hatten, warfen sie sich vorwärts; drei Erle gleichzeitig stürzten sich auf Alphart, der die Axt wieder mit beiden Händen führen musste. Den Schmerz, den die Verletzung hervorrief, nahm er kaum wahr, aber er musste an das Gift denken, mit dem die Unholde ihre Waffen zu tränken pflegten …

Noch einmal gelang es ihm, die Angreifer zurückzutreiben, dann konnte er die Stellung nicht mehr halten. Vor den wütend schwirrenden Klingen der Erle zurückweichend, stieß er gegen Erwyn, der seinerseits in arge Bedrängnis geraten war.

Um nicht in die Waffe des Gegners zu stürzen, mit dem er sich ein erbittertes Duell lieferte, ließ sich der Junge zur Seite fallen, und noch während er zu Boden ging, brachte er seinem Gegner eine Wunde bei, die jedoch keineswegs tödlich war und die Wut des Erls nur noch mehr anstachelte.

Erwyn schlug hart auf, gefolgt von Alphart, der auf dem von halb gefrorenem Blut schlüpfrigen Boden ausglitt und ebenfalls zu Boden ging. Da lagen die beiden, umgeben von einem Kordon geifernder Mäuler, mordgierig blitzender Augen und tödlicher Waffen – ein Kordon, der sich um sie zusammenzog.

Die Erle betrachteten den Kampf als beendet. Statt ihre Waffen zu gebrauchen, streckten sie die Klauen aus, um die besiegten Gegner zu zerfetzen.

Aber noch waren die beiden Menschen am Leben. Erwyn stach zu, grub seine Klinge in den Leib eines Unholds, und mit einem beherzten Axthieb trennte Alphart die Klaue eines Erls von dessen Unterarm.

Dann jedoch war auch der letzte Widerstand gebrochen.

Jemand packte Alpharts Axt am Stiel und entriss sie ihm. Sofort zückte der Wildfänger die Klinge, obwohl er wusste, dass es nutzlos war, und starrte seinen Todfeinden in die Augen.

»Tut mir leid, Kleiner«, raunte er Erwyn zu – dann schweiften seine Gedanken ab zu seinem Bruder, den er in wenigen Augenblicken wiedersehen würde, wenn die Klauen der Erle sie packten und bei lebendigem Leibe zerrissen …

47

Die Kälte war mörderisch.

Nicht nur, dass sie mit jedem Schritt zunahm, den Yvolar der Druide weiter auf den dunklen Kern von Urgulroth zuging, und dass sie mittlerweile nicht nur versuchte, seine Glieder, sondern auch jeden Gedanken erstarren zu lassen; sie drang noch tiefer, geradewegs ins Herz des Druiden, wo sie Erinnerungen weckte, die er dort begraben hatte, damit sie nie mehr zum Vorschein kamen.

Die Schatten längst vergangener Tage wurden vor Yvolars Augen wieder lebendig: Kämpfe, die er ausgetragen, und Niederlagen, die er erlitten hatte. Gesichter, die längst im Strom der Zeit entschwunden waren, kehrten zu ihm zurück: Freunde und Weggefährten, die gefallen waren in den Schlachten gegen das Böse, damals, als die Druiden noch zahlreich und ihre Macht noch ungleich größer gewesen war …

»Komm zu mir!«

Wieder hörte er die Stimme, und obwohl er keinen Zweifel daran hegte, wem sie gehörte, konnte er sich ihrem Ruf nicht entziehen. Dies war Muortis' Reich. Wer zum Herrscher des Eises wollte, der musste nach seinen Regeln spielen, und Yvolar wollte um jeden Preis zu ihm. Sosehr ihm davor graute zu wiederholen, was er schon einmal getan hatte, sosehr er sich davor scheute, noch einmal in das Angesicht des Nebelherrn zu blicken, wusste er doch, dass dies der Weg war, den das Schicksal ihm bestimmt hatte. Endlich, so glaubte er, würde sich erfüllen, was damals unvollendet geblieben war …

»Muortis«, erwiderte er mit von der Kälte zittriger Stimme, »ich bin auf dem Weg zu dir!«

Und zu seiner Überraschung wie zu seinem Entsetzen erhielt der Druide Antwort.

»Komm nur«, entgegnete der Herrscher des Eises, »ich habe auf dich gewartet …«

48

Eine Phalanx tödlicher Spieße, von denen noch das Gift troff, in das sie getaucht worden waren, reckte sich den Angreifern entgegen. Barand sah, wie die Brustharnische einiger Pferde durchschlagen wurden und die Tiere zu Boden gingen – und wie ihre Reiter unter den Äxten der Erle ein grässliches Ende fanden. Sosehr es ihm widerstrebte – dem Marschall blieb nichts anderes übrig, als den Vormarsch abzubrechen.

»Stellung halten!«, befahl er mit heiserer Stimme, während sein Schwert niederstach und einem Unhold ins Herz fuhr, der sich zu nah herangewagt hatte. »Stellung halten, um jeden Preis …!«

Der Befehl war kaum ausgesprochen, als ein Pfeil heranzuckte und seinen Rappen traf. Wiehernd vor Schmerz, bäumte sich das Tier auf – und Barand, der Schwert und Schild in Händen hielt, kippte rücklings aus dem Sattel. Hart schlug er am Boden auf und sah, wie sein treues Reittier dem Feind entgegenstürzte, dabei heftig mit den Vorderhufen schlagend – und von den Spießen der Erle durchbohrt wurde.

Im nächsten Moment erblickte er einen Erl, der mit hassverzerrter Fratze auf ihn zusprang und ihn mit der Axt erschlagen wollte. Dass es nicht dazu kam, war Rupert von Troch zu verdanken, einem Kämpen aus Wang, der dazwischenging und den Hieb des Unholds mit dem Schild abwehrte.

Dann waren helfende Hände zur Stelle, die Barand auf die Beine zogen, und gemeinsam drängten die Ritter Iónadors die Erle zurück, um ihren Anführer zu schützen. Bauern aus Allagáin sprangen ihnen bei, dazu Krieger des Waldes, und sie alle lieferten sich mit den Unholden ein blutiges Scharmützel. Das Klirren der Waffen und die Schreie der Verwundeten hallten zwischen den Hausruinen umher, in denen die Erle in sinnloser Zerstörungslust gewütet hatten; der Gestank von Blut tränkte die Luft, durch die Schwärme von Pfeilen zuckten auf der Suche nach Opfern.

Am liebsten hätte Barand weiter in vorderster Reihe gegen die Unholde gekämpft, aber infolge des harten Aufpralls war er zu benommen und für die Erle kein wirklicher Gegner mehr. Während der Kampf weitertobte, ließ sich Barand zu den Ruinen eines zerstörten Hauses geleiten; den Dachstuhl und den ersten Stock gab es nicht mehr, aber die Grundmauern standen noch und boten Schutz vor Wurfgeschossen und Pfeilbeschuss. Durch die Schleier seiner Benommenheit erinnerte sich Barand, dass er in diesem Haus, das einer reichen Kaufmannsfamilie gehört hatte, gelegentlich zu Gast gewesen war.

Auch Galfyn, dessen Falkenkrieger inzwischen in vorderster Reihe fochten, Seite an Seite mit ihren einstigen Todfeinden, fand sich dort ein.

»Ihr seid verwundet«, stellte er mit entsetztem Blick auf Barand fest.

»Es ist nichts weiter, nur ein Kratzer«, wehrte Barand ab.

Auf einmal übertönte ein Brausen über ihnen in der Luft die Schreie und den Kampfeslärm, dann senkte sich eine mächtige Gestalt in den großen Hof des zerstörten Hauses. Es war Fyrhack, der Drache, der Barand und Galfyn aus der Luft gesehen hatte.

»So kann es nicht weitergehen«, grollte er. »Seht ihr nicht, dass sich euer Angriff festgerannt hat? Ihr seid zu wenige, um der Unholde Herr zu werden.«

»Was schlägst du vor?«, wollte Barand wissen. »Sollen wir aufgeben und umkehren? Sollen alle Opfer umsonst gewesen sein?«

»Das nicht – wir müssen der Schlange den Kopf abschlagen«, erklärte der Drache. »Wenn es niemanden mehr gibt, der den Erlen Befehle erteilt, sind sie leicht zu bezwingen, denn sie sind hirnlose Kreaturen.«

»Nichts anderes haben wir vor«, versicherte Galfyn. »Unser Plan war es, zum Großen Turm vorzustoßen, dem Sitz des Fürstregenten.«

»Von Klaigon spreche ich nicht«, widersprach der Drache, »sondern von Kaelor. Der Eisriese ist unser wahrer Gegner. Er ist das Haupt, das wir der Schlange abschlagen müssen, wenn diese Schlacht gewonnen werden soll.«

»Damit magst du recht haben«, räumte Barand ein, »aber so, wie die Dinge stehen, kommen wir nicht an den Turm heran.«

»Ihr vielleicht nicht«, schnaubte der Drache und hob stolz das Haupt, »aber ich schon.«

»Und Klaigon?«, fragte Barand.

»Was soll mit ihm sein?«

»Er hat uns verraten und die Stadt unserer Väter der Zerstörung preisgegeben. Dafür muss er zur Rechenschaft gezogen werden!«

»Dann steig auf meinen Rücken!«, sagte Fyrhack und beugte die Vorderläufe.

»I-ich soll dich reiten?«

»Von reiten habe ich nichts gesagt, Mensch«, sagte der Drache unwirsch. »Was Sylfen und Druiden vermochten, bringt deinesgleichen nicht zustande – aber ich kann dich auf meinem Rücken *tragen*, wenn du es wagst.«

»Warum willst du das tun?«

»Weil du wie ich eine Rechnung zu begleichen hast. Beeil dich, ehe ich es mir anders überlege und dich zurücklasse.«

Barand brauchte nicht lange über das Angebot nachzudenken.

Iónador musste aus der Gewalt des Despoten befreit und Klaigon seiner gerechten Strafe zugeführt werden, und wenn dazu ein Flug auf dem Rücken eines Drachen notwendig war, so war der junge Marschall auch zu diesem Wagnis bereit.

»Richte meinen Leuten aus, dass ich Meinrad den Oberbefehl über die Lanzenreiter übertrage«, rief er Galfyn zu, während er sich bereits anschickte, den Drachen zu besteigen. »Sie sollen tapfer kämpfen und an das Erbe ihrer Ahnen denken. Und da ist noch etwas …«

»Ja?«, fragte Galfyn.

»In seinen Kerkern hält Klaigon eine junge Frau gefangen. Ihr Name ist Rionna, und sie ist eine Prinzessin von edlem Geblüt – gebe der Schöpfer, dass sie wohlauf und am Leben ist.«

»Klaigon … hält eine hohe Dame gefangen?«

Barand nickte grimmig. »Rionna ist seine leibliche Nichte und die Tochter seines Vorgängers Karrol. Ich bitte dich, Bruder, Rionna in meinem Namen aus dem finsteren Verlies zu befreien.«

»Das wirst du selbst tun, wenn es so weit ist!«

»Nein.« Barand schüttelte den Kopf. »Rionna wird vom Volk geliebt und geachtet. Sollte dieser Kampf siegreich entschieden werden, so ist sie die Einzige, die die Goldene Stadt regieren kann und wiederaufbauen, was zerstört wurde. Sollte es euch gelingen, den Turm zu erobern, so hat deine Sorge ausschließlich ihr zu gelten. Das musst du mir versprechen, Bruder.«

»Ich verspreche es«, sagte Galfyn ohne Zögern.

»Und sollte ich von diesem Kampf nicht zurückkehren, so richte ihr aus, dass ich … dass ich sie …«

»Ja?«

»Nicht so wichtig«, erwiderte der junge Marschall und straffte sich. Von seinem hohen Sitz aus winkte er Galfyn zum Abschied zu.

Dann richtete sich Fyrhack auf und schwang sich in die Lüfte …

49

Urplötzlich erklang Gebrüll, lauter und markiger, als die Kehle eines Erls es je zustande gebracht hätte.

Die Unholde schreckten auf – um einen Lidschlag später von einem riesigen dunklen Schatten überrannt zu werden, der sich mit ausgestreckten Pranken auf sie stürzte. Wie ein Sturmwind hob er über Alphart und Erwyn hinweg, die wehrlos am Boden lagen, und warf sich geradewegs in die Reihen von Muortis' geifernden Dienern. Entsetzt schrien die Erle auf, und noch ehe sie begriffen, wie ihnen geschah, lagen eine Handvoll von ihnen schon mit zerschmetterten Genicken oder zerfetzten Kehlen auf dem eisigen Boden.

Alphart, der wenig mehr gesehen hatte als messerscharfe Krallen und graubraunes Fell, warf sich herum – und traute seinen Augen kaum, als er einen ausgewachsenen Bären erblickte, der sich, brüllend und auf den Hinterbeinen stehend, einen erbitterten Kampf mit den Unholden lieferte.

Hinter ihm drein setzten zwei Gestalten, die ungleich kleiner waren und an diesem Ort fehl am Platze wirkten – gleichwohl war der Wildfänger höchst erfreut über ihr Auftauchen: ein gedrungener Unterländer mit Knollennase und hochroten Wangen, dessen moosgrüne Mütze im unwirklichen Licht zu leuchten schien, und ein Kobling, der nur gut eine Elle groß war, dafür aber furchtlos zwischen den Erlen hin und her sprang.

Dankbar erkannte Alphart Leffel und Mux – und natürlich konnte der Bär kein anderer als Walkar sein …

Mit der ganzen Rohheit der tierischen Hälfte seiner Existenz warf sich der Bärengänger in den Kampf. Scheinbar mühelos wischten seine Pranken Schwerter und Speere beiseite und schlugen furchtbare Wunden. Reihenweise sanken die Erle nieder, andere wandten sich panisch zur Flucht. Meist war Mux dann zur Stelle, der ihnen mitten ins Gesicht sprang und dafür sorgte, dass sie kaum noch etwas sehen konnten, während Leffel beherzt sein Schwert zum Einsatz brachte. Auch der Allagaíner war kein geborener Krieger, aber er gehorchte dem Gebot der Stunde und kämpfte mit zäher Verbissenheit.

Alphart und Erwyn halfen sich gegenseitig auf die Beine, und nachdem sie ihre herrenlos am Boden liegenden Waffen aufgelesen hatten, sprangen sie ihren Kameraden bei. Wo der Bärengänger gewütet hatte, gab es freilich nicht mehr viel zu tun. Achtzehn, zwanzig Erle hatte er bereits getötet, sodass ihre leblosen Körper um ihn herum teils übereinanderlagen. Die übrigen Gefährten brauchten nur darauf zu achten, dass keiner der Unholde entkam, um Verstärkung zu holen.

So endete das blutige Gemetzel erst, als auch der letzte Erl röchelnd verendet war und sowohl das Grunzen der Unholde als auch das Gebrüll des Bären verstummt waren.

Mit zornigen Blicken schaute sich das Raubtier um. Als es nirgendwo mehr einen Gegner ausmachen konnte, ließ es sich wieder auf alle viere fallen, schnupperte an einem der toten Erle, um dann nur angewidert den Kopf zu schütteln und sich in eine Ecke der Höhle zurückzuziehen. Sobald sich seine Kampfeswut gelegt hatte, würde aus dem Tier wieder der Mensch werden und sein Fell wieder zu jener magischen Haut, die Walkar zu tragen pflegte.

»Erwyn!«, rief Leffel aus und rannte zu dem Jungen, um ihn zu begrüßen, und Mux, der hinter ihm dreinhüpfte, reimte: »Der Sylfen Sohn, da ist er wieder! So lasst uns singen frohe Lieder!«

Herzlich umarmten sie den Geretteten, der ihr Lachen und ihre Fröhlichkeit jedoch nur halbherzig erwiderte. Zwar schien er erleichtert zu sein, dass sie den Erlen entronnen waren, recht freuen konnte er sich darüber jedoch nicht. Wahrscheinlich, sagte sich Alphart, stand er noch zu sehr unter dem Eindruck des blutigen Kampfes …

Leffels etwas tumber Natur blieben derlei Feinheiten verborgen. »Du blutest ja«, stellte er mit einem erschrockenen Blick in Alpharts Richtung fest und eilte zu ihm.

»Nicht der Rede wert«, brummte der Jäger, der bereits dabei war, die klaffende Wunde an seinem rechten Unterarm mit einem Stück Stoff zu verbinden, das er aus seinem Rock gerissen hatte. »Wie es aussieht, war der Stachel, der mir die Wunde beigebracht hat, nicht vergiftet – andernfalls stünde ich wohl nicht mehr auf den Beinen.«

»Dem Schöpfer sei Dank, dass ihr lebt«, sagte der Gilg. »Als wir das Gebrüll der Erle hörten, fürchteten wir schon …«

»Als es drang an unsere Ohren, glaubten wir, ihr wärt verloren«, fügte Mux hinzu, weil Leffel offensichtlich die Worte fehlten. »Doch ihr lebt und seid am Stück. Das nennt Mux ein wahres Glück.«

»Es hat nicht viel gefehlt«, versicherte Alphart. »Aber warum seid ihr überhaupt hier? Lautete euer Befehl nicht, auf den Gipfel zu steigen und das Horn des Sylfen von dort zu holen?«

Er bemerkte den missmutigen Blick, den Leffel ihm schickte, und fühlte sich genötigt hinzuzufügen: »Keine Sorge, ich werde mich diesmal nicht beschweren. Schließlich verdanken der Junge und ich euch das Leben. Aber das Sylfenhorn …«

»Das Horn existiert nicht mehr«, sagte jemand ebenso barsch wie endgültig. Es war Walkar, der sich zu ihnen gesellte, wieder in menschlicher Gestalt. Nur noch das Erlblut, mit dem er besudelt war, zeugte von dem erbitterten Kampf, den er sich noch vor wenigen Augenblicken mit den Unholden geliefert hatte.

»Was soll das heißen, es existiert nicht mehr?«

»Genau das, was ich sage«, bekräftigte der Bärengänger düster. »Es ist nicht mehr da.«

»Den Berg hinauf sind wir gestiegen, dorthin, wo die Leichen liegen«, berichtete Mux mit einem Anflug von Schaudern. »Gefunden haben wir den Ort, doch das Sylfenhorn war fort.«

»Es war fort?«, fragte Alphart verwirrt. »Wieso war es fort? Und wie …« Er stutzte. »Wie habt ihr es eigentlich geschafft, nach Urgulroth zu gelangen?«

»Wie meinst du das?«, fragte Walkar. »Wir sind denselben Weg gegangen wie Yvolar und du, denke ich mal.«

»Wir gingen durch ein Tor, nachdem wir einen zugefrorenen unterirdischen See hinter uns gelassen hatten«, erzählte Alphart. »Das Tor hatte die Form eines Totenschädels, und nachdem wir es durchquert hatten, fiel ein Gitter hinter uns herab und verschloss das Tor.«

»So erging es uns auch«, sagte Walkar verblüfft. »Es war genau das Tor, das du beschrieben hast. Ein Tor in Form eines Schädels. Aber es war offen, als wir es erreichten. Wir gingen durch das riesige Maul des Schädels, und erst als wir es passiert hatten, fiel das Gitter nach unten, und das Tor war zu!«

»Aber das Gitter war doch schon unten, nachdem Yvolar und ich das Tor durchquerten«, wunderte sich Alphart.

»Dies ist üble Narretei, bewirkt durch dunkle Zauberei«, mischte sich Mux ein.

Alle starrten ihn an, und Alphart fragte: »Was für eine Zauberei?«

»Damit niemand kann Urgulroth entrinnen, ist es von draußen anders als von drinnen«, erläuterte Mux. »Von außen steht das Tor stets offen. Doch durchquert man es, ist man betroffen von einem Fluch, der einen hier gefangen hält, indem er die Wirklichkeit verstellt.«

Alphart runzelte die Stirn, doch dann nickte er zaghaft. Er hatte Mux' Worte zwar nicht wirklich begriffen, weil er sich mit Magie und Zauberei nicht auskannte, aber offenbar ließ das Tor zwar Wanderer nach Urgulroth herein, aber nicht wieder hinaus.

Doch da war noch etwas anderes, das ihm tiefe Sorge bereitete. »Und was ist mit dem Sylvenhorn?«, fragte er Mux. »Du hast gerade gesagt, es wäre fort. Aber wo ist es geblieben? Ich meine …«

»Ich weiß es«, meldete sich eine zaghafte, brüchige Stimme zu Wort, die keinem anderen als Erwyn gehörte.

»Du – du weißt es?« Leffel staunte.

Der Junge nickte.

»Du weißt, wo sich das Horn befindet?«, fragte Alphart ebenfalls verblüfft.

Wieder ein Nicken, zögerlich und verzweifelt. »Muortis hat es in seinen Besitz gebracht«, eröffnete der Junge dann. »Er wusste vom Plan der Saligen und ist uns zuvorgekommen.«

»Verdammt, warum hast du das nicht gleich gesagt?«, maulte Alphart.

»Du hast mich nicht gefragt. Außerdem …«

»Wo ist das verdammte Ding?« Der Jäger schnaubte. »Kannst du uns hinführen?«

»Ich denke schon, aber …«

»Das ist keine gute Idee«, wandte Walkar ein. »Je tiefer wir nach Urgulroth vordringen, mit desto mehr Erlen werden wir es zu tun bekommen. Mit zwanzig oder dreißig von ihnen werde ich fertig, aber auch meine Macht ist begrenzt …«

»Wir brauchen aber das Horn«, beharrte Alphart, »denn ohne das verdammte Ding ist jedes Bemühen, Muortis zu besiegen, sinnlos. Nur das Sylfenhorn vermag, das Eis zu brechen.«

»I-ich muss euch etwas sagen«, meldete sich Erwyn erneut kleinlaut zu Wort. »Da – da ist etwas, das ihr nicht wisst …«

»Was immer es ist, es muss warten«, knurrte der Jäger. »Zeig uns lieber, wo das Horn zu finden ist.«

»Aber ich ...«

»Verdammt, Junge! Das Schicksal unserer Welt hängt von uns ab, und du willst große Reden schwingen? Hast du vergessen, wo wir uns befinden? Die Menschen dort draußen haben nur diese eine Hoffnung. Willst du sie ihnen verwehren?«

»N-nein«, murmelte Erwyn resignierend.

»Dann komm!«, forderte Alphart ihn auf, und der Junge ging ihnen voraus, zurück in die eisigen Grüfte, denen sie eben erst entstiegen waren.

Warum er es tat, wusste Erwyn wohl selbst nicht. Vielleicht, weil er nicht der Grund dafür sein wollte, dass alle Hoffnung ein Ende fand; vielleicht auch nur, weil der Marsch durch die Tiefe ihn davon entband, seinen Gefährten die Wahrheit zu sagen. Möglicherweise, so tröstete er sich, würden sie einer Horde wilder Trolle in die Arme laufen, und sein Leben würde enden, ohne dass er sein Versagen eingestehen musste ...

»Wo ist Meister Yvolar?«, erkundigte sich Leffel, als sie in das Dunkel des Stollens traten.

Alphart schüttelte den Kopf. »Frag lieber nicht ...«

50

Dunkelheit brach über Yvolar herein.

Von allen Seiten stürzte sie sich auf ihn wie ein gefräßiges Untier – Dunkelheit, die so vollkommen war, dass selbst der leuchtende Stab des Druiden kaum noch etwas dagegen auszurichten vermochte. Nur noch selten riss sein schwacher Schein Einzelheiten aus der teerigen Schwärze – Bilder des Grauens, die nur als flüchtige Eindrücke vorüberwischten und sich dennoch unauslöschlich in Yvolars Gedächtnis brannten.

Grässliche Fratzen, die ihm aus dem Eis entgegenstarrten, in den Fels gehauene Runen einer alten und verbotenen Sprache, die finstere Mächte beschwor, Zauberformeln und Orakelsprüche, Flüche und Verwünschungen einer längst vergangenen Zeit – an diesem Ort schienen sie noch immer Gültigkeit zu haben, am Leben gehalten von dem bösen Geist, der diese Höhlen durchdrang und ihr uneingeschränkter Herrscher war.

Muortis …

»Nach all der Zeit sehen wir uns also wieder«, erschallte dessen Stimme. »Hast du endlich in meine Nähe gefunden, alter Freund?« Fremd und unheimlich hallte sie nach, ohne dass Yvolar zu sagen vermocht hätte, ob es das unterirdische Gewölbe war oder sein eigener Verstand, durch dessen Windungen Muortis' Worte geisterten.

Der Nebelherr war nicht mehr weit entfernt. Irgendwo in der unergründlichen Dunkelheit, die sich vor dem Druiden erstreckte, lauerte er und wartete wie eine Spinne in ihrem Netz.

»Nenn mich nicht so!«, verbat sich Yvolar, während er die Kapuze seines Mantels zurückschlug, um dem Feind sein Gesicht zu zeigen. »Freunde sind wir nie gewesen!«

»Dennoch waren wir einst von derselben Art. Wir sind vom selben alten Blut. Wir sind gleich und …«

»Kaum!« Der Druide schüttelte sein kahles Haupt. »Mein Ansinnen war es stets, den Sterblichen zu helfen und sie vor Schaden zu bewahren. Roter Lebenssaft fließt durch meinen Körper, Muortis, genau wie bei ihnen. Was durch deine Adern strömt, vermag ich nicht einmal ansatzweise zu erahnen.«

Erneut ließ sich die Stimme des Grauens vernehmen, diesmal mit einem Lachen, das das Eis ringsum klirren ließ. »Du hast dich nicht verändert«, stellte der Nebelherr fest.

»Du ebenso wenig«, konterte Yvolar. »Und auch deine Ziele sind noch immer dieselben.«

»Mit dem Unterschied, dass ich sie diesmal erreichen werde.«

»Sei dir da nicht so sicher.« Forsch trat der Druide vor, obwohl er nicht wusste, was ihn in der Finsternis erwartete. »Deine Überheblichkeit hat dich schon einmal den Sieg gekostet.«

»Keine Sorge, ich habe es nicht vergessen«, drang es gelassen zurück. »Aber wer sollte mich diesmal daran hindern, den Sieg davonzutragen? Du etwa?« Der Herrscher des Eises lachte erneut. »Oder dieser Betrüger, den du Dochandar nennst, obwohl er ganz und gar nicht das ist, wofür du ihn all die Jahre gehalten hast?«

»Genau wie damals«, stellte Yvolar fest. »Noch immer versuchst du, deine Gegner zu täuschen und sie mit deinen Lügen zu blenden. Darauf falle ich nicht herein, Muortis. Damals so wenig wie heute.«

»Du nennst mich einen Lügner? Führt nicht die Wahrheit eine viel schärfere Klinge? Vermag sie nicht grausamer und endgültiger zu zerstören, als eine Intrige aus Lügen es jemals könnte?« Der Nebelherr lachte wieder höhnisch. »In diesem Fall, Druide, brauche ich dich nicht zu täuschen, denn getäuscht hast du dich selbst – dich und den Jungen, den du Hoffnungsträger nennst und der doch nichts anderes ist als ein gewöhnlicher Mensch.«

»Das ist nicht wahr!«

»Solltest du tatsächlich so unvorsichtig gewesen sein, deine ganze Hoffnung in ihn zu setzen?«, fuhr Muortis voller Häme fort. »In ihn und ein albernes Horn, das einst den Sylfen gehörte, ehe es von der Welt vergessen wurde, und das sich längst in meinem Besitz befindet?«

Der Nebelherr sprach mit genüsslicher Langsamkeit. Er, dem es keine Schwierigkeit zu bereiten schien, die träge Dunkelheit mit Blicken zu durchdringen, ergötzte sich an der Wirkung, die seine Worte in Yvolars Gesicht hervorriefen. Denn tatsächlich zeigten sich erste Zweifel in den altehrwürdigen Zügen des Druiden …

»Was willst du damit sagen?«, fragte er vorsichtig.

Die einzige Antwort, die er erhielt, war erneut Gelächter. Schallendes Gelächter, das wie eine Flutwelle über ihm zusammenschlug, um in der eisigen Luft zu gefrieren …

51

Vom hohen Balkon des Túrin Mar aus verfolgte Klaigon, der zukünftige König von Iónador, den Verlauf der Schlacht, die in den Straßen und Gassen der Stadt tobte – während sich wachsendes Entsetzen seiner bemächtigte.

Was dort unten vor sich ging, widersprach absolut seinem Plan. Woher, in aller Welt, kam jenes Heer, das es wagte, seine Stadt anzugreifen?

Je weiter die Morgendämmerung voranschritt und je heller es wurde, desto größer wurde Klaigons Unbehagen. Denn im Licht der sich erhebenden Sonne erkannte er voller Entsetzen die Banner Barands von Falkenstein und Meinrads von Kean d'Eagol, und er sah, dass Ritter der Goldenen Stadt und Bauern Allagáins Seite an Seite mit blaugesichtigen Barbaren kämpften – und jäh ging ihm auf, was dies zu bedeuten hatte.

Die Schlacht im Tal des Allair hatte nicht stattgefunden!

Trotz all seiner Intrigen, trotz des kunstvollen Lügengespinsts, das er geknüpft, und trotz des mächtigen Verbündeten, dessen er sich bedient hatte, war sein Plan fehlgeschlagen – und das, obwohl er darauf bedacht gewesen war, jede noch so kleine Unsicherheit auszumerzen. Er hatte mit Barand von Falkenstein den zwar tapfersten, aber nicht eben klügsten Fürsten des Reichs zum obersten Heerführer ernannt; er hatte Éolac den Seher auf seine Seite gebracht und dafür gesorgt, dass seine vorlaute Nichte Rionna ihm nicht mehr gefährlich werden konnte. Alles war sorgfältig und bis ins Detail vorbereitet worden – warum dann, in aller Welt, hatte der Plan nicht funktioniert?

Stattdessen schien geschehen zu sein, was noch vor wenigen Tagen undenkbar gewesen wäre: Die Ritter Allagáins und die Barbaren aus dem Waldland hatten sich miteinander verbündet, um ihm, Klaigon, die Stirn zu bieten! Wahrscheinlich, so nahm der Fürstregent an, wussten sie von der Intrige und den Täuschungen, hatten irgendwie davon Kenntnis erhalten, dass es Erle gewesen waren, die ihre Dörfer – sowohl die der Allagáiner als auch des Waldvolkes – überfallen, die Einwohner niedergemetzelt und den Verdacht dann auf die jeweilige Gegenseite gelenkt hatten. Ein unfehlbarer – so hatte es zumindest den Anschein gehabt – Plan war gescheitert.

Ein heiseres Ächzen entfuhr Klaigons Kehle, als er auf das brennende Torhaus blickte und sah, wie die feindlichen Kämpfer in die Stadt strömten. Der Fürstregent hatte keine Ahnung, wie es ihnen gelungen sein mochte, in Iónador einzudringen und das Tor in ihren Besitz zu bringen. Er wusste nur, dass die Erle sie wieder vertreiben mussten, und mit einiger Erleichterung beobachtete er, wie ein Regen vergifteter Pfeile auf die Eindringlinge niederging und hohen Blutzoll unter ihnen forderte, während sich immer noch mehr seiner schweinsgesichtigen Verbündeten dem feindlichen Heer entgegenwarfen.

Überall im nördlichen Teil der Stadt standen Häuser in Flammen, und aus den Straßen und Gassen drangen das Klirren von Waffen und das Geschrei der Kämpfenden. Nirgendwo jedoch wurde so erbittert gefochten wie in der Hauptstraße, die vom Turmplatz schnurgerade Richtung Norden verlief und die Klaigon deshalb direkt einsehen konnte: Nach einem ersten heftigen Angriff hatte sich das eindringende Heer in der Masse der Erle festgerannt und konnte nicht weiter zum Túrin Mar vordringen. Aufatmen konnte Klaigon dennoch nicht, denn erneut erhob sich jene schaurige Bestie in die Lüfte, die auf der Seite der Aufständischen kämpfte, und zog, grelle Flammen speiend, über die Reihen der Erle hinweg. Und während er die gellenden Schreie der Erle hörte, die im

Drachenfeuer vergingen, wurde dem Fürstregenten klar, dass er nicht der Einzige war, der in diesem Konflikt übernatürliche Hilfe in Anspruch nahm …

Ein Kloß bildete sich in seiner Kehle, der sich auch nach mehrmaligem Bemühen nicht hinunterschlucken ließ, und Klaigon merkte, wie ihm kalter Schweiß auf die Stirn trat.

»Angst?«

Einmal mehr war Kaelor lautlos neben ihn getreten. Klaigon zuckte erschrocken zusammen, dann wandte er sich zu der düsteren Erscheinung des Eisriesen um, dessen eines Auge ihn mit einem unverhohlen spöttischen Blick bedachte.

»Das war nicht vorgesehen«, beschwerte er sich und klang dennoch irgendwie kleinlaut. »Barand und seine Leute müssten längst tot sein. Wieso sind sie noch am Leben? Und warum haben sie sich mit dem Feind verbündet?«

Kaelor lachte sichtlich amüsiert. »Das ist das Elend mit euch Sterblichen. Statt euch in das Unausweichliche zu fügen und damit abzufinden, dass euer Dasein vom Chaos regiert wird, versucht ihr noch immer zu verstehen. Hast du es denn noch nicht begriffen? Es gibt keine Ordnung, die euer Dasein bestimmt, und es gibt kein Schicksal, das eure Schritte lenkt. Alles, was zählt, Klaigon, ist dein eigener Wille – und der von Muortis. Der Rest ist Chaos und Willkür, nicht mehr und nicht weniger.«

»U-und das bedeutet?«

»Dass wir auf uns gestellt sind und dass wir kämpfen werden. Mit einem einzigen schnellen Schlag werden wir diese elenden Maden vernichten, die es wagen, sich uns, den Dienern des mächtigen Muortis, in den Weg zu stellen. Sagtest du nicht, dass es noch niemals einem Feind gelungen wäre, Iónador zu bezwingen?«

»D-das ist richtig«, bestätigte Klaigon. »Allerdings hat es bislang auch niemand geschafft, das Tor zu überwinden«, fügte er ein wenig leiser hinzu.

»Was bedeutet das schon? Angesichts unseres triumphalen Sieges wird es am Ende niemanden mehr kümmern, wie wir ihn errungen haben. Eine neue Zeitrechnung beginnt, mein unbedarfter Freund.«

»Aber … wie könnt Ihr Euch so sicher sein, dass wir siegen? Barands Ritter und die Waldbarbaren haben sich verbündet, und das bedeutet …«

»Glaubst du, ich wäre darauf nicht vorbereitet?«, grollte der Eisriese. »Glaubst du, ich hätte in meinen Plänen nicht berücksichtigt, dass so etwas geschehen könnte?« Kaelor lachte leise. »Anders als du, Klaigon, pflege ich stets mit dem Unvorhersehbaren zu rechnen. Und obwohl du mir versichert hast, dass dein Plan narrensicher wäre, habe ich Vorsorge getroffen für den Fall, dass er misslingt.«

»Vorsorge?« Klaigon war verblüfft. »Welcher Art?«

»Ich habe Signale an die Erlhorden im Osten und im Westen geschickt«, erklärte Kaelor ruhig. »Ihre Aufgabe war es, die Grenzbefestigungen mit Feuer und Krieg zu überziehen, aber allem Anschein nach wird die entscheidende Schlacht wohl hier geschlagen. Mir ist es einerlei – am Ende wird Muortis' Heer triumphieren, und die Menschen werden besiegt am Boden liegen, sosehr sie sich auch wehren mögen.«

»Wir bekommen also Verstärkung?«, erkundigte sich Klaigon vorsichtig.

»So ist es. Zu den zehntausend Erlen, die sich bereits innerhalb dieser Mauern befinden, werden weitere zehntausend stoßen, dazu Kriegstrolle und Bilwisschützen. Sollte dieser lächerliche Angriff bis dahin nicht zurückgeworfen sein, werden sie den Sterblichen in den Rücken fallen und sie vernichten. Dein ach so gefährlicher Barand und seine neuen Verbündeten werden sich zwischen zwei Fronten gefangen sehen und wie zwischen Mühlsteinen zermalmt werden. So und nicht anders wird es geschehen.«

»Nichts lieber als das«, versicherte Klaigon beflissen, und sein gieriges Grinsen kehrte in seine feisten Züge zurück.

Wie hatte er je an Kaelors Hinterlist zweifeln können, wie ihren Sieg infrage stellen? Klug und vorausschauend, wie er war, hatte er – Klaigon – sich beizeiten für die richtige Seite entscheiden, anders als Rionna oder Barand, die sinnlosen Widerstand leisteten, statt die Dinge zu akzeptieren, wie sie waren. Sein Vorhaben, die Heere des Waldvolks und Iónadors gegeneinander auszuspielen und sie sich gegenseitig vernichten zu lassen, mochte gescheitert sein, aber wen scherte es? Wichtig war nur, dass er am Ende den Sieg davontrug – und mit ihm die Macht, die ihm die Königskrone sichern würde …

Versonnen blickte Klaigon auf die tobende Schlacht, die er nun mit anderen Augen sah. Die schimmernden Rüstungen der Ritter erschienen ihm mit einem Mal nicht mehr halb so glänzend, die blau bemalten Gesichter der Barbaren nicht mehr allzu bedrohlich. Nicht mehr lange, und jeder, der es gewagt hatte, sich gegen ihn und seine Verbündeten zu erheben, würde erschlagen in seinem Blute liegen. Die Zuversicht, dass ihm der neue Tag den Sieg bringen würde, erfüllte ihn und ließ seine ohnehin schon breite Brust fast bersten – allerdings nur für einen Augenblick.

Denn im nächsten Moment gewahrte Klaigon einen dunklen Schatten, der über das Häusermeer Iónadors rauschte und geradewegs in seine Richtung kam.

Der Drache – ihn hatte er völlig vergessen!

Alarmiert fuhr der Fürstregent herum, beugte sich über die steinerne Balustrade – das fliegende Ungetier jedoch war nirgendwo mehr zu erblicken, weder über den Dächern noch am Himmel.

»Wo, bei Dóloans unfähigen Erben, steckst du …?«

Die Antwort erfolgte schneller und unmittelbarer, als Klaigon es sich wünschen konnte – denn die Bestie hielt sich unmittelbar unterhalb des Balkons verborgen und schoss in diesem Augenblick empor, ein riesiger, Furcht einflößender Schemen vor dem glühenden Morgenhimmel, und das noch schwache Licht des neuen Tages schimmerte durch seine ledrigen Flügel. Entsetzt prallte Klaigon zurück und geriet ins Taumeln, fiel gegen die schweren Vorhänge vor dem Zugang zu seinen Gemächern und verhedderte sich darin.

Lauthals schreiend und um sich schlagend, versuchte er, sich daraus zu befreien, aber stattdessen geriet er nur noch tiefer hinein. In seiner Panik wusste er sich nicht anders zu helfen, als die Vorhänge herunterzureißen. Dann endlich war er frei. Hektisch schnappte er nach Luft und schaute sich gehetzt um.

»Kaelor!«, rief er laut den Namen seines Verbündeten, den er jetzt dringender benötigte als zuvor. »Kaelor, hilf mir …!«

Doch der Eisriese war verschwunden.

52

Durch düstere Felsengänge, die sich wirr durch die Kälte schlängelten, gelangten die Gefährten immer tiefer nach Urgulroth. Alphart ging einmal mehr voraus, ihm folgten Erwyn, Leffel und Mux, dem das Reimen immer mehr verging, je weiter sie in die Bastion des Feindes vordrangen. Die Nachhut hatte Walkar übernommen, weiterhin in seiner menschlichen Gestalt.

Nach den Anweisungen Erwyns, der sich an diesen Teil Urgulroths gut zu erinnern schien, durchwanderten sie schmale Stollen und düstere Höhlen, deren tatsächliche Ausmaße sich im spärlichen Licht kaum erkennen ließen. Einmal mündete ihr Weg auf eine schmale Brücke, die in den Fels gehauen war und unter der ein auf den ersten Blick bodenloser Abgrund klaffte. Kaum hatten die Gefährten den steinernen Bogen jedoch betreten, hörten sie aus der Tiefe ein Grummeln und Grunzen sowie den Tritt von zahllosen Stiefeln. Vorsichtig spähten sie hinab, und als sich ihre Augen an die Dunkelheit gewöhnten, konnten sie auf dem Grund der Kluft Massen von Erlen erkennen, die dort marschierten.

Es mussten Hunderte sein.

Wüste Flüche grunzend, stampften die Unholde durch die Schlucht, in voller Rüstung und bis an die Hauer bewaffnet.

»Die sind auf dem Weg nach Allagáin«, war Alphart überzeugt.

»Hört das denn niemals auf?«, jammerte Leffel flüsternd.

»Nur wenn wir das Sylfenhorn finden«, brachte der Jäger in Erinnerung und nickte seinen Freunden aufmunternd zu.

»Kommt weiter. Je mehr Unholde Muortis nach Allagáin schickt, desto weniger Wachen gibt es in diesen Gewölben.«

»Soll uns das etwa trösten?«, fragte Walkar mürrisch.

»Das überlasse ich dir«, erwiderte Alphart und setzte sich erneut an die Spitze des kleinen Zugs.

Auf der anderen Seite der Brücke gab es einen Schacht mit groben, in den Stein gehauenen Stufen, der sich steil in die Tiefe wand. Mit jedem Schritt schien es kälter zu werden, und einmal mehr glaubte Alphart, die Kälte nicht nur äußerlich zu spüren. Mit klammer Hand griff sie auch nach seinem Herzen, und der Wildfänger empfand wieder die alte Furcht. Schwer und drückend legte sie sich auf seine Brust und machte ihm das Atmen schwer, aber er zwang sich mit aller Macht, weiterzugehen und seinen Gefährten ein Vorbild zu sein – und unvermittelt erreichten sie das Ziel ihres Marsches.

Vor ihnen endete der Stollen und fiel jäh in einen senkrecht verlaufenden Schacht ab, der sich sowohl nach oben als auch nach unten in unergründlicher Dunkelheit verlor. In der Mitte des Schachtes jedoch und direkt vor ihnen schwebte – die Gefährten konnten es kaum glauben – ein kunstvoll verziertes goldenes Horn …

»Das Sylfenhorn«, entfuhr es Leffel, der sich staunend die Augen rieb. »Wir haben es tatsächlich gefunden.«

»Sieht ganz so aus«, stimmte Alphart zu. »Allerdings wundert es mich, dass dieser Ort nicht besser bewacht wird.«

»Du hast den Grund dafür doch selbst genannt«, wandte Walkar ein. »Muortis hat jeden Unhold, den er entbehren kann, nach Allagáin geschickt.«

»Wenn schon«, knurrte der Wildfänger. »Ein Gegenstand wie dieser …«

»Muortis braucht das Horn nicht bewachen zu lassen«, meldete sich Erwyn wieder leise zu Wort.

»So? Und weshalb nicht?«

»Weil es sich selbst bewacht. Seht ihr das grüne Leuchten, das das Horn umgibt?«

»Allerdings.« Alphart nickte.

»Wer auch immer versucht, das Horn an sich zu nehmen, wird von diesem Leuchten für seinen Frevel bestraft«, wusste Erwyn zu berichten.

»Auf welche Weise?«

»Schmerzen«, entgegnete der Junge nur – worauf der Wildfänger dennoch die Hände nach dem Horn ausstreckte, um es zu berühren.

Es wiederholte sich, was geschehen war, als Erwyn nach dem Horn gegriffen hatte – das unheimliche grüne Leuchten dehnte sich innerhalb eines Herzschlags aus, hüllte den Jäger ein und schleuderte ihn zu Boden.

Stöhnend lag er da. Er brauchte einen Moment, um sich von dem magischen Schlag zu erholen.

»Ich habe es dir gesagt«, konnte sich Erwyn ein wenig Besserwisserei nicht verkneifen.

»Dennoch«, knurrte Alphart trotzig, während er sich wieder auf die Beine raffte, den brennenden Schmerz auf seiner Haut so gut wie möglich ignorierend, »es muss einen Weg geben, an das verdammte Ding heranzukommen. Wir werden nicht ohne das Horn gehen, wo es doch so dicht vor unseren Augen schwebt.«

»So dicht und doch unerreichbar«, wandte Erwyn ein.

»Es muss einen Weg geben«, beharrte Alphart, »und wir müssen ihn finden. Strengt eure Spatzenhirne an.«

»Vielleicht war das ja Muortis' Absicht«, überlegte Leffel.

»Was meinst du damit?«

»Es bedarf keiner Wachen, um Diebe abzuwehren – die Gier nach dem Horn sorgt dafür, dass sie es nicht bekommen.«

»Großartig.« Alphart schnaubte verächtlich. »Genau das hat uns gefehlt. Hast du noch mehr kluges Geschwätz auf Lager, Gilg? Dann nur zu, immer freiheraus damit!«

»Nun«, fuhr Leffel unbeirrt fort, während er sich nachdenklich die Knollennase rieb, »wir wissen, dass sich Muortis dunkle Gefühle zunutze machen kann. Denkt nur daran, wie du dich aus Verzweiflung fast in den Tod gestürzt hättest ...«

»Komm zur Sache!«, brummte Alphart, der nicht daran erinnert werden wollte.

»Angenommen, ich habe recht und dieser grüne Schein reagiert tatsächlich auf die negativen Empfindungen in uns, auf unsere Furcht, auf unsere Gier, auf unseren Willen, Muortis zu vernichten ...«

»Was dann?«

»Dann müsste jemand danach greifen, der all das nicht will. Jemand, dessen Wesen friedfertig ist, der ein mutiges Herz hat und der dennoch nicht in hundert Jahren auf den Gedanken käme, das Horn des Helden Danaón für sich selbst zu beanspruchen.«

»Was du nicht sagst«, schnaubte Walkar verdrossen. »Und wer von uns sollte das sein?«

»Na – ich«, erwiderte Leffel so leise, dass man ihn kaum noch hören konnte. »Denn ich will niemandem Schaden zufügen, und das Horn will ich ganz bestimmt nicht haben ...«

Die übrigen Gefährten wechselten erstaunte Blicke. Jeder musste eingestehen, dass die Argumentation des Gilg etwas für sich hatte. Yvolar hatte wiederholt davon gesprochen, dass es die Stärke des Nebelherrn war, sich die dunkelsten Wünsche und die negativen Empfindungen der Menschen zunutze zu machen und sie so auf seine Seite zu ziehen. Vielleicht hatte Leffel ja recht – wenn nicht, würde er es am eigenen Leib zu spüren bekommen. Zu verlieren hatten sie jedenfalls nichts ...

»Wir wollen nicht lang fluchen! Der Gilg soll es vers...auen!«, forderte Mux, um entsetzt die Hände auf den Mund zu pressen, als er begriff, was da aus seinem Mund gepurzelt war – so hatte er es ganz gewiss nicht sagen wollen ...

Leffel, der nichts ohne Alpharts Zustimmung wagen wollte, sandte diesem einen fragenden Blick.

»Du wirst dir wehtun«, prophezeite ihm der Wildfänger.

»Umso besser«, meinte Leffel grimmig, »denn dann will ich das Horn noch viel weniger.«

Er atmete tief durch, trat an die Abbruchkante und stellte sich auf die Zehenspitzen. Dann streckte er vorsichtig die Hände nach dem Horn aus.

Das grüne Wabern, das das kostbare Artefakt umgab, schien sich zu verdichten, und einen Augenblick lang sah es so aus, als wollte es den Gilg erfassen, um ihn abzuwehren wie vor ihm Alphart und Erwyn.

Aber im nächsten Moment durchdrangen Leffels Fingerspitzen die unheimliche Aura und berührten das Horn.

Den Gefährten standen vor Staunen die Münder offen, und selbst Leffel konnte es kaum glauben. Obwohl das grüne Leuchten das Sylfenhorn nach wie vor umgab, machte es keine Anstalten, den Gilg einzuhüllen oder ihn gar zu verletzen – und so fasste sich Leffel ein Herz, packte das Instrument mit beiden Händen und zog es scheinbar mühelos in seine Richtung.

Nur einen kurzen Augenblick lang schien es, als wollte das Leuchten das Horn nicht freigeben. Zäh wie ein Sumpfloch, das sein Opfer nicht mehr entlassen wollte, hielt es an dem kostbaren Stück fest – Leffel jedoch entwand es ihm unter Anwendung sanfter Gewalt, und im nächsten Moment drehte er sich zu seinen Freunden um, das goldene Horn Danaóns in den Händen, das trotz seines Alters so aussah, als wäre es eben erst gefertigt worden. Kein Kratzer war daran zu erkennen, kein Makel befleckte die schimmernde Oberfläche.

»Da-das ist unglaublich!«, stammelte Alphart, dessen Erstaunen keine Grenzen kannte. »Du ha-hast es geschafft! Du hast es tatsächlich fertiggebracht …«

Auch Walkar und der Kobling starrten den Gilg aus großen Augen an. Nur auf Erwyns Zügen zeigten sich widersprüchliche Gefühle, einerseits Bewunderung für den Gilg und andererseits Enttäuschung über sein eigenen Versagen – und dann pures Entsetzen, als Leffel auf ihn zutrat, das Sylfenhorn in Händen.

»Das«, sagte der Gilg leise, »gehört dir, glaube ich.«

»Nei-nein.« Erwyn schüttelte heftig den Kopf und wich zurück. Dabei starrte er auf das Horn, als wäre es eine giftige Kreatur.

»Bitte sehr«, sagte Leffel und hielt ihm das Instrument hin, wobei er sich demütig verbeugte. »Das Sylfenhorn gehört dir, Dochandar.«

Da wurde es dem Jungen zu viel. »Das ist nicht mein Name!«, platzte es aus ihm heraus, so laut, dass der arme Gilg furchtsam zusammenzuckte. »Erwyn heiß ich, das weißt du genau!«

»Schön und gut«, knurrte Alphart, »aber das ändert nichts daran, dass nur du tun kannst, was getan werden muss. Also nimm dir das verdammte Horn und blas hinein, so kräftig du kannst. Dann werden wir sehen, ob der Sylfenzauber hält, was Yvolar uns versprochen hat.«

»Das kann ich nicht«, jammerte Erwyn, während ihm Tränen in die Augen schossen.

»Du musst!«, rief Alphart und war ebenfalls nahe daran, die Beherrschung zu verlieren. Kurzerhand packte er das goldene Horn und riss es dem entsetzt quieksenden Gilg aus der Hand, warf es dem Jungen zu, sodass dieser es wohl oder übel auffangen musste, wenn es nicht zu Boden fallen sollte. »In das Horn sollst du stoßen!«, verlangte Alphart. »Es schert mich einen feuchten Dreck, wie es klingt!«

»Schön, wie … wie du willst …«, sagte der Junge resignierend, dann setzte er das magische Instrument an die Lippen, holte tief Luft und blies mit aller Kraft hinein.

Erwartungsvoll blickten ihn seine Gefährten an – aber nichts als ein klägliches Pfeifen entfleuchte dem Trichter des Horns.

»Das Ding ist alt«, meinte Alphart ermunternd. »Versuch es gleich noch mal.«

Erwyn tat, wie ihm geheißen – aber mit jedem Versuch, den er unternahm und der wenig mehr als ein jämmerliches Tröten hervorbrachte, bröckelte die Zuversicht aus den Gesichtern seiner Gefährten.

»Noch einmal!«, verlangte Alphart unerbittlich. »Los, versuch es noch einmal, und diesmal mach es richtig!«

»Es geht nicht, du verblendeter Narr!«, blaffte Erwyn ihn an und ließ das Horn sinken, während Tränen der Verzweiflung aus seinen Augen stürzten. »Hast du es denn noch immer nicht begriffen? Ich bin nicht der, für den ihr mich haltet! Ich bin kein Sylf!«

»Waaas?« Alphart, der sicher war, sich verhört zu haben, schüttelte den Kopf. »Ich verstehe nicht ...«

»Das ist es, was ich dir die ganze Zeit über sagen wollte«, erklärte Erwyn schluchzend, »aber du wolltest mir ja nicht zuhören. Keiner von euch will mir zuhören, weil sich keiner von euch für die Wahrheit interessiert. Aber die Wahrheit ist, dass ich kein Erbe Danaóns bin, sondern ein ganz gewöhnlicher Sterblicher. Yvolar hat sich geirrt!«

»A-aber«, stammelte Leffel entsetzt, »das ist un-unmöglich ...«

»Muortis wollte mich vernichten«, fuhr der Junge fort. »Der Atem des Eisdrachen, der tödlich ist für die Erben Ventars, sollte mich töten. Aber ... er tat es nicht! Versteht ihr, was das bedeutet? Der einzige Grund, weshalb ich noch lebe, ist der, dass ich nicht das bin, wofür man mich hielt. Ich ... ich habe auf ganzer Linie versagt«, stammelte er und senkte schuldbewusst den Kopf, »habe euch alle enttäuscht ...« Schluchzend sank er auf die Knie und vergrub das Gesicht in den Händen.

Seine Gefährten, die selbst zu bestürzt waren, um Rat zu wissen oder ein tröstendes Wort zu sprechen, standen wie vom Donner gerührt. Jeder von ihnen musste gegen die eigene Enttäuschung ankämpfen. Ihre letzte Hoffnung hatte auf Erwyn und dem Sylfenhorn geruht – nachdem ihnen auch noch diese Hoffnung genommen war, blickten sie in einen bodenlosen Abgrund.

Im Nachhinein wurde Alphart klar, weshalb sich Erwyn seit seiner Befreiung so seltsam verhalten hatte, und er schalt sich einmal mehr dafür, dass er dem Druiden geglaubt und seine Hoffnung in einen halbwüchsigen Knaben gesetzt hatte. Wie hatte Erwyn ihn gleich genannt? Einen verblendeten Narren. Und der Junge hatte recht – denn genau das war Alphart gewesen, wie er in diesen Momenten fand. Er hatte sich …

Plötzlich zuckte aus der Dunkelheit des Stollens ein Pfeil, verfehlte den Kopf des Wildfängers nur um Haaresbreite.

»Sylf oder nicht, Junge«, stieß Alphart gepresst hervor, »wenn wir nicht augenblicklich von hier verschwinden, bist du tot!«

Wie um seine Worte zu belegen, zuckten weitere Geschosse aus der Tiefe des Felsenganges. Die Gefährten gingen zu beiden Seiten der Stollenmündung in Deckung, in der im nächsten Moment die grobschlächtigen Gestalten einiger Erle auftauchten. Um wie viele es sich tatsächlich handelte, war nicht auszumachen, aber ihr Grunzen und Knurren war furchterregend.

Alphart schaute sich verzweifelt um: Im Stollen vor ihnen waren die Erle, hinter ihnen der senkrecht abfallende Schacht, dessen Wände glatt und von Eis überzogen waren. Der Wildfänger begriff, dass sie in der Falle saßen und es nur einen einzigen Fluchtweg gab.

Nämlich den nach vorn!

»Vorwärts!«, rief er seinen Gefährten zu, während er mit der Axt einen weiteren Pfeil abwehrte. Dann stürmte er auch schon los, dicht gefolgt von seinen Freunden.

Was die Gefährten antrieb, war der Mut der Verzweiflung. Zu verlieren hatten sie nichts mehr, also wollten sie zumindest kämpfen, sich zur Wehr setzen bis zum letzten Atemzug …

Die Erle, die nicht mit einem solch tollkühnen Angriff gerechnet hatten, starrten ihnen verdutzt entgegen, und noch ehe sie dazu kamen, neue Pfeile auf die Sehnen ihrer Bogen zu legen, war Alphart bereits bei ihnen.

Mit furchtbarer Wucht ließ der Wildfänger seine Axt kreisen und fällte zwei der Unholde mit einem einzigen Streich. Walkar und Leffel, der das Sylfenhorn an sich genommen und in seinen Umhang gewickelt hatte, damit es keinen Schaden nahm, folgten ihm auf dem Fuß, und sogar Erwyn und Mux beteiligten sich an dem Kampf, der innerhalb weniger Augenblicke vorüber war.

Heftig atmend und bebend vor Kampfeslust, fuhr Alphart herum, um sich nach seinem nächsten Gegner umzusehen – und stellte verblüfft fest, dass keiner mehr da war. Die Patrouille hatte lediglich aus einer Handvoll Erlkriegern bestanden, die unter den Äxten und Klingen der Gefährten ein blutiges Ende gefunden hatten. Jedoch – der Kampf war nicht unbemerkt geblieben. Aus den Stollen, die weiter vorn in den Hauptgang mündeten, war aufgeregtes Gebrüll zu hören. Es war nur eine Frage der Zeit, bis Alphart und seine Kameraden erneut Gesellschaft bekommen würden.

»Weiter!«, zischte er seinen Gefährten zu, und sie setzten mit fliegenden Schritten den Stollen hinab. Um mit den anderen mithalten zu können, sprang Mux mit einem weiten Satz auf Walkars Schulter, wo er sich am zottigen Haupthaar des Bärengängers festhielt und ihn unentwegt plappernd anfeuerte.

Warum die Gefährten aus Muortis' finsterem Reich zu entkommen suchten, wusste keiner von ihnen. Ihre letzte Hoffnung hatte sich zerschlagen, die einzige Waffe gegen das Eis sich als wirkungslos erwiesen. Dennoch waren sie nicht gewillt, sich kampflos ihrem Schicksal zu ergeben.

Vielleicht deshalb, weil sie die Wirklichkeit nicht wahrhaben und sich ihr Versagen nicht eingestehen wollten. Vielleicht auch, weil sie sterbliche, zerbrechliche Kreaturen waren, die um jeden Preis überleben wollten. Vielleicht aber auch nur, weil sie noch einmal zur Oberfläche zurückkehren, noch einmal das Licht des hellen Tages erblicken wollten, ehe die Welt in Dunkelheit verfiel und das Eis alles Leben erstickte.

Vielleicht …

53

Mit rasender Geschwindigkeit ging es hinauf.

Barand bekam keine Luft mehr, sein Magen rebellierte, und der eisig kalte Wind, der ihm ins Gesicht fauchte, trieb ihm Tränen in die Augen.

Mit einem einzigen Schlag seiner ausladenden Schwingen schwang sich Fyrhack steil nach oben, die schlanke Form des Túrin Mar hinauf bis zu jenem Balkon, der zu Klaigons Gemächern gehörte. Dort stoppte der Drache seinen rasanten Aufstieg, verharrte mit flatternden Flügeln direkt neben der Balkonbrüstung in der Luft. Der Balkon war menschenleer. Vermutlich hatte Klaigon sie kommen sehen und die Flucht ergriffen. Aber weit würde der Verräter nicht kommen, dafür würde Barand sorgen.

Geschmeidig glitt der Herr von Falkenstein vom Rücken des Drachen und auf die Brüstung, dann sprang er auf den Balkon. Mit einem knappen Nicken bedankte er sich bei Fyrhack für die Passage. Er zückte sein Schwert, und durch den bogenförmigen Durchlass, dessen Vorhang herabgerissen war, betrat er Klaigons Gemächer.

Wachsam ließ er den Blick schweifen, sah die Bärenfelle auf dem Boden und die bestickten Wandbehänge, dazu die lange Tafel mit den kunstvoll verzierten Stühlen und den offenen Kamin, in dem ein Feuer prasselte. Von Klaigon indes fehlte jede Spur – wahrscheinlich, so nahm Barand an, war der Verräter in den hinteren Bereich seines weitläufigen, von Säulen getragenen Quartiers geflüchtet, wo sich sein Amtszimmer und seine Schlafräume befanden. Der Marschall war oft in den Privaträumen Klaigons gewesen, kannte sie beinahe so gut wie seine eigenen. Als er sie das letzte Mal aufgesucht hatte, war er noch Klaigons Gefolgsmann und oberster Heerführer gewesen – inzwischen war der Fürstregent zu seinem Todfeind geworden, der für seinen Verrat mit dem Leben bezahlen sollte.

»Klaigon!«, rief Barand laut, als er den Herrscher der Goldenen Stadt nicht finden konnte. »Wo bist du? Wo hast du dich verkrochen, du Lump?«

Er erreichte das Schlafzimmer und zerteilte den Vorhang vor dessen Eingang mit einem Schwerthieb. Doch auch dort war Klaigon nicht zu finden. Blieb das Amtszimmer, jener Raum, in dem Barand seine Befehle erhalten hatte – darunter auch den, der seine Leute und ihn ins Verderben hatte führen sollen …

Die schwere Eichenholztür war geschlossen. Mit dem Fuß trat Barand dagegen, so lange, bis das alte Schloss nachgab. Krachend flog das Türblatt auf – und der Herr von Falkenstein sah sich dem Verräter Auge in Auge gegenüber.

Klaigon saß an seinem Schreibtisch und tat, als wäre er in das Studium einiger Urkunden vertieft gewesen – sein sich heftig hebender und senkender Brustkorb strafte diesen Eindruck jedoch Lügen. Er starrte Barand aus weit aufgerissenen Augen an.

»Du?«, fragte er und gab sich erkennbare Mühe, dabei möglichst unbedarft zu klingen.

»Ich«, bestätigte Barand schnaubend. »Du hättest wohl nicht geglaubt, mich noch mal lebend wiederzusehen.«

»Aber … aber nicht doch …« Klaigon erhob sich und schob seine feiste Gestalt beflissen um den Tisch, um Barand zu begrüßen. »Ich freue mich, dass du hier bist. Niemals hätte ich geglaubt, dass …«

»Dass dein Verrat misslingen könnte?« Der Marschall hob die Klinge, sodass die Spitze den fetten Bauch des Fürstregenten berührte. »Ich sollte dich aufspießen wie ein Schwein, gleich hier und jetzt. Du bist des Amtes, das du bekleidest, nicht würdig.«

»Ich? Nicht würdig?« Klaigon wich zwei Schritte zurück, dann verfinsterten sich seine Züge. »Was weißt du schon? Was weißt du von der Bürde, die es bedeutet, ein Reich wie Allagáin zu regieren? Was von der Verantwortung, die auf meinen Schultern lastet?«

»Nichts«, gab Barand mit bebender Stimme zu. »Aber ich weiß, dass kein Beweggrund, und wäre er noch so edel, rechtfertigen kann, was du getan hast. Du hast dein Volk verraten und gemeinsame Sache mit den Feinden der Menschheit gemacht. Du hast den Unholden Zutritt zur Goldenen Stadt gewährt und damit zahllose unschuldige Menschen einem grausamen Tod überantwortet. Und du hast dein Heer, das dazu da gewesen wäre, deine Stadt und dein Reich zu verteidigen, in eine ebenso sinnlose wie aussichtslose Schlacht geschickt. Meine Ritter und ich wären bereit gewesen, bis zum Letzten für dich zu kämpfen. Ohne Zögern hätten wir unser Leben eingesetzt, um Iónador und dich zu schützen – aber du hast es uns schlecht gedankt. Du hast unser aller Vertrauen missbraucht um deines eigenen Vorteils willen. Und dafür, Klaigon, wirst du sterben!«

»Durch wessen Hand?«, fragte Klaigon. »Etwa durch deine?« Der Fürstregent schüttelte den Kopf. »Du willst dein Schwert gegen deinen Lehnsherrn erheben, dem du ewige Treue geschworen hast?«

»Nicht dir habe ich Treue geschworen, sondern Iónador«, widersprach Barand, »und der Goldenen Stadt gilt sie auch weiterhin. Du jedoch hast sie verraten.«

»Ich soll Iónador verraten haben?« Klaigon lachte freudlos auf. »Mein Freund, ich glaube, du verkennst die Lage. Ich bin es nicht, der die Stadt der Fürsten angegriffen hat, und ich entsinne mich auch nicht, mich mit den Waldbarbaren verbündet zu haben, den erklärten Feinden Iónadors von alters her. Und ich bin es auch nicht, der ein Blutbad in den Straßen anrichtet, wie es in der Geschichte unseres Volkes noch keines gegeben hat.«

»Nein«, gestand Barand ein, seine Wut nur mühsam beherrschend. »Wir waren es, die den Krieg nach Iónador getragen haben – jedoch nur, um den Saustall auszumisten, zu dem die Stadt durch dein Verschulden geworden ist. Um deine eigene Haut zu retten, hast du deine Untertanen den Erlen ausgesetzt, statt sie zu beschützen, wie es deine Pflicht gewesen wäre.«

»Meine Pflicht? Du wagst es, mich an meine Pflicht zu erinnern?«, brauste Klaigon auf. »Ausgerechnet du, der du meine Befehle verweigert und dich gegen mich gewandt hast? Nicht ich bin der Verräter, sondern du, Barand! Statt den Befehlen zu gehorchen, die dir gegeben wurden, hast du gemeinsame Sache mit unseren Feinden gemacht. Aber damit ist es nun vorbei. Als dein Fürstregent befehle ich dir, dein Schwert sinken zu lassen und mit deinem Heer die Stadt zu verlassen, und zwar augenblicklich!«

»Du hast mir nichts mehr zu befehlen«, erwiderte Barand kalt, »und Fürstregent bist du schon längst nicht mehr. Dóloan hat sich von dir abgewandt in dem Augenblick, als du sein Erbe verraten und den Boden der Goldenen Stadt mit dem Blut Unschuldiger besudelt hast.«

»Was schert mich Dóloan?«, schrie Klaigon wie irrsinnig, und Speichel sprühte dabei von seinen Lippen. Dann deutete er auf seinen kahlen Schädel. »Schon bald wird eine Königskrone dieses Haupt zieren, und weder werde ich auf die Gunst adeliger Speichellecker angewiesen sein, die mich zum Regenten küren, noch auf wankelmütige Gefolgsleute, wie du einer bist. Meine Macht wird ohnegleichen sein und selbst die der Sylfenkönige in den Schatten stellen!«

»Ist es das, was man dir versprochen hat?« Barand schüttelte ungläubig den Kopf. »Um der Krone willen hast du uns alle verraten? Hast die Stadt deiner Väter der Plünderung preisgegeben und in Kauf genommen, dass deine Untertanen von Unholden gefressen werden?«

»Das ist nicht wahr!«, behauptete Klaigon.

»Es ist wahr, und du weißt es genau«, sagte Barand mit ungnädiger Stimme. »Verschließe deine Augen nicht vor der Wahrheit, Klaigon! Wenigstens dieses eine Mal in deinem Leben nicht! Es hat dich nie besonders gekümmert, was außerhalb des Túrin Mar und Iónadors geschieht – aber diesmal öffne deine Augen, bevor ich sie dir für immer schließe!«

»Das kannst du nicht«, war Klaigon überzeugt. »Deine Ritterehre lässt es nicht zu, einen wehrlosen Mann zu entleiben!«

»Wohl wahr«, räumte Barand ein und trat an den Kamin des Arbeitszimmers, über dem ein großes Breitschwert hing. »Wie es heißt, hat diese Klinge einst Dóloan gehört. Er hielt dies Schwert in Händen, als er die Brücke gegen das Waldvolk verteidigte – also wird es auch dir gute Dienste leisten.«

Kurzerhand nahm er das Schwert aus der Halterung und warf es Klaigon vor die Füße, sodass es laut klirrte. »Heb es auf und kämpfe!«, forderte Barand. »Kämpfe wie ein Mann, wenigstens dies eine Mal!«

Klaigon war plötzlich bleich geworden. Er schwankte, als wäre er betrunken. »I-ich kann nicht …«

»Nimm das Schwert!«, sagte Barand noch einmal, jede einzelne Silbe betonend. »Oder, bei meinen Ahnen, ich schwöre, dass ich dich aufschlitze wie ein Schwein!«

Klaigons Blicke zuckten zwischen ihm und der am Boden liegenden Waffe hin und her. Jede Überlegenheit war aus seinen feisten Zügen verschwunden, ebenso wie das Funkeln in seinen Augen, das von seinem Wahnsinn zeugte. Jäh schien dem Verräter zu dämmern, dass sein Spiel zu Ende war und er sich für seine Taten verantworten musste – und wie ein Dieb, der auf frischer Tat ertappt worden und auf die Gnade seiner Häscher angewiesen war, beugte er das Haupt und sank auf die Knie.

»Was habe ich nur getan?«, stieß er hervor und vergrub das Gesicht in den fleischigen Händen. »Du hast recht, Barand, mit jedem einzelnen Wort! Wie konnte ich nur schmählich verraten, was zu beschützen mir aufgetragen wart? Wie nur euer aller Vertrauen so schändlich missbrauchen? Ich bitte dich, lass Gnade walten …«

»Gnade?«, fiel ihm Barand ins Wort. »Für dich?« Die Züge des jungen Marschalls wurden hart. »Nachdem so viele deine Habgier mit dem Leben bezahlen mussten?«

»Bin ich dir nicht immer ein guter Herrscher gewesen?«, fragte Klaigon dagegen. »Standest du nicht immer in meiner Gunst? Habe ich es verdient, von deiner Klinge zu sterben wie ein elender Verbrecher?«

Und der mächtige Fürstregent von Iónador begann zu weinen wie ein hilfloses Kind.

54

In den Straßen Iónadors tobte eine erbitterte Schlacht.

Immer noch mehr Erle strömten aus dem Inneren der Stadt zusammen und warfen sich den Angreifern entgegen – und sosehr die Menschen unter Galfyns Führung auch gegen die Reihen der Unholde anrannten, es gelang ihnen nicht, sie zu durchbrechen.

Wie auch?

Es war längst nicht nur mehr ein Kordon von Erlen, der sich den Angreifern in den Weg stellte; die Hauptstraße bis hinauf zum großen Vorplatz des Túrin Mar hatte sich in ein wogendes Meer aus hassverzerrten, grunzenden Schweinsgesichtern verwandelt. Blutdurst sprach aus den eitrigen Augen, und nicht wenige Menschen fanden unter den Hieben rostiger Schwerter und Äxte ein grausiges Ende.

Galfyn kämpfte in vorderster Reihe.

Beim Waldvolk war es Sitte, dass die Anführer ihren Kriegern als leuchtendes Beispiel vorangingen, und es wäre ihm nicht im Traum eingefallen, sich irgendwo zu verkriechen, um von dort aus den Ausgang der Schlacht abzuwarten. Zusammen mit den Kämpfern Iónadors und den Kriegern der Waldstämme focht er gegen die Erle, deren Masse immer noch größer und erdrückender wurde – und obwohl sich Berge erschlagener Unholde auf der Straße türmten und ihr Blut in Strömen in der Gosse zusammenfloss, stellte Galfyn mit Erschrecken fest, dass sich die Menschen rückwärts bewegten!

Zu wütend war der Ansturm der Feinde, zu erdrückend ihre Zahl. Langsam, aber stetig vergrößerte sich der Abstand zum Großen Turm, der ihnen als lohnendes Ziel vor Augen stand, nicht mehr fern, doch inzwischen wieder unerreichbar.

Ein Speer zuckte hervor und stieß nach Galfyns Brust. Mit der Linken bekam der junge Heerführer den Schaft unterhalb der vergifteten Spitze zu fassen, während seine Schwerthand zuschlug und sowohl den Speer als auch die Klaue des Angreifers durchschlug. Unter wüstem Gekeife ging der Erl zu Boden – dafür wurde ein junger Krieger, der unmittelbar neben Galfyn stand, von einer rostigen Klinge niedergestreckt.

Gleichzeitig hagelten Schwärme von Pfeilen auf die Menschen herab; zu beiden Seiten der Straße hatten sich Unholde in den geplünderten und teils zerstörten Häusern verschanzt – keine Erle, sondern grauhäutige Kreaturen, die mit langen schwarzen Bögen bewaffnet waren, mit denen sie meisterlich umzugehen verstanden. Soeben sanken zwei weitere Allagáiner mit durchbohrten Kehlen zu Boden. Galfyn wusste nur zu gut, dass seine Leute, so mutig und beherzt sie auch kämpften, der Übermacht der Unholde nicht mehr lange würden standhalten können.

Der junge Heerführer merkte, wie die Schlachtreihe wankte. Schon bald würden die Erle an einigen Stellen durchbrechen, und was dann geschah, war Galfyn nur zu klar. Natürlich, er konnte auch den Rückzug befehlen, aber mit jedem Schritt zurück würden sie Boden aufgeben, für den sie erbittert gekämpft und den sie mit ihrem Blut getränkt hatten. Warum nur, so fragte er sich, hörte er nichts von Barand und Fyrhack? Hatten sie den Großen Turm nicht erreicht? War ihrer Mission kein Erfolg beschieden gewesen?

Galfyn wusste es nicht, und diese Ungewissheit machte alles nur noch schlimmer. Die Versuchung, das Signal zum Rückzug geben zu lassen, war groß, aber Galfyn hielt ihr stand. Als es darum gegangen war, das Torhaus zu erobern, hatte ihm sein Falkenbruder vertraut – nun war es an ihm zu beweisen, dass er dieses Vertrauen auch verdiente. Vielleicht, sagte er sich, brauchten Barand und der Drache nur noch ein wenig mehr Zeit, und es war seine Aufgabe, sie ihnen zu verschaffen.

Auch wenn es ihn selbst das Leben kosten würde …

55

»Weiter! Los, kommt doch!«

Schwer atmend trieb Alphart seine Begleiter zur Eile an. Im Laufschritt hetzten sie durch die Stollen und Gänge, um ihren Verfolgern zu entkommen, deren zornige Schreie und stampfende Schritte sie hinter sich hören konnten.

Der Wildfänger nahm an, dass die Unholde ihre erschlagenen Kumpane gefunden hatten, anders ließ sich ihre Wut kaum erklären. Geifernd und unter scheußlichem Grunzen und drohendem Waffenklirren, setzten sie den fünf Flüchtenden hinterher, die nur den einen Wunsch hatten – nämlich den, möglichst rasch aus Muortis' dunklen Hallen zu entkommen.

Noch einmal das Tageslicht sehen, noch einmal frische Luft atmen, ehe es zu Ende ging …

Die Kraft der Verzweiflung ließ sie immer weiterlaufen, obwohl sie kaum noch konnten: Alphart, der die Gruppe einmal mehr anführte und sich fühlte, als hätte er seine Gefährten und die ganze Welt in den Untergang geleitet; Leffel, der das in seinen Umhang gewickelte Sylfenhorn trug; Erwyn, aus dessen jungem Gesicht nicht nur jede Farbe, sondern auch jede Hoffnung gewichen war; Walkar, dessen Miene noch ungleich grimmiger war als sonst; und schließlich Mux der Kobling, der von der Schulter des Bärengängers aus immer wieder gehetzt zurückschaute und in heiseres Geschrei verfiel, wenn er die eitergelben Augen der Verfolger erblickte, die aus dem Halbdunkel starrten.

Immer wieder zischten Pfeile durch die Luft, die jedoch zu hastig abgeschossen waren, als dass sie ihr Ziel gefunden hätten. Beunruhigender war die Geschwindigkeit, mit der die rasenden Unholde aufholten. Nicht mehr lange, und sie würden die Flüchtigen eingeholt haben …

»Dort entlang!«, rief Alphart und schlug sich in einen Seitengang, der in eine steile Treppe überging. Nachdem er den Rückweg bereits zum zweiten Mal ging und da er als Jägersmann über einen ausgeprägten Orientierungssinn verfügte, bereitete es ihm keine Schwierigkeit, den Weg aus dem unterirdischen Labyrinth zu finden. Mit einem weniger beschlagenen Führer hätten sich die Gefährten längst verlaufen oder wären in den Mägen der gefräßigen Feinde gelandet.

Atemlos erreichten sie die Schmiede, an der Alphart und Yvolar vorbeigekommen waren. Noch immer wurden dort die Blasebälge betätigt und die Essen geschürt, wurden Axtblätter und Schwerter auf den Ambossen geformt. Wie viele Kreaturen, so fragte sich Alphart schaudernd, mochten noch in den Klüften Dorgaskols hausen, die Muortis dem Wilden Heer einverleiben konnte? Welche Aussicht hatten sterbliche Krieger gegen eine solche Übermacht?

Keine!

Über eine Reihe schmaler Korridore erreichten sie eine weitere Treppe, die steil nach oben führte. Die Stufen waren schief und ungleichmäßig und noch dazu von Eis überzogen. Leffel glitt aus und fiel hin, schlug sich das Kinn blutig. Alphart packte ihn und zerrte ihn weiter, während sich am Fuß der Treppe schon die Erle drängten. Mit weichen Knien und Lungen, die von der kalten Luft wie Feuer brannten, hetzten die Gefährten die Stufen hinauf. Aber obwohl sie sich der Oberfläche mit jedem Schritt ein Stück näherten, schwand ihre Zuversicht, diese zu erreichen – denn die Erle, frisch ausgeruht und von roher Kraft getrieben, kamen immer näher.

Gehetzt blickte Alphart über die Schulter zurück, schaute an seinen Gefährten vorbei und erkannte, dass die Unholde nur noch einen Steinwurf entfernt waren. Ihre grünbraunen Schweinsgesichter leuchteten grausig im unwirklichen Schein.

»Weiter, immer weiter!«, drängte Alphart – auch wenn er sich insgeheim fragte, welchem Zweck diese Flucht noch dienen sollte. War es nicht besser, sich den Unholden zu stellen und hier und jetzt zu sterben?

Hätte der Wildfänger für sich allein entscheiden müssen, er hätte keinen Augenblick gezögert, sich diesen mordgierigen Kreaturen entgegenzuwerfen. Aber seine Gefährten, allen voran Leffel und der Kobling, schienen an ihrem Leben zu hängen – und Alphart, der sich für sie verantwortlich fühlte, betrachtete es als seine Pflicht, sie bis zuletzt zu beschützen.

Sie erreichten das Ende der Treppe, doch die Erle hatten sie fast eingeholt. Sie würden einen nach dem anderen von ihnen töten, wenn er nicht ...

Ein jäher Gedanke kam dem Jäger.

Wenn einer von ihnen zurückblieb und sich für die anderen opferte, wenn es ihm gelang, die Verfolger so lange aufzuhalten, bis der Rest der Gruppe erneut Vorsprung gewonnen hatte – dann, nur dann hatten die Übrigen eine Chance, dem Blutdurst der Erle zu entrinnen!

Alphart brauchte nicht lange zu überlegen, wer dieser Jemand sein sollte. Schon drückte er sich gegen die eisverkrustete Stollenwand und wollte die anderen an sich vorbeilassen, um sich dann den Erlen zum Kampf zu stellen – da ging mit dem Bärengänger eine Verwandlung vor. Die menschlichen Züge Walkars verschwanden, und das Raubtier kam wieder zum Vorschein. Fell überzog seine hünenhafte Gestalt, während er auf alle viere niederfiel. In hohem Bogen sprang der Kobling von seiner Schulter und auf die von Alphart.

»Lauft!«, rief Walkar den Gefährten mit heiserer Stimme zu, die bereits das Tier erahnen ließ. »Lauft um euer Leben!«

Alphart und die anderen waren für einen Moment unentschlossen.

»Hört ihr nicht?«, brüllte der Bärengänger abermals. »Ihr sollt fliehen! Flieht und rette*aarrrr*…!« Der Rest des Wortes ging in markigem Gebrüll unter; die Verwandlung war abgeschlossen.

Das Letzte, was die vier verbliebenen Gefährten von ihrem Freund sahen, war die beeindruckende Silhouette eines Bären, der sich den Verfolgern todesmutig entgegenwarf. Die Erle verfielen in entsetztes Geschrei, dann spritzte ihr Blut gegen die Höhlenwände.

»Weiter!«, ermahnte Alphart Leffel und Erwyn, die schockiert stehen geblieben waren. »Walkar opfert sich, damit ihr leben könnt – also lauft, verdammt noch mal!«

Er packte sie und stieß sie vorwärts, und gemeinsam setzten sie ihre wilde Flucht fort. Die entsetzten Schreie der Erle und das heisere Gebrüll des Bären waren noch lange zu hören.

Bis es schließlich erstarb …

56

»Täuschung und Zweifel sind deine Waffen«, sprach Yvolar der Druide in das unergründliche, drohende Dunkel, das ihn umgab. »Schon viele hast du damit in den Wahnsinn gestürzt oder auf deine Seite gezogen. Ich wusste, was mich erwartet, als ich diesen Ort betrat, Muortis, deshalb habe ich mich vorbereitet …«

»Was du nicht sagst, Druide.« Die Stimme, die unheilvoll durch die Dunkelheit geisterte, war nicht mehr vor ihm, sondern schien ihn zu umkreisen, war mal hier und mal dort. »Dabei erklärte ich dir schon, dass es keiner Lüge bedarf, um dich zu vernichten. Die Wahrheit genügt vollauf.«

»Welche Wahrheit, Muortis?«, fragte Yvolar spöttisch. »Deine?«

»Die einzige!«, verbesserte der Nebelherr. »Als ich Kunde bekam, dass noch ein Erbe Danaóns unter den Lebenden weilt, habe ich meine Diener ausgesandt, um ihn aufzuspüren. Lange Zeit hast du ihn vor mir verborgen – aber dann warst du so unvorsichtig, ihn direkt zu mir zu bringen. Und so geschah, was geschehen musste: Ich bemächtigte mich des Jünglings, dessen Erbe mir gefährlich werden konnte, um ihn in Urgulroths tiefster Kammer dem Eisfeuer des Dragan Daic auszusetzen …«

»Frevler!«, stieß Yvolar voller Abscheu und Entsetzen hervor. »Was hast du getan?«

»Sicher wird es dich freuen zu hören, dass dein junger Schützling lebt«, gab Muortis bekannt, »schließlich bist du stets ein Freund der Menschen gewesen. Oder sollte es in diesem Fall anders sein?«

»Er – lebt?«, fragte Yvolar leise.

»Allerdings. Der Atem des Eisdrachen konnte ihm nichts anhaben. Und wir beide wissen, was das bedeutet.«

Yvolar wusste es in der Tat.

In alter Zeit war ein Fluch verhängt worden, der diejenigen von Fyrhacks Artgenossen, die sich gegen ihre eigene Rasse verschworen hatten, zu Kreaturen des Eises hatte werden lassen. Mit falschen Versprechungen hatte Muortis sie gelockt und zu seinen Leibeigenen gemacht, und ihnen war die Fähigkeit zuteil geworden, eisigen Atem zu speien, der nicht nur alles erstarren ließ, sondern darüber hinaus auch tödlich war für die Söhne Ventars. Kein Sylfe vermochte dem Eisfeuer zu widerstehen. Wenn Dochandar ... wenn Erwyn dem vernichtenden Element ausgesetzt worden und noch am Leben war, konnte das nur bedeuten, dass ...

»Nein!« Yvolar schüttelte störrisch den Kopf.

»Du willst es nicht wahrhaben? Wie seltsam für jemanden, dem die Wahrheit angeblich über alles geht. Dabei solltest du inzwischen längst erkannt haben, dass euer törichter Aufstand gegen mich gescheitert ist. Dein Hoffnungsträger hat sich als einfacher Sterblicher erwiesen, und das Horn, auf das die Saligen solch große Stücke hielten, befindet sich längst in meinem Besitz. Gestohlen habe ich es aus dem Grabmal Danaóns, gebrochen den Bann, der es vor meinem Zugriff schützen sollte. Erkennst du jetzt, Druide, wie mächtig ich geworden bin?«

»N-nein«, stammelte Yvolar abermals, aber seine Stimme klang nicht mehr fest und voller Überzeugung, sondern brüchig und leer. Der Druide strauchelte unter den Worten des Nebelherrn wie unter Keulenschlägen und schien sich einen Augenblick lang kaum noch auf den Beinen halten zu können – sehr zum Vergnügen seines noch immer unsichtbaren Feindes.

»Erkenne es endlich an, alter Mann«, höhnte Muortis. »Nach all den Jahrtausenden, die verstrichen sind, bin ich dir nun überlegen!«

Yvolar hatte das Haupt gesenkt, denn er gönnte seinem Gegner nicht den Triumph, die Verzweiflung in seinen Augen zu sehen. Um Fassung ringend, brauchte der Druide einen Moment, um all das zu verdauen. Als er anschließend den Kopf wieder hob, stand grimmige Entschlossenheit in seinen faltigen Zügen.

»Überlegen oder nicht, wir werden kämpfen«, entschied er und hob langsam den Stab. »So lange, bis nur noch einer von uns übrig ist.«

»Warum willst du das tun? Warum dein Leben wegwerfen?«, fragte Muortis amüsiert. »Weshalb beenden wir nicht diesen sinnlosen Kampf und schaffen Frieden?«

»Frieden?« Yvolar schüttelte den Kopf. »Aus deinem Mund klingt das Wort wie Hohn, Muortis. Denn ohne Freiheit gibt es für die Sterblichen keinen wirklichen Frieden.«

»Wer spricht von den Sterblichen? Hast du denn noch immer nicht begriffen, worum es bei diesem Krieg in Wahrheit geht? Es ist nicht der Kampf zwischen den Mächten des Lichts und jenen der Finsternis, wie du diesen naiven Jungen glauben machen wolltest – es ist der Kampf der alten Welt gegen eine neue.«

»Tatsächlich?« Yvolar hob die Brauen, während er den Stab mit beiden Händen schräg vor der Brust hielt. Ein Gefühl sagte ihm, dass die Attacke des Nebelherrn nicht mehr lange auf sich warten lassen würde. »Dann verrate mir, Muortis, welche Welt die alte ist und welche die neue.«

»Die alte Welt ist unsere, Druide. Die Welt der Mythen, in der Zauberei und Magie die Wirklichkeit bestimmen und in der die Menschen nichts sind als unmündige, unwissende Schatten.«

»Diese Zeit geht zu Ende, Muortis«, wandte Yvolar ein.

»Niemals!«, drang es wütend zurück. »Denn ich werde es verhindern. Die Heere meiner Erle und Trolle werden die

Sterblichen unterwerfen und dafür sorgen, dass das Zeitalter der Magie niemals zu Ende geht …«

»… während die Welt in immerwährender Dunkelheit und Kälte versinkt«, ergänzte Yvolar grimmig. »Ist das der Plan, für den du mich gewinnen willst? Ist das deine Vorstellung von Frieden?«

»Es ist der einzige Weg, die Sterblichen aufzuhalten.«

»Du kannst den Lauf der Zeit nicht für immer ändern. Vielleicht wirst du diesmal triumphieren, und Tausende und Abertausende von Sterblichen werden deine Schreckensherrschaft über die Erde mit dem Leben bezahlen. Aber irgendwann, Muortis, wird auch diese Eiszeit zu Ende gehen, und die Menschen werden sich gegen Dunkelheit und Kälte erheben. Die Zukunft gehört ihnen, ob du es willst oder nicht.«

»Ich sehe«, sagte der Herrscher des Eises nur, »du hast deine Wahl getroffen …«

Im nächsten Moment ging er zum Angriff über.

57

Barand stand wie vom Donner gerührt.

Sein erster Impuls war es, zuzustoßen und den Verräter zu durchbohren, diesem unwürdigen Schauspiel ein schnelles Ende zu bereiten. Aber als er sah, wie sein einstiger Lehnsherr auf den Knien lag, das kahle Haupt gebeugt, schluchzend und weinend, da legte sich sein Zorn, und er bekam Mitleid mit dem wehrlosen alten Mann, als der Klaigon ihm in diesem Augenblick erschien. Einen Moment war Barand noch unentschieden, dann ließ er die Klinge sinken, mit der er den Verräter vom Angesicht dieser Welt hatte tilgen wollen.

»Gut«, sprach er leise und trat auf ihn zu, »wenn dir an deinem erbärmlichen Leben so viel liegt, sollst du leben. Vor deinem Volk wirst du dich für deine Verbrechen verantworten, Klaigon, und ich persönlich werde der Richter sein, der dich …«

Der Rest von dem, was er sagen wollte, blieb Barand im Halse stecken – denn plötzlich fühlte er barbarischen Schmerz, der heiß und sengend in seine Eingeweide fuhr.

Entsetzt blickte er an sich herab und sah die Klinge Dóloans fast bis zum Heft in seinem Unterleib stecken, ungeachtet des Kettenhemds, das er trug. Indem Klaigon sich schwach und besiegt gegeben und ihn in trügerischer Sicherheit gewogen hatte, hatte er den jungen Heerführer herangelockt, um dann blitzschnell die Klinge vom Boden aufzuheben und mit aller Kraft zuzustoßen.

Ein triumphierendes Grinsen im Gesicht, blickte der Verräter zu Barand auf; die falsche Reue war aus seinen schweißglänzenden Zügen verschwunden. »Und nun?«, fragte er höhnisch. »Was willst du nun tun, Barand von Falkenstein? Hast du immer noch vor, mich für meine Vergehen zu bestrafen?«

Barand wankte. Er wollte etwas erwidern, aber alles, was über seine Lippen kam, war ein dünner Faden Blut.

Trotz der quälenden Schmerzen, die in seinen Eingeweiden wüteten, schloss sich seine Rechte fester um den Griff seines Schwertes, und er wollte ausholen, um Klaigon zu erschlagen und ihn mit hineinzureißen in die dunkle Kluft des Todes.

Seine Bewegungen waren jedoch langsam und vorhersehbar, und als Klaigon sah, was Barand tat, drehte er die Waffe mit Gewalt in der Wunde herum.

Der Marschall von Iónador hatte das Gefühl, als würde sein Innerstes von glühenden Eisen zerfetzt. Nicht länger war er fähig, sich auf den Beinen zu halten. Das Schwert fiel ihm aus der Hand, und er stürzte, schlug inmitten der Blutlache auf, die sich um ihn gebildet hatte.

»Du bist genau wie Karrol!«, sagte Klaigon voller Hohn, während sich sein sterbender Gegner am Boden krümmte. »Genauso vertrauensselig. Und genauso dumm!«

Mit einem Ruck riss er das Schwert aus dem Leib des jungen Marschalls und erhob sich, während Barand von Falkenstein den letzten Atemzug tat.

Der Fürstregent warf den Kopf in den Nacken und erging sich in kreischendem, irrem Gelächter. Seine Stimme überschlug sich, und nicht länger war der Wahnsinn in seinen Augen nur eine leise Vorahnung, sondern brach sich endgültig Bahn.

Niemand konnte Klaigon von Iónador aufhalten!

Zu groß war seine Macht, als dass sie ihm jemand streitig machen konnte, zu scharf sein Verstand, als dass ein Gegner ihm gewachsen wäre. Hatte er sich tatsächlich vor Barand gefürchtet? Vor einem grünen Jungen, der zu einfältig war, um

List und Wahrheit zu unterscheiden? Mit Leichtigkeit hatte sich Klaigon seiner entledigt, so wie er es mit allen tun würde, die sich ihm widersetzten – und er hatte dazu noch nicht einmal Kaelors Hilfe gebraucht.

Dank seiner neuen Verbündeten hatte der Fürstregent gelernt, was wahre Macht bedeutete, und sobald seine Feinde zerschmettert waren und die Krone auf seinem Haupt saß, würde er sie rücksichtslos ausüben und …

Das Gelächter des Fürstregenten über die Dummheit und Einfalt der Welt ging in schrilles Kreischen über. Aufrecht stehend, das Schwert Dóloans in der Hand, stand Klaigon über dem Leichnam seines Gegners, breitbeinig und vor Stolz und Häme fast berstend – als er sich plötzlich in eine Flammensäule verwandelte!

Gelbes Feuer hüllte den Fürstregenten ein und verzehrte sein Fleisch, erstickte seinen heiseren Schrei. Als es nach Augenblicken wieder verlosch, waren verbrannte Knochen alles, was von Klaigon geblieben war.

»Du redest zu viel, Mensch«, knurrte Fyrhack, der lautlos hinter Klaigon aufgetaucht war. Die schwelenden Überreste des Verräters keines weiteren Blickes würdigend, wandte sich der Drache ab. Dabei schabte seine Schuppenhaut an der Wand entlang und hinterließ dort tiefe Kratzspuren.

Zwar waren die Turmgemächer und Korridore des Túrin Mar alles andere als klein und beengt; dennoch war es erstaunlich, mit welcher Gewandtheit sich die riesige monströse Kreatur darin zu bewegen wusste, die Schwingen eng an den geschuppten Körper geschmiegt. Doch wie Yvolar vor langer Zeit erklärt hatte, als Erwyn und er Fyrhacks Höhle aufgesucht hatten, waren Drachen uralte Wesen, die in den Tiefen der Welt ebenso zu Hause waren wie in der Luft. Ihre Leiber waren dazu geschaffen, sich selbst in sehr beengten Umgebungen zu bewegen, sonst hätte Fyrhack auch niemals durch den Geheimtunnel in die Goldene Stadt gelangen können.

Nachdem Fyrhack seinen menschlichen Begleiter abgesetzt hatte, hatte er die Turmgemächer auf der Suche nach seinem Erzfeind durchstreift – allerdings ohne Erfolg. Da er Kaelor nicht hatte finden können, war er schließlich zu Barand zurückgekehrt.

Zu spät, wie sich herausgestellt hatte …

Dafür, dass der Herr von Falkenstein ein Mensch gewesen war, ging sein Ende dem Drachen ungewöhnlich nahe – nicht sosehr des persönlichen Verlusts wegen, denn er hatte Barand ja kaum gekannt. Aber er hatte den Falkensteiner kämpfen sehen, und sein Tod bedeutete fraglos einen herben Verlust für die Armee des Lichts.

Fyrhack hatte es jedoch aufgegeben, mit dem Schicksal zu hadern, schon vor langer Zeit. Was geschehen war, war geschehen, er konnte es nicht ändern. So viele Opfer hatte der Kampf gegen Muortis und seine dunklen Kreaturen schon gekostet, dass der Drache längst aufgehört hatte, sie zu zählen …

Jäh hielt Fyrhack in seinen Gedanken inne.

Seine Nüstern blähten sich, da er etwas zu wittern glaubte. Die kalte, emotionslose Präsenz jener Kreatur, derentwegen er die Einsamkeit seiner Höhle verlassen und den Kampf noch einmal aufgenommen hatte.

Mit einem wütenden Fauchen fuhr der Drache herum – wobei ein mächtiger Eichenschrank und ein Tisch zu Bruch gingen – und sah sich, zum ersten Mal nach einem ganzen Zeitalter, wieder jenem Wesen gegenüber, das beinahe seine ganze Rasse ausgelöscht hatte.

Groß war seine Gestalt, furchterregend die Muskeln, die sich unter der blassweißen Haut abzeichneten. Eiseskälte schlug aus dem Blick des einen Auges, das unter der hohen Stirn prangte, darüber erhob sich das grässliche Horn.

Dies war Kaelor der Eisriese, Muortis' williger Diener und Schlächter des Drachenvolks …

Urplötzlich war er hinter dem Drachen, fast als vermochte er sich unsichtbar zu machen, und in seinen blassen, grausamen Zügen spiegelten sich Hass und Spott.

»Sieh an«, sprach der Letzte der *Farmion Daic*, »kann es sein, dass du mich zu sehen wünschst, Drache …?«

58

Schwer atmend und am Ende ihrer Kräfte, erreichten Alphart, Leffel, Erwyn und Mux den Stollen zum Schädeltor.

Das Wachlokal, das sie bereits passiert hatten, war leer gewesen, ebenso wie es die Gänge in den oberen Bereichen waren. Der überwiegende Teil von Muortis' Dienern schien Urgulroth verlassen zu haben, um in die Welt der Sterblichen einzufallen.

Die Glieder der Gefährten waren kraftlos und schwer vom langen Marsch, das Blut rauschte in ihren Ohren, ihre Lungen schmerzten bei jedem keuchenden Atemzug. Müde und geschwächt wankten sie den Stollen entlang, der zu beiden Seiten von den mumifizierten Resten derer gesäumt war, die wie sie versucht hatten, aus Urgulroth zu entkommen – und denen es nicht gelungen war.

Schaudernd sahen sie bleiche Knochen und halb verweste Körper, starrten in leere Augenhöhlen, die spöttisch zurückzublicken schienen. Und jäh fiel Alphart wieder ein, weshalb all diesen armen Seelen die Flucht verwehrt geblieben war. Wie hatte Yvolar gesagt? *Die Herausforderung besteht nicht darin, nach Urgulroth* hinein*zugelangen. Die Pfade des Bösen zu beschreiten ist leicht – wieder umzukehren jedoch schon sehr viel schwieriger …*

Während ihrer dramatischen Flucht, für die der wackere Walkar sein Leben geopfert hatte, hatte Alphart nicht mehr daran gedacht, nun jedoch erinnerte er sich an das Gitter, das jedem Sterblichen den Weg nach draußen versperrte, sobald er sich erst einmal in Urgulroth befand.

Kurz darauf standen seine Gefährten und er vor dem massiven Gitter, und sosehr sie auch in hilfloser Wut daran rüttelten, es bewegte sich kein Stück. Es ließ sich auch kein Mechanismus finden, mit dem das Gitter geöffnet werden konnte; es schien, als wäre es einfach aus dem Fels gewachsen, hervorgebracht durch dunklen Zauber, den die Gefährten nicht begreifen konnten.

»Verdammt noch mal!«, ereiferte sich Alphart, während er sich einmal mehr gegen das Gitter warf, freilich ohne etwas zu bewirken. »Das darf doch nicht wahr sein! Sind wir so weit gekommen, nur um an diesem verdammten Tor zu scheitern?«

»Wie es aussieht, ist es schon vielen vor uns so ergangen«, meinte Leffel mit Blick in Richtung des Stollens, in dem die Toten lagen.

»Vielen«, stimmte Alphart grimmig zu, »aber nicht uns. Wir haben nicht all das auf uns genommen, um hier elend zu verrecken. Dafür hat sich der Bärengänger ganz sicher nicht geopfert.«

»Wir werden nicht elend verrecken«, orakelte Erwyn düster und starrte den Stollen hinab, aus dem einmal mehr die zornigen Rufe der Verfolger drangen. Offenbar hatten die Erle wieder ihre Witterung aufgenommen. »Unser Tod wird grausam, aber schnell sein.«

»Verdammt«, knurrte Alphart, »wenn diese Kreaturen einmal Blut geleckt haben, geben sie keine Ruhe mehr.«

»Vielleicht, kann sein«, verkündete der Kobling. »Für Mux jedoch ist alles fein.«

»Was meinst du damit?«, fragte Alphart.

»Für euch ist hier die Reise aus«, erklärte Mux, »doch ein Kobling kann hinaus.« Und unter den verblüfften Blicken der Gefährten schlüpfte er kurzerhand zwischen den Stäben hindurch. Damit, dass ein Halbling in sein finsteres Reich eindringen könnte, schien Muortis nicht gerechnet zu haben.

»Wie schön für dich«, brummte Alphart, als er das breite Grinsen im Gesicht des Koblings sah. »Und bist du jetzt zufrieden?«

»Sehr sogar, schau mich doch an! Mux ganz leicht entkommen kann.«

»Na, prächtig«, gab der Wildfänger verdrießlich zurück. »Deine Kameraden hingegen stecken hier fest, Kobling. Aber das scheint dich nicht zu stören. Ich dachte mir von Anfang an, dass du dich einfach aus dem Staub machen würdest, wenn's darum geht, die eigene Haut zu retten!«

Und in seiner Frustration und seinem Zorn griff er nach einem Stein, der vor ihm auf dem Boden lag, und schleuderte ihn nach dem Kobling, woraufhin dieser mit einem grellen Aufschrei vom Gitter sprang. Im nächsten Moment war nichts mehr von ihm zu sehen.

»Nicht!«, fuhr Leffel den Wildfänger entsetzt an. »Was tust du denn?«

»Diese kleine Missgeburt!«, wetterte Alphart. »Ich wusste, dass er uns im Stich lassen würde, und das, nachdem wir alles getan haben, um sein mickriges kleines Leben zu schützen. Dieser elende Butzemann! Dieser reimende kleine Schei…«

»Beruhige dich!«, verlangte Leffel, und es lag so viel Autorität in der Stimme des Gilg, dass Alphart tatsächlich verstummte. »Anstatt zu schimpfen, solltest du dich lieber freuen.«

»Mich freuen? Worüber?«

»Dass es immerhin einer von uns geschafft hat, aus Urgulroth zu entkommen«, erklärte Leffel. »Mux kann uns nicht helfen, warum also hätte er hierbleiben sollen? Um mit uns zu sterben?«

Alphart schnaubte, aber gleichzeitig ging ihm auf, dass Leffel recht hatte. Wahrscheinlich, sagte er sich, war es die Wut auf sich selbst, über das eigene Versagen, die ihn so reagieren ließ. Wer war er, dass er darüber zu befinden hatte, wer überleben durfte und wer nicht?

Außerdem, fügte er in Gedanken hinzu, würde es schon sehr bald nicht mehr von Bedeutung sein, wer Muortis' düsterem Verlies entkommen war und wer nicht – denn wenn der Nebelherr triumphierte und den endgültigen Sieg davontrug, würde die ganze Welt zu Urgulroth werden …

Der Wildfänger seufzte resignierend und nickte. Dann sank er müde am Fallgitter herab und setzte sich auf den nackten, kalten Boden.

»Was jetzt?«, wollte Erwyn wissen.

»Die Wahrheit?«, fragte Alphart.

Der Junge nickte.

»Ich weiß es nicht«, gestand der Jäger, und er hasste und verachtete sich dafür, dies dem Jungen so unverblümt sagen zu müssen. Seit Bannhart ihm im Traum begegnet war und ihm eröffnet hatte, ihm würde in jedem Menschen und in jedem einzelnen seiner Gefährten etwas von seinem verlorenen Bruder wiederbegegnen, hatte sich Alphart für Erwyn verantwortlich gefühlt und sich still und heimlich geschworen, ihn mit seinem eigenen Leben zu beschützen. Dabei hatte er jedoch gründlich versagt – genau wie in allen anderen Belangen …

Schnaubend griff er unter seinen Umhang und beförderte die hölzerne Pfeife hervor, die der Junge ihm geschnitzt hatte. Er kramte auch den Tabakbeutel heraus und schickte sich an, die Pfeife zu stopfen.

»Du … du willst sie tatsächlich rauchen?«, fragte Erwyn zaghaft.

»Warum nicht?«

»Nun, weil …« Erwyn geriet ins Stocken. »Weil du geschworen hast, sie erst dann anzustecken, wenn die Welt gerettet wäre und wir siegreich von unserer Mission zurückgekehrt wären.«

Der Jäger nickte. »Aber dazu wird es nun ja nicht mehr kommen, oder?«

»Nein«, gestand der Junge offen.

»Dann erinnere mich nicht an mein Geschwätz von gestern, sondern lass mich in Ruhe meine Pfeife rauchen, ehe die verdammten Erle …«

In diesem Moment ließ sich von außerhalb des Tores ein dumpfes Knacken vernehmen, so laut, dass es durch Mark und Bein ging.

»Was, in aller Welt …?« Alphart fuhr herum, während Leffel und Erwyn zum Gitter stürzten.

Zu ihrer größten Verblüffung sahen sie über die glatte Fläche des Eissees keinen anderen als Mux auf sich zuflitzen, mit wehendem Haarschopf und vor Furcht weit aufgerissenen Augen. Gleichzeitig war ein grollendes Rumoren zu hören, das nicht nur den Stollen und das Tor, sondern sogar den gesamten See zu erfassen schien.

»Mux!«, rief Leffel dem Kobling entgegen. »Was tust du noch hier? Wieso bist du nicht längst auf und davon?«

»Mux der Kobling ist zurück«, krähte es heiser, »und nicht nur er allein, zum Glück. Hat er doch was mitgebracht, was hoffentlich das Tor aufmacht …«

Kaum hatte er diese Worte gesprochen, als es erneut laut krachte und knackte. Im Eis bildete sich ein Spalt, der sich so sprunghaft vergrößerte, dass der flüchtende Mux um ein Haar davon verschlungen worden wäre. Im letzten Augenblick gelang es ihm, sich mit einem weiten Satz in Sicherheit zu bringen, und im nächsten Moment war er durch die Gitterstäbe der Falltür geschlüpft und befand sich wieder in Gesellschaft seiner Gefährten.

Dort jedoch, wo er eben noch gerannt war, verbreiterte sich der Spalt. Das dunkle Wasser des Sees kam zum Vorschein, spritzte über das brechende Eis, und aus der Tiefe stieg jene gewaltige Kreatur empor, die Leffel in seinen Träumen verfolgte und mit der es die Gefährten schon einmal – und Alphart und Yvolar sogar schon zweimal – zu tun gehabt hatten!

Das Ungeheuer aus dem Búrin Mar!

Fauchend schoss der schlanke Hals mit dem hässlichen Haupt in die Höhe. Das verbliebene Auge des Untiers rollte wie im Wahnsinn, sein hässliches Fischmaul schnappte auf und zu – und dann sah es die Gefährten hinter dem Gitter.

Das Pfeifen und Schnauben, das die Kreatur von sich gab, steigerte sich vor Zorn und Wut, und dann griff sie ein weiteres Mal an.

Wie das Ende einer langen Peitsche zuckte der Hals mit dem unförmigen Haupt zunächst zurück, ehe es mit unsagbarer Wucht nach vorn katapultiert wurde, direkt auf das Tor zu.

»In Deckung!«, konnte Alphart gerade noch brüllen, und sowohl er als auch seine Begleiter flüchteten sich hinter den Fels zu beiden Seiten des Tors – und das keinen Augenblick zu früh!

Denn im nächsten Moment prallte das fuhrwagengroße Haupt gegen das Gitter und sprengte es aus seiner Verankerung. Unter hässlichem Knirschen barst das Eisen, und der Fischkopf der Kreatur schob sich in den Stollen, auf der Suche nach den Wesen, die ihm so übel mitgespielt hatten. Wie das Haupt einer Schlange auf der Jagd nach Mäusen bohrte sich der Schädel des Seeungeheuers in den Hauptstollen von Urgulroth, so tief, dass Alphart schon hoffte, es würde stecken bleiben.

»Hört das denn niemals auf?«, jammerte Leffel entsetzt.

»Nein«, entgegnete Alphart trocken, »das Biest ist verdammt nachtragend – aber diesmal hat es uns unwissentlich einen Gefallen getan.« Er schnappte sich Mux und setzte ihn sich auf die Schulter. »Woher hast du gewusst, dass das Ungetüm in diesem See ist? Ich habe dir nichts davon erzählt.«

»Mein feiner Sinn hat es erspürt«, erklärte Mux, »erzürnt und dann hierher geführt.«

Alphart konnte sich ein Grinsen nicht verkneifen, dann aber wurde er wieder ernst und rief: »Los, kommt mit!«

Der Jäger sprang auf, um sich an dem zuckenden und unentwegt hin und her pendelnden Hals des Tieres vorbei in die

Freiheit zu zwängen. Er lief an der Seite des Kopfes entlang, wo das Ungetüm kein Auge mehr hatte, sondern nur noch eine eitrige Wunde, sodass es ihn nicht sehen konnte. Seine Gefährten folgten ihm ohne Zögern. Während das Ungeheuer im dunklen Stollen nach ihnen suchte, folgten sie Alphart mit angehaltenem Atem durch das offene Tor, und einen Herzschlag später waren sie frei. Wenigstens vorläufig …

»Gut gemacht, kleiner Freund«, lobte Alphart den Kobling, der sich auf seiner Schulter festklammerte. »Das Mistvieh hat nicht nur das Tor für uns geöffnet, es wird auch die Erle aufhalten.«

»Du gibst also endlich zu, dass ich auch viel Gutes tu? Nennst mich nie mehr Butzemann, weil ich tatsächlich helfen kann?«

»Ganz sicher nicht«, beschwichtigte Alphart. »Die Kreatur aus der Tiefe zu Hilfe zu holen war ein wirklich guter Einfall. Sollte ich je etwas Schlechtes über dich gesagt haben, dann vergiss es ganz schnell.«

»Ich will's vergessen und vergeben«, meinte Mux. »Manchmal streiten Freunde eben.«

»Und genau das sind wir«, sagte Alphart, »Freunde!«

»Und wohin jetzt?«, fragte Leffel, der keuchend neben ihnen über das brüchige Eis hetzte, aus dem sich wie ein Gebirge der ungeheure Körper des Seeungeheuers erhob. Gleichzeitig glaubten die Gefährten, dumpfe Schreie aus dem Stollen zu hören – offenbar waren ihre Verfolger dem offenen Maul der Kreatur begegnet …

»Da fragst du noch?« Alphart deutete nach vorn. »Zurück zum Eisfluss und dann stromaufwärts. Der Weg zurück zur Oberfläche ist endlich frei …«

59

»Kaelor.«

Aus Fyrhacks Kehle klang der Name wie ein Fluch, und heißer Dampf quoll dabei aus seinen Nüstern. Erinnerungen wurden wach, der Anblick gepfählter Drachenleiber, zerfetzter Flügel und abgezogener Schuppenhaut, die als blutige Trophäe im rauen Ostwind flatterte …

»Wie ich sehen kann«, erwiderte der Eisriese ungerührt, »sind meine Bemühungen, deinesgleichen völlig auszurotten, nicht gänzlich von Erfolg gekrönt gewesen.«

»Ich lebe noch«, bestätigte Fyrhack grimmig, »und das verdanke ich dir. Denn der einzige Gedanke, der mich all die Jahre am Leben gehalten und vor dem Absturz in das Vergessen bewahrt hat, war der, mich eines Tages an dir zu rächen, Kaelor.«

»Du kennst also meinen Namen …« Der Eisriese machte auf seinen pfeilerdicken, nach hinten gekrümmten Beinen einen Schritt nach vorn. Obwohl die Decke des Turmgewölbes hoch war, musste er den Kopf zwischen die Schultern ziehen, und trotzdem zog sein Horn einen tiefen Kratzer in die Decke. Am linken Arm trug er einen oval geformten Schild, der halb durchsichtig war und aus Eis zu bestehen schien, in seiner rechten Klaue eine vielschwänzige Peitsche, an deren Enden scharfkantige Eiskristalle blitzten. Fyrhack wusste, was diese Waffe vermochte. Nicht von ungefähr wurde sie Drachenschlächter genannt …

»Bedauerlicherweise«, fuhr Kaelor spöttisch fort, »erinnere ich mich an deinen Namen nicht. Wie sollte ich auch, bei all den Feuerspeiern, die ich getötet habe?«

»An diesen wirst du dich erinnern«, knurrte Fyrhack. Unaussprechliche Trauer ließ die Blicke seiner zu schmalen Schlitzen verengten Augen flackern. »Ihr Name war Morvyn, und sie war von vornehmem Geblüt. Danaón selbst war ihr Reiter.«

»Morvyn«, echote der Eisriese nachdenklich. »An diesen Namen erinnere ich mich allerdings. Soll ich dir von ihren Schreien erzählen? Von ihren Qualen? Davon, wie sie mich jammernd anflehte, ich möge ihrem elenden Dasein ein Ende setzen?«

Fyrhack fletschte die Zähne. Er wusste, dass der Eisriese seine Worte bewusst wählte, um ihn zu einem unüberlegten Angriff zu verleiten – dennoch hatte er Mühe, sich zu beherrschen.

»Was immer dich aus deinem Versteck gelockt hat, es war ein Fehler, hierherzukommen«, tönte Kaelor. »Denn du bist der Letzte deiner Art, und mit dir endet das Geschlecht der Feuerdrachen.«

»Oder das der Eisriesen«, konterte Fyrhack unbeeindruckt. »Auch du bist der Letzte deiner Rasse, Kaelor. Deinesgleichen wurde in der Schlacht am Korin Nifol fast vollständig ausgelöscht. Welche Laune des Schicksals auch immer dafür gesorgt haben mag, dass du überlebt hast – du wirst dir wünschen, es wäre anders gewesen.«

»Was denn?«, spottete der Riese, während sie einander lauernd gegenüberstanden. »Hast du aus all dem denn nichts gelernt? Glaubst du wirklich, ein altersschwacher Feuerdrache und ein paar einfältige Menschen könnten Muortis aufhalten? Der Nebelherr ist stärker denn je! Er wird die Welt der Sterblichen überrennen und sie zu Eis erstarren lassen, und diesmal gibt es niemanden, der ihm ebenbürtig wäre.«

»Muortis ist mir gleichgültig«, schnaubte Fyrhack. »Ich bin nicht seinetwegen gekommen. Die Welt mag in Kälte und Finsternis versinken – das ist Sache der Sterblichen. Ich habe schon einmal für den Erhalt dieser Welt gekämpft und dabei größere Opfer gebracht als irgendjemand sonst. Das alles liegt hinter mir. Meine Anwesenheit hier hat nur einen einzigen Grund, und dieser Grund bist du, Kaelor! Ich werde dich zur Verantwortung ziehen für das, was du getan hast – und du wirst bedauern, jemals auf dieser Welt gewandelt zu sein und Morvyns Namen in dein elendes Schandmaul genommen zu haben.«

»Du wählst Worte, die dir den Untergang bringen, Feuerspucker«, erwiderte Kaelor drohend, und zum ersten Mal hob der Riese die Peitsche, deren Schnüre auf einmal ein seltsames Eigenleben entfalteten. Allen Naturgesetzen trotzend, hoben sich die Enden mit den messerscharfen Kristallen; als wären sie von der Bosheit ihres Besitzers erfüllt, schienen sie es kaum erwarten zu können, sich ins Fleisch des Drachen zu graben.

Noch immer standen Fyrhack und Kaelor einander gegenüber: der Drache geduckt und die Flügel eng angelegt, mit nach vorn gerecktem Schädel und gefletschten Zähnen; der Zyklop die Frostpeitsche in den Klauen, breitbeinig und mit leicht gesenktem Haupt, sodass das Horn gefährlich vorstand.

Wer zuerst angriff, war unmöglich festzustellen. Wie auf ein unhörbares Kommando hin stürmten die beiden Kontrahenten vor, jeder wild entschlossen, das Dasein des anderen ebenso schnell wie erbarmungslos zu beenden – was allerdings keinem von beiden gelang …

Indem Fyrhack sich auf allen vieren nach vorn katapultierte, spie er orangerote Glut aus seinem Schlund, um den Eisriesen bei lebendigem Leib zu rösten. Kaelor jedoch reagierte mit unerwarteter Gewandtheit und suchte Deckung hinter dem Schild.

Es zischte, als Feuer und Eis aufeinandertrafen. Heiß und sengend brandete das Drachenfeuer gegen den Eisschild an.

Statt jedoch zu schmelzen, trotzte das durch dunklen Zauber gebannte Element der Hitze und bewahrte seinen Träger vor dem Flammentod. Dafür stieg weißer Dampf auf und breitete sich zischend aus, sodass schon einen Augenblick später nichts mehr zu erkennen war.

Fyrhacks Feueratem stockte. Sich durch die weißen Schleier tastend, versuchte er herauszufinden, ob er seinen Gegner vernichtet oder wenigstens verletzt hatte – aber Kaelor war erneut verschwunden; von dem Eisriesen fehlte jede Spur.

»Wo bist du?«, rief der Drache in den ihn umgebenden Dunst, der sich erst ganz allmählich wieder lichtete. »Zeig dich, Feigling, damit ich dich deiner gerechten Strafe zuführen kann!«

Eine Antwort gab Muortis' Diener nicht – dafür hörte Fyrhack den scharfen Knall des Drachenschlächters, und fast im selben Augenblick spürte er grässlichen Schmerz, der seine rechte Seite herabfuhr. Eiseskälte lähmte einen Augenblick lang seine linke Körperhälfte, während sich die Frostkristalle in einigen seiner Schuppen verhakten und sie ihm ausrissen.

Die Überreste eines nur mühsam unterdrückten Schreis entrangen sich der Kehle des Drachen, was Kaelor in lautes Gelächter ausbrechen ließ. Schon war der Eisriese wieder verschwunden, um im nächsten Moment unmittelbar vor Fyrhack aufzutauchen und ein zweites Mal die Peitsche tanzen zu lassen.

Fyrhack sah die mörderischen Peitschenenden heranzucken und konnte in der beengten Umgebung nicht ausweichen. Alles, was der Drache tun konnte, war, den Kopf zu senken, damit sich der Drachenschlächter nicht um seinen Hals wickelte – dafür traf ihn die ganze Wucht der Attacke an der Schläfe.

Erneut wurden Schuppen aus seiner Haut gerissen, und Blut quoll hervor. Der Schmerz machte Fyrhack halb rasend, mit seinem linken Auge konnte er nichts mehr sehen, weil ihm das Blut hineinlief. Er hörte, wie Kaelor lachte, vernahm ein hässliches Pfeifen, als dieser die Peitsche abermals schwang – und ging zum Gegenangriff über.

Er warf sich zur Seite, wobei er halb durch die Felswand des Korridors brach und sie zum Einsturz brachte, entging dadurch dem Hieb. Gleichzeitig schlug er mit einer Pranke zu und erwischte den Eisriesen am Bein. Diesmal war es Kaelor, der vor Schmerz aufschrie, und Fyrhack fühlte grimmige Genugtuung.

»Das ist für Morvyn!«, brüllte er, dann schoss ein weiterer Feuerschwall aus seinem Rachen – und diesmal brachte der Eisriese seinen Schild nicht rechtzeitig hoch. Nur ein Teil der Flammen wurde von der eisigen Schutzwand abgehalten, der Rest traf Kaelors Gesicht. Der Zyklop schrie noch lauter, während sich seine bleiche Haut bräunlich verfärbte und die blauen Adern darunter aufplatzten.

Den Schild von sich werfend, taumelte er rücklings in die weißen Dampfwolken, und war im nächsten Moment wieder spurlos verschwunden.

»Kaelor?«, rief Fyrhack schnaubend in die Runde.

Keine Antwort.

Keine Reaktion …

Vorsichtig blickte sich der Drache um. Blut strömte aus den Wunden, die der Drachenschlächter ihm beigebracht hatte, die Qualen waren unbeschreiblich. Dennoch brauchte Fyrhack nur an den Grund dafür zu denken, dass er sich an diesem beengten Ort befand, und der Schmerz wurde bedeutungslos.

Keuchend und nach Atem ringend, schob sich der Drache weiter vor, wobei er eine Blutspur auf dem steinernen Boden hinterließ. Ihm war klar, dass Kaelor dieser Fährte nur zu folgen brauchte, ihm ihn hinterrücks zu attackieren, und fast wünschte er sich, dass es dazu kommen würde. Über Jahrtausende hatte er diesen Kampf herbeigesehnt, so sehr, dass sein eigenes Dasein ihm darüber gleichgültig geworden war. Er selbst zählte längst nicht mehr, nur noch seine Rache.

Rache für Morvyn, die er geliebt hatte.

Rache für all die anderen …

Der Dampf verflüchtigte sich und wich grauem Rauch. Vorhänge und Teile der Einrichtung hatten Feuer gefangen, zahlreiche Brände schwelten. Giftige Schwaden waberten in Bodennähe, die dem Drachen jedoch nichts anhaben konnten – im Gegenteil. Gierig sog er sie in seine Lungen und labte sich an ihrem vertrauten Geruch, der ihm vom Schmerz ein wenig Linderung verschaffte – aber nicht lange.

Schon einen Lidschlag später war die Kampfpause vorüber.

Ein scharfer Knall, ein durchdringender Schrei – und wo eben noch nichts als eine leere Wand gewesen war, stürzte plötzlich Kaelor hervor, die Frostpeitsche schwingend.

Erbarmungslos schlug er zu und brachte Fyrhack abermals eine klaffende Wunde bei. Fauchend spie er loderndes Feuer, doch Kaelor war schon wieder verschwunden. Der nächste Angriff erfolgte von der Seite und traf Fyrhacks ungeschützten Nacken. Der Drache fuhr hoch, stieß dabei mit derartiger Wucht gegen die Decke, dass der Turm erbebte, und zertrümmertes Gestein fiel herab. Auf einem Auge blind, hieb der Drache mit beiden Vorderläufen nach seinem erbarmungslosen Feind, ohne ihn jedoch zu fassen zu kriegen – dafür traf sein wütend hin und her peitschender Schweif.

Kaelor, der bereits dabei gewesen war, ein zweites Mal auszuholen – diesmal zielte sein mörderischer Hieb auf Fyrhacks Rückenkamm –, brüllte auf vor Zorn und Überraschung, als die Stacheln am Ende des Drachenschwanzes sein rechtes Bein durchbohrten. Der Riese brach in die Knie, und Fyrhack warf sich herum, um nachzusetzen, wobei er brennende Möbel zertrümmerte und erneut ein klaffendes Loch in die Korridorwand riss. Um einen weiteren Flammenstoß zu speien, reichte sein Atem nicht mehr, aber die Kiefer mit den messerscharfen Zähnen klappten auf, um den Eisriesen zu packen.

Kaelor jedoch war schneller. In einem See dunkelblauen Blutes auf dem Boden kauernd, ließ Muortis' Diener ein letztes Mal die Frostpeitsche schnellen. Blitzartig zuckten die Kristalle Fyrhack entgegen, zerfetzten Stirn und Nüstern und rissen das Fleisch von den Knochen. Das linke Auge des Drachen zerplatzte in einem Schwall gelber Gallerte.

Der Schmerz war überwältigend, doch die Kraft, die Fyrhack in den Angriff gelegt hatte, war zu mächtig, als dass er sich noch stoppen ließ. All seine Trauer, sein Hass und seine Leidenschaft bündelten sich in diesem Augenblick, in dem sein blutiges Haupt vorschoss, den furchterregenden Rachen weit aufgerissen – und das mörderische Gebiss mit Urgewalt in seinen Gegner schlug.

Der Schrei, den Kaelor von sich gab, als sich die riesigen Kiefer um seinen Rumpf schlossen, war entsetzlich und schien den Túrin Mar in seinen Grundfesten erbeben zu lassen. So heftig war die Wucht von Fyrhacks Angriff, dass die beiden Kontrahenten durch die Korridorwand brachen und Gesteinsbrocken nach allen Seiten spritzten. Der Drache schob sich weiter vor, durch das Loch in der Wand, die dadurch völlig zusammenbrach – dahinter befand sich jener Raum, in dem Barand von Falkenstein sein Leben gelassen und Klaigon den Lohn für seinen Verrat erhalten hatte.

Den Eisriesen im Maul, stampfte Fyrhack durch die einstürzende Wand. Hilflos zuckten Kaelors lange Arme, während sich spitze Drachenzähne wie Dolche durch Fleisch und Sehnen fraßen. Knochen knackten und barsten wie Eiskristall.

Aber noch war Kaelors Bosheit nicht erloschen.

Während Fyrhack das Haupt hin und her warf, um seine Zähne immer noch tiefer in den verhassten Feind zu graben, umfassten die Pranken des Riesen die Kehle des Drachen und drückten zu, so fest sie es noch vermochten. In tödlicher Umarmung wälzten sich die Kontrahenten über den Boden, den sie mit ihrem Blut besudelten, über Mobiliar, das krachend unter ihren Leibern zerbrach, getrieben vom gegenseitigen Hass und dem Willen, den anderen nicht lebend davonkommen zu lassen – zwei Kreaturen aus alter Zeit, die ihren letzten Kampf ausfochten.

Bis zum letzten Atemzug …

60

Der Schrei war weithin zu hören, übertönte das Waffengeklirr und das Kampfgebrüll: das Wehklagen einer zu Tode gequälten Kreatur.

Zuerst war Galfyn unsicher, woher der grässliche Laut gekommen war, aber als er sah, dass sich die Erle umgewandt hatten und hinaufblickten zum Túrin Mar, wurde ihm klar, was der Schrei bedeuten musste und aus wessen Kehle er stammte: Fyrhack und Kaelor waren aufeinandergetroffen, und der gefürchtete Anführer der Erle war in Bedrängnis.

Ob es am Instinkt der Unholde lag oder an ihrer angeborenen Feigheit, war schwer zu sagen, aber kaum war der Schrei verklungen, war deutlich zu spüren, wie ihr Kampfgeist nachließ. Statt wie eben noch mit immer neuer Wucht gegen die Reihen der Menschen anzurennen und sie so weiter zurückzudrängen, beschränkten sie sich darauf, das eroberte Territorium zu behaupten – und Galfyn fühlte, dass dies die Wende in der Schlacht bedeuten konnte.

»Vorwärts!«, brüllte er so laut, dass sich seine Stimme fast überschlug. »Vorwärts, meine Waffenbrüder! Treibt sie zurück! Ihr seid besser und tapferer als sie …!«

Um ein gutes Beispiel zu sein, sprang er vor und ließ sein Schwert in weitem Bogen kreisen. Die Klinge fällte einen Unhold, der vor ihm stand und einen Augenblick lang unentschlossen war, ob er kämpfen oder die Flucht ergreifen sollte – dieser Augenblick kostete ihn das Leben, denn Galfyns Klinge trennte ihm den Kopf von den Schultern. Der Körper des Erls stand noch einen Augenblick lang aufrecht, während sein herrenloses Haupt davonflog, seinen Kumpanen entgegen. Hatten die Erle auf das Ableben ihrer Artgenossen zuvor noch mit Gleichgültigkeit reagiert, änderte sich dies schlagartig. Entsetzen war in ihren Schweinsgesichtern zu erkennen, nun, da sie ihren Anführer in Bedrängnis wussten und keine Strafe mehr zu fürchten hatten, wenn sie dem Feind den Rücken wandten.

»Seht ihr?«, schrie Galfyn triumphierend. »Die Unholde haben Angst! Sie fürchten sich vor euch! Vorwärts, meine Getreuen! Treibt sie zurück in den finsteren Abgrund, der sie ausgespuckt hat!«

Der Ruf verhallte nicht ungehört.

Ob Kämpe Iónadors oder Krieger des Waldes, ob Fußkämpfer oder Rittersmann, ob Bauer oder Fürst – sie alle warfen sich mit neuer Verbissenheit in die Schlacht. Einen Augenblick lang vermochten die Erle dem Ansturm der Menschen noch standzuhalten, und ein Pfeilschauer regnete auf die Krieger herab. Dann jedoch, nachdem Lanzen und Piken die vordersten Reihen der Unholde gelichtet hatten, traten sie den Rückzug an, die Hauptstraße hinab zum Großen Turm.

Soeben wollte Galfyn mit lauter Stimme befehlen, dass seine Leute nachsetzen und den flüchtenden Erlen den Rest geben sollten, als in den eigenen Reihen plötzlich Unruhe ausbrach. Der Häuptling des Falkenclans fuhr herum und sah, dass es am anderen Ende der Straße, dort, wo das noch immer brennende Torhaus stand, Tumult gab. Die Soldaten schrien, und ihre Reihen teilten sich, während Truppen weiterer Kämpfer durch das Tor in die Stadt stürmten – Kämpfer, die ganz eindeutig keine Menschen waren, denn dazu waren sie zu klein.

Ihre Harnische, golden und silbern verziert, schimmerten im Licht des jungen Tages, und unter ihren mit bunten Edelsteinen besetzten Helmen quollen üppige Bärte hervor. Ihre Bewaffnung bestand aus Äxten, beinahe so groß wie die Krieger selbst, die einem ausgewachsenen Menschen nur bis zu den Hüften reichten. Dennoch boten sie in ihren funkelnden

Rüstungen einen eindrucksvollen Anblick, und Galfyn fürchtete schon, eine Armee zwar kleiner, aber höchst gefährlicher Unholde würde ihnen in den Rücken fallen. Dann jedoch erkannte er, dass die fremden Krieger, die in strenger Marschordnung durch das brennende Tor einrückten, keinerlei Anstalten zum Angriff machten, und er begriff, dass seine Leute am Tor nicht vor Entsetzen schrien, sondern dass sie lauthals jubelten – und endlich wurde ihm klar, dass die kleinwüchsigen Krieger keineswegs als ihre Feinde gekommen waren, sondern um sie in ihrem Kampf zu unterstützen.

Erinnerungen wurden wach, und er entsann sich der Geschichten, die Herras ihm erzählt hatte, als er noch ein Junge gewesen war. Manchmal, wenn sie auf der Jagd gewesen und nachts am Lagerfeuer gesessen hatten, hatte sein Oheim von einem geheimnisvollen Volk berichtet, das jenseits des Großen Wassers in den Bergen lebte, in verborgenen Stollen und Höhlen, die es in den Fels geschlagen hatte. Zwar hatte Herras stets beteuert, dass es jenes Volk tatsächlich gebe, jedoch hatte Galfyn nie gewusst, ob der alte Fuchs die Wahrheit sagte oder sich einen Spaß mit ihm erlaubte.

Als Galfyn die Zwergenkrieger erblickte, da wusste er, dass sein Waffenmeister die Wahrheit gesagt hatte.

Wie in so vielen Dingen …

Die Streitmacht der Menschen, von der sich ein Großteil auf der Hauptstraße und in den angrenzenden Gassen drängte, wo die Kämpfe gegen die Erle weitergingen, geriet in Bewegung. Während die einen die Verfolgung der Unholde aufnahmen, traten die anderen zur Seite, um den Zwergenkämpfern Platz zu machen. Eine Gasse bildete sich, durch die die kleinwüchsigen Krieger marschierten. Die Augenpaare, die unter den mit goldenen Flügeln und Hörnern verzierten Helmen hervorlugten, verrieten bittere Entschlossenheit.

»Seid Ihr Galfyn, Häuptling des Falkenstammes und Anführer dieses Heeres?«, erkundigte sich ein Zwerg, der in der vordersten Reihe marschierte und anders als seine Gefolgsleute eine purpurfarbene Schärpe um die breite Brust trug.

»Der bin ich«, bestätigte Barand, dem in diesem Moment klar wurde, was für einen garstigen Anblick er bieten musste. Hastig fuhr er sich mit dem Handrücken übers Gesicht, in dem sich blaue Farbe und dunkles Erlblut miteinander vermischen.

»Ich bin Norwys, Sohn von Gaelys«, stellte sich der Zwergenführer mit schnarrender Stimme und eigentümlichem Akzent vor. »Mein Herr, König Alwys von Glondwarac, entsendet Euch tausend gepanzerte Zwergenkrieger, die von nun an zu Eurem Gebote stehen – natürlich nur, wenn Ihr es wünscht.«

»W-wir wünschen es, werter Freund«, erwiderte Galfyn. »Gegen die Unholde ist jeder starke Waffenarm in unseren Reihen willkommen. Aber woher …?«

»Sagt Euch der Name Yvolar etwas?«, fragte Norwys.

»Allerdings.«

»So nehmt ihn als Bürgen für die Lauterkeit unserer Hilfe. Der Druide und König Alwys sind Freunde von alters her. Ein geheimer Pakt wurde zwischen ihnen geschlossen, als Yvolar das letzte Mal in Glondwarac weilte, ein Abkommen für den Fall, dass sich die Befürchtungen des Druiden als wahr erweisen und Muortis' Horden die Welt der Sterblichen angreifen sollten.«

»Aber wie erhielt König Alwys Kenntnis von unserer Lage? Woher wusstet Ihr, wo unser Heer zu finden ist?«

»Der Herrscher von Glondwarac weiß viele Dinge«, entgegnete der Zwerg rätselhaft. »Ein Blick in seinen geheimen Spiegel zeigt ihm manches, was dem bloßen Auge verborgen bleibt.«

»Wie auch immer«, meinte Galfyn, der keine rechte Vorstellung hatte, wovon der Zwerg sprach. »Ich freue mich von Herzen, dass Ihr zu uns gestoßen seid, und nehme Eure Hilfe dankbar an – auch im Namen meines Waffenbruders Barand von Falkenstein. Zwar ist unser Heer auf dem Vormarsch, jedoch sind viele unserer Krieger im Kampf gefallen, und noch immer halten sich viele Erle in der Stadt auf.«

»Nicht mehr lange«, versprach Norwys und hob drohend die Axt. »Wir wissen, wie man Unholde aufspürt und sie aus ihren Löchern treibt, das könnt Ihr mir glauben.«

»Nur zu gern«, versicherte Galfyn. »Aber sagt mir, wieso helft Ihr uns? Wieso kümmert es den Zwergenkönig, was jenseits des Großen Wassers geschieht?«

»Mein junger Freund«, erwiderte der Zwerg, »nichts, was den Menschen widerfährt, lässt Glondwarac unberührt. Verbunden sind unsere Schicksale, auch wenn viele von euch denken, dass es uns gar nicht gibt. Und außerdem …«

»Ja?«, fragte Galfyn.

»… haben wir Zwerge eine alte Schuld zu begleichen«, erwiderte des Gaelys Sohn düster.

Im nächsten Moment drang unter seinem rotbraunen, zu dicken Zöpfen geflochtenen Bart ein gewaltiger Schrei hervor, laut und durchdringend, wie Galfyn es einem Wesen seiner Größe niemals zugetraut hätte.

Aus tausend Zwergenkehlen wurde der Ruf erwidert – und gemeinsam mit ihren menschlichen Verbündeten setzten die Krieger aus Glondwarac zum Sturm auf den Großen Turm an, um den Erlen den Tod und Iónador die Freiheit zu bringen …

61

Yvolar zuckte zurück.

Fauchend schoss etwas aus der Dunkelheit, das vor Unzeiten ein menschliches Antlitz gewesen sein mochte, in das sich Hass und Verderbtheit allerdings so tief gegraben hatten, dass eine mordgierige Fratze daraus geworden war, aus der rote Augen und feindselig gefletschte Reihen nadelspitzer Zähne starrten. Schwarz verbrannte Haut, unter der kaum noch Fleisch zu sein schien, spannte sich über dem länglichen Schädel, anstelle der Nase klaffte eine dunkle Öffnung.

Yvolar riss den Druidenstab zur Abwehr empor – schon im nächsten Augenblick jedoch war der grässliche Schemen wieder verschwunden.

»Wo bist du, Muortis?«, rief der Druide laut. »Wenn du die Entscheidung willst, dann stell dich zum Kampf, hier und jetzt!«

»Alter Narr, ich bin hier«, drang es von allen Seiten zugleich, gefolgt von schallendem Gelächter.

Mit jugendlicher Behändigkeit wirbelte Yvolar um seine Achse, konnte in der Schwärze jedoch nichts erkennen. Eine weitere Antwort seines Gegners bekam der Druide nicht mehr. Augenblicke gefährlicher Ruhe verstrichen, in denen nur das Knacken des Eises und das allgegenwärtige Heulen des Windes zu hören waren – und aus dem dunklen Nichts heraus ereilte Yvolar ein schwerer Hieb auf die Schulter.

Muortis lachte erneut, als der Druide stöhnend in die Knie ging. Der Nebelherr schien sich nicht zum Ziel gesetzt zu haben, seinen Gegner möglichst rasch zu töten, sondern schien ihn zuerst demütigen zu wollen.

»Nun, Druide?«, fragte er. »Wie schmeckt dir die flache Klinge? Warte erst ab, bist du die scharfe Seite spürst.«

Schwer atmend kauerte Yvolar auf dem Boden und erweckte den Anschein, als hätte er gar nicht zugehört. Als Muortis' Waffe jedoch das nächste Mal aus der Finsternis zuckte, war der Druide darauf vorbereitet. Ohne sich zu erheben oder die Blickrichtung zu wenden, riss er die Rechte hoch, die den Stab umklammert hielt – und blockte damit den mörderischen Angriff.

Funken stoben, als die Klinge des Nebelherrn auf den Druidenstab traf, und beleuchteten die Höhle mit flüchtigem Schein. Erstmals konnte Yvolar seinen Gegner sehen – eine Furcht einflößende, schlanke Gestalt, die von Kopf bis Fuß in einen schwarzen Kapuzenmantel gehüllt war, das Zerrbild eines Druiden und der Schatten jenes Wesens, das Muortis einmal gewesen war.

Vor langer Zeit ...

Mit einem wütenden Aufschrei riss der Nebelherr seine Waffe empor – die schwarze, gewellte Klinge eines Hexenmeisters, geschmiedet in vulkanischer Glut und gehärtet mit dem Blut unschuldiger Opfer – und drang damit auf seinen Gegner ein. Den ersten Hieb vermochte Yvolar abermals abzuwehren; als Muortis die Waffe jedoch herumwirbeln ließ und unvermittelt zu einer neuen Attacke ansetzte, durchdrang er die Deckung des Druiden und brachte ihm eine Schulterwunde bei.

Keuchend taumelte Yvolar zurück. Er fühlte brennenden Schmerz, spürte das Blut, das seinen rechten Arm hinabrann und den Ärmel seines Gewandes tränkte. Sein Gegner konnte darüber nur lachen.

»Alter Narr«, höhnte Muortis. »Deine ganze Hoffnung hast du auf eine Täuschung gesetzt, auf einen Traum, der nur so lange währte, wie Vanis' Söhne die Welt durchstreiften. Aber die Sylfen sind nicht mehr. Die Welt hat sie längst vergessen, so wie sie auch die Menschen vergessen wird. Und *ich* werde herrschen!«

»Worüber, Muortis?«, stieß Yvolar hervor, der sich vorsichtig durch die Dunkelheit tastete, in gebückter Haltung und den Druidenstab wie einen Speer umklammernd. »Worüber wirst du herrschen? Doch nur über einen erkalteten Klumpen Fels und Erde, von dem alles Leben gewichen ist.«

»Wenn schon? Dir kann es einerlei sein, alter Mann. Denn du wirst das Ende der Menschheit nicht mehr miterleben …«

Mit dieser düsteren Voraussage griff der Nebelherr erneut an.

Im allerletzten Augenblick nahm Yvolar die schwarze Klinge wahr, die aus der Dunkelheit stieß, und in einer blitzschnellen Reaktion gelang es ihm, sie abzuwehren.

Indem er um seine Achse wirbelte, ging er selbst zum Angriff über: Den Druidenstab als Waffe benützend, stieß Yvolar in die Richtung, in der er seinen Gegner vermutete, und ein greller Lichtblitz stieß aus dem oberen Ende des Stabes. Wenn Muortis überrascht war, so ließ er es sich nicht anmerken.

Scheinbar mühelos wich er der Attacke aus. Sofort wollte der Druide nachsetzen und einen zweiten Blitz schleudern – der Stoß, der ihn vor die Brust traf, war jedoch so heftig, dass er ihm den Atem raubte und ihn zurücktaumeln ließ.

Yvolar stolperte und kam zu Fall, wobei er sich den Hinterkopf anstieß und für einen Moment benommen war. Im nächsten Augenblick gewahrte er über sich wieder den bedrohlichen Schatten seines Gegners, der alles Licht ringsum zu schlucken schien.

»Ist das alles?«, spottete Muortis. »Ist das alles, was du gegen mich aufbieten kannst? Du bist alt geworden, Druide, alt und schwach. Und von deinen Freunden ist keiner hier, um dir zu helfen. Mach dich bereit zu sterben …!«

62

Das vereinte Heer der Menschen und der Zwerge hatte den Turmvorplatz erreicht. Unter lautem Gebrüll stürmten die Krieger die weite Fläche, und unter den Hieben ihrer Äxte und Schwerter sanken die Erle reihenweise nieder.

Für Muortis' Diener gab es kein Entkommen. Mancher, der sich in die Nebenstraßen flüchten wollte, die aus anderen Richtungen auf den Turmplatz mündeten, wurde bereits von Bogenschützen der Waldkrieger erwartet oder von grimmig dreinblickenden Zwergen, die darauf brannten, die Schneiden ihrer Äxte in das Fleisch der Unholde zu senken.

Das Heer des Bösen war in Auflösung begriffen. Während die Unterführer hier und dort noch versuchten, sich gegen das Chaos zu stemmen, und ihre Untergebenen mit wüstem Gebrüll dazu bewegen wollten, umzukehren und sich dem Feind zu stellen, hatte der Großteil der Erle jeden Mut verloren. Dass ein geordneter Widerstand ihre einzige Aussicht auf Rettung bot, kam den Unholden nicht in den Sinn. Wie wilde Tiere befanden sie sich auf der Flucht, während sie immer wieder gehetzt zum Turm hinaufblickten. Doch der Balkon des Túrin Mar blieb leer, von ihren Anführern kam kein Lebenszeichen – und die Panik griff weiter um sich …

An der Spitze eines Kampftrupps, der sich je zu einem Drittel aus Falkenkriegern, Rittern und Zwergen zusammensetzte, stürmte Galfyn die Stufen des Großen Turmes hinauf, wo sich, wie er wusste, der Sitz des Fürstregenten befand. Die Stufen waren übersät mit den von Pfeilen gespickten Körpern zahlloser Erle und so glitschig von Blut, dass die Krieger sich vorsehen mussten, nicht auszugleiten.

In der Halle, die sich an die Treppe anschloss, hatten sich einige Unholde verschanzt, sodass es zu einem kurzen, aber heftigen Scharmützel kam. Bewundernd sah Galfyn, wie die Zwergenkrieger gegen Kreaturen kämpften, die sie an Körpergröße fast um das Doppelte überragten. Während die Erle mit nackter Panik in den Augen fochten, sprach die Abgeklärtheit von Jahrhunderten aus den Blicken der Zwerge. Ihre Arme und Beine mochten kurz sein, ihre Äxte bewegten sie jedoch so geschickt und mit derartiger Kraft, dass sie furchterregende Gegner waren. Mit zerhackten Beinen sank ein Unhold nieder, einem zweiten schlitzte eine Zwergenaxt den Wanst auf, ein dritter verlor zuerst die Waffenhand und dann das Leben.

Schon lag über die Hälfte der Erle erschlagen, als sich aus der Tiefe plötzlich ein dumpfes Grollen erhob – und aus einem der Korridore, die in die Eingangshalle mündeten, brach ein ausgewachsener Bergtroll hervor.

Zottig graues Fell bedeckte den ungeheuren Körper, um den dicke Ketten geschlungen waren. Die Enden wurden von einem halben Dutzend Erlen gehalten, die alle Mühe hatten, die Raserei des Unholds im Zaum zu halten. Das Haupt angriffslustig vorgereckt, schmetterte der Troll den Eindringlingen feindseliges Gebrüll entgegen – und wurde im nächsten Moment von der Kette gelassen.

Ohne sich noch weiter um seine Aufseher zu kümmern, die die Flucht ergreifen wollten, jedoch von den Äxten der Zwerge ereilt wurden, ging die ungeheure Kreatur auf Galfyn und seine Getreuen los. Die riesige Pranken geballt, hieb der Troll wild um sich, und mit der Wucht von hundert Schmiedehämmern gingen seine Fäuste nieder.

Ein Falkenkrieger, der mit voller Wucht getroffen wurde, brach mit zerschmetterten Gliedern nieder, ein Ritter wurde in seiner Rüstung zerquetscht, ein Zwerg wurde von einem

Prankenschlag beiseitegewischt und flog in hohem Bogen durch die Luft, ehe er geräuschvoll gegen die Mauer krachte und leblos daran herabrutschte.

Als Galfyn eine der Riesenfäuste heranzucken sah, warf er sich flach zu Boden – und spürte den Luftzug, als die Pranke des Trolls ihn nur um Haaresbreite verfehlte. Dann sprang er sofort auf und ging zum Angriff über – mit bescheidenem Erfolg. Der Schwerthieb, den er gegen eines der Trollbeine ausführte, schlug zwar eine blutige Wunde, die die Kreatur jedoch nicht weiter zu kümmern schien, ebenso wenig wie die Pfeile, die heranzischten und ihren breiten Rücken spickten. Das Antlitz des Unholds, das aussah wie graues Felsgestein, wandte sich den Angreifern zu, und es war weder Schmerz noch Angst darin zu erkennen, sondern nur blanker Zorn.

Mit furchtbarer Wucht gingen seine Fäuste ein weiteres Mal nieder. Zwei Allagáiner, die eng beisammengestanden hatten, spritzten auseinander wie aufgeschreckte Hühner, jedoch entging nur einer von ihnen dem vernichtenden Hieb; dem anderen wurde das Bein zerschmettert, und noch während er am Boden lag und schrie, wurde er von der Pranke des Trolls gepackt und durch die Luft geschleudert.

Unbeschreiblicher Lärm erfüllte die Eingangshalle, während der Kampf zwischen dem Unhold und seinen Gegnern tobte. Immer wieder unternahm der Troll wütende Ausfälle, die stets einige Angreifer das Leben kosteten – zuletzt einen Zwerg, der seine Axt an eines der baumdicken Trollbeine legte und dafür erschlagen wurde.

Aus Dutzenden kleiner Wunden blutend, die ihm jedoch nichts auszumachen schienen, leistete der Unhold erbitterten Widerstand und versperrte sowohl den Zugang zum Turm als auch jenen zu den tiefer liegenden Gewölben, wo Prinzessin Rionna gefangen gehalten wurde. Galfyn erinnerte sich an das Wort, das er Barand gegeben hatte, die Prinzessin zu befreien, und brannte umso mehr darauf, den Troll zu erledigen. Er befahl einigen Waldkriegern, ihre Speere zu werfen, was das rasende Ungetüm ebenfalls nicht weiter beeindruckte; als es jedoch den Kopf nach vorn reckte, um seinen Feinden all seinen Hass und seine Verachtung entgegenzubrüllen, griff Galfyn nach einem Erlspeer, der herrenlos am Boden lag, und schleuderte ihn geradewegs in den offenen Schlund der Kreatur.

Röchelnd versuchte der Troll, sich den Speer aus dem Maul zu reißen, was ihm aber nicht gelang; der Schaft brach, die mit Widerhaken versehene Spitze blieb stecken – und schon im nächsten Moment tat das Gift seine Wirkung.

Mit einiger Erleichterung erkannte Galfyn, dass Muortis' Kreaturen selbst nicht immun waren gegen das Gift, das sie mischten. Nach Atem ringend, blieb der Troll stehen. Seine langen Arme, die eben noch wie Schmiedehämmer um sich gedroschen hatten, fielen herab – und im nächsten Augenblick fielen die Krieger, Menschen und Zwerge, über den Unhold her, der sich nicht länger auf den Beinen halten konnte. Röchelnd ging er nieder, nach dem verderblichen Stachel in seinem Schlund tastend, während ein Dutzend messerscharfer Äxte auf ihn einhieben und seinem Dasein ein Ende setzten.

Galfyn wartete das Ende des Trolls nicht mehr ab. Rasch winkte er seine Falkenkrieger zu sich, und an dem riesigen, krampfhaft zuckenden Leib des Trolls vorbei drangen sie in den Gang ein, der in die geheimen Tiefen des Túrin Mar führte. Über steile Treppen und durch niedere Felsengänge gelangten die Kämpfer in die unterirdischen Katakomben und konnten schon bald die Schreie gequälter Menschen hören.

An den Wänden angebrachte Fackeln beleuchteten die Stollen mit flackerndem Schein. Wasserpfützen am Boden reflektierten das zuckende Licht, und quiekend flüchteten Ratten vor den Eindringlingen. Der modrige Geruch war ekelerregend, und Galfyn fragte sich, wie ein Mensch es an einem Ort wie diesem längere Zeit aushalten konnte, ohne den Verstand zu verlieren.

Der enge Gang mündete in eine Höhle, in der es allerhand Vorrichtungen gab: Folterbänke und eiserne Käfige, die von der Decke baumelten, dazu eine Esse, in der glühende Eisen steckten.

Ein halbes Dutzend Erle, die zurückgeblieben waren, um die Gefangenen zu bewachen, wollte sich den Waldkriegern in den Weg stellen und bezahlte dies mit dem Leben.

Galfyn griff sich den großen Schlüsselbund, den einer der Erle an seinem breiten Gürtel trug, und eilte seinen Männern voraus den Gang hinab, der sich an die Höhle anschloss und zu beiden Seiten von eisernen Kerkertüren gesäumt wurde. Durch die winzigen vergitterten Fenster hörten die Waldkrieger krächzende Hilferufe. Galfyn wies seine Leute an, die Türschlösser zu zerschlagen und die armen Seelen aus ihren Verliesen zu befreien, während er selbst fieberhaft weitersuchte, um das Versprechen zu erfüllen, das er Barand gegeben hatte.

In einem Kerkerloch wurde Galfyn schließlich fündig. Er musste sich allerdings tief hinabbeugen, um einen Blick durch die Gitteröffnung werfen zu können, so niedrig waren der Eingang und auch die Decke der Zelle. Eine junge Frau kauerte darin, an die Höhlenwand gekettet, und ihre Haltung, die trotz der misslichen Lage Stolz und Unbeugsamkeit verriet, ließ Galfyn erkennen, dass dies Rionna sein musste, die verstoßene Prinzessin von Iónador.

So rasch er es vermochte, öffnete er die Tür. Das rostige Schloss knirschte, die Scharniere gaben ein hässliches Krächzen von sich, dann zwängte sich Galfyn unter dem niedrigen Türsturz hindurch und stand im nächsten Augenblick vor der jungen Frau. Man hatte ihr das Haar abgeschnitten und sie in ein Hemd aus grauen Lumpen gesteckt – beides konnte jedoch nicht über ihre Schönheit hinwegtäuschen, die selbst an diesem düsteren Ort noch hell und strahlend war.

»Hoheit?«, fragte Galfyn mit bebender Stimme.

Sie blickte an ihm empor, und obwohl seine von Farbe und Blut verschmierten Gesichtszüge gewiss einen grässlichen Anblick boten, zeigte sie kein Anzeichen von Furcht. Galfyn war sicher, dass sie in der letzten Zeit auch ungleich größere Schrecken gesehen hatte …

»Wer seid Ihr?«, fragte sie mit tonloser Stimme.

»Galfyn, Häuptling des Falkenclans«, stellte er sich vor.

»Ei-ein Waldkrieger?«

Er nickte.

»So ist es wahr, was mein Onkel vermutete. Das Waldvolk hat sich mit unseren Feinden verbündet …«

»Nein, Prinzessin.« Er schüttelte entschieden den Kopf. »Das Waldvolk hat sich verbündet, das ist wahr, aber nicht mit euren Feinden. Die Schlacht im Tal des Allair hat nicht stattgefunden. Ein Bündnis wurde geschlossen zwischen den Völkern der Berge und des Waldes, auf dass wir Seite an Seite kämpfen gegen den gemeinsamen Feind. Fürst Barand von Falkenstein schickt mich, Euch zu befreien.«

»Fü-Fürst Barand?«, fragte sie unsicher, doch schwang auch schwache Hoffnung in ihrer brüchigen Stimme mit.

»So ist es«, bestätigte Galfyn, während er sich bereits daranmachte, die eisernen Spangen um ihre Hand- und Fußgelenke zu lösen. »Er trug mir auf, Euch zu befreien, denn er hat …«

Der junge Häuptling unterbrach sich, denn als er sich über sie beugte, um ihr die Fesseln abzunehmen, hatten sich ihre Wangen berührt. Er zuckte ein wenig zurück, und einen kurzen Moment lang schwebten ihre Gesichter dicht voreinander; der Waldkrieger und die Dame von edlem Geblüt blickten einander in die Augen. Ein Blick, der unergründlicher und tiefer war als alle Seen Allagáins – und der die Wahrheit ans Licht brachte.

»Ihr seid es«, sagte Rionna leise.

»Was meint Ihr?«

»Die Gestalt aus meinem Traum«, erwiderte sie flüsternd.

»Aus welchem Traum?«

»Vor einiger Zeit träumte ich, ich wäre gefangen und in tiefer Not und Verzweiflung. Ein Retter kam, um mich zu befreien, doch ich konnte sein Gesicht nicht sehen. Bislang glaubte ich, dass dieser Traum nicht mehr gewesen wäre als ein Trugbild, aber nun, da ich Euch gegenüberstehe, glaube ich, dass ... dass ...«

»Dass ich es gewesen bin?«, fragte er.

Sie nickte.

»Könnt Ihr aufstehen?«, fragte er sanft.

»I-ich denke ...«

Er nickte und bot ihr seinen Arm an, den sie dankbar ergriff. Kaum hatte er sie jedoch auf die Beine gezogen, als diese auch schon wieder nachgaben. Mit einem Stöhnen sackte Rionna in die Knie, und Galfyn fing sie auf. Kurzerhand lud er sich die Prinzessin auf die Arme und trug sie die Stufen empor, hinaus aus dem Kerkerloch und dem düsteren Verlies – und Rionna, die zu dem Unbekannten jähes Vertrauen fasste, dankte dem Schöpfer dafür, dass ihre Gefangenschaft zu Ende war.

Zusammen mit den anderen Häftlingen – elend aussehenden, in Fetzen gekleideten Gestalten, die nur noch Schatten ihrer selbst waren und von den Waldkriegern gestützt werden mussten, während sie sich durch die Stollen schleppten – erreichten sie die Oberfläche. Dort lud Galfyn die Prinzessin ab, die zum ersten Mal zu sehen bekam, was aus der Stadt ihrer Ahnen geworden war.

Der Anblick war erschreckend.

Iónador stand in Flammen!

Zahlreiche Häuser brannten, auf den Straßen ging ein entsetzliches Morden vor sich. Allenthalben wurde gebrüllt und geschrien. Waffen klirrten, Pferde wieherten. Rionna brauchte einen Moment, bis sie im allgemeinen Durcheinander Einzelheiten ausmachen konnte und erkannte, wer gegen wen kämpfte. Staunend sah sie Ritter, Stadtsoldaten und Allagáiner Bauern Seite an Seite mit barbarisch aussehenden Waldkriegern kämpfen, deren lange Mähnen und bemalte Gesichter selbst den Erlen Angst einzuflößen schienen. Und als wäre dies noch nicht verwunderlich genug, hatten sich auch noch kleinwüchsige Krieger in schimmernden Rüstungen und mit langen Bärten hinzugesellt, die mit ihren Äxten auf die Unholde eindrangen.

Zwerge – Wesen aus mythischer Zeit …

Rionna war zu erschöpft, um sich darüber zu wundern, und gleichzeitig zu gefangen von dem erschütternden Anblick. Von den oberen Stufen des Túrin Mar aus blickte sie auf den Vorplatz des Großen Turms, der von den Körpern Gefallener übersät war. Hier und dort wurde noch heftig gekämpft, rannten Trolle und Erle in blutgieriger Raserei durch die Gassen. Was, so fragte sich die Prinzessin, war nur aus der Goldenen Stadt geworden?

Dann aber kam ihr eine andere Frage in den Sinn, eine, die ihr viel drängender erschien.

»Wo ist mein Onkel?«, wollte sie wissen.

Galfyn, der neben ihr stand, antwortete nicht sofort.

»Wo ist Klaigon?«, verlangte sie erneut zu wissen, eindringlicher diesmal.

»Oben im Turm«, entgegnete der Häuptling. »Barand sucht ihn, um ihn zur Rechenschaft zu ziehen für …«

»Bringt mich zu ihm!«, verlangte Rionna entschlossen.

»Aber Hoheit!«, protestierte Galfyn. »Ihr seid zu erschöpft! Ihr solltet nicht …«

»Bitte«, fügte sie leiser hinzu, und wieder begegneten sich ihre Blicke.

Er nickte nur, dann rief er einige seiner Männer zusammen, und erneut drangen sie ein in den Túrin Mar …

63

Der Kampf dauerte an. Noch immer umklammerten sich Drache und Eisriese in einer tödlichen Umarmung, und nach wie vor hatte Fyrhack seine Zähne in das Fleisch seines Erzfeindes gegraben. Doch seine Kräfte ließen nach, denn weiterhin lagen auch die Pranken des Eisriesen um seine Kehle, und die Zeit, die ihm noch auf Erden blieb, schien Kaelor, der letzte der *Farmion Daic*, dazu nützen zu wollen, das Leben aus seinem Gegner herauszupressen.

Verzweifelt versuchte sich der Drache aus dem Todesgriff des Eisriesen zu winden, doch um sich zu befreien, hätte er die Kiefer öffnen und Kaelor freigeben müssen, und das wollte er nicht. Lieber ging er selbst zugrunde, als den Feind entkommen zu lassen, wie er es schon einmal getan hatte – damals, als Morvyn und so viele andere sein Versagen mit dem Leben hatten bezahlen müssen …

Ein tiefes Knurren drang aus der Kehle des Drachen. Er merkte, wie seine Kräfte ermatteten, und statt einen weiteren erfolglosen Versuch zu seiner Befreiung zu unternehmen, konzentrierte er sich darauf, seine Kiefer noch fester um die Beute zu schließen. Das kalte Blut des Eisriesen rann zwischen seinen Zähnen hindurch und plätscherte zu Boden. Doch je fester der Drache zubiss, desto unnachgiebiger schien auch der Griff um seine Kehle zu werden.

So beständig, wie das Leben aus ihm sprudelte, presste Kaelor es dem Drachen ab. Das Auge auf seiner breiten Stirn hatte sich milchig eingetrübt; der Riese konnte kaum noch etwas sehen. Dennoch ließ er nicht locker; die pure Bosheit, die ihn erfüllte, gab ihm die Kraft dazu. Auch Fyrhack kämpfte mit all der Macht, die sein Hass und seine Trauer ihm verliehen. Er konnte spüren, wie seine Zähne Fleisch durchbohrten und Knochen zermalmten – und plötzlich löste sich der Todesgriff um seinen Hals.

Schnaubend sog der Drache Luft durch seine Nüstern und merkte augenblicklich, wie die Lebensgeister zu ihm zurückkehrten. Sich auf allen vieren in die Höhe stemmend, riss er das Haupt empor, so versessen darauf, seinem tödlich verwundeten Gegner den Rest zu geben, dass er nicht mehr darauf achtete, was dieser tat.

Und so sah er auch nicht das Schwert Dóloans, das Kaelor vom Boden aufgelesen hatte und in einem letzten Aufbäumen gegen die ungeschützte Bauchseite des Drachen führte.

Erst als der Schmerz in Fyrhacks Eingeweide fuhr, begriff er, dass sein Gegner ihn einmal mehr überlistet hatte.

Das letzte Mal …

Hass und Schmerz entluden sich in einem Ausbruch roher Kraft. Die Kiefer des Drachen schnappten erneut zusammen und durchtrennten das Rückgrat des Riesen, das knackend brach – und mit ihm das keuchende Gelächter, das Kaelor ausgestoßen hatte, als er Fyrhack die Klinge in den Leib rammte.

Schlaff und leblos hingen die Körperhälften des Eisriesen zu beiden Seiten aus dem Maul des Drachen, ehe dieser sie ausspie und sich abwandte. Er packte das Schwert und zog es aus seinem Körper. Ein Blutschwall brach aus der Wunde, und indem er das Haupt in den Nacken warf und ein letztes Mal ein heiseres Gebrüll vernehmen ließ, brach der Drache zusammen.

Hart landete er auf dem steinernen Boden, die Bauchseite mit der klaffenden Wunde nach oben gedreht. Um Genugtuung über den Tod seines Erzfeindes zu empfinden, blieb ihm nicht die Zeit – schon waren die Gedanken des Drachen auf die Ewigkeit gerichtet und auf das, was ihn dort erwarten, auf die Geister seines Volkes, denen er dort begegnen würde. Seine Sinne trübten sich ein, und er wollte die Augen schließen – als er plötzlich Schritte hörte und Stimmen.

Menschen …

Noch einmal teilten sich die Schleier der Benommenheit, und er konnte Galfyn erkennen und einige seiner Krieger, dazu eine junge Frau mit kurz geschorenem Haar, die ein Büßerhemd trug. Fyrhack nahm an, dass es Rionna war, Klaigons Nichte und Prinzessin von Iónador …

Entsetzt schauten sich die Menschen um, sahen die Spuren des dramatischen Kampfes, der sich zugetragen hatte. Sie fanden den Leichnam Barands, dessen Edelmut ihm zum Verhängnis geworden war, und die Überreste Klaigons des Verräters. Der Torso des Eisriesen war natürlich nicht zu übersehen, auch wenn er bereits dabei war zu verfallen, da sein frevlerischer Geist aus ihm gewichen war.

»Fyrhack!«, rief Galfyn entsetzt. Er und Rionna eilten zu ihm, ehrliche Besorgnis in den bleichen Gesichtern, und obwohl Fyrhack es niemals für möglich gehalten hätte, empfand er in diesem Augenblick tief in seinem Inneren etwas wie Freundschaft für die Menschen – und Mitleid …

»Was ist geschehen?«, fragte Galfyn, der neben Fyrhacks Haupt auf die Knie fiel.

»Der Eisriese … ist tot«, brachte der Drache mit Mühe hervor. »Was ist … mit den Erlen …?«

»Die Unholde befinden sich auf der Flucht«, antwortete Galfyn. »Es war genau, wie du es vorausgesehen hast: Ohne Haupt wollten die Glieder nicht mehr kämpfen.«

»Das … ist gut.« Der Drache nickte und schien noch etwas hinzufügen zu wollen, doch eine Welle von Schmerz durchlief seinen zuckenden Körper und spülte die Worte hinweg.

»Der Sieg ist unser«, versicherte der Häuptling, doch konnte er trotz des Triumphs seine Trauer nicht verbergen.

»Aber die Opfer, die dafür gebracht werden mussten, waren zu groß.«

Fyrhack, dessen Blick bereits durch Galfyn hindurchzugehen schien, nahm alle ihm verbliebene Kraft zusammen und brachte mühsam hervor: »Im Augenblick ... mögt ihr triumphieren ... aber euer Sieg wird nicht ... von langer Dauer sein ...«

»Was sagst du?«, fragte Galfyn erschrocken.

»Muortis ... wird erfahren, was hier geschehen ist ... Er wird ... den Tod seines treusten Dieners nicht ungerächt lassen ... Solange die Macht des Eises nicht gebrochen ... immer neue Horden von Unholden ... könnt ihnen nicht ... ewig widerstehen ...«

»Was genau willst du damit sagen?«, fragte Galfyn betroffen. »Was soll das heißen?«

»Das Ende der Menschen«, hauchte Fyrhack mit letzter Kraft, »ist gekommen ... ebenso wie das meine ...«

Mit diesen Worten schloss er die Augen und tat seinen letzten Atemzug. Noch einmal durchlief ein Zucken seinen ungeheuren Körper, und der zackenbewehrte Schwanz schlug auf den Boden wie eine Peitsche – dann lag er still und leblos.

Fyrhack, der letzte Feuerdrache, war tot.

Betroffen kauerte Galfyn neben ihm.

So viele Opfer hatte die Schlacht gefordert, so viele treffliche Krieger waren gefallen, dass der junge Heerführer nicht in der Lage war, Tränen zu vergießen oder Trauer zu empfinden für einen Einzelnen. In seinem Inneren herrschte stattdessen eine Leere, die so vollkommen war, dass es ihm Angst machte ...

»Galfyn! Sieh!«

Der Ruf eines seiner Krieger riss ihn aus seinen Gedanken. Alarmiert sprang Galfyn auf und eilte an ein Fenster, das in die Felswand des Turms geschlagen war. Rionna, die bei Barands

Leichnam gekauert und Tränen ehrlicher Trauer vergossen hatte, kam mit ihm.

Was sie sahen, ließ ihnen das Blut in den Adern gefrieren.

Denn über die Hügel, die im Westen an die gefrorene Fläche des Spiegelsees heranreichten, wälzte sich ein Heer feindlicher Krieger – Erle und Trolle in solchen Massen, dass sie die schneebedeckten Hügel schwarz färbten.

Nicht Tausende, sondern Zehntausende mussten es sein, und innerhalb einer Stunde würden sie Iónador erreicht haben.

Diejenigen von Galfyns Kriegern, die sich noch außerhalb der Stadt aufhielten und auf dem nördlichen Höhenzug Stellung bezogen hatten, befanden sich bereits auf der Flucht. Hals über Kopf hielt ihr Tross auf die Brücke zu, um hinter Iónadors Mauern Zuflucht zu suchen – doch wie viel Schutz diese Mauern bieten würden, wenn Massen von Unholden gegen sie anrannten, war Galfyns Meinung nach äußerst fraglich.

Feuer loderten auf den Hügelkuppen, die von den Katapulten und Pfeilschleudern herrührten, die die Menschen lieber zerstörten, als sie dem Feind zu überlassen. Dennoch war sich Galfyn sicher, dass die schiere Masse der Erle und Trolle, die jedes Heer, das jemals in Allagáin oder im Dunkelwald gesichtet worden war, an Stärke weit übertraf, die Goldene Stadt in die Knie zwingen würde, und jeder, der sich innerhalb der Mauern befand, würde einen grausamen Tod finden …

»Bei Fynrads Flamme!«, entfuhr es Galfyn halblaut, als ihm bewusst wurde, dass es in seiner Verantwortung lag, die Stadt so gut und so lange wie möglich zu verteidigen. Wie gern hätte er seinen Falkenbruder zur Seite gehabt, wie wichtig wären dessen Kenntnisse gewesen.

Da hörte er Rionna neben sich mit fester Stimme sagen: »Wir werden kämpfen. Wir werden alles tun, um die Stadt zu verteidigen.«

»Was auch immer wir unternehmen – wir werden verlieren«, prophezeite Galfyn. »Niemand kann einer solchen Übermacht auf Dauer widerstehen.«

»Dann eben so lange wie möglich«, erwiderte sie, und ihre Entschlossenheit beeindruckte ihn tief. »Ich habe einmal miterleben müssen, wie die Tore dieser Stadt dem Feind ohne Widerstand geöffnet wurden. Kein zweites Mal wird dies geschehen.«

64

Es war, als würde ein Teil von ihm selbst sterben.

Sogar tief unter der Erde, im ewigen Eis von Urgulroth, konnte Yvolar der Druide den Verlust spüren, den die sterbliche Welt erlitt. Fyrhack der Drache starb. Seine Existenz in der Welt war erloschen, sein Geist kehrte in die Anderswelt zurück.

Yvolar bedauerte nicht nur den Tod eines mächtigen Verbündeten, sondern auch eines guten alten Freundes. Aber weder war dies der geeignete Zeitpunkt noch der rechte Ort für Trauer. Nicht nur Fyrhack, auch er selbst war viel zu weit gegangen, als dass es noch ein Zurück gegeben hätte. Ein jeder von ihnen musste dem Pfad zu Ende folgen, den er beschritten hatte …

Muortis' Klinge fiel herab, schwer und tödlich wie das Beil des Henkers – da handelte Yvolar.

Eben noch hatte der Druide lethargisch auf dem Boden gekauert und, wie es den Anschein hatte, nur darauf gewartet, dass der Nebelherr seiner Existenz ein Ende setzte. Aber Yvolar war noch nicht so weit, hatte noch nicht aufgegeben. Jäh riss er den Druidenstab empor und wehrte damit die Dunkelklinge ab, sodass abermals Funken in der Finsternis sprühten.

Yvolar sah Muortis' Fratze über sich, die grauenvoll aus der Höhlung der Kapuze starrte, dann ließ sich der Druide zur Seite fallen und rollte sich ab, ungeachtet des Schmerzes in seiner verwundeten Schulter. Den rechten Arm konnte er kaum noch bewegen, Eiseskälte schien ihn aufzufressen; dennoch war Yvolar entschlossen, sich bis zum letzten Atemzug zur Wehr zu setzen. So wie ein gewisser Jäger es an seiner Stelle getan hätte …

Den Druidenstab in einem weiten Halbkreis führend, versuchte er Muortis zu treffen, aber dieser hatte sich längst außer Reichweite gebracht. Als die Klinge des Nebelherrn ihn erneut aus dem Schutz der Dunkelheit attackierte, war das Schwert mit derartiger Wucht geführt, dass er es nicht mehr abzuwehren vermochte, und zum zweiten Mal innerhalb weniger Augenblicke trug der Druide eine schwere Wunde davon, diesmal an der Brust.

Betroffen blickte Yvolar an sich herab. Sehen konnte er nichts, aber er spürte das Blut, das aus der Wunde pulste, und er fühlte den Schmerz, kalt und erbarmungslos.

Dennoch gab er nicht auf.

Einer jähen Ahnung gehorchend, duckte er sich, und die Hexenklinge rauschte über ihn hinweg. Aber noch ehe er sein Gewicht auf das andere Bein verlagern und zu einer Gegenattacke ansetzen konnte, griff Muortis wieder an. In atemberaubend schneller Folge, so rasch, dass keines Menschen Auge seinen Bewegungen zu folgen vermocht hätte, ließ der Nebelherr seine Klinge auf den Druiden niedergehen, der die Hiebe zwar abwehrte, jedoch von der Wucht der Schläge erneut auf die Knie gezwungen wurde.

Blutend und frierend, umgeben von undurchdringlicher Dunkelheit, kauerte er auf dem Boden, während sich Muortis erneut vor ihm aufbaute. Die Frevlerklinge, die nach dem Blut des Druiden lechzte, hielt der Nebelherr in der Hand seines ausgestreckten Arms gegen seinen Widersacher gerichtet – und Yvolar begriff in diesem Moment, dass er nicht die geringste Aussicht hatte, diesen Kampf noch zu seinen Gunsten zu entscheiden. Seine Kräfte waren erlahmt, der Schmerz an Schulter und Brust wurde unerträglich.

Er hatte versagt.

In mancherlei Hinsicht …

»So weit hätte es nicht kommen müssen«, sagte Muortis, dessen Umrisse in der Dunkelheit allenfalls zu erahnen waren. »Du hättest dich mit mir verbünden sollen. Aber genau wie alle anderen hast du meine in Freundschaft dargebotene Hand verschmäht, damals wie heute.«

»Muortis«, sagte Yvolar zwischen keuchenden Atemzügen. Es fiel ihm schwer, verständlich zu sprechen. »Du weißt nicht, was Freundschaft ist, also kannst du sie mir auch nicht anbieten. Du hast alles verraten und dich von uns losgesagt. Die Gesetze der Alten, den Kodex der Druiden …«

»Hochmütiger alter Narr! Selbst jetzt, da dein Ende naht, redest du noch von Kodex und Gesetzen? Hast du denn nichts gelernt?«

Der Druide fühlte die Spitze der Dunkelklinge an seiner Kehle. Gegen die Waffen sterblicher Wesen mochte Yvolar das eine oder andere ausrichten können, doch die verfluchte Klinge des Nebelherrn war für ihn ebenso tödlich wie für jede andere Kreatur dieser Welt.

Obwohl er fühlte, dass sein Ende nah war und obwohl ihn namenloser Schmerz peinigte, zwang sich der Druide zu innerer Ruhe. Seine Gedanken waren bei jenen, die ihm bereits zum Schöpfer vorausgegangen waren, aber auch bei seinen Schützlingen, die diesen weiten und beschwerlichen Weg mit ihm beschritten hatten.

Alphart.

Erwyn.

Mux.

Leffel …

Er rief sich ihre Gesichter vor Augen, und als wären sie nicht nur Spiegelbilder seiner Erinnerung, sondern tatsächlich an diesem grausigen Ort, um ihm in diesen letzten, schweren Momenten beizustehen, verlor der Druide tatsächlich alle Furcht. Den Schmerz seiner Wunden fühlte er kaum noch, und er verspürte inneren Frieden, wie er ihn lange nicht mehr empfunden hatte – auch dann noch, als sich der Druck hinter Muortis' Klinge verstärkte, um sich jeden Moment in seine Kehle zu graben.

»Sieh es ein, alter Freund«, sagte der Nebelherr genüsslich, »dass ich der Mächtigere von uns beiden bin. Denn ich, der letzte der alten Druiden, werde die Welt beherrschen. Du jedoch wirst sterben ...«

65

Die Lage hatte sich verkehrt.

Noch im Morgengrauen waren es die Menschen gewesen, die sich Iónador in der Absicht genähert hatten, die weißen Mauern zu erstürmen und die Goldene Stadt zurückzuerobern – nun fanden sich Galfyn und sein vereintes Heer aus Menschen und Zwergen in der Rolle der Verteidiger.

Von der Ringmauer aus blickte Galfyn nach Westen – und hatte alle Mühe, sich sein Entsetzen nicht anmerken zu lassen.

Inzwischen näherten sich die Erle aus drei Himmelsrichtungen; hauptsächlich von Westen, wo sie den Großen Wall überschritten hatten und zu Zehntausenden nach Allagáin strömten, aber auch von Norden und Osten.

Das gesamte Umland der Festung schien in Bewegung zu sein. Unheimlich hallte der Klang der Kriegstrommeln von den Berghängen wider; unter dem riesigen Felsschild, der sich über Iónador erstreckte, verdichteten sich die Schläge zu einem ohrenbetäubenden Dröhnen, das an den Nerven der Verteidiger zehrte.

Dazu erhob sich dumpfer Gesang aus den Reihen der Chaoskämpfer, dessen Klang ausreichte, um manchen altgedienten Kämpen in Panik zu versetzen.

»Bei Fynrads Flamme!«, entfuhr es Galfyn mit belegter Stimme. »Es sind viele, so schrecklich viele …«

»Dennoch werden wir kämpfen«, verkündete Rionna, die neben ihm auf dem Wehrgang stand und es an Mut und Entschlossenheit leicht mit jedem Waldkrieger hätte aufnehmen können.

»Seid Ihr sicher, dass Ihr das wirklich wollt?«, fragte Galfyn, ohne den Blick von den herannahenden Heeresmassen zu wenden.

»Mehr als alles andere«, erwiderte sie gefasst.

Um nicht zurückzustehen, wenn um die Stadt ihrer Ahnen gekämpft wurde, hatte sie sich ein wattiertes Unterkleid sowie einen Schuppenpanzer bringen lassen, der vergleichsweise leicht zu tragen war, aber dennoch einigen Schutz bot. Ein schimmernder Helm saß auf ihrem Kopf, der ihr bis in den Nacken reichte und dessen Visier sie nach unten klappen konnte. Als Waffe dienten ihr ein Kurzschwert sowie ein runder, leicht zu handhabender Schild mit vergoldetem Buckel.

Galfyn nickte und schaute sich dann um. Furcht stand in den Gesichtern der Männer zu lesen, die sich mit der gewöhnlichen Unruhe vor einem Gefecht nicht vergleichen ließ. Denn während es sonst die Ungewissheit über das eigene Schicksal war, die den Kriegern zusetzte, ihnen gleichzeitig aber auch die Hoffnung ließ, den Kampf zu überleben, konnte am Ausgang dieser Schlacht kein Zweifel bestehen.

Natürlich waren die Mauern Iónadors alt und trutzig, aber Galfyn und seine Leute hatten eben erst bewiesen, dass die Goldene Stadt nicht uneinnehmbar war. Die befand sich inzwischen zum Großteil unter Kontrolle, nur noch vereinzelt wurde gegen versprengte Haufen von Erlen gekämpft, die allerdings so eingeschüchtert und dezimiert waren, dass sie keine echte Bedrohung mehr darstellten. Galfyn hatte angeordnet, sie nicht weiter zu verfolgen – er brauchte jeden einzelnen Mann auf den Wehrgängen der Stadt.

Die Katapultmannschaften und Bogenschützen sowie der Versorgungstross des Heeres, die sich noch auf der anderen Seite des Sees aufgehalten hatten, waren inzwischen sämtlich in Iónador eingetroffen. In aller Eile hatte man den Brand im Torhaus gelöscht und die demolierte Pforte mit Trümmern aus den Häusern verbarrikadiert. Ob diese Barrikaden den

Angriffen der Erle lange standhalten würden, bezweifelte Galfyn allerdings.

Er selbst verfügte über Mut und Unerschrockenheit und war der geborene Anführer – aber er hatte keine Ahnung, wie man eine Festung verteidigte. Wie auch? Im Dunkelwald gab es keine gemauerten Häuser oder Burgen. In der gebotenen Kürze hatte sich Galfyn mit Meinrad und anderen Rittern des Reiches beraten, und gemeinsam hatten sie die beste Verteidigung aufgeboten, die sich auf die Schnelle hatte organisieren lassen.

Die Strategie des Feindes war dabei einfach vorherzusehen. Die Unholde würden gegen die Mauern anrennen, wieder und wieder und wieder, ohne Rücksicht auf Verluste. Wie viele von ihnen dabei auch ihr Leben lassen würden, irgendwann würde es ihnen gelingen, die Mauern zu erstürmen – die Masse war ihre wirkungsvollste Waffe.

Im Norden und Westen hatten die Erle inzwischen den Spiegelsee erreicht. Anders als die Menschen mussten die Diener Muortis', der der Herr der Nebel und des Eises war, nicht fürchten, dass die gefrorene Fläche unter ihren Füßen einbrach, also waren sie nicht auf die Brücke angewiesen und nahmen den direkten Weg über den See. Mit Bestürzung sah Galfyn, dass sie behelfsmäßige Leitern mit sich trugen – die Stämme eilig gefällter Bäume, in die man Tritte geschlagen hatte, um damit die Mauern zu erklimmen.

»Bogenschützen!«, rief er und gab das Signal, woraufhin die auf den Wehrgängen postierten Schützen ihre Pfeile auf die Sehnen legten.

Der Schlag der Trommeln wurde immer lauter, und je näher die Erle kamen, desto deutlicher waren ihre hässlichen Schweinsgesichter mit den vor Blutdurst lodernden Augen zu erkennen. Galfyn hörte, wie Rionna einen angewiderten Laut von sich gab und das Visier ihres Helmes schloss, um das Grauen in ihren Zügen zu verbergen.

Der junge Heerführer atmete tief durch.

Niemals hätte er vermutet, welch wundersame Wendungen sein Schicksal in so kurzer Zeit nehmen würde. Manches hatte sich geändert seit Herras' Tod, viel war geschehen, das sein Leben und das, woran er geglaubt hatte, auf den Kopf gestellt hatte. In wenigen Augenblicken würde eine Schlacht beginnen, die zu überleben er keine Aussicht hatte. Eine Schlacht, in der er gemeinsam mit jenen focht, die er noch kurz zuvor als seine Todfeinde betrachtet hatte.

Im selben Moment, da der bedrohliche Gesang der Erle in kreischendes Kriegsgeschrei umschlug, das über die gefrorene Fläche des Sees herüberscholl, begegneten sich Galfyns und Rionnas Blicke.

Dann gellte Galfyns Befehl.

Und die Pfeile schossen in den grauen Himmel …

66

Sie folgten dem unterirdischen Fluss stromaufwärts, über schmale, vereiste Pfade, und mehr als einmal glitt einer von ihnen aus und wäre in die eisigen Fluten gestürzt, hätte einer seiner Kameraden ihn nicht rechtzeitig festgehalten.

Indem sie ihre letzten Kräfte aufboten, um einander zu helfen, gelang Alphart, Leffel, Erwyn und Mux, was noch keinem vor ihnen geglückt war: Sie entkamen den dunklen Tiefen von Muortis' Reich. Gleichwohl war der Moment, in dem sie die unscheinbare Pforte durchschritten, die zurück auf den Gletscher führte, kein Augenblick der Freude oder des inneren Triumphs. Nur wenige Herzschläge lang waren die Freunde darüber erleichtert, die düsteren Klüfte hinter sich gelassen zu haben, doch die Erleichterung verflog schlagartig, als sie sich umblickten.

Der Nebel hatte sich gelichtet, und auch der Schneefall hatte ausgesetzt, sodass die umliegenden Berge wieder zu sehen waren: der kleinere Enzkopf im Nordwesten, Kean dai Búrin im Süden, Ordac Mar im Nordosten.

Doch wie sehr hatte sich die Welt verändert!

Obwohl es nach Alpharts Schätzung erst später Nachmittag sein konnte, waren Berge und Täler bereits in Dämmerung versunken. Wolken hatten sich über Allagáin zusammengezogen, so dunkel und dicht, dass das Sonnenlicht sie nicht mehr zu durchdringen vermochte. Selbst der fahle Schein, der zuletzt noch Tag und Nacht unterschieden hatte, war verblasst.

Die Welt versank in unheilvoller Schwärze, die nur von den Blitzen durchbrochen wurde, die über den Berggipfeln flackerten – zornige Entladungen zerstörerischer Energie, die erahnen ließen, was schon bald über die Sterblichen hereinbrechen würde. Muortis hatte seine Rückkehr von langer Hand vorbereitet; er hatte seine Kräfte gesammelt und ein Heer geformt und entfesselte nun die Elemente. Eis und Kälte drang aus den Tiefen und sorgte dafür, dass das Wetter in Unordnung geriet. Stürme brauten sich zusammen, schlimmer als alles, was Allagáin je erlebt hatte.

Das Ende der sterblichen Welt war nahe.

Die Gefährten konnten es fühlen.

Fassungslos starrten sie auf das beängstigende Schauspiel, das sich am Himmel vollzog, auf die dunklen Wolken, die sich dort ballten und nicht selten die Form bizarrer Fratzen annahmen; höhnisch blickten sie auf das verbliebene Quartett unter ihnen herab, dessen Mission, die Welt zu retten, kläglich gescheitert war.

»Verdammt!«, schrie Alphart in seiner Verzweiflung gegen den aufkommenden Sturmwind an. »Die Welt versinkt in Kälte und Eis, und der einzige Gegenstand, der die Rettung bringen könnte, soll nutzlos sein in unseren Händen?«

Beherzt griff der Jäger nach dem Sylfenhorn, riss es Leffel aus den Händen, zerrte es aus dem Umhang hervor, in den der Gilg es gewickelt hatte, setzte es an die Lippen, holte tief Luft und stieß mit aller Kraft hinein.

Nicht mehr als ein klägliches Tuten quälte sich aus dem Trichter, das der Wind sogleich davontrug. Alphart versuchte es noch einmal und noch einmal. Seine Bemühungen blieben jedoch auch weiterhin fruchtlos, sodass er das Instrument in einem Anfall von zorniger Verzweiflung von sich schleudern wollte.

»Gib es nicht aus deinen Händen! Das Horn kann dunkles Schicksal wenden!«, rief Mux entsetzt, worauf sich der Wildfänger tatsächlich besann. »Ein jeder sollte es probieren, mit dem Horn zu musizieren«, fügte Mux leiser hinzu.

»Nur zu!«, brummte Alphart und warf ihm das Instrument, das beinahe so groß war wie der Kobling selbst, vor die Füße. »Tu, was du nicht lassen kannst, und verschwende deine Zeit. Ich werde mich unterdessen auf den Weg ins Tal machen.«

»Um was zu tun?«, wollte Leffel wissen.

»Dämliche Frage!«, rief Alphart gegen den Wind. »Um zu kämpfen natürlich. Meine Klinge soll Erlblut schmecken, ehe alles in Finsternis versinkt.«

»Damit wirst du nichts ändern«, gab der Gilg zu bedenken.

»Nein«, gab Alphart zu. »Aber dadurch, dass ich hierbleibe und meine Zeit verschwende, ändere ich ebenfalls nichts.«

Damit wandte er sich um und begann den Abstieg über das steile, verschneite Gelände, über dem sich die Wolken immer noch dunkler und bedrohlicher zusammenballten. Donner erklang, der den ganzen Berg zu erschüttern schien, gleißende Blitze zuckten aus der Schwärze. Ein Schneesturm, wie die Welt ihn noch nie gesehen hatte, würde bald losbrechen und alles unter sich begraben …

»Was machen wir jetzt?«, fragte Leffel ratlos und blickte verzweifelt zwischen dem Kobling und dem sich mit entschlossenen Schritten entfernenden Wildfänger hin und her. »Was sollen wir nur tun, Mux?«

Anstatt etwas zu erwidern, legte ihm der Kobling das Horn vor die Füße.

»Ich?«, fragte Leffel ungläubig.

Mux nickte.

»Ich soll es versuchen? Aber ich bin nur ein einfacher Bauer aus Allagáin – und noch nicht mal ein besonders fleißiger …«

Statt zu antworten, zitierte der Kobling aus einem alten Lied der Zwerge, das er einst in den Stollen Glondwaracs aufgeschnappt hatte und das ihm gefallen hatte, weil es sich so hübsch reimte:

So lernt daraus für alle Zeit,
dass nicht Gold, nicht Edelstein
entscheidet, wer am jüngsten Tag,
wird reinen Herzens sein.

Leffel begriff, was sein kleiner Begleiter ihm damit sagen wollte, und er bückte sich zögernd und hob das Horn aus dem tiefen Schnee.

Ein Schauer durchrieselte ihn, als er es berührte und an sich nahm, und für einen Augenblick war ihm, als hätte er das Sylfenhorn schon einmal in Händen gehalten. Natürlich war das unmöglich, aber bei all den wirren Gedanken, die ihm im Kopf herumschwirrten, und bei der Kälte, Furcht und Erschöpfung dachte der Gilg nicht weiter darüber nach. Stattdessen setzte er das Instrument an die blau gefrorenen Lippen, warf sich in die Brust – und stieß mit aller Kraft, die ihm noch verblieben war, in das Horn Danaóns.

Es war, als würden Fesseln gesprengt.

Als würden Ketten reißen, die die Welt in unsichtbaren Banden gehalten hatten – so klar und durchdringend, so klangvoll und befreiend war der Ton, der aus dem Sylfenhorn drang.

Statt vom Wind davongetragen zu werden und klanglos zu verhallen, stemmte er sich gegen die Naturgewalten und übertönte selbst den Donner. Und anders als der Klang eines herkömmlichen Horns, der bald verstummt wäre, wurde jener Ton aus Danaóns Horn immer noch lauter.

Bestürzt über das, was er ganz offenbar zuwege gebracht hatte, ließ Leffel das Horn sinken und betrachtete es ungläubig. Er drehte es so, dass er in die trichterförmige Öffnung schauen konnte, konnte jedoch nichts augenfällig Wunderbares oder gar Magisches darin entdecken.

Der Ton jedoch hielt weiter an und verstärkte sich noch immer – und blieb nicht ohne Wirkung.

Heftiger Wind stieß plötzlich in die Wolken, und über dem Gipfel des Korin Nifol bildete sich ein kreisender Strudel, der sich zuerst langsam, dann immer schneller drehte und die Finsternis ringsum förmlich aufzusaugen schien. Die Anziehungskraft, die er dabei entwickelte, war derart groß, dass sich ihr nicht einmal die Blitze entziehen konnten. Statt senkrecht herabzuzucken und auf schroffe Gipfel und schmale Bergrücken niederzugehen, wurden die gleißenden Entladungen abgelenkt und irrlichterten kreuz und quer über den Himmel, ehe sie wirkungslos in der Schwärze des Strudels verloschen.

Mit vor Staunen offenem Mund verfolgte Leffel das atemberaubende Schauspiel. Wie ein Tuch, das zu sehr gedehnt worden war, riss die Wolkendecke an zahlreichen Stellen auf, und Schäfte orangeroten Sonnenlichts stachen hindurch, das die Gipfel der Berge erglühen ließ. Heftiger Wind peitschte über die Hänge, der Schnee und Firn aufwirbelte und davonstob, während das Signal des Horns als dutzendfaches Echo widerhallte und dabei immer noch lauter wurde, bis es schließlich auch dem Gilg zu viel wurde.

Er ließ das Horn fallen und presste die Hände auf die Ohren, um sie vor jenem durchdringenden Ton zu schützen, der im nächsten Moment das Eis des Ferners zum Bersten brachte …

67

Bis weit unter den Berg drang der magische Laut, der sich dem Sylfenhorn entrungen hatte.

Anfangs war er kaum auszumachen gegen das Heulen des Windes und das Schnauben des Eisdrachen, der in den Tiefen weiter seinen Dienst versah. Aber mit jedem Augenblick gewann er an Kraft, und als das Eis des Gletschers barst, war die Erschütterung bis hinein ins dunkle Herz von Urgulroth zu spüren.

»Was ist das?«, hörte Yvolar seinen Peiniger fragen, der über ihm stand und drauf und dran gewesen war, ihm die verwunschene Klinge in den Hals zu stoßen, ohne dass der Druide auch nur das Geringste dagegen hätte unternehmen können.

Yvolar spürte seine Kräfte entweichen, mit jedem Tropfen des kostbaren Lebenssafts, der aus den Wunden trat, die Muortis ihm beigebracht hatte. Doch eine Spur von Unsicherheit lag auf einmal in der sonst so überlegen klingenden Stimme des Nebelherrn, und der Druide horchte er auf. Ein neuerlicher Stoß erschütterte die unterirdische Festung, und Yvolar merkte, wie der Druck hinter der tödlichen Klinge ein wenig nachließ.

»Was, bei allen Ausgeburten Perchtas, ist das?«, rief Muortis, und seine Stimme hallte von der Gewölbedecke wider, dann kehrte für einen Augenblick trügerische Stille ein.

Ein erneuter Erdstoß, heftiger als alle bisherigen – und Yvolar fühlte, wie der Druck der Schwertspitze von seiner Kehle verschwand. Eine mächtige Erschütterung durchlief die Eisfestung, und indem der Druide alle verbliebene Konzentration darauf richtete, seinen Eschenstab zum Leuchten zu bringen, gelang es ihm, die träge Finsternis zumindest zu einem kleinen Teil zu vertreiben. Er sah die schaurige Gestalt vor sich hin und her taumeln und um das Gleichgewicht ringen, die Frevlerklinge in der Rechten, während der Fels immer mehr bebte. Eisbrocken und Bruchstücke von Gestein lösten sich von der unsichtbaren Decke und prasselten herab – und mit einem Mal war dem Druiden klar, was an der Oberfläche geschehen sein musste.

»Das, Muortis«, beantwortete er die Frage seines finsteren Widersachers, »ist die Kraft des Sylfenhorns!«

»Nein!«, drang es ebenso entsetzt wie trotzig zurück. Die Kapuze des schwarzen Gewands wurde zurückgeschlagen, und noch einmal blickte Yvolar in das grauenhafte Antlitz des Nebelherrn.

In diesem Moment nahm der Druide all seine verbliebene Körperkraft zusammen, und indem er die Lippen fest zusammenpresste und den Schmerz ignorierte, der ihm fast das Bewusstsein raubte, hob er den Eschenstab und stieß ihn seinem Feind entgegen, das untere, zugespitzte Ende voraus.

Es geschah blitzschnell, und noch ehe Muortis reagieren konnte, bohrte sich das Holz tief in seine Brust.

Der Nebelherr, der nicht mehr mit einem Angriff gerechnet hatte, stand wie vom Donner gerührt. Seine Glutaugen flackerten, während er auf den Stab hinabstarrte, der in seinem Brustkorb steckte. Ein heiseres Zischen drang aus seiner Nasenöffnung, und dann, als der lichte Zauber des Stabs seine Wirkung tat, verfiel Muortis in kreischendes Geschrei.

Helle Blitze schlugen aus der Wunde, die der Druidenstab geschlagen hatte und in der er noch immer steckte – Entladungen gleißender Energie, die den Nebelherrn umhüllten und ihm entsetzliche Qualen bereiteten.

Die Hexenklinge entglitt seinem Griff und fiel mit lautem Klirren zu Boden, und als die nächste Erschütterung die Stollen und Gewölbe Urgulroths erfasste, konnte sich der Herrscher des Eises nicht länger auf den Beinen halten. Heulend vor Hass und Wut, ging Muortis zu Boden, während ihn sein Umhang wie ein dunkles Leichentuch umhüllte.

Yvolar sah den Erzfeind im Licht der Blitze, die ihn bei lebendigem Leibe verzehrten, untergehen und erlebte einen letzten, süßen Moment der Erleichterung und des inneren Triumphs – ehe er die Augen schloss. Friedlich entschlief der Druide inmitten des finsteren Hortes, während der Todeskampf des Nebelherrn weiter andauerte.

Sich in gellenden Schreien ergehend, die bis in den letzten Winkel Urgulroths zu hören waren, wand sich Muortis am Boden, gepeinigt von jenen Kräften, die er verraten und geleugnet hatte. Doch anders als den unzähligen Kreaturen, die er zu Tode gebracht, die er gefoltert und gequält hatte, wurde ihm die Gnade eines jähen Endes zuteil. Denn als ein neuerlicher Stoß die Berge erschütterte und die Gletscher sich lösten, hielten die alten Gewölbe Urgulroths den Naturgewalten nicht länger stand.

Der Nebelherr schrie entsetzlich, als er im flackernden Blitzlicht sah, wie die Decke seines Thronsaals Risse bekam. Im nächsten Augenblick stürzte sie herab und begrub ihn unter sich …

Die Natur war entfesselt, die Gipfel in Aufruhr.

Stollen um Stollen, Gewölbe um Gewölbe brach in sich zusammen, verschwand unter gewaltigen Gesteinsmassen. Wer von den Dienern des Nebelherrn noch in Urgulroth weilte, den ereilte das Schicksal seines Herrschers. Nur einer einzigen Kreatur gelang es, durch die dunklen Schächte zu entfliehen, durch die sie in die unterirdische Festung gelangt war – für alle anderen bedeutete Muortis' Tod auch das eigene Ende.

So ungeheuer waren die Kräfte, die das Sylfenhorn heraufbeschworen hatte, dass sie nicht nur den Korin Nifol erschütterten, sondern auch alle anderen Berge Allagáins; überall im Wildgebirge regten sich die steinernen Giganten, als wollten sie das Eis Urgulroths von ihrem Rücken schütteln. Und tatsächlich löste sich ein Ferner nach dem anderen, und rauschend und tosend donnerten Schnee und Eis zu Tal, in Lawinen, die alles und jeden unter sich begruben. Felsen wurden mitgerissen, Bäume barsten wie morsches Geäst. Bis weit hinein in die Klüfte Dorgaskols, die sich von den Hängen des Bálan Bennian bis zum flachen Gipfel des Sylfenbergs erstreckten, über den Danaón und die Seinen einst gekommen waren, spürte man die Erschütterungen, und so manche finstere Kreatur, die bis zuletzt darauf gewartet hatte, die schaurigen Pfründe von Düsterfels zu verlassen, wurde von den tosenden Massen verschüttet.

Dorgaskol, die dunkle Heimat der Unholde, erlitt das gleiche Schicksal, das auch Muortis' Feste zuteil geworden war. Klüfte barsten, Schluchten und Höhlen stürzten ein, und tosende Wildbäche, die befreit worden waren von den Fesseln des Eises, rauschten zu Tal, um sich zum Bolghandir zu vereinen, zum Glitzernden Fluss.

Auch die weiter östlich gelegenen Berge schüttelten das eisige Joch, das der Nebelherr ihnen auferlegt hatte, von ihren steinernen Schultern: Lärmend und rauschend brachen die Lawinen zu Tal, einem Heer weiß gewandeter Reiter gleich, deren Banner Wolken der Vernichtung waren, die von den Hängen aufstiegen und im Licht der späten Sonne glutrot leuchteten – und nicht wenige, die dies sahen, behaupteten, das Gericht über den Bergen hätte begonnen.

68

»Nimm das, elende Kreatur!«

Mit zusammengebissenen Zähnen rammte Galfyn dem Angreifer, der sich soeben über die Zinnen schwingen wollte, das Schwert in die Brust. Der Kriegsschrei des Erls erstarb in einem hohlen Gurgeln – doch sofort kam der nächste Unhold über die Leiter herauf.

Noch ehe Galfyn reagieren konnte, fällte die Axt des Erls einen Waldkrieger, der neben dem Häuptling des Falkenclans stand. Sterbend sank der Mann nieder, in den See aus rotem Menschen- und schwarzem Erlblut, der den Wehrgang bedeckte.

»Für Allagáin!«, ließ sich eine helle Frauenstimme an Galfyns Seite vernehmen, und aus dem Augenwinkel sah er, wie Rionna vorsprang und den Unhold attackierte. Was ihr an Übung im Kampf fehlte, glich sie durch Mut und viel angeborenes Geschick aus.

Grunzend wollte der Erl sie mit dem schartigen Blatt seiner Axt vom Turm fegen, aber Rionna duckte sich, und so schnell wie der Stachel eines Insekts zuckte ihr Kurzschwert vor und fuhr in die Gedärme des Unholds. Der Erl verfiel in wüstes Geschrei und brach in die Knie – Galfyns Klinge, die wie das Beil des Henkers in seinen Nacken fuhr, hackte ihm den Kopf ab.

Gemeinsam mit einem jungen Allagáiner legten Galfyn und Rionna Hand an die Leiter, die die Erle angelegt hatten, und stießen sie mit aller Kraft von sich – die Unholde, die den Wehrgang als Nächstes hatten erklimmen wollen, verschwanden schreiend in der Tiefe.

Doch was waren eine Handvoll getöteter Erle gegen die Massen, die gegen Iónador anrannten? Was eine einzige abgewehrte Leiter gegen die unzähligen, die an die Mauern angelegt waren und über die das Heer der Angreifer über die Zinnen quoll?

Galfyn sah, wie immer mehr Erle die Wehrgänge erstürmten. Noch konnten sie mit Mühe zurückgehalten werden, aber der Blutzoll, den es forderte, sie abzuwehren, war fürchterlich. Nicht mehr lange, dann würde an irgendeinem Abschnitt der langen Mauer die Verteidigung zusammenbrechen. Das schwächste Glied der Kette würde nachgeben und damit alle anderen mit ins Verderben reißen. Es war ein hoffnungsloser Kampf, dennoch fochten sie mit aller Verbissenheit weiter.

Denn der Feind, der zu Tausenden gegen die Mauern anrannte, kannte weder Nachsicht noch Gnade …

Plötzlich gab es eine Erschütterung. Galfyn nahm an, dass sie von den Trollen herrührte, die sich in ihrer Raserei gegen die Mauern warfen, um sie zum Einsturz zu bringen. Als jedoch ein zweites und ein drittes Beben folgten und jedes davon noch stärker war als das zuvor, ging dem jungen Häuptling auf, dass dies nicht das Werk von vor Blutdurst halb wahnsinniger Unholde sein konnte.

Aber was war es dann?

Indem er einen Erl niederstach, der todesmutig über die Zinnen sprang, setzte Galfyn zur Brüstung und schaute hinab auf die Myriaden von Angreifern, die die zu Eis erstarrte Fläche des Spiegelsees in ein tosendes Meer verwandelt hatten.

»Seht, Herr!«, rief einer der Bogenschützen aus Allagáin. »Das Eis – es bricht …!«

Unruhe brach unter den Angreifern aus. An einigen Stellen stoben Erle auseinander wie aufgescheuchtes Federvieh, und voller Verblüffung sah Galfyn, dass sich tatsächlich Risse im Eis bildeten.

Schlagartig breiteten sie sich aus, bildeten im Nu ein netzartiges Geflecht, das den gesamten See überzog und das Heer der Erle auseinanderriss. Und noch ehe einer der Unholde sich in Sicherheit bringen konnte oder auch nur begriff, was geschah, spritzten hier und dort Fontänen türkisblauen Wassers in die Höhe, und mit infernalischem Lärm barst das Eis. Schollen unterschiedlicher Größe bildeten sich, die zusammenstießen und sich übereinanderschoben, und die Erle, die sich wie wild gebärdeten, beschleunigten ihren Untergang damit nur noch.

Schon stellten sich die ersten Schollen steil, fast senkrecht auf, sodass die Unholde, die sich lauthals zeternd daran festzuhalten versuchten, ins eiskalte Wasser stürzten; das Gewicht ihrer Rüstungen und Kettenhemden zog sie sogleich in die Tiefe. Nicht weniger schlimm traf es jene, die über die angelegten Sturmleitern die Mauern Iónadors hatten erklimmen wollen. Denn kaum begann der Grund zu wanken, kippten die Leitern nach hinten oder seitlich weg und rissen all jene, die sich auf ihnen befanden und schreiend an sie klammerten, in den Tod.

Innerhalb weniger Augenblicke war das riesige Heer, das über den See marschiert war, um Iónador einzunehmen, in Auflösung begriffen. Allenthalben versanken Erle im See oder klammerten sich schreiend an Eisschollen, während jene, die es noch geschafft hatten, die Wehrgänge zu erklimmen, von deren Verteidigern niedergemacht wurden. Innerhalb von Sekunden hatte sich, aus welchem Grund auch immer, das Schlachtenglück abermals gewendet – und doch war das Sterben und Ertrinken unten beim See nur eine erste Vorahnung der gewaltigen Zerstörung, die über Iónador und das feindliche Heer hereinbrechen sollte.

Denn die Erdstöße, die inzwischen die ganze Stadt erbeben ließen, dauerten an, und statt über die unerwartete Wendung zu triumphieren, wandte Galfyn seinen Blick gen Westen, wo sich die Ausläufer des Bálan Bennian erstreckten und woher der endlos scheinende Zug der Angreifer größtenteils gekommen war. Ein unheilvolles Rumoren lag in der Luft, das eindeutig aus dieser Richtung drang, und während sich Galfyn noch fragte, was dies bedeuten mochte, geschah das Unbegreifliche.

Weiße Schneewolken lösten sich von den Bergflanken, und tosend und donnernd brachen Massen von Eis und Schnee zu Tal. Lawinen fuhren mit Urgewalt in die Kolonnen der Erle und verschlangen sie. Mit Donnergrollen brandeten die Fluten der Vernichtung über die Angreifer hinweg, und als sich die weißen Schneewolken, die die Lawinen begleiteten, wieder lichteten, gaben sie den Blick frei auf unzählige zerschmetterte Körper, die am Fuß der Berge lagen. Der Winter, einst ihr grimmigster Verbündeter, hatte sich gegen die Erle gewandt.

Auch vom Gipfel des Giáthin Bennan lösten sich Schnee und Eis, und viele von Galfyns Leuten, die ja nicht aus Iónador stammten, schrien entsetzt auf, als der Schildberg in seinen Grundfesten erbebte; selbst die Zwerge hielten den Atem an. Rionna aber versicherte ihnen mit lauter Stimme, dass der große Felsschild, der sich oberhalb des Túrin Mar erstreckte, von jeher alles Unheil von Iónador ferngehalten hätte.

Die Kämpfer des Waldvolks und des Zwergenreichs waren nur teilweise beruhigt – auch weil in diesem Augenblick eine furchterregende Kreatur am grauen Horizont auftauchte. Einige, die noch nicht mitbekommen hatten, was sich im Großen Turm zugetragen hatte, begannen zu jubeln, weil sie glaubten, Fyrhack den Feuerdrachen zu erblicken, ihren mächtigen Verbündeten. Doch sowohl Galfyn als auch Rionna wussten nur zu gut, was es mit jener Kreatur auf sich hatte, die wie Fyrhack einen langen Schweif und riesige Flügel hatte, deren Schuppen jedoch nicht grünlich, sondern weiß waren: Es war der Eisdrache, der in Muortis' Diensten stand und den der Nebelherr offenbar aus seinem tiefen Verlies entlassen hatte.

Aus welchem Grund?

Hatte der *Dragan Daic* seine Schuldigkeit getan? Hatte er sich vielleicht sogar selbst befreit? Oder war er im Auftrag seines finsteren Herrschers gekommen, um die Schlacht um Iónador abermals zu wenden?

Einen grässlichen Schrei ausstoßend, kreiste der Eisdrache am Himmel, ehe er herabstieß und mit eng angelegten Flügeln auf den Schildberg zuhielt, über dessen breiten Rücken die Lawine heranrollte. Es war abzusehen, dass der Schild dafür sorgen würde, dass die Stadt verschont blieb – die Erle jedoch, die durch das Tal und über den See heranstürmten, würden von den herabstürzenden Eis- und Schneemassen vernichtet werden.

Dies zu verhindern war das Ziel des Drachen!

Den Rachen weit aufgerissen, schoss er den steilen Hang hinauf, dicht über den Wipfeln der verschneiten Bäume. Blaues Eisfeuer schlug aus seinem Schlund und zuckte der Lawine entgegen, die sich talwärts ergoss und alles zermalmte, was ihr im Weg war. Unter gewaltigem Donner trafen die entfesselten Naturgewalten und der eisige Atem des Drachen aufeinander, und für einen Moment hatte es tatsächlich den Anschein, als könnte die Kreatur den tosenden Massen Einhalt gebieten und sie zum Stillstand bringen.

Eis und Schnee erstarrten, als wäre die Lawine auf ein unsichtbares Hindernis getroffen. Für einen kurzen Augenblick, in dem die Kraft der Magie gegen die Gewalt der Natur ankämpfte, schien die Zeit anzuhalten, und es herrschte tödliche Ruhe über dem Berg – die jäh endete, als ein hässliches, splitterndes Geräusch erklang.

Der Damm aus Eis, den der Drache errichtet hatte, zerbarst mit hellem Knall, Bruchstücke wurden nach allen Seiten geschleudert – und die Lawine setzte ihren Kurs der

Vernichtung fort. Rumpelnd und tosend ging sie zu Tal, und dies aufgrund der Massen, die der Eiswall angesammelt hatte, mit noch schrecklicherer Wucht als zuvor. Ein Sog entstand, in dem sich der *Dragan Daic* noch einen Augenblick lang flatternd behaupten konnte – ehe auch er davon erfasst und mitgerissen wurde.

Kreischend versuchte die blasse Kreatur sich der Schneewolke zu entwinden, die westlich der Goldenen Stadt talwärts donnerte und die Häuser und Türme erzittern ließ – und von der dunklen Kraft seines Gebieters getrieben, gelang es dem Eisdrachen tatsächlich noch einmal, sich aus dem Sog der Vernichtung zu lösen, jedoch nicht mehr kraftvoll und majestätisch wie noch zuvor, sondern heiser kreischend und hektisch mit den Flügeln schlagend. Entsprechend war die Kreatur, deren eisiger Atem die Welt vergiftet hatte, nicht mehr Herr ihrer Sinne – ihre Bosheit jedoch hatte nicht nachgelassen.

Pfeilschnell hielt sie auf Iónador zu, getrieben vom Willen, auch noch jene ins Verderben zu reißen, die die Urgewalt der Lawine bislang verschont hatte. Zu beiden Seiten des riesigen Schildes, der die Stadt überragte, prasselten Schnee- und Eismassen in die Tiefe, Iónador selbst jedoch blieb bislang verschont. Dies wollte der *Dragan Daic* ändern …

Noch einmal holte der Eisdrache Atem, wissend, dass das Ende seiner Feinde auch sein eigenes sein würde. Aber in seinem Hass und seiner Zerstörungswut scherte er sich nicht darum. Sein einziges Bestreben war es, den Befehl seines dunklen Herrschers auszuführen, und dieser Befehl lautete Vernichtung.

Schon hatte er die Stadtmauer erreicht und flog darüber hinweg – auf die Pfeile und Speere, die ihm von unten entgegenzuckten, seine Panzerung jedoch nicht zu durchdringen vermochten, achtete er gar nicht. Sein Ziel war das gewaltige Bauwerk, das im Zentrum der Stadt aufragte – und auf das er im nächsten Augenblick seinen letzten noch verbliebenen Eisatem spie.

Erneut schoss blau leuchtendes Feuer aus dem Rachen der Bestie, das den Túrin Mar an der schmalsten Stelle traf. Augenblicklich bildete sich eine dicke Eisschicht auf dem Gestein und hüllte es ein – im nächsten Moment warf sich die furchterregende Kreatur mit der ganzen Wucht ihres Anflugs dagegen.

Die Wirkung blieb nicht aus.

Während der Drache mit gebrochenem Rückgrat zurückkippte und unter kraftlosen Flügelschlägen in die Tiefe stürzte, zerbarst das Eis, das er um den Turm gelegt hatte, in einer Eruption vernichtender magischer Kraft – und mit ihm auch das darunterliegende Gestein.

Der Große Turm von Iónador, einst die Keimzelle der Stadt und über Jahrhunderte der Sitz von Königen und Fürstregenten, zerbrach mit fürchterlichem Getöse. Trümmer stoben in weitem Bogen davon und gingen prasselnd über der Stadt nieder, durchschlugen Dächer und Wände und hinterließen ein Kraterfeld. Staub stieg auf, der sich zu einer riesigen Wolke ballte und aus dem dort, wo sich noch vor wenigen Augenblicken der Túrin Mar befunden hatte, nur noch ein schroffer Stumpf ragte. Darüber wölbte sich, einer immensen Last gleich, der gewaltige Überhang des Schildberges.

Als Galfyn dies sah, wurde ihm jäh bewusst, dass der Große Turm ungleich mehr gewesen war als ein beeindruckendes Bauwerk – nämlich die Stütze, die die Masse des Überhangs davor bewahrt hatte, herabzustürzen und Iónador unter sich zu zermalmen.

»Flieht!«, brüllte er aus Leibeskräften, einer plötzlichen Eingebung gehorchend. »Verlasst die Stadt, so schnell ihr könnt! Iónador ist dem Untergang geweiht …!«

69

Die Erde bebte, die Gipfel schienen zu wanken.

Noch immer konnte Leffel Gilg nicht begreifen, dass er es gewesen sein sollte, der all dies bewirkt hatte – aber offenbar war es der Klang des Sylfenhorns, der die Berge erzittern und das Eis des Gletschers bersten ließ.

Von einem Augenblick zum anderen befanden sich die Gefährten inmitten eines Infernos unvorstellbaren Ausmaßes. Die dichte graue Wolkendecke war aufgerissen, und gleißende Lichtschäfte strahlten zur Erde. Sprünge durchzogen die Eiszunge des Ferners und breiteten sich mit atemberaubender Geschwindigkeit aus; tiefe Klüfte bildeten sich, aus denen Schnee und Firn in die Höhe schossen, als wäre der Berg eine riesige Kreatur, die eisigen Atem aus ihren Nüstern stieß. Und im nächsten Moment begann sich der Boden, auf dem Leffel, Mux und Erwyn noch immer wie angewurzelt standen und sich die Ohren zuhielten, zu bewegen.

Mit markigem Knacken tat sich eine neue Gletscherspalte auf, unmittelbar dort, wo das Sylfenhorn im Schnee lag – und von einem Augenblick zum anderen war das magische Instrument in der schier unergründlichen Tiefe verschwunden!

Weder Leffel noch einer seiner Gefährten blieb Zeit, darüber echte Bestürzung zu empfinden – sie alle merkten, dass das Eis, auf dem sie standen, sich löste und mit lautem Knirschen talwärts rutschte, den steilen Südosthang hinab.

Nur nebenbei bemerkte Leffel, dass der Ton des Sylfenhorns verklungen war – seine vernichtende Wirkung jedoch dauerte an.

Der gesamte Berghang schien in Bewegung zu geraten. Bruchstücke des Gletschers verselbstständigten sich und polterten tosend zu Tal, Lawinen von Eis und Schnee mitreißend. Mit vor Schrecken weit aufgerissenen Augen, starrte Leffel zum Gipfel hinauf und sah die weißen Massen, die sich von dort herabwälzten, geradewegs auf die drei Gefährten zu. Und jäh dämmerte dem Gilg, weshalb Danaón an jenem schicksalhaften Tag sein Leben auf dem Korin Nifol gelassen hatte – und weshalb man kaum genug von ihm gefunden hatte, um einen Sarkophag damit zu füllen!

»Verdammt, worauf wartet ihr elenden Grünschnäbel!«, drang plötzlich eine raue Stimme zu ihnen herauf, die sich über das Bersten und Tosen hinweg Gehör verschaffte. »Lauft gefälligst um euer Leben, ihr Trottel!«

Leffel fuhr herum und erblickte zu seiner Erleichterung Alphart, der auf seinem Weg ins Tal wieder umgekehrt war. Über bebenden, unsicheren Grund stapfte der Wildfänger den Hang herauf, seinen drei Schützlingen entgegen, und seine resoluten Worte rissen die Gefährten aus ihrer Lethargie.

»Lauft! Lauft!«, schrie da auch Leffel, den Blick auf die Lawine gerichtet, die lärmend zu Tal donnerte und sie alle unter sich begraben würde – vorausgesetzt, sie wurden nicht vorher von einer sich plötzlich öffnenden Gletscherspalte verschluckt.

Mit einem weiten Satz hüpfte Mux auf Leffels Schulter, und indem er Erwyn am Arm packte und ihn mitzog, begann der Gilg zu laufen, schneller als je zuvor in seinem Leben.

So schnell ihre müden Beine, ihr Gepäck und die schweren Umhänge aus Fell es zuließen, rannten sie, sprangen von der Scholle, die sich inzwischen ganz gelöst hatte und zu Tal rumpeln wollte. Hart landeten sie im Schnee, überschlugen sich und rollten direkt vor die Füße des Wildfängers. Alphart verlor keine Zeit. Sie mit wüsten Verwünschungen überhäufend, die nur seine eigene Furcht und Sorge verbergen sollten, packte er seine Kameraden und riss sie auf die Beine.

»Lauft um euer Leben!«, brüllte er ihnen erneut über das Donnergrollen der Lawine hinweg zu, und so schnell sie konnten, hasteten sie den Hang hinab.

Aufrecht hielten sie sich dabei nur auf den ersten Schritten. Denn erschöpft und ausgezehrt, wie sie waren, brachen ihre Beine unter ihnen ein. Taumelnd, fallend und sich wild überschlagend, purzelten sie den Hang hinab, noch immer verfolgt von den in Bewegung geratenen Schneemassen, die sie verfolgten. Immer wieder blickte Leffel zurück, sah die weiße Bestie, die stetig aufholte und sie in Kürze verschlingen würde …

Plötzlich war die wilde Flucht der Gefährten zu Ende.

Sie hatten den Fuß des Abhangs erreicht, und die tiefen Schneeverwehungen dort bremsten ihre Flucht, erschwerten das Vorwärtskommen und machten es schließlich unmöglich; bis zu den Hüften sanken sie ein, während sie dennoch versuchten voranzukommen und schließlich aufgeben mussten.

Alphart, dem noch am meisten Kraft verblieben war, kämpfte sich verbissen noch ein Stück weiter, ehe auch er einsehen musste, dass es kein Entkommen mehr gab. Sie saßen fest, und die Lawine würde sie in wenigen Augenblicken eingeholt haben!

Nur Mux sank nicht im tiefen Schnee ein, sondern wandelte leichtfüßig über dessen Oberfläche. Doch er lief nicht davon, war stehen geblieben und starrte Alphart erschrocken an.

»Lauf, Kobling, lauf!«, rief dieser. »Versuch wenigstens du zu entkommen!«

Aber Mux schüttelte trotzig den Kopf. Er wollte seine Gefährten nicht in Stich lassen – selbst wenn es ihn das Leben kostete. Er hüpfte auf Alphart zu und klammerte sich an seinem Arm fest.

Erwyn und Leffel, die sich dicht beieinander befanden und bis zu den Hüften im Schnee feststeckten, nahmen sich bei den Händen, während die Berge rings um sie bebten und die Welt um sie herum unterzugehen schien.

Alphart kehrte zu ihnen zurück, Mux auf der Schulter, und reichte den beiden Gefährten, mit denen er so vieles durchlebt und durchlitten hatte, die Hände.

Dem Horn Danaóns einen Ton zu entlocken war ihnen schließlich doch noch geglückt. Aber die Macht, die der Herrschaft des Eises ein Ende setzte, sollte auch ihren Untergang bedeuten.

Vielleicht, dachte der Wildfänger grimmig, war dies der Preis, den das Sylfenhorn für seine Dienste forderte …

»Einen Augenblick!«, schrie Erwyn plötzlich gegen das Lärmen und tosen an.

»Was?«, fragte Alphart.

»Was ist mit den Schilden der Vergessenen? Wir könnten sie als Schlitten benützen …«

Es blieb keine Zeit, den Einfall des Jungen zu hinterfragen. Alphart fragte sich nur, warum er nicht selbst darauf gekommen war. Erwyn hatte seinen Schild in der Gefangenschaft der Erle eingebüßt, Alphart und Leffel jedoch trugen die ihren noch immer auf dem Rücken. Hastig luden sie die leichten, aber stabilen Gebilde aus Fellhornhaut ab, und die Umhänge und Proviantsäcke zurücklassend, sprangen sie in die wannenförmigen Schilde, Alphart und Mux in den einen, Erwyn und Leffel in den anderen – und eine atemberaubende Rutschpartie begann.

Schon hatten die Vorboten der Lawine sie eingeholt. Das Tosen der Eismassen dröhnte in ihren Ohren und übertönte alles andere, und eine weiße Schneewolke hüllte die Gefährten ein; sie konnten kaum noch etwas sehen, aber sie spürten, wie es steil und mit halsbrecherischer Geschwindigkeit bergab ging.

Wasser stieg in Alpharts Augen, eisiger Fahrtwind peitschte ihm ins Gesicht. Das Gefühl jedoch, das er in diesem Augenblick empfand, war so überwältigend, dass er nicht anders konnte, als einen gellenden Jauchzer auszustoßen. Niemals zuvor in seinem Leben hatte sich der Wildfänger so frei gefühlt, niemals zuvor war er so dankbar dafür gewesen, am Leben zu sein.

Noch …

So rasant die Abfahrt auf den zweckentfremdeten Schilden war, die losgelösten Eismassen, die zu Tal donnerten, waren schneller, und mit jedem Meter wuchs die Lawine noch an, wurde sie größer und ihre Wucht vernichtender. Vergeblich suchte Alphart nach einem Weg, ihr zu entkommen – zur Rechten wurde der Hang von einem steil aufragenden Felsmassiv begrenzt, das schemenhaft vorbeirauschte, zur Linken verlor er sich in weißen Schneewolken. Was also blieb anderes, als die Zähne zusammenzubeißen und auf ein Wunder zu hoffen?

Da tauchte vor ihnen ein Bergwald auf! Sie hatten die Baumgrenze hinter sich gelassen und würden gegen die mächtigen Stämme krachen, die sich vor ihnen erhoben!

Der Wildfänger raste auf seinem Schild in die Tiefe, auf den Wald zu, dicht gefolgt von Erwyn und Leffel – und plötzlich war die Felswand zu seiner Rechten nicht mehr da!

Alphart tat das Einzige, was ihm in seiner Not noch einfiel – er stemmte den rechten Fuß in den Schnee, worauf der behelfsmäßige Schlitten zu dieser Seite hin ausbrach. Leffel, der ihm dichtauf folgte, beobachtete das waghalsige Manöver und tat es dem Wildfänger gleich – und im nächsten Moment hatten sie die Bahn verlassen, auf der die Lawine niederging.

Während die Schlitten mit atemberaubendem Tempo den Südwesthang hinabschossen, brachen die Eismassen in den Bergwald. Ein infernalisches Bersten und Knacken ertönte, als Baumstämme umgeknickt wurden und zersplitterten. Die

Gefährten jedoch waren der tödlichen Eisflut entronnen und konnten im Westen das Obertal ausmachen und weit jenseits davon die ferne Mauer des Bálan Bennian.

Zum ersten Mal nach langer Zeit erblickten die Freunde ihre Heimat wieder, sahen die Hügel und Fluren Allagáins, die vom Licht der untergehenden Sonne in goldenen Schein getaucht wurden – und sie wussten, dass sie gerettet waren.

70

Muortis mochte besiegt sein, die Herrschaft des Eises gebrochen – Iónador jedoch, die Goldene Stadt am Fuß des Schildbergs, war dem Untergang geweiht. Der Große Turm war vernichtet und mit ihm die Stütze, die den Schildberg getragen hatte.

Unter entsetzlichem Getöse brach der *giáthin*, der riesige Schild aus Fels, der sich jahrtausendelang über die Stadt gebreitet und dem Berg seinen Namen gegeben hatte, in sich zusammen. Langsam, fast zögernd neigte sich der gewaltige Überhang, um schließlich mit furchtbarer Gewalt herabzubrechen und die Häuser und Paläste, die Türme und Mauern der Stadt unter sich zu zermalmen.

Ein letztes Mal funkelten die goldenen Dächer der Stadt im Licht der untergehenden Sonne, ehe sich der Schatten des Untergangs über sie senkte und die losgelösten Felsmassen sie unter sich begruben, begleitet von infernalischem Donner, der von der Wand des Bálan Bennian widerhallte.

Die Trümmer Iónadors wurden von der Wucht der Zerstörung in den Spiegelsee gedrückt, und die Brücke, die sich seit Urzeiten über den See spannte und zum Symbol für Iónadors Stolz und Unbeugsamkeit geworden war, brach unter ihrer Last zusammen. Pfeiler für Pfeiler versank in den dunklen Fluten, kaum dass der letzte Flüchtling das jenseitige Ufer erreicht hatte.

Es war kein anderer als Galfyn selbst.

Bis zuletzt hatte der junge Häuptling des Falkenclans auf der Brücke ausgeharrt, während Menschen und Zwerge aus der dem Untergang geweihten Stadt geflüchtet waren. Dennoch waren viele ums Leben gekommen, insbesondere die schwer Verwundeten, die man hatte zurückgelassen müssen, weil ein schneller Abtransport nicht organisiert werden konnte.

Als Galfyn auf das Bild der Zerstörung blickte, empfand er tiefe Trauer. Trauer über jene, die in diesem schrecklichen Inferno ihr Leben gelassen hatten; Trauer über diejenigen, die in der verbissen geführten Schlacht gefallen waren, unter ihnen Barand von Falkenstein, Geltar vom Schlangenclan, Baras von den Bärenkriegern und Fyrhack, der Letzte der Feuerdrachen.

Doch immerhin waren ihre Opfer nicht vergebens gewesen, denn auch wenn die Goldene Stadt nicht mehr existierte, hatten die Streiter des Lichts am Ende den Sieg davongetragen.

Galfyn wusste nicht zu sagen, welcher glücklichen Fügung sie die Wende im Schlachtgeschehen zu verdanken hatten, warum sich die zerstörerischen Kräfte des Eises plötzlich gegen ihre eigene Brut gerichtet hatten. Der Bann des Nebelherrn war gebrochen, nur darauf kam es an.

Verschwunden waren der Schild und der Turm, der ihn gestützt hatte, fort auch die Stadt mit ihren weißen Mauern und schimmernden Dächern. Ein gewaltiges Kar erstreckte sich dort, wo sich Iónador befunden hatte, und verlieh den Überresten des Schildbergs eine hornartige Form. Vermutlich würde es nicht lange dauern, bis sich an den Hängen dichter Wald erstreckten und eine neue Stadt am Ufer des Spiegelsees errichtet würde.

Auch der See selbst hatte durch den Erdrutsch eine neue Form bekommen; während das östliche Ufer völlig verschüttet war, ragte ein Stück weiter westlich eine Geröllzunge so weit ins Wasser, dass sie bis ans diesseitige Ufer reichte und den See teilte. Nichts mehr erinnerte an das einstige Gewässer, das vermutlich schon bald einen anderen Namen bekommen würde.

Galfyn merkte, wie jemand neben ihn trat. Es war Rionna. Statt den Hang hinaufzulaufen, wie die meisten Flüchtlinge es getan hatten, war sie am Ufer des Sees zurückgeblieben und hatte das furchtbare Schauspiel der Zerstörung schaudernd mitangesehen. Noch immer waren die überstandenen Schrecken in ihren Zügen zu erkennen, aber Galfyn konnte nicht anders, als sie für ihren Mut und ihre Fassung zu bewundern – und für ihre Schönheit, die trotz allem ungebrochen war.

Schweigend blickten sie hinaus auf den See, dessen aufgewühlte Oberfläche im letzten Licht des Tages schimmerte. Eine Brise kam auf, die nicht mehr kalt war und eisig, sondern angenehm lau. Der würzige Duft von Spätsommerblüten, den sie auf ihren Schwingen trug, wehte über den See und vertrieb die letzten Staubwolken.

Die Veränderung, die nicht nur Allagáin, sondern die ganze Welt betraf, lag spürbar in der Luft. Schon bald würde die Nacht hereinbrechen, und wenn der neue Tag heraufdämmerte, würde eine neue Zeit anbrechen.

Die Ära der Mythen war vorüber.

Jene der Menschen hatte begonnen.

71

Es dauerte nicht lange, bis die Kunde vom Ende des Krieges und vom Sieg des Lichts über den grimmen Winter auch bis in den entlegensten Winkel Allagáins gedrungen war. Vom Wang bis ins Egg, vom Ried bis ins Moos verbreitete sich die frohe Nachricht, und über die Ruinen des alten Grenzwalls hinweg gelangte sie auch bis weit hinein in den Dunkelwald.

Vielfältig waren die Geschichten, die man sich erzählte über einen einsamen Jäger aus dem Oberland, einen Jungen aus dem Zwergenreich, einen geheimnisvollen Druiden, einen vorlauten Kobling, einen Bärengänger und einen beherzten Unterländer mit Namen Leffel Furr, der im Augenblick der höchsten Not über sich hinausgewachsen war und seine wahre Berufung erkannt hatte. Überall in Allagáin wurden die Gefährten als Helden gefeiert – auch in einem gewissen Dorf im Unterland, wo man erkennen musste, wie unrecht man einem ungeliebten Mitmenschen getan hatte, den man abwertend den Gilg genannt hatte. Ein Magistrat namens Belmus Grindl verschwand über Nacht aus Allagáin und wurde nie mehr gesehen, und eine resolute Witwe namens Burz behauptete felsenfest, das wahre Wesen des Gilg schon immer erkannt zu haben und sich für ihre Nichte Jolanda keine bessere Partie vorstellen zu können. Voller Hoffnung schaute sie Tag für Tag nach Süden, doch Leffel kehrte nicht zurück.

Den Tag, an dem der Friede im Reich verkündet und durch einen feierlichen Bund zwischen Bergvolk und Waldbewohnern besiegelt wurde, feierte man in ganz Allagáin. Groß waren die Opfer gewesen, die der Krieg und die Kälte gefordert hatten, und nicht wenige Gehöfte und Burgen lagen in Trümmern. Doch das Wissen, dass die Gefahr gebannt war, und die Aussicht auf dauerhaften Frieden schenkten den Menschen Trost und ließen sie voll Zuversicht nach vorn blicken.

Klaigon der Verräter, der den Bauern den Zehnten abgepresst und sich als Feind des Volkes erwiesen hatte, war nicht mehr; zusammen mit Iónador war auch der Glanz der Fürstregenten im Alpsee versunken, und wie in alter Zeit würden ein weiser König und eine milde Königin das Land regieren, unterstützt von einem Rat, zu dem jedes Volk und jeder Stand Vertreter entsenden konnte.

Freudenfeuer wurden überall in den Tälern, entlang der Berge und auf den Waldlichtungen entzündet, und mancherorts wurden Sauköpfe aufgespießt und verbrannt, um den Sieg über den umbarmherzigen Feind zu feiern. Das größte aller Feste aber wurde im Tal des Allair begangen – dort, wo nach Klaigons Willen die Heere des Waldvolks und Iónadors aufeinandertreffen und sich gegenseitig hätten vernichten sollen.

Wo der erste, noch brüchige Waffenstillstand geschlossen worden war, wurde der Bund der beiden Völker noch einmal erneuert, und dort war es auch, wo die neue Stadt entstehen sollte, von der aus künftig ganz Allagáin regiert werden sollte. Und in Erinnerung an jene, die sich an den Ufern des Flusses gegenübergestanden hatten und deren Mut zum Frieden dazu geführt hatte, ein grausames Schicksal zu wenden, würde die Stadt *Kampo Dunáin* genannt werden.

Festung der Kämpfer …

Den ganzen Tag hatten die Feierlichkeiten angedauert, und als der volle Mond bereits hoch am Himmel stand, war das ausgelassene Treiben noch immer nicht zu Ende. Musik drang aus dem Flusstal herauf, dazu Gelächter und fröhlicher Gesang. Aus der Ferne beobachtete Alphart, wie die Menschen um die Feuer tanzten und wie Bauern und Waldkrieger, Ritter und Bürger einander in den Armen lagen, und auch die Zwergenkrieger aus Glondwarac reihten sich in den bunten Reigen ein und prosteten den Menschen zu.

So groß die Unterschiede einst gewesen sein mochten – der Sieg über den gemeinsamen Feind überwog bei Weitem und hatte aus verfeindeten Völkern eine Einheit werden lassen. So, wie es sein sollte, dachte der Wildfänger wehmütig und nahm einmal mehr einen Zug aus der Pfeife. Es war jene, die er von Erwyn geschenkt bekommen und die er sich, seinem Schwur gehorchend, paffend angesteckt hatte.

»Und?«, erkundigte sich Erwyn ungeduldig, der neben ihm im Gras kauerte und wie Alphart auf das Treiben blickte, das sich zu ihren Füßen abspielte. »Schmeckt die Pfeife?«

»Mhm«, entgegnete der Jäger lakonisch – um, als er die Enttäuschung des Jungen bemerkte, rasch hinzuzufügen: »Die beste, aus der ich je geraucht habe.«

»Ehrlich?« Erwyn bekam große Augen.

Alphart nickte. »Ehrlich.«

Da grinste Erwyn über sein ganzes bleiches Gesicht und nahm einen (wenn auch sehr vorsichtigen Zug) aus seiner eigenen Pfeife, krampfhaft bemüht, ihn zu genießen.

So saßen sie eine Weile schweigend, bis sie schließlich Gesellschaft bekamen. Zwei ungleiche Gestalten kamen den steilen Hang herauf, begleitet von lauem Wind, der nach Dunkelbier und Gebratenem roch.

»Sieh an«, meinte Alphart. »Wir kriegen Besuch.« Dann rief er den beiden entgegen: »Habt ihr endlich genug gefeiert?«

»Feiern kann man nie genug, drum fülle dir auch deinen Krug«, scholl es krähend zurück, »und stoße an auf unsern Sieg und dass es diese Welt noch gibt.«

Der Jäger konnte nicht anders, als über die Reime zu lachen, die Mux einmal mehr aus seinem kurzen Ärmel schüttelte. Ein wenig außer Atem langten der Kobling und Leffel bei ihnen an und ließen sich neben ihren Freunden ins hohe Gras sinken.

»Eine schöne Feier, nicht wahr?«, fragte Leffel strahlend.

»Geht so«, brummte Alphart und sog wieder an seiner Pfeife.

»Warum habe ich dich den ganzen Tag nicht gesehen? Du warst weder bei der Trauung noch bei der Krönungszeremonie dabei, als …«

»Weil ich das nicht bin«, erwiderte der Jäger mürrisch.

»Weil du was nicht bist?«, fragte Leffel verwundert.

Alphart seufzte – würde dieser verdammte Gilg denn niemals aufhören, diese dämlichen Fragen zu stellen? Glaubte er, nur weil er die Welt gerettet hatte, müsste ihm jedermann Rede und Antwort stehen?

»Ich bin noch nicht so weit«, erklärte der Wildfänger, dem es weiterhin schwerfiel, über seine Gefühle zu sprechen – dazu hätte er sich zunächst einmal selbst über das Chaos klar werden müssen, das in seinem Inneren herrschte. »Ich kann mich nicht dazusetzen und fressen und saufen wie alle anderen. Dazu ist einfach zu viel geschehen.«

»Das verstehe ich.« Leffel nickte, sein Blick glitt in die Ferne. »Da ist so viel, das wir erlebt haben und das uns schreckliche Angst eingejagt hat. Und da sind Freunde, die wir verloren haben. Yvolar, Walkar, Urys, Fyrhack …« Und während er diese Namen nannte, rannen ihm Tränen über die Wangen.

»Genau das«, bestätigte Alphart grimmig.

Leffel wischte sich die Tränen ab. »Allerdings glaube ich nicht, dass es allein daran liegt.«

Der Jäger ließ seine Pfeife sinken und stierte ihn fragend an.

»Es ist ihretwegen, nicht wahr?«, fragte Leffel und deutete den Hang hinab, wo sich inmitten der Freudenfeuer und der tanzenden und feiernden Menschen das bunte Zelt des Königspaars erhob.

»Von wem sprichst du?«

»Königin Rionna«, wurde Leffel deutlicher. »Es war offensichtlich, dass du verliebt in sie warst, von Anfang an.«

»Du unverschämter kleiner …«, begehrte Alphart auf. »Ich hätte dich erwürgen sollen, damals auf der alten Königsstraße, als deine verdammte Fragerei nicht aufgehört hat!«

»Habe ich etwa nicht recht?«, wollte Leffel wissen.

Der Wildfänger holte tief Luft, um ihm eine weitere geharnischte Erwiderung an den Kopf zu werfen und die noch brennende Pfeife gleich hinterher. Aber er besann sich. Wenn er sich schon nicht selbst seine Gefühle eingestehen wollte, konnte er zumindest seinen besten Freunden gegenüber ehrlich sein.

Er nahm noch einen tiefen Zug aus der Pfeife und fragte dann: »War es denn so offensichtlich?«

»Offensichtlich genug, dass sogar ich es bemerkte«, bestätigte Leffel grinsend. »Ihr habt euch die ganze Zeit über gestritten. Und du hast dir große Sorgen gemacht, als sie allein nach Iónador geritten ist.«

»Zu Recht, wie sich herausstellte«, brachte Alphart zu seiner Verteidigung vor, um dann resignierend den Kopf zu schütteln.

Es stimmte ja: Hätte er die Prinzessin an jenem schicksalhaften Tag im Dunkelwald nicht einfach ziehen lassen, wäre sie nicht nach Iónador zurückgekehrt. Dann hätte ihr verräterischer Onkel keine Gelegenheit erhalten, sie in den Kerker zu stecken, und Galfyn wiederum hätte sie nicht befreien können.

Vielleicht, sagte sich der Jäger und war bestürzt über seine eigenen Gedanken, hätte sie den Häuptling des Falkenclans dann niemals kennengelernt, und wen man nicht kennenlernte, in den konnte man sich auch nicht verlieben …

»Mach dir keine Vorwürfe«, sagte Leffel sanft und legte dem geknickten Freund tröstend die Hand auf die Schulter, worauf auch Erwyn und Mux diesem Beispiel folgten. »Du bist deinem Weg gefolgt, so wie sie ihrem gefolgt ist. Ihr wart eben nicht füreinander bestimmt.«

»Sieht ganz so aus.« Alphart nickte zögernd, musste er sich doch eingestehen, dass ein stolzer Krieger wie Galfyn einen ungleich besseren König abgab als ein Wildfänger aus den Bergen.

Zudem garantierte der Bund zwischen Rionna und Galfyn auch den Frieden zwischen den Völkern …

»Einen Trost gibt es immerhin«, sinnierte Leffel.

»Ach ja? Und welchen?«

»Du hast ein paar Tage in ihrer Gesellschaft verbracht und hattest Gelegenheit, mit ihr zu sprechen – Jolanda und ich dagegen haben uns nie getroffen, ohne dass ihre Tante, die Witwe Burz, dabei war. Und in deren Gegenwart habe ich kein Wort herausgebracht, weißt du …«

Alphart konnte nicht anders, er musste laut lachen, zum ersten Mal nach langer Zeit. »Also schön«, meinte er und fasste sich ein Herz, »ihr habt mich überzeugt. Gehen wir also hinunter ins Lager und besaufen uns, wie es alle anderen tun. Trinken wir auf die Freunde, die uns verlassen haben – und auf jene, die uns geblieben sind.«

»Eine gute Idee«, pflichtete Leffel bei.

»Unter einer Bedingung«, verlangte Alphart.

»Nämlich?«

»Nimm die Mütze ab!«, verlangte der Jäger. Nachdem der Gilg ihn in Verlegenheit gebracht hatte, verspürte er das dringende Bedürfnis, sich ein wenig zu revanchieren.

»Ich soll *was* tun?«

»Die Mütze abnehmen«, bekräftigte Erwyn, auf das moosgrüne Ding deutend, das auf Leffels Kopf saß und das er während ihres ganzen Abenteuers nicht ein einziges Mal gelüftet hatte – nicht einmal in Gegenwart des frisch gekrönten Königspaares …

»Nein«, erklärte Leffel und schüttelte nicht nur entschieden den Kopf, sondern verschränkte demonstrativ auch die Arme vor der Brust.

»Runter mit dem Ding!«, forderte Alphart drohend. »Oder bei allen Gipfeln, ich reiße es dir eigenhändig von deinem Dickschädel!«

»Nimm sie ab, ich rat es dir«, krähte auch Mux. »Erst danach trinken wir dunkles Bier.«

»A-also gut«, erklärte sich Leffel zögernd bereit. »Aber ihr dürft nicht schimpfen.«

»Warum sollten wir?«

»Weil … weil …«

Leffel blieb eine Antwort schuldig – dafür griff er kurz entschlossen an seine Mütze und zog sie sich mit einem Ruck vom Kopf.

Was darunter zum Vorschein kam, sorgte nicht nur bei Alphart, sondern auch bei Erwyn für größtes Erstaunen – nur der Kobling schien nicht besonders überrascht zu sein.

Die Ohrmuscheln des Gilg waren nicht mehr oder minder rund geformt wie bei einem gewöhnlichen Menschen, sondern liefen nach oben hin spitz zu, genau wie bei einem …

»Sylfen!«, ächzte Alphart fassungslos. »Du hast Sylfenohren!«

»Ich weiß«, gestand Leffel achselzuckend ein.

»D-dann ist also wahr, was ich schon vermutet habe«, hauchte Erwyn. »Nicht ich bin in Wirklichkeit Ventars Erbe, sondern – *du*! Dein wahrer Name ist Dochandar …«

»Nein!«, widersprach Leffel entsetzt und hob abwehrend beide Hände. »Sag das nicht! Bitte, sag das nicht!«

»Aber es ist wahr!«

»Warum, in aller Welt«, fragte Alphart fassungslos, »hast du es die ganze Zeit über verschwiegen?«

»Was hätte ich sagen sollen? Dass meine Ohren so aussehen?«, fragte Leffel, und erneut traten ihm Tränen in die Augen. »Dass ich eine Missgeburt bin? Mein ganzes Leben lang wurde ich deswegen gehänselt. Man hat mich ausgelacht und gemieden. Diese Mütze hier« – er deutete auf das wollene Ding in seiner Hand – »hat meine Mutter mir gestrickt, als ich vier Jahre alt war. Seither habe ich sie nur dann abgenommen, wenn ich sicher sein konnte, dass ich ganz allein und unbeobachtet war. Ich hoffte, dass irgendwann Gras über die Sache wachsen und die Leute sich nicht mehr daran erinnern würden, wie seltsam ich aussehe und wie … wie *anders* ich bin. Aber so war es nicht. Zwar geriet die Sache mit meinen Ohren mit der Zeit in Vergessenheit, aber die Leute mieden mich weiterhin, auch wenn sie den Grund dafür gar nicht mehr wussten. So war es mein ganzes Leben lang – bis ich euch und Yvolar traf. Hätte ich da mein größtes Geheimnis offenbaren und eure Freundschaft aufs Spiel setzen sollen?«

»So ein Blödsinn!«, polterte Alphart drauflos. »Wir hätten niemals …« Aber er unterbrach sich, noch ehe er den Satz zu Ende gesprochen hatte. War es aufgrund der Erfahrungen, die der arme Leffel gemacht hatte, nicht verständlich, dass er sich so verhalten hatte? War nicht auch Alphart selbst anfangs allem und jedem gegenüber misstrauisch gewesen?

»Mein ganzes Leben lang«, fuhr Leffel leise fort, »habe ich mich für eine Missgeburt gehalten. Niemals wäre ich darauf gekommen, dass diese Ohren ein Zeichen dafür sein könnten, dass ich zu Höherem geboren bin.«

»Ich verstehe«, sagte Alphart. »Darum spürte der Drache in unserer Nähe die schwache Gegenwart eines Sylfen, obwohl Erwyn keiner war. Und aus diesem Grund war es dir auch möglich, in Danaóns Horn zu stoßen und zu tun, was du getan hast.«

»Das … nehme ich an«, stimmte Leffel zu. »Aber ihr müsst versprechen, es niemandem zu sagen. Wenn das hier bekannt wird«, – abermals deutete er auf seine Ohren –, »habe ich keine Ruhe mehr …«

»Allerdings«, stimmte Alphart zu. »Möglicherweise kommen sie sogar auf die Idee, dich zum König zu krönen.«

»Allagáin hat schon einen König und eine Königin«, brachte Leffel schleunigst in Erinnerung, »und ich bin sicher, sie werden ihre Sache gut machen. Ich hingegen bin zum ersten Mal in meinem Leben mein eigener Herr – und so soll es auch bleiben!«

»Schon gut«, wehrte Alphart ab. »Von mir erfährt es keiner.«

»Von mir auch nicht«, versicherte Erwyn, der mit einem Mal unendlich erleichtert schien. »Aber wie ist das möglich? Yvolar hat gesagt, dass er selbst es gewesen ist, der mich nach meiner Geburt zu den Zwergen brachte, damit ich in ihrer Obhut aufwachse und …«

Ein leises Räuspern war zu hören, das aus der Kehle des Koblings stammte – und aller Blicke richteten sich auf Mux.

»Um die Verwirrung nicht zu mehren«, sagte der Kleine gedehnt, »sollt ich vielleicht etwas erklären.«

»Wenn du etwas weißt, was wir nicht wissen, solltest du das auf jeden Fall«, knurrte Alphart. »Also?«

»Sehr, sehr lange ist es her«, begann der Kobling zögernd, »die meisten wissen es nicht mehr, da gab es noch viele von meiner Art, damals in den Tagen von Díurans Fahrt.«

»Und?«, wollte der Jäger wissen.

»Hilfreich und freundlich waren wir, zu jedermann, ob Mensch, ob Tier. Haben nur manchmal, nach Belieben, bisweilen einen Scherz getrieben …«

»Was für einen Scherz?« Alphart horchte auf. »Werd deutlicher, Butzemann, oder ich …«

»Gerne folg ich deiner Bitte und erzähl von alter Sitte, der zufolge es bisweilen, wenn auch nur zu selt'nen Zeiten …«

»Red schon!«

»... Brauch war, dass in einer Nacht ein Menschenkind wurd' fortgebracht, während man, nur so aus Schiss, ein and'res in die Wiege schm... schmeichelte«, brachte der Kobling den Reim zu Ende, als er die sich immer enger zusammenziehenden Augenbrauen und den sich verfinsternden Blick des Wildfängers bemerkte.

»Habe ich das richtig verstanden?«, fragte Alphart gefährlich leise. »Du und deinesgleichen, ihr habt euch einen Spaß daraus gemacht, in die Häuser von Menschen einzudringen und deren Kinder auszutauschen?«

Der Kobling nickte zaghaft.

»Ihr habt die Kleinen aus ihren Wiegen geraubt und ihren Eltern gestohlen?«

»Gestohlen wär zu hart gedrechselt«, widersprach Mux entschieden, »wir haben sie nur ausgew... gewaschen.«

»Das erklärt manches«, meinte Erwyn. »Es bedeutet, dass Leffel und ich als kleine Kinder vertauscht wurden, ohne dass es jemand bemerkt hat – und dass Yvolar irrtümlich mich zu den Zwergen brachte, während der echte Erbe Danaóns fern von Iónador im Unterland aufgewachsen ist.«

»Das kann nicht sein«, wandte Alphart unwirsch ein. »Das alles liegt Hunderte, wenn nicht Tausende von Jahren zurück. Du, mein Freund, bist nur deswegen noch unter uns, weil du in Glondwarac herangewachsen bist, wo die Zeit langsamer vergeht. Wäre Leffel also zur selben Zeit geboren wie du, müsste er inzwischen schon längst ...«

»Nicht Leffel wurde vertauscht«, folgerte Erwyn scharfsinnig, »sondern einer seiner Ahnen. Dennoch blieb das Sylfenerbe in seiner Familie bestehen – man denke nur an seine Ohren. Und das erklärt auch, weshalb Fyrhack zwar die Gegenwart eines Sylfen spürte, ihn selbst aber nicht erkennen konnte. Das Sylfenblut in Leffels Adern hat sich über Generationen hinweg mit zu vielen anderen vermischt.«

»Dem Schöpfer sei Dank, dass es dazu ausgereicht hat, das Horn Danaóns zu blasen«, meinte Alphart und schüttelte staunend den Kopf.

»Du – bist mir also nicht mehr böse?«, erkundigte sich Mux vorsichtig. »Ich muss nicht fürchten dein Getöse?«

»Wofür sollte ich dich schelten?«, fragte der Jäger, dessen Wut tatsächlich bereits verpufft war. »Dafür, dass ihr Koblinge den wahren Erben Ventars vor Muortis' Zugriff bewahrt und dadurch mitgeholfen habt, die Welt zu retten? Eines frage ich mich allerdings: Wenn du die ganze Zeit über geahnt hast, dass in Wahrheit Leffel der Auserwählte ist, warum hast du dann nie ein Wort gesagt?«

»Ich denke, ich weiß, warum«, wandte Erwyn ein. »Weil dann auch Muortis davon erfahren hätte. Vergessen wir nicht, dass der Nebelherr die Macht hatte, die Gedanken der Menschen zu durchschauen …«

»… aber nicht die von Koblingen«, fügte Alphart hinzu und konnte sich ein bewunderndes Grinsen nicht verkneifen. »Hast du dich uns deshalb angeschlossen, Kleiner? Ist das der Grund, weshalb du uns unbedingt begleiten wolltest?«

»Koblinge necken und spaßen gern, doch euch zu schaden lag uns fern«, erwiderte Mux nur – mehr hatte er dazu nicht zu sagen. Wahrscheinlich, sagte sich Alphart, lag die Wahrheit irgendwo dazwischen.

Die kleinen Kerle hatte wohl das schlechte Gewissen geplagt wegen des Scherzes, den sie vor so langer Zeit getrieben und der so unabsehbare Folgen gehabt hatte, andererseits waren sie sich längst nicht mehr ganz sicher gewesen, ob Leffel tatsächlich ein Abkömmling des Sylfen war, den sie damals aus Iónador geraubt hatten. Also hatten sie Mux geschickt, der ein Auge auf die Gefährten haben sollte, um vielleicht im entscheidenden Moment den richtigen Hinweis zu geben …

»Verrückt«, meinte der Wildfänger kopfschüttelnd. »Dass wir alle auf diesen Schwindel hereingefallen sind, wundert mich nicht weiter. Aber der Druide! Yvolar ist so überzeugt davon gewesen, dass Erwyn der Erbe Danaóns ist, dass er …«

»Können wir da so sicher sein?«, fragte Leffel.

»Was meinst du damit?«

»Nun, es könnte doch auch sein, dass Yvolar die Wahrheit kannte und dass er sie absichtlich geheim hielt. Erinnert ihr euch, als er sagte, dass der Nebelherr abgelenkt werden muss, wenn er besiegt werden soll? Vielleicht hat sich das ja nicht nur auf den Kampf um Iónador bezogen …«

»Du meinst, er hat Muortis' Aufmerksamkeit absichtlich auf Erwyn gelenkt, obwohl er in Wahrheit die ganze Zeit über wusste, dass du der wahre Erbe Ventars bist?«

»Es wäre möglich, oder nicht?«

»Hm«, machte Alphart nachdenklich. »Wenn es so war, warum hat Muortis an den Hängen des Korin Nifol dann nicht auch die Gedanken des Druiden gelesen und seinen Plan durchschaut?«

»Yvolar hat nie behauptet, dass Muortis die Gedanken aller Menschen lesen kann«, brachte Leffel in Erinnerung. »Er sprach lediglich von ›schlichten Gemütern‹ …«

»Das würde bedeuten, dass er alles von Beginn an geplant hat«, folgerte Alphart fassungslos. »Dass der Druide uns alle bewusst hinters Licht geführt hat, um Muortis zu täuschen und dafür zu sorgen, dass der wahre Erbe Ventars seine Mission erfüllen kann.« Erneut schüttelte er den Kopf. »Niemand kann so weit vorausplanen. Das ist einfach unmöglich!«

»Können wir da so sicher sein?«, fragte Leffel.

»Nein«, gab Alphart seufzend zu. »Das können wir nicht …«

Der Gedanke, die ganze Zeit über getäuscht worden zu sein, behagte dem Wildfänger nicht, zumal er geglaubt hatte, dass sich zwischen dem Druiden und ihm ein Verhältnis gegenseitigen Vertrauens entwickelt hatte. Andererseits war es dem alten Fuchs durchaus zuzutrauen, dass er die ganze

Zeit über sein eigenes Spiel getrieben hatte, nicht nur mit ihnen, sondern auch mit dem Herrscher der Nebel und des Eises – und dass er damit ihrer aller Leben gerettet hatte …

»Wie auch immer.« Alphart zuckte mit den Schultern. »Wir haben wohl allen Grund, dem alten Stocker dankbar zu sein.«

»Ich werde ihn vermissen«, sagte Leffel bekümmert.

»Ich auch«, stimmte Erwyn zu.

»Auch ich kann's leider nicht verhehlen«, reimte Mux traurig, »der weise Mann, er wird mir fehlen.«

Schweigen kehrte ein, und alle starrten sie den Wildfänger erwartungsvoll an – bis dieser es schließlich nicht mehr aushielt.

»Na schön, ich geb's zu«, gestand Alphart mürrisch und nahm die Pfeife aus dem Mund. »Ich werde den alten Mann auch sehr vermissen. Immerhin hat er mir etwas beigebracht, das ich bis dahin noch nicht wusste.«

»Und das wäre?«, erkundigte sich Leffel.

»Das es immer Hoffnung gibt«, erwiderte der Wildfänger, und für einen kurzen, kaum merklichen Augenblick glaubten seine Freunde, es feucht in seinen Augen blitzen zu sehen, ehe er sich das Mundstück der Pfeife wieder zwischen die Lippen schob und einen ausgiebigen Zug nahm.

»Und was jetzt?«, fragte er barsch, um das Thema zu wechseln. »Was werdet ihr beiden Grünschnäbel tun, nun, da alles vorbei ist?«

»Leffel und ich werden nach Glondwarac zurückkehren, solange es noch möglich ist«, gab Erwyn bekannt. »Die Leute dort müssen erfahren, wie tapfer Urys gestorben ist.«

»Außerdem möchte ich die Stadt der Zwerge genauer kennenlernen«, fügte Leffel hinzu. »Bei unserem letzten Aufenthalt blieb keine Zeit, sich dort näher umzuschauen.«

»Ihr werdet also zusammen gehen?« Alphart war kaum überrascht. Im Zuge der dramatischen Ereignisse, die sie durchlebt hatten, waren Leffel und Erwyn enge Freunde geworden, und nach allem, was der Gilg über sich und seine Herkunft erfahren hatte, lag es auf der Hand, dass er nicht in sein Heimatdorf zurückkehren wollte. Obwohl die Leute dort ihre Meinung über ihn ganz sicher geändert hatten …

»Willst du uns nicht begleiten?«, fragte Leffel den Wildfänger. »Ich bin sicher, König Alwys würde auch dir Zutritt zu seinem Reich gewähren.«

»Aber ja«, stimmte Erwyn begeistert zu. »Komm mit uns. Ich könnte euch alles zeigen und …«

»Nein danke«, wehrte Alphart ab.

»Was willst du stattdessen tun?«, fragte Leffel. »Ich habe gehört, dass man dich zum Ritter schlagen will …«

Der Wildfänger gönnte sich ein tiefes Seufzen. Es stimmte – Königin Rionna hatte tatsächlich angeboten, ihn für seine Verdienste um Allagáin in den Adelsstand zu erheben und in den neu gegründeten Regentenrat aufzunehmen, wo er die Wildfänger und Berghirten vertreten sollte. So schmeichelhaft das Angebot war, hatte Alphart jedoch beschlossen, es abzulehnen. Nicht nur, weil er ein einfacher Jägersmann war, der sich unwohl fühlte bei Hofe, sondern auch, weil er es nicht ertragen hätte, in *ihrer* Nähe zu sein …

Was geschehen war, war gut und richtig für Allagáin. Zum ersten Mal nach Jahren der Unterdrückung hatte das Reich wieder gütige und weise Herrscher, denen das Wohl des Volkes am Herzen lag; und durch die Heirat mit Galfyn war ein Bund geschaffen worden, der dauerhaften Frieden und Wohlstand sicherte und noch vor nicht allzu langer Zeit undenkbar gewesen wäre. Alldem wollte Alphart nicht im Weg stehen. Lieber kehrte er dorthin zurück, woher er gekommen war.

Die Wildnis war ihm lieber als der graue Stein der Städte, daran hatte auch das durchstandene Abenteuer nichts ändern können. Aber etwas nahm er mit in die Einsamkeit der Berge, das ihn davor bewahren würde, sich jemals wieder verlassen und allein zu fühlen: das Wissen, Freunde zu haben, und die Erinnerung an ihre Kameradschaft und Herzenswärme.

Und wer vermochte zu sagen, ob sie einander nicht wieder begegnen würden, vielleicht, eines fernen Tages …

»Gehen wir«, sagte er, stand auf und zwinkerte seinen jungen Gefährten zu. »Ich habe gehört, das Dunkelbier soll in diesem Herbst besonders würzig sein …«

Epilog

Bei Morgengrauen erhoben sich Leffel und Erwyn von ihren Lagern, wuschen sich mit kaltem Wasser und schnürten ihre Proviantbündel. Danach wollten sie sich von Alphart verabschieden – und mussten feststellen, dass der Wildfänger das Lager bereits verlassen hatte. Offenbar war er kein Freund von langen Abschiedsworten und war deshalb schon vor Tagesanbruch aufgebrochen.

Zuerst waren Leffel und Erwyn traurig, aber dann erinnerten sie sich an das, was Yvolar sie gelehrt hatte – dass jeder dem eigenen Pfad folgen musste, weil jedem Menschen ein anderes Schicksal bestimmt war. Also schlichen auch sie leise aus dem Lager im Tal des Allair, in dem an diesem Morgen noch alles ruhig war – wenn man vom lauten Schnarchen absah, das aus den Zelten drang und aus Dutzenden, wenn nicht Hunderten von Bierkehlen stammte. Besonders die Zwerge hatten sich beim Genuss des Dunkelbiers hervorgetan und zu aller Erstaunen demonstriert, wie viel sie trotz ihrer geringen Körpergröße davon vertrugen.

Mux hatte beschlossen, seine Freunde auf einem Stück des Wegs zu begleiten, ehe auch er zu seinem Volk zurückkehren würde, um über all das zu berichten, was sich in Allagáin zugetragen hatte – Leffel schmunzelte bei dem Gedanken, dass dieser Bericht in Gedichtform vorgetragen werden würde, und unterwegs zermarterte er sich das Hirn darüber, was in aller Welt sich auf »Muortis« reimte …

Sie verließen das Tal des Allair und bestiegen den breiten Bergrücken, der es nach Westen hin begrenzte; Nieselregen hatte eingesetzt, und die Luft roch nach Moos und Pilzen. Nachdem der unnatürliche tödliche Winter vertrieben worden war, hielt der Herbst Einzug in Allagáin, und die Blätter der Laubbäume färbten sich bereits rot und golden.

Leffel hatte diese Jahreszeit immer am meisten gemocht, und als sie die Kuppe des Berges erreichten, wandte er sich um und blickte noch einmal hinab auf das Land, in dem er aufgewachsen war und das er liebte wie kein anderes.

Seine Augen wurden feucht, als er sich still verabschiedete von den Wäldern und Hügeln, den Bächen und Seen, und er war dankbar für den Regen, der ihm trotz der Kapuze seines Umhangs ins Gesicht tropfte und die Tränen verbarg. Schon wollte er sich abwenden, als die dichte Wolkendecke aufriss. Die Strahlen einer freundlichen Morgensonne warfen Flecken von Licht auf das Hügelland und die Wälder. Und hoch am Himmel formte sich ein Regenbogen, der sich vom Gipfel des Stéidan bis weit nach Westen erstreckte, wo er sich im fernen Morgengrau verlor.

Bewegt betrachtete Leffel das Naturschauspiel, das sich in den prächtigsten Farben präsentierte und ihm wie ein letzter Abschiedsgruß seiner alten Heimat vorkam. Und plötzlich – Danaóns Erbe traute seinen Augen nicht – erblickte er schemenhafte Gestalten, die über den weit gespannten Bogen gen Himmel zogen.

»E-Erwyn?«, fragte er unsicher, weil er glaubte, dass seine Sinne ihm einen Streich spielten.

»Ich sehe sie auch«, versicherte der Junge – und gebannt beobachteten sie die stumme, feierliche Prozession, die über den leuchtenden Himmelsbogen schritt.

Zuvorderst ritt Barand von Falkenstein, in schimmernder Rüstung und hoch zu Pferd, das Banner Iónadors an seiner Lanzenspitze. Ihm folgte Fyrhack, der Letzte der Feuerdrachen, der im Kampf gegen den Eisriesen sein Leben gelassen hatte. Nach ihm kamen Walkar der Bärengänger, Erwyns Ziehvater Urys von Glondwarac und nach diesem ein bärtiger Mann, der die Kleidung eines Wildfängers trug und nur Alpharts Bruder Bannhart sein konnte. Diesen Tapferen folgte das Heer all jener, die im Kampf für die sterbliche Welt gefallen waren.

Es waren die Helden aus Iónador und Allagáin, aber auch Zwergenkrieger und Kämpfer des Waldvolks, die alle Seite an Seite gekämpft hatten und füreinander eingestanden waren.

Trotz der Entfernung, die zwischen ihnen und dem Regenbogen liegen musste, konnte Leffel wundersamerweise deutlich ihre Gesichter sehen, und er erkannte, dass jeder Schmerz und alle Furcht daraus gewichen waren. Und auch die blutigen Wunden, die die Waffen der Erle ihnen beigebracht hatten, waren sämtlich verschwunden. So zogen die Recken dem Reich des Schöpfers entgegen.

Viele waren es, und nicht nur Kämpfer, sondern auch Alte, Frauen und Kinder, die von den Schergen des Bösen gewaltsam zu Tode gebracht oder von der Kälte dahingerafft worden waren. Leffel erblickte auch einige Jungen, die die typische Kleidung der Seestädter trugen, und nahm an, dass es jene waren, die am Tag Toisac ausgefahren und Opfer des Seeungeheuers geworden waren.

Ihnen allen folgte, ganz am Ende des schweigenden Zuges, ein einzelner Wanderer, dessen Haupt so kahl war wie der Rücken des Stéidan und dessen purpurner Umhang im Morgenwind flatterte, während er sich auf seinen Eschenstab stützte und zügig den Bogen erklomm.

»Yvolar!«, rief Leffel und winkte – und tatsächlich war ihm, als würde der Druide für einen kaum merklichen Augenblick innehalten und ihm jenes jungenhafte Lächeln schicken, das die Gefährten so an ihm geliebt hatten und das ihnen stets Trost und Zuversicht geschenkt hatte.

Dann hörte es auf zu regnen, und während Leffel, Erwyn und Mux sahen, wie der Himmelsbogen allmählich verblasste und mit ihm auch die Erscheinungen der Helden, fiel ihnen wieder ein, was Yvolar einst auf den Hängen des Korin Nifol gesagt hatte. Es war sein Vermächtnis an sie gewesen, nur hatten sie das damals noch nicht erkannt …

»Einst«, hatte der Druide gesagt, »wird eine Zeit kommen, in der man behaupten wird, nichts von dem hier wäre wirklich geschehen. Die Menschen werden aufhören, an ihre Mythen zu glauben. Aber das ist nicht von Belang, meine Freunde. Wir haben unsere Entscheidung getroffen und kämpfen für das Licht, und nur darauf kommt es an. Das solltet ihr nie vergessen …«

»Das werden wir nicht«, sagte Leffel leise und im Brustton der Überzeugung – denn zumindest in Allagáin, wo sich die Berge einst aus dem Grundmeer erhoben und wo alles Leben seinen Anfang genommen hatte, würde die Erinnerung an die alten Mythen bewahrt werden.

Die drei Gefährten tauschten einen langen Blick, und für einen Moment überkam sie ein Gefühl von Wehmut, das jedoch sogleich wieder verflog. Mit Trost und Zuversicht im Herzen wandten sie sich um und gingen nach Westen, einem neuen Tag entgegen.

Wo die wilden Erle wohnen

Ein Nachwort

Seit dem Erscheinen von UNTER DEM ERLMOND, dem ersten Band von LAND DER MYTHEN, wurde ich sowohl auf Lesungen als auch in zahlreichen Mails und Zuschriften immer wieder gebeten, ein wenig mehr über die mythischen Ursprünge zu erzählen, aus denen die sagenhafte Welt von Allagáin mit ihren wundersamen Bewohnern hervorgegangen ist – und da mir der Wunsch meiner Leser Befehl ist, möchte ich genau das auf den folgenden Seiten tun.

Anders als bei anderen Fantasy-Romanen ist die Welt von LAND DER MYTHEN keine rein fiktive; es gibt sie tatsächlich und sie ist im bayerisch-württembergischen Voralpenland angesiedelt, in jener Gegend, die als das Allgäu bekannt ist und die eigentlich eher für idyllische Beschaulichkeit steht als für epische Fantasy. Genau diese Tatsache war es denn auch, die mich irgendwie störte, als ich als Zehnjähriger eine Sammlung von Allgäuer Sagen las und darin keine Helden vom Zuschnitt eines Odysseus, Siegfried oder König Artus fand, dafür aber eine Unzahl fantasievoller und mit wundersamen Gestalten bevölkerter Geschichten, an denen das Allgäu einen reichen Schatz sein Eigen nennt. Die Idee, aus Elementen dieser Erzählungen ein neues, großes Epos zu stricken, ließ mich von da an nie mehr ganz los – das Ergebnis halten Sie in Händen.

Dabei sind Sagenmotive nicht die einzige Quelle, aus denen sich das LAND DER MYTHEN nährt – auch Historisches ist eingeflossen, vermischt mit klassischen Fantasy-Elementen sowie solchen des keltischen Sagenkreises, der im Voralpenland ebenfalls Spuren hinterlassen hat. So wurde die Vorgeschichte der Sylfen, die vor langer Zeit aus den Bergen herabstiegen, um den Menschen die Zivilisation zu bringen, einer Reihe von Bergsagen entlehnt, die man sich in dieser oder ähnlicher Form nicht nur in Bayern, sondern auch in Österreich und Italien erzählt und die von einem legendären antiken Volk berichten, das in alter Zeit auf den Gipfeln der Berge gelebt haben soll. Die Menschen, die das Land Allagáin bevölkern, sind hingegen in gewisser Weise die Ahnen jener, die in historischer Zeit die Geschichte des Voralpenlandes prägten: die romanisch anmutenden Einwohner Iónadors ebenso wie die keltisch geprägten Krieger des Waldvolks und natürlich auch die Allagáiner selbst als die mythischen Vorfahren jenes bodenständigen Menschenschlags, der auch heute noch im Allgäu anzutreffen ist (und zu dem ich, nach eigener Einschätzung, selbst gehöre).

Die Idee, den Romanfiguren eine eigene Sprache in den Mund zu legen, entstand im Lauf der intensiven, knapp vierjährigen Vorbereitung, die in das Projekt geflossen ist. Im Wesentlichen basiert die alte Sprache Allagáins auf dem Gälischen und stellt damit eine Art »Protokeltisch« dar, wie man es in vorgeschichtlicher Zeit tatsächlich gesprochen haben könnte. Entsprechend tragen die Schauplätze, die tatsächlich existierenden Berge, Wälder und Seen im LAND DER MYTHEN andere Namen: aus dem Allgäu wurde das sagenumwobene »Allagáin«, aus dem Nebelhorn der »Korin Nifol«, aus dem Bodensee der »Búrin Mar« und aus der aus mehreren Bergen bestehenden Nagelfluhkette der »Bálan Bennian« – der hohe Wall, der das Land Allagáin jahrhundertelang vor den Unholden von Düsterfels schützte.

Es schien mir reizvoll, die Geschichte an tatsächlich existierenden Schauplätzen spielen zu lassen, die der Leser bei Interesse besuchen kann – den »Dengelstein« beispielsweise, in dessen unmittelbarer Nähe die Auseinandersetzung zwischen dem Heer Ióndaors und den Waldkriegern stattfindet, gibt es ebenso wie die Höhle Fyrhacks, wie das Hexenloch, in dem Alphart und seine Gefährten die Erle bei ihrem grausigen Treiben im ersten Band beobachten, oder wie der einsame Gipfel des Nebelhorns, auf dem sich das Schicksal Allagáins entscheidet. Den *Túrin Mar* freilich wird man vergeblich suchen, denn samt Schildberg ist er schon vor langer Zeit verschwunden – der See allerdings, in dem Iónador versank, kann an der bezeichneten Stelle bis zum heutigen Tage besichtigt und umwandert werden.

Das Schicksal Iónadors ist gleichzeitig auch ein gutes Beispiel dafür, wie lokale Sagenmotive Eingang in meine Geschichte fanden – denn die Überlieferung weiß von Städten zu berichten, deren Bewohner so hochmütig und frevlerisch waren, dass Gott sie strafte, indem er sie in den unergründlichen Tiefen der Allgäuer Seen versinken ließ. Auch Klaigon, der Fürstregent Iónadors, ist einer Sage entliehen; sie berichtet von einem »großen Fürst der Allgäuer«, der in einer großen Festung gelebt und mit dunklen Mächten paktiert haben soll. Der Name Klaigon wurde vom keltischen Wort für »Schädel« abgeleitet.

Eines der bekanntesten Motive der Allgäuer Sagenwelt, nämlich das des »Grundmeers«, das sich unter den Hügeln und Fluren befindet und sämtliche Wasser speist, habe ich nahezu unverändert in den Roman übernommen. Interessant ist, dass auch die keltische Überlieferung jene Anderswelten kennt, die man unter der Erde vermutet. Aus der Verschmelzung beider Vorstellungen ging das finstere Reich »Urgulroth« hervor, aus dem das Eis emporsteigt und Allagáin bedroht. Der Eisdrache hat – ebenso wie sein Gegenpart Fyrhack – ebenfalls seine direkte Entsprechung in den lokalen Sagen, denn die sind reich an Lindwürmern und Drachengetier aller Art, das den Menschen manchmal hilfreich beisteht, in anderen Fällen aber auch zur tödlichen Bedrohung wird. Die Vorstellung, dass man Dinge und Lebewesen durch Zauberbann zu Eis erstarren lassen und dass durch magisches

Zutun ein früher Winter herbeigeführt werden kann, hat ihren Ursprung ebenfalls in der Sagenwelt beziehungsweise im Aberglauben eines Volksstammes, der zum großen Teil aus Bauern bestand, deren Wohl und Wehe vom Wettergeschehen abhing und die jede Veränderung des Wetters entsprechend furchtsam beäugten. In Blitzen und Donnerschlägen, aber auch in allzu frühem Schnee glaubte man übernatürliches Wirken zu erkennen, ebenso wie in »kaltem Feuer«, von dem der Sage nach keine Hitze ausgeht und dessen Ursprung deshalb nur ein Zauber sein kann.

Ein weiteres bekanntes Motiv der Allgäuer Sagen sind die »Venediger«, die in alter Zeit so manchem Zeitgenossen erschienen sein und für wunderliche Begebenheiten gesorgt haben sollen. Die Sagenforschung liefert zweierlei Erklärungen dafür, wie die Venediger, die im Roman als Zwerge erscheinen, zu ihrem italienisch anmutenden Namen kamen: Die einen meinen, dass die Venediger ursprünglich Kaufleute und Reisende aus dem Süden gewesen seien oder Reste der romanischen Bevölkerung; die meiner Ansicht nach interessantere These leitet die Bezeichnung vom sagenumwobenen Geschlecht der »Veneter« her, das in grauer Vorzeit die Berge bewohnt und über erstaunliche Kräfte verfügt haben soll. Aus diesen »Venetern« wurden im Roman das ferne Reich Ventar und seine geheimnisvollen Bewohner, die Sylfen. Der Zauberspiegel der Venediger, mit dessen Hilfe sie in der Lage gewesen sein sollen, die Schätze im Inneren der Berge zu erblicken, fand ebenfalls Eingang in das LAND DER MYTHEN und wurde entsprechend Zwergenkönig Alwys und seinem sagenumwobenen Reiche Glondwarac zugeordnet, das – auch dies ist ein althergebrachtes Sagenmotiv – nur alle sieben Jahre sichtbar wird.

Auch die Helden und Schurken des Romans entstammen sowohl Allgäuer Sagen als auch keltischen Mythen und realer Historie. So schuldet der ehrwürdige Druide Yvolar seine

Herkunft gleichermaßen der tatsächlichen Geschichte wie den vielen Legenden, die sich um das Wirken weiser und bisweilen auch heiliger Männer im Allgäu ranken. Auch der »Gilg« ist eine bekannte Allgäuer Sagengestalt, die hier freilich ziemlich schlecht wegkommt und der all jene Eigenschaften zugeschrieben werden, die man dem armen Leffel zu Beginn seiner Wanderschaft nachsagt. Das Motiv des Vertauschens von Kindern durch Kobolde oder andere neckende Geister stellt ebenfalls eine der vielen Übereinstimmungen dar, die zwischen Allgäuer und keltischer Sage bestehen. Der beherzte Jäger Alphart hingegen ist aus der Verschmelzung mehrerer Allgäuer Geschichten hervorgegangen, die von mutigen und unerschrockenen Jägersleuten berichten. Und auch in der Gestalt Walkars, des Bärengängers, vereinigen sich wie in Alpharts Fall mehrere Geschichten, unter anderen die vom »Bärenmoosmann« sowie jene vom »Wolfen«.

Das Böse, das das Land Allagáin bedroht, wird im Roman durch die Erle verkörpert. In den schweinsköpfigen Unholden spiegeln sich die zahlreichen »Geistersäue« wider, die im Allgäuer Sagenschatz häufig ihr Unwesen treiben, aber natürlich auch die »Wildfängel«; das sind böse Naturgeister, die mit dem Wetter im Bunde stehen. Die Bezeichnung »Erle« geht zum einen auf die sagenumwobenen Berggeister zurück, von denen schon Goethe in seinem »Erlkönig« berichtet, stellt zugleich aber auch eine Verbindung zum gleichnamigen Baum her, dem in der Sage eine magische Bedeutung zugeschrieben wird.

Auch andere Gestalten, die das LAND DER MYTHEN bevölkern, sind der Sagenwelt entlehnt – von den Bilwisschnittern über die Feuerreiter bis hin zu Irrlichtern, die arglose Wanderer vom Weg abzubringen versuchen.

Der Name von Muortis, dem Herrn der Nebel und des Eises, geht auf das lateinischen Wort »mors« oder das keltische »murt« zurück, die beide »Tod« bedeuten. Der Charakter selbst ist einem berüchtigten Hexenmeister nachempfunden, der einst im Allgäu Angst und Schrecken verbreitet haben soll, indem er das Wetter beeinflusste.

Die »Saligen«, die den Gefährten mit ihrem Rat zur Seite stehen, sind aus alpenländischen Sagen ebenso wenig wegzudenken wie die »Wilden Männer«, auf die Alphart und seine Gefährten treffen. Während die »Wilden Männlein« der Sage zusammen mit ihrem König Salmuzele eher der Spezies Zwerg zuzurechnen sind, greife ich im Roman wieder die These auf, dass sich hinter den Gnomen der Sage eventuell Reste alter Bevölkerungsgruppen verbergen könnten, die sich zur Zeit der Völkerwanderung aus Furcht vor den Eroberern in entlegene Täler zurückgezogen hatten und auf die Neuankömmlinge einen entsprechend seltsamen Eindruck gemacht haben müssen.

Von Seeungeheuern ist in den Allgäuer Sagen ebenfalls vielfach die Rede, während die Siedlung Seestadt – gewissermaßen ein Amalgam aus den tatsächlich am östlichen Ende des Bodensees gelegenen Städten – auf frühgeschichtliche Siedlungen verweist, die auf Pfählen im Wasser errichtet wurden und deren Rekonstruktionen besichtigt werden können. Das Motiv der verbotenen Ausfahrt am Sonntag geht ebenfalls direkt auf die Überlieferung zurück und zeigt, wie sehr Glaube, Aberglaube und Alltag in alter Zeit miteinander verbunden waren. Und wenn von Geisterschlachten die Rede ist, von Kampf und Verrat und von einem Regenbogen, über den die Gefallenen gen Himmel schreiten, so sind dies alles Sagenelemente, die freilich so episch anmuten, dass sie förmlich danach verlangten, Eingang ins LAND DER MYTHEN zu finden – ebenso wie die Funkenfeuer, die bis zum heutigen Tag alljährlich das Ende des Winters symbolisieren.

Diese Aufzählung ließe sich noch lange fortführen. Das LAND DER MYTHEN ist voller Bilder, die aus alter Zeit stammen und sich in Überlieferung und Brauchtum erhalten haben – ebenso wie die Landschaft, in der all diese Sagen zu Hause sind und deren tiefe Wälder, entlegene Täler, steile Hänge und tiefe Klüfte bis zum heutigen Tag von einer Aura des Geheimnisvollen durchdrungen scheinen. Die Sagen zu bewahren und ihnen eine neue, zeitgemäße Form zu geben ist ein Anliegen dieses Romans – vor allem aber geht es darum, Sie, den Leser, gut und spannend zu unterhalten, was mir hoffentlich gelungen ist.

Michael Peinkofer

ENTDECKE
NEUE WELTEN
MIT PIPER FANTASY
Mach mit und gestalte deine
eigene Welt!
PIPER
www.piper-fantasy.de